한국시의 미학적 패러다임과 시학적 전통

The Poetics and Aesthetic Paradigm of Korean Poetry

성기옥
1944년 경남 거창 출생. 영남대 및 서울대 대학원 졸업(문학박사).
현재 이화여대 인문대학 교수.
저서로 『한국시가 율격의 이론』, 논문으로 「공무도하가 연구」, 「한국 고전시 해석의 과제와 전망」,
「도산십이곡의 재해석」 등이 있다.

김수경
1962년 서울 출생. 이화여대 및 동 대학원 졸업(문학박사).
현재 이화여대 인문대학 전임강사.
논문으로 「고려 처용가의 형성과정 연구」, 공저로 『규방가사의 작품세계와 미학』 등이 있다.

정끝별
1964년 전남 나주 출생. 이화여대 및 동 대학원 졸업(문학박사).
1988년 『문학사상』에 「칼레의 바다」 외 6편의 시 당선, 1994년 『동아일보』 신춘문예 평론으로 등단.
현재 열린사이버대학 문예창작과 교수.
저서로 『패러디 시학』, 『천개의 혀를 가진 시의 언어』, 『오룩의 노래』 등이 있다.

엄경희
1963년 서울 출생. 숭실대 및 이화여대 대학원 졸업(문학박사).
2000년 『조선일보』 신춘문예 평론으로 등단.
현재 숭실대 및 이화여대 강사.
저서로 『빙벽의 언어』, 『未堂과 木月의 시적 상상력』, 『질주와 산책』이 있다.

유정선
1964년 충북 청주 출생. 이화여대 및 동 대학원 졸업(문학박사).
현재 이화여대 및 명지대 강사.
논문으로 「18~19세기 기행가사의 작품세계와 시대적 변모양상」, 「18~19세기 기행가사 작자층의 성
격 변화 연구」 등이 있다.

한국시의 미학적 패러다임과 시학적 전통

1판 1쇄 인쇄 2004년 5월 15일
1판 1쇄 발행 2004년 5월 25일

지은이 / 성기옥 외
펴낸이 / 박성모
펴낸곳 / 소명출판
출판고문 / 김호영
등록 / 제13-522호
주소 / 137-878 서울시 서초구 서초동 1621-18 (란빌딩 1층)
대표전화 / (02) 585-7840
팩시밀리 / (02) 585-7848
somyong@korea.com / www.somyong.com

ⓒ 2004, 성기옥 외

값 30,000원

ISBN 89-5626-081-8 93810
※ 이 논문은 2001년도 한국학술진흥재단의 지원에 의하여 연구되었음(KRF-2001-045-A2202).

한국시의 미학적 패러다임과 시학적 전통

The Poetics and Aesthetic Paradigm of Korean Poetry

성기옥 · 김수경 · 정끝별 · 엄경희 · 유정선

소명출판

한국시의 미학적 패러다임과 시학적 전통

The Poetics and Aesthetic Paradigm of Korean Poetry

한국문학의 전통성 문제는 '근대 이전'과 '근대' 사이에 파인 엄청난 문화적 골의 깊이 때문에 국문학 연구자들에게는 언제나 아킬레스건과 같은 무엇이다. 1910년대 이광수의 전통단절론 이래 고비마다 수면 위로 부상하고 있는 전통단절론이든, 이를 비판적으로 극복하기 위해 한국문학의 연속성 발견에 노력해 온 전통계승론이든, 국문학 연구에 종사하는 이들이면 어느 누구나 이들 양극단에서 제기한 문제의식으로부터 완전히 자유로울 수는 없기 때문이다. 단절론의 주장에 귀 기울이다 보면 드러난 현상에 주목한 나머지 현상의 배후에 숨겨진 연속성의 맥을 외면하는 몰가치론적인 맹목적 실증주의에 분노(?)하게 되고, 계승론의 주장에 귀 기울이다 보면 연속성 발견의 이상이 지나치게 높은 나머지 자칫 드러난 현상을 엄폐하지는 않는가에 대한 의구심을 떨치기 어렵게 된다. 이 현상론과 당위론의 간극을 메우기 어려운 데서 오는 정신적 중압감은, 전통계승론이 단절론을 압도한 지 이미 오래인 오늘날에도 여전히 우리를 괴롭히고 있는 것이다.

우리의 연구는 이런 중압감으로부터 여전히 자유로울 수 없는 오늘날의 현실이, 단절론을 극복하려는 전통계승론의 접근 방법상 한계 때문에 빚어진 것이 아닌가라는 문제 제기에서 출발한다. 지금까지 전개된 전통계승론은 한국문학의 연속성 입증에 있었고, 이에 따라 접근 방법 역시 고전문학과 현대문학 사이의 문학적 유사성을 발견하는 데 초점이 맞추어져 있었다. 그리고 이러한 접근법을 통해 거두어 낸 계승론의 성과가 큰 것도 사실이다. 표면적으로 사뭇 이질적으로만 보이던 근대와 전근대의 사이에도 수많은 문학적 연속성의 입증 근거들이 내재하고 있음을 확인할 수 있었던 것, 이로써 민족문학으로서의 훼손된 정신적 자긍심을 회복할 수 있게 된 것이야말로 얼마나 값진 성과인가. 문학적 유사성의 발견에 경주해 온 덕택으로 우리는 지금 한국문학 전통론이 딛고 설 든든한 초석을 확보하게 된 것이다. 그러나 공(功)이 있으면 과(過)도 있는 법. 더욱 심화된 전통성론을 구축하고 새롭게 도약할 방법론적 출구를 모색하고자 하는 우리의 입장에서 보면, 기왕의 전통계승론은 또한 심각하게 되새겨야 할 다음과 같은 문제점까지 함께 안고 있다.

첫째, 고전문학과 현대문학 사이에 존재하는 양자의 차이성에 대한 고려에 소홀히 하고 있다. 발견된 유사성이 전통성 해명에 의의를 갖자면, 적어도 그것이 한국문학의 연속성 입증에 얼마나 기여할 수 있는가에 대한 검토가 뒤따라야 할 것이고, 그러한 검토는 또한 차이성과의 관련 관계 속에서 파악할 때라야만 제대로 검출될 수 있다. 차이성이 고려되지 않은 유사성의 강조는 자칫 발견된 현상을 과대포장하는 현실 엄폐의 혐의를 면하기 어려운 위험성을 내포하고 있기까지 하다.

둘째, 거의 모든 연구가 근대문학을 종국적 가치의 도달점으로 설정하는 입장에서 접근하고 있다. 즉 고전문학에 나타난 근대적 요소를 발견하여 현대문학의 연속성을 입증해 내려는 방향으로 진행됨으로써, 근대적 가치 중심의 계승론으로 흐르는 경향을 띠고 있는 것이다. 그러나 근대적 가치를 최고의 선(善)으로 보는 시각에는 한계가 있다. 현대문학의 한계까지도 극복할 수 있는 새로운 패러다임의 전통론 모색이 요청되는 시기가 바로 지금이기 때문이다. 또한 이러한 접근 방법은 고전문학을 현재적 가치 중심으로 접근하고 이해하려는 경향까지 조장하여, 결과적으로 고전문학 본래의 미학적 개별성을 무시하고 왜곡하는 사태에까지 이르고 있다.

셋째, 실증적 근거의 제시보다 이념적 당위론에 호소하는 경향이 짙다. 물론 이런 경향이 단절론의 극복이라는 과제의 막중한 무게 때문임을 이해하지 못하는 바는 아니다. 그러나 이로 말미암아 계승론적 연구가 폭넓게 전개되지 못하고, 제재론적 연속성(한, 신명 등)이나 이념적 연속성(서민 혹은 민중의식, 근대적 의식 등)의 입증에 치중하는 경향이 짙다. 이 때문에 문학의 연속성 입증에 필수적인, 고전문학과 현대문학 사이의 시학적 연속성과 같은 본질적 문제를 등한시하는 결과를 초래하고 있다. 운율적 연속성의 발견은 예외적인 성과라 할 수 있다.

우리는 기왕의 전통계승론이 거두어 낸 연속성의 입증 성과를 충분히 인정하면서도, 그 반대항에 놓인 단절성의 깊은 골 역시 인정하지 않을 수 없는 현실에 처해 있다. 계승론의 성과가 축적되어 온 것을 비웃듯, 고전문학 전공자와 현대문학 전공자 사이의 벽은 시간이 지날수록 공고해져서 지금은 양자 사이의 대화가 거의 단절된 상태에까지 이르고 있다. 기왕의 전통계승론만으로는 한국문학의 연속성 입증에 한계가 있음을 스스로 노정한 결과라 아니할 수 없다. 여전히 우리는 전통단절론의 망령으로부터 자유롭지 못한 것이다.

우리의 연구 필요성은 여기서 제기된다. 기왕의 전통계승론만으로 한국문학의 전통성을 완전히 해명해 내기가 불가능하다면, 이와 병행하여 접근할 다른 대안적 방법론의 모색이 필수적으로 뒤따라야 할 것이다. 그리고 그러한 방법론의 모색은 한국문학이 서구문학에서처럼 자연스러운 연속성 발견이 불가능하다는 사실, 고전문학과 현대문학의 연속성 입증에는 한계가 있다는 사실을 솔직히 인정하는 데서부터 출발해야 할 것이다. 이는 달리 말하여 고전문학과 현대문학 사이에 놓인 차이성을 솔직히 인정하는 데서 출발해야, 한국문학의 연속성 내지 전통성도 그 실상이 제대로 부각될 수 있음을 뜻한다.

결국 이런 입장에서 시도되는 우리의 접근은 기왕의 전통계승론과는 상당히 대조적인 성격을 띨 것이다. 전통계승론이 시종일관 고전문학과 현대문학의 유사성 발견에 초점을 맞춤과 달리, 우리의 접근은 오히려 양자의 차이성 발견을 논의의 출발점으로 삼을 것이기 때문이다. 그러나 중요한 것은 이러한 차이성의 발견이 유사성 내지 연속성을 밝히기 위한 수단적 과정이라는 사실이다. 진정한 의미의 연속성은 차이성의 인식을 통해 더 선명하게 밝혀질 수 있다는 것이 우리의 반성론적 자각이기 때문이다.

우리는 이런 방법론적 자각 아래 연구 대상을 한국시로 제한하여 다룰 것이다. 대상을 한국문학 전체로 잡든, 한국소설이나 한국시로 좁히든, 그것이 우리의 방법론적 시각에 영향을 미치는 것은 아니나, 연구의 효율성을 위해서는 한국시로 대상을 제한할 필요가 있기 때문이다. 시는 리듬의 영향으로 형식적 제약이 강한 만큼, 다층적 복합구조를 지닌 한국문학 전체나 산문형태의 소설보다는 상대적으로 단일성이 강한 장르이다. 그러므로 고전시와 현대시 사이의 유사성과 차이성 분석을 통해 한국시의 전통성 문제를 접근해 나가는 것이 다른 장르의 전통성 문제에 접근하기보다는 훨씬 용이하고 효율적이다. 뿐만 아니라 이의 연구 결과를 바탕으로 할 때, 보다 복잡한 구조의 전통성 문제도 더욱 쉽게 해결해 나갈 수 있는 이점도 지니고 있다.

이런 입장에서 우리는 한국시의 전통 가운데서도 시학적 전통성 문제에 초점을 맞추고자 한다. 고전시와 현대시의 미학적 차이, 특히 가장 연구가 되지 않은 시학적 차이를 밝히면서, 동시에 양자의 시학적 연속성이 유사성과 차이성 속에서 어떻게 시적으로 구현되고 있는가를 밝히려는 것이다. 이러한 목적의 수행을 위해 고전시와 현대시의 미학적 패러다임을 분석하여 양자의 심미적 자율성이 어느 정도의 독자성을 지니고 있는가를 이론적으로 점검한 다음, 고전시와 현대시의 시학적 연속성 문제를 수사적 차원과 세계관적 차원으로 나누어 검토해 나가는 과정을 밟고자 한다.

이 연구에 공동으로 참여하고 있는 우리들 다섯 사람은 고전시 전공자(성기옥, 김수경, 유정선)와 현대시 전공자(정끝별, 엄경희)로서, 십수 년 동안 이화여자대학교의 강의실과 연구실에서 함께 공부하며 연구해 온 학문적 동지 사이다. 그런 만큼 고전문학과 현대문학의 학문적 장벽이 유난히 강고한 오늘날의 한국적 풍토에도 불구하고, 한국시의 전통을 바라보는 이러한 접근 시각에 우리들은 쉽게 의기 투합할 수 있었다. 다같이 '한국시'를 전공한다는 동류의식(同類意識)과 십수 년 '동고동락'해 온 학문적 동지의식(同志意識)이 없었다면, 이 정도의 통일된 접근 시각을 견지하면서 이만큼의 공동연구를 수행하기도 아마 쉽지는 않았을 것이다. 각자 전공의 전문성과 학문적 관심사를 고려하여 제1부 '한국시의 미학적 패러다임과 시학적 전통'을 성기옥이, 제2부 '수사적 전통과 패러다임의 변모'를 김수경(고전시)·정끝별(현대시)이, 제3부 '자연시의 전통과 세계관의 변모'를 유정선(고전시)·엄경희(현대시)가 맡아 순조로이 연구를 수행할 수 있었던 힘이 여기에 있지 않나 한다.

그러나 접근 시각의 지나친 통일성 강조가 자칫 연구의 획일화로 치달을 위험성을 경계하여, 구체적 연구의 수행 과정에서는 우리들 각자의 학문적 개성과 관점을 최대한 살리는 데 소홀히 하지 않았다. 접근 시각 및 체제의 통일과 조정 이외에, 연구자의 해석과 평가가 수반되는 일체의 연구는 우리들 각자의 학문적 견해에 따라 자유로이 수행할 수 있도록 하였기 때문이다. 출판사측에서 난색을 표했지만 아랑곳하지 않은 채 전체 목차에 필자를 명기하도록 애써 고집한 까닭도 여기에 있다. 해석과 평가상의 견해차가 있을 수 있는 만큼 연구자로서의 책임도 동시에 안아야 할 몫일 것이다.

이 스산하고 어두운 시대에, 돈벌이도 되지 않는 길고 둔한 글들을 마다 않고 흔쾌히 책으로 엮어주신 소명출판 사장께 깊은 감사의 마음을 전한다. 동시에 이 책이 이화여자대학교 한국어문학연구소에서 기획된 2002년도 학술진흥재단 인문학육성과제의 결과물임도 아울러 밝혀 둔다.

2004년 5월 7일
저자들을 대신하여
성기옥 씀

한국시의 미학적 패러다임과 시학적 전통

1부

한국시의 미학적 패러다임과 시학적 전통

‖ 성기옥

한국시 전통론의 연구사적 반성

성기옥

1. 한국문학 전통론의 전반적 흐름

한국문학의 전통 논의는 연구사적으로 보아 다른 어느 분야 못지 않게 그 역사가 오래이다. 아직 신학문으로서의 문학론이 본격적으로 출범하기 전이라 할 1910년대부터 한국문학의 전통 문제가 이미 관심사로 떠올랐고, 문학론의 중요한 쟁점이 부각되는 고비마다 어김없이 재론되면서 오늘에 이르고 있기 때문이다.

왜 그럴 수밖에 없었던가를 짐작하기란 어렵지 않다. 이른바 선진적이라 일컫는 서구문화의 절대적 영향 속에서 모든 제3세계권이 맞닥뜨린 근대화의 충격—전통사회에 막무가내로 덮쒸워진 이질적 서구문화의 충격—으로 전통론은 파탄된 자국의 문화적 정체성을 회복하기 위한 몸부림의 역사일 수밖에 없었기 때문이다. 우리라고 해서 이 충격을 피할 수 있었던 것이 아니며[1] 문학이라고 해서 그 충격이 약했던 것도 아니다. 그런 의미에서 한국문학의 전통 논의는 문제제기의 역사, 논쟁의 역사, 문학적 생존의 역사라고 해도 지나친 말이 아닐 것이다. 파란만장한 근대사의 질곡을 온몸으로 떠받치면서 안간힘해 온 몸부림의 역사였던 만큼, 전통의 문제를 타자의 시선으로 대상화하여 바라볼 여유를 갖지 못한 채 논의가 진행될 수밖에 없었다. 적어도 근대적 학문으로서의 문학연구가 본격적으로 자리잡기 시작한 1970년대 이전에는 더욱 그러한 성격이 짙었다.

이런 사정은 한국문학의 전통론이 그 첫 걸음을 전통단절론으로부터 내딛는다는 데서 이미 예고된 일이었다. 한국 근대소설의 첫 작품「무정(無情)」을 발표하기 1년 전인 1916년, 당시 동경에 유학 중이었던 춘원 이광수는 "조선문학(朝鮮文學)은 오직 장래(將來)가 유(有)할 뿐이요 과거(過去)는 무(無)하다"고 선언하면서 이렇게 설파하고 있다.

> 요컨대 조선문학(朝鮮文學)은 오직 장래(將來)가 유(有)할 뿐이요 과거(過去)는 무(無)하다 함이 합당(合當)하니, 종차(從此)로 기다(幾多)한 천재(天才)가 배출(輩出)하여 인적부도(人跡不到)한 조선(朝鮮)의 문학야(文學野)를 개척(開拓)할지라. 제문명국(諸文明國)에는 사회인생(社會人生)의 방면(方面)이란 방면(方面)과 인정(人情)의 기미(幾微)란 기미(幾微)를 거의 다 발굴(發掘)하여 태(殆)히 개척(開拓)할 여지(餘地)가 무(無)하므로 신재료(新材料)를 갈구(渴求)하되 난득(難得)이거니와 조선(朝鮮)은 산야(山野)에 금은동전(金銀銅錢)이 발굴자(發掘者)를 대(待)함과 여(如)히 조선사회(朝鮮社會)의 각 방면(方面)과 인정풍태(人情風態)의 만반상(萬般相)이 대시인(大詩人), 대소설가(大小說家)를 고대고대하도다. 차(此)를 임의(任意)로 발굴(發掘)하여 대부대귀(大富大貴)될 권리(權利)는 실로 오인(吾人) 청년(靑年)의 수중(手中)에 재(在)하니 가령 조선귀족(朝鮮貴族)의 생활(生活), 신식 가정(新式家庭)의 생활(生活), 신구사상(新舊思想)의 충돌

---

[1] 우리의 경우 이 충격은 오히려 더 심했다. 근대화가 일제의 강점으로 말미암은 식민지시대의 돌입과 동시에 이루어졌기 때문이다.

(衝突), 조선(朝鮮) 야소교인(耶蘇敎人)의 사상(思想)과 생활(生活), 기생(妓生)·방탕(放蕩)한 귀공자(貴公子)·빈민(貧民)의 생활(生活), 서북간도(西北間島)의 생활(生活), 경성(京城)·평양(平壤)·개성(開城) 등(等) 고도(古都)의 미(美), 각혹(覺酷)의 신조선인(新朝鮮人)의 심사(心思)와 감상(感想) 등(等) 조선인(朝鮮人)한 수(手)로 하여 가능(可能)할 호제목(好題目)이 실로 무진장(無盡藏)이 아니뇨 문학(文學)에 유의(有意)할 청년(靑年)은 어차(於此)에 분려일실(奮勵一悉)하여 조신문학(朝鮮文學) 건설(建設)의 낙예(樂譽)를 획(劃)할지어다.[2]

그리고 「무정」을 발표한 이듬해 1918년에 발표한 다음의 글에서 보인 춘원의 전통단절론적 태도는 더욱 완강하다.[3]

> 조선인(朝鮮人)에게는 시(詩)도 업고 소설(小說)도 업고 극(劇)도 업고 즉 문예(文藝)라 할만한 문예(文藝)가 업고 즉 조선인(朝鮮人)에게는 정신적(精神的) 생활(生活)이 업섯다. 의(衣)코 식(食)코 쥬(住)키 위하야 조선인(朝鮮人)은 수족(手足)의 운동(運動)을 하엿스나(그것도 잘은 못하엿기로 이처름 빈궁하건마는) 정신생활(精神生活)을 거의 정지(停止)의 상태(狀態)에 잇섯다. 정신생활(精神生活)을 가지지 못한 조선인(朝鮮人)은 맛당히 괴한(愧汗)이 첨배(沾背)하여야 할 것이다.[4]

한 세기 뒤의 오늘날 우리에게는 섬뜩할 만큼 과거에 대한 능멸이 매섭다. 더욱이 ‘조선인에게는 정신적 생활이 없었다’든지, ‘정신생활을 가지지 못한 조선인은 마땅히 부끄러움의 땀이 등을 흠씬 적셔야 할 것’이라는 춘원의 독기 서린 말에는 할 말을 잃을 정도이다. 그러나 과거의 문화유산에 대한 철저한 거부는 춘원만이 아니라 이 시기 동경 유학생

---

2) 李光洙, 「文學이란 何오」, 『每日申報』, 1916.11.10~11.23; 권영민 편, 『韓國現代文學批評史資料』 I, 단국대 출판부, 1981, 50면 재수록.
3) 그의 이러한 태도는 기미독립운동의 격변기를 지나 저 유명한 1922년의 「민족개조론」(『개벽』 5월호)에까지 이어져 완성된다.
4) 李光洙, 「復活의 曙光」, 『靑春』 12호, 1918; 권영민 편, 『韓國現代文學批評史資料』 I, 단국대 출판부, 1981, 102면 재수록.

들의 일반적 분위기였던 듯하다. 전영택은 "지금(至今)은 몬져 우리나라에 파괴(破壞)의 영웅(英雄)이 나야 ᄒ깃다. 그리ᄒ야 고대적(古代的)인 것은 종자(種子) 업시 파괴(破壞)ᄒ고 모도다 현대적(現代的)이야 ᄒ깃도다"5)고 설파한다. 현상윤도 "여러분! 우리는 깨여야 하겟소이다. 우리는 깨다르여야 하겟소이다. 오늘까지 살아온 우리 사회(社會)는 썩은 것이외다. 죽은 것이외다. 아모 여망(餘望)이 업는 다시 손대일 곳이 업는—도모지 보잘것이 업는 사회(社會)엿소이다"6)고 설파하고 있다.

물론 당대의 상황에서 보면 동경 유학생들의 이러한 지적 분위기를 이해하지 못할 바는 아니다. 열강들의 세력다툼으로 개화의 물결 속에 비틀거리다가 결국은 나라마저 잃게 되는 설움을 맛본 혈기왕성한 식민지 청년으로서, 새로운 세상의 신문명·신학문을 직접 목격하고 체험하며 새로운 형태의 문학에 눈 뜨게 된 동경 유학생으로서, 민족의 미래를 서구식의 근대문화나 문학적 모델에서 찾고자 사명감에 불탔던 약소민족의 엘리트 지식인으로서, 사태를 이 지경으로까지 몰고 간 일체의 원인이 우리의 부끄러운 과거 때문이라 진단할 수밖에 없었으리라. 어쨌든 일체의 과거 문학을 부정함으로써 그들은 예전에 없던 새로운 패러다임의 문학적 모델을 '신문학'이라는 이름으로 이 땅에 정착시키는데 한껏 자유로울 수가 있었다. 이뿐만 아니다. 한 세기 뒤의 우리가 그들의 전통단절론적 시각을 통렬히 비판하든 어떻든, 과거에 대한 부정적 태도는 당대의 사회일반이 암묵적으로 동의하고 있었다. 그들이 쓴 새로운 패러다임의 문학작품들은 당시의 독자들에게 선풍적인 호응을 얻었고, 그들의 전통단절론적 시각을 비판하는 반박의 글 또한 거의 씌어지지 않았다.7)

---

5) 田榮澤, 「舊習의 破壞와 新道德의 建設」, 『學之光』 13호, 1917, 53면.
6) 小星(玄相允), 「朝鮮靑年과 覺醒의 第一步」, 『學之光』 15호, 1918, 7면.
7) 필자가 살핀 바로는 이 무렵 과거 문학을 경시하지 않는 전통계승론적 시각을 보이는 예는 안확의 「朝鮮의 文學」(『학지광』 6호, 1915) 정도에서 찾을 수 있었다. 그러나 이 글조차 그 강도는 아주 약하다. 아래 인용문에서 보듯 신문학의 도래를 예찬하는 가운데 지나친 외래문학에의 경도를 우려하는 문맥에서 전통 문제를 내비치고 있을

전통 계승의 문제가 문학론의 과제로서 처음 비평계의 전면에 떠오른 것은 1920년대 중반의 일이다. 이른바 시조부흥운동으로 구체화되고, 국민문학의 제창으로 수렴되며, 더 넓게는 민족문학 대 계급문학의 논쟁으로 확대되는 일련의 비평적 담론들이 그것이다. 잘 알려진 바와 같이 이를 촉발시킨 첫 기폭제는 1926년에 발표된 육당 최남선의 「조선국민문학(朝鮮國民文學)으로서의 시조(時調)」였다. 이 글에서 육당은 한국문학이 지향해야 할 문학적 모델을 서구문학이 아닌 우리의 전통적 장르인 시조에서 찾아야 할 것임을 역설한다. 시조가 「신곡」이나 「파우스트」와 같은 위대한 문학의 산출이 가능한 모범적 양식이기 때문이 아니라, 이의 창조적 변용을 통해 위대한 문학을 만들어 낼 가능성을 담지하고 있는 모태(母胎)로서의 조선적인 문학 양식이라는 이유 때문이다. 그러한 미학적 가능성으로 그는 세 가지를 들고 있다.

시조(時調)가 시(詩)의 형식(形式)으로—인류정상(人類情想)의 운율적(韻律的) 표현(表現)으로 방법(方法)으로 최선(最善)이란다든지, 지묘(至妙)란다든지는 무론 말할 수 업슬 것이다. 무엇에든지 절대선(絶對善)이 잇지 아니한 것처럼 시적(詩的) 절대(絶對)가 시조(時調)에 잇슬 리는 본대부터 만무(萬無)할 것이다. 그러나 줄잡아도 시조(時調)가 ① 인류(人類)의 시적 충동(詩的 衝動)·예술적 읍울(藝術的 悒鬱)의 유로(流露) 선양(宣揚)되는 주요(主要)한 일범주(一範疇), ②

정도이기 때문이다.

"今 我朝鮮의 文運은 一新에 際會하야 歐西의 文明을 招來하매 舊文學의 運命도 亦此時를 以하야 鴻溝을 劃치 안이키 不得한지라. 故로 漢文과 儒敎는 自然境外에 擊退할 時期어니와 眞正한 文學을 紹介하고 醇正한 趣味을 普及하야 思想을 革新케함에 對하야도 쏘한 大文學家가 起치 안이키 不可하도다. 大槪 破壞하는 同時에 建設이 必有함은 理의 固然한 바라. 今日 新風潮를 際하야 舊文學을 打破할진대 新文學家의 産함은 予의 號令을 待치 안하야도 自起할지라. …… 噫라. 今日 新文學者들도 腦髓가 複雜하야 其思想이 混亂에 陷할이로다. 今日 若干의 新刊한 小說과 詩歌로 보드래도 七五體의 양시조 왜가락의 노다[래?]가 流行하며 戀愛觀의 外國小說을 飜譯함이 多하며, 又 修辭造句에만 能事를 삼을 뿐이라. 萬一 文學者가 新風潮에만 惑하야 純全한 外來文學만 尙하다가는 前儒佛에 迷惑함갓치, 朝鮮 固有의 特性을 永滅하고 다시 外風에 化할 뿐이니 엇지 措心치 안을이오"(72~73면)

시(詩)의 본체(本體)가 조선국토(朝鮮國土)·조선인(朝鮮人)·조선심(朝鮮心)·조선어(朝鮮語)·조선음율(朝鮮音律)을 통(通)하야 표현(表現)한 필연적(必然的) 일양식(一樣式), ③ 세계(世界) 온갖 계통(系統) 우(又) 조류(潮流)가의 문화(文化), 예술(藝術)이 흘러서 흘러서 조선(朝鮮)이란 체로 들어가서 밧쳐나온 — 걸러나온 — 일정액(一精液)인 것은 아모라도 앙탈할 수 업는 일이오, 쏘 그것이 본질(本質)에 잇서서 상당(相當)한 공과(功過)를 나타낸 것인과 쏘 아직 충분(充分)한 발전개부(發展開敷)를 보이지 못하얏슬 법하야도 기왕(既往)보담 퍽 더 만흔 장래(將來)가 그 속에 포장(包藏)되여 잇슴과 이러케 풍부(豊富)한 장래(將來)를 가진 것이야말로 이것으로써 법열(法悅)을 나타내고 이것으로써 천마(天魔)의 원한(怨恨)을 푸닥거리하고, 이것으로써 삼세(三世) 육도(六塗) 구식(九識) 팔고(八苦)의 고고(苦苦)를 하소연하려 하는 우리가 심상(尋常)치 아니한 매혹(魅惑)을 가지게 되는 점임과 아직 박옥(璞玉)대로 광석(鑛石)대로 잇는 거것이야말로 우리의 희망(希望)하는 정금미옥(精金美玉)을 만들 여유(餘裕)가 잇슴임은 누고든지 상도(想到)할 수 잇슬 일이다.[8] (번호 부여 필자)

그 타당성이야 어떠하든 육당은 이러한 세 가지의 미학적 가능성을 도출해 내는데 상당히 고심했던 것으로 생각된다. 그가 시조를 ① 인류예술의 한 범주이며, ② 한국 고유의 문학양식이고, ③ 세계문학과의 끊임없는 교류 속에 산출된 한국문학의 정수로 규정하고 있는 것이 예사롭지 않기 때문이다. 이 세 가지 차원에서의 조명은 곧 시조가 ① 예술적 보편성과, ② 한국적 특수성과, ③ 세계문학적 일반성을 두루 갖추고 있음을 의도적으로 강조하기 위한 것이었다. 시조를 모태로 할 때 한국문학은 세계의 선진 문학과 당당히 어깨를 겨룰 — "우리의 희망하는 정금미옥(精金美玉)을 만들" — 수 있음을 애써 강조하기 위해서였던 것이다.

그러나 ①과 ③은 시조가 예술적 보편성과 세계성을 갖추고 있음을 뒷받침하기 위한 논리적 장치일 뿐이고, 정작 그가 주목하고 강조하는 것은 ②의 한국적 특수성이다. "시의 본체가 조선국토·조선인·조선심·조선

---

8) 崔南善, 「朝鮮國民文學으로서의 時調」, 『朝鮮文壇』 16호, 1926, 3~4면.

어·조선음율을 통하야 표현한 필연적 일양식"이기 때문에 시조는 우리가 지향해야 할 한국문학의 모태가 되어야 한다는 것이다. 까닭은 우리 문학이 세계와 맞설 수 있는 것은 우리 문학이 가장 '조선적'일 때라는 그의 확고한 믿음에 기저한다. 요즈음 흔히 회자되는 '가장 한국적인 것이 세계적'이라는 논리가 국민문학으로서의 시조에 주목하는 주된 이유인 것이다. 따라서 그의 시조에 대한 관심은 시조 자체에 있다기보다 가장 '한국적'인 것을 담지한 시조의 미학적 가능성을 발전시킬 바람직한 문학적 모델의 제시에 있었다. 그것이 다름 아닌 국민문학의 제창이었던 것이다. 그의 이러한 생각은 아래와 같은 대목에서 가장 집약적으로 나타나 있다.

① 조선(朝鮮)의 특색(特色)을 쏘렷하게 각출(刻出)하고, 조선(朝鮮)의 본성(本性)을 고소란히 성출(盛出)하고, 조선(朝鮮)의 실정(實情)을 날카롭게 묘출(描出)하되 조선(朝鮮) 쌕다귀, 조선(朝鮮) 고갱이로써 한 시(詩)만이 우리가 세계(世界)에 내노흘 쯧잇는 시(詩)요, 쏘한 세계(世界)가 우리에게 기다리는 갑잇는 시(詩)일 것이다. ② 그런데 여긔 대한 성찰(省察)과 감오(感悟)와 준비(準備)와 노력(努力)의 보잘 것 업슴은 실로 신흥문단(新興文壇)에 잇는 가장 큰 섭섭과 걱정이든 것이니 우리가 아직까지 조선(朝鮮) 신문단(新文壇)은 정당(正當)한 길을 잡지 못하얏다고 봄은 요(要)하건대 조선적(朝鮮的)으로는 한걸음도 내어노치 못하얏슴을 의미(意味)함이오, 그리하야 세계(世界)에 대(對)한 자기응득(自己應得)의 지위(地位)를 아직 바라다보지도 못한 편으로서 걱정하는 것이다. ③ 어쩌한 건설운동(建設運動)에든지 압서는 것은 기대(基臺)요, 어쩌한 기대공사(基臺工事)에서든지 압서는 것은 지반(地盤)의 심찰(審察)이다. 그런데 조선문학(朝鮮文學)(쏘 시)의 지반(地盤)을 심찰(審察)하자면 이론(理論)은 어찌 갓든지 실물적(實物的) 고찰(考察)의 유일(唯一) 최고(最高)의 대상(對象)일 것이 시조(時調)밧게 쏘 무엇이라 하랴.9) (번호 부여 필자)

---

9) 崔南善, 위의 책, 6~7면.

①은 물론 우리 문학이 나아가야 할 방향을 집약적으로 제시하고 있는 대목이다. 한국적 특색, 한국적 본성, 한국적 실정을 고스란히 그대로 담아낸 "조선 뼉다귀" "조선 고갱이"로서의 한국적 정수를 표현한 시만이 한국문학으로서의 세계성을 획득할 수 있음을 분명히 밝히고 있다. 이를 위해 모태로서의 시조를 강조하고, 이의 성격을 구체화하기 위해 여기저기서 '조선심' '향토성' '민족문학'을 거론하기도 한다.

②는 육당이 당대 문학의 현상에 대한 진단을 내리고 있는 대목이다. 당시의 신흥문단이 올바른 방향을 설정하지 못하고 있으며, 그렇게 된 가장 큰 문제점을 조선적인 것의 경시에 두고 있음을 지적한 대목이라 할 수 있다. 사실 1910년대 과거의 거부로부터 시작된 신문학은 그 사이 서구의 상징주의 내지 낭만주의 시, 사실주의 내지 자연주의 소설의 수용 등을 통해 갖가지의 문학적 실험을 거듭해 오고 있었다. 특히 이 무렵은 또한 맑시즘의 급격한 확산에 따른 프로문학이 한창 전 문단을 휩쓸고 있던 시기이기도 했다. 일찍이 1900년대의 신체시 실험 때부터 시작된 '바다'에서 '산'으로의 문학적 여정이 '조선정신'으로 발전한[10] 육당의 눈으로 보면 이런 갖가지 외래적 조류들은 한국문학의 전망을 흐리게 하는 저해요인으로 비치지 않을 수 없었을 것이다. 조선적인 것을 강조하는 국민문학의 제창, 시조 미학의 발견을 통한 조선적 문학 전통의 계승 의지는 당대의 이러한 문학적 조류에 대한 직접적 반동의 산물이라 할 수 있다.

③은 국민문학의 모태가 될 시조의 미학에 대한 깊은 통찰의 필요성을 강조하고 있는 대목이다. 그의 논리에 따른다면 새로운 문학적 건설 운동을 전개하는 데는 기대(基臺)로서의 국민문학에 대한 심찰(審察)이 선행되어야 한다. 그리고 국민문학이라는 기대(基臺)를 든든히 하기 위해서는 다시 지반(地盤)으로서의 시조(時調)에 대한 심찰(審察)이 선행되어야 한

---

10) 鄭漢模, 『韓國現代詩史』, 일지사, 1974, 201~208면.

다. 따라서 조선적 정수로서의 국민문학 건설을 위해 가장 먼저 해야 할 작업은 그 모태로서의 시조에 대한 깊은 통찰일 수밖에 없다. 그리고 이의 실천적 전범으로서 그는 이 해 12월 시조의 새로운 가능성을 실험한 창작시조집 『백팔번뇌(百八煩惱)』를 내놓기도 한다.

좀 장황스러울 만큼 위 글을 되풀이 설명하고 있는 것은 나름의 그럴 만한 까닭이 있어서이다. 육당의 이 「국민문학으로서의 시조」가 발표된 이후 나타난 문단의 반향이 이와 무관하지 않기 때문이다. 먼저 ①의 조선적 개성을 지닌 문학의 건설에 주목한 쪽에서 국민문학운동이 활발하게 전개되었다. 양주동11) · 염상섭12) · 김억13) · 김성근14) · 김영진15) 등이 이를 제창하는 논객으로 활발히 참여하였고, 전통단절론과 민족개조론을 펼쳤던 이광수도 이 반열에 가담하였다. 논객에 따라 민족주의, 조선적 개성, 조선혼, 향토성, 계급문학의 포용 등등으로 강조점이 달라서 운동의 방향이 통일성을 지니고 있지는 않다. 그렇지만 전통론의 입장에서 보면 전에 없이 민족적 전통을 중시하는 점에서는 공통성을 지닌다고 할 수 있다.

다음으로 ③의 시조 미학에 주된 관심을 두는 쪽에서 시조부흥운동이 활발히 전개되었다. 넓게 보면 물론 이 또한 국민문학운동의 일환으로 전개된 것이기는 하다. 그러나 관심의 초점이 한국문학의 방향 모색 과정으로서보다 시조 자체의 미학적 완성에 두어진다는 점에서 국민문학

---

11) 梁柱東, 「丙寅文壇槪觀」, 『東光』 9호, 1927.1; 梁柱東, 「丁卯評論壇總觀-國民文學과 無産文學의 諸問題를 檢討함」, 『東亞日報』, 1928.1.1~1.18; 權寧民 편, 『韓國現代文學批評史資料』 II, 단국대 출판부, 1981, 380~385면 재수록.
12) 廉想涉, 「朝鮮文壇의 現在와 將來」, 『新民』 21호, 1927.1; 廉想涉, 「民族·社會運動의 唯心的 考察-反動·傳統·文學의 關係」, 『朝鮮日報』, 1927.1.1~1.15; 廉想涉, 「時調와 民謠」, 『朝鮮日報』, 1927.4.30.
13) 金岸曙, 「밟아질 朝鮮詩壇의 길」, 『東亞日報』, 1927.1.2~1.3.
14) 金聲近, 「朝鮮現代文藝槪觀」, 『東亞日報』, 1927.1.1~1.6.
15) 金永鎭, 「國民文學의 意義-金基鎭氏의 文藝時評을 읽고」, 『新民』 23호, 1927.3, 90~100면.

과 구별될 필요가 있다. 국민문학 주창자들 역시 시조에 관심을 두지 않는 바 아니나 그들의 관심은 민요, 역사소설에까지도 확대된다는 점에서 성격을 달리하고 있기 때문이다. 주로 이병기[16] · 이은상[17] · 조운[18] · 이광수[19] 등이 시조의 현대화를 위한 창작과 이론 연구에 활발한 활동을 펼쳐, 오늘날 유일한 전통 장르라 할 현대시조를 확립하는데 결정적인 기여를 하였다.

마지막으로 육당이 비판한 ②의 입장에 선 프로문학 쪽에서 국민문학 운동을 비판하는 견해도 못지 않게 강했다. 1927년에 접어들면서 국민문학을 제창하는 목소리가 여기저기서 울려나오자 이내 프로문학 쪽의 김기진[20] · 홍기문[21] 등에 의한 반론이 제기되고,[22] 다시 국민문학 쪽의 염상섭[23] · 정병순[24] · 김진영[25] 등의 반박이 이어지는 논쟁이 벌어졌다. 그러나 이에서 주목되는 바는 오히려 이의 논쟁 배후에 놓인 이데올로기적

---

16) 李秉岐, 「時調란 무엇인고」, 『東亞日報』, 1926.11.24~12.13; 李秉岐, 「무엇이든 정성스럽게 하자」, 『新民』 23호, 1927a; 李秉岐, 「노래와 소리의 뜻」, 『現代評論』 7호, 1927b; 李秉岐, 「律格과 時調」, 『東亞日報』, 1928.11.28~12.1; 李秉岐, 「時調源流論」, 『新生』 4호, 1929a; 李秉岐, 「時調의 現在와 將來」, 『新生』 8 · 9호, 1929b.

17) 李殷相, 「六堂의 第一時調集 「百八煩惱」를 읽고」, 『東亞日報』, 1927.2.8(1927a); 李殷相, 「時調復興에 對하여」, 『新民』 23호, 1927b; 李殷相, 「時調問題」, 『東亞日報』, 1927.4.30~5.5(1927c); 李殷相, 「時調問題小論」, 『東亞日報』, 1928.2.9~2.17(1928a); 李殷相, 「時調短形趣議」, 『東亞日報』, 1928.4.18~4.25(1928b).

18) 曺雲, 「丙寅年과 時調」, 『조선문단』 19호, 1927.

19) 李光洙, 「時調」, 『東亞日報』, 1928.11.1(1928a); 李光洙, 「時調의 自然律」, 『東亞日報』, 1928.11.2~11.8(1928b); 李光洙, 「時調의 意的 構成」, 『東亞日報』, 1928.11.9(1928c).

20) 金基鎭, 「文藝時評—文壇上의 朝鮮主義」, 『朝鮮之光』 64호, 1927.

21) 洪起文, 「廉想涉君의 反動的 思想을 反駁함—朝鮮日報의 「民族社會運動의 唯心的 考察」을 읽고」, 『朝鮮之光』 64호, 1927.

22) 드문 예이긴 하지만 반론은 프로문학파가 아닌 쪽에서도 제기되었다. 김동환은 편협된 조선주의를 비판하는 입장에서 국민문학 대신에 애국문학을 제창하고(「愛國文學에 對하야—國民文學의 異同과 그 任務」, 『東亞日報』, 1927.5.12~5.19), 마찬가지 논리에서 시조부흥운동을 맹렬히 비판하였다(「時調排擊小議」, 『朝鮮之光』 69호, 1927.6).

23) 廉相涉, 「나에게 對한 反駁에 答함」, 『朝鮮之光』 65호, 1927.

24) 鄭丙淳, 「朝鮮主義에 對하여—金基鎭씨의 時評을 읽고」, 『東亞日報』, 1927.2.17.

25) 金永鎭, 「國民文學의 意義—金基鎭氏의 文藝時評을 읽고」, 『新民』 23호, 1927.

갈등이다. 김기진의 아래 글에서 어느 정도나마 그러한 사정을 짐작할 수 있다.

　　'조선주의(朝鮮主義)'는 다시 말하면 조선(朝鮮) 민족정신(民族精神)의 발현(發現), 문학고전(文學古典)의 부활(復活), 민족적(民族的) 예술형식(藝術形式)의 창조(創造), 외래사조(外來思潮) 추종(追從)의 배척(排斥) 등(等)이 그 중심(中心) 골자(骨子)인 듯하다. 한입으로 말하면 민족주의(民族主義)의 문단(文壇) 침윤(浸潤)이다. 그것은 사회주의사상(社會主義思想)을 근거(根據)로 하는 푸로레타리아 문학운동(文學運動)에 대항(對抗)하는 무기(武器)로서의 재래(在來) 문단인(文壇人)의 시만(時滿)한 자아발견(自我發見)이요 시기(時期) 적응(適應)한 방향전환(方向轉換)이요 전술(戰術)이다. "너희들은 푸로레타리아 문학(文學) 운운(云云)한다마는 그것은 도모지 틀린 수작이다. 조선민족(朝鮮民族)에게는 아직도 국민문학(國民文學)도 수립(樹立)되지 못하얏다. 민족적(民族的) 전통(傳統) 우에서는 국민문학(國民文學)의 수립(樹立)를 바라지 안코 썽청 쮜어서 계급해방(階級解放)의 문학(文學)이란 무슨 소리냐—." 그들의 논조(論調)는 이와 흡사(恰似)하다. 그리고 그들로 안저서는 이것은 큰 발견(發見)이리라. 무슨 까닭이냐 하면 그들은 이째까지 외국(外國)의 자본주의(資本主義) 사회(社會)에서 발육난숙(發育爛熟)한 유해무익(有害無益)한 뿌르좌문학의 모방(模倣)에 열중(熱中)하야 국민문학(國民文學) 건설(建設)에 일고(一顧)도 쓰지 아니하야 왓섯스니짜. 민족적(民族的) 전통(傳統)이 다 고전(古典)의 부활(復活)에 의한 새로운 민족적(民族的) 예술창작(藝術創作)의 형식(形式)을 창조(創造)하자 하야가면서 그들은 시조(時調)를 치들고 민요(民謠)를 말하고 향토성(鄕土性)이라 민족성(民族性)이라는 문학적(文學的)으로 지극(至極)히 구실(口實)조흔 말을 치들어 낸다.26)

　　프로문학의 선봉장을 자처하는 김기진의 눈에는 국민문학운동이 순수한 문학운동이 아니라 프로문학에 대항하기 위한 전술적 무기로 비치고 있다. 김기진의 눈에 비친대로 과연 국민문학의 제창이 일종의 전술적

---

26) 김기진, 「문예시평」, 『朝鮮之光』 64호, 1927, 93면.

책략이었을까, 아니면 대항세력의 급성장을 우려하는 프로문학파의 방어 본능에 의해 조작된 전술적 공격의 구실에 지나지 않는 것일까.

사실 어느 쪽도 선뜻 손들어 주기 어려운 것이 당시의 문단 기류라 할 수 있다. 후대의 많은 논자들이 지적하고 있듯이 국민문학의 제창이 1923년 신경향파의 등장, 1925년 카프의 결성으로 본격화된 프로문학의 맹위에 대응하기 위한 기성문인 내지 우익문사들의 이념적 결집과 무관하지 않기 때문이다. 민족성·전통·향토성으로 구체화되는 '조선적'인 것의 강조는 결국 프로문학이 제일의로 내세우는 계급성에 맞설 대응적 이념이라는 혐의를 불식할 만큼 자발적으로 보기는 어렵다.

민족 내지 전통보다 계급의 우위를 앞세우는 프로문학에서도 사정은 비슷하다. 김기진은 "교통기관(交通機關)의 발달(發達)에 반비(反比)하야 점점(漸漸) 그 문학상(文學上) 존재(存在)를 희박(稀薄)하게 하야가는 도정(道程)에 잇다"는 논리로 향토성을 폄하하고, "국가형태(國家形態)의 변천(變遷)과 생활조직(生活組織)의 변천(變遷)에 따라서 그 그림자가 문학상(文學上) 중요(重要)한 요소(要素)가 되지 못하야가며 잇다"는 이유를 들어 민족성을 경시한다.27) 이런 류의 논리가 타당성을 잃고 있음은 교통의 발달과 국가형태 및 생활조직의 변화가 최고조에 달하여 세계화(globalism)가 초미의 쟁점이 되고 있는 오늘날에도 여전히 향토성(localism), 민족성(nationalism)이 중심 화두로 남아 있다는 사실이 입증해 준다. 그들의 반대 논리 역시 이론적이기보다 전술적이라는 혐의를 벗어나기 어렵다.

결국 국민문학과 프로문학의 대결논리에는 쟁점의 핵심이 한국문학의 전통과 직결된 '조선적'인 것의 옹호냐 거부냐에 있다기보다는 민족주의나 계급주의냐라는 이념적 대립에 놓여 있었다. 그에 따라 국민문학의 제창과 반대 논쟁은 필연적으로 1920년대 중반 이후 벌어졌던 민족주의 문학과 계급주의 문학의 대립을 둘러싼 방편적 논쟁의 한 과정으로 수

---

27) 김기진, 「문예시평」, 『朝鮮之光』 64호, 1927, 94면.

럼될 수밖에 없는 운명의 것이었다. 전통론의 입장에서 보면 이는 분명 불행한 일이다. 전통계승론과 반전통론의 등장으로 비로소 한국문학의 전통론이 활성화될 계기를 마련하였으나, 이는 다만 형식적 껍데기에 지나지 않았다. 실질적으로는 민족주의 대 계급주의의 이념논쟁에 매몰되어 버리는 결과를 초래하고 말았기 때문이다. 그러나 그런 가운데서도 문학적 성과가 전혀 없었던 것은 아니다. 시조, 민요를 중심으로 한 민족적 형식의 계승에 대한 관심과 향토성을 중심으로 한 민족적 정서의 계승에 대한 관심 제고가 그것이다. 이를 계기로 현대시조의 장르 확립과 민요시운동이 더 활성화되는 성과를 얻을 수 있게 되었기 때문이다.

1930년대 중반이 되면 1920년대의 국민문학운동과 비슷한 맥락에서 전통계승론을 잇는 고전부흥운동이 새롭게 일어난다. 그러나 국민문학의 법통을 이은 운동이라고 하지만 그 성격은 물론 동일하지 않다. 우선 고전부흥운동이 일어나게 되는 직접적 계기를 조성한 것은 신문사였다. 1935년 신년 벽두부터 『조선일보』는 10명의 문인을 필진으로 내세워 「조선문학의 재건설」이라는 신년기획 특집을 마련하면서, 동시에 고전을 재조명하는 기획특집을 1월 한달 내내 두 차례에 걸쳐 마련한다. 1차로 6명의 필진을 동원하여 「고전문학의 검토」라는 기획특집을 통해 향가·훈민정음·용비어천가·월인천강지곡·시조·고전소설을 조명하고, 2차로 3명의 필진을 동원한 「조선문학상 고전사상 검토─고전문학과 문학의 역사상 특집」이라는 기획특집을 통해 동서양의 고전탐구 의의와 고전부흥의 가능성을 이론적으로 조망하는 글을 연재한다(3년 뒤인 1938년 6월에도 『조선일보』는 「고전부흥의 이론과 실제」라는 기획기사를 다시 한번 더 내놓는다). 신문사의 이런 기획특집이 고전의 재인식에 불씨를 지펴 전통의 계승 문제가 다시 문학론의 전면에 부상하기 시작한 것이다.

다음으로 국민문학운동이 비평가를 비롯한 현역문인의 주도로 이루어진 것과 달리 1930년대의 고전부흥운동은 고전연구자들과 새로운 세대 비평가들의 적극적 참여로 이루어졌다. 김태준을 비롯하여 이병기·권덕규·김윤경·이희승 등의 고전연구자들과, 1930년대부터 활동하기 시작한 최재서·김진섭·백철·서인식 등의 비평가들이 이에 참여한 주된 인물들이었다. 이들에 비한다면 국민문학파류의 전통계승론을 펼쳤던 기성문인들의 태도는 오히려 소극적이거나 부정적이었다. 시조부흥운동을 주도한 이병기 등이 참여하지 않은 바는 아니나 대부분의 문인들은 관망하거나 이 운동에 회의적인 시선을 보냈기 때문이다.

그러한 단면을 우리는 김억의 글에서 살필 수 있다. 김억의 기본적인 시각은 당시 일기 시작한 고전부흥론에 대하여 회의적이다. 그것은 고전의 가치를 부정하거나 고전부흥론의 기본 취지에 반대해서가 아니라 한국의 고전이 놓인 현실적 조건에 기인한 판단이다.

> 그런데 다른것으로써 우리가 세계(世界)에 향(向)하야 우리에게는 이러한 조흔 고전적(古典的) 유산품(遺産品)이 잇다고 자랑을 할 수가 잇슬망정 서오한 일이나마 문학적(文學的) 유산(遺産)에는 이러하다 할만한 자랑꺼리를 가지지 못하엿든 것이외다. 이미 불행(不幸)하게도 상속(相續)되지 못한 유산(遺産)을 잇는 체할 것이 아니외다. 업는 것을 잇다고 한다기로 무슨 쾌(快)한 일이 될것이 아니요 또 잇는 것을 업다고 할 필요도 업고 보니 필자(筆者)는 정직(正直)하게 한거름 나아가서 우리에게 엇더한 문학적(文學的) 유산(遺産)으로의 고전품(古典品)이 잇섯든가. 그것을 이야기하고저 합니다. 이것을 돌아보지 아니하고는 고전연구(古典研究)와 고전부흥(古典復興)에 대(對)하야 엇더한 태도(態度)든지 취(取)할 수가 업기 째문이외다.[28]

다른 분야에는 세계에 자랑할 만한 고전적 유산들이 있지만 문학적 유산으로는 이렇다할 고전이 없기 때문에 모처럼 일기 시작한 고전부흥론이 한갓 도로에 그칠 수 있음을 김억은 우려하고 있는 것이다. 그리고 한국문학의 고전이 빈약한 까닭을 그는 이렇게 설명하고 있다.

---

28) 金岸曙, 「古典復興是非(三)」, 『每日申報』, 1935.2.23.

이러한 견해(見解)로써 우리가 우리의 고전품(古典品)을 돌아볼 째에는 진정(眞正)한 조선문학(朝鮮文學)은 몃권에 지내지 아니하고 모도다 한문(漢文)의 자이(資이)을 바든 것 쑨이니 이것을 가지고 우리는 이것이 조선문학(朝鮮文學)이라고 할 수는 업는 것이외다. 이는 조선문학(朝鮮文學)에 고전품(古典品)이 적은 소이(所以)도 되거니와, 잇다하면 그것들은 모도다 한문학(漢文學)의 부문(部門) 속에 들어가고 말 모양이니 업는 고전품(古典品)을 엇더케 부흥(復興)식힐 수가 잇으며 연구(硏究)할 수가 잇는지, 필자(筆者)로는 알 수 업는 일이외다. 이야기보다도 실제(實際)가 김춘택씨(金春澤氏) 사씨남정기(謝氏南征記)의 엇더한 곳에서 소위(所謂) 조선답은 점(點)을 발견(發見)할 수가 잇음닛가. 잇다고 하면 이 작품(作品)의 작자(作者)가 조선(朝鮮)사람이라는 이외(以外)에 아모것도 업는 것이외다. 김만중(金萬重)의 구운몽(九雲夢)이 역시 그러한데 지나지 아니하고 보니 선인(先人)들이 남의 문학(文學)을 풍부(豊富)히 하기 위하야 가즌 노력(努力)을 다하엿으나 자기(自己)의 고유(固有)한 문학(文學)을 위하야 조곰도 고심(苦心)하지 아니하엿든 것이외다.[29]

그러한 까닭을 김억은 두 가지로 설명하고 있다. 첫째 우리의 문학적 유산이 거의 모두 중국의 영향을 받은 한문학(중국문학)에 속한다는 것, 둘째 따라서 이들에는 작가가 조선사람이라는 것 외에 '조선답은 점'을 발견할 수 없다는 것이다. 여기에서 우리는 1910년대의 전통단절론적 사유와 1920년대의 국민문학적 논리가 여전히 김억에게 공존하고 있음을 발견하게 된다. 우리의 옛문학이 모두 중국적이기 때문에 부정해야 한다는 것은 1910년대 전통단절론의 기본적 논리이며, 조선적인 것의 회복은 1920년대 국민문학운동의 지상과제였기 때문이다. 이에 비한다면 고전부흥론자들은 상대적으로 더 유연한 시각으로 고전을 재인식하고자 했다고 할 수 있다.

마지막으로 전통론의 입장에서 보면 고전부흥론의 시각이 국민문학의 그것보다는 더 구체화되었다고 할 수 있다. 사실 조선적인 것을 강조하

---

29) 金岸曙, 「古典復興是非(五)」, 『每日申報』, 1935.2.25.

는 국민문학론은 그 구체적 실천의 방법이 두 개의 대극적인 방향으로 전개되었다고 할 수 있다. 하나는 민족적 형식의 발견을 위한 시조(민요)에의 관심 증대이고, 다른 하나는 민족적 정서의 발견을 위한 향토성에의 관심 증대이다. 그러나 전자는 민족적 형식의 모델을 특정 장르로 좁혀 잡는 극단적 경직성을 보인 점에서, 후자는 민족적 정서의 구체적 모델 부재로 말미암은 극단적 모호성을 보인 점에서 전통론으로서는 더 이상 발전의 여지가 없었다. 이에 비하면 고전부흥론은 그 실현성 여부가 어떠하든 고전의 정신을 계승하려 한 점에서 국민문학론보다는 유연성과 구체성을 더 많이 확보한 셈이다. '일본적인 것' 찾기가 한창 유행하고 있었던 일본 군국주의문화의 영향을 부인할 수는 없겠지만,30) 실질적으로 이러한 결실이 구체적인 성과를 얻기도 하였다. 1937년에는 백철이 우리문학의 특질로 '동양적 풍류성'을 검토하고,31) 김태준이 동양문학의 특질로서 흔히 거론되는 '선미(禪味)'를 다루고,32) 최재서가 한국미의 특질로서 '멋'을 제안하는33) 등의 시도를 통하여 이후 왕성하게 펼쳐진 한국문학 특질론의 첫 단초를 마련하였다. 1938년에는 서인식이 전통의 개념을 이론적으로 정립하려 시도한 최초의 본격적인 학문적 접근도 있었다.34)

그러나 김억이 우려한 대로 전통 계승 모델로서의 고전을 어떻게 발굴

---

30) '사비' '모노노아와레' 등 일본적인 것 찾기의 영향과 무관하지 않음은 홍명희·유진오 대담(「조선문학의 전통과 고전」, 『조선일보』, 1937.7.16)과 김태준(「文學의 朝鮮的 傳統」(下), 『朝鮮文學』 8월호, 1937b) 등의 글에 지적되어 있다.

31) 白鐵, 「東洋人間과 風流性－朝鮮文學 傳統의 一考」, 『朝光』 19호, 1937.5; 白鐵, 「風流人間의 文學－消極的 人間의 批判」, 『朝光』 20호, 1937.6.

32) 金台俊, 「文學의 朝鮮的 傳統(上)」, 『朝鮮文學』 6월호, 1937a, 122~126면; 金台俊, 「文學의 朝鮮的 傳統(下)」, 『朝鮮文學』 8월호, 1937b, 31~34면.

33) 崔載瑞, 「멋의 연구」, 『朝鮮日報』, 1937.8.31.

34) 徐寅植, 「傳統의 一般的 性格과 그 現代的 意義에 關하야」, 『朝鮮日報』, 1938.10. 22~10.30; 권영민 편, 『韓國現代文學批評史 : 資料1』, 단국대 출판부, 1981.11, 25~36면에 재수록. 그리고 서인석의 역사철학과 전통론에 관한 전반적 조명은 金允植, 『韓國近代文藝批評史硏究』, 일지사, 1976, 232~244면 참조.

하고 의미화할 것인가와 같은 구체적 실천의 문제는 거의 성과를 거둔 것이 없었다. 훨씬 성숙되고 심화된 전통 논의의 성과를 축적하고 있는 오늘날에도 해결하지 못한 이 과제를 당시에 해결하려 한 시도 자체가 이미 실패를 예고하고 있는 것이나 다름이 없었다. 한 프로문학 비평가의 지적처럼 "그들은 현대(現代)의 우리들이 이동백(李東伯)의 노래가락보담 샤리아핀의 「물가의 뱃노래」를, 친부(親父)가 음송(吟誦)하는 시조(時調)보담 하이네의 시가(詩歌)를 더 조와하며, 춘향전(春香傳) 구운몽(九雲夢)보담은 톨스토이 콜키의 소설(小說)에 더욱 감동(感動)하며, 기녀(妓女)가 노래에 맛처 울리는 가야금(伽倻琴)보담은 하와이안기타의 음율(音律)에 더욱 매력(魅力)을 감득(感得)하는 이유(理由)를 설명(說明)할 수가 없는 것이다."35) 더군다나 당시만 해도 선인(先人)들이 남긴 한문학을 한국문학의 범위에 넣지 않는 분위기였기에, 그러한 의미의 고전을 발견할 운신의 폭은 더욱 좁아지지 않을 수 없는 처지였다. 처음에는 고전의 재발견 작업으로 수렴되던 고전부흥론이 나중에 한국문학 특질론으로 전환될 수밖에 없었던 것도 이런 사정과 무관하지 않은 것으로 해석된다.

이런 까닭으로 고전부흥운동 역시 출발의 초두부터 이를 반대하는 논리도 만만치 않았다. 앞서 소개한 김억의 경우처럼 현실적 조건 때문에 회의론을 편 경우도 있지만, 가장 강력한 비판은 역시 프로문학 계열의 비평가들로부터였다. 1935년이면 이 해 5월에 이미 일제의 탄압에 의해 카프가 해산되는 수난을 겪고 있었지만 이들의 비판적 태도는 1920년대보다 오히려 더 준엄했다. 12월의 연평(年評) 자리에서 임화는 이 해 신년부터 일기 시작한 고전부흥운동을 '복고주의'로 몰아세우며 이렇게 비판한다.

　　위선(爲先) 우리는 금년(今年)에 드러와 일반문학계(一般文學界)가 취급(取扱)한 가장 큰 '테마'의 하나로 '고전문학(古典文學)'의 재음미(再吟味)' 혹은

---

35) 韓植, 「文化의 民族性과 世界性(3)」, 『朝鮮日報』, 1937.5.4.

‘고전부흥(古典復興)’ 등(等)에 구호(口號) 하(下)에 환기(喚起)된 복고주의(復古
主義)의 시끄러운 대두(擡頭)를 기억(記憶)한다. 복고주의(復古主義)에 대하야
는 발서 2, 3년전(二三年前) 우리들 과학적(科學的)인 문예비평(文藝批評)이 그
대두(擡頭)의 한 개 개연성(蓋然性)을 지적(指摘)한 일이 있는 것으로, 우리 조
선문학(朝鮮文學)의 가장 보수적(保守的)인 일군(一群)에 의(依)하야 신문학(新
文學) 대두(擡頭)의 시기(時期)인 이십년(二十年) 전후(前後)부터 문학계(文學
界)의 일우(一隅)에 잔존(殘存)해 오든 것이다. 그러나 신문학(新文學)이 치열
(熾烈)한 근대적(近代的) 행진(行進)을 계속하고 있는 동안에 그들은 한 개 봉
건적(封建的) 문화(文化)에 유물(遺物)로서 아무게서도 고려(顧慮)되어 오지 않
었다. 신시(新詩)에 대하야 시조(時調)는 완전한 한 개 보수적(保守的)인 적(敵)
이었다.

   그러나 신시(新詩)가 그 내적(內的) 모순(矛盾)의 발전(發展)으로 인(因)하야
그 예술적(藝術的) 정신적(精神的)인 생명(生命)을 새롭은 계급(階級)의 시가(詩
歌) 우에 전승(傳乘)하고 말었을 때 신시(新詩)는 본질적(本質的)인 의미(意味)
에서 시조(時調) 등(等)에 적(敵)임을 그만두었다. 신시(新詩)와 시조(時調), 구조
(舊調)의 가요(歌謠) 등은 사실상(事實上) 예술적(藝術的) 사상적(思想的)인 동
서자(同棲者)로서 화목(和睦)하였다. 이 단순(單純)하고 잡연(雜然)한 화목(和睦)
이란 신세대(新世代)의 시가(詩歌)와의 계급적(階級的) 적대적(敵對的) 관계(關
係)가 발전(發展)하면 할사록 반대(反對)로 접근(接近)되고 심화(深化)되어, 복고
주의(復古主義)라는 한 개 통일적(統一的) 조류(潮流) 가운데 융합(融合)되는 것
이다.[36]

   임화가 본 고전부흥운동의 배후에는 신시운동을 주도해 온 거대한 부
르주아문학이 자리잡고 있다. 임화에게 있어 1910년대의 전통단절론자,
1920년대의 국민문학론자, 그리고 새로이 부상한 고전부흥론자들은 모두
가 같은 계열의 보수주의자들이었다. 그들이 신시운동을 맹렬히 전개하
는 동안은 봉건문학과 적대적이었다가(전통단절론), 신시운동의 내적 모순

---

36) 林和, 「曇天下의 詩壇一年─朝鮮의 詩文學은 어디로?」, 『新東亞』 50호, 1935; 『文
   學의 論理』, 학예사, 1940, 611~612면에 재수록.

으로 주도권을 계급문학에 넘겨주고 말았을 때 봉건문학과 화합하였으며
(국민문학론), 계급문학과의 적대적 관계가 강화되면서 더욱 결속되어 '복고
주의라는 한 개의 통일적 조류'(고전부흥론)를 형성한 것이라고 본다.[37]

이처럼 복고주의로 몰아친 임화의 논리는 이후 같은 계열의 비평가인
한식[38]·이원조[39]·윤규섭[40] 등의 비판들에서도 그 궤를 크게 벗어나지
는 않는다. 띠리서 이들 역시 1920년대 국민문학을 비판한 김기진의 논
리처럼, 고전부흥론의 대두를 계급문학과의 대립에서 빚어진 이데올로기
의 산물로 본다. 그런 의미에서 이 시대의 전통론 역시 방편적이라는 혐
의로부터 완전히 자유로울 수는 없었다. 그러나 이들은 1920년대와 달리
민족이나 고전의 가치 자체를 부정하는 데까지 나아가지는 않았다. 이들
이 부정한 것은 민족이나 고전의 가치 자체가 아니라, 고전적 유산을 지
니지 못한 현실적 조건을 무시한 고전부흥론자들의 방법적 무모성에 있
었다. 말하자면 현대 속에서 고전의 가치를 발견하려는 것이 아니라 과
거의 회귀를 통해 고전의 가치를 발견하려 한다는 것이다.

그리고 이러한 비판의 논리는 그 뒤 민족의 해방과 더불어 격렬하게
노정된 해방기의 민족문학논쟁에 그대로 이어진다. 일제의 탄압으로 잠
복해 있던 프로문학계열의 문인들은 해방과 더불어 전면에 나타나 조선
문학가동맹을 결성하였으며, 이들이 내건 슬로건 역시 민족문학의 수립
이었다.

---

37) 한 가지 덧붙일 것은 이 무렵부터 임화는 오늘날 '이식문학론'으로 호되게 비판받는
　　신문학사를 집필한다. 1935년 10월부터 「조선신문학사론서설」을 신문(『조선중앙일보』,
　　10.13~11.3)에 연재하고, 1939년 9월부터 「개설조선신문학사」를 신문(『조선일보』, 1939.
　　9.1~10.31)과 잡지(『인문평론』 13~16호, 1940.11~1941.4)에 연재하고 있음이 그것이다.
　　따라서 조선의 신문학을 서구문학의 이식으로 보는 그의 입장에서 보면 고전부흥론이
　　복고주의일 것임은 당연하다 할 것이다.
38) 韓植, 「文化의 民族性과 世界性(1~4)」, 『朝鮮日報』, 1937.5.4~5.7.
39) 李源朝, 「古典復興論是非」, 『朝光』 29호, 1938.
40) 尹圭涉, 「傳統과 文化」, 『靑色紙』 2호, 1938.

우리 문학운동(文學運動)의 강령(綱領)에는 '일본제국주의(日本帝國主義)의 소탕(掃蕩)' '봉건잔재(封建殘滓)의 청산(淸算)' '국수주의(國粹主義) 배격(排擊)'의 3항목(三項目)을 길이 우리 민족문학(民族文學)의 자유(自由)스러운 발전(發展)을 도(到)하거니와 만약 일본치하(日本治下)에서는 계급문학(階級文學)을 부르짖다가 해방(解放)된 오늘에 어찌 민족문학(民族文學) 수립(樹立)을 도(到)하느냐 한다면, 첫째 우리가 말하는 민족문학(民族文學)이란 민족주의문학(民族主義文學)이 아니라는 것을 밝히는 동시에 민족문학(民族文學)으로서 신문학(新文學)의 제(諸) 발전과정(發展過程)에서 당연히 지야한 반일적(反日的) 반봉건적(反封建的) 취처(娶妻)를 버리고 시민계급문학(市民階級文學)으로 특화(特化)하면서 민족문학(民族文學) 수립(樹立)의 영도권(領導權)은 당연(當然)히 반일적(反日的)이요 반봉건적(反封建的)인 프로레타리아 문학진영(文學陣營)으로 넘어오는 것이면 시민계급문학(市民階級文學)은 반일적(反日的)이요 반봉건적(反封建的)인 취처(娶妻)를 포기(抛棄)했을 뿐만 아니라 도리혀 고사야담(古事野談), 궁정비화(宮廷悲話) 등(等) 봉건제도(封建制度)를 회상(回想)하고 과장(誇張)하는 문학(文學)으로서 일제(日帝)의 비호하(庇護下)에 서게 되니 푸로레타리아 문학(文學)은 이러한 비민족문학적(非民族文學的)인 일체(一切) 반동적(反動的) 경향(傾向)을 폭로(暴露)하고 비판(批判)하고 공격(攻擊)하면서 반제국주의적(反帝國主義的)이요 반봉건적(反封建的)이요 반국수적(反國粹的)인 민족문학(民族文學) 수립(樹立)의 정통(正統)을 계승(繼承)해서 오늘날 그 과업(課業)을 수행(遂行)하려는 것이다. 그러므로 이것은 결코 계급문학(階級文學)이 아니고 민족문학(民族文學)이라는 것을 강조(强調)하는 바이다.41)

1946년 2월 조선문학자대회에서 결의한 조선문학가동맹의 3강령 가운데 특히 '국수주의 배격'이라는 마지막 강령이 특히 주목된다. 국수주의가 곧 1930년대 고전부흥론을 비판했던 복고주의의 다른 이름임은 "고사야담, 궁정비화 등 봉건제도를 회상하고 과장하는 문학"이라 비판하는 대목에서 쉽게 짐작할 수 있기 때문이다. 그런 까닭으로 전통론의 입장에서 보면 프로문학 계열의 해방기 민족문학 논쟁은 결국 고전부흥논쟁

---

41) 李源朝, 「民族文學 確立에」, 『朝光』 복간호, 1946.4.

의 연장선상에 있다고 할 수 있다. 그러나 좌우 양진영에서 다같이 민족문학을 내세우면서도 전혀 다른 노선으로의 양극화를 치닫던 시대였던 만큼, 해방기의 전통론은 두 진영의 극심한 민족문학 이념논쟁에 짓눌려 거의 한번도 제 목소리를 내 볼 기회조차 갖지 못했다.

정부가 수립되고 뒤이어 6·25전쟁이 발발하여 두서를 찾지 못하다가, 정전협정으로 사회가 조금씩 안정을 되찾아 가던 1950년대 중반 무렵부터 전통론이 문학론의 주요한 과제로 다시 떠오르기 시작하였다. 이 무렵이면 반공을 국시로 삼아 좌우의 문학적 이념 대립도 잦아든 때인 만큼, 전통의 논의 역시 순수한 문학론적 과제로서 전개되는 새로운 전기를 맞는다. 비평계에서 백철·조연현·최일수·원형갑·김우종·문덕수·이어령·유종호 등이 참여하고, 학계에서도 조윤제·이희승·이경선·이능우·정병욱 등이 참여함으로써 전통 문제가 전에 없이 활발하게 거론되기 시작한 것이다. 1960년대 전반까지를 한 기로 구획할 때, 이 시기는 식민지시대와 해방기를 거치는 동안 언제나 이념적 논쟁의 뒤켠에 밀려나 있기 일쑤이던 전통론이 비로소 제 목소리를 찾으며 독자적 위상을 확립해 나간 시기라 할 수 있다.

그런 의미에서 이 시기의 전통론은 새로운 방향이나 방법의 모색보다 반세기 동안 제기된 갖가지 전통담론의 문제들을 쏟아내고 쓸어 담는 자정(自淨)의 시기에 가깝다. 전대에 이미 제기되고 거론되었던 전통계승의 방향이나 고전의 재인식, 전통성과 세계성, 민족적 개성과 향토성, 한국적 주체성 등 당위론적 화제들이 중요한 화두였기 때문이다. 다만 전통논의가 순수한 문학론으로서 전개되었기 때문에 전대보다는 훨씬 심화된 논의를 진척시킬 수 있었음이 이 시기의 성과라 할 수 있다. 예컨대 고전과 현대의 문학적 간극을 메우기 위한 전통의 개념 재정립이나 창조적 계승의 문제에 고심을 한다든지, 1930년대에 제기된 한국문학 내지 미적 특질론에 주목할 만한 성과를 거둔다든지 하는 등이 그것이다. 특히 후자의 경우 '은근과 끈기'로 대표되는 조윤제의 한국문학 특질론[42]과, 이희승43)·정병욱44)·조지훈45) 등으로 이어지면서 가다듬어지고 심화된 '멋' 론은 이 시기에 이루어 낸 중요한 성과라 해도 좋을 것이다.

그러나 뭐니뭐니 해도 이 시기 전통론에서 주목해야 할 것은 다시 재연된 전통단절 논쟁이다. 거의 모든 비평가·연구자들이 전통계승의 당위론에 입각하여 그 창조적 계승 문제로 고민하고 있을 때, 이봉래·이어령·유종호 등의 젊은 비평가들이 나와 기존의 전통론에 이의를 제기하며 다시금 전통단절론을 제기하여 문단에 파문을 일으킨 것이다.

이는 특히 1962년『사상계』에서 기획한 문학 심포지움「신문학(新文學) 오십년(五十年)」의 현대시 특집에서 표면화되었는데, 여기에서 다루어진 주된 화두가 전통의 계승이냐 단절이냐였기 때문이다. 곧 현대시 50년를 종관하는 글을 조지훈이 전통계승론의 입장에서, 유종호가 전통단절론의 입장에서 쓰고, 다시 두 분의 글을 논제로 박목월·김종길·이어령을 참여시킨 5인의 토론회를 마련하여 이 문제를 쟁점화시켰던 것이다. 토론은 전통계승론의 입장에 선 조지훈·박목월과 전통단절론의 입장에 선 이어령·유종호 사이에 외국문학 전공자로서 김종길이 양쪽의 견해를 중재하는 형태로 전개되었다. 전통단절론적 견해는 이 특집에 쓴 유종호의 다음 글에 잘 나타나 있다.

> 문화사(文化史) 전반에 걸쳐 고스란히 해당하는 얘기겠지만 한국의 문학사 (文學史)를 일별할 것 같으면 하나의 단절, 단층이 엄존해 있다. 즉 현대편(現代篇)과 그 이전(以前)의 것 사이에는 심연에라도 비길만한 단층이 존재하고 있다. 시사(詩史)의 경우를 들어보자. 한국 최고의 시가는 다소 이론(異論)이 있

---

42) 조윤제,「은근과 끈기」,『現代文鑑』, 동국대학교, 1948; 조윤제,「國文學의 特質」, 『國文學槪說』, 동국문화사, 1955.
43) 李熙昇,「멋」,『現代文學』 2권 3호, 1956.
44) 鄭炳昱,「우리 文學의 傳統과 因襲」,『思想界』 10월호, 1958;『國文學散藁』, 신구 문화사, 1953에 재수록.
45) 趙芝薰,「'멋'의 硏究―韓國的 美意識의 構造를 위하여」,『韓國人과 文學思想』, 일조각, 1964.

는 모양이지만, 가령, 고구려 유리명왕(琉璃明王)의 소작(所作)으로 알려지고 있는 「황조가(黃鳥歌)」와 가락국의 태조(太祖) 수로왕(首露王)의 탄생을 맞이했다는 「영신군가(迎神君歌)」 등을 효시로 하여 신라(新羅)의 향가(鄕歌), 고려가사(高麗歌詞), 이조(李朝)의 가사(歌詞), 고시조(古時調)로 연결되는 한국시가(韓國詩歌)의 계보(系譜)와 「해(海)에게서 소년(少年)에게」 이후의 한국현대시(韓國現代詩)의 계보 사이에는 뛰어 넘을 수 없는 단절이 있다. 그 이전의 것이 한문으로 남아 있는 것이 많다든가, 혹은 한문학(漢文學)의 전거(典據)에 너무나 많이 의식하고 있다든가 하는 외관상의 차이는 부차적인 문제다. 근본적인 것은 한국의 현대시가 그 이전의 시가(詩歌)를 전혀 전통(傳統)으로 의의하지 않고 있다는 사실에 문제의 미묘성과 특수성이 있다. 초오서로부터 딘런 토마스까지의 엔솔로지에는 「청산별곡(靑山別曲)」으로부터 「청록집(靑鹿集)」까지의 엔솔로지에서 발견할 수 있는 적어도 근본적인 의미의 단절은 없다. 이것은 소설(小說)의 경우도 마찬가지다.[46]

그러나 이러한 태도가 『사상계』의 이 특집을 계기로 갑자기 제기된 것은 아니다. 일찍이 1950년대 후반부터 신세대 비평가들에 의한 전통단절론적 태도의 표명이 비평계의 전면에 부상하고 있었기 때문이다. 이 문제를 처음으로 제기한 것은 1956년, 당시 후반기동인으로서 모더니즘 비평활동을 활발하게 전개하고 있었던 이봉래에 의해서였다.

그런데 나는 앞에서 우리의 신문학(新文學)에 전통(傳統)이 없다고 단정(斷定)하였다. 이러한 단정(斷定)은 자칫하면 오해(誤解)받기 쉬운 일이라는 것을 잘 알고 있다. 역사(歷史)가 있고 과거(過去)가 있다고 해서 거기에 반드시 전통(傳統)이 있으리라고 생각하는 것은 큰 잘못이다. 과거(過去)의 문화형태(文化形態)에 있어서 가치(價値)의 원천(源泉)이 되고 그 낡은 문화형태(文化形態)에 가치(價値)의 잔영(殘影)을 남기고 있는 소위 문화적 유산(文化的 遺産)을 전설(傳說)이라고 할 수 없기 때문에 나는 서슴치 않고 우리의 문학(文學)에 전통(傳統)이 없다고 주장(主張)하는 것이다.

---

46) 柳宗鎬, 「現代詩의 五十年」, 『思想界』, 1962년 5월, 304면.

우리의 고전문학(古典文學)에 있어서 신라시가(新羅詩歌), 백제시가(百濟詩歌), 고려장가(高麗長歌), 이조가사(李朝歌辭)를 비롯하여 시조(時調) 등(等) 시문학 형식(詩文學 形式)에 의한 시적 유산(詩的 遺産), 그리고 춘향전(春香傳)으로 대표(代表)된 설화전(說話傳)이 소설형식(小說型式)에 의한 문학적 유산(文學的 遺産)은 얼마던지 있지만 솔직히 말해서 우리들은 거기서「전통(傳統)의 주체(主體)」를 발견(發見)할 수 없는 형편이다. 바꾸어 말한다면 우리들은 그러한 고전(古典)에서 우리의 문학적 유산(文學的 遺産)이나 문학정신(文學精神)이나 또는 문학적 영향(文學的 影響)이나 하는 것을 조금도 물려받은 적이 없다는 것이다.47)

신세대 논쟁을 일으켰던 이어령 역시 조연현·김우종과의 전통 논쟁에서 한국문학의 전통을 향토성으로 본 조연현의 전통론48)을 부정하는 글을 통해 기존의 전통 개념이 왜곡되었음을 통렬히 비판한 바 있다.49) 문학에서의 "전통주의는 프로빈시얼리즘(지방감정)을 지양하는 운동"이고 "문학작품의 가치를 초시간적으로 규정하는 것이 전통관"이라는 요지의 논리로 조연현의 향토성론을 비판한 것이다. 유종호 또한 이보다 앞서 비슷한 내용의 전통단절론적 견해를 이미 피력한 바 있다.50) 따라서『사상계』가 전통의 계승이냐 단절이냐의 여부를 현대시 50년의 특집으로 삼은 것은 당시 한국문학의 전통 문제를 둘러싸고 일어나고 있던 이러

---

47) 李奉來,「傳統의 正體」,『文學藝術』3권 8호, 1956.8, 150~151면.
　　신문학에 전통이 없다고 단정하는 이봉래의 논지는 이광수 등이 제기한 1910년대의 초창기 전통단절론의 논리를 연상케 하는 면이 많다. 그것은 특히 '시문학 형식(詩文學 形式)에 의한 시적 유산(詩的 遺産)', '소설형식(小說型式)에 의한 문학적 유산(文學的 遺産)'은 얼마든지 있지만 거기서 '전통(傳統)의 주체(主體)'를 발견(發見)할 수 없다는 후반부의 글을 통해 잘 드러난다. 1910년대보다는 훨씬 더 단단한 논리와 구체성을 확보하고 있기는 하지만, 고전문학에서 '전통의 주체'를 발견할 수 없다는 주장은 결국 중국적 영향의 문학 유산을 전면적으로 거부하는 1910년대의 전통거부 논리와 궁극적으로 맥을 같이 한다고 할 수 있기 때문이다.
48) 趙演鉉,「民族的 特性과 人類的 普遍性」,『文學藝術』, 1957년 7월.
49) 李御寧,「土人과 生麥酒」,『聯合新聞』, 1957.1;『抵抗의 文學』(증보신판), 예문관, 1965, 46~54면.
50) 柳宗鎬,「우리 文學傳統의 確立」,『世界』, 1960.3.

한 문단 기류를 쟁점화하기 위한 것이라고 할 수 있다.[51]

어쨌든 이 시기 전통단절론을 주장하는 근저에는 전통을 구체적이고 실질적인 근거 위에서 이해해야 한다는 개념의 엄밀성이 자리하고 있다. 이어령이 조연현의 향토성론에 반박하며 전통을 프로빈시얼리즘의 지양, 초시간적 가치의 지향으로 보는 까닭은 전통의 원천으로서 자리해야 할 고전을 중시했기 때문이다. "전통의식이란 고전적 작품에 접했을 때만 생기게 된다. 고전적 작품이라는 것은 무수한 공간을 꿰뚫고 확충하면서 오늘날까지 그 가치를 존속시켜 온 작품을 뜻하는 것이기 때문이다."[52] 고 언명하고 있는 데서 그러한 태도가 단적으로 드러난다. 유종호 역시 이에서 크게 벗어나지 않는다. 위의 토론 자리에서 "적어도 전통을 문학 면에서 이야기할 때에는 추상적인 논의를 해서는 안된다"는 전제 아래, "한국 현대시인이 시를 쓸 때에 향가나 고려가사, 청산별곡 그런 것이 구체적으로 영국에서 현대시를 쓰는 사람이 쉑스피어를 읽었을 때에 무슨 영감의 원천에 흡사한 구실을 할 수 있느냐 하면 할 수 없다"[53]는 점에서 전통단절로 볼 수밖에 없다는 입장을 취하고 있기 때문이다.

여기서 우리는 1930년대의 고전부흥론을 둘러싸고 벌어진 쟁점을 다시금 떠올리게 된다. 전범이 될 만한 고전적 유산을 지니지 못한 현실적 조건을 무시한 고전부흥론자들의 무모성을 비판하듯, 이들 역시 당시 무

---

51) 전통단절론적 견해가 당시 문단에 어떤 반응과 화제를 불러일으켰을 것인지는 유종호(「現代詩의 五十年」, 『思想界』, 1962년 5월)의 글에 부기된 다음과 같은 우려의 글을 통해 짐작할 수 있다.

　"여기까지 써 놓고 보니 생각나는 것이 있다. 이전에도 필자(筆者)는 전통을 얘기하는 자리에서 이러한 단절면을 지적한 일이 있다. 그랬더니 과거의 유산(遺産)을 멸시한 것으로 오독(誤讀)하고 뚱딴지 같은 소리를 하는 국문학자(國文學者)가 계셨다. 엄밀성과 정확성을 '못토오'로 해야 할 학자의 신분으로 남의 문장 하나 제대로 이해하지 못하고 비방하는 무성의는 비참한 것이었다고 기억하고 있거니와, 행여 오해(誤解)하고 국수주의적(國粹主義的) 신경질(神經質)을 부릴 독자(讀者)가 없기를 바란다."(305면)

52) 이어령, 「土人과 生麥酒」, 『聯合新聞』, 1957.1; 『抵抗의 文學』(증보신판), 예문관, 1965, 52면.

53) 조지훈 · 유종호 등(토론), 「接合이냐 接合이냐」, 『사상계』 5월호, 1962, 372면.

성하던 전통 관련 담론들의 모호함과 비엄밀성에 반기를 들었던 것으로
볼 수 있기 때문이다. 다른 점이라면 1930년대가 방향을 모색하는 자리인
만큼 미래형의 기대치를 진술하고 있다면, 이 경우는 50년 동안의 현대시
를 되돌아보는 자리인 만큼 과거형의 현상 기술이 주가 되고 있다는 정
도일 것이다. 이런 의미에서도 이 시기의 전통론은 식민지시대에 제기된
갖가지 문제점들을 쏟아내고 쓸어 담는 자정의 의미를 지닌다고 할 수
있다.

마지막 단계라 할 1960년대 후반 이후 오늘날에 이르는 기간 동안의
전통론은 수차례 격동의 태풍이 휩쓸고 지나간 자리의 상처를 치유하면
서 과거의 교훈을 거울삼아 전통계승의 구체적인 근거를 찾는데 힘써
온 것으로 특징지을 수 있다. 그 동안 고비마다 불쑥불쑥 나타나던 전통
단절론의 망령은 더 이상 나타나지 않았고, 논의의 방향이 당위론에서
현상론으로 전환되었으며, 방법적 시각도 전에 없이 다변화되었기 때문
이다. 전통론을 연구사적으로 정리하고 반성하는 작업 또한 이 시기에
와서 이루어지기 시작하였다.54) 이 시기의 전통 논의를 조감해 보면 크
게 두 방향으로 전개되어 왔다고 할 수 있다. 한편으로 근대문학 형성의
자생성을 발견하려는 쪽으로 나아가고, 다른 한편으로 한국문학의 지속
성 내지 동질성을 발견하려는 쪽으로 나아갔다.

근대문학 형성의 자생성 발견을 향한 노력은 임화의 서구문학 이식론
을 극복하기 위한 데서 출발하였다. 1935년부터 1941년에 이르는 동안
근대문학사를 집필하는 사이에 임화는 이의 방법적 토대가 되는 「신문

---

54) 尹柄魯, 「傳統問題의 現代化試論」, 『人文科學』, 성균관대, 1973; 白承喆, 「創造의
普遍性과 特殊性」, 『韓國文學大典集 附錄 I』, 태극출판사, 1975; 趙東一, 「韓國文學
傳統論의 문제점」, 『한국시가의 전통과 율격』, 한길사, 1976, 13~34면; 金恩典, 「韓國
詩에 있어서의 傳統性 問題」, 『心象』 8권 9호, 1980, 45~53면; 成耆兆, 「韓國近代文
學의 傳統論議에 관한 연구」, 단국대 박사논문, 1989; 『韓國文學과 傳統論議』, 신원문
화사, 1989.8, 13~197면에 재수록; 김재홍, 「국문학의 전통」, 『한국문학사의 쟁점』(논총
간행위원회, 성산장덕순선생 정년퇴임기념논총), 집문당, 1986, 42~57면; 신두원, 「전후
비평에서의 전통논의에 대한 시론」, 『민족문학사연구』 9집, 민족문학사연구회, 1996.

학사의 방법」을 『동아일보』에 연재하는데,[55] 여기에서 그는 '신문학사란 이식문화의 역사'라는 입장을 분명히 내세운다.[56] 그러나 이러한 이식문학론적 인식은 임화에 이르러 공식적으로 표면화된 것일 뿐, 그 이전에도 이후에도 우리를 들쑤시며 괴롭히던 망령처럼 존재하고 있었다. 1910년대부터 고비마다 나타났던 전통단절론적 인식의 기저에 이것이 잠복헤 있었고, 해방 후 출간된 일련의 현대문학사에서 정설화된 갑오경장 기점론에도 또한 이것이 잠복하고 있기 때문이다.

따라서 한국문학의 전통성에 관심둔 근대문학 연구자들에게 있어 이식문학론은 언제나 떨쳐내 버려야 할 망령, 극복해야 할 과제로 놓여 있었다고 해도 지나친 말은 아닐 것이다. 『신문학사조사』(1947~1948)에서 근대문학사를 서구문학 사조의 이입사로 해석한 백철조차도, "이 기회에 고전에 대한 주의를 먼저 이 방면에 기울일 것이다. 근대(近代) 근조(近朝)라 하지만 그 중에서도 영정시대를 전후한 실학파적인 문예부흥 기운이 일어나고 있던 동안을 주안(主眼)할 필요가 있다. 우리 문학도 여기서 산문문학, 소설문학이 근대성을 대표해서 등장했기 때문이다. 그것이 현대문학과의 가장 가까운 혈연이 될 것이다"[57]고 제안하고 있는 데서 그러한 고뇌의 한 단면을 읽을 수 있다.

이러한 분위기 속에서 이식문학론을 극복할 첫 대안을 제시한 것이 바로 김윤식·김현의 『한국문학사』이다.[58] 이미 잘 아는 바와 같이 이들

---

55) 林和, 「新文學史의 方法」, 『東亞日報』, 1940.1.3~1.20; 『文學의 論理』, 학예사, 1940, 819~841면에 재수록.

56) "신문학(新文學)이 서구적(西歐的)인 문학(文學) 「장르」(구체적으로는 자유시와 현대소설)를 채용(採用)하면서부터 형성(形成)되고 문학사(文學史)의 모든 시대(時代)가 외국문학(外國文學)의 자극(刺戟)과 영향(影響)과 모방(模倣)으로 일관(一貫)되었다고 하야 과언(過言)이 아닐만큼 신문학사(新文學史)란 이식문화(移植文化)의 역사(歷史)다."(임화, 『文學의 論理』, 학예사, 1940, 827면)

57) 白鐵, 「現代文學과 傳統의 問題」, 『朝鮮日報』, 1956.1.6~1.7; 『韓國文學의 理論』, 정음사, 1964.12, 273면에 재수록.

58) 김현·김윤식, 『한국문학사』, 민음사, 1973.

은 여기에서 '한국문학은 주변문학을 벗어나야 한다'는 명제를 내걸어 이식문학론의 극복을 제창하고, 근대문학사의 첫째 시대를 '근대의식의 성장'으로 설정함으로써 근대의 기점을 18세기 영정조시대로까지 끌어올린다. 이렇게 되면 한국의 근대문학사는 서구문학의 이식사가 아니라 그 원천을 영정조까지 거슬러 올라갈 수 있는 당당한 자생적 형성의 역사가 되는 것이다. 이러한 대안은 그 후 근대문학 기점 논쟁을 격렬히 불러일으키며, 근대성 발견을 위한 조선 후기의 문학 연구를 활성화시키는 데 결정적인 기폭제 역할을 하였다. 정병욱이 신흥예술·사설시조·서민화 가사·판소리 등에 나타난 근대적 양상 검토를 통해 18세기 근대문학 기점론의 보완을 시도하고,59) 조동일이 『한국문학통사』에서 임진왜란 후부터 3·1운동까지를 '근대적 이행기'로 설정하여 고전문학사와 근대문학사 사이의 완충지대 설정을 시도한 것60)이 이 논란의 과정에서 거둔 중요한 성과일 것이다. 시문학의 경우 자유시의 기원을 사설시조로 끌어올리려는 시도61) 역시 같은 맥락에서 이해될 수 있다.

한국문학의 지속성 내지 동질성 발견을 위한 노력은 고전문학과 현대문학 사이에 공통적으로 내재하는 것이 무엇인가—시간성의 차원에서 보면 한국문학의 지속성이고 공간성의 차원에서 보면 한국문학의 동질성이다—를 찾아내기 위한 노력으로서, 이 또한 두 갈래의 방향으로 전개되어 왔다고 할 수 있다. 우선 하나는 1930년대부터 시작되어 앞 시기에 중요한 성과를 거둔 한국문학 특질론으로서 이 시기에도 이에 대한 관심은 끊어지지 않았다. 이태극의 '참과 시름',62) 천이두의 '한(恨)',63)

---

59) 정병욱, 「한국문학사에 있어서 근대문학의 성립과정」, 『창작과비평』 35호, 창작과비평사, 1974; 『한국고전의 재인식』, 홍성사, 1979, 289~321면에 재수록.

60) 조동일, 『한국문학통사』 1, 지식산업사, 1982.

61) 박철희, 「사설시조의 구조와 그 배경」, 『한국시사연구』, 일조각, 1980; 오세영, 「자유시 형성에 있어서 사설시조와 잡가」, 『한국문화』 14집, 1993.

62) 이태극, 「한국고전문학연구서설」, 『국어국문학』 2집, 1952. 이태극, 「고전문학에 있어서의 전통계승 문제」, 『국어국문학』 34·35합집, 1967.

63) 천이두, 「전통의 계승과 그 극복」, 『月刊文學』 6권 8호, 1973; 천이두, 『恨의 硏究』,

구중서의 '평화와 알몸사상',64) 조동일의 '질서변형의 멋' '한풀이와 신명풀이'65) 등이 그 대표적인 예들이다.

다른 하나는 한국문학에서 검출될 수 있는 연속성의 맥락을 발견하는 작업으로서 이 시기에 들어 새로이 눈뜬 접근유형이다. 다양한 시각으로 접근할 수 있어 연구도 활성화되어 있다. 먼저 정신사적 맥락을 발견하기 위한 조동일66) · 임형택67) · 송재소68) 등의 근대적 서민의식 내지 민중의식에 주목한 연구가 있다. 이들은 조선 후기 서민(민중)의식의 성장으로 나타나기 시작한 문학의 근대적 양상 발견에 주목한다는 점에서 근대문학 형성의 자생성을 발견하려는 쪽과 공동의 관심을 지니고 있다. 그러나 근대문학의 기점을 조선 후기로 끌어올리려는 목적보다 이러한 정신사적 전통이 현대문학에서도 중요한 자산이라는 데 더 큰 비중을 두는 점에서는 다른 시각을 지니고 있다. 다음으로 한국시의 운율적 맥락을 발견하기 위한 시도로서 조동일69) · 김대행70) · 조창환71) · 성기옥72) 등의 현대시에 계승된 전통적 운율의 계승에 관한 연구가 있다. 마지막으로 구조적 맥락의 발견을 위한 시도로서 박철희의 시조를 중심으로 한 자설적 · 타설적 구조의 지속성,73) 김대행의 시학적 접근74) 등이 있다. 이밖에도 현대시에 나타나는 소재적 전통을 발견하기 위해 특정의

문학과지성사, 1980.

64) 구중서, 「韓國傳統藝術에의 自覺」, 『한국문학대전집 부록 I』, 태극출판사, 1975.

65) 조동일, 「한국문학의 특질」, 『한국문학 이해의 길잡이』, 집문당, 1996.

66) 趙東一, 「傳統의 退化와 繼承의 方向」, 『창작과비평』 3호, 1966년 여름.

67) 林熒澤, 「18세기 藝術史의 視覺」, 『雨田辛鎬烈先生古稀紀念論叢』, 창작과비평사, 1983; 林熒澤, 『韓國文學史의 視覺』, 창작과비평사, 1984.

68) 宋載邵, 『茶山詩研究』, 창작과비평사, 1986.

69) 조동일, 『한국시의 전통과 율격』, 한길사, 1976.

70) 김대행, 『한국시가구조연구』, 삼영사, 1976.

71) 조창환, 「繼承과 發展으로서의 傳統」, 『心象』 8권 9호, 1980; 조창환, 『현대시운율연구』, 일지사, 1986.

72) 성기옥, 『한국시가 율격의 이론』, 새문사, 1986.

73) 박철희, 앞의 책.

74) 김대행, 『시가시학연구』, 이화여대 출판부, 1991.

작가나 작품의 분석을 통한 국지적 연구도 다기하게 이루어졌다.

그러므로 1960년대 이후 오늘에 이르는 시기는 한국문학의 전통론이 비로소 본궤도에 올라 실질적인 성과를 거두기 시작한 시기라고 할 수 있다. 이러한 성과는 한국문학의 전통 논의가 문학을 민족적 생존의 한 거점으로 삼을 수밖에 없는 상황에서 전개된다는 식민지시대의 절박성을 벗어남으로써 가능할 수 있었다. 한국문학의 전체성을 민족적 생존의 문제로서보다 민족적 정체성의 문제로서 관심둘 수 있게 됨으로써, 비로소 한국문학을 객관적으로 바라볼 수 있는 여유를 회복하게 된 것이다. 이는 전통론뿐만 아니라 다른 모든 문학적 연구가 이 시기에 들어서야 본궤도에 오르기 시작한 사실과도 무관하지 않다.

그러나 그 성과는 과연 어느 수준이며 어느 정도의 객관성을 확보한 성과라 할 수 있는가. 이 문제는 곧 프로문학 비평가들이 전가의 보도처럼 빼어들고 늘상 전통론자들을 공박하던 '복고주의' '국수주의'라는 혐의를 어느 정도로 벗어나고 있나와 통한다. 그러므로 말을 바꾸어 우리는 이렇게 질문해 볼 수 있다. 한국문학의 전통론을 압도해 온 전통계승의 당위론적 시각을 과연 어느 정도로 극복했다고 할 수 있는가.

2. 한국문학 전통론의 특수성과 한국시 전통론의 과제

이 물음은 곧 지금까지 전개되어 온 한국문학 전통론의 가능성과 한계를 진단하는 일과 직결되어 있는 물음이다. 그리고 연구사적 흐름을 대강이나마 짚어낸 지금인 만큼 이를 토대로 전통론의 가능성과 한계를 진단해 내는 일도 그리 어려운 일은 아니다. 필자의 연구사 검토 시각이 각 시기마다 나름의 성과를 거두고 문제점을 극복해 나가는 단계적 발전의 과정으로 보고 있으므로 이를 한 자리에 정리하면 그 한계도 자연스레 드러나게 될 것이기 때문이다. 그러나 이런 해결방식은 문제의 핵심을 꿰뚫어 내지 못한다. '당위론적 시각을 과연 어느 정도로 극복했다고 할 수 있는가'와 무관한 화제로 나아갈 가능성이 커서, 결국은 피상적인 대답만 들을 소지가 많기 때문이다. 그런 까닭으로 우리는 이 물음을 지금까지 전개된 한국문학 전통론의 특수성을 점검하는 일로부터 풀어 나가야 할 것으로 생각된다. 이 특수성을 점검해 나가는 과정에서 한국문학 전통론이 안고 있는 근본적인 문제점도 자연스레 부각될 수 있을 것이며, 이 문제점의 인식을 통해 조망할 때 그 성과와 한계도 더 선명히 드러날 수 있으리라 생각되기 때문이다.

이런 입장에서 지금까지 전개되어 온 한국문학 전통론을 종관해 볼 때, 그 가장 두드러진 특징은 역시 '모든 전통 관련 담론들이 고전문학과 현대문학의 연속성 문제와 관련된 담론들'이라는 사실로 수렴될 수 있을 것이다.

물론 이는 전통이라는 말 자체가 '과거와 현재를 연결짓는 매개항'으로서 의미를 지니고, 전통에 대한 관심이 '과거와 연결짓고자 하는 오늘날 우리문학의 현재적 요청'에서 비롯되는 것이므로 당연한 현상일 수 있다. 그런 의미에서 이는 또한 한국문학 전통론의 특징이 아니라 다른 모든 문학의 전통론에서 나타나는 일반적 현상으로 생각할 수도 있다. 사실이 그러하기도 하다. 가령 1950년대 이래 한국문학의 전통론에서 금과옥조처럼 인용하곤 하는 엘리어트의 전통론에 비추어 보더라도 그러하다. 엘리어트가 17세기 형이상학파시를 통해 전통 문제를 거론하는 것 역시 형이상학파시(과거)와 연결짓고자 하는 당대 영시의 방향 설정(현재적 요청)과 떼어 생각할 수 없기 때문이다. 이는 엘리어트가 「전통과 개인의 재능」에서 '역사적 의식'과 '몰개성'으로 논리화했던 전통 일반론의 실천적 성찰이라는 점에서 중요한 의미를 지닌다. 그런 의미에서 한국문학의 전통론이 거의 압도적으로 현대문학 비평가(연구가)들에 의해 주도되어 왔다거나, 거의 압도적으로 현대문학적 해결 과제로서 논의되어 왔다는 사실 또한 한국문학 전통론의 특수성이라고 할 수 없다. 전통론이면 우리가 아닌 다른 어느 곳에서도 볼 수 있는 일반적 현상일 터이기 때문이다.

그러나 여기서 말하는 '고전문학과 현대문학의 연속성 문제'는 전통 일반론으로서의 '과거와 현재의 연속성 문제'와 다르다. 역사를 소거한 '과거와 현재'의 연속성이 아니라 한국문학의 역사적 특수성이 부착된 '고전문학과 현대문학'의 연속성 문제이기 때문이다. 다시 말해 '고전문학과 현대문학'이라는 양항 관계는 두루 쓰일 수 있는 일반적 관계가 아니라 한국적 특수성 속에서 형성된 역사적 상관항이다. 과문한 탓인지는 몰라도 이른바 중심부 문학임을 자처하는 서구문학에서 과거의 문학을 무조건 하나로 뭉뚱그려 우리처럼 '고전문학'이라 부르는 경우를 필자는 알지 못한다. 동시에 한국문학의 전공영역을 '고전문학 전공과 현대문학 전공'으로 이원화 시켜 제도화하고 있는 경우도 알지 못한다. 우리처럼 자국의 문학을 '과거의 문학'(고전문학)과 '현재의 문학'(현대문학)으로 양극화시켜 제도화하고 있다면, 그것은 어김없이 서구문학의 압도적 영향 아래 현대문학이 형성되고 서구문화의 충격에 의해 근대화를 이룬 제3세계권에서 뿐일 것이다. 이런 의미에서 우리의 전통론이 '고전문학과 현대문학의 연속성 문제로 수렴되는 담론'이라는 사실은 고전문학과 현대문학 사이의 간극 현상을 어떻게 극복할 것인가와 관련된 특수한 역사적 상황을 반영한 담론이라 할 수 있다. 사시안적 시각으로 본다면 한국문학 전통론의 역사는 이식문학론을 극복하려는 안간힘의 역사였던 셈이다.

언제나 전통론의 아킬레스건으로 작용해 왔던 전통단절론은 이러한 특수성의 문맥에서 재해석해야 할 대상이다. 지금까지 이루어져 온 전통론에 관한 연구사적 접근이나 반성적 논의에서 바라본 전통단절론에 대한 시각은 준열할 만큼 비판적이었다. 그러나 이 문제는 전통의 계승론을 편다고 해서 무조건 선이고 전통의 단절을 주장한다고 해서 무조건 악이라는 흑백논리로 이해할 문제가 아니다. 우리 전통론의 전 역사가 고전문학과 현대문학의 연속성 문제로 집중되고 있다는 사실은 곧 고전문학과 현대문학 사이에 패인 골이 그만큼 깊기 때문에, 패인 골로 말미암아 양자 사이의 연속성 입증이 그만큼 어렵기 때문에 나타난 특수성이라 할 수 있다. 양자 사이의 연속성이 쉽사리 입증될 수 있었다면 우리의 전통론이 한 세기가 지나도록 한 가지 화두에만 매달리지는 않았을 것이기 때문이다. 진작에 넓이와 깊이를 더한 더욱 심화된 전통론으로 발전해 나갔을 것이다.

　사정이 이러한 만큼 논자에 따라 패인 골을 중시하여 전통단절론을 펼 수도 있고 패인 골의 틈새로 이어진 연결선을 중시하여 전통계승론을 펼 수도 있다. 만일 패인 골의 틈새로 이어진 연결선들이 무시해도 좋을 정도라고 판단한다면 단절론을 선택할 수 있고, 패인 골에도 불구하고 틈새로 이어진 연결선들이 중요한 의미를 지닌다고 판단한다면 계승론을 선택할 수 있다. 그러한 선택은 판단의 문제요 해석의 문제이지 비판의 대상은 아니기 때문이다. 문제는 단절론과 계승론 가운데 어느 쪽을 선택하느냐에 있는 것이 아니라 그 선택이 얼마나 사실에 가깝느냐에 있다. 만일 의미 있는 연결선에도 불구하고 패인 골에만 집착하여 단절론을 주장한다면 이는 비판받아 마땅하다. 패인 골이 깊음에도 불구하고 연결선에만 집착하여 가상의 연결선을 조작하면서까지 — 혹은 연결선을 부풀리면서까지 — 계승론을 주장한다면 이 역시 마땅히 비판받아야 한다. 이런 관점에서 검토한다면 한국문학의 전통론에서 불거진 전통단절론은 — 비판을 전면적으로 면제받을 수는 없을지라도 — 재해석될 여지가 많은 것이다.

　우선 1910년대 이광수 등의 전통단절론부터 재검토해 보자. 이들이 과거의 부정을 통해 신문학을 건설하려 한 것은 사실이지만 그렇다고 우리의 과거 일체에 대한 전면적인 거부를 통해 신문학을 건설하려 한 것은 아니었다. 이들이 거부한 것은 전체가 아니라 조선시대의 문화 내지 문학이었다. 이러한 사정은 앞서 인용한 이광수의 「문학(文學)이란 하(何)오」에서 분명히 살필 수 있다.

> 조선(朝鮮)은 건국(建國)이 사천여년(四千餘年)이라 하고 기간(其間)에 신라(新羅), 백제(百濟), 고구려(高句麗) 등 찬연(燦然)한 문명국(文明國)이 유(有)하였은즉 당시(當時) 타민족(他民族)에 구(求)치 못할 조선민족(朝鮮民族) 특유(特有)의 정신문명(精神文明)이 유(有)할 것이어늘, 당시(當時) 문학(文學)이 전혀 소실(消失)되어 오인(吾人)은 오인(吾人)의 선조(先祖)의 귀중(貴重)한 유산(遺産)을 수(受)할 행복(幸福)이 무(無)하엿도다. 오인(吾人)의 근대조선(近代朝鮮)이 나타무위(懶惰無爲)하여 오인(吾人)에게 물질적(物質的) 재산(財産)을 유(遺)치 아니함을 통한(痛恨)하는 동시(同時)에 피등(彼等)이 정신적(精神的)으로까지 무능무위(無能無爲)하여 정신적(精神的) 재산(財産)을 유(遺)치 아니하였음을 원한(寃恨)하노라. 연(然)이나 차(此)는 다만 오인(吾人)의 조선(祖先)의 죄(罪)만이 아니라. 중국사상(中國思想)의 침입(侵入)이 실(實)로 조선사상(朝鮮思想)을 절멸(絶滅)하였음이니, 차(此) 중국사상(中國思想)의 폭위하(暴威下)에 기다(幾多) 금옥(金玉)같은 조선사상(朝鮮思想)이 고사(枯死)하였는고 무심무장(無心無腸)한 선인(先人)들은 우(愚)하게도 중국사상(中國思想)의 노예(奴隷)가 되어 자가(自家)의 문화(文化)를 절멸(絶滅)하였도다.[75]

먼저 살필 중요한 대목은 이 글의 앞부분이다. 신라·백제·고구려 등 삼국은 '찬연한 문명국'이었고 이 시대는 다른 민족에서 발견할 수 없는 '조선민족 특유의 정신문명'이 존재했으나, 당시의 문학이 소실되어 귀중한 문학적 유산을 누릴 행복을 얻지 못했다는 것이 이 대목의 요지이다. 민족 특유의 정신문화를 꽃피웠던 삼국시대의 문학적 유산이 인멸되지 않고 남아 있었다면 이의 전통을 기반으로 하여 우리의 신문학을 건설할 수 있을 것이라는 뜻이 배면에 깔려 있다. 뒷부분은 바로 그가 거부하고

---

75) 李光洙, 「文學이란 何오」, 『每日申報』, 1916.11.10~11.23; 권영민 편, 『韓國現代文學批評史資料』 I, 단국대 출판부, 1981, 43면에 재수록.

자 한 조선시대의 문화와 문학에 관한 대목이다. 조선시대에는 중국사상의 침윤으로 '금옥같은 조선사상'이 말라 죽었고 우리의 문화도 절멸하였다. 그러므로 "조선문학은 오직 장래가 유(有)할 뿐이요 과거는 무(無)하다"76)는 선언을 통해 이광수가 과거의 문학을 거부한 것은 바로 앞 시대의 조선시대 문학을 거부한 것이고, 까닭은 조선시대의 문화와 문학이 중국풍 일색이어서 민족 특유의 문화와 문학이 절멸했기 때문이다.77)

따라서 이광수가 무조건 우리의 과거 문화와 문학을 거부하고 신문학을 건설하려 했다고 전통의식의 부재를 질타하는 비판은 재고되어야 한다. 그가 거부한 것은 직접 물려받은 중국풍 일색의 조선시대 문학이었다. 그가 단절론의 입장을 취한 것은 전통으로 삼을 문학적 유산이 애초부터 없어서가 아니라, 삼국시대까지만 해도 꽃피우고 있었던 조선민족 특유의 문학이 인멸되어 남아 있지 않기 때문이다. 전통의식이 부재하여 과거 문학을 거부한 것이 아니라, 계승할 만한 민족 특유의 문학은 인멸되고 중국풍 일색의 문학만 남아 있다는 판단에 따라 거부한 것이다.

지금 우리의 시각으로 보면 그의 판단이 그릇된 역사이해에 근거한 지나친 단견임을 부인할 수 없지만, 그렇다고 이를 근거로 그의 단절 논리를 비판하는 것 또한 단견이 아닐 수 없다. 우리의 과거 문화에 대한 객관적 이해의 여건이 마련되지 못한 당시의 상황에서는, 더욱이 나라를

---

76) 李光洙, 위의 책, 50면에 재수록.

77) 이광수의 이러한 인식은 뒤의 「민족개조론」(『개벽』 23호, 1922)에서도 살필 수 있다. 더욱이 이 글에서는 르봉이 체계화한 민족의 근본적 성격과 부속적 성격에 따라 조선의 민족성을 장황하게 설명한 다음, "그러므로 우리의 개조(改造)할 것은 조선민족(朝鮮民族)의 근본적 성격(根本的 性格)이 아니요, 르봉 박사의 이른바 부속적 성격(附屬的 性格)이외다"(328면)라고 결론짓는다. 여기서도 그가 개조하려 한 조선의 민족성은 후대의 통념적 이해와 달리 근본적 성격이 아니라 부차적 성격이었다.
   그리고 같은 시기에 단절론적 입장을 보였던 현상윤의 역사인식 역시 이와 비슷하다. "우리 역사(歷史)에 이서서 근세(近世) 천여년(千餘年) 동안은, 더욱 최근(最近) 삼백년(三百年) 동안은, 우리 사회(社會)가 정체(停滯)에 정체(停滯)를 거듭하"였던 사회(현상윤, 「朝鮮靑年과 覺醒의 第一步」, 『學之光』 15호, 1918, 88면)라는 인식 위에서 과거를 거부하고 있기 때문이다.

잃은 것이 조선의 사대주의사상으로 말미암는다는 생각이 팽배했던 당시의 지적 기상도에서는 충분히 그럴 수 있겠기 때문이다. 당대의 역사 이해를 뛰어넘을 혜안을 그에게 요구한다면 그 또한 영웅주의적 기대가 아니고 무엇이겠는가. 오히려 매섭게 비판해야 할 것은 외래적인 문학에 대한 그의 이중적 태도에 있다. 중국적 색채의 조선시대 문학을 외래적(비조선적)이라는 이유로 거부한 그가 다시금 박래품인 서구문학을 신문학의 모델로 삼는 이중적 자기모순의 논리를 비판해야 하는 것이다. 단절론의 주창자이던 그가 몇 년을 넘기지 못하고 국민문학 내지 민족주의 문학을 주창하는 전통 계승론자로 돌변한 것도 이와 무관하지 않다.

1920년대의 국민문학 비판과 1930년대 고전부흥론 비판에서 보인 프로문학 비평가들의 전통 단절론적 태도는 별로 재론할 만한 것이 없다. 그들이 과거 문학으로서의 시조 계승과 고전 부흥을 거부한 것은 전통의 차원에서가 아니라 이념의 차원에서였기 때문이다. 다시 말해 그들이 거부하려 한 중심 타켓은 국민문학 내지 부르주아문학이지 전통이 아니었던 것이다. 국민문학 내지 고전부흥론자들이 전통에 주목한 것 또한 이념의 차원에서였으므로, 결국 1920~30년대의 국민문학 내지 고전부흥 논쟁에서는 전통론이 실종되고 이념논쟁만 남는 결과를 빚고 말았다.

다만 1930년대의 고전부흥론을 '복고주의'로 규정한 프로문학 비평가들의 단절론적 태도는 이 문맥에서 다시 주목해 볼 필요가 있다. 이에 부착된 갖가지 이념적 분식을 떨쳐 버리고 순수히 문학론의 차원에서 바라본다면, 그들의 복고주의 비판은 계승론의 문제점을 비교적 객관적으로 짚어낸 첫 사례요 단절론의 중요한 논리 발견이라 할 수 있기 때문이다. 그들이 말하는 복고주의란, 물론 고전부흥론자들이 당대 문학의 방향을 과거 문학으로 회귀하려는 쪽으로 설정하고 있음을 비판한 것이다. 과거 문학으로의 회귀가 곧 전통부흥론자들의 전통계승 논리를 두고 비판한 것이고 보면, 결국 그들의 비판논리 배후에는 계승론에의 지나친 집착이 당대 문학의 방향을 오도하고 있다는 뜻이 숨겨져 있는 셈이다.

이런 점에서 프로문학 비평가의 복고주의 비판은 자칫 계승론의 이데올로기화로 말미암은 고전의 허상화나 문학의 방향 오도 가능성을 선험적으로 예견하고 있었던 것으로 평가할 수 있다.

1950년대 후반부터 일어난 이어령·유종호 등의 전통단절론은 순수히 문학론적 차원에서 제기된 단절론이라는 점에서 또 다른 문제점을 환기해 준다. 이미 지적한 바와 같이 이들의 단절론 주장에는 '전통'이라는 말의 개념적 엄밀성에 대한 강조가 자리하고 있다. 곧 이들은 서양에서 말하는 문학적 전통의 일반 개념, 특히 엘리어트적 전통 개념에 입각하여, 전통을 과거의 문학(고전)이 현대의 작품 생성에 가시적인 영향력을 미친 경우에 한하여 전통의 계승이라고 말할 수 있음을 강조한다. 그리고 이런 엄정한 개념으로 문학사를 볼 때 한국의 현대문학은 전통이 단절되었다는 것이다. 그러므로 이 시기 단절론자와 계승론자 사이에 벌어진 논쟁은 사실상 단절이냐 아니냐의 사실 여부를 두고 벌어진 논쟁이라기보다 전통의 외연개념을 넓혀 보느냐 좁혀 보느냐를 두고 벌어진 논쟁에 가깝다. 따라서 확장개념으로 전통 문제를 바라보는 계승론자와 제한개념으로 바라보는 단절론자 사이에는 어느 한쪽의 개념 수정이 일어나지 않는 한 논쟁은 계속 평행선을 그을 수밖에 없다. 확장개념의 눈으로 보면 전통은 계승되고 제한개념의 눈으로 보면 전통은 단절되어 있을 것이기 때문이다.[78)]

어쨌든 이 시기의 단절론이 전통의 개념을 지나치게 좁게 잡은 데서 초래된 결과라는 점에서는 비판을 면하기는 어렵다. 엘리어트식의 영향력 개념 — 계승하는 작가의 입장에서 보면 엘리어트가 말하는 역사적 의식(historical sense) — 이 전통의 중핵인 것은 부인할 수 없는 사실이지만 그

---

78) 실제로 앞의 연구사 검토에서 소개한 『사상계』지의 현대시 50년사 토론에서 전개된 조지훈과 유종호 사이의 논쟁이 그러하다. 각기 달리 설정하고 있는 전통의 개념으로 말미암아 두 분의 논점은 계속 평행선을 그으며 겉돌고 있는 느낌을 자아내 주기 때문이다.

렇다고 전통을 영향력 개념으로만 제한하는 것도 문제가 있기 때문이다. 전통은 문학의 창조적 지표라 할 영향력 개념으로서만 의의를 가지는 것이 아니라, 문학의 정체성 확립을 위한 지속성 개념으로서도 못지 않게 중요한 의의를 지닌다. 더욱이 서구문학의 영향으로 고전문학과 현대문학 사이에 패인 골이 깊은 한국문학의 경우, 영향력 개념보다 한국문학의 정체성 확립을 위한 지속성 개념이 오히려 전통론에서 더 절박하게 요청되는 과제라 할 수 있다. 우리 전통론의 전 역사가 고전문학과 현대문학의 연속성 문제에 매달려 온 사실, 1960년대 후반부터 실질적으로 거두기 시작한 전통론의 중요한 성과들이 모두 지속성 개념의 전통 문제들이라는 사실이 이를 잘 대변해 주고 있다. 영향력 개념에 입각한 전통단절론이 이후 더 이상 제기되지 않는다는 사실도 이와 무관하지 않다.

그러나 이런 한계에도 불구하고 이 시기의 단절론이 지니는 연구사적 의의는 대단히 크다. 한국문학의 전통론, 특히 계승론이 안고 있는 가장 큰 문제점이라 생각되는 것들을 바로 이 시기의 단절론이 환기시켜 주고 있기 때문이다. 그것은 특히 두 가지 면에서 그러하다.

첫째 이들의 단절론이 전통에 대한 개념의 엄정성에서 출발하고 있다는 사실을 계승론에서도 유념해야 한다. 사실 지금까지 계승론에서 사용해 온 전통의 개념은 사용자에 따라 진폭의 차이가 너무나 커서 혼란스럽기 짝이 없었다. 문학적 전통인지 문화적 전통인지, 문학적 정서인지 한국인의 일반적 정서인지가 제대로 분변되지 않는 상태에서 한국문학의 전통을 거론하기도 하고, 일정한 가시적 근거 제시도 없이 막연한 심정적 추론에만 의지하여 전통을 논하기도 하며, 민족적 이데올로기의 침윤으로 전통을 문학론의 경계 넘어서까지 확장시키는 왜곡을 일삼기도 하는 등의 행태가 계승론이라는 미명 아래 끊임없이 계속되어 오고 있다.

예컨대 오늘날까지도 계승론의 중요한 덕목으로 시, 소설 가림 없이 흔히 거론되어 온 것 가운데 '향토성'이 있다. 그러나 우리 과거의 고전문학 가운데 현대문학에서 거론되고 있는 의미의 향토성을 드러내고 있

는 작품이 과연 어느 정도의 비중을 차지하고 있는가. 향토성이 전통이
라면 그것은 우리네 한국인의 토착적 삶에 원천을 둔 것이지 문학에 원
천을 둔 것이 아니다. 굳이 향토성을 문학적 전통으로 보아야 한다면 그
것은 1920년대 국민문학론에서 강조된 이래 형성되기 시작한 극히 최근
의 전통으로서일 뿐이다. '한(恨)'의 문제 역시 비슷한 비판을 가할 수 있
다. '한'이 한국적 정서나 심성을 드러내는 중요한 특질인 것은 부인할
수 없는 사실이지만, 문학적 전통론의 시각에서 검출할 수 있는 '한'의
전통은 생각보다 지속적이며 강렬하다고 보기 어렵기 때문이다. 이들 단
절론자처럼 전통의 개념을 지나치게 좁게 잡는 것도 문제이지만 지나치
게 모호하게 잡는 것은 더욱 큰 문제를 야기한다. 그것은 적어도 영향력
개념과 지속성 개념을 포괄한 전통이되, '문학적' 전통이어야 하고 가시
적 근거가 제시될 수 있는 '구체적' 전통이어야 한다.

  둘째 이들의 단절론이 고전문학과 현대문학 사이에 놓인 차이성의 인
식으로부터 출발하고 있다는 사실을 계승론에서도 유념해야 한다. 이는
특히 이 글을 통해 필자가 가장 주목하고 있는 부분인 동시에 전통계승
론의 방향 설정을 위해 가장 강조하고 싶은 대목이기도 하다. 이미 지적
한 바처럼 한국문학 전통론의 전 역사가 '고전문학과 현대문학의 연속성
문제와 관련된 담론들'이라는 특수성을 띠는 까닭은 양자 사이의 연속성
이 자연스럽게 검출될 수 없었기 때문이다. 그리고 다분히 파토스적인
민족사의 시각에서 말한다면 그것은 서구문학의 급격한 유입으로 일어
난 연속성의 심각한 훼손 현상을 메우기 위한 노력의 일환이기도 하다.
양자 사이에 패인 이 상흔의 골을 어떻게든 치유하지 않고서는 한국문
학의 정체성을 확립할 수 없기 때문에 모든 계승론자들은 이 골을 메우
기 위한 갖가지의 대처방법과 광맥을 찾아 동분서주해 왔던 것이다.

  처지가 이러했던 만큼 지금까지의 계승론은 연속성의 발견에만 치중
한 나머지 차이성 문제는 거의 무관심 상태로 방치해 왔던 것이 사실이
다. 어디 그 정도일 뿐이랴. 다수의 계승론자들은 연속성 발견의 의욕이

지나친 나머지 차이성 문제를 의도적으로 외면하거나 엄폐하는 행태를 서슴지 않고 감행해 오기도 했다. 민감한 문제일수록 자아의 개입이 일어나지 않을 만큼 일정한 거리를 두면서 이성적으로 해결해야 한다는 말을 우리네 삶 속에서 자주 듣는다. 1세기의 역사를 지닌 전통론인 만큼 우리의 계승론도 이제 방법적 전환을 이룰 시기에 이르렀다. 동질성 중심의 연속성 발견이 한계에 이르렀으므로 연속성의 발견은 오히려 고전문학과 현대문학의 차이성을 인정하는 가운데 이루어져야 할 필요성을 인식해야 할 것이다.

지금까지 필자는 한국시 전통론의 과제를 밝히는 작업을 한국시 전통론의 문맥이 아니라 한국문학 전통론의 문맥에서 수행해 왔다. 이러한 방법은 일견 한국시 전통론이 갖는 그 자체의 고유한 특성을 외면한 방편적 일반화의 오류가 아닌가 의문을 제기할 수도 있다. 필자 역시 이 문제를 어떻게 극복할 것인가에 대하여 많은 검토와 대안 마련에 고심하지 않은 것은 아니다. 그러나 결론은 역시 적어도 전통론으로 제한하는 한 한국시 전통론에서 제기되는 문제나 과제가 한국문학 전통론의 그것과 다른 특수성은 존재하지 않는다는 것이었다. 따라서 지금까지 거론된 모든 문제들은 한국문학 전통론의 문제인 동시에 한국시 전통론의 문제이기도 함을 분명히 밝힌다.

이런 관점에서 한국시 전통론의 과제로서 다시 한번 정리한다면 그 과제는 첫째로 전통의 개념에 대한 명확한 인식이 선행되어야 한다. 전통이 지닌 개념상의 두 측면, 곧 영향력 개념과 지속성 개념이 포용되어야 하고, 동시에 ‘문학적’ 전통과 ‘구체적’ 전통에 제한되어야 한다. 둘째로 한국시 전통론은 지금까지 고전시와 현대시 사이의 전통계승론이 수행해 온 ‘동질성 속의 연속성 발견’ 작업을 ‘차이성 속의 연속성 발견’ 작업으로 바꾸는 방법적 전환이 선행되어야 한다. 바로 이러한 방법적 전환을 통해 한국시의 전통성 문제를 재조명하려는 것이 또한 이 연구가 수행할 중심 과제이기도 한다.

그러므로 이제부터는 왜 그렇게 해야 하는가의 문제를 이론적으로 풀어내는 작업을 단계적으로 수행해 나가야 할 것이다.

제2장

한국시 이해의 문학론적 반성

성기옥

1. 문학의 '영원한 현재성'에 대한 반성

내가 숨쉬고 생각하는 것은 이 시대이므로 이 시대의 우리가 꿈꾸고 고뇌하는 모든 것들 역시 진실하게 보인다. 시인은 이 시대의 우리들 속에 잠자는 보석같은 감성을 일깨우는 나팔수이므로, 그네가 엮어 들려주는 모든 선율 또한 아름답고 진실하게 보인다. 그러나 이제 좀 더 거리를 두고 우리를 떠나서 생각해 보자. 이 시대의 우리가 느끼는 아름다움·진실은 어느 시대에나 느껴야 마땅할 영원한 선인가? 이 시대의 우리에게 가슴 저미는 감동이 다른 시대의 그들에게도 감동이어야 하는가? 다시 입장을 바꾸어 좀 더 생각해 보자. 다른 시대의 그들이 느끼는 것이 우리와는 다른 아름다움·진실이라면 그것은 과연 우리에게 무엇인가. 한낱 무관심의 뒤켠에 나뒹구는 낙엽, 상자 속을 억지로 비집고 나오는 파편들일 뿐인가? 한 송이의 현재를 피우기 위해 봄부터 소쩍새는 그렇게 울었는가?. 이 시대는 역사의 완성인가?[1)]

모든 문학을 오늘날 우리가 사는 현재의 잣대로 해석하고 재단하는 행태를 비판하는 필자의 어느 한 비평적 글에 나오는 첫 대목이다. 다소 감정이 섞인 자아의 주관이 여기저기 두서 없이 투영되어 있어 객관적 판단을 흐리게 하지만, 사실 옛작품을 이해하면서 자신도 모르게 고전문학을 오독하고 왜곡하는 문제점 중의 하나를 함축적으로 내보이고자 한 대목이다.

우리는 흔히 과거의 작품에 접근하면서, 작품이 지금, 내 앞에 놓여 있다는 이유로 마치 오늘날의 문학을 대하듯 작품을 분석하고 판단하려 든다. 오늘날 현대시의 가치기준과 분석틀을 가지고 과거 작품을 내려다 보고 재단하면서, 그것이 역사적 이해의 가장 온당한 방법이며 객관적인 가치판단이라고들 생각한다. 이른바 현재적 관점이 세계 이해의 가장 정당한 시각이며, 현재적 가치만이 유일한 진리라는 믿음이 은연중 밑바닥에 깔려 있다. 물론 이러한 태도가 전적으로 잘못되었다는 것은 아니다. 지금, 우리의 시각에서 가치 있는 작품이라면 역사적으로도 가치 있는 작품으로 평가받아야 하는 것은 당연하다. 더욱이 산더미처럼 쌓여 있는 우리의 고전들 가운데 현재적 가치를 지닌 주옥같은 작품을 발굴해 내는 일은 특히 우리의 처지로서는 더더욱 의의 있는 일임에 틀림이 없다. 과거의 문학에 대한 연구가 궁극적으로는 오늘날의 문학을 위하여 필요하다는 입장이 정당하다면, 현재적 가치를 배제한 과거 문학의 연구가 골동품적 호고취향을 충족시키는 것말고는 달리 무슨 의미를 지닐 수 있으랴. 과거의 작품이 화석화된 골동품으로서 우리와 만나는 것이 아니기 때문이다.

지극히 상식적인 논리를 심각하게 떠벌리는 이유가 있다. 문학의 연속성이 쉽게 감지될 수 있고, 미학적인 낙차가 크지 않는 문화권에서는 이런 태도 자체가 그리 큰 문제가 될 이유가 없다. 그러나 불행히도 그렇

---

1) 성기옥, 「송순의 시조 한수가 들려주는 시의 꿈 하나」, 『詩眼』 2호, 1998.

지 못한 경우, 이른바 서구의 충격으로 근대와 전근대의 연속성이 훼손되고 미의식의 패러다임이 현격히 달라진 우리의 경우, 이를 심각하게 생각하지 않으면 안 된다. 과거 문학의 연구가 궁극적으로 오늘날의 문학을 위해 필요하다는 논리가, 자칫 현재를 위해서는 과거를 훼손시켜도 좋다는 의미로 확장 해석될 위험성에 대한 우리의 불감증 때문이다.

우리는 지금 이 시대에 직접 대면하고 있는 세계의 여러 이질적 문화에 대하여 비교적 너그러운 이해 태도를 지닌다. 가령 우리의 개장국 문화를 야만적이라고 매도하는 일부 외국인의 비판논리가 자기 우월적인 제국주의 문화론의 소산임을 잘 알고 있다. 어느 소수민족의 일처다부제적 혼음문화(混淫文化)를 우리의 전통적 윤리관에 맞추어 곧바로 난륜(亂倫)으로 몰아세우는 식의 자기 중심적 문화이해 수준을 넘어선지도 이미 오래다. 실천은 어렵더라도 사람들과의 사귐이 상대방의 개성을 인정하고 존중하는 데서 출발해야 진정한 이해에 도달할 수 있다는 인식도 널리 일반화되어 있다. 우리가 직접 경험하고 있는 우리 시대 문화의 상대적 독자성 — 혹은 사람마다의 개성 — 을 비교적 잘 이해하고 있을 뿐만 아니라, 공간적 차원에서 본 문화의 자기 중심적 이해가 자칫 타문화의 몰이해를 초래하기 쉽다는 사실 또한 비교적 잘 알고 있다.

그러나 시간의 차원에서 본 과거 우리문학의 개별성에 대해서는 유독 그러한 너그러움이 잘 통하지 않는다. 과거 문학의 상대적 독자성을 인정하는 데 인색할 뿐만 아니라, 현재적 관점 중심의 과거 이해가 자칫 과거 문학의 몰이해를 초래하기 쉽다는 사실에도 거의 무관심하다. 역사적 상대주의를 옹호하자는 것이 아니다. 필자는 지금 과거의 우리 시를 바라보는 이해의 태도를 문제삼고자 하는 것이다. 흔히들 과거의 우리 시를 두고 마치 현대시를 이해하듯 우리 시대의 잣대로 재단하고 이해하는 것이 당연한 양 생각한다. 그리하여 우리가 꿈꾸고 고뇌하는 아름다움·진실과 죽이 맞는 과거의 시는 희미한 옛사랑의 그림자이고, 그렇지 못한 시들은 무관심의 뒤켠으로 밀려나고 만다. 오늘날의 현재적 가치만이 영원한 가치인 양 생각하고, 과거 시의 아름다움을 맛볼 수 있는 유일한 통로인 양 생각하는 것이다. 그러나 어느 한쪽의 일방적 이해만 강요하는 진정한 상호 이해를 어디서 보았는가. 내가 가슴을 열지 않을 때 너는 나에게 가슴을 열어 놓는가. 시조나 가사를 통해 조선시대 시인들이 꿈꾸고 고뇌한 아름다움, 진실 역시 아름다움, 진실일 수가 있다. 우리가 그들의 독자성을 인정하고 받아들일 때 그들 역시 우리에게 가슴을 열어줄 것이다.

오늘날 우리들 대부분이 문학에 대하여 절대적 명제처럼 당연한 것으로 받아들이고 있는 환상 가운데 하나가 문학은 역사를 초월하여 존재하는 영원성을 지닌다는 것, 이른바 문학의 '영원한 현재성(ever presentness)'에 대한 견고한 믿음이다. 문학은 시간을 초월하고 공간을 초월하여 현존할 수 있는 초시공적 존재다. 호머의 「일리어드」는 3000여 년이 지난 오늘날에도 지중해 연안의 그리스반도를 넘고 유럽, 아메리카를 넘어 동북아시아로 건너와 한반도에 사는 우리들까지도 감동시킨다. 「일리어드」로 말미암은 세계의 성찰이 오늘날 우리들 삶의 진실과도 직접 맞닿아 있음을 깨닫게 될 때, 과연 문학의 영원한 현재성이 참임을 실감한다. 그러나 과연 그러한가. 「일리어드」의 현재성이 고대 그리스 문학과 문화―나아가 서구 문학과 문화―의 전통을 전제하지 않고서는 진정으로 이해될 수 없음을 간파할 때, 현재의 내가 속하고 있는 우리 문학의 패러다임이 서구와 다르지 않음에도 불구하고 아무리 현재성을 실감하고자 해도 서구인들만큼 실감할 수 없다는 절망감에 빠질 때, 문학의 영원한 현재성도 한계가 있음을 깨닫게 된다. 영원한 현재성이란 역사를 초월하는 데서 획득되는 것이 아니라 '역사를 딛고서' 획득되기 때문이다.

문학작품이 초시공적 존재라는 믿음의 역사는 사실 대단히 오래이다. 그러한 역사의 두드러진 모습을 우리는 멀리 르네상스시대에까지 거슬러 올라가 살필 수 있다. 르네상스인들이 그리스 고전을 자신들 문화 창조의 동력으로 부활시켰을 때, 그들은 그리스시대와 사이에 놓인 천여

년의 긴 역사를 소거한 채 오로지 그리스 고전이 지닌 초시공적 가치에
만 주목하였다. 물론 그리스와 르네상스 사이에는 부정적 안티테제로서
중세의 규범문화가 있어 쉽게 천년의 역사를 뛰어넘을 수 있기는 했다.
그러나 그리스 고전의 부활은 그러한 역사적 계기보다 그리스 고전 스
스로가 내재하고 있는 가치의 영원성을 르네상스인 자신들이 발견한 것
으로 의미화시켰다. 우리는 또 18세기의 칸트가 예술가의 천재성을 강조
할 때 문학작품의 영원성이 더욱 합리적인 논리를 획득해 나가고 있음
을 볼 수 있다. 천재는 역사적 산물이 아니라 역사를 거역하고 뛰어넘는
역사의 돌연변이이다. 그런 초역사적 재능을 소유한 천재적 예술가의 산
물이기 때문에 위대한 문학작품은 시간과 공간을 초월한 영원한 가치를
지닐 수 있다.

　20세기에 들어서면 문학작품의 영원한 현재성은 이론적으로 더욱 견
고한 성을 구축해 나간다. 20세기 초의 뛰어난 역사학자이면서도 유독
문학의 경우는 그 역사를 부정한 크로체는 이의 논리화에 가장 적극적
이었던 이론가 중의 한 사람이다. 그는 예술을 지적 통찰의 대상이기보
다 상상력의 산물로, 보편적인 것보다 개별적인 것에 대한 인식으로, 개
념이 아니라 심상을 산출하는 직관적 인식의 행위로 본다. 그리하여 예
술작품은 본질적으로 독창성·개별성·현재성을 지닌다고 주장한다.[2]
예술의 본질을 이렇게 인식하고 있기에 그에게 있어 문학작품이란 일체
의 제도에 예속될 수 없는 무엇이다. 문학사나 장르를 거부하는 것도 이
런 인식에 근거한 결과이다.

　크로체만큼 극단적이지는 않더라도 엘리어트의 문학론에서도 우리는
그러한 생각의 일단을 엿볼 수 있다. 1916년에 발표한 저 유명한 글 「전
통과 개인의 재능」에서 그는 이렇게 말한다.

---

2) Benedetto Croce, *Aesthetic*, trans. by Douglas Ainslie, Farra, Straus and Giroux, 1972, pp.1~35.

전통은 무엇보다도 먼저 역사적 의식(historical sense)을 필요로 한다. 이는 25세 넘어서까지 계속 시인이고자 하는 사람이면 누구이든 거의 절대적으로 요청되는 의식이라 할 수 있다. 그리고 이 역사적 의식은 과거의 과거성에 대한 인식만 아니라 과거의 현재성에 대한 인식도 필요로 한다. 곧 역사적 의식은 작가로 하여금 자기가 몸 담고 있는 자신의 시대만 아니라 호머 이래의 서구문학 전체와 그 일부인 자국의 문학 전체가 동시적으로 존재하고 동시적인 질서를 형성한다는 의식을 가지고 글을 쓰도록 하는 것이다. 이러한 역사적 의식은 시간적인 것은 물론 초시간적인 것까지 감각할 수 있는 의식이며, 시간적인 것과 초시간적인 것을 함께 공유하는 의식이기도 하다. 이러한 역사적 의식이 바로 작가를 전통적이게끔 해주는 것이다. 그리고 동시에 작가로 하여금 시간 속에 자리하는 자신의 위치를, 자기 자신의 시대성을 가장 민감하게 의식하도록 해 주는 것이기도 하다.[3]

과거의 예술작품이 오늘날의 우리와 대면하는 방식을 '역사적 의식(historical sense)'이라는 개념으로 성찰하고 있는 대목으로서, 엘리어트 전통론의 중핵에 해당하는 부분이기도 하다. 과거의 과거성만 아니라 과거의 현재성까지, 시간적인 것만 아니라 초시간적인 것까지 포괄하려는 엘리어트의 전통론이 주목한 것은 결국 과거 문학의 현재적 가치 발견이라 할 수 있다. 물론 과거성과 현재성, 시간적인 것과 초시간적인 것의 조화로운 아우름이 강조되고 있기는 하다. 그러나 과거성과 시간적인 것은 과거 문학과의 대면에 필연적으로 수반될 수밖에 없는 형식적 조건에 지나지 않고, 역사적 의식을 지닌 작가가 실질적으로 대면하는 것은 결국 과거 문학의 현재성과 초시간적인 것일 수밖에 없기 때문이다. 문학이 "동시적으로 존재하고 동시적인 질서를 형성한다"는 것이나, 의식적 현재(conscious present)가 곧 과거의 인식[4]이라는 그의 시간 인식론이 이를 뒷받침해 준다. 이런 까닭으로 그는 "현재가 과거에 의해 영향 받는 것

---

3) T. S. Eliot, "Tradition and the Individual Talent", *Sellected Prose*, Peguin Book, 1956, p.23.
4) T. S. Eliot, Ibid., p.25.

과 마찬가지로 과거도 현재에 의해 변화되어야 한다"5)는 생각까지 지닐 수 있었던 것이다.

문학의 내재적 아름다움 해명에 집중했던 미국의 신비평 역시 예외는 아니다. 알렌 테이트가 "과거의 문학은 그것을 현재의 문학으로서 볼 때만이 생명력을 지닐 수 있다. 혹은 이렇게도 말할 수 있으리라. 과거의 문학은 현재의 문학 이외의 다른 어디에도 살지 않는다. 그것은 전적으로 현재적인 문학이다"6)라고 주장할 때는 마치 크로체를 연상시킨다. 그러나 흥미로운 사실은 20세기의 가장 탁월한 이론가라 할 수 있는 르네 웰렉이 만년에 쓴 「문학사의 몰락」(1973)이라는 글에서 발견된다. 이 글에서 그는 오랜 동안 공력을 들여 구축해 온 자신의 문학사 이론을 스스로 부정하면서까지 문학사의 서술 가능성을 부정하고 있다. 그리고 문학사 서술의 불가능성을 주장하는 가장 큰 이유가 바로 예술작품이 역사의 굴레에 예속될 수 없다는 문학의 초시공성 때문이었다.

> 문학의 내재적 진화라는 관념은 귀에 들리지 않게 되었다. 나 자신도 「문학사에서 진화의 개념」(1956)이란 논문에서 이전의 내 견해를 수정하였다(그리고 지금 나는 이를 암묵적으로 거부하고 있다). 나는 또 예술가는 누구이든, 어떤 순간에라도 자신의 먼 과거로, 인류의 가장 먼 과거로 도달할 수 있다고 주장하기도 했다. 예술가가 단일한 미래의 목표를 향해 발전해 나간다는 것은 참이 아니다. 필요한 것은, 경험과 기억의 형태로 존재하는 인과적 질서의 상호침투로 모형화된 시간의 근대적 개념이다. 한 편의 예술작품은 연속된 계열체의 구성원도 아니고 연속된 사슬의 고리도 아니다. 예술작품이 과거의 어떤 것과 관계를 맺으며 자리할 수 있을지는 모른다. 그러나 예술작품이 기술적(記述的)으로 분석될 수 있는 구조인 것만은 아니다. 한 편의 예술작품은 곧 가치의 총체이며, 그러한 가치는 구조에 부착되어 있는 것이 아니라 작품 자체의 본질을

---

5) T. S. Eliot, "Tradition and the Individual Talent", *Sellected Prose*, Peguin Book, 1956, p.23.

6) Allen Tate, "Miss Emily and the Historigraphy", *Reason In Madness*, 1941; Rene Wellek, *The Attack on Literature and Other Essays*, The University of North Carolina Press, 1982, p.67에서 재인용.

구성하고 있다. 가치는 오직 명상의 행위 속에서만 파악될 수 있다. 이들 가치는 원천, 전통, 전기적·사회적 환경의 제한 조건으로 환원될 수 없는, 상상력의 자유로운 활동 속에서 창조된다.[7]

특히 마지막 부분의 "가치는 명상의 행위 속에서만이 파악될 수 있다. 이들 가치는 원천, 전통, 전기적·사회적 환경의 제한 조건으로 환원할 수 없는 상상력의 자유로운 활동 속에서 창조된다"는 언명은 문학의 초시공성을 믿는 자신의 생각을 가장 명료히 드러내고 있는 대목이다. 물론 이러한 언명은 '시간의 근대적 개념'이라 규정한 그의 시간 인식론에 기초하고 있다. 예술가가 과거와 대면할 수 있는 것은 경험과 기억으로서—과거 자체로서가 아니라—이며, 경험과 기억 속에 형성되는 인과적 질서 또한 과거와 현재가 상호침투된 결과로서 형성된 질서이다(웰렉의 이런 '시간의 근대적 개념'은 엘리어트의 '의식적 현재'를 연상케 한다). 그러나 중요한 것은 이러한 인과적 질서가 기술적으로 분석 가능한—역사적 기술이 가능한—구조의 질서가 아니라, 명상의 행위 속에서만 파악될 수 있는—역사적 기술이 불가능한—가치의 질서라는 사실이다. 따라서 예술작품은 '가치의 총체'라는 그 자체의 본질에 비추어, 시간적으로 좌표화할 수 있는 역사적 기술의 대상이 될 수 없는 것이다. 노학자의 이 놀라운 선회에 아직까지도 문학의 참맛이 무엇인지 모르는 필자로서는 그저 어리둥절하기만 할 뿐이지만, 문학의 현재성에 대한 믿음은 이제 돌이킬 수 없는 진실로 생각되기도 한다.

이런 생각을 더욱 뒷받침해 주는 논리가 철학 쪽에서 접근하는 가다머의 해석론에서도 발견된다.

　　'동시성(contemporaneity)'은 예술작품의 존재를 형성하는 한 부분이다. 그것은

---

7) Rene Wellek, "The Fall of Literary History", *The Attack on Literature and Other Essays*, The University of North Carolina Press, 1982, p.75.

'현전화(being present)'의 본질을 구성한다. 그런데 동시성은 미적 의식의 공시성(simultaneity)과 다르다. 공시성이란 상이한 미적 경험 대상들이 하나의 의식 안에 공존하면서 동등한 정당성을 갖게 됨을 말하기 때문이다. 그러나 '동시성'은 단일한 것으로 우리 앞에 제시되고, 그 기원이 아무리 멀더라도 완전한 현재성을 획득하면서 제시된다. 그런 까닭으로 동시성은 의식에 부여된 소여 양식이 아니라 의식의 과제이며 의식이 요망하는 성과이다. 동시성은 대상이 동시적이 되는 그런 식으로 대상에 점유되어 있다. 일체의 모든 매개자가 총체적 현재성 속에 용해되어 버린다는 뜻이다.

이러한 동시성의 관념은 잘 알려진 바처럼 이 개념에 독특한 신학적 중요성을 부여한 키에르케고르에게서부터 비롯된다. 키에르케고르에게 있어 '동시성'이란 동일한 시간에 존재하고 있다는 의미가 아니다. 그것은 신앙인의 현존과 그리스도의 속죄 행위를 완전히 결합시켜서, 그리스도의 속죄 행위가 현재적인 것처럼 경험되고 진정 현재적인 것처럼 받아들여지도록 하는 신앙인의 과제를 정식화한 것이다. 그러나 미적 의식의 공시성은 이와 반대로 동시성이 설정한 이러한 과제를 은폐하는 데 기초하고 있다.[8]

가다머는 키에르케고르가 신학적 개념으로 사용한 '동시성(contemporaneity)'을 미학적 개념으로 전치시켜서, 예술작품이 우리와 어떻게 대면하는가를 설명하기 위한 중심 개념으로 원용한다. 그리고 이 동시성 개념을 논리적 근거로 삼아 예술작품의 현재성 문제를 가장 적극적으로 개진한다. 동시성은 곧 예술작품의 존재 방식이며, 주체(우리)와 대상(작품)의 만남을 가능케 하는 현전화(being present)의 중심 동력이다. 바로 이 동시성으로 말미암아 예술작품은 아무리 먼 과거의 작품이라도 완전한 현재성을 획득하면서 우리 앞에 현전화될 수 있는 것이다.

사실 서구인들의 입장에서 보면 문학의 영원한 현재성은 극히 자연스러울 수 있다. 그리스시대로부터 오늘에 이르기까지 문화의 연속성이 크게 훼손당하지 않았던 서구의 문학적 전통 속에서 보면, 위대한 모든 과

---

8) Hans-Georg Gadamer, *Truth and Method*, The Crossroad Publishing Co., 1982, pp.112~113.

거의 작품들이 오늘날에도 여전히 살아 숨쉼을 실감할 수 있기 때문이다. 오늘날의 문학을 비평하는 서양의 에세이들을 보면 현대의 작품이나 문학론을 거론하는 시각이 멀리 그리스, 17세기의 세익스피어, 18세기 말의 코울리지를 거리낌없이 넘나들고 있다. 소포클레스나 밀턴, 세익스피어나 워즈워드를 거리낌없이 더불어 논할 수 있는 그들의 살아 있는 전통을 목격하면서 한 때 얼마나 부러워하였던가(또 지금도 얼마나 부러워하고 있는가). 문화의 단절이 없으므로 역사를 딛고서 획득되는 현재성이, 마치 역사를 초월하듯 오늘날 그들의 문학에 자연스럽게 살아 숨쉬고 있음을 본다.

그러나 서구의 충격으로 근대와 전근대 사이에 패인 골이 엄청나게 깊은 제3세계권에 있어 문학의 영원한 현재성은 결코 자연스러운 것일 수 없다. 제3세계권에 속하는 우리 문학의 경우도 마찬가지다. 문화의 연속성이 훼손되고 문학적 패러다임이 대체된 이 시대의 우리들 상황에서, 서구식 논법의 영원한 현재성은 우리의 문학적 전통을 도리어 빈약하고 왜소하게 만들 뿐이다. 추구하는 세계와 미학이 다르고 과거 문학과 현재 문학의 간극이 엄연히 존재하는 우리의 문학적 전통 속에서 어떻게 서구와 같은 문학의 현재성을 기대할 수 있겠는가. 있다면 그것은 역사를 소거해버린 채 문학의 보편성을 추구한다는 허울좋은 명목 아래, 현재적 가치로써 모든 우리의 과거 문학을 일방적으로 재단하는 길뿐일 것이다.

예컨대 향가나 속요는 가장 소박한 원문학(ur-literature)으로 환원된 원시상태의 문학으로서 현재성이 발견된다. 이른바 현실계와 초월계를 거리낌없이 넘나드는 무한한 상상력의 자유로움(향가)에, 윤리적 일탈성을 거리낌없이 내보이는 감성의 자유로움(속요)에 주목하여 이들 문학을 예찬하는 따위가 그것일 것이다. 또한 조선시대의 시조나 가사는 어떠한가. 이렇다할 현재적 가치가 없으므로—더 정직하게 말한다면 윤리적 강요만을 일삼는 부정적 가치만 무성하므로—무관심의 뒤켠으로 밀려나고 만다. 애국심에 의해 근근히 명목적 가치로서 문학적 전통이 확인되는 작금의 현실이 그 한 단면이다. 문학의 영원한 현재성에 대한 무비판적 맹신이 우리의 과거 문학을 왜곡시키고 있는 현장들이라 할 수 있다.

오늘날 우리의 문학을 우리가 소중히 생각하는 것처럼 과거의 그들에게 소중했던 과거의 문학 역시 존중되어야 한다. 현재의 우리가 꿈꾸는 세계와 미학이 우리에게 진실인 것처럼, 과거의 그들이 꿈꾸었던 세계와 미학 역시 그들에게는 진실이었음을 인정해야 한다. 따라서 문학적 패러다임의 급격한 전환이 일어난 우리의 경우, 과거의 문학을 이해하는 데 가장 앞세워 가져야 할 태도란 바로 그들이 꿈꾸었던 세계와 미학을 가능한 한 온전히 복원하여 이해하는 것이다. 이는 고전문학 연구의 궁극적 목적이기도 하지만, 동시에 과거 문학의 현재적 가치를 발견하는 중심 통로이기도 하다. 이런 자리에 설 때 향가나 속요는 물론, 무관심의 뒤켠에 밀려나 있는 시조나 가사의 현재성도 얼마든지 발견이 가능하다. 뿐만 아니라 현대문학이 나아갈 미래적 현재성을 자생적으로 우리 문학의 전통 속에서 확보해 낼 길의 발견도 기대해 볼 수 있다.

문학의 영원한 현재성이 참이라면 그것은 역사를 초월하는 데서 획득되는 것이 아니라 역사를 딛고서 획득되어야 할 것이다.

2. 텍스트 중심주의적 해석론에 대한 반성

과거 우리 시의 이해에 걸림돌이 되는 또 하나의 문학론적 환상은 '텍스트 중심주의적 해석론'에 대한 우리의 맹신이다. 텍스트 중심주의적 해석에 익숙한 우리는, 시 텍스트 하면 그것이 어떤 부류의 것이든 간에, 현대시를 읽고 이해하는 방식 그대로 읽고 이해하는 데 아무런 의심을 두지 않는다. 텍스트는 문학 작품의 실체이자 의미의 담지자이므로, 텍스트의 분석은 작품 해석의 타당성을 확보할 수 있는 가장 믿을 만한 방법이라는 생각이 오늘날 통념화되어 있다. 그리하여 대부분의 작품 연구는 텍스트 분석에서 시작하여 텍스트 분석으로 끝나곤 한다.

이와 같은 텍스트 중심주의적 해석론은 문학적 매커니즘의 변화와 언어의 재인식에 따라 달라진 근대문학의 관점에서 보면 분명 참일 수 있다. 그러나 이것이 근대 이전의 문학에까지 두루 적용할 수 있는 보편이론이라고 생각할 때는 또 다른 왜곡을 불러일으킬 소지를 제공한다. 문학적 매커니즘은 문화의 발전 단계나 문화권에 따라 다양한 모습을 띠므로 일률적으로 규정할 성질의 것이 아니기 때문이다. 따라서 시대 혹은 지역에 따라 작가와 텍스트가 주목되어야 할 경우, 작가·텍스트·텍스트 상황이 주목되어야 할 경우, 텍스트와 수용자가 주목되어야 할 경우 등등 한두 가지가 아닐 것이다.

특히 과거의 우리 시는 모든 장르가 현장성을 중시하는 부르기 중심의 '노래'로서 생성·전개되어 왔기 때문에 텍스트만 아니라 텍스트가 산출되고 연행되는 상황도 시를 이해하는 중요한 정보원이 될 수 있다. 따라서 노래로 부르기 위해 창작된 고전시의 독법이 활자로 읽히기 위해 창작된 현대시의 독법과 같을 리가 없다. 때문에 우리 고전시를 대할 때 가장 큰 문제점은 시 텍스트하면 으레 그렇게 읽히도록 길들여진 우리의 관행적 독법이다. 게다가 혹 작가의 전기적 사실을 작품 연구에 원용할라치면 케케묵은 고전적 접근법으로 눈총 받지 않을까 걱정이라도 해야 할 판이다. 고전문학 연구에서조차도 어느 결에 '작품'이라는 말이 쓰인 자리에 '텍스트'라는 말이 대신 들어앉아 있는 실정이다.

1960년대 중반의 어느 무렵이었던가. 작가가 일단 작품을 발표하고 나면 그것은 이미 작가로부터 분리된 독자적 생명체라는 뜻의 비평을 읽고 신선한 충격을 받은 기억이 새롭다. 지금 생각하면 당시 막 우리나라에 상륙하기 시작한 신비평(New Criticism)의 논리를 적용한 글에 지나지 않았지만, 그때로서는 풋내기 문학도의 시선을 사로잡기에 충분할 만큼 새로운 것이었다. 당시 학계의 연구풍토는 역사주의적 접근법이 주류를 이루고 있어서 문학사 연구는 물론, 작품이나 작가 연구에서조차 으레껏 시대적 배경이니 전기적 배경부터 앞세워 살핀 후 작품을 해석하는 것이 통례였기 때문이다.

이후부터 미국의 신비평과 독일 문예학을 공부한 신진 학자들이 국문학계에 두각을 나타내기 시작하면서 연구 풍토도 일신되기 시작하였다. 1960년대 미국 대학의 문학교육 교재로 이름을 떨쳤다는 브룩스와 워렌의 『시의 이해(Understanding Poetry)』, 『소설의 이해(Understanding Fiction)』가 작품 분석의 모델로서 각광을 받고, 독일문예학의 쉬타이거나 카이저, 웰렉과 워렌의 『문학의 이론(Theory of Literature)』 등이 문학 이론의 모델로서 각광을 받기 시작했다. 이런 가운데 강단의 문학교육도 시대나 전기적 배경보다 작품의 분석 위주로 바뀌어 나가, 작가보다는 텍스트가 해석의 중심부에 들어앉게 되었던 것이다. 이미지와 은유, 아이러니와 패러닥스, 텐션과 애매성 등 신비평에서 개발한 용어들이 이 무렵 시작품을 분석하는데 가장 빈번히 거론되던 문학용어들이었다. 마침내 텍스트 중심주의적 해석이 한국문학 작품 이해의 중심 통로로 널리 인정받기에 이른 것이다.

눈을 우리문학으로부터 서구문학으로 옮기면 텍스트 중심주의적 해석론이 부상하고 대치되는 전후의 사정을 더욱 또렷이 파악할 수 있다. 20세기 서구문학이론의 동향을 보면 이론의 전 역사가 작가·텍스트·독자라는 문학적 소통구조의 세 거점 가운데 그 비중이 점차로 작가→텍스트→독자로 이행되는 역사라 해도 지나친 말은 아닐 것이다. 19세기 역사주의적 방법이 주도할 때는 물론 작가가 작품해석의 중심 열쇠였다. 작가는 작품의 의미를 생성한 주체이므로 작품의 의미를 발견하기 위해서 가장 중요한 것이 작가 연구였기 때문이다. 그리고 작품의 의미는 결국 작품을 창작하면서 지녔던 작가의 의도에 숨겨져 있을 것이므로, 이 숨겨진 의도를 찾기 위해 작가의 개인적 전기를 복원하고 이를 시대적 상황 속에서 의미화하려는 역사주의적 방법이 성행하게 된 것이다.

그러나 19세기 말 모더니즘시대의 도래 이후 작가의 위상은 그 권위를 점점 잃어가게 되는 퇴락의 도정을 밟게 된다. 그러한 퇴락은 우선 이론가들보다 시인들 자신에 의해 시작되었다고 할 수 있다. 프랑스에서는 19세기 말 새로운 시운동으로 대두된 초현실주의가 언어의 연상성을 강조한 자동기술법을 내세움으로써, 영국에서는 20세기 초 모더니즘 시운동의 끝자락에 참여한 엘리어트가 시의 몰개성론을 내세움으로써 작품으로부터 시인을 분리할 수 있는 단초를 마련해 주었기 때문이다. 자동연상법은 시니피에와 시니피앙 사이의 긴밀성을 소거시킴으로써 시니피앙의 유희로도 얼마든지 시가 될 수 있는 논리적 출구를 마련하게 되었고, 몰개성론은 시로부터 시인의 개성을 소거시킴으로써 텍스트의 의미를 시인으로부터 분리할 수 있는 논리적 출구를 제공하게 되었던 것이다.

이후 프랑스시의 영향력이 강했던 러시아에서는 초현실주의 시의 언어 연구를 계기로 형식주의가, 영시의 문학적 전통 아래 있었던 미국에서는 신비평이 각기 시인보다 텍스트에 주목하게 되어 마침내 텍스트 중심주의적 해석의 길을 열기 시작하였다. 특히 미국의 신비평은 이러한 텍스트 중심주의적 해석으로의 전환에 결정적인 기여를 하였다. I. A. 리챠즈의 언어의 시적 용법과 과학적 용법,[9] 윌리엄 엠프슨의 애매성,[10] 클린스 브룩스의 아이러니와 역설,[11] 알렌 테이트의 인텐션과 익스텐션[12] 등등 신비평 이론의 핵심적 개념들이 모두 시텍스트의 언어적 특

---

9) I. A. Richards, "The Two Uses of Language", *Principles of Literary Criticism*, Routledge & Kegan Paul Ltd, 1967, pp.206~214.

10) William Empson, *Seven Types of Ambiguity*, Penguin Books, 1961.

11) Cleanth Brooks, *The Well Wrought Urns : Studies in the Structure of Poetry*, Harcourt, Brace & World, Inc., 1975.

12) 이에 관해서는 알렌 테이트, 金洙英·李相沃 역, 「詩에 있어서의 텐션」, 『現代詩의 領域』, 대문출판사, 1970 중판 참조.

징에 주목한 성과들인 것이다. 이런 가운데 작품의 의미를 작가로부터 완전히 분리시켜 텍스트만으로 해석할 수 있는 논리적 근거를 마련한 것이 바로 비어즐리와 윔잿트의 저 유명한 '의도의 오류(intentional fallacy)'이다. 이들은 작가의 본래 의도와 작품에 성취된 의도 사이에는 근본적 차이가 있음에 주목했다. 역사주의 비평에서 말하는 작가의 의도는 쉽게 알아낼 수도 없거니와 이를 확인할 도리도 없음을 주장하여 작품의 해석에는 텍스트가 중심부에 놓여야 함을 이론적으로 뒷받침하게 된 것이다.[13] 한편 러시아 형식주의와 소쉬르 언어학의 영향을 받은 유럽 쪽의 프라하 구조주의도 프랑스의 문학적 구조주의로 이어지면서 텍스트에 나타난 언어의 정치한 구조분석에 집중했다. 미국의 신비평과는 전혀 다른 방향에서 작품 해석의 중심부에 텍스트를 올려놓는 같은 길을 발견하고 있었던 것이다.[14]

그러나 20세기 전반을 넘어선 1960년대 이후 서구문학의 이론적 동향은 텍스트보다 오히려 독자가 해석의 주동자로 부상하는 새로운 양상으로 바뀌어나감을 보여 준다. 그리고 이러한 독자의 부상은 크게 두 방향으로 전개된다고 할 수 있다. 하나는 현상학에 뿌리를 둔 문학론으로서, 의식비평으로 흔히 지칭되는 제네바 학파와 독일계의 수용미학 — 더 넓게는 영미의 독자반응비평 — 에서 보여주는 작품 해석 주체로서 독자에 대한 관심의 증대이다. 그러나 다 같이 독자를 작품해석의 중심 위치로

---

13) Beasdley and W. K. Wimsatt, "The Intentional Fallacy", *The Verbal Icon : Studies on the Meaning of Poetry*, University of Kentucky Press, 1954, pp.3~39.

14) 특히 프랑스에서 텍스트 중심주의적 해석이 부상되는 양상은 1964~1965년에 걸쳐 벌어진 강단비평의 레이몽 피카르와 구조주의자 롤랑 바르트 사이에 벌어진 이른바 신구논쟁(신비평 논쟁)에서 잘 드러난다. 실증적 방법으로 이미 라신느 연구의 권위를 획득하고 있었던 피카르의 전통적 해석과 전혀 다른 방법으로 라신느의 텍스트 분석을 통한 주관적 해석을 바르트가 시도하였는데, 피카르가 이를 반박하는 「신비평인가, 사기인가」라는 글을 내놓음으로써 신비평 논쟁이 격렬하게 전개되었다. 그러나 오히려 이 논쟁을 계기로 신비평이라 일컬어진 구조주의비평 내지 기호학이 프랑스 문학계에 더 널리 알려지고 인정받게 되는 결과를 가져왔다.

가져오면서도 제네바학파와 수용미학에서 지니는 독자의 위상은 상당히 다르다. 제네바학파에서는 작가-텍스트-독자라는 소통체계 속에서 지니는 독자의 위상에 주목하는 것이 아니라 문학에서의 인간 의식(human conscience)에 초점을 맞춘다. 곧 '언어로 드러나 구조를 획득하는 순간의 창조적 의식(creative consciousness)'15)에 주목하는 것이다. 따라서 이들은 해석의 주체가 누구냐는 문제로서 독자에 주목하는 것이 아니라, 이러한 창조적 의식의 경험 주체로서의 자아에 주목한다. 수용미학 비평가 볼프강 이저는 제네바 학파의 중심 인물인 조르쥬 풀레에게서 보이는 독자의 위상을 이렇게 설명한다.

> 이 경험을 이해하기 위해서는 독서과정에 대한 죠르쥬 뿔레의 관찰을 생각해 볼 만하다. 그는 책이란 그 전적인 실존성을 독자 속에서 획득한다고 말한다. 책들이 다른 누군가에 의해 생각된 사상들로 이루어진다는 것은 사실이다. 그러나 그 독서에서는 독자가 사고의 주체가 된다. 그리하여 거기에는 주체-객체의 분리가 사라진다(이런 경우가 아니라면 주체와 객체의 분리는 모든 지식과 모든 관찰의 선행 조건이 된다). 주체-객체의 경계 제거가 새로운 경험의 흡수를 가능케 하는 대단히 독특한 위치에 독서를 올려놓는다.16)

말하자면 제네바학파의 의식비평은 주관적 비평(subjective criticism)의 한 전형을 보인다 할 수 있으므로 이론의 구조상 비평적 주체로서의 독자인 자아가 중시될 수밖에 없다. 그러나 이들은 비평적 주체로서의 '독자'를 내세우는 것이 아니라 의식 주체인 '자아'를 내세운다. 해석주체로서의 독자가 작가-텍스트보다 상대적 우위에 있음을 강조하는 것이 아니라 의식 주체로서의 자아가 객체로서의 작가-텍스트와 하나로 융합하

---

15) Shara N. Lauwell, *Critics of Consciousness : the existential structures of literature*, Havard University Press, 1968, p.3.

16) Volfgang Iser, "The reading process : a phenomenological approach", ed. by David Lodge, *Modern Criticism and Theory : A Reader*, Longman, 1988, p.225.

는 창조적 의식을 강조한다. 따라서 강조되는 것은 결국 독자도 작가—
텍스트도 아닌 절대적 주체로서의 창조적 의식인 것이다.

이에 비한다면 수용미학은 다같이 현상학적 방법에 뿌리를 두고 비평
적 주체로서의 독자를 중시하면서도 그 지향점은 대조적이다. 제네바학
파처럼 주관적 비평을 지향하는 것이 아니라 해석의 타당성 확보를 전제
로 하는 객관적 비평을 지향하기 때문이다. 다시 말해 작품의 의미를 결
정하는 가장 타당한 해석의 주체는 작가나 텍스트가 아니라 비평적 주체
로서의 독자라는 것이 이 문학론의 기본 입장이다. 따라서 수용미학에서
입증하고자 한 중심 관건은 독자의 해석 행위가 어떻게 객관적 타당성을
확보할 수 있느냐에 있기 때문에, 이 계열의 비평가들은 모두가 이의 확
보에 전력을 기울였다. 수용미학을 처음으로 제창한 야우스가 기대지평
(Erwartungshorizant) 개념을 도입하고,17) 볼프강 이저가 함축적 독자(implied reader)
와 텍스트 사이에 상호작용을 일으키는 미결정적 요소로서의 공백(blank)
에 주목하며,18) 스탠리 피쉬가 해석적 공동체(interpretative community) 개념을
고안하는19) 등 수용미학의 중심 이론들이 모두 이 해석의 객관성 확보를
위한 것들이다. 작품의 의미를 결정하는 주체가 작가로부터 텍스트로, 다
시 텍스트로부터 독자로 대치되어 나가는 그 끝지점에 수용미학이 자리
하고 있는 것이다.

20세기 후반에 들어 독자를 중시하는 다른 하나의 이론적 경향은 프
랑스 구조주의비평에 뿌리를 둔 후기구조주의자들의 문학론에서 발견할
수 있다. 롤랑 바르트로 대표되는 이들 문학론에서의 독자에 대한 주목
은 다른 어느 문학론들보다도 도발적이고 파괴적이며 급진적이다. 지금
까지 산출된 어떤 문학론도 작품의 의미를 결정하는 요소로서 작가를

---

17) Hans Gadamer Jauss, 장영태 역, 『문예학도전으로서의 문학사(*Liferafufgeschichfe us Provokation der Literaturwissenschaft*)』, 문학과지성사, 1983.

18) Wolfgang Iser, *The Implied Reader*, The Johns Hopkins University Press, 1972.

19) Stanley Fish, *There are a Text in This Class?*, Havard University Press, 1980.

배제하는 이론은 나타나지 않았다. 신비평의 '의도의 오류'이든 제네바 학파의 '창조적 의식'이든 수용미학의 '기대지평'이든, 어느 이론이건 작가의 영향력을 약화시키기는 할지언정 작가를 배제하는 데까지 나아가지는 않았다. 그러나 바르트는 니체의 '신의 죽음'에 빗대어 '저자의 죽음'을 선언함으로써 마침내 작가로부터 텍스트를 해방시키고, 대신에 텍스트와 더불어 탄생하는 스크립터를 들여앉힌다. 곧 전통적인 저자—작품의 구도로부터 저자를 소거시킴으로써 작품(work) 역시 텍스트로 치환되는[20] 스크립터—텍스트의 구도로 대치하게 되는 것이다.

시간성 또한 다르다. 이제까지 우리가 이를 믿어 온 바에 따르면 저자(author)는 언제나 자기 책의 과거로서 이해된다. 자연히 책과 저자는 '이전'과 '이후'로 분할되는 단일한 선상에 위치한다. 저자는 이 책에 자양분을 공급해 주는 것으로, 말하자면 저자는 책보다 앞서 존재하면서 책을 위하여 생각하고, 책을 위하여 고통을 겪으며 책을 위하여 살아간다고 생각한다. 선행하는 저자와 작품의 관계는 아버지와 아들의 관계에 비교된다. 이와는 완전히 대조적으로 근대적 의미의 스크립터(scriptor)는 텍스트와 동시에 탄생된다. 이 스크립터는 글쓰기에 선행하거나 후행하는 어떤 존재도 설비하지 않으며, 서술어로서의 책과 관련성을 지닌 주어도 아니다. 거기에는 언술행위의 시간 이외의 어떤 시간도 존재하지 않으며, 모든 텍스트는 영원히 '여기'에서 '지금' 쓰여진다.[21]

드디어 텍스트는 의미의 무한한 자기 증식이 가능한 미결정성의 유희 공간이 되고 저자가 죽은 자리에 독자가 대신 들어앉는다.[22] 이를 두고

---

20) Roland Barthes, "From Work to Text", ed. & trans. by Stephan Heath, *Image-Music-Text*, Hill and Wang, 1977, pp.155~164.

21) Roland Barthes, "The death of author", Ibid., p.145.

22) "하나의 텍스트는 많은 문화들로부터 뽑아내어 대화, 패러디, 논쟁의 상호 관계로 끌어들이는 다중적 글쓰기로 만들어진다. 그러나 거기에는 이러한 다중성이 초점화되는 한 장소가 있는데 이 장소가 바로 독자이다. 그것은 이미 말한 바처럼 저자가 아닌 것이다. 독자는 글쓰기를 형성하는 모든 인용들은 어느 것도 상실되지 않은 상태로 각인된다. 텍스트의 통일성(unity)은 텍스트의 기원에 놓여 있는 것이 아니라 그 목적지에 놓여 있다. 이 목적지는 더 이상 개인적일 수 없다. 독자는 역사, 전기, 심리학 없이

"수용이론가들은 그들의 해석초점(interpretative focus)을 텍스트로부터 독자로 옮긴 반면 후기구조주의들은 독자를 텍스트화함으로써 모든 초점을 옮겨 버렸다"[23)]고 설명하기도 한다. 그러나 이 경우 수용미학의 텍스트 개념과 바르트의 텍스트 개념은 근본적으로 다른 개념임이 전제되어야 할 것이다. 바르트의 텍스트 개념은 질료적이 아니라 담론의 운동 속에서만 존재하는 방법적 개념이고, 시니피앙의 자유로운 유희 공간이자 생산적인 의미화 실천(sygnifying practice)의 장이며, 새로운 글쓰기가 이루어지는 즐거움의 공간이다. 따라서 이 경우 '독자의 텍스트화'는 독자가 텍스트에 귀속된다는 의미가 아니라 의미화 실천의 행위를 통해 끊임없이 새로운 텍스트를 산출하는 글쓰기 행위 그 자체라 할 수 있다. 여기에서 우리는 작가(저자)와 작품이 퇴각한 자리에 저자로부터 해방된 텍스트와 독자가 들어앉아 의미의 무한한 자기 증식 ― 텍스트 의미의 무정부 상태 ― 을 즐기는 후기모더니즘의 음울한 풍경화를 목도하게 된다.[24)]

물론 이런 흐름의 뒤에는 그렇게 될 수밖에 없는 이유가 자리하고 있다. 한편으로 인쇄술의 발달로 작품의 대량 상품화가 가능해지면서, 작가와 독자 사이에는 뛰어 넘을 수 없는 장벽이 형성되기 시작했다. 작가는 독자가 누구인지 알 수 없는 상태에서 텍스트(작품)를 산출하고, 독자는 작가가 누구인지 알지 못하는 상태에서 텍스트와 만난다. 독자가 경험하고 믿을 수 있는 유일한 대상은 텍스트밖에 없으므로, 작가에 대한

도 존재한다. 독자는 단지 씌어진 텍스트가 구성되는 모든 흔적들을 단일한 장(field)에다 결속시키는 그 '누군가'일 뿐이다. (…중략…) 독자의 탄생은 저자의 죽음에 대한 대가여야 하는 것이다." Roland Barthes, "The death of author", ed. & trans. by Stephan Heath, *Image-Music-Text*, Hill and Wang, 1977, pp.147~148.

23) Robert E. Holub, *Reception Theory : A critical introduction*, Methuen, 1984, p.154.

24) 물론 현대문학의 이론적 조류가 이처럼 텍스트 중심주의적 해석의 경향으로만 나아가고 있는 것은 아니다. 다른 한 일각에서는 텍스트만 아니라 텍스트가 산출된 사회 역사적 맥락까지 중시하는 문학론도 계속 출현되고 있기 때문이다. 맑시즘 문학론은 그 대표적 예이거니와, 최근에 들어 부상하고 있는 페미니즘 문학론, 영국의 문화유물론 내지 미국의 신역사주의 문학론, 탈식민주의 문학론 등도 이 계열로 귀속시킬 수 있는 예들이다.

반란은 시간문제일 뿐이다. 다른 한편으로 작가가 산출하는 텍스트의 언어는 그 자체의 불완전성(시니피에와 시니피앙 사이의 건너 뛸 수 없는 심연) 때문에 의미 산출자로서의 전통적 영향력이 약화되는 위기를 맞게 된다. 기원(origin)을 알 수 없는 언어의 숙명적 조건으로 말미암아, 텍스트가 작가로부터 해방되는 것 역시 시간문제일 뿐이다. 비록 후기구조주의식의 도발적 이론에까지 동의할 수는 없더라도, 믿을 수 없는 작가보다 믿을 수 있는 텍스트에 더 주목하게 되는 것은 따라서 자연스런 추이라 할 수 있다.

그러나 중요한 것은 작가의 위상 약화와 더불어 텍스트와 독자가 중시되는 일련의 문학론이 보편이론이 아니라 특수이론이라는 사실의 재인식이다. 이러한 문학론은 고대부터 현대까지의 모든 문학에 두루 적용될 수 있는 일반이론이 아니라 산업사회 이후, 특히 모더니즘 문학의 형성과 더불어 구축된 근대적 산물이다. 따라서 이러한 역사적 특수성을 감안하지 않은 채 이를 문학적 패러다임이 다른 고전문학에까지 적용한다는 것은 일종의 넌센스가 아닐 수 없다. 오늘날 우리에게 만연한 고전시에 대한 불만의 상당 부분 역시 고전시 자체에 놓여 있다기보다 우리의 이해가 여전히 텍스트 중심주의적 해석론의 틀에서 벗어나지 못하고 있는데서 기인하고 있는 것이다.

따라서 결론 또한 분명하다. 텍스트 중심주의적 문학론에 대한 지나친 맹신 역시 과거의 우리 시를 왜곡시킬 우려가 있다. 텍스트, 시인, 텍스트 상황 모두가 똑같이 작품의 이해에 없어 안 될 해석의 정보원이기 때문이다. 과거의 문학적 상황을 가능한 그대로 재구성해 내는 역사적 복원의 중요성은 이런 점에서 강조되어야 한다. 특히 비판의 표적만 되고 있을 뿐인 케케묵은 역사주의적 접근법을 고전문학의 연구에서 버릴 수 없는 연유이기도 하다. 자기 중심적 해석의 틀로부터 벗어나 그들의 세계를 이해하려는 태도만 가진다면, 작품은 종래와 다른 모습으로 우리들에게 다가올 수 있을 것이다.

제 **3** 장

고전시와 현대시의 미학적 패러다임

성기옥

지금까지 살펴 반성적 검토는 결국 두 측면 모두가 고전문학과 현대문학 사이의 좁히기 어려운 거리에 대한 재확인으로 귀결된다. 한국문학 전통론의 연구사적 검토에서는 전통론에서 제기되는 모든 문제점들이 양자의 차이성을 외면하려는 데서 제기됨을 확인할 수 있었다. 한국시 이해의 문학론적 검토에서는 서구문학 내지 근대문학이라는 특수한 문학론적 국면에서 도출된 이론들을 아무런 여과장치도 없이 그대로 고전시 해석에 적용할 때 제기되는 문제점들의 심각성을 확인할 수 있었다. 다시 말해 전통론이든 문학론이든 이들에서 제기되는 모든 문제점의 진원지는 고전문학(고전시)과 현대문학(현대시)의 차이성에 있다. 이 차이성에 무관심하거나 애써 이를 외면한 데서 고전문학과의 연속성은 더욱 설득력을 잃게 되고, 고전문학에 대한 우리의 이해는 더욱 왜곡을 일삼아 왔다고 할 수 있다.

따라서 한국시에 대한 정당한 이해, 바람직한 한국시 전통의 발견을 위해 가장 먼저 선결되어야 할 과제는 양자의 차이성을 구체적으로 드러 낼 미학적 패러다임의 구축이다. 필자는 이 과제를 해결하기 위한 시도로 서 고전시와 현대시의 미학적 패러다임 차이를 세 가지 측면에서 검토해 보고자 한다. 소통 매커니즘, 언어의 기능, 가치의 덕목이 그것이다.

1. 텍스트의 소통 매커니즘―텍스트와 텍스트 상황

이제 16세기 사림의 한 분이었던 송순(宋純, 1493~1583)의 잘 알려진 시 조 한 수를 예로 들어, 고전시와 현대시의 미학적 패러다임 차이가 한국 시의 이해에 얼마나 큰 영향을 미치는지를 살피기 위한 실마리로 삼기 로 하자.

> 십년(十年)을 경영(經營)ᄒ여 초려(草廬) 삼간(三間) 지여 내니
> 나 ᄒ 간 둘 ᄒ 간애 청풍(淸風) ᄒ 간 맛져두고
> 강산(江山)은 들일 더 업스니 둘러 두고 보리라
> ――송순, 「면앙정잡가」 2수 중 1수(『진본청구영언』 370)

송순 자신이 세운 정자인 면앙정을 두고 노래한 「면앙정잡가(俛仰亭雜 歌)」 두 수 가운데 한 수이다.[1] 학생들과 함께 했던 강의 경험에 비추어 보건대, 현대시의 독법에 젖은 분들 대부분의 첫 반응은 표현의 신선함

---

1) 「면앙정잡가」 2수 중 두 번째로서 면앙정의 밤 정경을 노래하고 있다. 면앙정의 낮 정경을 노래한 첫째 수는 현재 원문이 전하지 않고 한역된 작품이 송순의 문집 『면앙 집(俛仰集)』 권5(민족문화추진회 편, 『한국문집총간』 26)에 전한다. 참고로 한역된 노 래를 여기에 옮겨 둔다. "秋月山兮細風 向錦城兮將去 / 越野兮亭子上 我無睡兮云寤 / 起而坐兮歡喜情 宛故人兮如覿."

에 집중될 것이다. 초가 삼간을 달과 청풍과 화자가 각각 한 간씩 사이 좋게 차지한다는 의인화 방법이나, 들일 곳 없는 아름다운 경관을 병풍을 치듯 '둘러 두고' 보겠다는 표현의 감각성이 항용 보아온 상투적인 시조들과는 다른 신선감을 불러일으켜 줄 것이기 때문이다. 그리고 애정 어린 시선으로 보는 분들은, 짧은 형식에 이만큼 집약적으로 표현해 낼 수 있는 시인의 형상력을 예찬하거나, 현대인으로서 꿈꿀 수 없는 여유와 예스런 풍류의 멋에 부러움을 느낄 수도 있을 것이다.

그러나 이로부터 촉발되는 보다 깊고 큰 감동의 일렁임을 맛보기 위해 좀더 꼼꼼히 따져 읽어 본 독자들은 어떤 반응을 보일까. 대개는 아마도 부정적일 것이다. 더 새겨 읽을라치면 감동의 일렁임보다 식상한 상투성이 오히려 시의 맛을 잃게 할 것이기 때문이다. 우선 초장의 '초려 삼간'이 선비로서 으레 한 번쯤 내세우기 마련인 안빈낙도(安貧樂道)의 상투적 표현에 지나지 않는 데 눈살을 찌푸릴 것이다.[2] 적어도 이 시대의 사대부라면 중소지주층으로서의 재지적(在地的) 기반에 비추어 대부분 생활의 여유를 지닌 경제적 상층부 집단일 터인데도, 너나 없이 안빈을 내세우는 것이 핍진성을 약화시킬 것이기 때문이다. 이런 인상이 각인되면 자연을 벗삼아 노닌다는 그 뒤의 표현 역시 투식어에 지나지 않음에 실망하게 될 것이다. 증점(曾點)의 도를 빙자한 옛 선비들의 형식화된 허세를 다시 한번 확인하는 씁쓸함을 맛보는 순간이기도 할 것이다.

이것만이 아니다. 신선함을 느꼈던 감각적 표현 또한 그럴 듯하게 포장된 장식물에 지나지 않음을 발견할 때 실망감은 더해질 것이다. 시의 중심되는 자연 이미지라 할 '달' '청풍' '강산'이 던져 줄 실망감이 그것이다. 이들 역시 강호의 노닒을 토로할 때면 으레 끌어들이기 마련인 선비들의 상투적인 음풍농월(吟風弄月) 이미지에 지나지 않음을 깨닫게 될

---

2) 언제부터인지 모르나 이제는 이런 인상이 고착되어 대부분의 국어사전에 「초려」를 '초가집' 외에 '자기집을 겸손하게 이르는 말'(국립국어연구원, 『표준국어대사전』)이라 정의한 항목까지 올라 있을 정도이다.

것이기 때문이다. 새로운 세계의 발견에 따른 언어적 긴장도 없고, 삶이나 자연에 대한 내면적 성찰도 없고, 시적 진실성도 발견할 수 없는 이런 시를 두고, 더 큰 감동의 일렁임을 기대한다는 것 자체가 지나친 욕심이 아니냐고 반문할 수도 있을 것이다.

그리하여 조선시대 선인들이 추구한 정신적 지향이 오늘날의 우리에게 거부감을 지니듯, 조선시대의 시조 또한 현대인의 감성과는 거리가 멀 수밖에 없다는 사실, 시적 진지성이 결여된 지식인들의 위장된 허세를 재확인하는 것으로 시의 독서가 끝날지 모른다. 현대시를 읽듯이 텍스트 중심의 해석론, 현재적 관점 중심의 해석시각에 따라 작품을 읽다 보면 대개는 이러한 해석의 틀로부터 크게 벗어나지 않을 것이다. 그러나 이러한 독법은 물론 왜곡되어 있다. 고전시는 현대시와 다른 미학적 패러다임을 지니고 있으며, 이의 바람직한 이해 또한 미적 패러다임의 차이에 따른 고전시 나름의 다른 독법을 요구하기 때문이다.

이런 관점에서 고전시와 현대시의 미학적 패러다임 차이를 밝히려 할 때 가장 먼저 주목할 것이 텍스트의 생성·향유 메커니즘이다. 고전시와 현대시는 시를 창작하고 향유하는 소통 메커니즘이 서로 판이하게 다르기 때문이다. 먼저 고전시에 있어서 시인이 작품(텍스트)을 창작하고 독자가 작품(텍스트)을 향유하는 시인－작품(텍스트)－독자의 소통 채널은 일원적이면서도 연속적인 동시에 상호소통적이다. 다시 말해 고전시에서는 시인과 독자가 텍스트만 아니라 작품 창작을 둘러싼 모든 정보까지도 함께 공유한다. '작품 창작을 둘러싼 모든 정보'를 '텍스트 상황'이라는 용어로 개념화한다면, 텍스트 상황의 공유는 곧 현대시와 변별되는 고전시 특유의 소통 메커니즘이라 할 수 있다.

시인이 작품을 창작하는 텍스트 생성 메커니즘의 경우, 우선 시인은 자신의 시를 읽을 독자가 어떤 부류의 인물일지를 이미 알고 있는 상태에서 작품을 창작한다. 자신의 시를 읽어 줄 주된 독자가 평소에 교분을 쌓던 친지들일지, 문중 사람들일지, 혹은 함께 국정에 참여하던 정치적 동료들일지 등에 대하여 이미 알고 있는 상태에서 창작에 임하는 것이다. 이뿐만 아니다. 시인은 또한 자신이 어떤 상황에서 작품을 창작할 것인지까지도 독자가 이미 알고 있으리라는 가정 아래 작품을 창작한다. 여행을 하면서 느낀 감회를 읊은 것인지, 향촌에 살면서 자연과 벗삼는 즐거움의 심회를 읊은 것인지, 혹은 정치적 실의에 빠진 억울한 심경을 읊은 것인지 등의 구체적 창작 상황에 대한 정보를 독자도 이미 알고 있으리라는 가정 아래 창작에 임하는 것이다. 따라서 시인은 독자가 알고 있을 이런 유의 창작 상황에 대한 정보를 자신의 시로 텍스트화할 필요가 없다. 그러한 창작 상황에서 촉발되는 자신의 심경이나 감회만 읊어도 독자의 작품 이해에는 지장이 없으리라는 것을 알고 있기 때문이다. 독자가 작품을 즐기는 텍스트의 향유 메커니즘에 있어서도 사정은 비슷하다. 독자들 역시 시인이 어떤 부류의 인물인지, 구체적으로 어떤 상황에서 작품을 창작한 것인지에 대한 예비적 정보를 가지고 작품을 읽으며, 텍스트를 그러한 상황에 맞추어 이해하고 즐긴다.

예로서 신흠의 다음 시조를 가지고 고전시의 이러한 소통 매커니즘 특성을 간략히나마 살펴보도록 하자.

> 어젯밤 비온 후(後)에 석류(石榴)곳이 다 픠엿다
> 부용(芙蓉) 당반(塘畔)에 수정렴(水晶簾)을 거더 두고
> 눌 향(向)ᄒ 기픈 시름을 못내 프러 ᄒᄂ뇨
>
> —신흠, 「방옹시여」 30수 중 1수(『진본청구영언』 133)

텍스트에 드러난 언어적 정보를 중심으로 이 작품을 이해한다면 우리는 이 시조를 이별한 임을 그리는 한 여인의 애타는 심경을 그린 사랑의 노래로 해석할 수 있을 것이다. 특히 중장의 '부용 당반' '수정렴' 등이 여성과 밀접한 관련을 지닌 시어들인 점에서, 종장의 '눌 향한 기픈 시름' 또한 떠나버린 임으로 말미암아 생긴 시름으로 별 어려움 없이 해석할 수 있을 것이기 때문이다.

그러나 신흠이 이 시조를 짓게 된 텍스트 상황까지 함께 생각한다면 그렇게 해석하기 어렵다. 이는 신흠의 「방옹시여(放翁詩餘)」 30수 중 18번째 작품으로서, 앞뒤의 5수(제16~20수)가 연시조로 묶일 수 있는 연군시조(戀君詩調)이기 때문이다. 곧 신흠이 1613년(광해군 5년) 계축옥사로 벼슬에서 쫓겨나 김포에 임시 거처를 마련하고 있으면서 자신의 억울한 심경을 30수의 시조로 읊었는데, 이때 자신의 억울한 심경을 절절한 연군지정에 투사하여 노래한 것이 바로 위의 시조를 포함한 연군시조 5수인 것이다.3) 따라서 이러한 텍스트 상황을 시인과 공유하고 있는 독자들은 위의 시조를 애정시조로 해석하지 않는다. 전통적인 충신연주지사(忠臣戀主之辭)의 해석 코드에 따라 나와 임을 나(신하)와 임금의 알레고리로 해석하고, 종장의 '기픈 시름' 또한 자아의 억울함을 임금께 알릴 길조차 막힌 막막함에서 촉발된 시름으로 이해한다.

이처럼 위의 시조는 텍스트만으로 해석하느냐 텍스트 상황과 함께 해석하느냐에 따라 판연히 다른 해석 결과를 낳는다. 작품 이해에 필요한 결정적인 해석의 정보가 텍스트에 놓여 있는 것이 아니라 텍스트 상황에 놓여 있기 때문이다. 그러므로 만일 텍스트 상황이 텍스트로부터 분리되거나 소거되어 버리면, 작품 역시 원래의 의미와는 거리가 먼 전혀 다른 성격의 작품이 될 수도 있다. 위의 시조를 통해 우리는 그러한 경우를 역사적으로 직접 확인해 볼 수 있다.

신흠의 「방옹시여」는 18세기 전반 『진본청구영언』에 30수의 완본이 처음 수록될 때까지만 해도 텍스트 상황과 함께 전승되고 있었다. 그런데 18세기 후반부터 작품이 산발적으로 가집에 수록되면서 텍스트 상황과의 분리가 일어나기 시작한다. 그리하여 19세기 후반이 되면 위의 시조는 무명씨 작품으로 전해지면서 텍스트 상황까지 완전히 잃어버리는 현상이 초래된다. 그 결과는 어떠한가. 19세기 후반의 가집들 중 이 작품

---

3) 이와 관련된 자세한 내막은 성기옥, 「申欽 時調의 해석 기반—放翁詩餘의 연작 가능성」, 『震檀學報』 81호, 1996 참조.

을 수록하고 있는 가집은『국악원본 가곡원류』등 10종의 가곡원류계 가집과『여창가요록』이 전부이다. 그런데 이들 가집에는 이 시조를 하나같이 작자미상의 여창가곡으로 분류하고 있다. 여성가객들—모두가 기녀들이다—이 부르는 여창가곡에는 연군시조가 없다는 점에서, 이는 곧 임을 그리워하는 애정시조로 노래의 성격이 변질되어 전승됨을 뜻한다. 다시 말해 텍스트 상황이 소실되고 텍스트만 남게 됨으로써, 작품의 성격 또한 연군시조에서 애정시조로 바뀌고 만 것이다. 시인과 독자가 공유하는 이 텍스트 상황이 고전시에서 얼마나 중요한 미학적 자질인지를 실증적으로 말해 주는 예가 아닐 수 없다.

그러나 현대시의 소통 메커니즘은 이와 완전히 대조적이다. 시인이 작품(텍스트)을 창작하고 독자가 작품(텍스트)을 향유하는 시인—작품(텍스트)—독자의 소통 채널은 이원적이면서도 단절적인 동시에 일방소통적이다. 우선 텍스트 생성 메커니즘의 경우, 시인은 자신이 창작한 작품을 어떤 독자들이 읽을지에 대한 정보가 거의 없는 상태에서 텍스트를 산출한다. 향유 메커니즘의 경우 또한 독자는 시인이 어떤 개성을 지닌 인물인지, 어떤 상황에서 작품을 창작한 것인지를 거의 알지 못하는 상태에서 텍스트를 향유한다. 생성 메커니즘은 오직 시인—작품(텍스트)의 소통 채널뿐이며 향유 메커니즘 역시 텍스트(작품)—독자의 소통 채널뿐이다.

때문에 현대시의 소통 체계는 생성과 향유가 분리된 이원체계이고, 시인과 독자의 관계 역시 단절적이며, 시인→텍스트(작품), 텍스트(작품)→독자의 일방소통적 채널만이 작동된다. 따라서 시인은 표현할 모든 것을 텍스트에 담아야 하고 독자 역시 작품 이해의 모든 정보를 텍스트로부터 얻어야 한다. 그러므로 현대시의 경우 고전시에서와 같은 텍스트 상황이 부재하므로 시를 창작하고 이해하는 중심 통로는 오직 텍스트뿐이다. 따라서 고전시의 해석 정보는 텍스트와 텍스트 상황 양쪽에 담고 있지만 현대시에서는 오직 텍스트만이 담고 있을 뿐이다. 텍스트 중심주의적 해석론이 현대시 해석의 중심 방법으로 부상한 것도 이러한 소통 메커니즘의 특수성과 뗄 수 없는 불가분의 관련을 맺고 있다.

물론 이러한 소통 메커니즘의 차이는 이런 차이를 만들게 한 문화적 배경으로서 필사문화(筆寫文化)와 인쇄문화가 배후에 자리하고 있다. 잘 알다시피 고전시의 경우 시인은 주로 필사 매체를 통하여 텍스트를 산출하고 필사된 텍스트로 독자와 소통한다. 또한 필사된 텍스트는 손으로 직접 써야 하기 때문에 유통의 규모나 범위가 극히 제한적일 수밖에 없다. 유일본이거나 소수의 사본 형태로 텍스트가 유통될 것이므로 독자역시 지인(知人)이나 가문 등 극히 제한된 범위를 넘어서기 어렵다.4) 시인이 독자의 성향을 잘 알고 독자 또한 시인의 창작상황을 잘 아는 텍스트 상황의 공유는 이처럼 필사매체로 유통되는 고전시의 제한된 소통범위로 말미암아 가능한 것이다.

반면에 현대시의 경우 대량 복제가 가능한 근대적 인쇄매체를 통하여 유통되기 때문에 사정이 전혀 다르다. 시인과 독자 사이에는 텍스트를 대량 생산하여 상품화된 책으로 판매하는 출판업자가 있다. 출판업자는 시인-텍스트의 소통 채널을 통하여 책을 대량 생산하고, 텍스트-독자의 소통 채널을 통하여 책을 대량으로 유통시킨다. 따라서 현대시에 있어 시인-텍스트-독자의 소통 채널이 이원적인 동시에 단절적일 수밖에 없는 것은 이러한 유통구조를 가진 인쇄문화가 그 배후에 자리하고 있기 때문이다. 대량 복제의 상품화가 출판업자를 낳고, 출판업자를 둘러싼 유통체계가 시인과 독자 사이에 건널 수 없는 심연을 만든다. 어디

---

4) 근대 이전의 인쇄양식인 목판본이나 활자본의 형태로 몇백 부가 유포되는 경우도 상정할 수 있으나 적어도 우리의 경우 현실성이 적다. 작품이 목판본이나 활자본으로 인쇄되어 유통되는 경우는 거의 예외없이 시인이 죽은 후 문집이나 가승본 속에 집성하여 남긴 경우뿐이므로, 생전의 창작·향유는 압도적으로 필사매체에 의존하였다고 해도 좋을 것이다. 그리고 국문시의 경우 실제로 시조나 가사 작품들을 모아서 묶은 각종 가집(歌集)이나 가사집(歌辭集)들은 거의 모두 필사본으로 유통되었다. 예를 든다면 『청구영언』 등 현재 남아 전하는 40여 본의 시조가집 경우, 20세기 이전 인쇄되어 유통된 가집은 19세기 말에 방각본으로 출판된 『남훈태평가(南薰太平歌)』 하나밖에 없다.

그것뿐인가. 이런 소통체계는 또한 시인을 직업적 시인으로 만든다. 아무리 뛰어날지라도 과거의 시인이 끝까지 교양인적 시인으로 남아 있던 것과는 판이한 결과를 낳는 것이다.

이뿐만 아니다. 소통매커니즘의 차이를 만들게 한 또 하나의 문화적 배경으로서 '부르기'와 '읽기'라는 연행문화의 차이도 배후에 놓여 있다. 잘 알다시피 과거의 우리 국문시는 거의 모두가 노래로 향유되고 노래로 전승된 노래 텍스트에 해당한다.5) 그리고 노래는 그 본질상 창자(시인)와 청중이 한 자리에서 부르고 듣는 '공유 상황'의 확보가 기본적으로 전제된다. 청중이 있는 자리에서 부르는 경우는 물론이거니와 혼자 부르는 경우도 예외는 아니다. 혼자서 부르고 있지만 거기에도 부르는 나와 듣는 나는 상정되기 마련이기 때문이다. 따라서 혼자서 조용히 창작하는 경우라도 노래 텍스트로서 창작하는 한 이런 조건은 무시되지 않는다. 정도의 차이는 있을지라도 창자와 청중의 공유 상황을 완전히 무시한 창작은 상정하기 힘든 것이다. 그러나 현대시의 경우 인쇄된 텍스트를 독자가 혼자서 조용히 읽는 형식으로 연행되기 때문에 그러한 공유상황이 조성될 여지가 없다. 혼자서 텍스트와 만날 뿐이므로 믿을 수 있는 것 역시 텍스트뿐이다.

텍스트 상황이 고전시의 이해에 얼마나 중요한 미적 자질인지를 다시 앞서 예든 송순의 시조를 통해 좀더 구체적으로 살피기로 하자. 이 노래가 산출된 텍스트 상황과 함께 살피면 앞서 시도한 텍스트 중심주의적 접근이 얼마나 왜곡된 해석이었는지를 여실히 드러내 줄 것이기 때문이다. 까닭은 특히 두 가지 측면에서 그러하다. 첫 번째로 송순의 전기적 사실과 관련시켜 보면, 초장에 진술된 "십년을 경영ᄒ여 초려삼간 지여

---

5) 과거의 시라고 해서 모두 '부르기' 중심의 노래 텍스트만 있었던 것은 물론 아니다. 한시는 모두가 '읊기' 중심의 텍스트였고, 국문시의 경우도 비교적 길이가 긴 가사와 음영민요는 읊기 중심으로 연행되었다. 다만 국문시에서 차지하는 비중이 노래 텍스트에 비할 바 아닐 만큼 낮을 뿐이다.

내니"는 안빈낙도를 빙자한 상투적 허세의 몸짓이 아니다. 누정(樓亭)이라면 통상 기와로 덮은 반듯한 건물만 보아 왔고, 지금 담양에 남아 있는 면앙정도 기와를 덮은 정자임을 생각하면 허세로 해석될 가능성도 충분한 개연성을 지닐 수 있다. 그러나 그의 연보(年譜)와 행장(行狀) 및 「면앙정기(俛仰亭記)」 등의 각종 문헌기록들을 살피면 그렇지 않다. '십년을 경영하여'나 '초려삼간' 모두가 사실에 입각한 사실의 진술이기 때문이다. 송순이 처음 면앙정을 건립하게 된 경위를 보면, 32세(1524)에 면앙정 부지를 구입하여 41세(1533)에 처음으로 면앙정을 짓기까지 걸린 기간이 꼭 10년이었다. 그리고 이때 처음 지은 건물도 임시로 얽은 허술한 3간짜리 초당(草堂)에 지나지 않았다.

　송순은 27세에 별시문과 을과에 3등으로 합격하여 예문관, 춘추관 등의 하급 관리직에 봉직하다가, 31세 때 부친이 돌아가자 고향 담양의 선산에서 시묘살이를 한다. 이듬해 부친의 묘소를 정비하는 한편, 집에서 2·3리 떨어진 곳에 원래 곽씨의 소유였던 부지를 구입하여 면앙정을 지을 터로 삼는다. 3년상을 치르자 다시 부름을 받아 사헌부의 정언·지평·사간 등을 지내던 중, 권신 김안로(金安老)의 미움을 사 41세에 결국 파직을 당한다. 고향으로 내려온 그는 더 이상 벼슬살이를 하지 않고 모친을 봉양하며 살리라 결심하고, 청송(聽松) ― 성혼(成渾)의 아버지 성수침(成守琛) ― 에게 면앙정의 정액(亭額)을 써 받아 마침내 3간짜리 초옥을 건립하게 되는 것이다.

　가세를 보더라도 넉넉하다고 할 수 있는 처지는 아니었다. 45세에 김안로가 사사되자 다시 복권되어 관직생활을 계속하면서도, 초당은 돌보지 못해 비바람에 피폐해져 풀숲더미에 묻힌 폐옥의 상태였다고 한다. 또한 윤원형 일파에 의해 2년여의 유배생활을 거친 후 귀향하여, 60세에 다시 중건한 면앙정도 사실은 담양부사 오겸(吳謙)의 권고와 재정적 도움을 받아 이루어진 것이라고 한다. 더욱이 부친은 벼슬에 나아가지도 못했고, 송순이 당상관에 오른 후에야 겨우 담양의 향안(鄕案)에 오를 수 있었던 점들로 미루어 보면, 가문도 내로라 할 처지는 아니었던 것 같다. 그러므로 위의 시조는 이 소박한 3간짜리 초옥을 짓고, 향촌에서 검소하게 자연을 벗삼으며 살고자 하는 심경을 있는 그대로 드러낸 작품이라 할 수 있다. 허세가 아닌 것이다.

두 번째로 삶이나 자연에 대한 내면적 성찰이 결여되어 있다는 비판도 다시 검토할 필요가 있다. 이 노래가 옛 선비들의 정신적 허영심을 채우기 위한 가식의 노래가 아니라 송순의 개인사에 근거한 사실의 노래임은 이미 밝힌 바와 같다. 그렇다고 하더라도 작은 정자 하나 지어 자연과 더불어 노니리라는 것이 자신의 호방한 서정적 풍류를 노래한 것 외에 뭐 그리 대단할 것이 있느냐는 불만은 있을 법하다. 말하자면 노래된 세계의 깊이 문제이다. 이 정도의 소품에서 무슨 깊이를 발견할 수 있겠는가는 의문이 들기 시작하면 작품의 호소력도 반감될 것이기 때문이다. 그러나 이런 불만은 오히려 우리가 여전히 텍스트 지상주의적 해석론의 틀에서 벗어나지 못하고 있음을 말해주는 증거일 수 있다. 삶이나 자연에 대한 성찰 혹은 노래된 세계의 깊이는 텍스트가 아니라 텍스트 상황에 잠복되어 있기 때문이다. 텍스트 상황의 복원 작업으로부터 이 문제를 풀어 나가야 할 이유이기도 하다.

송순이 고향에 돌아와 3간짜리 면앙정 초옥을 짓게 된 것은 단순히 어머니를 봉양하면서 자연을 벗삼고자 하는 한적(閑寂)을 위한 것이 아니었다. 거기에는 한때 갖가지의 정치적 농간으로 세상을 어수선하게 했던 김안로에 맞서다가, 결국 억울하게 파직 당하고 만 송순의 긴장된 정치 현실이 놓여 있다. 이뿐만 아니다. 파직 당하고 고향에 돌아온 후에도 그의 신변은 안전할 수 없었다. 사림들에 대한 사사·유배 등의 정치적 숙청이 끊이지 않아 조정은 바람잘 날이 없었고, 그 또한 김안로의 추종세력을 반대하는 세 패거리[三巡] 중 한 패의 괴수로 지목될 만큼 주목받고 있었다. 실제로 홍춘경(洪春卿)·나세찬(羅世讚) 등이 그의 결백을 진언하다가 파직을 당하거나 추문(推問)을 받는 등 신변의 위협은 계속 그를

압박하고 있었다.6)

　이런 급박한 상황에서 초옥을 짓고 자연을 벗삼아 살리라는 노래를 했다면 이를 우리는 어떻게 이해해야 할까. 음풍농월을 즐기는 한적(閑寂)의 언어로 보아야 할 것인가, 혼란한 정치현실에 대한 반동(反動)의 언어로 보아야 할 것인가. 독자와의 공유 상황이 소거된 현대시인이라면 어떻게든 그러한 긴장을 텍스트화 해야 했을 것이다. 그러나 긴장을 독자와 공유하고 있는 이 시대의 미학에서는 그럴 필요가 없다. 긴장은 텍스트 내에서 조성되는 것이 아니라 텍스트와 텍스트 상황 사이에서 조성되기 때문이다. 그러므로 달·청풍·강산과의 어울림을 노래하는 텍스트 표면의 즐거움 둘레에는, 차라리 정치적 소외로 말미암은 좌절감, 항거, 자기 다짐의 정서들이 갈래갈래 휩싸고 있다고 하는 것이 더 적확한 이해일 것이다. 우리로서는 즐거움의 정서만 감지할 수 있는 노래를, 텍스트 상황을 공유한 당시의 독자들은 오히려 처연하게 들을 수 있다. 정녕 거기에 삶에 대한 성찰이 없다고 할 수 있겠는가.

　남아 있는 것은 이제 송순이 노래한 자연의 의미이다. 자연이 왜 부정적 정치현실에 대한 반동의 언어인가의 문제는 사실 단순하게 생각하면 쉽게 이해할 수 있다. 자연을 지고(至高)의 선으로 인식하는 것은 예나 지금이나 다를 바가 없기 때문이다. 현대 자연시에서의 자연이 잃어버린 순수의 고향으로서이든, 정신주의적 원천으로서이든, 혹은 생태론적 대안으로서이든 모두가 현실적 삶의 대안으로서 의미를 가지듯, 그에게도 자연은 부정적 정치현실의 대안으로서 의미를 지닌다. 자연은 늘 그렇게 인간에게 시혜를 베푼다.

　그러나 좀더 깊이 따져 들어가면 단순하지가 않다. 이 시대의 사대부

---

6) 이런 사정은 그의 연보만 아니라 『중종실록』에도 여러 곳에 자세히 기록되어 있어 신빙성을 더해 준다. 송순을 둘러싸고 전개되는 전후의 정치적 사정을 비교적 집약적으로 드러내 주고 있는 예는 『중종실록』 권86 중종 32년(1537) 11월 9일(갑신)의 기사를 들 수 있다. 특히 김안로 일파가 숙청 당한 후 송순 45세(1537) 때 다시 재등용을 건의하는 이 기사 가운데 사신(史臣)이 논평한 부분 참조.

시에서 자연의 의미는 우리보다 훨씬 심원하고 장대하기 때문이다. 그들은 늘 조화가 구현된 자연과 조화가 이루어지지 못한 사회 사이의 변증법적 통일을 꿈꾼다. 자연이나 사회 모두가 조화를 획득한 우주적 자연에 대한 꿈이 바로 그것이다. 이 때문에 그들에게는 중생의 구원 없이 내가 구원받을 수 없는 대승(大乘)의 논리처럼, 조화로운 사회의 구현 없이 나와 자연의 진정한 화합도 이루어 낼 수가 없다는 사대부 특유의 세계인식이 배후에 깔려 있다. 그리하여 사회에 들어 경세(經世)의 뜻을 펴면서도 조화가 구현된 자연에의 동경을 버리지 못하고, 자연에 들어 조화의 즐거움을 누리면서도 부조화로 가득 찬 사회에의 의식을 떨칠 수가 없다(이 때문에 적어도 정통 사대부가 노래한 자연의 시편들이라면 현실도피가 성립되기 어렵다). 이 모순된 숙명의 들락거림이 그들 시의 자연인식과 직결되어 있다면 정녕 거기에 자연에 대한 깊은 성찰이 없겠는가. 자연 파괴로 말미암아 대두된 최근의 생태학적 자연관보다 오히려 더 깊고 넓은 세계관적 기반을 지니고 있지 않는가.

시를 창작하고 향유하는 메커니즘이 다른 만큼 고전시와 현대시의 미적 패러다임 역시 판이하게 다를 수밖에 없다. 거의 모든 해석의 정보를 '텍스트'가 담고 있는 현대시와는 달리, 고전시는 그러한 해석의 정보를 '텍스트'와 '텍스트 상황'이 함께 담고 있다. 따라서 현대시에서처럼 텍스트의 언어 분석만으로 고전시를 해석하려 한다면 그것은 넌센스에 가깝다. 텍스트 상황 역시 텍스트 못지 않게 중요한 해석의 정보원이기 때문이다.

2. 시적 언어의 기능—경험의 언어와 사유의 언어

다시 앞에서 예든 송순의 시조로부터 화제를 끌어내도록 하자. 이 시의 중심 이미지라 할 달·청풍·강산의 상투성 문제는 어떻게 평가하는 것이 가장 바람직한 이해라 할 수 있을까. 현대시의 독법으로 보면 사실 이들은 시적 이미지의 범주에 넣기 어려울 만큼 평범한 시어들이다. 음풍농월의 상투성을 들추어 내지 않더라도 너무 흔하고 낯익은 시어들이어서, 우리가 흔히 시를 읽으며 기대하는 어떤 새로움이나 정신적 자극을 얻기가 어렵기 때문이다. 자연을 생각하면 누구나 맨 먼저 떠올리는 것이 명월·청풍·강산이 아닌가. 적어도 현대시인이라면 시인이 아닌 어느 누구도 조건반사처럼 떠올리는 이런 진부한 시어의 선택은 피했을 것이다. 그러나 송순은 그러지 않았다. 송순만 아니라 과거의 시인들 거의 모두가 그러지 않았다. 그렇다면 과거의 시인들은 그만큼 언어적 감수성이 무디어서 그랬던가.

물론 그렇지는 않다. 까닭은 고전시에서 수행하는 시적 언어의 기능이 우리 시대의 그것과 다르다는 데서 찾을 수 있기 때문이다. 결론부터 앞세운다면 고전시 있어서 시의 언어는 곧 행동이자 경험이다. 달·청풍·강산은 언어적 이미지로서 제시되는 것이 아니라 행동의 언어로서 제시된다. 상상력으로 길어 낸 정신적 그림으로서 제시되는 것이 아니라 경험될 상황으로서 제시된다. 이런 까닭으로 고전시인들은 시에 표현된 자연의 언어들이 길어 올리는 이미지의 형상적 아름다움을 기대하지 않는다. 그보다는 이들 달·청풍·강산이 환기하는 정취를 직접 경험하면서 맛볼 정서적 감흥을 기대한다.

외따로 떨어져 앉은 자그마한 정자에 내가 혼자 앉아 있다. 이엉으로 지붕을 얽은 이 질박하고 단출한 3간짜리 정자에는 휘영청 달빛이 가득하고 때맞게 불어오는 맑은 바람(淸風)이 곳곳을 어루만진다. 나와 달, 청

풍이 각각 정자 한 간씩을 사이좋게 차지하고 있는 격이다. 주변에 둘러
쳐 정자를 감싸고 있는 강산의 정경도 달빛을 받아 아름답기만 하다. 외
따로 떨어져 앉은 작은 정자에서 나는 오직 이들과 벗하며 이들이 어울
려 내는 아름다움에 흠뻑 젖어든다. 이른바 내가 가까이하는 유일한 자
연의 벗들이다.

그리하여 시의 언어가 조성하는 이 상황에 직접 참여하여, 그로부터
환기되는 세계의 아름다움에 가슴을 열고 도취한다. 시의 언어가 조성하
는 밝은 달빛의 정취와 맑은 바람의 향취가 어울린 강산의 아름다움을
온몸으로 받아들임으로써 시의 즐거움을 맛보는 것, 이것이 바로 고전시
의 언어이다. 그러므로 경험의 언어에서는 상투성이 문제될 리가 없다.
천만 번 비추어도 달은 여전히 예대로의 정취로 우리들의 가슴을 젖게
하고, 천만 번 쐬어도 맑은 바람은 여전히 예대로의 서늘함으로 우리의
정신을 맑게 한다. 만인이 언어로 그리는 똑같은 달의 이미지는 만인에
게 진부할 수 있지만, 만인이 경험하는 똑같은 달의 정취는 만인의 가슴
을 적시지 않는가. 온몸을 던져 끊임없이 경험하게 하는 것 ……. 그들을
노래하게 하는 시적 언어의 미학적 비밀이 여기에 있다.

그러나 경험의 언어로서 조성하는 언어의 미학적 비밀은 더 깊숙이에
도 숨겨져 있다. 텍스트와 텍스트 상황 사이에서 조성되는 미적 긴장까
지 함께 생각해 보면, 이 시조의 서정적 자아가 맛보는 자연의 아름다움
이 그저 맑고 투명하기만 한 그런 아름다움이라고 할 수만 없는 또 다른
무엇이 있다. 그 아름다움의 뒷자락에는 몇 가닥 얽히고 설킨 음울한 정
서의 그늘도 함께 드리워져 있기 때문이다. 혼탁한 정치현실로부터 멀리
떨어져 나와 ― 그것도 억울하게 쫓겨나서 ― 부정적 정치현실과는 너무
나 대조적인 이 청정한 자연의 아름다움을 맛보는 경세인(經世人)으로서
의 나를 상상해 보라. 그리고 오직 벗할 것이라고는 달·청풍·강산뿐인
정치현실로부터 소외된 관인(官人)으로서의 나도 상상해 보라. "달·청
풍·강산과의 어울림을 노래하는 텍스트 표면의 즐거움 둘레에는 차라

리 정치적 소외로 말미암은 좌절감, 항거, 자기 다짐의 정서들이 갈래갈래 휩싸고 있다”고 한 앞 항에서의 지적을 다시 떠올릴 수 있을 것이다. 텍스트가 조성하는 즐거움의 정서와 텍스트 상황이 조성하는 음울의 정서가 서로 맞닥뜨리면서 교직해 내는 이 언어의 프리즘 현상을 어찌 현대시 이론으로서 설명해 낼 수 있겠는가. 경험의 언어, 상황의 언어가 불러일으키는 고전시의 언어 미학에서 우리는 현대시에서와는 또 다른 색다른 맛을 느낄 수 있다.

그러나 현대시의 언어는 이와 완연히 다르다. 우리에게 있어 시의 언어는 은유의 원리를 강조하든 객관적 상관물을 강조하든, 결국 그것이 추구하는 것은 정신적 그림으로서의 형상성이다. 우리는 시의 언어가 재현해 내는 이 정신적 그림을 상상력을 통해 활성화시키면서, 그로부터 펼쳐지는 세계의 경이와 조응하는 감성의 눈뜨임에 스스로를 몰입한다. 그러므로 현대시의 언어는 우리로 하여금 끊임없는 정신의 활동을 요구하는 사유의 언어이다. 고전시와 달리 그것은 또한 정적이다.

대중들에게까지 잘 알려진 김춘수의 「꽃」을 예로 들어 현대시의 언어가 지닌 이런 특징들을 생각해 보자.

내가 그의 이름을 불러주기 전에는
그는 다만
하나의 몸짓에 지나지 않았다.

내가 그의 이름을 불러 주었을 때
그는 나에게로 와서
꽃이 되었다.

내가 그의 이름을 불러준 것처럼
나의 이 빛깔과 香氣에 알맞는
누가 나의 이름을 불러다오

　　그에게로 가서 나도
　　그의 꽃이 되고 싶다.

　　우리들은 모두
　　무엇이 되고 싶다.
　　나는 너에게 너는 나에게
　　잊혀지지 않는 하나의 눈짓이 되고 싶다.
　　　　　　　　　　—김춘수, 「꽃」(『김춘수전집』 1, 문장사, 1982)

　이 시의 중심 이미지라 할 '꽃'은 우리로 하여금 무엇을 환기하게 하는가. 고전시에서처럼 그것은 자연물로서 우리에게 다가오지 않는다. 우리가 직접 보고 만지고 맡으며 그 아름다움에 감탄하고 그 향기에 도취하는 그런 '꽃'이 아니다. 그러므로 우리의 오감(五感)을 동원하여 그 꽃을 직접 '경험하지' 못한다. 대신에 그것은 언어적 이미지로서 우리에게 다가온다. 언어적 이미지로서의 꽃은 실제 자연물로서 지닌 꽃의 구체성으로부터 멀어지기를 바라는 시니피앙의 꽃이다. '들국화' '구절초' '채송화' '장미꽃'과 같은 이름의 구체성으로부터 멀어지고, '산골짜기' '언덕빼기' '길 가' '뜨락'과 같은 상황의 구체성으로부터 멀어지고, 자연의 세계로부터 멀어져서, 마침내 시니피앙의 세계로 들어와 텍스트의 꽃이 되는 것이다.

　어디 그뿐이랴. 텍스트의 꽃은 '나' '너' '그' '이름' '눈짓'들과 함께 새로운 세계를 구축함으로써 우리들에게 끊임없는 언어적 연상을 요구하고, 그럼으로써 우리의 끊임없는 정신활동을 요구한다. 그리하여 언어적 이미지로서의 '꽃'은 세상에 둘도 없는 가장 '아름다운' 꽃을 낳고, 세상에 둘도 없는 가장 '진실된' 꽃을 낳고, 세상에 둘도 없는 가장 '의미 있는' 꽃을 낳고, 드디어 더 이상 세포 분열을 할 수 없는—'이름'이 이름일 수밖에 없는—존재의 핵이 된다. 이른바 존재론적 '꽃'이다. 그러므로 한 번 죽 읽고 단번에 깊은 감동을 느낄 수 있는 현대시가 어디에 있는가. 두세 번 이상 곱씹어 읽고 새길 때라야 겨우 제 얼굴을 드러내기 시작한다. 독자로 하여금 끊임없는 정신활동을 요구하는 사유의 언어인 까닭이다.

그렇다면 시의 언어가 재현해 내는 이 정신적 그림을 독자들은 자신의 상상력을 통해 어떻게 활성화시키는가. 세상에 둘도 없는 가장 아름답고 진실되고 의미 있는 존재의 핵을 '사랑하는 사람'으로 떠올리는 독자들은 아마도 이 시를 연애시로 읽고 감동하리라. 사춘기 여학생들이 가장 애송하는 시의 첫손에 꼽히는 까닭이 여기에 있다. 세상의 허위에 넌더리가 난 독자들은 진실됨을 애타게 갈구하는 자신의 마음을 그린 시로 읽고 위안을 받으리라. 그러나 전문적인 독자—이른바 비평가—라면 그런 것들 너머 저 심층에 박힌 '꽃'의 존재론적 광맥을 찾아 지금도 여기저기 광산을 헤매고 있으리라. 고전시처럼 텍스트 상황이 바깥에서 텍스트를 감싸고 있는 것이 아니라, 텍스트의 언어가 독자의 상상력에 기대어 텍스트 상황을 조성한다. 더욱이 시의 중심부에 놓인 '나' '너(그)' '이름' '꽃'의 구체적 개별성이 소거되어 있으므로—다시 말해 몰개성적이므로—독자의 정신활동에 따라 텍스트 상황의 빛깔도 달라질 수 있다. 현대시가 난해하다고 하고 다중적 의미로 해석될 수 있다고 하는 까닭도 이에서 빚어진 것이다.

현대시의 이런 특징이 고전시의 언어와 얼마나 다른지를 더 분명히 이해할 수 있도록 다시 고전시 작품의 예를 하나 더 들어 비교해 보자.

> 유란(幽蘭)이 재곡(在谷)ᄒ니 자연(自然)이 듣디 됴해
> 백운(白雲)이 재산(在山)ᄒ니 자연(自然)이 보디 됴해
> 이 듕에 피미일인(彼美一人)를 더욱 닛디 몯ᄒ애
> ——이황, 「도산십이곡」 12수 중 1수(『도산곡육곡』 목판본)

비교적 널리 알려진 이황(李滉)의 시조 「도산십이곡(陶山十二曲)」의 「언

지(言志) 6수 가운데 넷째 수이다. 이황이 만년에 서당을 짓고 후학을 가르치던 도산(陶山)에서 서당 주변에 펼쳐진 자연의 풍정을 노래하고 있는 대목으로서, 대충 보더라도 김춘수의 「꽃」과는 그 언어적 쓰임새가 엄청나게 다름을 알 수 있다.

먼저 「꽃」이 시니피앙의 세계 구축을 통해 새로이 창조한 꽃의 정신적 내경(內景)을 배경으로 하고 있음에 비해, 이는 자연의 세계를 그대로 시에 끌어들인 도산서당 주변의 실경(實景)을 배경으로 하고 있다. 시조에 등장하는 자연의 시어들 모두가 도산 주변에 펼쳐진 실제 자연의 모습들인 것이다. 난(蘭)과 골짜기[谷]도 실제 도산의 난과 골짜기요 구름[雲]과 산(山)도 실제 도산의 구름과 자연이다. 다음으로 「꽃」에서 진술된 언어는 비유적이고 상징적인 언어가 압도적인 데 비하여, 여기서 진술된 언어는 그러한 비유나 상징적 장치를 거의 사용하지 않는 문면 그대로의 서술적 언어가 압도적이다. 골짜기에는 난꽃이 피어 향내가 맡기 좋다는 초장의 진술이나, 산에는 흰 구름이 걸려 있어 보기에 좋다는 중장의 진술, 난향을 맡고 흰 구름을 완상하는 가운데 임금을 더욱 잊지 못해 한다는 종장의 진술 등 모두가 그지없이 평이하기만 하다. 그 흔하디 흔한 수사적 꾸밈조차 보이지 않아, 행 구분과 감탄형 서법만 없더라면 시인지 일상적 산문인지도 분간하기 어려울 만큼 언어적 세공에도 무관심하다.

두 시의 이러한 차이는 물론 시인의 개성이나 능력 때문이 아니라 현대시와 고전시 언어의 시적 기능 차이로 인한 것이다. 필자가 보건대 두 시는 사유의 언어와 경험의 언어로 드러낼 수 있는 현대시와 고전시 표현의 양극적 전형을 보이는 작품이 아닌가 한다. 이토록 대조적인 진술 방식의 차이에도 불구하고, 두 시는 제각기 바라는 바의 시적 성취를 나무랄 데 없이 훌륭하게 이루어 낸 작품으로 평가할 수 있기 때문이다. 다시 말해 「꽃」의 언어만 시적으로 뛰어난 것만 아니라 이 시조의 언어 또한 시적으로 뛰어나다. 시조에 사용된 자연의 시어들도 「꽃」에 못지않을 만큼 풍부한 시적 이미지를 조성해 내는 데 성공을 거두고 있기 때문이다. 다만 그러한 이미지를 조성해 내는 방식이 「꽃」과는 판이하게 달라서 우리들 눈에 잘 띄지 않을 뿐이다. 고전시의 언어가 경험의 언어라는 사실을 다시 한번 상기해야 할 순간이기도 하다.

이 시조에 등장하는 자연 이미지들이 모두가 도산서당 주변의 실경을 배경으로 하고 있는 만큼, 이에 표현된 자연의 정취를 제대로 맛보기 위해 우리는 먼저 퇴계가 살던 당시 도산의 모습을 떠올리지 않으면 안 된다.7) 도산의 실경 속에 우리가 상상적으로 들어가 시에 표현된 도산의 정취를 직접 경험해야 자연의 시어들이 조성해 내는 시적 이미지의 참맛도 제대로 느낄 수 있기 때문이다. 이런 입장에서 작품을 보면 이 시조는 도산의 실경을 사실적으로 묘사하기보다 실경에 접하는 자아의 정취를 몇몇 자연 이미지에 투사함으로써, 도산의 풍정을 집약적으로 재현해 내는 극도의 간결성을 지향한다. 골짜기[谷]와 산, 난(幽蘭)과 구름[白雲] 등 단 4개의 시어만으로 도산의 풍정을 재현해 내려 하고 있음이 그것이다.

그러나 이들 단 몇 개의 자연 이미지만으로도, 서당 주변의 경관과 그러한 경관이 환기하는 고즈넉한 정취까지 모두 드러내기에는 모자람이 없다. 이를 우리가 상상적으로나마 직접 경험하면서 감상한다면, 경험될 상황으로서의 이들 시어가 조성해 내는 초·중장 사이의 이미지 교직이 심상치 않기 때문이다. 우선 골짜기와 난, 산과 구름은 수직공간으로서의 상하 이미지를 조성한다. 아래로 내려앉은 깊숙한 골짜기 어딘가에 난꽃이 피고, 위로 솟은 산에는 흰 구름이 떠 있다. 다음으로 골짜기와 난, 산과 구름은 수평공간으로서의 원근 이미지를 조성한다. 가까이로는

---

7) 도산서당은 뒤쪽과 동서 양쪽이 모두 그리 높지 않은 산으로 둘러쳐 있고 앞쪽으로 강과 작은 들판이 펼쳐져 있는 도산—산 이름이다—의 남쪽 나지막한 언덕빼기에 자리하고 있다. 북쪽과 동서 3면의 산들이 마치 도산서당을 감싸듯 에워싸고 있는 형세인데다 단 두 채의 건물—퇴계가 거처하는 도산서당과 학생들이 기숙하는—뿐이고 인가도 멀리 떨어져 있어 조용하고 아늑한 분위기를 자아낼 만한 곳이다. 물론 지금의 풍경은 이와 많이 다르다. 퇴계가 타계한 직후에 이미 대규모의 도산서원이 건립되고, 1970년 안동댐의 건설로 강과 남쪽 들판이 호수로 변하였으며, 관광지 조성으로 서당 주변 또한 원래의 모습을 대부분 잃고 있기 때문이다.

골짜기 어딘가에 난향이 피어나고, 멀리로는 산봉우리에 흰 구름이 한가로이 떠 있다. 마지막으로 골짜기와 난, 산과 구름은 감각적 이미지로서의 후각적·시각적 이미지를 조성한다. 골짜기에 숨은 난꽃의 은은한 향내가 코에 그윽하고, 산봉우리에 자태를 드러낸 흰 구름의 담박한 형상이 눈에 아름답다.

지극히 평범한 몇 개의 시어들이 이중 삼중의 복합적 이미지를 생성해 내면서, 단순하고 평면적이듯 보이던 도산의 풍경도 가슴을 열어 그 자연스러운 아름다움을 내밀히 드러내 보인다. 그러므로 '듣디 됴해' '보디 됴해'라고 감탄하는 시적 자아의 정서적 감격은 단지 난향이 향긋하고 흰 구름이 아름다운 데 대한 감격인 것만 아니다. 그것은 상하, 원근, 감각 이미지가 조성하는 도산 풍경 전체의 자연스러운 아름다움에 대한 지극히 절제된 정서적 감격인 것이다. 그것이 바로 도산의 고즈넉한 정취이다.8) 어디 「꽃」이 조성하는 이미지의 중층성에 뒤진다고 할 수 있는 표현인가.

고전시와 현대시의 언어가 왜 이처럼 질적으로 다른 기능을 지니는가 역시 바로 앞에서 살핀 텍스트의 소통 메커니즘 차이로 말미암는다고 할 수 있다. 현대시의 경우 시인은 독자와 텍스트 상황을 공유할 매커니즘이 없는 탓으로, 표현할 일체의 모든 것을 텍스트로 언어화하지 않으면 안 된다. 독자와의 통로가 차단된 상태에서는 언어가 유일한 수단이

---

8) 도산의 자연이 주는 고즈넉한 정취를 즐기면서도 왕을 잊지 못하는 사대부 지식인으로서의 겸선의식을 표현한 종장도 이와 무관하지 않다. 도산의 아늑한 자연 속에서 마음의 평정을 얻고 있는 만큼 왕을 생각하는 마음 역시 순수하다. 부정적 현실에 대한 반동으로서이거나 정치적 이상의 투사와 같은 자아의 정치이념이 매개된 대사회적 연군의식이 아니라, 자연 속의 자족적 즐거움 가운데 일어나는 자연스러운 군은(君恩)의 표현이기 때문이다. 따라서 연군지정 역시 도산의 풍정과 더불어 누리는 자족적 즐거움의 일부인 것이다. 그리고 「도산십이곡」에 대한 전반적 분석은 다음 두 논문을 통해 구체적으로 시도한 바 있으므로 자세한 것은 이들 논문을 참고하기 바란다.
  성기옥, 「도산십이곡의 재해석」, 『진단학보』 91호, 진단학회, 2001; 성기옥, 「도산십이곡의 구조와 의미」, 『한국시가연구』 11집, 한국시가학회, 2002.

므로, 시인의 언어에 대한 관심 또한 남다를 수밖에 없다. 또한 시적 담화체를 지향하므로, 군더더기가 없는 정채(精彩)한 언어를 꿈꿀 수밖에 없다. 비유나 상징을 통한 시적 의미의 영역 확대, 갖가지의 문채적(文彩的) 효과를 동원한 언어미의 획득은 따라서 이에 수반된 필연적 귀결이라 할 수 있다. 흔히 시인을 언어의 첨병이라 일컫는 것도 이와 무관하지 않다.

그러나 과거의 우리 시는 노래로서의 현장성이 중시되기 때문에 사정이 다르다. 시인—경우에 따라 창자(唱者)로 확대될 수도 있다—은 독자(청중)와 텍스트 상황을 공유하고 있으므로, 표현할 모든 것을 텍스트로 언어화할 필요가 없다. 창작의 매커니즘상 현대시처럼 불특정의 무한 독자가 아니라, 서로간에 사정—텍스트 상황—을 잘 아는 제한된 청중에게 노래로 불림이 전제되어 있기 때문이다. 곧 시적 커뮤니케이션의 통로는 텍스트 외에도 텍스트 상황이 하나 더 있기 때문에 모든 표현을 텍스트의 언어에만 의존할 필요가 없다. 그러므로 언어의 긴장성 역시 상당 부분은 텍스트 언어와 텍스트 상황 사이에서 조성된다(이와 달리 현대시에서 언어의 긴장성은 텍스트의 언어와 언어 사이에서만 조성된다). 현대시의 언어에 비해 태깔도 감칠맛도 없이 밋밋하기만 한 까닭도 이와 무관하지 않다. 노래로 불리는 시의 언어는 텍스트의 언어라기보다 차라리 '상황의 언어'라 할 수 있기 때문이다.

예컨대 향가의 경우, 텍스트의 언어는 현대시에 비해 평이하기 짝이 없지만 향가의 언어가 조성하는 비유나 상징의 효과는 현대시 이상이다. 그리고 이들 효과는 현대시처럼 텍스트의 언어 자체에서 조성되는 것이 아니라 텍스트 언어(작품)와 서사적 상황(배경설화) 사이의 미적 긴장 형성을 통해 조성된다. 현대시 이론에서 기계적, 상투적이라 비판하는 알레고리의 고전적 미학 역시 그러하다. 알레고리의 상황을 온전히 복원할 때, 알레고리의 언어와 상황이 불러일으키는 미적 긴장력은 현대시의 어느 표현법 못지 않게 생생한 현장감을 조성해낼 수 있다.

이처럼 언어의 시적 기능이 서로 다른 만큼, 시에 쓰여진 언어의 이해 방식 또한 다를 수밖에 없다. 때문에 현대시에서는 이미지·비유·상징 등 정신적 그림의 형상성 문제에 주목해야 하지만, 고전시에서는 그러한 형상성보다 시의 언어가 환기하는 경험될 상황의 재현성 문제에 주목해야 한다. 이에 주목하지 않을 때 우리 눈에 비친 고전시의 언어는 평범하고 상투적이며 추상적이기까지 한, 진부한 관념어들의 쓰레기 더미에 지나지 않을 것이기 때문이다.

3. 시적 가치의 덕목—규범적 가치와 창조적 가치

조선시대의 작품이 우리 시대에 외면당하고 거부당하는 가장 큰 이유 중의 하나가, 식상한 관념이나 상투적 이미지만 무성할 뿐 작품마다의 개성을 발견할 수 없다는 점일 것이다. 자연을 노래하는 시는 자연을 노래하는 대로, 도덕성을 노래하는 시는 도덕성을 노래하는 대로, 거의 판박이를 한 듯 진술되는 유사한 관념, 유사한 이미지에 식상함만 느꼈을 것이기 때문이다. '도대체 이런 시를 무엇하러 짓고 무엇이 좋다고 즐겼을까'며 답답해 한 경험을 지녔던 경우가 한두 번이 아니었을 것이다. 개성이나 발견, 낯설게하기나 탈자동화와 같은 덕목을 가장 중시하는 우리 시대의 미학으로 보면 이런 반응은 당연하다. 상투성은 가장 타기해야 할 비미학적 품목의 으뜸에 들 것이기 때문이다.

그 이전의 작품이나 민요는 그래도 좀 낫기는 하다. 향가나 속요는 그래도 작품마다의 개성을 비교적 뚜렷이 내보이고 있으며, 민요도 이본은 많을지라도 노래의 기능·종류에 따라 비교적 다양한 특성을 보이고 있다. 조선시대만큼 비슷비슷한 성격의 작품이나 유사한 관념을 노래한 작품이 많다고 할 수 있는 정도는 아닌 것이다. 그러나 이 역시 상대적 의미에서 그러할 뿐, 현대시와 비교하면 여전히 개성적이라는 말은 어울리지 않는다.

우선 향가나 속요는 현재까지 전하는 작품의 수가 절대적으로 적어서 이런 식의 비교론적 품평을 한다는 자체가 그리 큰 의미를 지닐 수 없다. 겨우 25·26편 남은 향가나 14·15편에 지나지 않는 속요를 대상으로 하여 향가나 속요가 개성적이라는 결론을 내린다는 것 자체가 방법적으로 타당하지 않기 때문이다. 예컨대 『삼대목(三代目)』과 같은 신라시대 향가집이 남아 있다면 이에 수록된 작품들 역시 현전 향가처럼 작품마다의 개별성을 지니고 있을지는 의문이다. 「보현시원가」 11수에서처럼 특정한 종교관념이나, 화랑과 같은 특정의 집단이념, 시집살이노래식의 특수한 생활감정을 노래하는 경우, 비슷비슷한 관념이나 감성의 세계를 내보일 가능성이 적다고 할 수는 없을 것이기 때문이다.

더욱이 구술성(orality)의 영향이 큰 장르의 경우에는 반복과 병렬, 구술공식구(oral formula)와 같은 관용화된 표현틀을 많이 보유하고 이들을 적절히 활용하여 노래를 만드는 것이 일반적이다. 그런 만큼 민요계 향가, 속요, 잡가, 민요와 같은 장르에서는 창작 개념을 적용하기조차도 어려울 만큼 개성은 미학적 요소로서 중요성을 지니지 못한다. 그러므로 조선시대이건 그 이전의 문학이건, 고전시에서는 개성이나 독창성과 같은 미학적 개념이 그리 큰 중요성을 지니지 못한 편이라고 할 수 있다. 그러한 경향이 조선시대 작품에 특히 더 강하게 나타나고 있었을 뿐이다.

현대시가 이와 반대편에 서 있음은 익히 잘 알고 있는 사실이다. 현대를 개성의 시대라 흔히 일컫듯 문학 역시 개성의 문학을 지향하는 것이 오늘날 문학의 가장 큰 미덕이 되어 있다. 새로움·참신함·발견·창조성·독창성과 같은 덕목이 평가의 일순위 조건이므로 어떻게 하면 남들이 발견하지 못한 세계를 발견하고, 남들이 사용하지 않은 형식을 실험하고, 남들이 생각지 못한 소재를 개발할 것인가에 작가들은 열정을 쏟아 고민한다. 이미 있는 것, 비슷한 것은 피해야 할 일순위 금기(禁忌) 사항이므로 모방작이라는 비판은 작가가 씻고자 하는 제일의 치욕이기도 하다. 창조적 가치가 오늘날 문학이 지향하는 가치의 일순위 덕목인 것이다.

서구문학의 전통에서 보면 이러한 문학적 개성의 강조는 자본적 산업사회로의 전환 내지 시민사회의 성장과 더불어 시작되었다고 할 수 있다. 전낭만주의시대라 일컫는 18세기 후반에 이미 영(Edward Young)에 의해 제창된 독창성(originality)의 개념이 시인의 재능, 상상력과의 긴밀한 관련 속에 비평적 개념으로 널리 주목받기 시작하였고,9) 19세기 전반의 낭만주의시대에는 지식의 분화 내지 개인의 발견과 더불어 문학적 가치의 최고 덕목으로 부동의 지위를 굳혔다. 창조적 가치의 문제는 모더니즘 시대가 본격적으로 전개되는 20세기 초반에도 다시 한번 문학비평의 중심 화두가 되었다. 우리에게 잘 알려진 러시아 형식주의의 '낯설게하기(defarmiliaration)'가 그 대표적 예가 될 것이다. 쉬클로프스키는 선배 이론가인 포테브냐(Alexsand Potevnya)의 상징주의적 이미지론에 반박하면서 "이미지의 목적은 우리로 하여금 의미를 지각하게 하는 데 있는 것이 아니라 대상에 대한 특수한 지각을 창조하는 데 있다"10)고 말한다. 낯익은 대상을 낯설게 보이도록 하는 것, 자동화로부터 탈자동화로의 이행, 새로움(novelty)의 미학을 문학의 본질적 특성으로 규정함으로써, 창조적 가치의 문제를 문학 자체의 내재적 이론으로 정립하려 했던 것이다.

물론 문학적 개성이나 독창성을 강조하는 이러한 관점과 대극적 입장에서 문학을 규정하려는 견해가 없었던 것은 아니다. 사회적 리얼리즘

---

9) Rene Wellek, *A History of Modern Criticism(I) : The Later Eiteenth Century*, Yale University Press, 1955, pp.109~110; Michael Groden and Martin Kreiswirth ed., "British Theory and Criticism", *The Johns Hopkins Guide to Literary Theory & Criticism*, The Johns Hopkins University Press, 1994, p.109.

10) Victor Shklovsky, "Art as Thechnique", trans. by Lee T. Lemon and Marion J. Reis, *Russian Formalist Criticism : Four Essays*, University of Nebraka Press, 1965, p.18.

문학론에서의 반영론, 영미 모더니즘 시론에서의 고전적 인간론이나 몰개성론, 후기구조주의 문학론에서의 상호텍스트론 등은 문학이 그러한 개성이나 독창성의 논리로서 설명될 수 없음을 이론적으로 보여주고 있는 대표적 예들일 것이다. 그러나 이들 이론 역시 문학이 지향하는 창조적 가치에 대하여 전면적으로 부정하는 입장에 서 있는 것은 아니라고 할 수 있다. 창조적 가치의 부정이 아니라, 창조적 가치만을 절대적 선으로 믿고 문학적 개성이나 독창성의 무한 가능성에 맹목적 신뢰를 보내는 낭만적 환상을 깨뜨리는 데 그 목적이 있었다고 할 수 있다. 창조적 가치를 전제한 가운데서 문학이 지닌 창조성의 한계에 주목한 담론이라 할 수 있는 것이다. 문학작품이 사회, 인간, 선행 텍스트와 고립되어 존재할 수는 없기 때문이다.[11]

---

11) 월터 옹은 이처럼 현대문학이 독창성, 창조성을 중시하게 된 것을 필사문화에서 인쇄문화로 전환하면서 일어나게 된 필연적 현상으로 진단한다. 좀 길지만 꼭 한 번쯤 숙고해 볼 문제로 생각되어 해당 대목을 아래에 인용해 둔다.

"필사문화에서는 상호텍스트성이 당연한 것으로 받아들여졌다. 필사문화는 여전히 옛 구술 세계의 전통과 긴밀히 결속되어 있기 때문에, 원래는 구술적 영역에 속하는 공통의 공식구나 테마를 차용·수정·공유하면서 신중하게 다른 텍스트로부터 새로운 텍스트를 만들어 내었다. 비록 문자행위 없이는 불가능한 색다른 문학 형식에다 이들을 집성해 내고 있기는 하지만……. 인쇄문화는 이와 다른 정신적 틀을 가지고 있다. 인쇄문화에서 하나의 작품은 다른 작품에서 떨어져 나가 그 자체가 하나의 단위가 되는 '닫혀진 것'으로 느껴지는 경향이 있다. 작품의 기원과 그 의미를 적어도 이상적으로는 외부 영역으로부터 독립된 것으로 볼 수 있도록 하기 위하여, 인쇄문화는 개개의 작품을 다른 작품으로부터 더욱 차별화시키는 '독창성(originality)'과 '창조성(creativity)'이라는 낭만적인 개념을 낳았다. 지난 몇십 년 사이 상호텍스트의 이론이 나타나 낭만적인 인쇄문화의 이 고립주의적 미학을 공박했을 때 이들 이론은 하나의 충격으로 다가왔다. 근대 작가들이 문학사를 의식하면서 자신들의 작품이 사실상 상호텍스트성 아래에 있다는 것을 고통스럽게 의식한 탓으로, 또한 자기네들은 정말로 새롭고 참신한 어떠한 것도 만들어 내지 못하며 전적으로 다른 텍스트의 영향 아래 있을지 모른다고 근심하게 되었던 탓으로, 더더욱 이들 이론이 불안을 촉발시켰던 것이다. 해롤드 블룸(Harold Bloom)의 『영향의 불안(The Anxiety of Influence)』(1973)이 바로 이러한 근대 작가의 고뇌를 다룬 저서에 속한다. 그러나 필사문화에서는 작가를 괴롭히는 영향에 대한 불안 같은 것은 거의 지니고 있지 않았으며, 구술문화에서는 그러한 불안이 실제로 존재하지도 않았다." Walter J. Ong, *Orality and Literacy : The Technologizing of the Word*, Methuen, 1982, pp.133~134; 이기우·임명진 역, 『구술문화와 문자문화』, 문예출판사, 1995, 202면.

따라서 서구문학의 직접적 영향 아래 형성된 우리의 현대시가 창조적 가치를 제일의 덕목으로 추구한다는 것은 당연하다. 그리고 문학의 창조적 가치 인식이 '개인의 발견'이라는 인간가치의 재인식과 맞물린 근대적 산물인 만큼, 창조적 가치가 우리 시대의 문학적 진실인 것도 부인할 수 없는 사실이다. 그런 의미에서 고전시에서 볼 수 있는 새로움의 결여, 독창성의 부재는 우리 시대의 미학과 거리가 멀뿐더러 우리들의 문학적 감성에는 맞지도 않다. 구술성의 영향이 큰 장르들은 기층민의 소박한 감성과 미학의 반영이라는 점에서 그래도 이해할 측면이 많다. 그러나 최고의 지식인 반열에 드는 사대부들이 쓴 작품일수록 더욱 그러한 경향이 심한 데는 이해하기조차 어려운 것도 사실이다. 그리하여 곧잘 염증을 느끼며 거부감으로 더욱 멀리하거나 무관심해지려 한다. 그러나 이런 반응이 우리 시대의 우리들 심미안에 따른 것인 만큼 고전시의 미학을 이해하는 바람직한 태도가 아님은 물론이다. 고전시에서 추구하는 가치는 현대시에서 추구하는 그것과 질적으로 다르기 때문이다. 창조적 가치가 아니라 규범적 가치가 고전시에서 추구하는 제일의 덕목인 것이다.

고전시의 미학에서 독창성의 부재는 반대로 오히려 존중해야 할 덕목일 수 있다. 새로운 것보다는 이미 검증된 것, 신기한 것보다는 만인에게 익숙한 것이 오히려 고전시의 미학적 덕목이기 때문이다. 세계는 발견되는 것이 아니라 이미 거기에 존재하고 있으며, 이상은 개성을 추구하는 데서 실현되는 것이 아니라 규범에 도달하는 데서 완성된다. 모든 사람들이 즐겨 애용하는 표현, 만인이 진실되다고 믿는 관념이면 그들도 즐겨 애용하며 진실되다고 믿었다. 아름다움은 새로움의 영역이 아니라 규범의 영역에 배속되어 있으며, 미적 긴장 역시 새로운 것의 '발견'에서 조성되는 것이 아니라 규범적인 것의 '확인'에서 조성된다. 만인에게 진실된 것은 의심할 여지없이 나에게도 진실이어야 하기 때문이다. 따라서 거기에는 개성이나 독창성에 구애받을 이유도 없고, 미적 필연성을 부여할 까닭도 없는 것이다.

고전시가 규범적 가치를 중시한다는 사실은 물론 문학의 영역 안에서 이해될 성질의 것이 아니다. 그것은 문화의 전 영역, 나아가 인간적 삶의 전 영역으로 확대된 문맥 안에서 이해되어야 한다. 문학적 현상을 문화 내지 삶의 현상과 분리시켜 이해할 수 없다는 일반적 논리 때문만 아니라, 과거의 우리 문학이 문사철(文史哲)이라는 통합된 인문적 영역 안에 자리하고 있었기 때문에 더욱 그러하다. 문학과 비문학의 경계가 뚜렷하지 않았던 만큼, 규범적 가치 또한 문학적 가치보다 인문적 가치의 중심 덕목이었다고 하는 것이 더 적확한 표현일 것이다. 선인(先人)들이 추구하던 인간적 삶의 가치가 곧 규범적 가치였고, 선인들의 문화적 패러다임이 곧 규범문화였으며, 규범문화의 가장 중심부에 바로 유가문화(儒家文化)가 자리하고 있었던 것이다.

이런 사실을 가장 전형적으로 내보이는 것이 문학을 재도지기(載道之器)나 관도지기(貫道之器)로 규정하는 동양의 전통적인 문학관이다. 문학을 '도(道)를 드러내는 수단(器)'으로 규정하든 '도를 직관해 내는 수단'으로 규정하든 문학이 도와 불가분의 긴밀한 관계 속에서 그 존재의의를 지닐 수 있다는 것이 문학에 대한 우리의 전통적 인식이었다. 문학은 도와 떨어져서 존립할 수 없는 존재인 것이다.

그런데 여기서 주목되는 것은 문학의 존립 근거인 이 도(道)가 바로 문학이 추구하는 규범적 가치의 최상위 범주를 차지하고 있다는 사실이다. 소박하게 인문적 진리치의 총체를 도라고 말한다면, 도는 곧 발견할 과제로 놓인 미지의 진리치가 아니라 부동의 명제로 이미 정립되어 있는 실천적 규범이기 때문이다. 따라서 문학이 규범적 가치를 추구한다는 것은 결국 규범적 가치로 이미 정립되어 있는 이 도의 구현과 떼어서 생각할 수 없음을 뜻한다. 그러므로 이러한 인식틀 아래에서는 도를 거역하거나 새로운 패러다임의 도를 재구축한다는 것은 상상하기조차 어렵다. 순자가 주류로부터 밀려나는 홀대를 받고 묵가가 이단으로 매장되는 식의 역사는 언제 어디에서나 잠재적 가능성의 형태로 잠복되어 있는 것이다.

여기서 우리는 공자의 가르침에서 비롯된 '술이부작(述而不作)'의 글쓰기 전통을 떠올리지 않을 수 없다. 『논어』 「술이편(述而篇)」의 첫머리에 나오는 이 구절은 공자 자신이 한 말로서, 대개는 '나는 선왕(先王)의 예악 문물을 전해 받아 풀어 서술했을 뿐, 없는 것을 새로이 만들지는 않았다'고 풀이하는 것이 일반적이다. 선왕의 예악 문물, 곧 갖추어야 할 도가 공자 이전에 이미 선왕지도(先王之道)로 갖추어져 있다는, 그리하여 성인으로 추앙 받는 공자도 이를 새로이 만들거나 하지 않았다는 이 철저한 상고주의적(尙古主義的) 태도는 유가문화가 얼마나 규범적인 문화인지를 여실히 드러내 주는 단적인 예라 아니할 수 없다. 주자는 이 대목과 관련된 앞뒤의 사정을 이렇게 풀이하고 있다.

공자는 시경과 서경을 산삭하였고, 예악을 바로 잡았으며, 주역을 풀었고, 춘추를 엮었다. 모두 선왕의 옛것을 전한 것일 뿐 새로이 만든 것은 없었으므로 스스로 이와 같이 말한 것이다. (자신을) 새로이 만드는 성인에 감히 비견할 수는 없고 또한 드러내놓고 스스로를 감히 옛날의 현인에 댈 수도 없어서 그랬으리라 생각되지는 않는다. 덕이 성해질수록 마음은 더욱 낮아져서 스스로도 겸 사임을 알지 못한 채 그랬을 것이다. 그러나 당시는 만들어야 할 것들의 대강이 갖추어져 있었으므로, 공자는 여러 성인이 크게 이룬 것들을 모아 이들을 알맞게 조정하고 아울렀다고 할 수 있겠다. 공자가 한 일이 비록 풀어 서술한 것에 지나지 않아도 그 공은 새로이 만든 것보다 곱절이나 되니, 이 또한 알아두지 않으면 안 된다.12)

주자는 공자의 이 '술이부작'을 "덕이 성해질수록 마음은 더욱 낮아져서" 자신도 의식하지 못한 채 쓴 겸사(謙辭)로 해석하고 있지만, 공자의

---

12) "孔子刪詩書 定禮樂 贊周易 修春秋. 皆傳先王之舊 而未嘗有所作也 故其自言如此. 蓋不惟不敢當作者之聖 而亦不敢顯然自附於古之賢人. 蓋其德愈盛而心愈下 不自知其辭之謙也. 然當是時 作者略備 夫子蓋集群聖之大成而折衷之. 其事雖述 而功則倍於作矣 此又不可不知也."(『論語集注』,「述而」篇)

언행을 최고의 전범으로 본받던 후세 사람들에게는 공자의 이 말씀을 위대한 가르침으로 금과옥조처럼 여겼을 것이다. 공자조차도 술이부작을 했는데 최고의 성인으로 떠받들던 공자의 이 위대한 가르침을 어긴다는 것은 상상도 할 수 없는 일이었을 것이기 때문이다. 공자 이후 공자를 뛰어넘는 성인의 출현을 인정하지 않았고, 공자가 술이부작한 이 선왕지도―육경(六經)―를 다시 술이부작한 역사가 곧 유학의 역사라는 사실이 이를 말해 주고 있다.

그리하여 이 술이부작의 정신은 인문적 글쓰기의 전통으로 확립되어 그 부동의 지위를 더욱 확고히 굳혀 나갔다고 할 수 있다. 문학도 예외일 수 없음은 물론이다. 그러한 사정을 우리는 이현보(李賢輔)가 고려 말 이래 전해 온 어부가(漁父歌)를 고쳐서 「어부장가(漁父長歌)」 9장과 「어부단가(漁父短歌)」 5수를 만들 때 써서 붙인 「어부가병서(漁父歌幷序)」를 통해 확인할 수 있다. 이 글에서 이현보는 자신의 개찬 자세를 다음과 같이 밝히고 있다.

> 이 어부가 두 편은 누가 지었는지 알 수 없다. …… 다만 말의 배열에 두서가 없고 혹 중첩된 것도 있으니, 틀림없이 가사를 돌려가며 베끼는 과정에서 일어난 잘못일 것이다. 이것이 성현(聖賢)의 경서(經書)에 근거한 글이 아니므로 망녕되이 고쳐 지었는데, 한 편은 12장에서 3장을 버리고 9장의 장가(長歌)로 만들어 음영하도록 하고, 한 편은 10장을 줄여서 단가(短歌) 5수로 만들고 대엽조(大葉調)에 붙여 가창하게 했으니, 합해서 한 부의 새로운 곡을 이루게 되었다. 지우고 고쳐서 바로잡기만 한 것이 아니라 첨가하고 보완한 곳도 많이 있다. 그렇지만 이 또한 하나하나 옛 원문의 본뜻에 의거하여 보태고 덜었다.[13]

이 역시 겸사의 어조가 강하기는 하지만, 선인들이 옛글을 고치고 보

---

13) "漁父歌兩篇 不知爲何人所作. …… 第以語多不倫 或重疊 必其傳寫之訛. 此非聖賢經據之文 妄加撰改 一篇十二章 去三爲九 作長歌而詠焉 一篇十章 約作短歌五.閞 爲葉而唱之 合成一部新曲. 非徒刪改 添補處亦多. 然亦各因舊文本意 而增損之."(李賢輔, 漁父歌附幷序, 『聾巖集』 卷13 歌詞 漁父歌, 17ab; 「韓國文集叢刊」 17, 417면)

태는 데 얼마나 조심스러워 했는지를 여실히 보여주고 있다. 특히 "성현(聖賢)의 경서(經書)에 근거한 글이 아니므로 망녕되이 고쳐 지어서" 어부장단가 두 편을 만들었다는 대목에서는 술이부작의 글쓰기 전통이 우리나라에서도 어떻게 계승되고 있는지를 여실히 보여주고 있기까지 하다. 경서에 근거한 글이 아닐 뿐만 아니라 유통 과정에서 와전된 오류가 많음을 확신하고 있으면서도 이처럼 조심스럽다면, 선인들에게 술이부작의 정신은 글쓰기의 원리로서 생각 이상의 큰 영향력을 미치고 있었다고 할 수 있기 때문이다. 유난히 두드러지는 구술공식구·공통어구 등 관용적 표현의 빈번한 차용, 전고(典故)와 용사(用事)의 상례화, 유명 시인의 시체(詩體) 숭상, 당풍(唐風)·송풍(宋風)과 같은 시풍(詩風)의 유행 등의 현상도 이러한 글쓰기의 전통과 무관하다고 할 수 없다.14) 새로움을 추구하는 오늘날의 글쓰기 전통과는 사뭇 다른 방향의 글쓰기 전통임을 여실히 드러내 주고 있는 것이다.

물론 선인들이라고 해서 새로움의 문제를 언제나 관심의 뒤켠으로 물리쳐 두고 있었던 것은 아니다. 일찍이 공자는 '온고이지신(溫故而知新)'의 중요성을 강조했고, 고려의 이규보(李奎報)는 당시 유명 시인의 시체(詩體)를 맹종하는 풍조와 관련하여 '신의(新意)'에 주목했으며, 18세기 김창협(金昌協) 등의 고문운동(古文運動)에서는 '법고이창신(法古而創新)'을 중시하기도 했다. 시의 품격이 '청신(淸新)'한 것은 누구나 좋다 하고, 남의 글을 맹목적으로 모방하는 '도습(蹈襲)'에는 누구나 비판하기도 했다. 선인들이라고 해서 어찌 새로움에 무관심할 수 있겠는가.

---

14) 물론 이런 현상들이 술이부작의 글쓰기 전통에 기인된 현상이라고만 볼 수는 없다. 특히 첫 번째의 구술공식구나 공통어구와 같은 관용적 표현의 빈번한 차용 현상은 문자 문학적 영향만 아니라 구비문학적 영향까지 함께 고려되어야 할 성질의 문제이다. 이에 대해서는 시조의 관용적 표현 문제에 대하여 논의한 다음 논문들을 참고할 만하다.
　최재남, 「구비적 측면에서 본 시조의 시적 구성방식」, 서울대 석사논문, 1983; 신연우, 「시조에 있어서 문화동질감의 표현」, 『조선조 사대부 시조문학 연구』, 박이정, 1997; 신경숙, 「가곡원류의 소위 '관습구'들, 어떻게 볼 것인가?」, 『한민족어문학』 41집, 한민족어문학회, 2002.

그렇지만 선인들이 말하는 새로움이란 현대의 그것과 다르다. 어디까지나 도에서 벗어나지 않는 새로움, 규범을 이탈하지 않는 새로움이라 할 수 있기 때문이다. 여기서 우리는 위에 인용한 주자의 "공자가 한 일이 비록 풀어 서술한 것에 지나지 않아도 그 공은 새로이 만든 것보다 곱절이나" 된다는 말을 상기할 필요가 있다. 일부러 새로움을 만들지 않더라도 그 공이 곱절이나 되는 새로움—. 그것이 공자가 행한 술이부작의 새로움이라면, 선인들이 꿈꾼 새로움의 이상 역시 그런 의미의 새로움이었으리라.

그렇다면 고전시가 추구한 규범적 가치의 미학, 술이부작의 미학이란 어떤 것인가. 우리에게는 상투적으로 보이기만 할 뿐인 유사한 관념, 유사한 이미지의 작품들을, 어쩌자고 선인들은 그토록 열심히 창작하며 좋아라 즐겼는가. 이 문제를 명쾌히 풀어내는 일은 사실 필자의 능력 밖이다. 오히려 관심 있는 분들의 참여를 통해 앞으로 풀어나가야 할 우리들 공동의 과제로 남겨 두어야 할 문제이다. 다만 논의의 실마리를 제공한다는 뜻에서 그 사이 고민해 본 필자의 생각만 간단히 밝힌다면, 이와 관련된 미학으로 두 가지를 들 수 있겠다. 동일화의 미학과 경험의 미학이 그것이다.

첫째 술이부작의 정신은 합일의 정신이다. 합일은 또한 갈등이 전제된 변증법적 통일이 아니라 화해가 전제된 동일성의 합일이다. 진리는 끊임없는 회의와 갈등을 통해 내가 발견하는 대상이 아니라, 끊임없는 조화와 화해의 도정을 밟으며 내가 경험하는 대상이다. 그런 까닭으로 심미적 인식의 힘은 갈등의 정신에서 오는 것이 아니라 화해의 정신에서 온다. 그것이 바로 동일화의 미학인 것이다. 만인이 자연의 덕목으로 즐겨 관념하는 달·청풍·강산은 만인이 즐겨하는 아름다움의 덕목이므로 나에게도 똑같은 즐거움의 동력이다. 그토록 즐겨 사용했던 전고와 용사 역시 그러하다. 현대시의 패러디가 원텍스트와의 비판적 거리 조성을 통한 개별화의 미학을 지향한다면, 고전시의 패러디(전고·용사)는 원텍스트와의 친화적 거리 조성을 통한 동일화의 미학을 지향한다. 상투성의 심리학이란 고전시에서 존재하지 않는 심리학인 것이다. I. A. 리챠즈식으로 말한다면 고전시는 배제의 원리보다 포괄의 원리에 기댄다.

둘째 술이부작의 정신은 또한 체득의 정신이기도 하다. 진리는 형이상학적 사유의 대상이 아니라 실천적 인식의 대상이다. 그리하여 진리는 끊임없이 지행합일(知行合一)을 요구하고 언행일치(言行一致)를 요구하며 의리와 명분을 강조한다. 유가의 철학에서 인성론으로 귀결되지 않는 형이상학, 인성론으로 귀결되지 않는 본체론이 어디에 있기나 한가. 퇴계나 율곡의 이기론 역시 종국적으로는 성(誠)과 경(敬)의 사상으로 귀결된다고 하지 않는가. 그런 까닭으로 아름다움을 생성하는 힘 또한 정신적인 데서 오는 것이 아니라 경험적인 데서 온다. 몸으로 직접 부딪히며 맛보는 생생한 경험의 즐거움, 그것이 바로 경험의 미학인 것이다. 앞 항에서 살핀 '경험의 언어'가 창출하는 아름다움의 생동성이 바로 여기에 뿌리를 두고 있는 것이다. 이미 했던 말을 다시 한번 이리로 옮겨오도록 하자.

천만 번 비추어도 달은 여전히 예대로의 정취로 우리들의 가슴을 젖게 하고, 천만 번 쐬어도 맑은 바람은 여전히 예대로의 서늘함으로 우리의 정신을 맑게 한다. 만인이 언어로 그리는 똑같은 달의 이미지는 만인에게 진부할 수 있지만, 만인이 경험하는 똑같은 달의 정취는 만인의 가슴을 적시지 않는가. 온몸을 던져 끊임없이 경험하는 즐거움—그것이 바로 경험의 미학이다.

제4장

패러다임의 차이와 한국시 전통의 이해 방향

성기옥

지금까지 강조해 온 것처럼 고전시와 현대시의 미적 패러다임이 다르다는 것은 곧 시를 창작하는 방법이 다를 뿐만 아니라 시를 이해하는 방법도 달라야 함을 뜻한다. 앞으로 더 체계화하고 심화시켜서 한국 고전시의 이론을 새로이 구축해야 두 패러다임의 차이가 더 선명히 드러나겠지만, 이 정도의 차이 비교만으로도 우리의 중심 과제인 한국시의 전통 문제를 어떻게 구체화시켜 접근해 나가야 할 것인지는 이미 가닥을 잡았다고 해도 좋을 것이다. 기존의 한국문학 전통론은 1세기의 긴 역사를 거치면서 실패와 좌절의 경험을 거울삼아 상당한 성과를 거둔 것도 사실이지만 동시에 한계 또한 분명히 드러났다고 할 수 있다. 창작 방식이 다르고 이해 방식이 다른 두 이질적 패러다임을 단일한 시각과 단선적인 기준으로 동질성 발견에만 매달린다는 것은 노력에 비해 결실이 미미할 수밖에 없다. 그런 사정을 우리는 앞장에서 살핀 전통론의 성과를 총괄적으로 다시 한번 점검함으로써 더 분명하게 감지할 수 있을 것이다.

먼저 한국 현대문학의 기점을 18세기로 끌어올리려 한 근대문학의 자생적 형성론은, 고전문학과 현대문학의 미적 패러다임이 다르다는 우리의 입장에서 볼 때는 입론 자체가 문제점을 지니고 있다. 적어도 이 입론이 논리적 타당성을 지니려면 18·19세기의 우리문학이 20세기 이래의 한국 현대문학과 질적으로 동일한 체계를 지닌다는 사실을 입증하거나, 아니면 18세기부터 서구의 근대문학적 패러다임이 당시 우리문학의 체계에 영향을 미치고 있었던 최소한의 근거라도 제시할 수 있어야 한다. 그러나 자생적 형성론이 펼치는 18세기 기점설은 이런 문제에 거의 중요성을 부여하지 않는다.

예컨대 '근대적 의식'이 18세기 무렵부터 형성되기 시작한다는 사실을 18세기 기점론의 주된 근거로 내세우는 경우가 그러하다. 근대적 의식은 문학의 전유물도 아니며(18세기에 근대적 의식을 검출할 수 있다면 그것은 문학에서보다 오히려 문학 외적인 다른 영역에서이다), 현대문학의 전유물일 수도 없다(근대적 의식은 기존의 재래적 문학양식으로서도 담아낼 수 있다). 문학적 체계의 차원에서 다룰 문제가 아닐뿐더러, 실제로 문학적 체계에 영향을 미치지도 않았던 것이다. 한국시에 한정시킬 경우, 자유시의 기원을 18세기 사설시조에까지 끌어올리려는 시도 또한 비슷한 문제점을 안고 있다. 사설시조는 18세기 가곡의 체계, 특히 평시조와의 긴장 관계 속에서 그 형식적 의미를 띨 수 있으며, 리듬 또한 자유시의 리듬과는 계통적으로 다르기 때문이다. 고전문학과 현대문학의 패러다임이 다르다는 것은 곧 양자의 문학적 체계가 다름을 뜻한다. 따라서 현대문학의 기점을 잡는 문제 역시 문학적 체계의 교체 내지 변화를 전제하지 않고서는 큰 의미를 지닐 수 없다.

그런 의미에서 18세기 전후로 나타나기 시작한 문학적 현상으로서 고전문학 속의 근대적 양상에 주목해 온 일련의 접근들은 바람직하다. 이들 접근의 주된 관심이 현대문학의 기점을 끌어올리는 데 초점을 맞추기보다 고전문학의 패러다임 안에서 일어나는 문학적 변화에 초점을 맞추고 있기 때문이다. 따라서 이에서 검출된 근대적 양상은 현대문학으로 전환되는 미적 패러다임의 교체를 입증하기 위한 근거로서 의미를 갖는 것이 아니라 고전문학 자체에서 일어나는 체계 내적 변화의 현상으로서 의미를 갖는다. 그리고 우리 시대의 문학(현대문학)이 추구하는 가치를, 패러다임이 다른 고전문학 속에서 발견할 수 있다면 그것이야말로 진정한 의미의 문학적 전통 발견이 아니고 무엇이겠는가. 그러나 여기서도 고전문학에서 발견된 근대적 양상을 곧바로 현대문학과의 연속성 입증 근거로 해석하려 한다면 이 역시 문제점이 많다. 자생적 형성론의 또 다른 접근법에 지나지 않을 뿐만 아니라, 수많은 연구자가 그러한 시도를 해왔지만 실질적 성과는 기대 이하로 미미함을 인정하지 않으면 안 될 것이기 때문이다.

　다음으로 고전문학과 현대문학 사이에 공통적으로 내재하는 것이 무엇인가와 직결된 한국문학의 동질성 발견을 위한 일련의 연구 또한 한계를 부인할 수 없다. 동질성의 발견에만 집착한 나머지 타당성을 상실하거나 살아 있는 전통으로서의 생생한 모습을 드러내는 현실성의 확보에 실패하고 있기 때문이다. 우선 한국문학의 동질성 발견에 목적을 둔 한국문학 특질론은 그렇게 발견한 특질들이 어느 정도로 객관적 타당성을 지닐 수 있는지가 문제가 된다. 동질성 발견에만 지나치게 집착한 나머지 제시된 특질들이 막연한 관념성에 흐르기도 하고, 어느 한 일면적 특질을 전체적 특질로 부풀리기도 하며, 고전과 현대를 종관할 수 있는 특질인지 의심스럽기도 한 것 등이 그것이다.

　이에 비한다면 한국문학의 연속성 발견에 목적을 둔 한국시의 전통론 —운율적 계승론과 구조적 전통론— 은 위에서 살핀 근대적 양상의 연구와 함께 전통론의 가장 가시적 성과를 거둔 것으로 평가할 수 있다. 특질론이 쉽사리 포착하기 어려운 한국문학의 총체적 전통에 매달림으로써 그 타당성을 의심받는 결과를 가져온 것과 달리, 한국시의 특정한 한 국면이나 요소의 연속성 여부에 주목함으로써 입증 가능한 '구체적'

전통의 검출에 성공하고 있기 때문이다. 그러나 여기서도 고전시와 현대
시의 차이성에 무관심하다는 한계는 지적되어야 할 것이다. 한국시 운율
이나 구조의 지속상만 아니라 패러다임 차이에 따른 변화상까지 아울러
살필 때라야 더 생생한 한국시의 전통을 검출해 낼 수 있을 것이기 때문
이다.

그러므로 본 연구는 선행 전통론의 가능성과 한계를 거울삼아 두 가
지 방향에서 과제를 구체화하고자 한다. 첫째 입증 가능한 한국시의 '구
체적' 전통을 검출해 내기 위하여 한국시의 시학적 전통에 제한하고자
한다. 둘째 고전서와 현대시에 공통적으로 내재하는 시학적 전통이 미학
적 패러다임의 차이에 따라 어떻게 연속되고 변화되는지를 동시에 검토
하고자 한다.

이를 살피기 위해 본 연구에서는 시학적 근간을 이루는 수사적 전통
과 세계인식의 근간을 이루는 자연시의 전통이라는 두 개의 층위를 마
련했다. 먼저 수사적 전통에서는 인유의 수사학(용사와 패러디), 비유의 수
사학(우의와 알레고리), 병렬의 수사학(반복과 대구)을 살펴보고자 한다. 또한
자연을 중심으로 하는 세계인식의 연속성과 차이성을 살펴보기 위해서
자연 자체를 세계관적으로 투사한 작품들로 대상을 한정하여—따라서
자연을 단지 소재적으로 다룬 작품은 제외된다—그 지속상과 변화상을
살펴보고자 한다. 이는 자연의 문제가 고전시와 현대시 가림 없이 중요
한 비중과 위상을 차지하고 있다는 점에서 한국시의 주제적 전통을 발
견하는 데 큰 기여를 할 수 있을 것으로 기대된다.

명실상부한 전통단절론의 극복을 통해 우리문학의 정체성을 회복해야
하는 것이 오늘날 한국문학 연구의 지상과제이고 보면, 이의 해결을 주
된 임무로 수행해 온 한국문학 전통론의 타당성과 당위성에 대해서는
어느 누구도 부정할 사람이 없을 것이다. 그러나 모든 전통론적 시각이
이런 쪽으로만 나아가는 일방통행식의 연구만 수행된다면 여기에도 분
명 환기해야 할 문제점이 잠복되어 있다. 현대문학의 길만 문학이 나아

갈 수 있는 유일한 정도(正道)이며, 현대문학에서 설정한 지향점만이 미래의 우리문학이 추구할 영원한 선(善)인가라는 물음도 이제는 제기되어야 할 시점에 이르렀기 때문이다.

오늘날 디지털매체의 급격한 부상으로 인쇄매체 중심의 현대문학이 위기를 맞고 있다는 것은 이미 잘 알려진 사실이다. 그리고 이러한 위기가 새로운 패러다임의 문화로 전환되는 문화적 전변 현상과 동반하여 나타나는 위기라는 점에서 문제의 심각성은 대단히 크다. 문학이 위기를 맞고 있다는 것은 곧 현대문학의 생명력 소진과 더불어 문화의 주변부로 밀려남을 뜻하므로, 다시 문화 주도자로서의 옛 영광을 되찾기 위해서는 무엇이 한계이고 가능성인지에 대한 진지한 점검도 함께 이루어져야 할 시기인 것이다. 바로 이러한 가능성과 한계를 객관적으로 판단하고 깨닫는 데에도 본 연구가 기여할 수 있을 것으로 기대된다. 미학적 패러다임의 차이를 전제로 한 지속상과 변화상의 검토는 우리문학의 정체성 회복만 아니라 미래 문학의 방향 설정을 위한 반성의 계기도 제공해 줄 수 있으리라 기대되기 때문이다.

결과적으로 이러한 작업은 곧 서구문화의 충격에 의한 근대와 전근대 사이의 깊은 문화적 골을 메꾸는 작업의 일환이 될 것이며, 민족시로서의 과거와 현재를 잇는 작업이 될 것이다. 뿐만 아니라 이로 인한 고전시와 현대시와의 간극을 깊게 해왔던 그간의 국문학 연구 방법론에 대한 새로운 교량을 놓는 작업이기도 할 것이며, 학과와 전공간의 간극을 허물기 위한 오늘날의 대학교육의 목표와도 부합하는 작업이 될 것이다. 어느 한 쪽의 일방적인 이해만 강요하는 진정한 상호이해란 없는 법이다. 서로의 독자성을 인정하고 받아들일 때, 민족시로서의 우리 시가 바르게 이해되리라 전망한다.

2부

수사적 전통과 패러다임의 변모

‖ 김수경 · 정끝별

제 1 장

인용과 인유의 수사학 : 패러디(parody)

김수경 · 정끝별

1. 친화적 거리 조성을 통한 고전시의 패러디

1) 문제의 제기

패러디는 현재를 과거와 닮은 익숙한 이미지로 변형시켜, 현재와 미래를 과거와 연루시켜 놓는 재기호화 형식이다. 말하자면 원텍스트에서 패러디스트의 관심을 읽어낸 후 그 원텍스트를 패러디 텍스트로 새롭게 구현해내는 반복 형식인 셈이다. 기호를 포함해서 한결같이 이미 존재하는 타인들의 언어와의 관계 속에서 움직이는 패러디는 실제로, 원텍스트와 패러디 텍스트가 놓인 두 겹의 텍스트 및 두 겹의 현실 간의 '차이'에서 발생하는 '대화적인' 행위이다. 따라서 그 성패는 원텍스트를 그 의미와는 다른 새로운 국면으로 형상화하는, 신선함과 익숙함과의 적절한 조화에 달려 있다 하겠다.

또한 패러디란 기존의 텍스트를 기반으로 하여 새로운 텍스트를 창조하는 것이므로 거기에는 '모방인용(imitation-quotation)'과, 확장·전환·병치 등에 의한 '변용(appropriation)'의 개념이 내포되어 있다. 따라서 원텍스트의 어느 부분을, 어떤 방식으로 모방인용하고 변용하고 있는가에 대한 세심한 분석을 요한다. 이를테면 시어·어구·문장의 차원에서 원텍스트를 모방·변형하고 있는가, 형식적 혹은 내용적 차원인가, 시정신 및 이데올로기적 차원인가, 장르적 특징인가와 같은 질문이 패러디 대상과 관련 있는 문제라면, 원텍스트를 그대로 모방인용하고 있는가, 변형시켜 모방인용하고 있는가, 그렇지 않으면 조합·편집하고 있는가와 같은 질문은 패러디 방식에 해당하는 문제이다. 또한 그러한 모방인용을 암시적(내재화)으로 표현하는가, 가시적(외재화)으로 드러내고 있는가하는 표현방식도 문제가 될 수 있다. 더 구체적으로 들어가자면 어떤 시적 장치들을 통해 원텍스트를 드러내고 있는가하는 원텍스트의 전경화 방법도 문제가 된다. 즉 제목, 제사(題詞) 및 부제(副題), 각주, 삽입글 혹은 삽입도형, 관용구, 명명법(命名法), 플롯이나 문체, 인물 등이 그 구체적 양상이다.

그러나 아쉽게도 패러디를 한 마디로 정의하기란 쉽지 않는 일이다.[1] 패러디란 개념 속에는 모든 혼돈과 모호함이 결합되어 있다. 각 시대나 장르의 특징에 따라 다양하게 정의되고 창작되었던 복수의 패러디 개념이 존재할 따름이다. 따라서 지나친 엄단성에 의해 패러디 개념을 단순하게 규정해버릴 경우 실제 작품들의 다양한 양상이나 상이한 개념들을 모두 포괄할 수 없게 될 것이다.

원래 패러디는 잘 알려진 작품을 풍자적으로 인용하거나 부분 부분을

---

1) 린다 허천, 김상구·윤여복 역, 『패로디 이론』, 문예출판사, 1992; 패트리샤 위, 김상구 역, 『메타픽션』, 열음사, 1989; 권택영, 「패러디, 패스티시 그리고 독창성」, 『다문화 시대의 글쓰기』, 문예출판사, 1997; 김준오 편, 『한국 현대시와 패러디』, 현대미학사, 1996; 정끝별, 『패러디 시학』, 문학세계사, 1997; 고현철, 『현대시의 패러디와 장르이론』, 태학사, 1997 정도의 단행본들을 참고하였다.

빌려 다시 쓰는 것을 뜻했다. 여기서 발전하여, 앞선 텍스트를 모방하면서 그것을 암시적으로 비판하는 것으로, ‘비평적 거리를 가진 확장된 반복’으로 정의하기도 했다. 이 두 개념 사이에는 너무 넓은 의미론적 거리가 존재하기에 혼동을 불러일으키고 있는 것도 사실이다.[2] 흔히 패러디라 하면 전자보다는 후자의 의미를 띠는 것으로 알려져 있어, 원텍스트의 권위와 규범을 친화적이라기보다는 비판적으로 계승하여 조롱이나 희화화를 통해 비판적으로 개작하는 경우를 지시하게 된다. 혹 원텍스트의 권위와 규범을 친화적으로 계승한다 해도 문맥의 차이를 강조하여 거리화와 개성화를 지향하는 것이 패러디의 관건이라고 알려져 있다.

현대시에 있어서 이와 같이 활발하게 논의되고 있는 패러디는, 그렇다고 해서 단지 서양문화 전통에서만 혹은 포스트모더니즘 시학의 논의 속에서만 언급될 수 있는 표현 양식은 아니다. 우리문화 전통에서도 구비문학의 전승 방법이나 창작 주체의 의도를 기존의 텍스트로 합리화·간접화시키는 방법으로 널리 이용해 왔다. 이를테면 「구지가(龜旨歌)」의 변용시가들이나 ‘용사(用事)’와 그 유사형식들에서 그 예는 쉽게 확인될 수 있다.

고전시에서 용사란 본디 한시 창작에서 온 말로서, 시를 창작하는 데 있어 전고(典故)나 사실의 인용을 뜻하는 말로 알려져 있다. 즉, 경서나 사서 또는 제가의 시문이 가지는 특정적 관념이나 사적을 몇 개의 어휘에 집약시켜서 원관념을 보조하여 의미를 불러일으키거나 강조하는 일종의 수사법이다. 또는 기성의 언어화된 텍스트에서 특정한 관념이나 사적을 참조, 인용하는 인유의 방식이라고 설명되기도 한다. 중국에서는 송대 시풍의 흥기와 성리학의 발달로 인해 시에 있어서 기세(氣勢)를 중

---

2) 이 분야 연구의 선편을 잡은 정끝별은 다음과 같이 패러디를 정의하고 있다.
　①패러디는 원텍스트(원전, 기성품)를 필요로 한다. ②원텍스트와 패러디 텍스트 간의 차이와 갈등을 전제로 한다. ③패러디는 독자의 역량에 따라 인식되는 것이며 미학적 효과 또한 다르게 인식된다. ④그러므로 독자가 원전을 인식할 수 있는 직·간접적 장치를 필요로 한다.
　정끝별, 위의 책, 60~62면 참조.

히 하고 재도(載道)의 기능을 중요시하게 되면서 원래 문장수사의 하나로 이용되어오던 용사가 크게 성행하게 되었다.

한편 송대 시학의 영향을 크게 받았던 고려나 조선에 있어서도 이 용사론은 보편화된 상태였다. 당시의 시인들은 시의 성률(聲律)이나 의취(意趣)에 있어 독창적 경지를 구축하기가 중국인에 비해 상대적으로 어려웠기 때문에 자연히 전대 시인들이 이룩한 유형의 모방과 습용에 치우친 경향이 엿보였다. 한시, 특히 근체시에 있어서 오언(五言), 칠언(七言)의 엄격한 정형의 틀을 살리면서 시적 의미와 정서를 압축적으로 표현하고자 할 때, 시구의 부분적인 인용이나 전고의 사용은 가장 접근하기 쉬운 수사방법이었다. 그리하여 자연스럽게 작품에 스며든 전고의 인용은 오히려 시의 의취(意趣)를 풍성하게 만드는 효과를 낳기도 하였다. 그러나 경전이나 사서의 인용과 달리 시문의 인용은 잘못하면 표절과 도습에 기울기 또한 쉬운 일이었다. 성호 이익과 같은 이는 용사의 번다함을 지적하고 비판하며 신의를 주장하였지만, 조선 후기의 실학자 정약용은 용사의 중요성을 강조하였을 뿐만 아니라, 용사의 대상을 중국 경전, 사서, 시문이 아닌 우리나라 고전에서 찾을 것을 주장하여 흥미롭다.

한시에서의 용사는 환골탈태(換骨奪胎)·점철성금(點綴誠金)·점화(點化)·습용(襲用)·답습(踏襲) 등의 용어들과 더불어 사용된다. 용사의 대상인 전거는 고대의 신화나 민간의 전설뿐 아니라 경서, 사서 또는 문학작품들의 특정한 구절을 지칭한다. 그러나 용사와 환골탈태가 전거를 활용하되 보다 더 유용하게 활용하여 결과적으로는 용사가 작품 전체에 생명력을 불어넣은 작업을 말한다면 점금성철·습용·도습 등은 창조성과 독창성이 결여된 모방 내지는 표절의 개념을 나타낸다. 어느 쪽이든 동양 고전 시학 전통에는 시의 형식이나 표현수단이 어느 특정인의 전유물이 아니고 만인에게 개방되어 있는 것이므로, 창작자의 의도를 표현하기 위해 전거를 빌어 쓰는 방법이 널리 사용되고 있었다.

한시를 비롯한 연구에 있어서 용사에 대한 이론과 미학은 사실상 큰 주목을 받지는 못했다. 그것은 용사가 작품의 참신성을 방해한다는 편견에 대한 암묵적인 동의가 있었기 때문이다. 그러나 용사는 잘 알려진 바와 같이 신의(新意)와 상반된 뜻이 아니거니와, 오히려 용사가 이른바 '이고위신(以故爲新)' 곧 신의의 창출을 위한 한 방법으로 널리 이용되었다. 우리 선인들은 작품의 출처를 밝히는 것을 비평의 한 분야로 여길 만큼 중시하고 전고에 대한 지식 자체가 문학을 향유하는 한 방법이었지만, 현대인들은 그 의미를 망각하고 있는 것이다. 한시에 있어서 용사는 작법이나 미학의 중요한 축을 이루고 있다.

비단 한시뿐만 아니라 우리 시가에 있어서도 패러디의 전통은 뿌리 깊은데, 우리 시가에서 패러디의 원류는 「구지가」와 「해가」의 관계로 거슬러 올라가 볼 수 있다.

① 거북아 거북아(호칭)
  머리를 내놓아라(명령)
  만약 내놓지 않는다면(가정)
  구워 먹으리라(위협)[3]

② 거북아 거북아 수로부인을 내놓아라(호칭, 명령)
  남의 부인을 앗아간 죄 그 얼마나 큰가
  만일 네가 거역하여 내놓지 않는다면(가정)
  그물로 잡아내어 구워 먹으리라(위협)[4]

③ 도마뱀아 도마뱀아(호칭)
  구름을 일으키고 안개를 뿜어라(명령)
  비를 좍좍 내리게 하면(가정)
  너를 놓아서 돌려 보내리라(위협)[5]

---

3) "龜何龜何 / 首其現也 / 若不現也 / 燔灼而喫也." 『三國遺事』 卷2 「駕洛國紀」.
4) "龜乎龜乎出水路 / 掠人婦女罪何極 / 汝若悖逆不出獻 / 入網捕掠燔之喫." 『三國遺事』 卷2 「水路夫人」.

④ 용아 비오게 해라 용아 비오게 해라(호칭, 명령)
　용이 비오게 해아 용이 용이지
　용이 비오게 못하면 용이 용인가(가정, 위협)
　용아 비오게 해라 용아 비오게 해라(호칭, 명령)6)

⑤ 하늘이 만약 비를 내려서 비류의 서울을 수몰시키지 않는다면(가정)
　내 진실로 너를 놓아주지 않으리니(위협)
　이 어려움을 면하고 싶으면
　너 능히 하늘에 호소하라(명령)7)

『삼국유사』 권2 가락국기의 수로왕 신화에 전해지는 「구지가」(위의 예 ①)는 오늘날 우리가 접할 수 있는 주술 노래로서 가장 오래고 깊은 전통을 가지고 있는 작품이다. 그 진술의 어법은 주술적 대상을 불러내어, 명령하고, 듣지 않을 경우를 가정해서 위협하는 자연스러운 사고 과정을 그대로 따라가는 매우 소박한 형태를 취하고 있다. 즉 「구지가」의 언술 구조는 '호칭+명령~가정+위협'으로 전개되는 짜임새를 갖고 있는데, 이러한 구조가 「구지가」뿐 아니라 우리나라의 주술 시가를 대표하는 유형임은 이미 널리 알려진 사실이다.8) ②는 「해가」로, 신라 선덕왕(702~737) 때 동해 바닷가에서 미모를 탐낸 동해용이 수로부인을 탈취해 가자 이를 구출하기 위해 주변사람들을 불러모아 부른 주술적 노래다. ③은 조선 태종 7년(1407) 처음 시행되어 임진란 전까지 대궐을 중심으로 기우제를 드릴 때 불렀던 노래 「석척가(蜥蜴歌)」로, 대궐 연못가에서 물항아리에다 도마뱀을 잡아넣은 다음 푸른 옷을 입힌 아이들 수십 명으로 하여금 버드나

---

5) "蜥蜴蜥蜴 / 興雲吐霧 / 俾雨滂沱 / 放汝歸去." 『慵齋叢話』 卷7.

6) 권중구, 『漢文大綱』, 통문관, 1971, 9면.

7) "天若不雨而漂沒沸流王都者 / 我固不汝放矣 / 欲免斯難 / 汝能訴天 李奎報." 『東國李相國集』 卷3 「東明王」篇.

8) 이에 관한 상세한 설명은 성기옥, 「「구지가」의 작품적 성격과 그 해석(1)」, 『울산어문논집』 제3집, 1987; 「「구지가」의 작품적 성격과 그 해석(2)」, 『배달말』 12호, 1987 참조

무 가지로 항아리를 치며 큰 소리로 부르게 하여 비가 내리기를 바랐던 일종의 기우 주술인 것이다. ④는 20세기 이후 현재에 이르기까지 어느 시골의 기우제에서 쓰였다는 주술 노래로서 이 역시 기우 주술의 하나다.

②~④에 이르는 자료들은 ① 「구지가」의 구조적 특징을 거의 모방하여 수용한 전형적인 패러디 작품군이다. 곧 '호칭+명령―가정+위협'이라는 구지가의 특징적 주술 구조가 그대로 수용되면서 다소간의 변화를 보이고 있다. 곧 ②에서 둘째 구는 수로부인의 구출이라는 주술적 목적을 도덕적 당위론에 호소하여 이뤄내려는 의도를 담고 있어, 주제면에서 큰 변화를 꾀한 것으로 보이지만 나머지 세 구가 「구지가」의 어법을 그대로 받아들이고 있어 결과적으로는 모방적 패러디의 작품으로 판단해야 할 것이다. ③에서는 둘째 구의 구름과 안개를 일으키는 것이 곧 셋째 구의 비를 오게 하는 것과 같은 의미라는 사실과 셋째 넷째 구의 가정적 위협이 구지가에 표현된 부정의 가정 형태를 긍정의 가정으로 바꾸어놓은 데 지나지 않는다는 사실을 이해하고 나면, 작품의 구조가 「구지가」의 그것과 일치한다는 사실을 알 수 있다. ④의 경우는 다른 작품에 비해 변이의 정도가 다소 크다(호칭과 명령의 구조가 한 구 안에서 거듭 반복된다든지, 둘째 셋째 구에서 가정적 위협이 변이되었다든지) 그러나 그것이 원텍스트인 「구지가」의 전체적인 구조 범위를 벗어날 만큼 크지는 않다. 비를 마음대로 조정할 수 있는 용의 초자연적 능력을 믿지 않겠다는 것은 뒤집어 말해서 용의 권능에 대한 명백한 위협에 해당하기 때문이다. 이러한 사실로 미루어 본다면 「구지가」적 주술 구조의 전통은 의외로 상당한 영향력을 지닌 채 수용 전승되면서, 원텍스트로서 끊임없이 후대에 모방되고 변화되는 원천을 제공했다고 생각할 수 있다.

더구나 이러한 틀은 구지가보다도 연대가 앞서는 고구려 동명왕의 백록주술⑤에서도 찾을 수 있어 더욱 흥미롭다. 부여를 도망 나와 고구려를 건국한 이듬해인 동명왕 2년(B.C.36) 압록강 상류의 비류국과 세력다툼을 하는 과정에서 흰 사슴을 잡아 거꾸로 매달고 홍수를 내려 비류국을

항복받고자 행했다는 이 기우주술 역시, 「구지가」와 같은 궤에 놓이는 것이다. 비록 위협과 가정의 순서가 뒤바뀌고 호칭도 생략되어 얼핏 보기에는 상이하게 보일 수도 있지만, 이 자료가 산문화의 과정을 거쳐서 정착된 것임을 감안한다면 원자료는 오히려 「구지가」와 상당히 비슷한 모습이었을 가능성이 크다.

이러한 변화의 폭을 감안한다면 일견 전혀 상이하게 보이는 지귀사(志鬼詞)와 비형랑사(鼻荊郎詞) 등도 비록 호칭의 탈락이나 명령−위협의 순서가 뒤바뀌는 변화를 보이기는 하지만 기본적으로 구지가적 구조를 원텍스트로 삼고 있다는 것을 알 수 있다. 또 월명사의 「도솔가」나 고려 「처용가」 역시 구지가적 전통을 온전히 계승하여 작품화시킨 예로 볼 수 있을 것이다. 우리 시의 원류적 모습을 고스란히 간직한 「구지가」의 구조가 이렇게 오랜 세월 동안 모방과 변모를 거듭하면서 지속적으로 패러디된 사실은, 패러디라는 용어를 사용하지 않았을 뿐 패러디의 전통이 우리 고전시에 얼마나 뿌리 깊게 자리하고 있는가를 증명해주는 가장 선명한 예라고 할 수 있을 것이다.

이처럼 패러디라는 용어의 사용이 현대에 이르러 활발하게 사용되었다는 차이가 있을 뿐, 현대문학에 있어서 패러디에 해당하는 개념은 우리의 고전시의 원천에서부터 비롯되어 시가 전반에 걸쳐 지속되어 온 창작 방법의 하나라고 할 수 있다. 그러나 고전시에 존재해왔던 패러디의 미학과 기법은 현대시의 그것과 비교해볼 때 양상과 의의가 현대시의 그것과 다를 수밖에 없다. 현대시에서 패러디가 갖는 특징적 의의로서의 다원적 세계관, 탈중심적 기교, 이데올로기로서의 기능, 모순과 이중성의 기교9) 등은 고전 시가에서는 찾기 어렵거나 찾아진다 해도 그 의의가 현대시에서만큼 크지는 않다. 이 장에서는 특히 시조에 초점을 맞추어 패러디 현상에 대해 살펴보고자 한다.10) 사실상 시조에 있어서

---

9) 김준오, 『도시시와 해체시』 문학과비평사, 1993, 173~175면.
10) '용사'나 '전고'라는 용어를 사용해도 큰 무리가 없을 것이나, 굳이 패러디라는 용어

패러디는 '어떤 작가의 시구나 문체를 모방하여 풍자적으로 꾸민 익살극'[11] 정도의 협소한 정의로 축소되고 시학으로서의 가능성 역시 배제되어 왔다. 시조 창작의 주요한 방법으로 광범위하게 활용되어 왔음에도 기생적 장치로 취급되었던 것이다.

한시의 용사에 대해서는 조종업·최신호·민병수·조동일·정요일 등 비교적 이른 시기의 연구에 이어 토도로프의 구조시학을 토대로 하여 그 구조를 밝혀 보이려는 최미정의 연구[12] 현대시에서 패러디 이론과 관련지어 해명하려는 김준오·강명관의 연구[13] 용사의 실상을 토대로 하여 시학 일반으로서의 가능성을 모색하려는 김영미·김성룡의 연구[14] 등으로 이어진다. 반면 시조에 있어서의 패러디는 김학성에 의해 최초로 언급된 이후[15] 신은경[16]의 꼼꼼한 분석이 있었을 따름이다. 선행 연구에 대한 아쉬움을 뒤로 하고, 패러디가 고전시에 있어서 주요한 시적 장치이자 시학적 원리의 하나라는 믿음에서 이 연구는 출발한다.

를 사용하는 것은 패러디라는 용어에 더 많은 의미와 가치를 두기 때문이 아니라 편의상의 이유임을 밝혀둔다. 곧 가치평가적인 근거 때문이 아니라 기능적인 이유에서다.
11) 이명섭, 『세계문학용어비평사전』, 을유문화사, 1997, 174~175면.
12) 최미정, 「전거 수사학 연구」, 서울대 석사논문, 1979.
13) 김준오, 『한국 현대시와 패러디』, 현대미학사, 1996.
14) 김영미, 「고려 한시에 나타난 수사의식에 대하여―동문선 소재 한시 작품을 중심으로」, 이화여대 석사논문, 1991; 김성룡, 「용사의 이해」『호서어문연구』 4집, 호서대 국문학과, 1996; 김성룡, 「용사 이론의 시학적 의의」, 『국어국문학』 120호, 국어국문학회, 1997.
15) 김학성, 「조선후기 시가에 나타난 서민적 미의식」, 『국문학의 탐구』, 성균관대 출판부, 1987.
16) 신은경, 「평시조를 패러디한 사설시조 연구」, 『국어국문학』 104호, 1990; 신은경, 「사설시조의 시학 연구」, 서강대 박사논문, 1988.

2) 시가에 나타난 패러디의 세 양상

(1) 전거를 통한 모방적 패러디

사설시조에 수용되거나 사설시조 생성의 기반이라고 볼 수 있는 원텍스트들을 개괄해보면, 사설시조 작자들이 선호했던 텍스트가 무엇이었는지 알 수 있다. 원텍스트 중 가장 큰 비중을 차지하는 것은 단연 평시조지만, 평시조 외에도 선행 텍스트로 주목할 만한 것으로「구운몽」·「천군연의」·「숙향전」 등 우리나라 고전소설들을 들 수 있다. 이런 소설들이 시조의 원텍스트로 기능하고 있다는 데서 당시 이와 같은 작품들이 얼마나 널리 유포되고 향유되었는지 짐작해보게 된다. 소설 외에도 중국 특히 당대의 한시로서 이백, 두보, 가도와 같은 시인들의 시구절이 사설시조에서 많이 발견되는 것을 볼 수 있다. 한시뿐 아니라 중국의 고사, 역사적 사실 등이 사설시조화되는 경우도 매우 흔하게 발견된다.[17]

흔히 사설시조는 평시조를 지배했던 규범이나 고정된 가치관을 파괴하고 인간적 본능을 적나라하게 표출했다는 점으로써 그 특징을 부각시키곤 한다. 그러나 패러디 사설시조들의 원텍스트를 살펴보면, 당시의 독서기호로서 중국의 고전, 중국 역사상의 고사 등이 상당한 비중을 차지하고 있음을 볼 수 있다. 그 당시 한시와 같은 중국적인 것은 여전히 양반 사대부 등의 상층문화에 속하는 것이었고, 사설시조 작자들 역시 이를 읽고 수용하여 사설시조화함으로써 그러한 문화를 공유하였던 것

---

17) 그러나 이렇게 전거가 뚜렷한 선행 텍스트와 달리, 전설·속담·풍속 등을 작품화한 것은 선행 텍스트를 어떤 확정된 것으로 추출하기가 어렵다. 그러나 이 같은 구비적 담화의 경우는 입에서 입으로 전해지는 전설·속담·풍속 등의 소재 자체가 원텍스트가 되며, 때로는 이것을 문자로 기록한 것을 원텍스트로 볼 수도 있을 것이다. 또한 원텍스트가 둘 이상인 경우도 원텍스트를 확정하기 어려운 경우에 속한다. 예를 들어 제갈공명의 지략을 사설시조화한 것이 다수 등장하는데, 이 경우 중국의 사서, 나관중이 지은 삼국지연의, 그것을 번역 또는 번안한 국문소설, 그런 내용을 담은 평시조, 판소리 적벽가 등이 모두 사설시조 형성에 있어서 원텍스트가 될 수 있는 것들이다.
   신은경,「사설시조의 시학 연구」, 서강대 박사논문, 1988, 104면.

이다. 그러므로 사설시조가 상층적인 것을 파괴한 시조라고 일방적으로 단언할 수는 없다고 본다.

사설시조에 나타난 패러디 가운데 가장 높은 빈도수를 보이고 있는 것이 이와 같은 모방적 패러디이다. 여기서의 '모방적'이라는 뜻는 원텍스트가 가진 의미와 주제를 그대로 계승하고 있음을 의미한다. 사설시조에서의 모방적 패러디는 숙향전·삼국지연의·천군연의 등 소설을 비롯하여 한시·평시조와 같은 서정시를 모방한 것, 전설·속담·고사와 같은 이야기를 모방한 것 등 다양한 양상을 보이고 있다.

> 천군(天君)이 혁노(爀怒)하샤 수성(愁城)을 치오실시
> 대원수(大元帥) 환백장군(歡伯將軍) 좌막(左幕)은 청주종사(淸州從事) 완보병전구(阮步兵前驅)ᄒ고 이태백(李太白) 초오(草傲)ᄒ여 유리종(琉璃鐘) 호박농(琥珀籠)은 선봉엄습(先鋒掩襲)ᄒ고 서주구(舒州句) 역사당(力士鐺)은 협격대파(挾擊大破)ᄒ여 조구대(槽邱臺)에 올나안져 백륜(伯倫)으로 송덕(頌德)ᄒ고 월건(月蹇)을 성치(星馳)ᄒ여 고궐성공(告厥成功)ᄒ온 후(後)에
> 그겨야 이숙무도(耳熱舞蹈)ᄒ야 고각(鼓角)을 셧불며 백업난수성난(伯業難守城難) 난우난(難又難) 개가귀(凱歌歸)를 하더라
>
> ―李鼎輔, 『甁歌』872

의인체 한문소설인 「천군연의」[18]의 한 구절을 패러디한 작품으로, 여기서의 천군이란 곧 마음[心]을 의인화한 것이다. 이 작품에서는 바른 마음을 갖고자 하는데 유혹이 되는 술, 색, 욕망과 유혹을 이기고자 하는 양심 등을 모두 의인화하여 올바른 마음가짐을 가지고 있던 사람이 갖가지 유혹을 받아 미혹되었다가 양심이 살아나 다시 정심(正心)을 찾게 된다는 줄거리를 가지고 있다. 위에 든 시조의 장면에서도 '환백장군'은

---

18) 『천군연의』는 조선 후기에 정태제 (鄭泰齊)가 지은 한문소설로 창작시기는 현종 초기로 추정된다. 총 31회의 회장체(回章體)로 되어 있으며, 심(心 : 마음)의 의인(擬人)인 천군을 중심으로 충신형과 간신형의 인간형을 나누어 양자의 대립 갈등을 통해 주색을 경계하고 군자로서 올바른 마음을 지닐 것을 권장하는 내용으로 되어 있다.

술을 의인화한 것으로서, 천군이 갖가지 간신들에 의해 미혹에 빠진 대목 중에서 술에 빠져 있는 장면을 그린 부분이다. 지금과 마찬가지로 술이란 많은 사람들의 애호를 받는바, 이 장면은 술을 마심으로써 근심을 잊게 되는 현상을 의인화하여 표현함으로써 많은 독자들의 관심과 흥미를 불러일으켰을 것으로 짐작된다. 이 시조에 등장하는 이태백이나 백륜(유영) 등은 술이 화제에 오를 때면 관습적으로 떠올릴 만큼 술과 인연이 깊은 인물들이고, 유리종, 호박주 역시 술을 노래할 때면 자동적으로 따라다니는 표현들이다.

독자는 이 작품을 읽으면서 자연스럽게 소설 「천군연의」를 연상하게 될 것이다. 곧 독자는 현재 마주하는 작품 속으로 몰입해 들어가는 것이 아니라 이 작품이 전제하고 있는 원텍스트로서의 「천군연의」를 인식하게 되는 것이다. 동시에 이 작품은 소설 「천군연의」의 한 토막이 아닌 사설시조의 질서로 개편된 텍스트이다. 곧 원텍스트로서 소설을 수용하고 있으나 사설시조의 구조와 질서로서 재편된 것이라고 할 수 있다. 이렇게 원작이 있는 작품을 패러디하여 새로운 작품을 만들 경우, 작자는 「천군연의」라는 기존의 텍스트를 전제로 하고 있기 때문에 자신이 창조하는 텍스트에 완전히 몰입하지 못하고 '거리'를 취하면서 텍스트를 생성해 내게 된다.[19] 따라서 이 작품은 현대적 의미에서의 창조성은 결여되었을지 모르나 「천군연의」라는 원텍스트를 자신의 텍스트 안에 끌어들임으로써 기존의 질서를 해체하고 그것을 다시 새로운 질서로 만들어 낸다는 점에서 의미가 있다. 소설을 패러디하여 시조작품화하는 경우 전체를 요약하는 경우도 있고 극적인 장면만을 따다가 일부만 작품화하는 경우도 있다. 당시 이러한 소설들은 일반 대중들에게 널리 읽혀졌을 것이므로 그들이 가장 재미를 느끼고 공감하는 부분이 여러 종류의 패러디 텍스트로 모방되었을 것이다.

---

19) 신은경, 「사설시조의 시학 연구」, 서강대 박사논문, 1988.

소설이 사설시조에 수용되면서 어느 부분이 독자적으로 읽히고, 또 독자적으로 의미를 지니게 되는 양상은 특히 「삼국지연의」를 패러디한 시조에서 뚜렷이 나타난다. 원래 삼국지연의는 회장체로 구성된 것으로 우리나라에 들어와 「적벽대전」・「관운장실기」・「삼국대전」 등 번역 번안 소설들을 파생시켰다. 그런데 이런 소설들은 원래 「삼국지연의」 전체를 수용한 것이 아니고 세인들에게 특히 흥미를 주는 부분만 발췌한 것이 많아 각 부분들만으로도 한 편의 작품이 되고 있는 것을 볼 수 있다.[20]

> 오호로 도라드니 범녀는 간곳업고 백빈주 갈며기는 홍노로 날라들제 삼상의 기러시 한수 나려 심양강 당도ᄒ니 백낙천 일거후에 비파성도 끈어졋다(ⓐ)
> 적벽강 도라드니 소동파 노든 풍월 의구히 잇다마는 죠맹덕 일세지후의 이금의 안재재야(ⓑ)
> 월낙오졔 깁흔 밤의 고소셩의 배를 매니 한산사 쇠북소리 객션의 둥둥 드리왓다(ⓒ)
> 진희를 도라보니 연룡한수 월용사의 야백진회 근주가라 상여는 부지망국한하고 격강유창후졍화라(ⓓ)
>
> —『詩謠』 108

여기에서 ⓐ・ⓑ・ⓒ・ⓓ로 표시한 부분은 각기 다른 전거로부터 인용된 것이다. ⓐ는 백거이의 「비파행(琵琶行)」, ⓑ는 소식의 「전적벽부(前赤璧賦)」, ⓒ는 장계의 「풍교야박(楓橋夜泊)」, ⓓ는 두목의 「박진회(泊秦淮)」의 구절들을 각각 인용하고 있다. 그밖에도 범려에 대한 고사 및 판소리 단가로도 자주 불려지는 「범피중류(泛彼中流)」 역시 전거로 사용되고 있어 인용의 정도가 지나치게 느껴질 정도이다. 이 작품은 이와 같이 단순한 인용의 정도를 넘어서 여러 전거들을 엮어 편집한 몽따쥬 형식을 띠고 있다. 한시에서의 용사나 전고가 인용의 흔적을 드러내지 않도록 하는데 주안점을 둔다면 이 경우는 여러 이질적인 요소들이 뒤섞는 것을

---

20) 『삼국지연의』가 回章體였기 때문에 이런 양상은 더욱 두드러진다.

용인하고 나아가서는 그 자체를 적극적으로 의도한 것으로 생각된다.

이런 종류의 사설시조는 원텍스트를 대량 복제하고 과감하게 발췌 또는 혼합함으로써 원텍스트가 가지고 있는 권위와 규범을 완벽하게 부정, 대중화하는 현대시를 연상케 한다. 그러나 현대시에서의 이른바 혼성모방이, 페스티쉬나 키치 같은 방법을 통해 원텍스트에 대한 비판 및 풍자에 역점을 두고 원텍스트의 권위와 규범을 정면으로 파괴하는 목적을 두었다면, 이 작품은 원텍스트를 파편적으로 수용하고 있기는 하지만 현란한 고사의 원용와 나열, 수사적인 문식을 드러내는 재치쪽에 비중을 두고, 이 작품을 읽고 이해할 수 있는 독자로 하여금 지식을 공유하고 누린다는 즐거움을 부여해준다. 따라서 원텍스트의 규범에 대한 도전이라는 목적에서보다는, 원텍스트의 권위를 그대로 수용하고 모방하면서 다분히 유희적 특성을 드러내고 있다는 점에서 현대시와 기능을 달리한다 하겠다.

다음으로 시를 원텍스트로 모방한 경우를 살펴보자. 이 경우 가장 큰 비중을 차지하는 것이 평시조의 패러디이고, 그 다음이 한시를 패러디한 것이다.

> 삼공(三公)이 귀(貴)타혼들 이 강산(江山)과 밧골소냐
> 편주(扁舟)에 돌을 싯고 낙대를 훗더질제
> 이 몸이 이 청흥(淸興) 가지고 만호후(萬戸侯) ㄴ들 브르냐
>
> —金光煜, 『靑珍』 153

> 삼공불환(三公不煥) 차강산(此江山)은 어이 니를 말이런고
> 나는 말업시 슈이도 밧고 안쟈 항산(恒産)도 보쟈ᄒᆞ니 힝옴업시 이노미라 어즐어온 구로(鳩鷺)와 수(數)만흔 녹진(麋鹿)을 내 혼쟈 거늘여 육축(六畜)을 삼아ᄂᆞᆫ디 갑업슨 청풍명월(淸風明月)른 절(節)노 이물(己物)이 피여시니 남과 다른 부귀(富貴)는 이 ᄒᆞᆫ몸에 가쟛세라
> 엇더타 이 부귀(富貴) 가지고 져 부귀(富貴)를 불을손냐
>
> —『靑가』 632

위 두 시조는 자연에 묻혀 평화롭게 사는 처사적 삶을 노래하며, 그러한 삶의 양식을 세속적 부귀영화와 바꾸지 않겠다는 화자의 결심을 보여주는 작품들이다. 원텍스트인 김광욱의 「율리유곡」이 강호한정을 찬미하는 데 초점을 두고 있다면, 패러디된 텍스트는 강호에서의 삶과 인간세계의 부귀를 대조함으로써 같은 주제를 지향하고는 있으나 위의 작품에서는 느껴지지 않던 인간적 갈등이 드러난다. 구성을 살펴보아도 원텍스트에 비해 패러디된 텍스트의 초장과 종장은 원텍스트의 초·중장을 유사한 표현으로 대치시키기는 했으나 내용 및 주제상 변화를 가져오는 데까지는 이르지 못하고 대치·부연된 정도에 그쳤다.

우리집 모든 익을 네 혼자 맛다이셔
인간의 디디마오 야슈(野樹)의 걸렷다가
비오고 ᄇ람분 날이어든 자연소멸(自然消滅)ᄒ여라

—鄭澈, 『松江歌辭』(星州本)

이 시름 져 시름 여러 가지 시름 방패연(防牌鳶)의 세서성문(細書成文)ᄒ여
춘정월(春正月) 상원일(上元日)에 서풍(西風)이 고이 불지 올 백사(白絲)ᄒ
어리를ᄑ솟ᄀ지 프러 씌울지 큰盞에 슐을 부어 마즈막 전송(餞送)ᄒ시 등게등
게 놉피 쩌셔 백룡(白龍의) 구븨ᄀ치 구름속에 들거고나 동해(東海)바다 ᄭ의
가셔 외로이 걸넛다가
풍소소(風蕭蕭) 우낙락(雨落落)홀지 자연소멸(自然消滅)ᄒ여라

—『甁歌』864

두 작품 모두 정월 대보름이 되면 연을 날려보내며 그 해의 무사태평을 기원하는 시정의 풍속을 잘 그려내고 있으며 의미구조 또한 동일하다. 그러나 원텍스트에서는 화자가 연에게 말을 거는 형식인 반면, 패러디된 텍스트에서는 원텍스트에는 없는, 연을 날릴 때의 자연적 상황과 행위 등을 중장에 새롭게 첨가하였다. 따라서 내용과 구성이 확장되기는

했으나, '인간 세상의 모든 시름을 연에 띄워보내 바람과 비에 절로 스러지듯 그 모든 액이 소멸되기를 염원하는 심정을 담는다'는 작품의 주된 지향에는 큰 변화가 보이지 않는다.

이와 같이, 구성상으로는 부연 또는 확장된 텍스트로 구현되나 주제 및 미의식의 변화에까지 미치지 않고, 원텍스트의 모방 및 재구성에 머무르는 관계의 작품은 사설시조 가운데 다수 존재한다.

① 옥(玉)フ튼 한궁녀(漢宮女)도 호지(胡地)에 진토(塵土)되고
　해어화(解語花) 양귀비(楊貴妃)도 역로(驛路)에 ᄇ렷ᄂ니
　각씨(閣氏)니 일시화용(一時花容)을 앗겨 무슴 ᄒ리오

—『瓶歌』694

삼춘색(三春色) 자랑 마라 화잔(花殘ᄒ)면 첩불래(蝶不來)라소군옥안(昭君玉顔) 귀비화용(貴妃花容) 호성토마(胡城土馬) 귀토(歸土)되고 창송녹죽(蒼松綠竹)은 천고절(千古節)이나 벽도홍행(碧桃紅杏) 일년춘(一年春)이라
　각씨(閣氏)니 일시화용(一時花容)을 앗겨 무슴 ᄒ리오

—『詩歌』602

② 간밤에 지게여던 ᄇ름 살드리도 날 소겨다
　풍지(風紙)소리에 님이신가 반가온 나도 외건마는
　행(幸)혀나 드소곳 ᄒ더면 밤이 좃츠 우울ᄂ다

—『瓶歌』1036

벽사창(碧紗窓)이 어른어른커늘 님만 너겨 나가보니
님은 아니오고 명월(明月)이 만정(滿廷)ᄒ듸 벽오동(碧梧桐) 저즌 닙헤 봉황(鳳凰)이 ᄂ려와셔 긴 부리 휘여다가 깃다듬는 그림재로다
　모쳐라 밤일식망정 힝혀 낫이런들 늠 우일번 ᄒ괘라

—『瓶歌』898

님이 오마 ᄒ거늘 저녁밥을 일지어 먹고 중문(中門) 나셔 대문(大門) 나가 지

방(地方)우희 치드라 안자 이수(以手)로 가액(加額)호고 오눈가 가눈가 건넌 산
(山) 브라보니 거머흿들 셔잇거눌 져야 님이로다
  보션버서 품에 품고 신버서 손에 쥐고 곰븨님븨 님븨곰븨 쳔방지방 지방쳔방
즌듸 모른듸 굴희지 말고 워렁충창 건너가셔 졍(情)엣말 흐려 흐고 겻눈을 흘긋
보니 상년(上年) 칠월(七月) 사흔날 굴가벅긴 주추리 삼대 술드리도 날 소겨라
  모쳐라 밤일싀 망졍 힝혀 낫이런들 눕우일번 흐괘라

—『靑珍』580

③ 세상 스룸들아 이내 말 드러보소
  청춘(靑春)이 미양이며 백발(白髮)이 검눈것가
  엇더타 유한(有限)훈 인생(人生) 아니 놀고 어이리

—南坡,『靑珍』271

  세월(歲月)아 네월아 가지를 마라 청춘홍안(靑春紅顔)이 늙는구나
  인생일세(人生一世) 생각곳호니 잠든날 병든날 다 제(除)히노면 다만당 사십
(四十)못하는 인생(人生)아니 놀고셔 무엇을 흐리
  오날도 날이요 내일(來日)도 날이라 오날도 놀고 내일(來日)도 놀고 놀고 놀
고 놀아를 보세

—『樂高』905

이와 같은 원텍스트-패러디된 텍스트와의 관계는 주제나 미적 기반
의 변화를 가져오지 않으면서, ①과 같이 부연된 상황을 통해 구체성을
획득한다거나, ③에서처럼 익살스러움과 생동감을 부여하는 효과를 거두
고 있다. 그러나 ②에서 보듯, 상황과 내용의 부연이 오히려 원텍스트가
갖는 함축성의 묘미를 감소시키는 경우도 있다. ②에서 패러디된 텍스트
는 동일한 내용을 반복함으로써 내용의 진전이나 구체성의 확보에까지
나아가지 못함으로써 원텍스트가 갖는 단정한 함축미를 증발시킨다. 정
보량이 증가한다고 해서 내용의 질까지 함께 보장되는 것은 아니며 오
히려 동어반복을 통해 잉여적 의미만을 산출하게 되기도 하는 것이다.

그런데 이러한 평시조—사설시조와의 모방적 패러디 관계는, 과연 사설시조가 평시조를 모방한 것으로 볼 수 있는지, 사설시조가 먼저 창작되고 평시조가 그것을 모방한 것은 아닌지에 대한 의문을 남기게 된다. 또한 가창을 통해서 향유된 시조가 여러 개의 가집에 조금씩 모양을 달리하면서 수록되었다는 전승과정을 고려할 때, 패러디가 아니라 "파생"의 관계로 보아야 하는 것은 아닌지 하는 것도 문제가 된다. 이에 관해서는 '3) 시가 패러디의 기능과 의의' 부분에서 좀더 상세하게 살펴보기로 한다.

(2) 인용과 첨가의 변용적 패러디

이 유형은 모방적 패러디와 비판적 패러디의 중간 지점에 위치하여, 두 유형의 특성이 서로 혼재되어 나타나는 면이 있으므로 어느 한쪽으로의 구별이 쉽지만은 않다. 그러나 원텍스트에 대한 작자의 재해석이 의도적으로 개입된다는 면에서 모방적 패러디와 차이가 있고, 원텍스트를 나름대로 재해석하고 있으나 비판이나 전복의 의도가 없다는 점에서는 비판적 패러디와 구별된다.[21] 곧 원텍스트의 권위를 인정해서 모방하지만 본래의 의미에서 다소 벗어난 의미를 추구하거나 달리 해석하는 유형이다.

> 이런둘 엇더ᄒ며 저런들 엇더ᄒ리
> 만수산 드렁츩이 얼거진들 긔 엇더ᄒ리
> 우리도 이ᄀᆞ치 얼거져 백년(百年)ᄭᅵ지 누리리라
>
> —太宗,『靑珍』216

> 이런둘 엇다ᄒ며 뎌런둘 엇다ᄒ료

---

21) 문천기,「사설시조의 패러디 양상에 관한 연구」, 성균관대 석사논문, 28면.

초야(草野) 우생(愚生)이 이러타 엇다ᄒᆞ료
ᄒᆞ물며 천석고황(泉石膏肓)을 고텨 무슴ᄒᆞ료

— 李滉, 『陶山六曲板本』 1

앞의 작품은 잘 알려진 방원의 「하여가(何如歌)」이고, 뒤의 작품은 퇴계의 「도산십이곡」 가운데 첫 수이다. 퇴계의 작품은 「하여가」의 초장을 그대로 차용하여 시상의 전개방식이나 시적 어조까지 닮아 있어 전반적으로 유사한 시적 분위기를 보여주고 있다. 그러나 퇴계의 작품은 「하여가」가 보여주듯 구애받지 말고 자유롭게 살자는 흥청거림을 말하고자 하는 것이 물론 아니다. 원텍스트에서의 초장이 망해 가는 고려에 계속해서 충성을 바치든(이런들), 새로 세워진 조선에 참여하든(저런들) 무슨 상관이랴는 뜻이라면, 패러디된 텍스트에서의 의미는 벼슬에서 물러나 자연과 더불어 사는 것도(이런들) 벼슬에 나아가 경국제세의 이상을 펴는 것도(뎌런들) 다 옳은 삶임을 말하고 있다. 나아가 중장에서는 이들 두 삶의 형태 가운데 물러나 자연과 더불어 사는 삶을 선택했음을 뜻하고, 종장을 통해 이런 삶을 바꾸지 않고 앞으로 계속 이어나가겠다는 다짐을 한다. 나아감과 물러남의 길이라는 두 삶의 형태를 모두 긍정하면서도 물러남의 길을 선택한 자신의 자연과 더불어 사는 삶을 앞으로도 고치지 않겠다는 다짐의 노래라고 할 수 있다. 나아감과 물러남의 길이 다 의로운 길인데도 당시 자신의 출퇴를 두고 말이 많았던 당시의 조정이나 바깥 세상에 대해 계속 뜻을 굽히지 않겠다는 의지를 완곡하게 표현하기 위한 시적 장치로서 패러디를 선택한 것이다.[22]

저 건너 광창(廣窓) 놉흔 집의 ᄆᆞ리 됴흔 각씨(閣氏)님
초생(初生) 반달 ᄀᆞᆺ치 비최지나 마로렴은

---

22) 당시 퇴계는 명종의 부름에도 응하지 않고 고향에 내려와, 마침내 완공된 도산 서당에서 남은 생을 보내려는 굳은 뜻을 보이고 있었다. 성기옥, 「도산십이곡의 재해석」, 『진단학보』 91호, 2001, 252~253면.

ᄌᆞᆺ쑥에 석은 간장(肝腸)이 봄눈 스듯ᄒᆞ여라

—『甁歌』1021

져 건너 괴음채각중(槐陰彩閣中)에 수(繡) 놋는 저 처녀(處女)야
뉘라셔 너롤 농(弄)ᄒᆞ여 넘노ᄂᆞᆫ지 세미옥안(細眉玉顔)에 운발(雲髮)은 아죠 허트려져 풍잠(風簪)조ᄎᆞ 기우려져느냐
丈夫의 탐화지정(探花之情)을 임불금(任不禁)이니 일시화용(一時花容)을 앗겨 무삼ᄒᆞ리요

—『靑六』805

패러디된 사설시조는 원텍스트인 평시조 초장의 '놉흔 집'과 '므리 됴흔 각씨'를 각각 '괴음채각중(槐陰彩閣中)'과 '수(繡) 놋는 저 처녀(處女)'로 대치시키고 있는데, 여기까지만 본다면 의미 변화에 영향을 줄 정도의 대치는 아닌 듯하다. 보다 중요한 텍스트의 확장은 주로 중장에서 이루어지고 있다. 화자의 마음을 끄는 여인의 매력이 '초생달 같은 아름다움'에서 '가는 눈썹' '옥같은 얼굴' '바람에 흩어진 머리카락' '기울어진 비녀' 등으로 길게 부연되고 구체화되고 있는데서, 단순히 묘사의 섬세함이란 차원을 넘어서 화자의 복잡한 심정이 드러나고 있기 때문이다.

원텍스트는 '여인의 아름다움에 반해 혼자 애타는 마음'을 노래하고 있다. 주제가 담겨진 종장의 내용은 자칫 여색을 탐하는 화자의 목소리로 들릴 수 있지만, 여인의 외모를 표상한 초생달의 단아한 이미지가 그것으로 경도됨을 차단해주고 있다. 그러나 패러디된 사설시조는 종장에서 '장부의 탐화지정을 임불금'이라고 하여 원텍스트의 시선을 탐욕의 시선으로 돌려놓고 있으며, 이는 중장에서 원텍스트에서보다 흐트러진 모습의 여인 이미지와 더불어 한층 강화되고 있다. 따라서 이 작품 역시 원텍스트를 단순히 모방했다고 볼 수 없고, 정서와 미의식에 있어서 변모된 양상을 띤다고 하겠다.

죽어 니저야 ᄒ랴 살라 글여야 ᄒ랴
죽어 보기도 얼엽꼬 살아 글의미도 얼여왜라
져님아 혼 말씀만 ᄒ소라 사생결단(死生決斷) ᄒ리라

—『海一』415

니가 죽어 니져야 오르냐 네가 사라 평싱에 그리워야 올타ᄒ랴
죽어 잇기도 어렵쩌니와 사라 싱니별 더욱 셜짜
차라로 니 먼뎌 죽어 도라갈쎄 네 날 긔리워라

—『南太』112

원텍스트에서는 사랑의 안타까움과 그리움이 절실하게 표현된 화자의 목소리가 강하게 느껴진다. '죽음 / 삶', '잊음 / 그리움'의 대응이 의미를 강조하고 유사한 구문의 반복성은 시적 효과를 배가한다. 반면 패러디된 텍스트는 원텍스트 중장의 시어 '그리움' 대신 '생이별'을 대치하고, 초장에 새로운 어휘들을 부연하였으며, 종장을 '차라로 네 날 그리워라'로 바꾸어 표현함으로써 원텍스트의 소극적인 갈등해결 방식을 여지없이 거부하고 있다. 원텍스트에서 화자는 '사랑의 갈등'을 해결하기 위해 죽음을 각오한다. 그러나 죽음의 가부를 결정할 수 있는 존재는 자신이 아니라 상대방인 님이다. 극단적이며 최후의 수단인 죽음까지도 상대방에 의해 결정되는 관계에서 자신이 주체적으로 행할 수 있는 것은 무엇일까. 패러디된 사설시조에서는 이와 같은 종속적이고 일방적인 사랑에 반기를 든다. '차라리 내 먼저 죽어서 네가 날 그리워하라'고 당당히 요구하며, 관계의 대등화를 통해 적극적이고 주체적으로 님과의 갈등 관계를 풀어나간다.

믈 아래 그림자 지니 ᄃ리우희 중이 간다
져 중아 게 서거라 네 가ᄂᆞᆫᄃ 무러보자
손으로 흰 구름 ᄀ르치고 말 아니코 가더라

—『靑珍』455

물알의 그리마지니 둘의우의 즁 놈 셋 가는 즁의 맨 말재즁아 게 잇거라 말
물어보쟈
　인간이별(人間離別) 만사즁(萬事中)의 독수공방(獨宿空房) 삼겨주시던 부쳐
어니 졀 어너 법당(法堂) 탁자(卓子) 우희 감즁련(坎中蓮)ᄒ고 두 눈이 감ᄒ게
안자ᄯᄂ냐 닐너나 보쟈
　그 즁이 막대를 놉피 드러 백운(白雲)을 ᄀᄅ티며 닐러 쇽졀업다 ᄒ더라

—『槿樂』346

　두 작품 모두 다리 위에 가는 중과 묻고 대답하는 식으로 이루어졌는
데, 정철의 작으로 알려진 원텍스트가 "너 가는데"를 묻고 있다면, 패러
디된 텍스트는 질문의 내용을 "이별을 삼기는 부처가 어디에 계시느냐"
로 대치하고 있어 흥미롭다. 패러디된 텍스트는 원텍스트의 초장과 중장
을 하나로 연결하여 도입부로 삼고, 중장에서 "도대체 인간의 이별, 독수
공방을 담당하는 부처가 누구냐"고 따지듯 질문의 내용을 첨가하고 있
는 것이다. 그러고 보니, 원텍스트나 패러디된 텍스트나 종장의 어귀는
어슷비슷하나 그것이 주는 느낌은 전혀 달라진다. 패러디된 텍스트는 원
텍스트가 가지고 있던 진지성이 어느덧 사라지고 문답하는 가운데 언어
적 유희를 즐기는 태도로 바뀌어 있다. 물 아래의 그림자와 다리 위의
중이 대칭 구도를 이루고 그 위를 흘러가는 구름으로 자신의 행선지를
대신했던 중의 행위는 고즈넉한 한 폭의 그림을 이루고 있으나, 패러디
된 텍스트는 좀더 농도 짙게 흥청거리는 모습이 나타난다. 또한 무념무
상을 나타내는 원텍스트에 비해 패러디된 텍스트는 주제 자체를 "이별"
로 한정하고 있어 주제의 전환을 보여준다.

(3) 텍스트를 생성하는 비판적 패러디

　텍스트와 텍스트 사이의 개작 내지는 변주는 패러디를 사용하는 창작
자의 중심의도라고 할 수 있다. 특히 원텍스트에 실현되어 있는 세계관

이나 이데올로기의 반대편에 서서 원텍스트를 비판하거나 재해석을 목적으로 하는 비판적 패러디야말로 현대적 의미에 있어서의 패러디에 가장 가깝다고 하겠다. 사설시조에 나타나는 비판적 패러디는 원텍스트에 대한 권위와 근거를 문제시하는 경우가 대부분이다. 특히 원텍스트가 평시조인 경우, 평시조의 관습화된 해석이나 유장한 의미 등에 반기를 듦으로써 상투화되고 자동화된 기대 지평을 무너뜨리게 되고, 그 결과 웃음을 유발하게 된다.

그런데 평시조를 비판적으로 패러디한 사설시조 중에는 원텍스트의 흔적을 쉽게 발견해내기가 어려운 경우가 많다. 비판적 패러디의 경우, 대체나 변화를 이루는 부분이 남아 있는 부분보다 크기 때문에 앞서의 다른 패러디 작품들과 달리 인동의 흔적이 감추어진다. 즉 모방적 패러디에서는 원텍스트에서 주제를 나타내는 장을 제외한 어느 하나의 장이나 구를 유사한 표현으로 대치하고, 변용적 패러디에서는 주제장만을 패러디 의도에 따라 부분적으로 변화시켜 대치하는 경우가 많기 때문에 형식과 내용면에서 원텍스트와 패러디 텍스트의 차이를 크게 느낄 수 없다. 반면 비판적 패러디에서는 원텍스트의 어느 한 부분만에 변화를 가하는 것이 아니라, 초·중·종장 전체를 다른 표현과 내용으로 대치하거나, 또한 원텍스트에서 중심소재나 이데올로기만을 비판적으로 차용하여 형식과 내용면에서 새롭게 재창작하는 방식을 취하기 때문에 패러디된 텍스트에서 원텍스트의 흔적을 발견하기 쉽지 않다.

> 내 버디 몃치나ᄒᆞ니 수석(水石)과 송죽(松竹)이라
> 동산(東山)에 둘 오르니 긔 더옥 반갑고야
> 두어라 이 다ᄉᆞᆺ밧긔 ᄯᅩ 더ᄒᆞ야 머엇ᄒᆞ리
>
> ──尹善道, 「山中新曲」, 『孤山遺稿』

> 불 아니 ᄯᅵ일지라도 졀로 익ᄂᆞᆫ 솟과
> 녀무죽 아니 먹어도 크고 살져 ᄒᆞ건ᄂᆞᆫ 물과 질슴잘ᄒᆞᄂᆞᆫ 여기첩(女妓妾)과 술

심눈 주전자(酒煎子)와 양보로 낫눈 검은 암쇼 주고
    평생(平生)의 이 다섯 가져 시면 부를 거시 이시랴

—『瓶歌』951

원텍스트인 윤선도의 시조는 담백한 어조로 사대부의 덕목인 수(水)·석(石)·송(松)·죽(竹)·월(月)을 찬양하고 있다. 이러한 다섯 가지의 전형적 상징은 항상성·의연성·강직성·중용성·고고성·침묵성 등을 각각 표상하고 있는 것이다.[23] 그러나 이러한 가치는 구체적 삶 속에서 현실적 이익을 찾기 위한 것이라기보다는 이념적으로 설정된 목표이며, 그것은 또한 당대 사회의 보편적 가치이기도 하다. 주지하는 바와 같이 조선조는 명분론이 지배했던 만큼 개인의 본성을 추구하기보다는 이념적으로 설정된 보편적 가치 추구를 중시하였다. 이와 같은 이념적 가치 질서를 고산의 시조는 그대로 담아내고 있는 것이다. 결과적으로 고산의 이 다섯 사물은 구체적인 자연물이 아니라 유교적 가치 질서 중 다섯 가지 덕목을 대신한 관념적 자연인 것이다.

그러나 패러디된 텍스트에서 시적 관심은 일상적인 삶의 현실이다. 이는 사대부적 덕목을 상징한 선행 텍스트의 다섯 가지 벗 대신에 일상적 삶 속에서 인간의 일차적 관심대상인 의식주에 관계된 솥, 말, 길쌈 잘하는 여자, 술, 암소로 대치함으로써 이루어내고 있다. 패러디된 사설시조는 시상 전개에 있어서 원텍스트와 유사성을 보이지만, 유사성 속에서 새로운 독자성을 확보하고 있다. 원텍스트가 초장에서 추구하는 대상 넷을 얻은 이후 중장에서 달을 하나 더 첨가하는 시적 순서를 보이는 반면, 패러디된 텍스트는 초장에서 하나, 중장에서 넷을 확보하는 역순을 취하고 있다. 이는 시적 화자가 대상을 획득하고자 하는 욕망의 상태가 닫혀 있느냐, 열려 있느냐 하는 것과 같다. 곧 원텍스트의 화자는 욕망을 무화시키고 있기에, 욕망으로 향하는 문이 닫혀 있기에 "쏘 더ᄒ야 머엇ᄒ

---

23) 김학성, 「조선후기 시가에 나타난 서민적 미의식」, 『국문학의 탐구』, 1987, 185면.

리”라고 말하고 있는 반면, 패러디 텍스트에서는 화자의 욕망이 열려 있는 상태인 까닭에 “다섯 가져시면 부를 거시 이시랴”고 말하고 있는 것이다.

> 천하명산(天下名山) 오악지중(五嶽之中)에 형산(衡山)이 묘토던지
> 육관도사(六觀道師)의 설법대승(說法大乘)헐제 제자승(弟子僧) 영통재(靈通才)로 용궁(龍宮)에 봉명(奉命)ᄒ니 석교상(石橋上)에 팔선녀(八仙女) 희롱(戲弄)ᄒ고 적하인간(謫下人間)ᄒ여 용문(龍門)에 놉피 올나 출장입상(出將入相) 타가 취미궁(翠微宮) 도라올제 요조절대(窈窕絶代)를 좌우(左右)에 버려시니 영양난양공주(英陽蘭陽公主)와 가춘운진채봉(價春雲秦彩鳳)과 계섬월적로홍(桂蟾月狄驚鴻) 심효연백능파(沈梟煙白凌波)로 슬ᄏ지 노니다가 산종일성(山鐘一聲)에 취(醉)ᄒ 쑴을 다 ᄭᅵ여고나
> 녜부터 인간부귀(人間富貴)와 세상영화(世上榮華) 져근덧인가 ᄒ노라
>
> ―『靑淵』102

위 작품은 소설 「구운몽」을 사설시조화한 것인데 모방적 패러디와는 달리 초·중장에서 기존 소설을 모방하여 진술한 뒤, 종장에서 패러디스트의 목소리로 그 원텍스트에 대해 논평 내지 주석을 가하고 있다. 앞서 「천군연의」를 모방한 패러디 시조가 특히 세인에게 관심이 있을 만한 극적인 장면을 패러디화한 것과는 달리, 이 경우는 「구운몽」 전체 이야기를 요약한 뒤, 그로부터 세인에게 교훈이 될만한 사실에 논평을 가하는 형태로 재현하고 있다. 이 작품뿐만 아니라 이런 양상의 패러디를 보이는 것은 대체로 초·중장에서 원텍스트를 패러디한 후 종장에서 그 사실에 대해 논평을 가하는 형식으로 전개된다. 또한 이런 논평적 재현의 특징은 앞의 두 양상과는 달리 교훈성이 강한 것이 특징이며, 패러디 작자는 세인을 일깨우려는 의도를 효과적으로 수행하기 위해서 원텍스트를 제시하고 있기 때문에, 종장의 목소리는 권위적인 톤을 띠게 된다. 따라서 이것은 처음부터 끝까지 원텍스트의 모방에 충실하여 자기 목소리를

이면에 감추는 모방적 패러디와 차이를 보이면서 원텍스트에 대한 해석
의 태도를 드러낸다.

> 적무인(寂無人) 엄중문(掩重門)ᄒ듸 만정화락(滿庭花落) 월명시(月明時)라
> 독의사창(獨倚紗窓)ᄒ야 장탄식(長歎息)ᄒᄂ 츠의
> 원촌(遠村)에 일계명(一鷄鳴)ᄒ니 애긋는듯ᄒ여라
>
> —李明漢, 『靑六』906

> 적무인(寂無人) 엄중문(掩重門)ᄒ듸, 오동낙엽(梧桐落葉) 월명시(月明時)라
> 서창(書窓)에 홀노안져, 고금사(古今事)를 싱각ᄒ니
> 아마도, 불왕태래(不往泰來) 뎌 理致는 녜로붓허
>
> —「攬古今」, 『大韓每日新報』, 1909.9.28.

앞의 작품은 이명한(李明漢, 1595~1645)의 작품이고, 뒤의 작품은 『대한
매일신보(大韓每日新報)』에 실린 현실비판적 시조 가운데 하나이다. 잘 알
려진 바와 같이 『대한매일신보』 소재의 시조들은 기존 시조 장르의 틀을
빌어 개화라는 진보 사상을 적극적으로 담았던 것으로 평가되고 있다.[24]
이명한의 원텍스트는 적무인·엄중문·화락·월명·독의사창·장탄식·
계명 등의 이미지를 통해 인적이 드문 달밤의 고즈넉한 풍경과 애조를
띤 정서를 드러내면서 독수공방의 고독함을 심화하고 있다. 반면 패러디
된 시조는 원텍스트가 가지고 있던 비애·숙명·인생무상·탄식과 같은
분위기와는 정반대로 현실에 대한 내적 긴장감과 시대에 대한 적극적인
의식을 드러내고 있다. 곧 패러디된 작품에서 초장의 '적무인 엄중문'이
란 단순히 고적함을 불러일으키는 배경이 아니라, 타인에 의한 속박과 질
곡의 현실을 상징하고 있으며, '오동낙엽'을 통해 역사의 조락을 형상화

---

24) 이에 관해서는 박을수, 「개화기시조서설」, 『신문학과 시대의식』, 새문사, 1981; 고현
철, 『한국 현대시와 장르 패러디』, 현대미학사, 1996; 장성남, 「대한매일신보 소재 패러
디 시조 연구」, 『한국언어문학』 제42집, 1999 참조

한 다음, '월명'으로써 '불왕태래'의 순환적 진리를 깨닫는 내용을 담고 있는 것이다. 종장의 '불왕태래(不往泰來)'란 부왕태래(否往泰來)의 오기로, 여기서의 '부'와 '태'는 모두 주역의 괘로서 불운과 행운을 나타낸다. 곧 비운이 다하면 행운이 찾아온다는 뜻이다. 따라서 패러디된 작품의 작자는 역사를 자연의 순환원리에 빗대어 현실을 비운으로 인식하고 머지 않아 행운이 이 땅에 찾아들 것임을 확신하고 있다.

3) 시가 패러디의 기능과 의의

시조에 나타난 패러디의 양상을 정리하면 다음과 같다. 먼저, 패러디 작가가 원텍스트 권위와 규범을 계승하려는 태도를 취하는 유형이 있다. 이때 패러디된 텍스트는 원텍스트를 확장 또는 부연하지만 주제나 미의식의 변모를 꾀하지는 않으며, 원텍스트가 가진 권위와 규범을 그대로 수용하는 모습을 취하게 되는데, 이것이 모방적 패러디다. 다음으로 선행 텍스트의 권위와 규범을 인정하지만 재해석하거나 다소의 변화를 꾀하는 경우를 변용적 패러디라 하였다. 이 변용적 패러디는 원텍스트에 대한 비판까지 이르지는 못하지만 한정된 범위 내에서 주제의 변모가 보인다. 원텍스트에 대한 작자의 재해석이 의도적으로 개입된다는 면에서 모방적 패러디와 차이가 있고, 원텍스트를 나름대로 재해석하고 있으나 비판이나 전복의 의도가 없다는 점에서는 비판적 패러디와 구별된다. 한편 원텍스트의 권위와 규범을 문제시하여 전면적으로 부인하려는 유형을 비판적 패러디라 이름하였다. 이것은 원텍스트에 대한 공격성과 풍자성이 강하다. 그리고 이 유형에는 원텍스트에서 소재만을 차용하여 비판적으로 새롭게 재창작하는 경우가 많으므로 원텍스트의 흔적을 발견하기 어려운 경우가 많다.

2)에서 원텍스트와 패러디된 텍스트와 관계를 살펴본 결과, 시조 패러

디의 대부분은 모방적 패러디, 곧 용사에 크게 기대어 있다는 사실을 다시 한번 확인할 수 있었다. 시조를 포함하여 한시 등 고전 시가에 있어서 작품의 창작이란 과거 작품의 익숙한 구조에 말만 바꾸어 넣거나, 현실과의 접촉에서 새로운 인식 내용을 습득했다 할지라도, 그것을 새로운 표현으로써 드러내기보다는 이미 내재된 과거의 언어와 비유를 통해 나타내고자 하는 욕구가 컸던 것이다. 따라서 이러한 차원에 있어서 패러디는 비의도적인 것일 수 있다. 전대의 고전적 텍스트에 대한 학습 내용이 뇌리의 한 편에 갈무리되어 있다가 특정 텍스트를 모방한다는 의도 없이 노출된 것이라는 의미이다.

이와 같이 용사라는 모방적 패러디에 크게 의존하는 것은 옛 시인들의 상고적 예술관에서 기인되는 바가 크다. 상고적 예술관이란 모든 가치있는 것은 이미 과거에 완성되었다는 관념, 곧 상고적 역사관에서 유래한다. 공자의 "述而不作"이란 말은, 성인께서 이미 모든 것을 말씀하셨으므로 자신은 정리자, 전달자로서의 역할을 맡을 뿐 새로운 것을 만들어 말하지 않는다는 의미로 이해된다. 이 상고적 역사관이 예술방면에 적용되면 모든 예술의 이상적인 경지는 과거에 이미 완성되었다는 예술관이 정립된다. 문학 역시 육경이라는 경전에서 이념과 예술 내용과 형식이 행복한 일치를 이루었던 것으로 인식되고, 그 이후는 발전이 아닌 쇠퇴의 역사로 이해되었다. 따라서 문학은 상고적 전범이 이룬 예술적 성취를 작가의 당대에 어떻게 복원하느냐가 중요한 과제로 부각되었던 것이다. 이러한 상고적 예술관은 시인이 자신의 고유한 경험을 형상화하면서도 과거의 권위 있는 원본을 모방함으로써 자기 작품의 예술적 성취를 보장받으려는 태도로 종종 나타난다. 결국 고전시가에서의 패러디 현상, 특히 모방적 패러디는 한시로부터 비롯된 거대한 문어시적 유산의 압력, 상고적 예술관 등의 복합적 산물이라고 할 수 있을 것이다. 이를 좀더 세분하여 살펴보면 다음과 같다.[25]

그 첫 번째는 원텍스트에 대한 주석적 관계로서의 기능이다. 잘 알려진 고사 성어들은 대부분 관용어구로서 굳어진 용사이다. 이런 어구들이 시조에서 사용되었을 때 패러디로서의 미학을 느끼기는 힘들며, 패러디로서의 시적 미감이란 좀더 특수한 사정일 때 발현된다. 즉 그런 어휘들이 유래된 배경적 사실을 독자가 분명히 인지하고 있을 때 그 의미를 파악하며 느낄 수 있는 것이다. 이렇게 본다면 패러디의 의미를 결정하는 것은 어구자체로서의 의미라기보다는 배경 기사에 대한 인지와 해석의 의미가 된다. 한시와 마찬가지로 시조 역시 단형의 고정된 형식 안에 의미하고자 하는 내용을 모두 담아야 하므로, 언어적 경제성을 고려하여 매우 짧은 어구 안에 많은 배경과 의미를 떠올릴 수 있는 이야기를 담아야 한다. 이처럼 이미 고정되어 있는 길다란 이야기를 단일한 어구로 집약한다고 했을 때, 그 어구가 전체 텍스트를 다 포괄할 정도로 많은 의미의 양을 가지는 것은 실제적으로 불가능하다. 그래서 모방적 패러디로 분류될 수 있는 용사는, 그 어구가 가리키는 의미 자체로 안내한다기보다 그 어구의 발생 연원이 되고 있는 세계로 안내하는 역할을 하게 된다.

이때 독자를 원텍스트로 안내하는 것은 패러디의 주석으로서의 기능이 된다. 고전시대의 독자들은 패러디로 사용된 용사를 발견하자마자 곧바로 인지구조 속에서 주석 작업이 진행되므로 마치 별다른 작업이 수반되지 않은 상태에서 시의 의미를 잘 알아보는 것처럼 보인다. 그러나 원텍스트를 환기하는 것이 즉각적으로 진행되는 것이어서 곧바로 그 의미를 알아보는 것처럼 보일 뿐이지 인지 과정에서 주석 작업이 없는 것은 아니다. 이렇게 고전시에 있어서 패러디, 특히 모방적 패러디는 원텍스트를 환기하고 원텍스트로 나아가게 하며 주석하도록 요구한다. 그리고 시적 패러디로서의 의미는 표현된 어구와 그 어구가 환기하는 배경 기사와의 긴장관계, 즉 주석의 과정에서 발생되는 것이다.

---

25) 이 부분의 해석은 김성룡, 「용사 이론의 시학적 의의」, 『국어국문학』 120호, 1997; 서명희, 「용사의 언어문화론적 연구」, 서울대 석사논문, 1999에 힘입은 바 크다.

두 번째는, 독서 체험을 환기하는 기능이다. 모방적 패러디라는 것이 그 어구를 넘어서 이미 마련되어 있는 원텍스트로 안내하게 하는 것이라고 할 때, 이 텍스트라는 것이 실상 너무도 다양하여 모든 텍스트가 다 패러디의 배경이 될 수 있는 가능성이 있다. 그러므로 패러디를 창작하거나 이해하기 위해서는 먼저 배경으로서 가능한 많은 선행 텍스트들을 암송하고 있어서 어떤 구절이 어느 텍스트로부터 출현하였는가를 알고 있어야만 한다. 독자는 자기가 알 수 없는 텍스트로부터 유래한 경우에는 그 의미를 알 수 없게 되는 것이다. 이러한 사실은 고전적 패러디의 수사학이 매우 텍스트 의존적이라는 점을 말하고 있다. 작자의 입장에서는 언어 경제성의 원리에 가장 부합되는 수사학이다. 그것은 애매함이나 모호함으로부터 의미와 잉여를 가져오는 것이 아니라, 이미 완결되어 있는 다른 선행 텍스트를 참조하게 함으로써 의미의 잉여를 갖고 오는 것이다.

독자의 입장에서도 어구의 의미는 단순히 글자 그대로의 의미로부터 나오는 것이 아니라 독자의 경험 속에 이미 자리잡고 있던 선행의 지식으로부터 나오게 되는 경험을 하게 된다. 그래서 독자는 어구로부터 얻을 수 있는 감각적인 아름다움을 즐기는 것이 아니라 그 감각적 의미가 유래하게 된 배경의 지식을 찾아냄으로써 알게 되는 지적 즐거움을 느끼게 된다. 독자의 입장에서 보면 패러디를 찾아내 의미를 알아내는 것은 단순한 감수성의 문제가 아니라 박식함, 학식, 그리고 당시 지식층이 누리고 있던 문화적 분위기에 있는 것이다.

현대수사학에서 상호텍스트성으로 지칭되는 현상[26]은 상호 교환 가능한 텍스트 범위가 과연 어떤 것인가 하는 문제를 제기하고 있다. 그런데 현대의 독자는 고전의 독자와는 다른 처지에 놓여 있다. 현대의 독자는 불특정한 대중이며 균질하지 않은 교양을 배경으로 가지고 있다. 그러므

---

26) 린다 허천, 김상구·윤여복 역, 『패로디 이론』, 문예출판사, 1992, 25면.

로 작자가 의도하는 패러디 수법은 만일 작자의 교양과 동일한 교양을 가지고 있는 독자라면 쉽게 그 의도가 전달될 것이라고 가정하게 된다. 작자가 박식해서 풍부한 패러디를 하려고 의도한다면, 독자도 그와 비슷한 수준의 학식 및 교양을 갖추어야 알아들을 수 있다.

고전시대에는 유파든 시대적 관심사든 그 상호텍스트성의 범위를 제한하고자 하여, 즉 모범적이고 전범으로서의 가치를 지니고 있는 독서물을 규정하여 그 범위 내에서 상호텍스트성을 유지하고자 하여, 학식의 공유를 통해 문학을 향유했다는 점을 중시해야 한다.[27] 곧 모방적 패러디란 당대 일정 수준의 독서의 체험을 확인하고 그를 통해 공유된 의미를 환기하는 역할을 했던 것이라고 볼 수 있다. 모방적 패러디는 어떤 면에서는 풍부한 독서체험을 요구하는 당대 지식인의 사고와 문화를 반영하는 것이며 보다 세련되고 수준 높은 문화를 누리고자 하는 욕구와 관련되는 것이다.

세 번째는, 원텍스트를 전범으로 확인하고 텍스트를 생성해낼 수 있는 힘을 들 수 있다. 잘 알려진 바와 같이 패러디는 이미 만들어진 기존의 작품을 대상으로 삼아서 새로운 작품을 구성한다. 그리고 그것이 유가에서 요구했던 술이부작(述而不作)의 윤리와 상통하는 것이었음은 이미 선행 연구들에서 밝혀진 바 있다.

텍스트 창작이라는 측면에서 보면 가치 있는 작품은 가치 있는 원텍스트로부터의 모방으로부터 유래하기 때문이라는 단정도 가능한 것으로 보인다. 이때 패러디의 기법이란 사실은 텍스트가 텍스트를 재생산할 수 있는 다양한 방법을 지칭하게 될 것이다.

원텍스트로부터 새로운 텍스트가 생성되는 경우, 어쩔 수 없이 새로운 텍스트는 원텍스트를 환기하기 마련이다. 새로운 텍스트를 생성하게 되는 방법이 철저하게 원텍스트에 얽매여 있을 때 이때의 원텍스트는 전

---

27) 김성룡, 「용사 이론의 시학적 의의」, 『국어국문학』 120호, 국어국문학회, 1997, 174면.

범으로서의 구실을 하게 된다. 모방적 패러디의 시학은 전범으로 분류된 텍스트가 자기를 재생산하여 자기의 가치를 확대하는 시학인 것이다. 이처럼 패러디의 시학은 전범에 깊이 종속되어 있는 텍스트의 문법이다. 따라서 생성력을 상실한 텍스트는 더 이상 전범이 아니게 된다. 그렇다면 패러디의 시학은 부활하고 재생산해야 할 가치가 있는 전범이 존재한다고 믿는 중세시대의 믿음과 깊이 연관되어 있는 시학이라고 할 만하다.[28]

그럼에도 불구하고, 원텍스트와의 거리화 또는 개성화를 보여주는 변용된 패러디, 또는 비판적 패러디 작품은 주제의 다양화, 구체성의 획득, 새로운 미의식의 창출 등의 변화를 보여준다는 점에서 큰 의미가 있다. 원텍스트를 전범으로만 여겼던 의식에서 벗어나 끊임없이 원텍스트의 의미를 해체하고 새로운 해석적 지평을 열어간다는 것은 시조에서 패러디라는 양식이 갖는 텍스트성, 즉 창조성의 한 단면이다.

패러디적 글쓰기가 가지는 의의는 매우 크다. 패러디는 반복이라는 점에서 모방이지만 '비평적 거리'를 두고 있다는 점에서 새로운 창작이다. 기존의 글쓰기를 통해서 새로운 글쓰기를 하는 것이기 때문에 표현 활동의 구체적인 방법이 될 수 있다. 기존의 텍스트를 전제로 그 텍스트가 새롭게 소통될 만한 의미 혹은 가치를 재생산하는 작업이기 때문에 글쓰기에 쉽게 접근할 수 있도록 한다. 즉 패러디적 창작을 위한 적극적인 읽기는 원텍스트의 정보를 재구성하기 위한 다시 보기·겪기를 거쳐 새롭게 쓰기로 이어진다. '새롭게 쓰기'의 전제 조건이 '비틀어 읽기'가 된다. 이것이 바로 순수한 창작과는 구별되는 패러디적 창작이다.

그런데, 모방적 작품이든 확대와 변모를 보이는 작품이든 개괄하다 보면, 이 작품들이 과연 원텍스트와 패러디된 텍스트의 관계인지, 아니면 작품의 전승과정에서 어쩔 수 없이 발생하게 되는 파생의 관계인지 변

---

28) 김성룡, 「용사 이론의 시학적 의의」, 『국어국문학』 120호, 국어국문학회, 1997, 176면.

별하기 힘든 경우가 많이 있다. 주지하는 바와 같이 시조 작품들 가운데
는 동일한 사설내용을 가지고 평시조나 엇시조 혹은 사설시조로 형식을
달리하여 서로 유사관계를 보이는 텍스트가 상당수 존재하기 때문이다.
그 유사성의 정도는 적게는 구절, 어귀에서 어법, 분위기, 주제에까지 매
우 광범위하게 적용된다. 유사한 형태와 내용을 보이는 두 텍스트를 놓
고 한쪽이 다른 한쪽을 모방 또는 변개한 텍스트의 관계라는 점은 쉽게
인지할 수 있다. 그러나 이들 유사관계는 패러디만으로 설명되지 않는
부분이 분명 존재한다.29)

　여기에는 몇 가지 문제가 있는데, 하나는 내용이 동일한 평시조와 사
설시조가 있을 때 꼭 사설시조가 평시조를 모방적으로 재현한 것으로
볼 수 있는가, 그 역의 방향도 가능하지 않은가 하는 것이다. 그러나 대
체로 시가장르의 형성과정상 단순하고 제약의 틀이 엄격한 형식을 모방
하여 복잡하고 자유로운 형식을 이루어내는 것이 보편적이라는 이유에
서, 사설시조가 평시조를 모방한 것으로 흔히 인정하고 있다. 다른 하나
는 과연 현대시에서의 패러디처럼 작자가 원텍스트에 대한 분명한 의식
을 가지고 작품을 모방했는가 하는 것도 문제이다. 가창을 통해서 전해
지다가 후대에야 문헌에 정착되었다는 유통과정을 생각한다면, 전승의
과정에서의 첨삭, 변개를 고려하지 않을 수 없기 때문이다.

　또한 음악적 담론으로 볼 때 평시조는 주로 초삭대엽부터 삼삭대엽까
지 원가곡으로 부르므로 사설과 악곡의 길이가 일정한 기본형으로 되어
있다. 그에 비해 사설시조는 농·낙·편의 변주가곡으로 부르므로 사설
의 길이와 악곡적 특성을 평시조와는 달리하게 된다. 따라서 이때 평시
조와 사설시조의 관계는 같은 계통의 친화관계를 가지면서 "파생"적일
따름이지, 서로 비판적 거리화나 개성화에 의한 창조까지는 나아가지 못
함이 당연하다. 이렇게 시조가 원가곡―변주가곡, 남창―여창, 시조창―

───────────

29) 이에 관해서는 최근 김학성, 「시조의 텍스트 파생 양상과 그 의미」, 『고전문학연구』
　　23집, 2003에서 상세하게 다룬 바 있다.

가곡창, 우조-계면조의 관계에서 텍스트가 파생된다고 볼 때, 이들의
관계를 과연 패러디로 설명할 수 있는가 하는 점 역시 해결해야 할 문제
로 남겨두어야 할 것 같다.

2. 비판적 거리 조성을 통한 현대시의 패러디

　비교적 잘 알려진 기존의 텍스트를 활용한다는 점에서 패러디는 독자
들이 비교적 쉽게 접근할 수 있는 표현법이다. 또한 기존의 텍스트를 활
용한다는 점에서 패러디 텍스트는 새로운 문학적 가치 및 효과를 담보
하고 있어야만 한다. 우리 고전시에서 용사가 고전에 능통함을 드러내는
지표로써 소수 엘리트 미학에 기여했다면, 현대시에서 패러디는 정전화
(canon)된 고전을 유희적으로 활용하는 대중미학에 기여한다. 현대시에서
패러디는 정전화된 기존의 텍스트를 모방하거나 비판적으로 끌어다 씀
으로써, 혹은 그 권위를 아예 부정해버림으로써 개별화의 미학을 성취해
내고 있다. 이 장에서는 패러디가 현대시 창작 및 수용의 주요한 시적
장치이자 원리가 되고 있음을 살펴보고자 한다.
　패러디는 모더니즘이나 포스트모더니즘으로 설명되는 현대의 문화현
상과 시대정신을 극명하게 담고 있다는 점에서 현대시에서 간과할 수 없
는 창작 표현법이 되고 있다. 특히 현대시를 이끌어온 김소월·서정주·
김지하·이상·김춘수·오규원·김기림·김수영·황지우와 같은 시인들
이, 많은 작품들에서 패러디를 주된 창작 방법으로 활용하고 있어 주목된
다. 현대시에서 패러디는 흔히 전통계승적이면서 도전적인 수용과 부정
의 정신이 내재되어 있다는 점, 독자들의 주의를 환기시키기 위한 전경화
(foregrounding) 전략에 성공하고 있다는 점, 창조(독창성)에 대한 신화로부터

자유롭게 해준다는 점에서 그 긍정적 정신과 효과를 살펴볼 수 있을 것이다. 또한 하나의 텍스트가 생산될 때 그 텍스트는 선행 텍스트들을 어떻게 수용하고 있는가라는 '소통'으로서의 문학사에 유효한 척도를 제공한다. 즉 우리 현대시사에 드러나는 현대시와 전통, 현대시와 비문학장르, 우리 시와 외국문학, 선배시인과 후배시인 간의 상호관계를 설명해줄 수 있다. 현대시에 나타나는 패러디의 유형은 '원텍스트에 대한 패러디스트의 태도'를 중심 척도로 모방적·비판적·혼성모방적 패러디로 나누어 살펴볼 수 있겠다.

1) 원텍스트의 권위와 규범을 계승하는 모방적 패러디

이 유형은 원텍스트와 비슷한 모습이 되고자 하는 패러디 동기를 지닌다. 패러디스트가 원텍스트에 호감을 가지고 있기 때문에 원텍스트에 대한 공격성이나 희극성은 거세되어 있다. 대부분이 원텍스트와의 이데올로기적 승인, 내적 발화의 친연성을 근간으로 하기 때문에 원텍스트의 계승 혹은 의미 확장에 주력한다. 고전시에서 즐겨 사용되었던 패러디, 즉 용사와 그 유사형식이 가장 많이 계승된 유형이다. 현대시의 경우, 우리 고전을 원텍스트로 차용하는 시들 대부분이 이 유형에 속한다. 또한 서구문학의 유입과정 속에서 서구문학적 전통의 영향을 받아 쓴 시들, 문학 이외의 장르에서 시적 영감을 받고 그 영감을 시로 형상화하고 있는 시들, 선배 시인의 유명한 시 작품의 정신과 태도를 이어받아 변용하는 시들도 이 유형에 속한다.

① 평양(平壤)에대동강(大洞江)은
　　우리나라에
　　곱기로 엇듬가는 가람이지요

삼천리(三千里)가다가다 한가운데는
웃둑한삼각산(三角山)이
숫기도했소

그래 올소 내누님, 오오 누이님
우리나라섬기든 한옛적에는
춘향(春香)과 이도령(李道令)도 사랏다지요

이편(便)에는함양(咸陽), 저편(便)에는담양(潭陽),
숨에는 각금각금 산(山)을넘어
오작교(烏鵲橋)차자차자 가기도햇소

그래 올소 누이님 오오 내누님
해돗고 달도다 남원(南原)쌍에는
성춘향(成春香)아가씨가 사랏다지요
— 김소월, 「춘향(春香)과 이도령(李道令)」 전문[30]

② 「아이그마니나 꽃도 좋아라
   그것 나 조끔만 가져 봤으면」

꽃에게론 듯 사람에게론 듯
또 공중에게론 듯

말 위에 갸우뚱 여인네의 하는 말을
남편은 숙맥인 양 듣기만 하고,
동행자(同行者)들은 또 그냥 귓전으로 흘려 보내고,
오히려 남의 집 할아비가 지나다가 귀동령(動鈴)하고
도맡아서 건네는 수작이었다.

---

30) 김소월, 『원본 김소월전집』, 집문당, 1995.

> 「붉은 바위ㅅ가에
> 잡은 손의 암소 놓고,
> 나르아니 부ㄲ리시면
> 꽃을 꺽어 드리리다」
>
> —서정주, 「노인헌화가(老人獻花歌)」 부분31)

①의 시는 우리가 잘 알고 있는 고전소설 『춘향전』을 원텍스트로 하고 있다. 화자는 청자인 '누님'에게 춘향과 이도령의 이야기를 들려주는 형식을 취하는데, '남원 광한루'의 춘향과 이도령 이야기를 '평양 대동강'의 춘향과 이도령 이야기로 개작하고 있다. 그리고 춘향전의 전체적인 서사보다는 '이별한 연인'이라는 모티브만을 차용하고 있다. 또 다른 간접 원텍스트를 상정해볼 수도 있는데 바로 일본소설 『금색야차』를 번안한 조일제의 『이수일과 심순애』이다. 대동강변에서 만나고 헤어지는 사랑과 이별의 약호가 강하게 드러나기 때문이다. 그뿐 아니라 4연의 '오작교'를 염두에 두고 볼 때 「견우와 직녀」 설화도 깔려 있다. 이 시에서 두 연인은 물리적 공간의 단절 속에 있으며 이는 구체적인 지명, 함양과 담양을 통해 나타난다. 마치 견우와 직녀가 해와 달이라는 서로 만날 수 없는 공간에 갇혀 까막 까치가 놓아주는 다리를 통해 만날 수 있듯이, 화자는 '오작교'를 통해 이러한 물리적 단절을 극복하려고 한다.

②의 시는 『삼국유사』 소재 삽입가요 「헌화가」를 직접 인용하고 있다. 서정주의 사설과 네스레를 대변하는 화자의 진술 속에는 이 삽입가요의 창작 배경을 서술한 기술물이 깔려 있다.32) 원텍스트 향가가 '꽃'에 대한

---

31) 서정주, 『미당 서정주 시전집』, 민음사, 1983.

32) 성덕왕 때에 순정공이 강릉태수로 부임하는 도중에 바닷가에서 점심을 먹었다. 곁에는 돌봉우리가 병풍과 같이 바다를 두르고 있어 그 높이가 천 길이나 되는데, 그 위에는 철쭉꽃이 만발하여 있다. 공의 부인 수로가 이것을 보더니 좌우 사람들에게 말한다. "꽃을 꺾어다가 내게 줄 사람은 없는가." 그러나, 종자들은 "거기는 사람이 갈 수 없는 곳입니다" 하고 아무도 나서지 못한다. 이때 암소를 끌고 지나가던 늙은이 하나

수로부인의 미의식과 '수로부인'에 대한 노옹의 미의식을 신비하게 형상화하는 반면, 「노인헌화가」는 '수로부인'에 대한 노인의 직접적인 사랑에 초점을 맞추어 그들의 교감을 일상적으로 형상화한다. 그 사랑을 해석해내는 관점은 세 번이나 반복되고 있는 '수작'(시 전문에서 전반부 2·4연, 후반부 4연)이라는 중심 시어에서 찾아볼 수 있다. 원텍스트의 '노옹(老翁)'은 '신라의 늙은이' '머리 흰 늙은이' '남의 집 할아비'로, '수로부인(水路夫人)' 역시 '젊은 여인네' '남의 안사람'으로 일상화되고 있다. '자기의 흰 수염도 나이도' '남의 아내인 것도 무엇도' '벼랑의 높이'도 '다아 잊어버린' 노인은 주책스런 늙은이처럼 묘사되고 있는 것이다. 또한 '꽃을 꺾어다가 내게 줄 사람은 없는가[折花獻者其誰]'라고 근엄하게 말하는 원텍스트의 수로부인은, '아이그마니나 꽃도 좋아라 / 그것 나 조끔만 가져봤으면'에서처럼 가볍고 호들갑스러운 여성으로 변용시키고 있다. 신화적 차원에서 언급되고 있는 헌화가의 사랑을 일상화시킴으로써 인간적인 유머와 사랑의 지순함을 강조하고 있다.

> 궤도 위에 철(鐵)의 풍경을 질주하면서
> 그는 야생한 신시대의 행복을 전개한다.
> ─ 스티븐 스펜더

폭풍이 머문 정거장 거기가 출발점
정력(精力)과 새로운 의욕 아래
열차는 움직인다
격동의 시간
꽃의 질서를 버리고
공규(空閨)한 나의 운명처럼

가 있었는데, 부인의 말을 듣고는 그 꽃을 꺾어 가사까지 지어서 바쳤다. 그러나, 이 늙은이가 어떠한 사람인지 알 수 없었다. (…중략…) 노인의 헌화가는 이러했다. "자줏빛 바위 가에 잡은 암소 놓게 하시고, / 나를 부끄러워하지 않으신다면, / 저 꽃 꺾어 바치오리다."(『삼국유사』 권2 「수로부인」조)

열차는 떠난다
검은 기억은 전원(田園)에 흘러가고
속력은 서슴없이 죽음의 경사를 지난다

— 박인환, 「열차(列車)」 부분[33]

위의 시는 현대문명의 상징인 기차를 의인화시켜 기차의 운동과 속도가 안내하는 새로운 세계에 대한 비전을 암시하고 있다. 제사(題詞) 형식으로 원텍스트를 전경화시키고 있는 데서도 알 수 있지만, 박인환의 「열차」는 스펜더(Stephen Spender)의 「급행열차(The Express)」에서 "Steaming through metal landscape on her lines / She plunges new eras of wild happiness"(17·18행)을 직접 인용하고 있다. 이 두 행은 패러디 텍스트의 뼈대를 이룬다. 오른쪽 상단에 스펜더의 이름과 그의 작품을 공식적으로 재인용하고 있는 이러한 제사 형태는, 오늘날에는 모방인용의 일반화된 방식이 되고 있지만 당시로서는 모더니스트로서의 풍모가 돋보이는 시적 장치였다. 뿐만 아니라 원텍스트의 권위와 규범을 계승하기 위한 방법적 인용이라는 패러디의 동기를 좀더 분명하게 밝히려는 의도적 장치이기도 하다. 이 제사는 자신의 작품 「열차」가 스펜더의 「급행열차(Express)」와 혈연적으로 문맥을 같이하거나 공분모가 있음을 암시하고 있다. 특히 원텍스트 대한 주제적 차용과 문체 및 형식의 계승을 보다 적극적으로 환기시켜, 기계문명과 사회주의적 비전의 대명사로 통용되던 원텍스트에 대한 독자의 기대감을 유발하고 동시에 그 권위를 새롭게 모방하고자 하였다. '정력과 새로운 의욕 아래' 달려가는 박인환의 「열차」는 8·15 이후 나라를 되찾은 감격과 환희, 새나라 건설의 민족적 당면과제에 대한 자각, 희망찬 미래에 대한 믿음 등을 스펜더의 시를 인용함으로써 더욱 구체화시키고 있는 셈이다.

시인이 회화나 사진 등 문자 이외의 다른 텍스트를 차용해 원텍스트의

---

33) 박인환, 『박인환전집』, 문학세계사, 1986.

의미를 재창작하는 경우도 있다. 김춘수의 「샤갈의 마을에 내리는 눈」이
그 대표적인 작품이다.

> 샤갈의 마을에는 삼월(三月)에 눈이 온다.
> 봄을 바라고 섰는 사나이의 관자놀이에
> 새로 돋는 정맥(靜脈)이
> 바르르 떤다.
> 바르르 떠는 사나이의 관자놀이에
> 새로 돋는 정맥(靜脈)을 어루만지며
> 눈은 수천수만(數千數萬)의 날개를 달고
> 하늘에서 내려와 샤갈의 마을의
> 지붕과 굴뚝을 덮는다.
> 삼월(三月)에 눈이 오면
> 샤갈의 마을의 쥐똥만한 겨울 열매들은
> 다시 올리브빛으로 물이 들고
> 밤에 아낙들은
> 그해의 제일 아름다운 불을
> 아궁이에 지핀다.
>
> —김춘수, 「샤갈의 마을에 내리는 눈」 전문[34]

인용시는 기존의 미술 작품을 대상으로 창작하고 있다. 의식적으로 제
목에서 샤갈과 마을에 내리는 눈을 강조함으로써 원텍스트인 샤갈의 〈나
와 마을(Moi et le village)〉(1911)을 전경화시키고 있다는 점에서 패러디 텍스
트로서의 근거는 마련된다. 독자로 하여금 원텍스트를 환기하면서 읽어
달라는 시인의 적극적인 요구를 담고 있기 때문이다. 게다가 김춘수는 다
른 글에서 「샤갈의 마을에 내리는 눈」의 원텍스트가 샤갈의 〈나와 마을〉
이라는 점과, 그 중에서도 '당나귀의 눈망울'과 그 속에 들어앉은 '마을'
그리고 환상적인 색채 등이 시 창작의 동인으로 되었다는 사실을 분명하

---

34) 김춘수, 『김춘수 시전집』, 서문당, 1986.

게 밝힌 바 있다.[35]

　샤갈 스스로가 "나의 고향 마을은 암소의 얼굴로 상기된다. 인간에게 순응하는 듯한 암소의 눈과 나의 눈이 합해지고 있다"[36]라고 밝힌 바 있듯, 〈나와 마을〉에서 샤갈은 흰암소와 올리브빛 사내를 양편에 위치시켜 유년시절의 체험을 자유스럽고 몽상적으로 그리고 있다. 김춘수가 샤갈의 그림에서 보았던 것도 바로 자신의 유년체험과 환상이다. 먼저 샤갈의 그림이 갖는 환상적이고 서정적인 분위기는 '삼월'과 '눈'을 결합시킴으로써 재구축된다. 시인이 새롭게 부여한 이미지 '삼월에 내리는 눈'은 상서로우면서 불안한, 풍요로우면서 긴장된, 봄과 겨울이 혼재한 환상의 세계를 환기하는 단초를 마련해준다. 봄이 다가오고 있는데 눈이 내리는 아이러니컬한 정경이 한 사나이의 마음에 일으키는 동요는, 패러디 텍스트의 시적 원동력으로 작용하고 있으며, 새로운 의욕을 암시하는 3행과 6행의 푸른 '정맥'에 의해 구체화되고 있다. 샤갈이 원텍스트의 올리브빛 사나이에 스스로를 오버랩시키고 있듯이, 김춘수는 '사나이'라는 시어에 시적 자아를 투사시킨다. 그러나 원텍스트의 사나이가 '암소'를 통해 슬라브적 유년의 공간을 환기하고 있다면 패러디 텍스트 속의 사나이는 '삼월에 내리는 눈'을 통해 한국적인 유년을 환기한다는 차이가 있다.

　이외에도 동시대 독자를 강하게 사로잡았던 유명한 텍스트 중 일부가 후대의 작품 속에 자연스럽게 차용되기도 한다.

---

35) "나는 반쯤 졸음에 취한 기분으로 언젠가 본 샤갈의 〈마을〉이라는 화제(畫題)의 그림을 생각하고 있었다. 그러다 내 머릿속을 한 순간 〈샤갈의 마을〉이라고 하는 하나의 이미지가 스쳐갔다. 시가 한 편 씌어질 것 같은 기분이었다. 이리하여 한 2, 3일을 만지작거리다가 이 시가 완성된 것이다. 샤갈의 그림인 〈마을〉에서 특히 인상깊었던 것은, 커다란 당나귀의 눈망울이었고 그 당나귀의 눈망울 속에 들어앉아 있는 마을이었다. 그리고 그 환상적인 색채가 또한 인상적이었다." 김춘수, 「샤갈의 마을에 내리는 눈」, 『시와 시인의 말』(서정주 외), 창우사, 1986, 96면.

36) 변종하, 「인간의 고향은 어디에?—샤갈의 사상과 작품」, 『서양미술전집 샤갈』, 한국일보사, 1972, 89면 재인용.

① 기다리는 하늘 가운데서, 바람에
뿌리까지 흔들려도 풀잎은,
(…중략…)
어떤 바람에도 물러서지 않고
어떤 바람에도 구겨지지 않고
풀밭에서 우리 가슴에서
칼날이 되어 화살이 되어 풀잎에 맺힌 이슬이 되어
—정규화, 「풀잎 1」 부분37)

② 청교도였던 김수영 시인의 풀과
바람의 계율 속엔 아직 희망이 남아 있다
(…중략…)
풀은 신기하게도
더러 바람에 움직이지 않는 놈조차 있다
그것이 순풍이든 역풍이든 간에
그것이 복수형의 신앙에 대한
온몸의 풍자든 반동이든 간에
바람보다 늦게 누워도 먼저 일어나고
바람보다 늦게 울어도 먼저 웃는 걸 거부하며
—임동확, 「외로운 단수형의 풀잎 하나」 부분38)

①, ②는 1980~90년대 민중시를 대표하는 작품들이다. 이 인용시들과
유사한 서술 구조는 우리가 익히 알고 있는 김수영의 시 「풀」에서 찾아
볼 수 있다. 김수영의 「풀」은 최근까지도 많은 시인들에 의해 창조적으
로 변용되고 있어 현대시 패러디의 원천이 되고 있다. ①, ②에서 주목해
보아야 할 부분은 바람 / 풀의 명사적 혹은 상징적 대립보다는, 촉수를
이리저리 뻗고 있는 눕다 / 일어서다, 울다 / 웃다와 같은 서술어의 움직임

---

37) 정규화, 『농민의 아들』, 실천문학사, 1984.
38) 임동확, 『살아 있는 날들의 '비망록』, 민음사, 1990.

과 구조일 것이다. ①이 원텍스트를 내재화하고 있는 데 반해, ②는 '청교도였던 김수영 시인의 풀과 / 바람의 계율 속엔 아직 희망이 남아 있다'라는 구절과 '바람보다 늦게 누워도 먼저 일어나고 / 바람보다 늦게 울어도 먼저 웃는 걸 거부하며'라는 구절을 그대로 반복함으로써 원텍스트를 외재화하고 있다. ①의 시가 물러서지 않고 구겨지지 않는 칼날·화살·이슬과 같은 민중의 역동성과 공격성을 강화하는 데 반해, ②의 시는 그 역동성과 공격성이 약화된 '외로운 단수형'으로서의 민중성을 보여주고 있다. 특히 ②의 경우는, 김수영이 4·19혁명의 좌절에도 불구하고 다시 일어서는 풀을 노래한 것에 초점을 맞춰, 5·18광주항쟁의 좌절에 대해 '끝내 운이 피지 않'았지만 민중의 역사와 현실에는 '아직 희망이 남아 있다'고 인식한다. ①, ② 모두 원텍스트가 노래하는 민중적 비전을 계승하고 있다.

　결국 김수영의 「풀」을 중심 축으로 해석의 그물망을 형성하고 있는 패러디 텍스트들은, 그 상호텍스트성으로 말미암아 서로의 의미를 보충할 뿐만 아니라 또다시 변용의 틈새를 가진 패러디 대상으로 남는다. 위대한 패러디스트는 텍스트들의 표면적인 차이성에 의존하는 것이 아니라 그 텍스트들이 속해있는 맥락적 심층의 구조 속에서 차이성을 발견해내는 자이다. 따라서 맥락에 의한 심층 구조의 차이가 상반된 모순을 띠고 있음을 깨닫는 순간 패러디스트의 창작욕구는 발동하기 시작한다. 이런 의미에서 패러디스트는 자신의 현재를 항상 사회적·역사적 맥락 속에 위치지우는 자이며 사회와 역사에 대해 풍부한 지식을 소유한 자들이라 할 수 있다.

2) 원텍스트의 권위와 규범을 문제시하는 비판적 패러디

이 유형은 좁은 의미에서의 패러디, 즉 원텍스트에 대한 비판적 모방이라는, 현대시의 가장 전형적인 패러디에 해당한다. 여기서 원텍스트의 권위와 규범을 '문제시한다'는 것은 원텍스트의 근거를 인정하기는 하지만 그 의미를 새롭게 해석하거나 비판적으로 개작하는 것을 말한다. 원텍스트에 대한 비판적 거리를 필수로 하며, 원텍스트에 대한 공격성과 풍자성이 가장 강하다. 따라서 시인의 자의식이 강하게 노출되고 패러디 텍스트는 원텍스트에 대해 저항한다. 패러디스트의 독자적인 가치관과 세계관이 더욱 중요하다.

①   마태복음(福音) 오장(五章) 3~12

　　　슬퍼하는 자는 복이 있나니
　　　슬퍼하는 자는 복이 있나니
　　　슬퍼하는 자는 복이 있나니
　　　슬퍼하는 자는 복이 있나니
　　　슬퍼하는 자는 복이 있나니
　　　슬퍼하는 자는 복이 있나니
　　　슬퍼하는 자는 복이 있나니
　　　슬퍼하는 자는 복이 있나니

　　　저희가 영원(永遠)히 슬플 것이요

　　　　　　　　　　　　　　　　— 윤동주, 「팔복(八福)」 전문[39]

② 지금, 하늘에 계신다 해도
　　도와 주시지 않는 우리 아버지의 이름을
　　아버지의 나라를 우리 섣불리 믿을 수 없사오며
　　(…중략…)
　　제발 이 모든 우리의 얼어 죽을 사랑을 함부로 평론ㅎ지 마시고
　　다만 우리를 언제까지고 그냥 이대로 내버려 둬, 두시겠읍니까?

---

39) 윤동주, 『윤동주시전집 : 하늘과 바람과 별과 시』, 정음사, 1984.

대개 나라와 권세와 영광은 이제 아버지의 것이

아니옵니다(를 일흔 번쯤 반복해서 읊어 보시오)

밤낮없이 주무시고만 계시는

아버지시여

　　　　　　　　　　—박남철, 「주기도문, 빌어먹을」 부분40)

①의 원텍스트는 「마태복음」 5장, 3절에서 12절까지의 산상수훈이다. 예수는 마음이 가난하고 슬프고 핍박받는 자는 영원한 복을 누릴 것이다라는 8가지 영적·윤리적·도덕적 교훈을 설파한 바 있다. '—한 자는 복이 있나니 저희가 —이오'를 기본 통사로 나열되는 원텍스트의 8가지 복(심령의 가난, 애통, 온유, 의에 대한 갈망, 긍휼, 마음의 청결, 화평, 의를 위한 핍박)은 패러디 텍스트에서 모두 '슬픔'으로 뒤바뀌고 있다. 원텍스트의 팔복을 8가지(번)의 슬픔, 아니 영원한 슬픔으로 재해석하고 있는 이 시는, 서구문학의 근간이 되고 있는 『성경』을 패러디하고 있다. 원텍스트에서 '슬퍼(애통)하는 자는 복이 있나니'라는 구절만을 여덟 번에 걸쳐 반복함으로써, 그리고 '저희가 위로를 받을 것임이요'를 '저희가 영원히 슬플 것이요'로 반대 진술함으로써, 원텍스트의 의미를 완전히 뒤바꿔 놓고 있다. 특히 '슬퍼하는 자는 복이 있나니'의 반복은 독자로 하여금 강복(降福)의 가능성에 대한 기대를 고조시킬 뿐만 아니라 언어의 반복성에 의한 주술적 믿음을 환기시키는 기능을 담당한다. 이와 같은 기계적인 반복은 패러디적 위반 혹은 전도를 예고하는 동시에, 위반 혹은 전도의 정도를 더욱 증폭시켜 준다. 원텍스트에 대한 독자의 기대가 고조되면 될수록 그 반전의 효과도 더욱 강화되어 비판적 패러디의 효과는 높아지기 때문이다. 유독 '슬픔'에 초점을 맞춘 까닭도 원텍스트의 복(福)과 위로가 현실적으로는 실현되지 않아 영원히 슬플 수밖에 없다는, 내세적 구원이나 낙천적 복음주의란 현실 속의 인간을 구제하지

---

40) 박남철, 『지상(地上)의 인간(人間)』, 문학과지성사, 1984.

못하는 허망한 약속일 뿐이다라는, 원텍스트에 대한 회의를 보여주려는 동기로 파악된다.[41]

②의 원텍스트 역시 「마태복음」에 실린 주기도문이다. 통사·어조·문맥의 차원에서 원텍스트에 대한 강도 높은 부정의식을 보여주고 있다. 괄호를 두 번 사용해 한 일흔 번쯤 반복해서 읊어 달라는 '믿습니다'와 '아니옵니다'라는 구절은 원텍스트에 대한 강한 부정의 의미를 드러낸다. 즉 하늘과 땅, 하나님과 인간이 철저히 분리되어 있고 이 시대에 하나님은 죽었다라는 철저한 무신론적 입장을 반복에 의해 전파하려는 의도를 담고 있다. 이러한 '(일흔 번쯤 반복해서 읊어 보)'라는 괄호 사용의 이면에는 종교적(설교) 담론에 대한 부정을 내포하고 있다. 즉 종교적 신념의 대부분이 막무가내의 '반복적 읊음'에 기대고 있음을 폭로하고 있다. 윤동주의 시 「팔복(八福)」에서 보여주고 있는 반복성을 환기시킨다. 또한, '그냥 이대로 내버려 둬, 두시겠습니까?'라는 설의적 반문과 '얼어죽을' '빌어먹을'과 같은 상소리가 환기하는 부정의 의미도 강하다. 이렇듯 패러디의 희극성은 원텍스트의 권위에 대한 독자의 기대를 위반하는 데서 발생한다.

> 영화(映畵)가 시작하기 전에 우리는
> 일제히 일어나 애국가를 경청한다
> 삼천리 화려 강산의
> 을숙도에서 일정한 군(群)을 이루며
> 갈대 숲을 이룩하는 흰 새떼들이
> 자기들끼리 끼룩거리면서

---

41) 그러나, 윤동주가 독실한 기독교 신앙을 가진 가정에서 자랐고 그의 많은 시가 신앙적 체험과 고백을 근간으로 하고 있음을 감안한다면 이 시는 내세(미래)의 구원에 대한 믿음을 가지고 현실의 고통과 슬픔을 감내하며 살겠다는 기독교인으로서의 삶의 자세를 보여준다고 볼 수 있다. 이렇게 본다면 이 시는 원텍스트를 모방적으로 계승한 패러디 유형에 속하게 될 것이며 원텍스트의 권위를 빌어 윤동주의 종교적 신념을 표명한 작품으로 읽혀져야 할 것이다.

자기들끼리 낄낄대면서
일렬 이열 삼렬 횡대로 자기들의 세상을
이 세상에서 떼어 메고
이 세상 밖 어디론가 날아간다
우리도 우리들끼리
낄낄대면서
깔쭉대면서
우리의 대열을 이루며
한세상 떼어 메고
이 세상 밖 어디론가 날아갔으면
하는데 대한 사람 대한으로
길이 보전하세로
각각 자기 자리에 앉는다
주저앉는다

— 황지우, 「새들도 세상을 뜨는구나」 전문42)

　1980년대만 해도 영화관에서는 영화가 시작되기 전 애국가가 나왔고
관객 일동은 애국가가 끝날 때까지 기립하여 국가에 대한 충성과 경의
를 표해야 했다. 이 시는 그러한 한 시대의 문화적 관습을 배경으로 하
고 있다. 영화관에서 상영되는 애국가와, '을숙도'나 '흰 새떼'들로 펼쳐
지는 그 영상화면이 원텍스트이다. 영상 속의 새떼들이 장엄하게 혹은
화려하게 날아오르는 것을 보는 화자는 새떼들과 동일시되어 '이 세상
밖 어디론가 날아'가고자 한다. 그러나 시는 마지막 네 행에서 반전된다.
"대한 사람 대한으로 / 길이 보전하세"로 끝나는 애국가와 더불어 화자는
물론 '우리'도 각각 자기 자리에 주저앉기 때문이다. 시인은 영상 및 애
국가 가사 속의 '화려강산'과 대비되는, 지금 우리의 현실을 얘기하고 싶
었고 비굴하게 이 땅에 주저앉아 있을 수밖에 없는 우리의 존재를 부각

---

42) 황지우, 『새들도 세상을 뜨는구나』, 문학과지성사, 1983.

시키고 싶었던 것이다. 이렇듯 이 시는 원텍스트가 놓여진 상황(3~10행)과 그것이 받아들여지는 현실 상황(11~끝행)과의 대조를 통해 아이러니와 풍자의 효과를 유도하고 있다. 그 대조는, 삼천리 화려강산의 을숙도 / 영화관 안, 흰 새떼들 / 우리들, 끼룩대다 / 깔쭉대다, 날아가다 / 주저앉다 등의 구체적인 시어들을 통해서도 이루어진다. 신성한 애국가와 오락적인 영화관의 간극, 게다가 화려하고 서정적인 영상과 데모·파업으로 얼룩진 현실 간의 간극이 바로 이 시의 패러디 동기이다. 또한 현실에 대한 환멸의 태도를 드러내며 '세상 밖으로' 날아가고 싶어하지만 '주저'앉고 마는 시적 자아의 자기인식에서 이 시는 웃음의 계기를 마련한다. 여기에는 떠나고자 하는 욕망에도 불구하고 떠나지 못하는 자신에 대한 냉소가 담겨 있고, 주저앉을 수밖에 없고 떠남이 허용되지 않은 현실의 숨막힘이 내재되어 있다. 그러한 냉소와 숨막힘은, 새들의 자유로움을 대변하는 '끼룩대다'라는 의성어와 인간의 부자유로움을 빈정대는 '깔쭉댄다'라는 의태어에 의해 극대화된다.

동시대 선배 시인들을 원텍스트로 삼아 원텍스트에 대해 비판적 거리를 유지하고 있는 경우도 있다.

①내가 그의 이름을 불러 주기 전에는
　그는 다만
　왜곡될 순간을 기다리는 기다림
　그것에 지나지 않았다.

— 오규원, 「「꽃」의 패로디」 부분[43]

②내가 꽃에게 다가가 '꽃'이라고 불러도 꽃이 되지 않았다. 플라스틱 造花였다.

— 황지우, 「다음 진술들 가운데 버틀란트 러셀경(卿)의
'확정적 기술'을 포함하고 있는 것은」 부분[44]

---

43) 오규원, 『이땅에 씌어지는 서정시(抒情詩)』, 문학과지성사, 1981.
44) 황지우, 『새들도 세상을 뜨는구나』, 문학과지성사, 1983.

③ 내가 그의 단추를 눌러 준 것처럼
　 누가 와서 나의
　 굳어버린 핏줄기와 황량한 가슴 속 버튼을 눌러다오
　 그에게로 가서 나도
　 그의 전파가 되고 싶다.
　　　　　　　　　　—장정일, 「라디오와 같이 사랑을 끄고 켤 수 있다면 :
　　　　　　　　　　　　　　　김춘수의 「꽃」을 변주하여」 부분45)

④ 나와 섹스하기 전에는
　 그녀는 다만
　 하나의 꽃에 지나지 않았다

　 나와 섹스를 하고 난 후
　 그녀는 더 이상 꽃인 체하지 않는
　 이자(利子)가 되었다

　　　　　　　　　　　　　　—장경린, 「김춘수의 꽃」 부분46)

　패러디스트는 원텍스트나 원작자의 해석적 관점을 뒤집어놓는 데 명수다. ②의 원텍스트가 내재화되어 있는 반면, ①·③·④는 제목과 부제에 원텍스트가 외재화되어 있다. 원텍스트의 전경화 장치가 없다 하더라도 현대시에 웬만큼 관심 있는 독자라면 누구나 쉽게 김춘수의 시 「꽃」을 패러디하고 있다는 사실을 알 수 있다. 그만큼 김춘수의 「꽃」은 사회적 공인도가 높은 작품이며, 현대시에서 가장 많이 패러디된 작품군에 속한다. 패러디된 빈도수가 그 작품의 유명도를 나타내는 척도라는 사실을 증명해 보이는 셈이다.

　잘 알려진 것처럼 김춘수의 「꽃」은 완성된 인격적 존재 혹은 절대적 관념의 대상이다. 하나의 '몸짓'에 지나지 않았던 불안하고 규정되지

---

45) 장정일, 『길안에서의 택시잡기』, 민음사, 1988.
46) 장경린, 『사자 도망간다 사자 잡아라』, 문학과지성사, 1993.

않는 '그'라는 존재는 '이름을 불러주는' 행위에 의해 '너'라는 '잊혀지지 않는 의미'를 얻는다. 이름을 불러주는 행위는 어둠 속에 숨겨져 있던 존재의 모습을 드러내주는 행위이며, 이는 곧 대상에 대한 규정이자 다른 사물과 구별되는 개별성의 부여이다. 김춘수의 「꽃」이 가진 이 같은 존재론적 관념성에 대해 비판적 거리를 유지하고 있는 오규원·황지우·장정일·장경린의 시들은, 원텍스트의 통사구조를 차용하면서 중심 시어를 현실적이고 물질적인 차원으로 변형시키고 있다.

먼저 ①의 오규원 시를 보자. '하나의 몸짓'은 '왜곡될 순간을 기다리는 기다림'으로, '꽃'은 '내가 부른 이름대로의 모습'으로, '무엇'은 '의미의 틀'로 바뀌고 있다. 절대 의미를 현존케 하는 명명으로서의 '이름'이 오규원에게 와서는 '왜곡'으로 비쳐진다. 언어로 이루어진 명명은 곧 의미라는 고정관념을 덧씌우는 행위에 불과할 뿐만 아니라 그 의미의 틀이 완성되면 '그'는 그 틀에 맞는 다른 모습이 되기 때문이다. 여전히 추상적·정신적 행위였던 ①의 왜곡은, ②의 황지우 시에 오면 '조화(造花)'로 물화된다. 가짜가 진짜 같고 정작 진짜는 가짜 취급을 받는 사회, 모든 것이 상품으로 전락되고 돈으로 환산되는 사회에서, 모든 인격적인 존재는 인간의 욕망과 편리한 삶을 위한 하나의 위조물이나 도구로 격하될 뿐이다.

③의 장정일 시에 오면, 원텍스트의 '이름을 부르'는 것은 '단추를 누르는' 행위로, '꽃'은 물리적인 '전파'로 바뀐다. 이를테면 우리가 생활 속에서 라디오를 켰다 껐다 하는 것처럼, 사랑도 필요에 따라 스위치로 켰다 껐다 할 수 있는 '전파'와 같은 물화된 대상이 되고 있다. 그리하여 극단적으로 '굳어버린 핏줄기와 황량한 가슴'마저도 버튼을 누르는 행위로 해소시키고 싶어한다. ④의 장경린 시에서 원텍스트의 '꽃'은 좀더 성적(性的)으로 도구화되어 '섹스'와 '이자'로 변형된다. 이자는 채권자 입장에서는 덤으로 차지하는 수익이지만 채무자 입장에서는 부가적으로 지불해야 하는 이중부담의 빚이다. 그것은 빈익빈 부익부라는 자본주의 원

칙에 의한 넘침의 욕망이자 결핍의 욕망을 상징한다. 그러므로 '이자(利子)가 되고 싶다'라는 구절은 양의적으로 읽힌다. '섹스'라는 성(性)을 매개로 이루어지는 자본주의 사회에서 남녀의 사랑이란 덤이자 빚이라는 메시지가 바로 그것이다. 섹스와 돈으로 환원되는 오늘날의 타락한 인간 관계에 대한 풍자의 의미도 담고 있다.

이처럼 똑같은 원텍스트를 대상으로 하는 ①부터 ④까지의 패러디 텍스트들은, 은유적·상징적 형상화에 주력한 원텍스트에 도전해, 본질과 현상의 간극을 극대화하고 사실적 진술을 전략화하고 있는 긴 패러디의 계보를 보여주고 있다. 원텍스트의 '명명(命名)'이라는 것이 우리의 존재를 억압하는 하나의 '관념'이나 '틀' 혹은 '왜곡'에 지나지 않음을 폭로하는가 하면, 모든 것이 도구화되고 물질화된 현실의 실상을 강렬하게 풍자한다. 그리하여 패러디 텍스트들은 서로의 의미를 보충하면서 패러디의 혈연적 관계를 맺는다. 이렇듯 패러디 텍스트의 의미는 텍스트 속에 내재하는 것이 아니라 오히려 다른 텍스트와의 변증법적인 관계에서 생성되는 것이고, 그 직접적인 원인은 바로 텍스트에 접근하는 관점과 사회적 문맥의 차이에 있는 것이다. 패러디가 궁극적으로 미지의 것, 끊임없이 보충되어야 하는 것으로서의 '텍스트성'에, 더 정확히 말하자면 텍스트의 '관계성'에 초점을 맞추고 있다는 사실은 이를 통해 다시 한번 강조된다.

3) 원텍스트 자체의 권위와 규범을 부정하는 혼성모방적 패러디

원텍스트의 권위와 규범 그 자체가 불가능하다고 전제하는 유형이다. 이 유형은 포스트모더니즘과 함께 등장하게 된 새로운 패러디 유형으로, 일반적으로 패스티시(pashtiche, 혼성모방)[47]라고도 한다. 작품이 지니는 창조성이나 원본성을 부정하기 때문에 원텍스트를 대량 복제하고 과감히 발췌·혼합함으로써 원텍스트가 가지고 있는 권위와 규범을 대중화시킨다. 원텍스트에 대한 공격성과 풍자성이 약하다는 점에서 원텍스트의 권위을 계승하는 모방적 패러디 유형과 유사하나, 원텍스트와의 유사성이 보다 직접적인 반면 원텍스트의 권위에 전혀 무관심하다는 점에서 모방적 패러디와 다르다. 세계 혹은 언어가 지닌 복합성·임의성·우연성·무질서를 그대로 반영하기 때문에 복제적 특성과 유희적·실험적 국면이 강하게 부각된다. 이 유형은 특히 현대시에, 그것도 1990년대 이후의 시에 주로 나타나는 패러디의 변종이라 할 수 있다.

　　종일 말을 달림. 저녁에야 작부(酌婦) 둘이 서 있는 주막을 발견하고 길을 멈춤. 환상과 현실. 나의 현실은 내가 그곳에 있으므로 나의 현실, 내가 그곳에 숨쉬므로, 내가 그곳을 느끼므로 나의 현실. 잠시 눈을 감았다 뜸. 너희들은 작부(酌婦). 아가씨들이여, 나의 말을 믿어 주십시오. 여러분의 외모에 분명히 나타나는 바와 같은 지체높으신 아가씨들에게 해를 가하는 것은 제가 속한 기사단에 어울리지도 합당하지도 않는 일입니다.

　　작부(酌婦)들, 작부(酌婦)답게 웃음을 터뜨림. 현실(現實)에서.
　　돈 키호테, 돈 키호테답게 웃음. 현실을 밟고 올라선 로시난테 위에서.
＊본고중(本稿中) 고딕 부분(部分), 소설 『돈 키호테』에서 인용(引用)
—오규원, 「등기되지 않은 현실 또는 돈 키호테 약전(略傳)」 부분[48]

---

47) 패스티시란 비판력이 없는 닮음 혹은 모방을 특징으로 한다는 것이 일반적인 견해이다. 한 텍스트가 아니고 수많은 텍스트로부터의 모방이자 평면적으로 흡수되는 저항없는 '닮음'이기에, 비판성·풍자성·동기성이 결여되고 상대적으로 유희적 기능이 강하게 부각된다. 특히 포스트모더니즘의 조건 속에서 양산되고 있는 패스티시는 패러디와 상당 부분 맞물리고 있다. 독일어로 '경박한 것'이나 '저속한 작품'이라는 의미를 지니고 있는 키치는 오늘날에는 대부분의 통속적인 오락거리를 제공하는 대중문화의 잡다한 양식들을 지칭하는 용어가 되어버렸다. 우리 사회의 문화 양식으로 말하자면 텔레비전이나 영화의 잡다한 프로그램, 상업광고, 무협소설이나 만화, 혹은 싸구려 읽을 거리를 제공하는 잡지들이 모두 이에 해당한다. 정끝별, 『패러디 시학』, 문학세계사, 1997, 49면.

　　인용시에서 *표의 각주는 단순히 시 이해에 도움을 주는 해설의 차원을 넘어 패러디 텍스트의 중요한 구성요소로 전경화되고 있다. 시인 자신이 각주로 밝히고 있듯, 시에서 고딕체 부분은 세르반테스의 『돈 키호테』에서 돈 키호테의 대사를 직접 인용한 부분(1권 2장)인데 패러디 텍스트의 화자인 돈 키호테가 얘기하고 있는 부분과 겹쳐진다. 시인 자신이 고딕체로 표기하지 않거나 각주를 달아 출전을 밝히지 않았다면 독자는 제목을 참고로 이 패러디 텍스트가 단지 『돈 키호테』의 주인공 이름들만을 빌려오고 있다고 생각할 것이다. 그만큼 원텍스트의 구절은 어조나 내용면에서 패러디 텍스트에 융해되어 있다. 이러한 발상법은 혼성모방적 패러디가 원본성을 인정하지 않는 데서 비롯되는 것이며, 이로 인해 원텍스트와 패러디 텍스트와의 구별을 모호하게 한다. 오규원 시는 마치 원텍스트 『돈 키호테』의 한 구절 같고, 시적 화자를 묘사하고 있는 시인은 세르반테스와 같기 때문이다.

　　오규원은 먼저 기사소설과 현실, 과거와 현재를 구별하지 못하는 돈 키호테에게 시적 자아를 투사시킴으로써 원텍스트에 등장하는 주인공 돈 키호테의 성격과 행동을 모방 인용한다. 세르반테스가 돈 키호테를 희화화하여 웃음거리로 만들었듯 패러디스트 오규원도 자신의 시적 화자를 희화화한다. 그러나, 이미 깨어진 중세적 관념과 이상을 광신하는 인물과 그 인물이 속한 근세적 환경이 충돌하면서 빚어내는 시대착오적 행동들을 희화화하는 것이 세르반테스의 목적이었다면, 언어가 만드는 환상 혹은 관념을 신봉하는 빼빼마른 시인이자 교수라는 인물과 그 인물이 속한 자본주의의 물질적 조건이 충돌하면서 빚어내는 갈등을 웃음거리로 만드는 것이 오규원의 패러디 동기이다. 그러므로 현실을 현실로 인정하지 못하는 환상 속의 돈 키호테는 현실 속의 작부를 작부가 아닌 지체 높으신 아가씨로 보고, 환상을 인정하지 않는 현실

---

48) 오규원, 『왕자가 아닌 한 아이에게』, 문학과지성사, 1978.

속의 작부들은 환상에 빠진 돈 키호테를 보고 웃는다. 환상과 현실이 전도된 돈 키호테의 우스꽝스러운 모습을 보면서 현실의 독자도 '작부처럼' 웃음을 터뜨리게 되는 것이다. 원텍스트의 돈 키호테와 패러디 텍스트의 돈 키호테, 허구와 현실, 환상과 실제가 뒤섞이고 그것들의 가치가 전도되는 데서 비롯되는 웃음이다. 그러므로 그 웃음에는 현실을 인정하지 못하는 돈 키호테나 환상을 인정하지 않는 작부로 대표되는, 현대인의 정신적 분열과 정신적 위기 상황에 대한 날카로운 풍자가 깔려 있다. 특히 원텍스트의 한 구절을 그대로 차용하여 고딕체로 삽입함으로써 과거와 현재를 나란히 병치시키는 시대착오적 서술(anachronism) 혹은 동시적 서술(synchronism)의 효과를 노리고 있다.

TV와 비디오와 컴퓨터가 빠진 1990년대의 삶과, 영화와 광고와 만화가 빠진 1990년대의 문화를 생각할 수 없다. 온갖 영상매체와 전자매체를 통해 심미적 감성을 훈련받은 키치 세대, 즉 대중문화 세대의 출현은 1990년대의 중요한 사회문화적 현상 중 하나였다. 그들은 삶 속에서 체험한 실제 체험보다는, 문자와 영상 등의 대중 매체에서 체험한 간접 체험으로 무장한 세대들이다. 그들은 언어적 기법의 계발에 국한하지 않고 회화·사진·영화·광고·만화 등의 타예술 장르와 그 기법을 도입하였으며, 기존의 텍스트들의 틈을 자신의 상상력으로 메우기 시작했다. 새로운 정보를 종합하고 변형시킴으로써 제3의 텍스트를 만들어 낸 것이다. 패러디와 그 유사형식들(패스티시, 키치)의 입지점은 여기에 마련된다. 시란 어려운 것, 지루한 것, 애매한 것이라고 생각하던 독자들에게 대중매체에서 상상력을 베끼는 시인들의 언어는 일단 신선한 상상력과 재미를 주었다.

① 불멸이 나를 녹슬게 한다

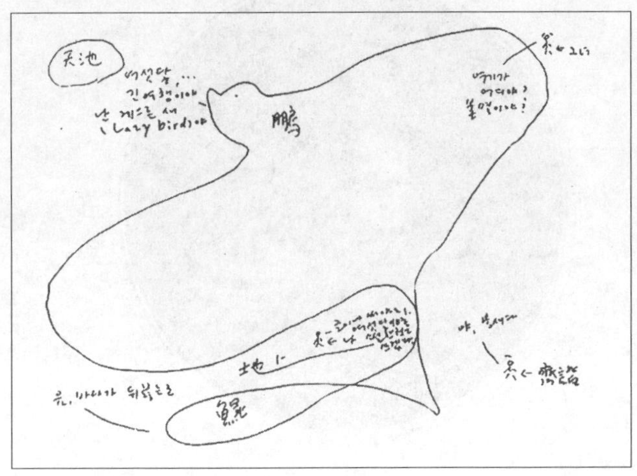

* 제해(齊諧) : 북극 바다에 고기가 있어서 이름을 곤(鯤)이라 하는데 그 키는 몇천 리인지 헤아릴 수 없다. 그런데 이 고기가 탈바꿈하여 새가 되는 수가 있는바 그 이름을 붕(鵬)이라 하며 붕의 크기 또한 몇천 리나 되는지 아무도 짐작하는 이가 없다. 이 붕새[鵬]가 한번 마음먹고 날 것 같으면 그 날개 벌린 모습은 마치 하늘에 드리운 구름과도 같다. 이 새는 바다가 뒤끓고 큰바람이 부는 것을 보면 바다로 옮아 가려 든다. 남극 바다란 흔히 말하는 천지(天池)다. 제해라는 사람이 있다. 그는 신기한 이야기를 많이 알고 있는데 그가 이렇게 하는 말을 들었다 〈붕새가 남극 바다로 옮아갈 때에는 날개를 벌려 삼(三)천 리나 되는 수면을 치고, 거기서 일어나는 엄천안 선풍을 타고 날개를 흔들면서 구(九)만리 상공에 올라 간다. 그리하여 여섯 달이나 걸려서야 남녘 바다에 이르러 쉬게 된다〉고 — 『장자』, 「소요유」 중에서.

— 박정대, 「레이지 버드에서—제해에게」 전문49)

② 푸른 거울 속에 양조위를 빠뜨린다 계략처럼 밤이 깊어가고 나는 라디오나 듣고 싶다 펜으로 심장의 현(弦)을 구슬프게 뜯던 한 시절이 바람 따라 흘러가고 나는 자꾸만 라디오나 틀고 싶다 계략처럼 밤은 그렇게 또 자기 나름대로 깊어가지만 나는 밤마다, 밤보다 내가 더 깊다 푸른 거울 속에 양조위를 빠뜨린다 (…중략…)

---

49) 박정대, 『단편들』, 세계사, 1997.

> * 거울 속에 빠진 양조위 : 나는 위의 콜라주 「거울 속에 빠진 양조위」를 보면서 거기에서 떠오르는 이미지로 몇 편의 시를 썼다. 원래 내가 가지고 있는 콜라주는 컬러이므로, 여기에 소개된 흑백사진이 무슨 느낌을 불러일으킬지는 나도 모른다. 덧붙이자면, 요즘 내가 가장 혐오하는 시들은 시 속에 사진을 끼워넣거나 영화 이야기 나부랭이를 시 속에 삽입하는 그런 시들이다. 나는 그런 혐오로부터 나를 끝장내기 위해 몇 편의 시들을 썼다. 나는 근본적으로 천박한 것들을 사랑하는지도 모른다. 그러나 모든 사랑에는 한계가 있다. 그리고 그 사랑이 한계에 다다른 지점에서부터 천박함은 말 그대로 천박함일 뿐이다. 이제부터라도 글이 되지 않을 때는 차라리 라디오나 틀어야겠다. 라디오 속에는 음악이라도 있으니까. 그런데 위에 나오는 콜라주는 옛날 축음기에 달린 소리통 같지 않아요?

> ― 박정대, 「거울 속에 빠진 양조위」 부분[50]

①의 시는 그림시 혹은 낙서시라 할 수 있다. 그 그림 속에는 붕(鵬)/ 곤(鯤), 나, 그녀, 제해(齊諧)가 각각의 대사를 가진 채 만화적 장면으로 처리되어 시각적이고 극적인 흥미로움을 가미하고 있다. 이 시의 가장 큰 재미는 아이들의 낙서와 같은 장난스럽고 유머러스한 그림에 있다. 그림에 의해 1행의 일갈과 각주가 환기하는 비극성의 무게와 현학성의 무게를 희화적 내지는 자조적으로 덜어내려 한다. 또한 그림이 가진 동시적 재현성(공간성)은 언어가 가진 순차성(시간성)을 파기함으로써 보다 개방적인 독서 효과를 유도한다. 특히 붕/ 곤과 제해에 대한 장황하고 현학적인 각주는,

---

50) 박정대, 『단편들』, 세계사, 1997.

지적이고 서사적인 흥미를 주고 있다.

　제목을 '게으른 새'라고 하지 않고 굳이 '레이지 버드'라고 한 것도, 그 의미와 어울리는 음상(音像) 효과를 자아내면서 『장자』의 「소요유」와 맞먹는 현학성을 드러내고자 하는 역설적 의도 때문이었을 것이다. 시인의 비극적 세계인식을 드러내는 "불멸이 나를 녹슬게 한다"라는 일갈은 이 시에서 단연 압권이다. 산만하게 나열된 그림과 낙서와 각주들의 시적 의미를 응집시켜주는 이 한 구절 때문에 이 시는 치기어린 낙서가 아닌, 시로서의 품격을 유지한다. 불멸 / 녹슮이라는 대립적 의미를 역설적으로 통합해버림으로써 불멸에 대한 시인의 열망과 냉소를 동시에 읽어낼 수 있는 구절이다.

　②의 시에서는 영화배우 양조위의 사진을 끼워 넣는가 하면 각주 형식으로 시작 메모를 달아놓고 있다. 시인의 창작 노트와도 같은 각주의 내용은 위악적이고 역설적이다. 본래적인 서정시 양식에 대한 옹호로 읽히기도 하지만, 언어 및 시장르 자체에 대한 철저한 냉소와 파괴의식의 소산으로도 읽히기 때문이다. 실제로 그의 많은 시들은 영화나 음악, 사진 등의 다른 대중매체를 차용하여 그것들이 가진 유효성과 함께 그 천박함과 한계를 다시 확인하고자 한다. 이는 시인이 자신의 시적 리얼리티를 대중문화의 거울에 비친 허구적 이미지 속에서 찾고 있음을 암시한다. 그 이미지는 시구절, 노랫말, 사진, 그림, 영화(제목이나 대사나 스토리 혹은 배경), 광고(문구)를 비롯한 기타 잡문들을 적절히 활용하여 스스로가 만들어낸 환영들이다.

　이렇듯 오늘날의 패러디적 발견이란 기존에 널려 있는 모든 비문학적 언어양식을 수용하여 새로운 의미의 위상에 놓는 일을 의미한다. 일상적인 삶의 한 부분이 기존의 관습적인 시어보다 훨씬 구체적이고 감동적일 수 있다는 신념 속에서, 탈장르 혹은 초장르의 패러디 시들이 사회구조를 총체적으로 조망하는 새로운 양식으로 성공하고 있다. 이러한 패러디의 시작법은 일상적인 자질구레한 것들을 인용해 역사적인 사실의 의

미를 재현해낼 뿐만 아니라 자유로운 의사표현이 어려운 동시대의 정치
상황에서 의사표현의 가능성을 모색하기 위한 전략으로 활용되고 있다.
다음의 박상배 시는 여러 작품을 원텍스트로 짜깁기하고 있다.

    ①내 누님같은 생긴 꽃아 너는 어디로 훨훨 나돌아 다니다가 지금 되돌아와
서 수줍게 수줍게 웃고 있느냐 ②새벽닭이 울 때마닥 보고 싶었다. ③꽃아 순
아 내 고등학교 시절 널 읽고 천만번을 미쳐 밤낮없이 널 외우고 불렀거늘 그
래 지금도 ④피 잘 돌아가고 있느냐 잉잉거리느냐 새삼 보아하니 이젠 아조아
조 늙어 있다만 그래두 내 기억 속에 깨물고 싶은 숫처녀로 남아 있는 서정주
의 ③순아 난 잘 있다 오공과 육공 사이에서 민주와 비민주 보통과 비보통 사
이에서 잘도 빠져나가고 있단다 그럼 또 만나자 ③꽃나비꽃아
— 박상배, 「희시(戱詩)·3」 전문51)(번호는 필자)

    이상적인 패러디 독자는 패러디 텍스트를 구성하는 수많은 인용과 인
유가 어떻게 전체적 구조와 유기적으로 짜여져 있는가를 풀 수 있어야
한다. '희시(戱詩)'라는 제목에서도 알 수 있지만 인용시는 미당 서정주의
여러 시편들을 짜깁기하여 만든 패러디의 유희적 기능이 강조된 작품이
다. 특히 이 제목은 한시를 패러디했던 조선 후기 김삿갓의 '희시'를 연
상케 한다. 제목에서부터 기존 시의 서정을 희롱하고자 한 의도를 드러내
고 있으며 작품 내에서도 유희적 문체를 구사하고 있다. 패러디 텍스트에
번호를 매긴 부분의 원텍스트는 다음과 같다.52)

    ①' 인제는 돌아와 거울앞에 선
      내 누님같이 생긴 꽃이여

—「국화(菊花)옆에서」

---

51) 박상배, 『잠언집』, 세계사, 1994.

52) 이승훈은 이 시를 패스티시의 개념으로 파악하고 있으며, 인용된 텍스트를 밝힌 바
   있다. 이승훈, 「패스티쉬의 미학」, 『포스트모더니즘의 시론』, 세계사, 1991, 255면.

②' 내 너를 찾어왔다 …… 수나(臾娜). 너참 내앞에 많이있구나 내가 혼자서 종로(鐘路)를 거러가면 사방에서 네가 웃고오는구나. 새벽닭이 울때마다 보고싶었다 …….

—「부활(復活)」

③' 꽃아. 아침마다 개벽(開闢)하는 꽃아.

—「꽃밭의 독백(獨白)」

순이야. 영이야. 또 도라간 남아.

—「밀어(密語)」

밤이 깊으면 淑아 너를 생각한다. 달래마눌같이 쬐그만 숙(淑)아

—「밤이 깊으면」

④' 피가 잉잉거리던 병(病)은 이제 다 낳았습니다.

—「소사(娑蘇) 두번째 편지 단편(斷片)」

이 시의 창작 동기를 시인 스스로는 "유독 서정주의 시들은 나의 애송시에 속했다. (…중략…) 아직도 내 의식의 주변부에 아무렇게나 깔려있는 이 추억물을 불시에 그냥 내뱉은 것이 〈희시(戱詩)〉가 된 것이다"[53]라고 밝힌 바 있다. 박상배의 패러디 텍스트는 위와 같은 미당의 여러 편의 시들에서 일부씩을 가져와 한 편의 시를 이룬다. 미당의 시를 외우던 '고등학교 시절'의 시적 화자와, 오공·육공 시절을 통과해온 중년을 넘은 시적 화자를 대비적으로 표현하고 있다. 이때 짜깁기된 원텍스트들은 시인의 과거와 과거에 대한 향수를 담고 있는 기억의 편린들이다. 그렇다고 이 작품을 표절이나 도용이라고 할 수는 없다. 그 이유는 이 시가 의도된 창작방법에서 비롯된 작품일 뿐만 아니라 시인 스스로 원텍스트의 모방인용 사실을 '서정주의 순아 난 잘 있다'라는 구절 등을 통해 작

53) 박상배, 「표절의 미학」, 『현대시사상』, 1991년 가을, 98면.

품 속에 전경화시켜 놓고 있기 때문이다.

혼성모방적 패러디, 즉 짜깁기에 의한 이러한 패러디 텍스트는 원텍스트가 가지고 있는 해석적 권위와 근거 자체에 무관심하며 따라서 원텍스트에 대한 계승이나 비판·풍자를 목표로 하지 않는다. 단지 역설적·반어적·유희적 어조를 근간으로 하는 가벼운 희극성을 그 특징으로 한다. 선행 텍스트들을 전경화시켜 전략적으로 이용하려는 이러한 특징은 페더만(R. Federman)이 창조성에 본질적인 의문을 제기하면서 표절에 유희성과 전략성을 첨가시켜 만든 조어 '표절유희(play-giarism)'[54)]와도 맥락을 같이 한다. 이러한 시도는 시적 상실과 시적 성취라는 두 가지 국면을 동시에 드러낸다. 문학의 독창성·원본성은 물론 그 진정성까지를 회의케 한다는 점에서 시적 상실이라면, 기존의 시형식을 적극적으로 변용하고 활용함으로써 글쓰기의 자유로움과 새로움의 가능성을 탐색하고 있다는 점에서는 시적 성취이기도 하다. 자기 반영적 글쓰기의 또 다른 극단적인 형태는 시인 자신의 선행 텍스트들을 짜깁기하여 한 편의 시를 창작하는 방법에서도 찾아볼 수 있다.[55)]

마지막으로, 혼성모방적 패러디 시의 한 극점을 보여주고 있는 시를 보자.

서해(西海)

한강

나비 같은, 아니아니, 빛 같은

눈물을 생각하며

나는 나를

---

54) 김성곤, 『미로 속의 언어』, 민음사, 1986, 249~250면 참조.

55) 김두한은, 자신의 선행 텍스트를 연결·삭제·교체·삽입의 방법으로 차용하여 새로운 시를 만들어내는 김춘수의 시적 재구성 작업을 검토하고 있다(김두한, 『김춘수의 시세계』, 문창사, 1992). 여기서 한 단계 나아가 이은정은 김춘수의 선행 시편에 대한 패러디의 전거를 꼼꼼하게 밝히고 있다(이은정, 「김춘수와 김수영 시학의 대비적 연구」, 이화여대 박사논문, 1992, 48~61면 참조).

처칠 동상

칼 마르크스에게

“어느 쪽도 우리 자랑스런 길은 아직 아니다”

1984년의 편지

누구의 오아시스는 사막에만 있는 것인가

　　＊이 작품은 장영수 시집 『나비 같은, 아니아니, 빛 같은』의 8쪽에 있는 시제(詩題) 차례인데, 명기된 쪽 숫자를 생략하고 한 낱말, 즉 3행의 ‘레바논’을 ‘눈물’로 고치고, “ ” 부호를 삽입한 것 외에 그대로 전재한 것이다. 이것은, 말하자면, 이 시집에 숨은 시로서 가장 비장영수적이다, 그럴 수밖에.

　　―정남식, 「표절 같은, 아니아니 인용 같은, 아니아니아니, 작품 같은」 부분56)

　　인용시는 시인 스스로가 주(註)를 통해 밝히고 있듯이 선배시인 장영수의 시집 『나비 같은, 아니아니, 빛 같은』(문학과 지성사, 1987)의 목차 한 페이지를 그대로 차용하고 있다. 단지 3행의 ‘레바논’을 ‘눈물’로 고치고, “ ” 부호를 삽입하고 있을 뿐이다. 그러나 제목과 주를 통해 원텍스트를 전경화시키고 있기 때문에 표절은 아닌 셈이고, 풍자·조롱은 없다 하더라도 원텍스트와 아이러니컬한 거리를 유지하고 있기 때문에 넓은 의미의 패러디라 할 수 있다. 그러나 이 시가 패러디냐 아니냐 혹은 표절이냐 아니냐를 물음으로써, 표절이나 패러디의 개념적 난립상을 보여주는 것은 패러디 논의에서 그다지 유용하지 않다. 이 시는 패러디의 더욱 본질적인 문제, 즉 이 패러디 텍스트가 문학적 가치와 효과를 담보하고 있는가에 대한 문제를 환기하고 있다는 점에서 중요하다.

　　이 시는 종래의 시규범으로 보자면 도저히 시라 칭할 수 없는 베끼기, 즉 완전히 파편화된 단어와 어구들로 나열된 원텍스트를 그대로 따옴으로써 한 편의 텍스트로서의 문맥조차 파악하기 어렵게 하고 있다. 이러한 작업에 대해 굳이 긍정적 의미를 부여하자면, 패러디의 부정적 모델을 극단적으로 제시함으로써 시창작에 있어 ‘창조’의 개념 자체를 조롱하고, 역설적으로 패러디의 역기능을 시사하고 있다고 읽어줄 수 있다.

---

56) 정남식, 『시집』, 문학과지성사, 1990.

언어란 결코 현실을 통찰할 수 없을 뿐 아니라 새로운 언어란 불가능할 수밖에 없다는, 그리고 진정한 의미의 독창성이란 존재하지 않을 뿐 아니라 시인의 창작이란 수많은 기존 문헌으로부터 ‘빌어옴’일 뿐이라는, 언어·창작·시인의 존재에 대한 극단적인 회의와 부정을 전제로 하고 있는 것이다. 그렇지만 시적 문맥조차 이루어지지 않는 무차별적 베끼기에 의한 이와 같은 패러디 텍스트마저도 시라고 넉넉히 보아 넘길 때, 시형식 나아가 패러디 시의 존립기반은 상실될 것이 분명하다. 제임슨이 패스티시라는 용어를 사용해, 의미의 세계는 소멸되고 기호만이 부유하고 소비적이고 유희적인 언어를 무한 복제해낼 수 있는 메카니즘이 바로 현대의 패러디라고 비판하는 이유도 바로 이와 같은 우려에서였다. 패러디의 이러한 역기능은, 창조적 인용과 도용, 독자적인 창안과 무차별적 베끼기, 광범위한 패러디와 그 밖의 유사형식 간의 경계선을 허물어버려 시양식의 존재를 스스로 부정하게 되는 결과를 초래할 것임이 분명하다. 또한 이와 같은 무제한의 자기복제적 혼성모방은 앞으로 점점 더 일반화될 것이며, 그런 현상은 문학에 대한 진정성과 함께 좋은 작품과 나쁜 작품의 구별을 모호하게 할 뿐만 아니라 끝없는 표절시비를 불러올지도 모른다.

지금까지 살펴본 세 가지 패러디 유형 중에서 현대시에 가장 일반적인 유형은 물론 비판적 유형일 것이다. 그러나 사적(史的) 전개의 과정에서 살펴보았듯, 원텍스트에 대한 비판적 재해석을 특징으로 하는 이 비판적 유형은 공격 대상으로서의 ‘권위 혹은 중심’이 인정된 사회구조 속에서 유효한 형식이다. 이미 복잡해질 대로 복잡해지고 절대적 권위 혹은 중심이 부정되고 있는 오늘날과 같은 후기자본주의의 현실구조 속에서 ‘원텍스트에 대한 비판적 재해석’이라는 패러디스트의 태도는 현실적 응전력이 감소된다. 그러므로 패러디가 문화적 기억의 지속성을 근간으로 하는 창작원리라는 가장 단순한 사실과 새로운 문학적 모델을 개발·실험하기 위해 과거를 재기능화한다는 사실을 기반으로, 패러디를 가장 패러디답게 하는 본질적 요소는 그 시대마다 새롭게 모색되어야 한다. 특히 패러디가 지닌 기억의 지속성과 재기능화는 또 하나의 세계를 암시하거나 제시해줄 수 있는 살아 있는 행위여야 한다. 단지 원텍스트를 표면적으로 차용하거나 단순하게 반복하는 행위가 아니고, 원텍스트가 속해 있던 세계와 원텍스트가 재구현될 세계와의 관계를 지각하고, 생각하고, 기획하면서 차용하는 주체적 행위로서 패러디되어야 하는 것이다.

제 2 장

비유와 공감의 수사학 : 알레고리(allegory)

김수경 · 정끝별

1. 이념과 유교적 가치에 봉사하는 고전시의 알레고리

1) 알레고리란 무엇인가

우리가 중·고등학교 시절 흔히 배웠던 시조에 다음과 같은 것이 있다.

구름이 무심(無心)탄 말이 아마도 허랑(虛浪)ᄒ다
듕천(天)에 ᄣᅥ 이셔 임의(任意)로 단이면서
굿타나 광명(光明)ᄒ 날비츨 덥허 무삼 ᄒ리오

―李存吾, 『靑珍』 348

이 작품을 표면에 나타난 언술 그 자체로만 이해한다면, 하늘 한복판
을 이리저리 마음대로 떠다니는 구름이 밝은 햇빛을 덮어버리는 자연현

상에 대해 작자의 감정을 평면적으로 드러낸 것에 불과하다. 그러나 작자가 처해있던 당시의 상황과 관련하여 작품을 좀더 들여다본다면, 다른 의미를 읽어낼 수 있을 것이다.

이 작품은 어느 시조집에서나 작자를 밝혔으면 거의 예외 없이 이존오(李存吾, 1341~1371)가 지었다고 했으니[1] 작자에 대해서는 논란의 여지가 없다고 본다. 햇빛을 구태여 가리려는 구름을 원망하고 있는 표면적 의미는 어렵게 생각해볼 여지가 없지만, 표면의 뜻이 너무 명백하기 때문에 도리어 그렇게 노래한 속셈을 짐작해 보게 된다. 작자인 이존오는 고려 공민왕 때 정몽주 등과 교유한 신진사림층으로, 당시 요승(妖僧)이었던 신돈의 횡포를 규탄하다가 좌천되었다가 후에 공주 석탄에서 울분 때문에 젊은 나이로 세상을 떠난 사람이다. 이러한 작자의 상황과 작품에 표현된 발화를 대비적으로 살피면, 작품 표면에 드러나 있는 자연현상의 이면에 숨어 있는 작자의 의도를 파악해내는 일이 가능해진다. 즉 구름에 의해 가려지는 광명한 날빛은 당시의 임금인 공민왕을, 중천에서 임의로 떠다니며 일광을 덮는 구름의 행로는 임금의 밝은 정사를 멋대로 흐리고 있는 간신 신돈의 횡포를 뜻하여, 작품 전체는 신돈에 대한 비판의 의미를 담게 되는 것이다.

> 백설(白雪)이 주자진 골에 구루미 머흐레라
> 반가온 매화(梅花)는 어니 곳에 픠엿는고
> 석양(夕陽)에 홀로 셔 이셔 갈 곳 몰라 ᄒ노라
>
> —李穡, 『靑珍』 7

이 시조 역시 표면적으로는 매화를 소재로 한 순수한 자연시의 범주에 놓여 있는 것으로 생각될 수 있다. 눈이 내리다 그친 골짜기에, 하늘

---

1) 심재완 편, 『역대시조전서』(1972)에 따르면 이 작품이 수록된 가집의 수는 모두 31종인데, 그 가운데 19종에서 작자가 이존오임을 밝히고 있다.

의 구름은 농담(濃淡)이 엉겨있어 아직 겨울을 넘기지 않은 시기인 듯하다. 화자는 봄소식을 알리는 첫 전령으로서 매화를 고대하고 있는데 겨울이 채 지나가지 않은 시점에서 어느 곳엔가 매화가 피어 있을지도 모른다는 희망이 화자를 설레게 한다. 더욱이 매화란 선비의 품격을 상징하는 것이니 기대에 잘 어울린다. 그러나 그곳이 어딘지 몰라서 홀로 서 있을 뿐 갈 곳을 모른다는 것이다. 그러나 짐작하는 바와 같이 이 시는 단순히 매화를 좋아하는 호사가의 한가한 취미를 그린 것은 아닌 듯하다. 이 시조의 저자인 목은 이색(李穡, 1328~1396)은 잘 알려진 바대로 고려 말의 성리학자이다. 그는 몰락한 고려왕조의 신하로서, 구왕조에 충성을 바쳐야만 한다는 명분을 지키려는 최영과 부패하고 무능한 고려왕조를 뒤엎고 새로운 나라를 건설해야 한다는 이성계·정도전의 무리들 사이에서 고민하던 인물이다. 이 시조는 이러한 두 가지의 가치를 놓고 갈등하던 당시의 상황을 우회적으로 표현하고 있는 것이다.

그러나 우리가 중·고등학교 시절에 이 시조들을 배울 때는 이런 식으로 접근하지 않았다.[2] 이 시조들의 주제가 몰락해 가는 고려왕조 및 임금에 대한 충성이라고 미리 못박아 놓은 다음, "햇빛"은 임금을, "구름"은 간신을 상징하는 것으로, 또는 "백설"과 "구름"은 험난한 현실을, "매화"는 지절(志節)을 가리킨다고 무조건 암기했던 기억이 희미하게 떠오르지 않은가? 전통적인 충신연주지사의 해석 코드에 따라 나와 님은 신하와 임금으로, 주로 종장에 놓인 시적 화자의 시름과 한탄은 당대 사회의 모순에 대한 비판과 체념 등으로 이해했던 것이다.

모든 교과를 통해 충효의 이념을 강조했던 시대적 분위기를 감안하더라도 이와 같은 접근 방식은 몇 가지의 문제점을 내포하고 있다. 그 하나는, 텍스트의 언술과 텍스트를 산출해 낸 상황을 전혀 별개의 것으로

---

2) 필자가 서두를 "우리가 중·고등학교 시절에 배웠던 ……"이라고 시작했던 것을 기억해 보라. 그리고 중·고등학교 시절을 굳이 떠올리는 것은 이런 시조들에 대한 일반적인 이해에 문제점이 있음을 지적하기 위해서다.

바라보고 있다는 점이다. 따라서 후자를 '배경'이라는 이름으로 텍스트 이해의 1차적 과정에서 밀어내면서, 작품 자체를 해석하기 위한 보조 수단 정도로 인정하고 있을 뿐이라는 문제가 있다.[3] 다른 하나는, 텍스트 전체가 완전한 하나의 의미를 가지면서 동시에 그 이면에서는 전혀 다른 의미를 지시하고 있다는 점을 파악하지 못하고, 부분적인 자연 소재가 상징 또는 환기하는 의미만을 중시하고 있다는 점이다.

이 두 가지 문제점은 모두 이 작품들이 알레고리적 구조를 가지고 있다는 사실을 간과했다는 데서 비롯된다. 위에서 예로 든 작품들은 작자가 처해 있는 부정적 현실을 우회적으로 드러내고 있어 자칫하면 작품의 표면적 의미만을 파악하는 데에서 그치거나, 반대로 표면적 의미는 전혀 고려하지 않고 곧바로 그 이면에 놓인 의미만을 강조해버리는 우를 범할 가능성을 내재하고 있다. 그러니, 표면적인 의미와 이면적인 의미의 관계, 텍스트와 텍스트를 산출한 작자 및 역사적 상황과의 관계 속에서 작자의 의도를 해석해내지 못한다면 — 곧 알레고리의 구조로써 파악해내지 못하면 — 작품의 진정한 의미와 맛을 읽어내기는 어려워진다.

이렇게 알레고리란 작품 속에 들어 있는 상징적인 소재가 부분적으로 어떤 추상적 의미를 지시하는 데에서 그치는 것이 아니라, 작품 전체의 구조와 긴밀한 관련을 맺고 있다는 점에서 상징과는 다르다.[4] 알레고리

---

3) 과거 시대의 작품에 대한 분석을 시도하면서, 작품의 당대적 의미와 현재적 의의에 대한 별다른 분변 없이 무정견하게 양쪽을 넘나드는 것, 그리고 고전 작품을 그것이 창출·수용된 시대의 역사성으로부터 분리해내서 작품 자체만으로서 이해하자는 것에 대한 우려는 이미 여러 선학등을 통해 밝혀진 바 있다. 고전 작품에 있어서 텍스트 상황은 텍스트와 동일하게 작품 해석의 보고이며, 텍스트와 텍스트 상황과의 긴장성을 해명해야만이 작품의 진정한 의미에 도달할 수 있다.

김흥규, 「고전문학 교육과 역사적 이해의 원근법」, 『현대비평과 이론』, 1992년 봄; 성기옥, 「한국 고전시 해석의 과제와 전망」, 『진단학보』 85호, 진단학회, 1998.

4) 알레고리와 상징과의 관계는 문학비평사에 짧지만은 않은 역사를 가지고 있다. 괴테나 S. T. 콜리지가 tenor를 위해 도구적으로 vehicle을 끌어오는("추상적인 개념을 그림의 언어로 옮겨놓은 것에 불과한") 알레고리가 교훈적이며 인위적인 데 비해 vehicle로부터 tenor가 다양하게 촉발되는 상징은 자연스럽고 유기적인 것이라고 강조한 이래로,

작품은 위의 예에서 보듯 겉으로 보기에는 완벽하게 A라는 의미를 띠고 있는 듯하지만 그 전체가 다시 B라는 의미를 지향하고 있다. 즉 표면적인 의미 구조를 빠짐없이 갖추고 있으면서, 그 배후에 다른 의미를 전개하고 있는 뚜렷한 이중 구조가 바로 알레고리의 특징이다. 다시 말하면 구체적인 이미지의 전개와 동시에 추상적인 의미의 층이 그 배후에 동반되는 것이 의식되도록 짜여진 것이 알레고리 작품인 것이다.[5]

일반적으로 알레고리(allegory)라고 하면 원관념 / 보조관념, tener / vehicle, 말하고자 하는 것 / 말해진 것 사이의 거리 또는 비동일성이 특징이되 후자쪽에 중점이 놓이는 수사기법이라고 알려져 있다. 그런데 알레고리는 표현된 것과 말하고자 하는 것, 즉 외부 사물과 현실과의 관계가 상징처

모더니즘과 신비평은 기표와 기의의 관계가 다의적이며 내적 통일성을 지니고 있는 상징에 비해 그 관계가 단일한 알레고리를 혹평하였다. 그러나 포스트 모더니즘의 시대가 도래하면서 그때까지 상징에게 부여되었던 우월성 및 권위는 거부되고, 오히려 "개별적이고 한정적이며 폐쇄적인" 상징이 "보편적이고 무한하며 개방적인" 알레고리로 대체되었다.

알레고리와 상징은 여러 측면에서 서로 비교되는데, 특히 tenor와 vehicle의 관계에서 알레고리는 환기된 객관적 지시대상(vehicle)이 작품의 구조 속에서 고정된 의미(tenor)로 전이되어야만 어떤 가치를 갖게 된다. 반면 상징은 그것이 암시할 수 있는 의미와는 독립적으로 영속적·객관적인 가치를 포함하고 있다. 또한 알레고리가 tenor로부터 시작되어 vehicle이 적절하게 구성되는데 비해, 상징은 vehicle이 시작되고 그것으로부터 tenor가 찾아지고 규명되거나 환기된다. 폴 드 만은 알레고리가 tenor와 vehicle의 거리와 간극을 구조적으로 전제하고 있으며 그 둘 사이의 관계가 자의적인 데 반해, 상징은 tenor와 vehicle이 합일된다는 자기기만적 믿음에 바탕을 두고 있다고 지적하였다.

정정호, 「상징」, 『현대비평과 이론』 7호, 1994년 봄·여름; 신광현, 「알레고리」, 『현대비평과 이론』 7호, 1994년 봄·여름.

5) 이상섭, 『문학비평용어사전』, 민음사, 1976, 193면. 알레고리가 가장 뚜렷하게 나타났던 중세 수사학에서는, 알레고리는 작품의 일부분에서가 아닌 전체를 통해 나타나는 현상으로 어떤 특정한 개인이나 사물로써 보다 일반적이고 추상적인 개념이나 생각을 지시한다는 점을 강조했다. 이러한 이유로 '확장된(extended) 비유'라고 불리기도 했다. 한편으로 르네상스시대의 대표적인 알레고리 작가인 단테(Dante) 역시 알레고리는 이야기라는 겉옷으로 위장되어 있고, 아름다운 허구 밑에 진실이 숨어 있는 것이라고 지적했다. 따라서 알레고리를 해석할 때에는 첫째로는 문자대로의 의미, 곧 표층적 의미를 해석하고, 그 다음으로 비유적 의미를 띠는 알레고리적 해석의 관점으로 읽어야 한다는 것이다. John McQeen, 송낙헌 역, 『알레고리』, 서울대 출판부, 66~69면.

럼 다의적이지 못하고 일대 일로 대응하고 있다는 점에서 시적인 기법으로서는 다소 기계적인 것으로 여겨져 왔다.[6] 비교적 이른 시기에 창작된 위의 두 작품만 보아도 시조가 갖는 알레고리의 전형성이 금세 드러난다. 즉 정치적인 상황을 나타내려 한다는 점, 그리고 자연소재를 사용하여 그 이면에 자신의 뜻을 드러내되, 구름↔햇빛, 백설↔매화라는 식의 대립구도가 보인다는 점이다. 이렇게 시조에 나타나는 알레고리는 전형적인 어떤 틀이 있는 것으로 인식되어 시조 장르의 수사적 기법으로서 인정받지 못해온 것이 사실이다.

알레고리는 형상과 의미의 관계가 자의적이라는 점에서 양자의 일치를 기반으로 하는 메타포와 다르고, 이미지 영역과 사물 영역이 가능한 한 많은 개별적 특성에서 맞아떨어진다는 점에서 이 두 영역 사이에 단 하나의 비교 계기만을 갖는 직유와도 다르다. 또한 알레고리는 '추상적인 개념을 형상적으로 기술한다'는 점에서 기호와 의미 사이의 '형이상학적 근원적 친화성'을 전제하는 상징과도 다르다.[7] 알레고리적 작품에 있어서는 형상과 의미의 관계가 자의적인 까닭에 텍스트를 세부까지 논리적 이성적으로 해석할 수 있지만, 그러기 위해서는 독자의 지적인 성찰이 요구된다. 상황과 가시적인 것의 역할이 중요하고, 서술구조에의 의존도가 높으며 정신사적으로 보면 한편으로는 현대 미학과, 다른 한편으로는 존재론적 위기 의식과 깊은 관계가 있다.

위에서 보듯 이존오의 작품 외에도 여말 선초의 작품 가운데 알레고리적인 요소를 갖는 작품이 다수 발견되는 것을 보아, 특히 시조의 경우 담당층이 알레고리의 기법을 일찍부터 주요하게 사용했다는 사실을 알

---

6) 알레고리에 대한 본격적인 연구는 거의 찾아볼 수 없으며, 개별 시인이나 작품의 특성을 논하는 자리에서 알레고리를 언급할 때도 그 앞에는 언제나 '단순한'이라는 수식어가 붙게 된다. ('단순한' 알레고리에 불과하다든지, '단순한' 알레고리를 넘어서는 의미가 있다든지 하는.) 적어도 고전 시가에 있어서 알레고리는 매우 단순하고 기계적인 방법이라는 것이 일반적인 통념으로 굳어져 있다.

7) 한스 게오르그 가다머, 이길우 외역, 『진리와 방법』, 문학동네, 1965, 68면.

수 있다. 또한 필자가 조사해 본 바에 의하면 알레고리로서 이루어진 작품들은 시조 전반에 걸쳐 두루 나타나고 있어 주목을 요한다.[8]

이 장에서는 지금까지 알레고리라고 인식되지 못했거나, 진부한 것으로만 알려져 왔던 시가의 알레고리를 새로운 시각으로 접근해 보기 위해 마련되었다. 중요한 것은, 작품의 진정한 의미를 제대로 읽어내기 위해서는 텍스트가 산출된 상황을 복원하여 그것이 텍스트 자체와 조성하는 긴장성을 파악할 수 있어야 한다는 사실이다. 텍스트만으로 해석하느냐 텍스트 상황과 함께 해석하느냐에 따라 당연히 다른 해석 결과가 나올 수밖에 없다. 작품 이해에 필요한 결정적인 해석의 정보가 텍스트에 놓여 있는 것이 아니라 텍스트 상황에 놓여 있기 때문이다. 그러므로 만일 텍스트 상황이 텍스트로부터 분리되거나 소거되어 버리면 작품 역시 원래의 의미와는 거리가 먼, 전혀 다른 작품이 될 수 있다. 알레고리적 상황을 온전하게 복원해낼 때, 작품에 표출된 알레고리 언어와 당시의 상황이 불러일으키는 미적 긴장은 현대시의 어느 표현법 못지 않게 생생한 현장감을 불러일으킬 수 있을 것으로 믿는다.

2) 고전시에 나타난 알레고리의 기능 세 가지

(1) 혼란한 정치현실에 대한 풍자의 알레고리

> 참새야 어디서 오가며 나느냐
> 일년 농사는 아랑곳하지 않고
> 늙은 홀아비 홀로 갈고 맸는데
> 밭의 벼와 기장을 다 없애다니[9]

---

8) 시조의 알레고리에 대해 처음으로 본격적인 관심을 보인 것은 김학성이다.
  김학성, 「시조의 존재 양태와 표현 특징」, 『정형시가』 창간호, 1994; 『한국 고시가의 거시적 탐구』, 집문당, 1997에 재수록.

소리가 크게 우니 용은 바다를 떠나
얕은 물에 맑은 물결 치며 노네[10]

고려사회는 어느 시대보다도 내부의 긴장성과 변화의 가능성을 안고
있던 사회였다. 잇따른 외침은 이 땅을 전쟁의 아수라장으로 만들어버렸
고, 불평등하기 짝이 없는 사회구조는 순진한 백성들을 폭도로 만들어
버렸다. 귀족과 평민, 부자와 빈자의 구별과 거리가 극단화되자 자연히
국가의 뼈대는 해체되기 시작했고 심화되는 모순은 중세 공동체를 와해
시켰다. 개혁의지가 결여된 지배층은 외교에 있어 의존적 예속성을 벗어
나지 못했고, 사회와 국가라는 포괄적 유대감은 점차 상실되어 갔다. 이
와 같은 상황에서 민중들의 집단적 분노와 욕망이 작품화된 수많은 참
요(讖謠)들이 생성되었다.

잘 알려진 바와 같이 「사리화(沙里花)」는 나라에서 거두는 세금이 너무
무거운 데다가 권력을 잡은 자들의 수탈로 인해 백성들이 곤궁에 빠진
것을 노래하고 있다. 참새가 다 패인 곡식을 쪼아먹는다는 상황의 제시
는 매우 소박한 알레고리의 양식을 보여준다. 공격의 대상이 되는 지배
층을 직접적으로 가리키지 않고 마치 다른 이야기를 하듯 함으로써, 적
대적인 감정과 조소가 더욱 효과적으로 부각된다. 이 노래의 시적 자아
는 애써 지은 일년 농사를 어이없게 빼앗겨버린 늙은 홀아비다. 늙은 홀
아비는 혹독한 가렴주구에 신음하는 대다수 농민들의 처지를 대변하는
집단화된 개인이며, 참새로 표상화되는 탐관오리는 시적 자아의 의지와
대립한 지배층의 전형, 부당한 세계의 양상이다. 「우대후(牛大吼)」 역시
잘 알려진 바와 같이 홍건적의 난으로 인해 서울을 버리고 안동으로 피
난간 공민왕을 풍자한 노래이다.

---

9) "黃雀何方來去飛 一年農事不曾知 鰥翁獨自耕耘了 耗盡田中禾黍爲."(『益齋亂藁』
　　卷4「沙里花」)
10) "牛大吼龍離海 淺水弄淸波."(「牛大吼」)

한편 「쌍화점」에서는 뭇 남성의 유혹 앞에 자신을 개방해두고 있는 시적 자아와 회회아비·사주·우뭇용·술집아비 등의 인물이 등장한다. 이들은 화자인 여성의 상대역일 뿐만 아니라, 당시 사회의 각 집단을 대표하는 인물로 볼 수 있다. 4개의 연에는 여러 개의 공간이 병렬구조의 성격을 띠고 나타나며 각각의 공간에는 4인의 인물이 각기 다른 의미를 지니고 등장한다. 흔히 각각 외래인·승려·군주·평민을 표상하는 것으로 보는 바, 표면적으로 뭇 남성의 유혹을 받은 여인의 입을 통해 네 가지 유형의 인간이 타락된 양상을 보임으로써 당대 현실을 암시적으로 폭로하고 있다. 부패한 현실에 대한 암시적 폭로는 드러냄 자체의 의미를 넘어서서 대상에 대한 야유와 풍자에까지 이르게 된다.

고려시대에 넘쳐났던 정치적 참요들은 당시 민중들의 여론을 대변했으며, 노래의 한계를 넘어 보다 나은 사회를 예언하는 일종의 비결(秘訣)로 존재해왔고 현실적으로 고통받는 민중들은 고통 너머에 펼쳐진 소망의 세계를 노래를 통해 꿈꾸어 왔다. 고려가요는 공동체적 삶의 테두리 속에서 민중들이 서로 공감할 수 있는 영역을 마련하여 결별의 한과 시련, 유랑의 내력이 시의 형태를 통해 굴절되어 표현되었다. 한편으로는 노래가 지닌 한계의 벽을 넘어 민중의 꿈과 욕구를 정치적 참요를 통해 표출하기도 하였다.

시조의 경우는 1)에서 예로 든 두 편의 작품처럼, 정치적 상황을 알레고리화한 작품이 매우 이른 시기부터 나타난다. 즉 당시의 시조문학에서는 새로운 왕조의 건립을 배신의 행위로 낙인찍고 새 왕조에 벼슬하기를 거부한 유학자들의 노래가 주요한 갈래를 이루고 있었던 듯하다. 표면적으로 보기에는 자연의 변화나 경물의 아름다움을 노래하고 있는 작품들에서 멸망한 고려조에 대한 짙은 그리움이나, 이성계가 정권을 장악한 행위를 비웃으며 스스로 지조를 지켜 나가려는 의지가 나타나고 있다.

이화(梨花)에 월백(月白)하고 은한(銀漢)이 삼경(三更)인지
일지춘심(一枝 春心)을 자규(子規)야 알냐마는
다정(多情)도 병(病)인 양ᄒᆞ여 좀 못일워 ᄒᆞ노라

—李兆年, 『靑珍』365

배꽃에는 달이 밝고 은하수도 삼경이나 되어 기울어졌으니 모든 것이 고요한 시각이다. 그런 가운데 화자는 도저히 풀 길이 없는 정감 때문에 두견새와 함께 잠을 이루지 못한다고 하였다. 얼핏 보면 고적한 밤에 저도 모르게 일렁이는 마음을 담담하게 풀어낸 시 같기도 하다. 또한 그렇게 읽어도 아무런 무리가 없다. 그러나 작자인 이조년의 상황을 살펴본다면 반드시 그렇게 읽히지만은 않는다. 당시 성산부원군(星山府院君)이었던 이조년은 충혜왕 당대의 정치를 간하다가 결국 고향으로 물러나고 말았다. 자신의 직간으로 인해 왕의 허물만 더욱 드러날 것 같아 귀향을 청하기는 했으나 고향에 내려와서도 왕에 대한 마음에는 변함이 없었다[11]고 전해진다. 이 시조를 수록한 자료집 몇 군데에서 이미 그런 암시를 한 바가 있는데, 작자가 고향으로 물러난 시기는 충혜왕 복위 2년(1341) 이후이니 만년의 작품으로 볼 수 있을 것이다. 그렇다면 못다 이룬 현실 참여의 의지 때문에 안정을 찾지 못하고 있는 심정이 이 작품에 반영된 것이 아닐까, 뿐만 아니라 고즈넉한 봄 밤의 정취가 아니라 바로 그것이 이 작품의 핵심적 의미가 아닐까. 이와 같이 자연을 읊되 홀로 느끼는 번민을 그 이면에 숨겨놓음으로써 당시의 격동과 깊이 연결되는 의미를 나타난 예는 고려 말에 다수 나타난다.[12]

이후, 정치적 상황을 알레고리화한 작품이 발견되는 것은 단종이 폐위되고 세조가 왕위에 오르게 된 사건을 두고 지은 이른바 사육신들의 시조에서다.

---

11) 『高麗史』 卷109 「列傳」 22 「李兆年」.
12) 조동일, 『한국문학통사』 2, 지식산업사, 1983, 195면; 김광순, 「이조년의 시조에 대하여」, 『시조론』, 일조각, 1978.

① 이 몸이 주거가서 무어시 될쏘 ᄒᆞ니
봉래산(蓬萊山) 제일봉(第一峯)에 낙락장송(落落長松) 되야이셔
백설(白雪)이 만건곤(滿乾坤)홀 제 독야청청(獨也淸淸) ᄒᆞ리라

—成三問, 『靑珍』 16

② 수양산(首陽山) 바라보며 이제(夷齊)를 한(恨)ᄒᆞ노라
주려 주글진들 채미(採薇)도 ᄒᆞᄂᆞᆫ 것가
비록애 푸새엣 거신들 긔 뉘 ᄯᅡ헤 낫ᄃᆞ니

—成三問, 『靑珍』 15

③ 간밤에 부던 바람 눈 셔리 치단 말가
낙락장송(落落長松)이 다 기우러 지단 말가
허믈며 못다 픤 곳지야 닐너 무슴 ᄒᆞ리오

—兪應孚, 『靑珍』 359

①과 ②는 성삼문의 시조인데, ①의 경우 표면적으로는 백설과 푸른 솔의 대조를 통해 언제나 푸르른 낙락장송의 속성을 드러내고 있지만, 그 이면에는 백설이 세상을 덮듯 차디찬 천하가 만물을 죽인다고 해도—즉 새 임금의 세력이 백설처럼 광대하게 세상을 덮는다고 해도—자신은 지조를 지켜 홀로 옛임금을 섬기겠다는 강한 의지와 다짐을 보여준다. 더욱이 이 작품이 형장으로 가는 길목에서 그의 마음을 돌려보려는 세조의 밀지를 보고 지은 것이라는 당시의 상황을 복원해낸다면, 단순히 절개의 아름다움이나 의의를 노래한 것으로는 볼 수 없게 된다. ②는 흔히 충신의 대명사처럼 불리는 백이·숙제 형제가 벼슬하기를 마다한 전고(典故)를 들어, 그들이 주 무왕(周武王)이 통치하는 수양산의 고사리를 캐어먹으며 연명한 것조차 떳떳하지 못한 일로 탓하고 있다. 표면적으로는 고사의 인물에 대한 자기 나름대로의 평가에 불과하나, 이 역시 당시의 급박한 상황 속에서 스스로 어떠한 경우에도 불의 앞에 무릎을 꿇지 않겠다는 화자의 결의를 표명한 것이다. ③은 유응부의 시조로

서, 표면적으로 보기에는 눈서리가 강하게 치던 밤, 낙락장송도 못 이기
고 넘어가는 판국에 미처 다 피지도 못한 꽃이야 어떻겠느냐 하는 자연
의 이치를 노래하는 듯하다. 그러나 작자는 무과 출신으로 평안도 도 절
제사를 지냈으며, 단종의 복위를 도모하다가 김질(金礩)의 배반으로 잡혔
으나 뜻을 굽히지 않았던 인물이다. 따라서 이 작품은 세조가 정변을 음
모하면서 전왕의 신의 있는 충신인 김종서와 같은 인물을 먼저 무참하
게 살해했으니, 자신을 포함한 그 나머지 사람들이야 어떻게 되겠느냐는
절실한 상황을 노래하고 있는 것이다.

　이어 16~17세기에도 각종 사화(士禍)로 인해 정치적인 지위가 불안정
한 세태를 노래한 알레고리 시조들이 다수 발견된다.

> 후싱 둙은 후에 항왕(項王)을 뉘 달래리
> 초군(楚軍) 삼년(三年)에 간고(艱苦)도 그지 업다
> 어느 제 한일(漢日)이 밝아 태공(太公) 오게 홀고
>
> 　　　　　　　　　　　　　　　—李廷煥, 『松岩遺稿』

> 박제상(朴堤上) 죽은 후에 님의 실람 알리 업다
> 이역춘궁(異域春宮)을 뉘라셔 모셔오리
> 지금에 치술영(鵄述嶺) 귀혼(歸魂)을 못너 슬허 ᄒ노라
>
> 　　　　　　　　　　　　　　　—李廷煥, 『松岩遺稿』

　위의 것은 후공(候公)이 유방의 사신으로 항왕에게 가서 유방의 아버지
인 태공을 구한 고사를 이야기하고 있고, 아래 작품은 신라 때 박제상이
일본으로 건너가 왕의 동생인 미사흔(未斯欣)을 구해 보내고 그곳에서 죽
은 이야기를 담고 있다. 두 작품 모두 태공이나 박제상 같은 인물을 찾
을 수 없음을 통탄해 하는 감정이 전편을 흐르고 있는데, 이들은 모두
인조 때 이정환(李廷煥, ?~?)의 「비가(悲歌)」 10수 가운데 두 작품이다. 그
의 생애에 대해서는 자세히 알려진 바가 없으나, 1636년 병자호란 뒤 두

문불출하며 「비가」 10수를 저작한 것으로 알려져 있다. 그 비가의 내용
은 대부분 병자호란 이후 청나라에 잡혀간 소현세자와 봉림대군을 모셔
오지 못한 데서 오는 슬픔을 분출한 것인데, 이 작품도 두 왕자를 구해
오지 못하는 한을 알레고리적으로 표현한 것이다.

> 어화 버힐시고 낙락장송(落落長松) 버힐시고
> 져근덧 두던들 동량재(棟梁材) 되리러니
> 어즈버 명당(明堂)이 기울거든 므서스로 바티려뇨
>
> — 鄭澈, 『松江歌辭』(星州本)

> 어와 동량재(棟梁材)롤 더리ᄒ여 ᄇ려이다
> 헐쓰더 기운 집의 의론(議論)도 한졔이고
> 뭇지위 고ᄌ자 들고 헤쓰다가 말려니
>
> — 鄭澈, 『松江歌辭』(星州本)

> 낙락천장송(落落千長松)이 공곡(空谷)애 ᄲᅢ여나니
> 길고 고둔 양은 동량(棟梁)의 맛다마ᄂᆞᆫ
> 장석(匠石)이 본 양을 아니ᄒ니 졀로 늘거 말가 ᄒ노라
>
> — 鄭勳, 『水南放翁遺稿』, 「自警」

세 작품 모두 동량지재(棟梁之材)가 제대로 쓰이지 못함에 대한 안타까
움을 나타내고 있는데, 짐작되는 바와 같이 동량지재로 비유되는 인재 등
용의 문제를 알레고리적으로 표현한 작품들이다. 첫 번째와 두 번째 작품
은 모두 송강(松江) 정철(鄭澈, 1536~1593)의 작인데, 그의 정치생활이 치열
했던 당쟁과 더불어 파란만장했음은 잘 알려진 바대로이다. 첫 번째 작품
은 그냥 두면 동량재가 될 수 있는 낙락장송을 베어버렸으니, 이제 명당
이 기울면 무엇으로 버티겠느냐고 하여 조정에 인재 없음과 나라의 앞날
을 한탄하는 내용이고, 두 번째 작품 역시 집이 기울어지고 있는데 시비
와 의논에만 빠져 있어 재목을 알아보지 못함을 풍자하는 내용이다. 세

번째는 빼어난 낙락장송의 기품이 동량지재로서 마땅하나, 장인(匠人)의 눈길에서 벗어났기에 하릴없이 늙어 가는 것이 안타깝다는 뜻을 나타냈다. 이 작품은 정훈(鄭勳, 1563~1640) 작인데, 그는 남원 지역을 기반으로 한 향촌 사족으로, 성균관 유생 시절에 훈구파의 전횡을 비판하다가 낙향한 뒤 20여 수의 시조를 남겼다.[13]

송강의 작품이 동량지재를 통해 당시의 상황을 비판하고 풍자하는데 초점을 두고 있다면, 정훈의 작품은 "자경(自警)"이라는 제목이 말해주듯 스스로가 동량지재임을 은근히 내비치면서 세상이 자신을 알아주지 않는 것에 대해 한탄하고 있어 대비된다. 곧 스스로 생각하기에 자격이 충분함에도, 세상이 자신을 알아주지 않아 남원 땅에서 소일하며 늙어가고 있음을 탄식하는 것이다.[14]

알레고리의 측면에서 볼 때 17세기 시조 시인 가운데 가장 두드러진 면모를 보이는 작자가 바로 신흠(申欽, 1566~1628)이다. 그의 작품 대부분이 방축되어 전원생활을 하고 있던 시기의 체험과 감정을 읊고 있는데[15] 다양한 기법의 알레고리를 통해 자신의 뜻을 우회적으로 드러내고 있다.

---

13) 정훈의 시가는 주로 박인로와 더불어 향촌사족 시조의 범주에서 논의되고 있다. 최광원, 「정훈문학 연구」, 숭전대 석사논문, 1982; 나병호, 「정훈·박인로의 시가 대비 연구」, 한남대 석사논문, 1989; 한창훈, 「박인로·정훈 시가의 현실인식과 지향」, 고려대 석사논문, 1993.

14) 여기에는 세상으로부터 버려졌다는 방축의식이 드러난다. 이상원, 『17세기 시조사의 구도』, 월인, 2000, 138~139면.

15) 그의 『방옹시여』 30수 가운데 약 20수 정도를 알레고리로 볼 수 있다. 신흠의 시세계를 연구한 대부분의 논문에서 그의 시조가 현실을 비판적, 우의적으로 드러냈다는 점을 인식하고는 있으나, 특별히 알레고리의 방식에 주목하지는 않았다.
　　신흠은 20세에 생원 진사시에 합격하고 이듬해에 문과에 급제하였으며, 34세에 장자 翊聖을 선조의 셋째 딸인 정숙옹주와 혼인시켜, 48세 때인 1613년 계축옥사가 일어날 때까지 출세의 가도를 달렸다고 할 수 있다. 선조의 遺敎七臣 가운데 한 사람으로 광해로부터 두 번이나 대사헌에 임명되었지만 나아가지 않아 왕의 미움을 샀으며, 계축옥사가 일어나자, 선영이 있는 김포로 쫓겨나고 말았다. 이후 김포 → 춘천 → 김포를 오가며 실의와 좌절의 나날을 보냈는데, 그의 작품 대부분이 이러한 방축기에 저작된 것으로 알려져 있다.

어젯밤 눈온 후(後)에 돌이조차 비최엿다
눈 후(後) 둘빗치 몰그미 그지업다
엇더타 천말부운(天末浮雲)은 오락가락 ᄒᆞᄂᆞ뇨

— 申欽, 『靑珍』 121

냇ᄀᆞ에 희오라바 므스일 셔 잇ᄂᆞᆫ다
무심(無心)ᄒᆞᆫ 져 고기를 여어 무슴 ᄒᆞ려ᄂᆞᆫ다
아마도 ᄒᆞᆫ 믈에 잇거니 니저신들 엇ᄃᆞ리

— 申欽, 『靑珍』 122

위의 두 작품은 모두 자연물의 알레고리를 통해 세태를 풍자하는 내용을 담고 있다는 점에서 전대의 시조와 유사한 모습을 보여준다. 앞의 시조에서 '눈빛', '달빛'은 모두 맑음의 표현으로 이상적 사회와 임금의 덕성을 표현하는 듯하고, 이에 비해 '하늘 끝에 달린 구름 조각'은 부정적 이미지로서 현실사회의 실태, 즉 간신배의 농간을 나타내고자 한다. 뒤의 시조에서 '해오라비-고기'의 대립관계는 약육강식이라는 자연의 원리를 요약하면서, '한 물'이라고 지시된 동일한 세계에 거하면서도 서로 먹고 먹히는 상황을 연출하는 냉혹한 현실을 풍자하고 있다. 이때의 해오라비는 부정적 이미지로서 당시 정인홍 등의 북인 무리들을 가리키고, 고기는 당시 피해를 입었던 신하들, 특히 기축옥사의 피해자들을 나타내는 것으로 판단된다. 따라서 비판의 중점은 '해오라비'로, 당대 대북파의 횡포를 비판하는 데 놓여 있다.

사호(四皓) ㅣ 진짓것가 유후(留侯)의 기계(奇計)로다
진실로 사호(四皓) ㅣ 면은 일정(一定) 아니 나오려니
그려도 아니냥ᄒᆞ여 여씨객(呂氏客)이 되도다

— 申欽, 『靑珍』 119

양생(兩生)이 긔 뉘런고 진실(眞實)로 고사(高士) ㅣ 로다

　　진(秦)떡의 일흠 업고 한(漢)떡의 아니 나니
　　엇덧타 숙손통(叔孫通)은 오다말라 ᄒ눈고

— 申欽, 『靑珍』 120

위의 작품에서는 지절의 고사(高士)로 칭송되던 상산사호(商山四皓)[16]를
일반적 견해와 달리 비판 대상으로 인식하고 있는데, 여기에서 비판의
핵심을 이루고 있는 것은 끝까지 지조를 지키지 못하고 여씨의 객이 되
었다는 점이다. 그는 이 고사를 통해 당시 고사로 자처하던 무리들의 행
태를 사호에 빗대어 비판하고 있는 듯하다. 반면, 두 번째 작품에서는 예
악과 전적에 어두워 시류변화를 인지하지 못하는 완고한 인물이라고 일
반적으로 평가되던 양생(兩生)이야말로 진정한 고사(高士)임을 높이 평가
하고 있다. 여기에서 찬양의 중점이 놓여진 곳은 공명을 초탈하여 끝까
지 지조를 지켰다는 사실이다. 곧 고사임을 자칭하는 자들보다 무명이었
던 그가 훨씬 더 진정한 고사라고 주장하고 있는 것이다.

　이 두 작품은 역사적인 인물을 전고로써 인용하여 그 이면에서 당대
의 현실과 인간군상을 비판하고 있다는 점에서는 전고를 사용하는 다른
작품들과 유사하다. 그러나 단순히 외적인 상황에 대한 비판에 그치지
않고, 스스로에 대한 지절을 다짐하고 강조하고자 하는 의지를 간접적으
로 표현하고 있다[17]는 점에서 주목된다. 격동의 시대는 인간으로 하여금

---

16) 잘 알려진 바와 같이 상산사호는 진나라 말년 전란을 피하여 섬서성 상산에 은거하
　여 紫芝曲을 노래한 네 사람의 은자(東園公, 夏黃公, 甪里先生, 綺里李)를 말한다. 한
　고조가 불렀으나 불응하고 후에 고조가 태자를 폐하고 척부인이 낳은 아들을 태자로
　봉하려 하자 여태후가 오빠 여택을 내세워 장량을 협박하였다. 고조의 마음을 움직일
　수 있는 유일한 인물로 상산사호를 추천하여, 장량의 기계와 여택의 간곡한 초청에 초
　지를 바꾸어 사호가 건성후의 객이 된 일을 말한다.

17) 이는 『상촌집』 권53 「山中獨言」에서 "가장 알기 어려운 것이 사람들의 진실성 여부
　이나, 큰 화란을 겪고 나면 그 정체가 바야흐로 드러나게 마련이다. 계축년에 변이 일
　어났을 때 사부들의 행위를 보건대 천태만상으로 사람에 따라 각각 달랐다. 평소 도의
　를 담론하며 名節을 자부하던 인사들이 거꾸로 나약해지면서 겁을 내 두려워한 나머
　지 숨소리도 제대로 크게 내지 못하는가 하면, 간혹 범상한 인물로 지목되던 자들이
　이런 때를 당하여 자기 뜻을 굽히지 않고 떳떳이 나서기도 하였다. 아 평소에 이름이

수많은 선택의 갈림길에서 고민하게 만든다. 그리고 그러한 와중에서 평소에 알고 지내던 인간들의 참모습이 드러나기도 하는 것이다. 전쟁과 연이은 당쟁을 겪으면서 작자는 "인간의 실체란 쉽사리 알기 어렵다"는 사실을 새삼스레 깨닫게 되고, 이로써 자아의 지절 의지를 다시 한번 다잡게 되었던 것이다.

> 술먹고 노는 일을 나도 왼줄 알건마는
> 신릉군(信陵君) 무덤 우희 밧가는 줄 못 보신가
> 백년(百年)이 역초초(亦草草)ᄒᆞ니 아니 놀고 엇지 ᄒᆞ리
>
> ― 申欽,『靑珍』125

이 시조는 방축된 스스로의 처지를 회의하고, 실의에 빠진 작자가 세상을 잊고자 하는 내용으로 알려져 있다. 그러나 여기에서 인용된 신릉군의 덧없음은 두 가지의 뜻으로 해석이 가능하다. 그 하나는 영화로움이란 것 자체의 덧없음으로, 곧 병을 핑계로 치사(致仕)한 뒤 식객을 3천 명이나 거느리면서 빈객과 주색에 탐닉하다가 4년만에 술병으로 죽은 신릉군을 비판하고 있다는 것이다. 다른 하나는 공을 쌓고도 결국은 인정받지 못하는 삶에 대한 덧없음이다. 곧 진나라가 월나라를 침입했을 때 월을 도와 승리로 이끌고, 월에 10년이나 머문 뒤 귀국하고 나서도 다섯 나라의 군사를 이끌고 진을 대파했으나, 결국 참소로 위왕의 기피인물이 되어 병을 핑계로 조정에 나아가지 않았던 사실을 지적하고 있는 것이다. 따라서 종장의 '백년 역초초(百年 亦草草)'가 그만큼 인생이 수고롭고 고되다는 모습을 나타낸다고 보면, '아니 놀고 엇지ᄒᆞ리'라는 표현은 인생이 무상하니 술로 달래고 잊어야 한다는 자포자기의 심정을 말하고 있다기보는, 술먹고 노는 일이 잘못되었음을 알면서도 술을 마실 수밖에 없는 절

나지 않던 자들이라고 하여 꼭 실제로 그렇다고 할 수는 없는데 반하여, 실제 내용이 없는 자들은 결국 그런 이름을 벗어나지 못하게 되는 법이다. 나는 이 일을 통해 한 가지 교훈을 경계로 삼게 되었다"와 관련지어 생각해 볼 수 있다.

박한 현실의 어려움을 토로한 것으로 보아야 할 것이다.

정치적 상황을 알레고리화한 시조는 시조 장르 전반에 걸쳐 큰 변화가 일던 18세기에도 여전히 나타나고 있다.[18]

① 장공(長空)에 떳는 쇼로기를 살찜을 무삼일고
　　썩은 쥐를 보고 반회불거(盤廻不去)하는고야
　　만일에 봉황(鳳凰)을 만나면 무임될까 ᄒ노라

— 金振泰,『甁歌』461

② 광풍(狂風)에 쩔린 이화(梨花) 옴여감여 눌리다가
　　가지(柯枝)에 못 올으고 검의줄에 걸리거다
　　져 검의 낙화(落花)ㅣ ㄴ 줄 모로고 나븨 잡ᄯᅳᆺ 홀연다

— 李鼎輔,『甁歌』408

③ 강호(江湖)에 노는 곡이 즑인다 블어말아
　　어부(漁夫) 돌아간 후 엿는이 백로(白鷺)ㅣ 로다
　　종일(終日)을 쓰락 좀기락 한가혼 째 업들아

— 李鼎輔,『甁歌』410

①은 숙종 때 사람인 김진태(金振泰)[19]의 작품인데, '쇼로기'가 수탈을

---

18) 남정희는 18세기 사대부 시조가 제재 및 소재에 있어서 다양화되는 현상을 보이며, 특히 부정적 현실을 비난하거나 풍자하는 우의적인 시조들이 애정시조와 더불어 다수 창작되었다고 보고 있다.
　　남정희,「18세기 사대부 시조 연구」, 이화여대 석사논문, 1994.
19) 그의 생몰연대는 알 수 없으며 활동한 시기도 명확하지는 않다.『병와가곡집』목록에 영종조 서리라 되어 있는데, 18세기 가객 중 서리출신이 많은 것으로 미루어 신빙성이 있다고 볼 수 있다. 그의 작품은 26수가『청구가요』에 수록되어 있는데,『청구가요』수록 작가 가운데 가장 많은 작품 수일 뿐 아니라 김천택, 김수장 다음 가는 많은 숫자이다. 아마도 당시 작가로서의 역량이 뛰어났던 것으로 보인다. 김수장은 그를 평하여 "그 뜻이 뛰어나고 소리의 울림이 더할 수 없이 맑으며 세속에 물들지 않음이 무협의 쓸쓸함 같고 옥같이 아름다운 말은 봉래 기주의 신선의 말과 같다"라고 했다 한다.
　　한국시조학회 편,『고시조작가론』, 백산출판사, 1986, 355~356면.

일삼고 있는 권세가 집권 세력이라면 '썩은 쥐'는 마치 주검과도 같은 무력한 백성이 된다. 곧 이러한 짐승들의 알레고리를 통해 먹고 먹히는 살벌한 삶의 현장이 드러나며, 이 광경을 보고 작자는 장차 나타날 봉황을 거론하면서 소록의 몽매함과 탐욕을 조롱하여 비난하고 있다. 동시대 사람인 주의식(朱義植)의 작품 중에 "쥐촌 쇼로기들아 배부르다 쟈랑ㅁ라 / 청강(淸江) 여윈 학(鶴)이 주리다 부릴소냐 / 내 몸이 한가(閑暇)ᄒ야ᄆᄂ 술 못진들 엇더리"라는 것이 있는데, 유사한 발상을 보여주고 있다. 둘 다 전대의 작품과 마찬가지로 세상에 대한 비판의 뜻을 나타내지만 야유와 빈정거림이 더욱 강하게 느껴지며 황당하고 참담하기 짝이 없는 사회 현상의 한 측면을 상징적으로 꼬집고 있다.

②·③은 모두 이정보(李鼎輔, 1693~1766)의 작품이다. ②는 꽃잎을 나비인 줄 알고 달려드는 거미의 우매함과 잡식성, 탐욕에 대한 비판과 함께, 약자는 강자에게 희생당할 수밖에 없는 현실을 말해주고 있다. 그리고 이를 통해 관직에서 밀려났거나 당쟁의 희생물이 된 불우한 선비('梨花')가 '거미'로 비유된 세도층에 의해 다시 환란을 겪는 상황을 드러내고 있는 것이다. ③은 흔히 보는 강호시가 같지만 강호에서의 즐거움이 아닌, 생존의 참혹한 현실을 표현하고 있다. '강호의 고기'는 '어부'가 돌아가도 '백로'에게 다시 생명의 위협을 당하게 된다는 사실은, 민생의 고혈을 빨아먹는 포악한 지배세력에게 끊임없이 시달리며 살아가야만 하는 피지배층의 고단한 생활을 알레고리로써 나타낸다.

그런데 이 두 작품은, 정치적 현실에 대한 알레고리 외에 다른 의미로도 해석이 가능하다. ②의 경우 '이화'(당쟁을 배경으로 한 불우한 선비)↔'거미'(그를 괴롭히는 또 다른 세도가)의 대립에서 벗어나 작품의 뜻을 좀더 파헤쳐보면, 이화는 단지 나비처럼 보인다는 이유만으로 거미의 먹이가 되고 만다는 의미가 되니, 이화(일반적인 사람)=나비(거미, 즉 무엇인가를 노리고 있는 사람의 목표)↔거미(무엇인가를 노리고 있는 사람) 즉, 세상은 아무런 관련이 없는 사람에게도 곳곳에 거미줄이 쳐 있는 함정과도 같은 곳이라는 뜻[20]으로 읽힐 수도 있다. ③ 역시 겉으로 보기에는 안락한 삶을 누리는 것 같아도 실상 온갖 어려움과 위험에 처해 사는 것이 사람의 운명이라는, 보다 포괄적인 의미로 이해가 가능해진다.

> 형산(荊山)에 박옥(璞玉)을 얻어 세상(世上)사람 뵈라가니
> 것치 돌이어니 속 알리 뉘이시리
> 두어라 알닌들 업스랴 돌인드시 잇거라
>
> —朱義植, 『靑珍』383

숙종 때 주의식(朱義植)의 작품으로, 박옥으로 표현된 인재를 알아보지 못하는 상황을 풍자하고 있다. 초나라 변화(卞和)가 형산에서 얻었다는 이 구슬은 아직 쪼거나 갈지 않은 옥 덩어리여서 마치 돌처럼 보일 따름이다. 초·중장은 바로 이 점을 상기시키면서 겉만 보고 속은 볼 줄 모르는 세상사람들의 무지를 간접적으로 탓하고 있는 것이다. 작자의 주지(主旨)는 종장에 놓여 있는 듯한데, 훗날 박옥의 진가를 알 사람이 반드시 나타날 것이니 그때까지 구슬 행세는 말고 겉모양 그대로 돌인 듯 그냥 조용히 있으라는 뜻으로 읽힐 수 있다.

그러나 김천택(金天澤)이 '지신(持身)이 공검(恭儉)하고 처심(處心)이 괄정(恬情)하여 군자의 풍(風)이 있다'고 평가했던[21] 주의식은 이 작품에서 세상에서의 좌절과 불만을 토로하고 있다. '형산의 박옥'이 시적 자아 본연의 자질이라면 겉이 돌인 것은 세상의 가치와 질서체계가 규정해버린 비본질적 외적 요소를 지시하고 있다. 결국 박옥을 돌로 규정하는 세속적 가치기준이 압도하는 세상에서 '돌인 듯이' 있겠다는 현실적 자기 처지의 인식, 더 나아가서는 소극적 긍정을 알레고리적으로 표현한 작품인

---

20) 신연우, 「경세시조에 보이는 세상살이의 표정」, 『조선조 사대부 시조문학 연구』, 박이정, 1977, 186면에서는 이렇게 해석하고 있다.

21) 심재완, 「주의식(朱義植) 작품후서(作品後序)」, 『교본 역대시조전서』, 세종문화사, 1972, 1255면.

것이다.

① 구레버슨 천리마(千里馬)를 뉘라셔 잡아다가
　조죽 살문 콩에 슬지게 먹여둔들
　본성(本性)이 외양ᄒ거니 이실쥴이 이시랴

—金聖器, 『青珍』 245

② 섭시른 천리마(千里馬)를 알아볼 이 뉘 잇시리
　십년역상(十年櫪上)에 쇽절없이 다 늙써다
　어듸셔 살진 쇠양마(馬)는 외용지용ᄒ는이

—金天澤, 『海周』 444

　두 작품 모두 '천리마'라는 소재를 통해 자신의 처지를 빗대어 표현하고 있다. ①은 영조 때의 뛰어난 가인(歌人)이었던 김성기(金聖器)의 작품이다. 몇 편의 전(傳)을 통해 잘 알려진 대로[22] 그는 상방(尚方)에서 활을 만들던 궁인(弓人)이었으나 음률에 뜻을 두고 마침내 거문고로 명성을 얻었으며, 당대의 권신이었던 목호룡(睦虎龍)의 부름을 거절할 만큼 기개가 있었다고 한다. 이 작품에서는 본성이 거칠고 자유로운 천리마를 아무리 배불리 먹여준들 길들일 수는 없듯, 세상의 질서와 구속 안에 얽매일 수 없는 자신의 정기를 피력하였다. 즉 신분적 한계와 중세적 질곡 속에서 아무리 풍요로운 삶이 보장되더라도 자유를 향한 지향은 버릴 수 없다는 예인으로서의 풍모를 알레고리를 통해 보여주고 있는 것이다. ② 역시 스스로를 천리마에 비유하고 있다는 점은 ①과 같다. 천리마지만, 섶을 싣고 있기에 세상에 그를 알아주는 이가 없다. 소리만 요란한 쇠양마들이 득세하는 세상과, 천리마임에도 불구하고 마구간에서 속절없이 늙어가야 하는 자신의 처지와의 사이에서 발생하는 대립과 갈등을 첨예하게 표출한 작품이다. 작자인 김천택은 뛰어난 가객이었지만 낮은 신분의

---

22) 한국시조학회 편, 『고시조작가론』, 백산출판사, 1986.

무인(武人)이었으며, 한문 소양에 대한 욕구와 집착이 남달랐다고 한다.[23] 이 작품에서는 스스로의 지향과 그것을 가로막는 현실적 한계에서 오는 좌절이 알레고리로써 잘 표현되고 있다.

이렇게, 시조의 알레고리는 주로 작자를 둘러싼 혼란스럽고 부정적인 현실을 우회적으로 드러내기 위한 목적으로 흔히 사용되었다. 정치현실을 반영하는 알레고리는 고려시대로부터 18세기까지 지속적으로 나타나며, 이것이 시조를 비롯한 고전시의 알레고리에서 발견할 수 있는 가장 뚜렷한 양상이라고 할 수 있다.

(2) 진리·가치를 지향하는 알레고리

이 전형적인 예는 아무래도 "태산이 높다하되"에서 찾아야 할 것이다.

> 태산(泰山)이 높다하되 하늘 아래 뫼이로다
> 오르고 또 오르면 못 오를 리 없건마든
> 사람이 제 아니 오르고 뫼만 높다 하더라
>
> —『靑珍』374

잘 알려진 바대로 양사언의 이 작품은 '태산오르기'라는 표면적인 언술 뒤에 목표를 설정한 사람에게는 오로지 노력과 정진만이 있을 뿐이라는 교훈을 넌지시 함유하고 있는 시조이다. 이처럼 정치 현실과 같이 작자를 둘러싼 어떤 구체적인 상황이 아니라, 그보다 더 포괄적이며 개념적인 원리 내지는 가치를 표현하기 위한 알레고리도 우리 시가에서는 발견된다.

> 강두(江頭)에 흘립(屹立)ᄒ니 앙지(仰之)예 다옥 높다
> 풍상(風霜)에 불변(不變)ᄒ니 찬지(鑽之)에 더옥 굿다

---

23) 고미숙, 「조선후기 평민가객의 문학적 지향과 작품 세계의 변모 양상」, 고려대 석사 논문, 1986, 25면.

사람도 이 바회 ㄱ호면 대장부ㄴ가 ㅎ노라

—朴仁老,『蘆溪集』

무정(無情)히 서는 바회 유정(有情)ㅎ야 보이ᄂ다
최영(最靈)ᄒ 오인(吾人)도 직립불의(直立不倚) 어렵거늘
만고(萬古)에 곳게션 얼고리 고칠적이 업ᄂ다

—朴仁老,『蘆溪集』

「입암(立巖)」이라는 제복이 붙어 있는 박인로(朴仁老, 1561~1642)의 시조 가운데 두 편이다. 바위를 대상으로 읊고 있는 일련의 작품들을 통해 그가 지향하는 삶이 어떤 것인지를 보여준다. 쳐다볼수록 더욱 높아 보이고, 뚫어볼수록 더욱 굳게 보이는 사대부의 형상, 그것이 바로 작자 박인로가 지향한 삶인 것이다. 두 번째 시조에서 '바회'란 곧게 서서 굽지 않는 윤리적 가치를 대표하고 있는데, 이때 바위는 그 자체로서 이미 절대적인 가치를 지니게 된다. 이 작품은 자연물이 가지는 물리적 특성을 강고한 윤리규범으로 대체함으로써 시인의 추구하고 있는 이념지향을 보여준다.

내 버디 멋치나 ᄒ니 수석(水石)과 송죽(松竹)이랴
동산(東山)의 둘 오르니 긔 더옥 반갑고야
두어라 이 다숫 밧긔 또 더ᄒ야 머엇ᄒ리

구룸 빗치 조타ᄒ나 검기롤 ᄌ로ᄒ다
ᄇ람소리 묽다ᄒ나 그칠 젹이 하노매라
조코도 그츨 뉘 업기ᄂ 믈뿐인가 ᄒ노라(水)

고즌 므스일로 퓌며셔 수이 디고
플은 어이 ᄒ야 프르ᄂ 둣 누르ᄂ니
아마도 변티 아닐손 바회뿐인가 ᄒ노라(石)

더우면 곳 퓌고 치우면 닙디거늘
솔아 너는 엇디 눈서리를 모르는다
구천(九泉)의 블휘 고둔 줄을 글로하야 아노라(松)

나모도 아닌 거시 플도 아닌 거시
곳기는 뉘시기며 속은 뷔연는다
뎌러코 사시(四時)예 프르니 그를 됴하 하노라(竹)

저근 거시 노피 떠서 만물(萬物)을 다 비취니
밤듕의 광명(光明)이 너만하니 또 잇느냐
보고도 말 아니하니 내 벋인가 하노라(月)

—尹善道, 『孤山遺稿』 「山中新曲」

　고산의 「오우가(五友歌)」는 얼핏 보기에는 단순한 풍물시가처럼 느껴진
다. 곧 순수한 자연물로서의 물이나 돌의 외관을 노래하고 찬양하고 있
는 것처럼 보일 수도 있다. 그러나 짐작되는 바대로 여기에 등장하는 자
연물과 그 자연물에 대한 칭송은 단순한 감상에 그치고 있지 않다. 대상
은 모두 인격화되어 있고, 인간과의 관계에서 묘사되어 있으며 인간—
곧 사대부—이 지향하는 시적 형상으로 승화되어 있다. 이 작품들에서
돌 하나, 나무 한 그루, 무심히 떠 있는 달은 모두 사람들에게 교훈을 준
다. 물은 맑고도 그칠 줄을 모르기 때문에, 바위는 묵중하고 변치 않기
때문에, 솔과 대는 눈서리 속에서도 사철 푸르기 때문에, 그리고 달은 세
상만물을 고루 다 비칠 뿐 아니라 무엇이나 보고도 시비가 없기 때문에
그것들은 모두 서정적 자아의 벗이 된다는 것이다.
　「오우가」의 다섯 소재로부터 추출해낸 의미는 고산이 추구하는 규범
적 덕목들로서, 그 정신적 기반은 전통적인 유가이념에 있다. 비슷한 소
재와 형태를 보이는 「사우가(四友歌)」가 유가이념의 추구보다는 유배 생
활을 이겨내려는 의지를 노래한 것이라면[24] 고산의 「오우가」는 철저하

게 사물 뒤에 숨어 있는 이념적 의미의 알레고리를 보여준다. 이는 이성적 판단 또는 논리적 인식을 기반으로 한 알레고리라는 점에서 ①의 정치현실적 알레고리와는 구별된다.

(3) 말놀이를 즐기는 유희적 알레고리

시를 궁극적으로 인간의 선험적이고 보편적인 언어예술활동을 바탕으로 하는 것이라 할 때, 언어적 특성 자체 갖는 재미가 그 목적이 되는 작품들도 있다. 다음은 말이 갖는 놀이성에 중점을 둔 알레고리 작품들이다.

> 일신(一身)이 사쟈훈이 물썻계워 못견딀쐬
> 피(皮)ㅅ갓튼 갈랑니 보리알갓튼 수퉁니 줄인니 갓깐니 잔벼록 굴근벼록 강벼록 왜(倭)벼록 긔는놈 쒸는놈 비파(琵琶)갓튼 빈디삭기 사령(使令)갓튼 등이아비 갈쓰귀 삼의약이 셰박희 눌은박회 바금이 거저리 불이쏘족훈목의 달리기다훈목의 야읜목의 살진목의 글임에 쇄록이 주야(晝夜)로 뷘쩌 업시 물건이 쏘건이 뜻거이 심(甚)훈 당(唐)빌리예셔 얼여왜라
> 그 중(中)에 참아 못견될손 유월(六月) 복(伏)더위예 쉬프린가 호노라
> —李鼎輔, 『瓶歌』1106

널리 회자되었다는 이정보의 이 시조가 갖는 가장 두드러진 특징은, 해충들의 이름을 거침없이 나열하고 있다는 것이다. 이렇게 다양한 종류의 해충들을 열거함으로써 사회적인 해독을 끼치는 자들을 암시·풍자했다고 볼 수도 있다. 이런 노래를 부르며 듣는 사람들은 갖가지 수탈이 가

---

24) 한 작품을 예로 들면 다음과 같다.
> 곧이 無限호되 梅畵롤 심근 뜻은
> 눈 속에 곧이 퓌에 훈 비딘 줄 貴호도다
> 호물며 그윽훈 香氣롤 아디 貴코 어이리

이진의(李愼儀, 1551~1652)는 광해군 때 형조참의로 있다가 폐모사건의 부당함을 간한 일로 회령으로 유배당하였으며, 인조반정이 일어난 1623년까지 홍양에서 유배생활을 하였다. 그의 시조는 이러한 유배생활 가운데 창작된 것이다.

혹해져 그대로는 살 수 없는 세태를 절감하고 있었기에 갖가지 소임을 맡고 수탈의 방도를 교묘하게 차리는 아전들의 모습을 물것들과 하나씩 대응시켜보는 쾌감을 자연스럽게 누렸을 것이다. 그런데 왜 하필 종장에 나오는 '6월 쉬파리'가 지금까지 나열된 해충들보다 유달리 사람을 못견디게 하는 것일까? 이는 이강옥이 옳게 지적했듯,[25] 실제적인 체험에서 나온 것이 아니라 사대부적 독서체험의 결과이다. 즉 구양수의 「증창승부(憎蒼蠅賦)」나 『시경』 「소아」편의 「청승삼장(靑蠅三章)」에서 '소인배' '아첨꾼' '참소배'를 상징하는 것이 바로 쉬파리이기 때문이다. 또한 중장에 열거된 수많은 종류의 해충들도 그 원관념과 연결되어 현실비판적 의미를 분명하게 짚어내지는 못한다. 따라서 이 작품은 일상생활에서 사람을 괴롭히는 해충들을 일정한 질서에 따라 나열하기는 했지만, 그것을 토대로 어떤 의미망을 형성했다고 하기에는 부족하다. 오히려 사람을 해치거나 귀찮게 하는 해충들에 대한 언어적 분풀이 내지는 탄식이라는 성격을 더 강하게 지니고 있는 듯하다. 곧 언어유희가 주는 쾌감에 목적을 두고 있는 것이다.

> 심의산(深意山) 세네 바회 휘도라 감도라
> 오유월(五六月) 낫계죽만 살어름 지뛴 우희 즌 서리 섯거치고 자최눈 뿌렷거눌 보왓는가 님아님아
> 온 놈이 온 말을 ᄒᆞ여도 님이 짐쟉ᄒᆞ쇼셔
>
> — 鄭澈, 『松江歌辭』(星州本)

> 대천(大川)바다 흔가온데 중침세침(中針細針) ᄲᆞ지거다
> 열아믄 사공(沙工)이 길남은 사어(沙於)ᄯᅥ를 끗가지 두러메여 일시(一時)예 소리치고 귀쪄여 내단 말이 이셔이다 님아님아
> 왼놈이 왼말을 하여도 님이 짐쟉(斟酌)ᄒᆞ시소
>
> — 『靑珍』501

---

25) 이강옥, 「사설시조 '일신이 사자하니'에 대한 고찰」, 『한국고전시가작품론』 2, 집문당, 1992.

위의 시조는 「송강가사」에 실린 정철의 작품으로 장시조 발생 시기를 논하는 데서 주요하게 다루어지는 작품이다. 무더운 날 수미산에 살얼음이 지핀 된서리가 치고 밟으면 녹아 버릴 만큼 눈이 내린다는 말이 있지만 뭇사람이 이런 말을 한다 해도 님은 믿지 말라는 것이다. 초장과 중장은 물리적으로 불가능한 상황를 알레고리화하여 진술한 것인데, 이 알레고리는 뭇사람의 말이 객관적인 사실이 아님을 강조하는 데 효과적인 장치가 되고 있다. 또 '님'은 임금이며, '온놈'이란 그를 시기하는 무리들을 가리킨다고도 볼 수 있다. 그렇다면 이 작품은 작자가 유배당한 시기에 억울한 심정과 자신의 진실된 마음을 임금이 알아주었으면 하는 소망을 알레고리화하고 있는 작품으로 볼 수 있다.

그런데 아래의 시조는 큰 바다 한 가운데에 빠진 작은 바늘을 사공들이 끝이 무딘 상앗대로 건져냈다는 말이 있지만, 님은 이 말이 사실이 아님을 짐작하라는 내용이다. 초장과 중장은 송강의 시조와 마찬가지로 불가능한 상황을 알레고리화한 것이지만 과장의 정도가 지나쳐서 황당할 정도이다.

앞에서 설명했듯이 송강의 시조는 화자의 정치적인 대립과 갈등이 심화되고 정치의식이 내면화된 것이다. 따라서 과장적이라고 해도 현실적 상황과의 긴장을 상실하지 않고 있다. 또한 이와 같은 현실적 긴장관계 때문에 화자의 태도나 시어의 표현 또한 진지할 수밖에 없다. 그러나 현실적 긴장관계가 약화될수록 작자의 시작 태도의 진지성은 약화되고 알레고리적 상상력은 과장의 정도를 더하여 정체성을 상실하게 된다.[26] 송강의 시조에 비해 아래의 시조는 작품과 현실적 상황과의 긴장력이 약화됨으로써, 진지성이 감소되고 그에 따라 시어의 표현이 희화적 모습을 띠어 말놀이의 차원으로 변질된 모습을 보여주고 있다.

또 다른 유희적 알레고리들은 성(性)을 소재로 한 작품들에서 흔히 발

---

26) 임주탁, 「송강 시조의 우의적 관습」, 『인문학지』 9집, 충북대 인문과학연구소, 1993.

견되는데, 그 한 예를 기녀들의 수작시조에서 찾을 수 있다.

> 철(鐵)을 철(鐵)이라커든 무쇠 석철(鐵)만 녀겻더니
> 다시 보니 정철일시 적실ᄒ다
> 내게 골풀무 잇더니 녹여볼까 ᄒ노라
>
> ―『甁歌』546

> 옥(玉)을 옥(玉)이라커든 형산백옥(荊山白玉)만 녀겻더니
> 다시 보니 자옥일시 적실ᄒ다
> 내게 술송곳 잇더니 뚜러볼까 ᄒ노라
>
> ―『甁歌』545

사대부인 정철과 그와 사랑을 나누던 기녀 진옥이 주고받았다는 수작 시조이다. 정철과 진옥의 이름이 알레고리의 보조관념이 되고, '철, 무쇠, 석철, 정철'이 정철을, '옥, 형산백옥, 자옥'이 진옥을, '골풀무와 살송곳'이 각각 남녀의 성기를 가리킴으로써 성적인 적나라함을 놀이로 승화시키고 있다. 실명으로 거론된 정철―진옥도 실제 작자라기보다는 언어유희로써 취하려는 대상이 되기에 적합한 인물이어서 끌어온 것으로 해석된다.

이러한 작품들이 성(性)이 가진 노골적인 측면을 완화하기 위해 알레고리를 선택했다면(즉 다른 vehicle로서 tenor인 성을 감추었다면), 한편에서는 알레고리를 통해 노골적인 성의 모습을 더욱 강조함으로써 다른 의미를 꾀하는(즉 성이 vehicle이 되고 다른 의미가 tenor의 자리에 놓이는) 작품들도 찾아볼 수 있다.

> 각씨(閣氏)네 더위들 사시오 일은 더위 느즌 더위 여러 히포 묵은 더위
> 오유월(五六月) 복(伏)더위에 고은 님 만나이셔 둘 불근 평상 위희 츤츤 감겨
> 누엇다가 무엄 일 엿던디 오장(五臟)이 번열(煩熱)ᄒ여 구슬 ᄯᆞᆷ 흘니면서 헐쩍
> 이는 그 더위와 동짓ᄃᆞᆯ 긴긴 밤의 고은 님 품에들어 ᄃᆞ스 아롬 목과 돗가온 니

불 속에 두 몸이 흔 몸 되야 그리져리 니 수족(手足)이 답답고 목굼기 타올 젹
의 윗목의 찬 슉늉을 벌쩍벌쩍 켜는 더위 각씨네 스랴거든 소견디로 사시옵서
　 쟝스야 네 더위 여려 듕에 님 만난 두 더위는 뉘 아니 됴화리 눔의게 프디
말고 매게 프르시소

— 申獻朝, 『蓬萊樂府』

　 간 밤에 즈고 간 그 놈 아마도 못 니져라
　 와(瓦)얏놈의 아들인지 즌흙에 쏨니드시 사공(沙工)놈의 명녕인지 사어(沙於)
써로 지르드시 두더쥐 녕식인지 곳곳이 뒤지드시 평생(平生)에 처음이요 흉즁
이도 야롯지라
　 전후(前後)에 나도 무던이 격거시되 춤 맹서(盟誓)지 간밤 그 놈은 춤아 못
니즐낫 노라

— 李鼎輔, 『瓶歌』 943

　 장사치와 각시의 대화체로 되어 있는 첫 번째 작품에서는, 세시풍속적
모티프를 변용한 가운데 더위를 유발하는 성애(性愛)의 현장이 적나라하
게 묘사되어 있다. 정사(情事) 대목의 상세한 묘사는 민망할 정도인데, 그
두 더위를 남에게 팔지 말고 내게 팔라는 각시의 답변에서 봉건사회의
규율에 얽매이지 않는 새로운 여성의 모습을 엿볼 수 있다. 두 번째 작
품 역시 여성화자의 시각에서 간밤의 격정적인 정사를 반추하고 있는데,
화자는 다양한 은유적 표현을 통해 열정의 순간을 묘사하고 있다. 이러
한 작품들은 실제 상황을 그대로 그리고 있다기보다는 남성 중심적 가
치체계에 대한 희화화된 전복이라고 할 수 있을 것이다. 곧 이러한 발상
자체가 이미 봉건체제의 구속을 넘어서고자 의도된 것이다.27)

　 어흠아 긔 뉘옵신고 건넌 불당(佛堂)에 동녕승(動鈴僧)이 내 올너니

---

27) 이형대, 「사설시조와 여성주의적 독법」, 『시조학논총』 16집(2000)에서는 여성주의의
　 시각에서 사설시조의 담화분석을 시도하였는데, 이 부분의 해석은 이 논문에 힘입은
　 바 크다.

> 홀거사(居士) 내 홀노 주시는 방안에 무스 것 ᄒ랴 와 겨오신고
> 홀거사(居士) 내 노(老)감토 버셔 거는 말 겻틔 내 곡갈 버셔 걸너 왓노라
>
> —『瓶歌』 848

> 듕과 승(僧)이 만첩산즁(萬疊山中)에 맛나 어드러로 가오 어드러로 오시는게
> 산쪽ㄱ코 물줏흔듸 갈씨를 부쳐보오 두 곳 같이 흔듸 다하 너픈너픈 ᄒ는 양
> 은 백목단(白牧丹) 두 퍼귀가 춘풍(春風)에 휘듯는 듯
> 암아도 공산(空山)에 이 씰음은 즁과 승(僧) 둘 쑨이라
>
> —朴文郁,『靑謠』 74

당대 불교와 승려의 타락상을 반영한 것이라고 흔히 논의되는 작품들이다. 이렇게 중과 여승의 모습을 희화적·성적으로 그리고 있는 작품은 사설시조에서 다수 발견되고, 이는 곧 불교가 타락하는 당대의 현실로 해석되곤 했다. 이렇게 성의 현장에 승려가 자주 등장하는 것은 현실 반영의 측면이라기보다는 시조 향유층의 유흥적 욕구를 충족시키려는 의도가 강했던 것으로 판단된다.28) 성이 강조되거나 과장되어 표현될 때 작품의 전체적인 분위기는 성 그 자체에 함몰되어버린다. 당시는 아직도 지배이념인 성리학이 인간 본연의 욕구를 억누르는 기제로 작용하고 있으므로, 이에 대한 반발로써 엄격한 계율 속에서 생활해야 했던 승려들을 자유분방한 분위기 속에 등장시켜 시적 효과를 극대화하려는 의도가 아니었을까? 따라서 이때의 성은 전복을 위한 보조관념에 불과한 것이다.

---

28) 김용찬, 「사설시조에 나타난 애정형상과 세계관 연구」, 고려대 석사논문, 1990.

3) 고전시의 알레고리 시학–설득과 공감의 방식

(1) 현실참여의 보편적 의식

알레고리 시조들을 살펴본 결과, 진리·가치의 알레고리나 유희적 알레고리에 비해 정치 현실을 대상으로 한 알레고리가 월등하게 많다는 사실을 확인할 수 있었다. 정치 현실의 알레고리를 제외한 나머지 두 유형도 어떤 방식으로든 당대의 현실과 관계를 맺고 있어, 당대의 정치적 상황이 알레고리 작품을 촉발하는 가장 큰 요인이 되었던 것으로 판단된다.

「오우가」의 경우, 고산이 추구하고 있는 규범, 또는 이상, 진리 — 무엇이라고 부르던 간에 — 그것은 정치현실, 또는 사회와 전혀 무관하다고는 볼 수 없다. 즉 사회를 초월한 이상은 아니다. 오히려 자신이 그리고 있는 유가적인 사회의 이상을 자연 속에서 찾아 노래하고 있는 것으로 볼 수 있다. '이상'을 노래하고는 있지만, 이는 '현실'에서의 좌절감 때문에 자신이 꿈꾸는 이상이 현실에서는 이루어질 수 없으므로 자연으로 돌아서서 맞게 되는 기대와 이상인 것이다. 즉 현실적으로는 불가능한 사회의 이상을 관념적으로 실현하려는 것이 고산의 진정한 의도일 것이다.[29] 고산은 그 다섯 벗에 빗대어 지조 없이 이해관계에만 따라 신의를 저버리는 무리들에 대한 혐오를 표시하였으며, 정의를 위해서는 어떤 위협과 유혹에도 의지를 굽히지 않겠다는 고상한 신의와 견고한 의지에 대한 존경을 표하고, 아울러 말없이 자기의 은혜를 만 사람에게 베푸는 광명에 대한 찬양을 나타내고 있는 것이다.

> 소경(宵鏡)이 야밤 중(中)에 두 눈 먼 말을 타고
> 대천(大川)을 건너다가 빠지거다 져 소경(宵鏡)아

---

29) 성기옥, 「고산 시가에 나타난 자연인식의 기본틀」, 『고산연구』 창간호, 고산연구회, 1987.

아이에 건너지 마던들 샌질 줄이 이실야

―李鼎輔, 『海周』 333

유희적 알레고리에 들어갈 수 있는 이 작품에서 우선 눈에 띄는 것은 말놀이를 통한 희화성이지만, 웃음을 목적으로 하는 작품이 아닌 듯하다. 주인공인 소경은 신체적 불구자가 아니라 세상의 험악한 논리에 어두운 인물, 곧 대천과도 같은 세상의 함정을 눈치채지 못하고 순진하게 살아가는 선량한 양민으로 볼 수 있기 때문이다.

이렇게 다른 두 알레고리 역시 현실적 상황에 의해 촉발되고 현실과 무관하지 않다는 면에서 시조에 나타난 알레고리의 목적은 너르게 정치 현실의 반영[30]이라는 데에 수렴될 수 있을 것 같다. 그리고 이렇게 알레고리를 통해 당대의 현실을 우회적으로 표현하는 방식은, 현실을 작품 속에 끌어넣는 가장 보편적인 방식으로서 널리 애용되고 있었던 것으로 생각된다. 이는 서구의 알레고리가 중세에 성서 해석학으로부터 크게 발전하여,[31] 종교와 철학 같은 좀더 심오한 진리를 표출하기 위한 방법으로 주로 사용된 것과는 크게 대조된다.

서사문학에 있어서도 알레고리는 — 우화(fable)든 비유담(parable)이든 — 인간의 행위와 행동으로부터 보편적인 의미를 끌어내거나 윤리적 교훈

---

30) 그러나 이 논문에서 정치 현실, 또는 정치적 상황이라고 일반적으로 언급한 가운데에는, 구왕조의 멸망과 신왕조의 수립, 정파 싸움, 오랑캐의 침입, 인재를 알아주지 못하는 세태의 비판 등 다양하고 구체적인 상황들이 존재하고 있으며 또한 정치현실의 알레고리라는 면에서는 동일하지만, 시대에 따라 조금씩 변화되는 모습도 엿볼 수 있다.

31) John McQeen, 송낙헌 역, 『알레고리』, 서울대 출판부, 1980; 이한수, 『비유와 해석학』, 한국로고스연구원, 1989.
    성서 해석에 있어서 알레고리란 문자 밑에 숨어 있는 하나님의 뜻을 찾아내는 것이다. 한 예로 착한 사마리아인의 비유에서 강도를 만난 사람은 아담, 예루살렘은 천국, 여리고는 이 세상, 강도들은 사탄과 그 세력들, 제사장은 율법, 레위인은 예언자들, 착한 사마리아인은 그리스도, 주막은 교회, 두 데나리온은 성부와 성자에 대한 지식을 나타내며, 착한 사마리아인이 다시 오겠다는 약속은 그리스도의 재림을 말하는 것이라고 해석된다.

을 설파하기 위한 목적을 위해 주로 선택된[32] 것에 비한다면, 시가의 알레고리는 정치현실과 긴밀한 관련을 맺고, 현실을 반영하고 비판하며 풍자하기 위한 목적으로 사용되었다고 할 수 있다.

그러나 다른 한편으로, 외부현실에 대한 비판이나 풍자에만 귀속되지 않고 개인적 내면 세계를 지향하고 있다는 점을 시조의 알레고리가 가진 또 하나의 특징으로 지적할 수 있을 것이다. 앞서 예로 들었던 이색의 "백설이 즈자진 골에"라는 작품도 고려 말이라는 격동의 시대를 담고 있지만 초점은 그러한 상황 속에 놓인 화자의 갈등이며, "수양산 바라보면 이제를 한"하는 성삼문의 시조 역시 백이·숙제에 대한 비판을 통해 화자의 결의를 표명하고 있다. 방축된 후의 심정을 다양한 방식으로 표출했던 신흠의 시조나 스스로의 신세를 굴레 벗은 천리마에 비유한 김성기의 예도 마찬가지다. 시조 시인들은 정치적인 격변과 현실 속에서 자신의 입지를 부분적으로는 감추고 부분적으로는 드러내는 알레고리를 통해 스스로의 삶의 태도를 표명하고자 했던 것 같다. 사회적 맥락을 깔고 있되 개인적 내면이 우선되는 것이다. 이 같은 자아화, 내면화의 경향은 알레고리라는 장치가 시조라는 서정시의 틀 안에서 어떻게 제 위치를 잡아가는가를 보여준다고 할 수 있다.[33]

(2) 구체적 경험의 관습적 표현

알레고리 시조들을 두루 살펴볼 때, 보조관념으로 사용된 것은 대체로 자연물(식물 또는 동물)·인물·전고(典故)이며, 대부분이 관습적으로 사용되어 같은 사물이 같은 의미를 나타내는 경우가 많이 있다.

---

32) 게오르크 W. 프리드리히 헤겔, 두행숙 역, 『헤겔미학』 II, 나남, 1996; 도정일, 「우화론」, 『문예중앙』, 1997년 여름.

33) 진리·가치의 알레고리도 보편적 윤리보다는 실천적 윤리 쪽에 중점이 놓여 있어, 당시 사대부들의 윤리의식의 한 측면을 드러내주는 듯하다. 곧 진리 자체보다는 그것의 실천 문제에 역점을 두고 있는 것이다.

까마기 솔개미-이중인격자, 탐관오리
백로 거미-모함하는 자
물고기-청백리
봉황-현자
낙락장송-절의를 지키는 사람, 인재
꽃-희생을 당하는 사람
눈, 찬비, 바람-외부로부터의 압력, 당쟁의 와중
명월-임금, 절의지사
구름-간신(의 모함)

또한 대부분 상호 대립적인 관계를 통해 어느 한쪽 또는 양쪽의 특징
을 드러내려는 경우가 많은데, 이 대립관계 역시 관습적이다.

바람 눈↔낙락장송,
햇볕↔구름,
해오라비↔물고기,
낙락장송↔꽃,
거미(줄)↔나비,
쥐↔학

현대시의 안목에서 본다면 시적 이미지의 범주에 넣기조차 망설여지
는 평범한 시어들, 너무나도 흔하고 낯익기 때문에 아무런 자극을 얻기
어려운 이 같은 시어들은, 당대 시인들의 언어 감각이 현대 시인들에 비
해 떨어지기 때문은 결코 아니다. 고시가의 시어는 현대시와 달리 언어
가 구축해 낸 이미지로서의 언어라기보다는 구체적 경험으로서의 언어
이며, 시적 기능은 그 같은 시어가 직접적으로 환기하는 정서적인 감흥
에 있다. 고시가 속에 펼쳐진 자연과 자연물은 상징이 아니라 실제 자연
의 모습 그대로이다. 몇 개의 평범하고 구태의연해 보이는 시어들이 생
성해내는 복합적인 영상과 절제되고 고즈넉한 분위기, 직접적 체험이 갖

는 의미를 파악해 내야만이 진정으로 작품에 한 걸음 더 나아갈 수 있을 것이다.

연구자에 따라서는 알레고리의 표현이 관습적이라 하여 폄하하는 경향이 있다. 그러나 일반적으로 문학과 예술에 있어 관습은 주변 텍스트적 요소로서 중요한 의미를 갖는다. 하나의 텍스트가 어떠한 상황을 어떤 방식으로 반영하느냐에 따라 작품의 의미가 규정될 수 있기 때문이다. 이를테면 귀거래의 문학적 관습을 수용한 시조 및 가사 작품들이 부정적 정치현실과 이상적 강호자연이라는 틀 속에서 그 의미망을 형성하게 되는 것처럼, 텍스트의 의미는 그 텍스트 내부뿐 아니라 외부요소인 관습과 밀접한 관련성 아래에서 그 폭이 한정되기도 하는 것이다.

관습적인 측면이 강하게 드러나는 이와 같은 알레고리의 전통은 사회적으로 기성가치의 재확인이라는 공적 기능을 수행하며, 이러한 수사적 방법에 의해 표현되는 것은 개인적 감정이라기보다는 공동체적 감정이라는 특질을 지닌다. 보편원리의 세계관과 감성의 보편성이 지배하던 시기의 시가들, 특히 시조는 이러한 측면에서 관습적 우의의 다양한 특질을 보여준다. 일반적으로 관습의 수용은 과거의 것에 대한 인식과 현재 상황에 대한 인식의 동일성이라는 조건에서 이루어지기 마련인데, 그 바탕은 과거의 관습적 요소들에 대한 수용자의 풍부한 지식이다. 우의적 관습의 수용과 변형은 시조뿐 아니라 시가 전반에 있어 문학적 상상력의 폭과 깊이를 더해주고 표현 기법의 영역을 풍부하게 해준 것이라 하겠다.

그러나, 이러한 관습성은 시대에 따라 점차 변모되는 현상을 엿볼 수 있다. 한 예로 조선 전기의 알레고리 시조들이 대체로 일반적인 사물을 통해 일반적인 의미를 나타내고 있다면, 17세기 이후의 시조들에서는 좀 더 구체적인 사물과 상황을 통해 의미를 드러내고자 하는 작품들이 등장하게 된다.

구름이 무심(無心)탄 말이 아마도 허랑(虛浪)ᄒ다

등천(天)에 써 이셔 임의(任意)로 단이면서
굿타나 광명(光明)호 날비츨 덥허 무삼 흐리오

— 李存吾, 『青珍』 348

어젯밤 눈온 후(後)에 둘이조차 비춰엿다
눈 후(後) 둘빗치 몰그미 그지업다
엇더타 천말부운(天末浮雲)은 오락가락 흐ᄂ뇨

— 申欽, 『青珍』 121

위의 이존오의 시조에 나타난 구름은 그저 일반적인 구름의 모습이요 속성이지, 작자가 구체적인 시·공간 속에서 바라보고 있는 대상은 아니다. 다시 말하면 구름과 해의 일반적인 속성을 통해 임금과 간신의 관계를 드러내고 있는 것이다. 반면 아래 신흠의 시조에 나타난 눈은 그저 일반적인 눈이 아니라 '어젯밤에 내린 눈'이며, '눈이 온 후' 이기에 더욱 맑게 보이는 달이다. 구름 역시 하늘에 그냥 떠다니는 구름이 아닌 '하늘 끝에 걸린 구름'인 것이다. 이 시조는 작자인 신흠이 실제로 처해 있는 공간의 모습을 구체적으로 보여주면서도, 그 이면에 이상적 사회에 대한 추구·임금의 덕성에 대한 찬양·기축옥사 이후 대북파의 소행과 당시의 열악한 상황이라는 현실적 의미를 잘 담아내고 있다. 신흠뿐 아니라 앞서 살펴본 윤선도·이정보 등을 통해 17세기 이후로는 알레고리의 표현 방식이 매우 다채로워지고 구체성을 띠는 쪽으로 변화해 가는 것을 볼 수 있다.[34)]

---

34) 그러나 이 글은 알레고리 시조의 전반적인 특징과 유형을 파악하는데 목적을 두고 있기 때문에, 시대적인 변모의 구체적인 양상까지는 깊이 살피지 못하였다. 이는 후고로 미룬다.

　알레고리에서 표현된 것(vehicle)은 표현 뒤에 숨은 의미(tenor)를 위해 존재하기 때문에, vehicle만으로 이루어진 작품의 표면은 때로 공허하게 느껴지기도 한다. 그러나 작자가 vehicle로서 구체적인 자연 공간과 속성을 끌어오는 경우는, 그 자체로서 의미와 생동감을 간직한 채 이면에 알레고리적 의미를 함유하게 되므로, 표현된 것과 숨은 의미—tenor와 vehicle 각각이 고유한 뜻과 향기를 지니게 되고, 따라서 작품의 의미가 더

(3) 텍스트 상황 복원을 통한 의미 파악의 열쇠

시조에서 현실 풍자적인 요소가 두드러지게 드러난다는 것은 일찍부터 여러 연구자들에 의해서 지적되던 바였다. 다만 그 이유를 정치적 또는 배경적 입장에서만 해석하고 알레고리라는 수사적 틀이 시사하는 세계상과 기법에 대한 적극적인 관심이 부재했던 것이다. 알레고리를 포함한 수사기법에 대한 연구는 고전시가 연구에 있어 가장 취약한 부분의 하나이다. 그도 그럴 것이 수사기법이란 현대시적 관점이고, 그러한 현대시적 관점에서 볼 때 시조를 포함한 고전시는 향기도 맛도 없는 밋밋한 작품에 불과하기 때문이다.

그러나 앞에서 살펴보았듯이 알레고리는 고전시 장르 전체에 걸쳐 전반적으로, 흔히 발견되는 수사기법 중 하나이다. 그러므로 관습적인 면모가 보일지라도 일단 그 가치를 인정해야 할 것이며, 관습적이라면 어떻게 관습적인지, 그러한 관습이 의미하는 것이 무엇인지를 밝혀내야 할 것이다. 앞서 설명한 바와 같이 알레고리야말로 고전시에 있어 작품 자체와 작품 외적 상황에 대한 이해와 긴장을 통해 작품의 미학을 감지할 수 있는 주요한 기법이기 때문이다.

고전시에 있어서 알레고리의 의미는 결국 고전시와 현대시가 서로 상이한 소통의 매커니즘을 갖고 있다는 사실을 자각하는 데서 출발한다고 할 수 있다. 고전시 작자의 경우, 시인은 자신의 시를 읽을 독자가 어떤 사람들일지 이미 알고 있는 상태에서 작품을 창작하게 된다. 자신의 시를 읽어줄 주된 독자가 평소에 교분을 쌓던 친지들일지, 문중 사람들일지, 혹은 함께 국정에 참여하던 정치적 동료들일지 이미 주지한 상태에서 창작에 임하는 것이다. 뿐만 아니라 시인이 놓여 있는 상황까지도 독자가 이미 짐작할 것이라는 전제하에 작품을 구성하게 된다. 같은 자연을 소재로 한 작품일지라도 여행을 하며 느낀 감회를 읊은 것인지, 향촌

우 깊어지는 효과를 가져온다.

에 살면서 자연을 벗삼는 즐거움을 노래한 것인지, 아니면 자연에 빗대어 정치적 실의에 빠진 억울함을 토로한 것인지 하는 구체적인 창작 정보를 독자가 이미 알고 있으리라는 가정이 전제하고 있는 것이다. 따라서 시인은 독자가 이미 넉넉하게 짐작하고 있을 자신의 상황에 대해 굳이 텍스트화할 필요가 없다. 상대적으로 독자가 작품을 향유하는 매커니즘도 유사하다. 독자 역시 시인이 어떤 사람인지, 구체적으로 어떤 상황에서 작품을 창작한 것인지 이미 알고 있는 상태에서 작품을 대하게 되기 때문이다. 시인과 독자가 공유하는 이 텍스트 상황이, 작품을 이해하는 가장 기본적인 바탕인 것이다.

반면 현대시에서, 시인의 창작 상황과 독자의 향유 상황은 전혀 별개의 것이다. 시인은 자신이 창작한 작품을 과연 어떤 독자가 읽어줄 것인지에 대한 정보가 전무한 상태에서 작품 창작에 임하며, 독자 역시 시인이 어떤 인물이며 어떤 구체적 상황 속에서 작품을 창작한 것인지 알지 못하는 상태에서 작품을 향유하게 된다. 따라서 현대시의 경우 작품을 이해하는 유일한 통로는 결국 텍스트 자체뿐이다.

알레고리는, 고전시 작품 이해에 필수적인 텍스트 상황을 복원해 내서 그 작품을 진정으로 이해하기 위해서 반드시 필요한 작업이며 단계이다. 작품이 산출된 상황과 함께 살핌으로써 구태의연하고 낡은 것으로만 보였던 시가는 생명력을 갖고, 생생한 체험의 모습을 비로소 독자에게 드러낼 수 있기 때문이다.

2. 이데올로기와 문명비판에 호소하는 현대시의 알레고리

20세기에 들어서면서 알레고리는 이분법적인 흑백논리에 빠지기 쉽고,

소박하고 기계적이며 추상적이라는 이유로 그다지 환영받지 못했다. 그러나 사라진 신화·역사·영웅·근원을 향한 노스탤지어, 대중적인 공감과 손쉬운 계몽적 권위, 속전속결의 유머와 재치, 파편화된 독서 흔적 등의 속성이 부각되면서 최근 들어 새롭게 주목받고 있다. 그리하여 단순한 수사적 차원을 넘어 세계에 대한 인식의 틀로, 그리고 언어문화적 조건으로 그 위상이 확대되고 있다.[35] 알레고리에 대한 현대적 해석의 관점은 벤야민이나 폴 드 만 등에 의해 촉발된다. 벤야민은 사물이 지니는 우발성·임의성·단편성에 알레고리적 충동이 내재되어 있다고 주장하면서, 일관된 목표를 상정하지 않은 채 우연적인 단편들을 모아놓은 몽타지야말로 알레고리적 동기를 지닌 것이라고 주장한다. 폴 드 만은 진리와 언어 자체에 회의를 품는 20세기 철학과 비평이론에 알레고리를 연결시키는데, 이때 알레고리는 근원(기원)과 그 흔적들과의 거리를 뜻한다. 그것은 이것을 말하고 저것을 뜻하기에 '차이'의 해석학이기도 한데 이 차이에는 당연히 시간성(temporality)이 개입된다.[36]

　이러한 알레고리는 패러디나 병렬과 같은 다른 수사적 장치에 비해 고전시의 수사적 전통이 현대시와 가장 긴밀히 지속되고 있는 부분이다. 본 장에서는 현대시 전반에 나타난 알레고리의 특징과 그 유형을 살피게 될 것이다. 텍스트가 알레고리임을 알리는 일정한 표현(텍스트의 알레고리를 푸는 실마리)을 중심으로, 알레고리적 해석에 있어서 그 의미의 틈을

---

35) 오늘날 알레고리는 ① 수사적 알레고리 : '다른 것을 말하는', 즉 쓰여진 말과 의미하는 뜻이 다른 수사법, ② 창작적 알레고리 : 창작의 기법이나 문학의 양식 혹은 장르를 지칭한다. 이때 알레고리는 의인화(personification)의 기법이나 의인화를 일관되게 사용하는 작품을 포함한다. ③ 해석적 알레고리 : '비밀로 말해'진 것, 즉 작품의 겉에 숨겨진 속뜻, 비의를 찾아내는 해석 방법을 지칭, ④ 독서의 알레고리 : '옆으로 자리바꿈을 계속하는 환유적 읽기'라는 의미로 확대된다. 신광현, 「알레고리」, 『현대비평과 이론』, 1994년 봄·여름 참조.
36) 그러나 이 같은 경향은 알레고리의 개념을 극단적으로 넓힘으로써 구체적인 작품 분석의 잣대로서의 기능을 반감시키는 듯하며, 특히 폴 드 만으로 대표되는 최근 알레고리의 경향은 작품 자체에서 밝혀지는 / 드러나는 방식으로서의 알레고리가 아니라, 작품을 해석 / 분석하는 하나의 방법으로서의 알레고리다.

메우는 과정과 동요하는 알레고리적 숨은 의미를 밝혀보고자 한다. 특히 이데올로기 및 정치현실에 대한 풍자적 알레고리 유형은 고전시와의 연계성이 가장 두드러진다. 이러한 특징은 사실 고전시에서 우의(寓意)를 통해 얻고자 했던 소기의 목적 및 효과와도 상통한다는 점에서 우리 시의 시학적 전통의 연속적 단면을 찾아볼 수 있을 것이다.

1) 이데올로기 및 정치현실에 대한 풍자적 알레고리

우리 현대시에서 가장 쉽게 찾아볼 수 있는 알레고리의 유형이다. 폭압적이었던 좌·우 이데올로기의 대립을 근간으로 하는 현대사의 정치·사회적 현실을 겨냥한 현실비판 혹은 시대인식의 도구로써 알레고리를 사용한 시들에서 찾아볼 수 있다. 이 유형의 알레고리 시들은 생경한 구호나 직접적인 진술을 피해 비유적이고 우회적으로 현실을 반영할 수 있는 동시에 보편성을 획득할 수 있는 장점을 지닌다.

1920년대 후반, 프로문학의 선두주자였던 임화의 시에는 단편 서사의 양식 속에 알레고리를 구사하는 작품들이 많다. 이와 같은 알레고리 형식은 식민치하에서 전체적으로 프롤레타리아화될 수밖에 없는 민중들에게 계급의식을 고취시켜 해방 투쟁에 나설 것을 고무하려는 목적의식을 띠고 있다.

사랑하는 우리 오빠 어저께 그만 그렇게 위하시든 오빠의 거북문(紋)이 질화로가 깨여졌어요
언제나 오빠가 우리들의 '피오닐' 조그만 기수라 부르는 영남(永男)이가
지구에 해가 비친 하로의 모―든 시간을 담배의 독기 속에다
어린 몸을 잠그고 사온 그 거북문(紋)이 화로가 깨여졌어요

그리하야 지금은 화(火)적가락만이 불상한 우리 영남(永男)이하구 저하구처럼

똑 우리 사랑하는 오빠를 잃은 남매와 같이 외롭게 벽에가 나란히 걸렸어요

(…중략…)

화로는 깨어져도 화(火)젓갈은 기(旗)ㅅ대처럼 남지 않었어요
우리 오빠는 가섰어도 귀여운 '피오닐' 영남(永男)이가 있고
그리고 모ㅡ든 어린 '피오닐'의 따듯한 누이 품 제 가슴이 아직도 더웁습니다
                                                            —임화, 「우리 오빠와 화로」 부분37)

서사적 관점이란 독자들이 의식하지 못하는 사이에 텍스트가 제시하
는 여러 가치들에 공감하도록 만드는 강력한 수단 중의 하나이다. 일정
한 방식으로 텍스트를 읽도록 독자의 위치를 고정시키는 것이 서사 전
략의 목표이기 때문이다. 인용시는 '단편 서사시'38) 형식으로 짧은 서사
를 도입하여, 서사 밑에 강한 계급 의식과 함께 현실에 대한 개혁의지를
숨겨 놓고 있다. 연초 공장 직공으로 있던 오빠가 노동 투쟁으로 감옥에
간 뒤 어린 남동생과 편지 봉투 만들기로 생계를 유지하면서 느끼는 오
빠에 대한 애정을 편지 형식으로 표현한 시이다. 화자는 오빠가 아끼는
'거북문(紋)이 질화로'가 깨어진 것을 알려 주는 것으로부터 편지를 시작
하고 있다. 여기서 '질화로'는 오빠 또는 혁명가를 상징한다.

특히 이 화로가 '거북문(紋)이'라는 점, '피오닐'('개척자 · 선구자'라는 뜻과
함께 '공산소년단원'을 일컫는 말)로 불리는 동생 영남이가 사 온 것이라는 점
은 중요하다. 프롤레타리아 혁명 정신이 천천히 계속해서 젊은 세대로 계
승되고 있음을 암시하고 있기 때문이다. "화로는 깨어져도 화(火)적갈은
기(旗)ㅅ대처럼 남"았다는 구절을 통해, 화자와 동생 영남이가 오빠의 투

---

37) 임화, 『임화전집 1, 현해탄(玄海灘)』, 풀빛, 1988.
38) '단편 서사시'란 짧은 서사시로서, 종래의 서사시가 영웅들의 세계를 노래한 반면
    '단편 서사시'는 계급 투쟁에서 비롯되는 혁명적인 사건을 취급하여 서사적인 화자를
    시속에 끌어들여 표현하는 형식이다. 이러한 '단편 서사시'의 창작으로 임화는 일약
    카프 내의 최고의 시인으로 떠오른다.

쟁 정신을 되새기며 더욱 큰 일을 위하여 마음을 가다듬고 있음을 암시한다. 이처럼 구체적이고 개연성 있는 서사와 잘 짜여진 비유, 그리고 미래에 대한 낙관적 전망의 서사는 독자 대중의 공감을 쉽게 유도해낼 수 있도록 할 뿐만 아니라 교훈과 계몽과 선동의 효과를 자아내도록 한다.

우리 현대사 속에서 대부분의 창작자들은 시대적 정치 상황을 직접적으로 묘사할 경우 검열에 걸릴 수 있다는 심리적 부담감을 갖고 있다. 때문에 상황에 대한 직접적 방법이 아닌 다른 우회적 방법을 모색하게 된다. 이때 알레고리가 사용된다. 김수영의 많은 시들은 아이러니컬한 알레고리를 활용해 당대의 정치현실을 날카롭게 풍자한다.

> 야 손들어 나는 아리조나 카보이야
> 빵! 빵! 빵!
> 키크야! 너는 저놈을 쏘아라
> 빵! 빵! 빵! 빵!
> 쨔키야! 너는 빨리 말을 달려
> 저기 돈보따리를 들고 달아나는 놈을 잡아라
> 쫀! 너는 저 산 위에 올라가 망을 보아라
> 메리야 너는 내 뒤를 따라와
>
> 이 놈들이 다 이성망이 부하들이다
> 한데다 묶어놔라
> 애 이 놈들아 고갤 숙여
> 너희놈 손에 돌아가신 우리 형님들
> 무덤 앞에 절을 구(九)천육(六)백삼십오(三五)만번만 해
> 나는 아리조나 카보이야
> ― 김수영, 「나는 아리조나 카보이야」 부분[39]

김수영 스스로가 '청탁을 받아가지고 쓴 동시'라고 밝혔듯이,[40] 인용

---

39) 김수영, 『김수영 전집 1―시』, 민음사, 1981.

시는 아리조나 카우보이가 그의 친구들과 힘을 합쳐 악당을 물리치고, 구름을 타고 하와이에서 2분만에 돌아온다는 등의 동화적 발상을 통해 알레고리 효과를 증폭시키고 있다. 시의 메시지 또한 1960년 4월 26일 하야후 5월 29일 하와이로 망명한 이승만 자유당 집권 세력들을 다시 붙잡아와서 그들의 죄값을 물게 해야 한다는 선명한 의미를 담고 있다. 화자인 '아리조나 카보이'는 그러한 정의를 실현하는 자이다. 1연에서 화자는 '이성망'을 "돈보따리를 들고 달아나는" 도둑놈으로 규정하고 있다. 또 2연에서는 "너희놈 손에 돌아가신 우리 형님들"이라고 하여 그들이 '우리 형님들'을 직접 혹은 간접적으로 살인한 자들임을 드러낸다. 이승만 정권을 비롯한 부정한 정치 권력자는 도둑, 살인자와 다름없다는 이 시의 메시지는 통치자들의 도덕성을 직접적으로 문제삼고 나선 것이라 할 수 있다. 인용 부분에서는 누락되고 있으나 "미국 사람들이 세워놓은 자동차란 자동차는/ 싹 없애버려라"라는 구절에서는 이승만의 친미 성향을 꼬집는 동시에 명백한 반미 감정을 드러내고 있다.

> 껍데기는 가라.
> 4월도 알맹이만 남고
> 껍데기는 가라.
> 껍데기는 가라.
> 동학년 곰나루의, 그 아우성만 살고
> 껍데기는 가라.
>
> —신동엽, 「껍데기는 가라」 부분[41]

잘 알려진 신동엽의 시 「껍데기는 가라」는 1960년대 부정부패와 독재 체재라는 구체적인 시대 상황과, 4·19, 동학 농민운동이라는 실제 역사

---

40) 이 시는 '이승만이를 다시 잡아오라는 내용이 아이들에게 읽히기에 온당하지 않다는 이유' 때문에 신문사에서 퇴짜를 맞았다고 한다. 김수영, 「치료될 기세도 없이」, 『김수영 전집 2—산문』, 민음사, 1990, 26면.
41) 신동엽, 『신동엽 전집』, 창작과비평사, 1975.

적 사건을 배경으로 삼고 있다. '껍데기'와 '알맹이'라는 선명한 이분법
적 대비구도 속에서, 구호처럼 반복되는 '껍데기는 가라'라는 구절을 지
루하지 않게 변주시키고 있다. 이로써 시의 주제는 동적으로 강조된다.
'껍데기'는 '쇠붙이'와 동일한 의미항을 이루며 순수하지 못한 일체의 부
정적이고 반민족적인 요소를 의미한다. 예를 들면 퇴색하고 변질된 4·
19 정신, 외세 의존적 사대주의, 남북 간의 대립과 갈등 등이 그것이다.
이에 비해 '알맹이'란 오늘에 이어져야 할 핵심적인 전통이며, 남북으로
분단된 현실을 포함하여 일체의 부정적·반민족적인 요소가 부정되고
극복된 상태를 의미한다. 구체적으로 '동학년'으로 비유되는 동학 농민
운동, '4월'로 비유되는 4·19의 정신, 아사달과 아사녀의 맞절, 향그러운
흙가슴 등이 그것이며, 이것들은 모두 훼손되고 오염되지 않은 가장 순
수한 민족의 모습을 간직한 민중을 의미한다. 특히 '중립(中立)의 초례청'
은 남과 북의 화해가 이루어지는 상상적인 장소를, '맞절'은 정치의 중립
노선에 의한 분단의 극복을 알레고리하고 있다.

> ① 산은 날더러 들꽃이 되라 하고
>   강은 날더러 잔돌이 되라 하네
>   산서리 맵차거든 풀속에 얼굴 묻고
>   물여울 모질거든 바위 뒤에 붙으라네
>   민물 새우 끓어 넘는 토방 툇마루
>   석삼년에 한 이레쯤 천치로 변해
>   짐부리고 앉아 쉬는 떠돌이가 되라네
>   하늘은 날더러 바람이 되라 하고
>   산은 날더러 잔돌이 되라 하네
>
> —신경림, 「목계장터」 부분[42]

> ② 이 들판은 날라와 더불어

---

42) 신경림, 『새재』, 창작과비평사, 1979.

불이 되자 하네 불이
타는 불러일으 어둠을 사르는
들불이 되자 하네

되자 하네 되고자 하네
다시 한번 이 고을은
반란이 되자 하네
청송녹죽(靑松綠竹) 가슴으로 꽂히는
죽창이 되자 하네 죽창이

— 김남주, 「노래」 부분43)

①의 시는 오래 전부터 구전되어 온 무명씨의 작품과 유사한 시상(詩想) 및 통사구조를 지니고 있다. 시의 공간인 '목계장터'는 민중들의 무수한 사연이 배어 있고 삶의 애환이 깃든 곳이다. 시의 화자는 '목계장터'에 '짐부리고 앉아 쉬는 천치', 즉 '방물장수'가 되어 그 모든 삶의 애환을 보고 듣는 존재가 되라는 운명의 소리를 독백의 형식으로 되돌려 준다. 독백의 주체는 '나'이지만, '나'에게 운명의 소리를 들려주는 주체는 '하늘, 땅, 산, 강' 등의 자연물이다. 자연물을 의인화시키고 있는 것 또한 알레고리적 상상력에 해당한다.

하늘이 부여한 운명이자 시대가 규정한 삶의 방식에 순응하고 그 운명을 기꺼이 받아들이라는 메시지를 담고 있다는 점에서 이 시 역시 교훈적이다. 그 운명은 자유로운 떠돌이로서의 민중적 삶의 양태를 의미하는 '구름', '바람' 등으로 표상되고 있으며, 보잘것없지만 결코 좌절하지 않고 든든한 뿌리를 내리고 사는 '잡초' '들꽃', '잔돌' 표상된다. 이 대조적 표상은 방랑과 정착의 기로에 선 현대화에 떠밀려 붕괴되는 농촌 공동체의 시대적 삶과, 화자의 개인적 삶 사이의 갈등을 보여주는 것이기도 하다. '산서리'와 '물여울' 또한 가혹한 시대 현실을 암시하며, '풀 속

---

43) 김남주, 『김남주 시집―나의 칼, 나의 피』, 인동, 1987.

에 얼굴 묻고'나 '바위 뒤에 붙'는 행위 역시 현실의 시련을 벗어나려고 애쓰는 민중들의 모습이다. 특히 시인은 '천치'를 통해 세속적 이해나 명리(名利)에 무지한 바보가 되어 현실적인 모든 어려움을 잊고 살아 보았으면 하는 시적 의지가 드러나는 표현이다.

1980년대에 발표된 ②의 시는 보다 선명한 메시지와 강렬한 어조가 두드러지는 작품이다. 이 시의 특징은 매 연에 등장하는 민중들의 삶의 터전(두메·산골·들판·고을)과, 민중적 비전을 지닌 시적 상관물(녹두꽃·파랑새·들불·죽창)을 연결시켜 민중적 연대의식을 고취시키고 있다는 데서 찾을 수 있다. 특히 '날라와 더불어'라는 부사구에 의해 '나'로 비유되는 주체와, 두메·산골·들판·고을로 비유되는 세계와, 녹두꽃·파랑새·들불·죽창으로 대표되는 객체(대상)가 모두 하나로 융화된다. 그 주체와 세계와 객체들은 모두 민중적 혁명을 고양시키며 일사불란하게 점진적으로 나아가고 있다.

> 예가 바로 재벌(狾䋐), 국회의원(汩獪狋猿), 고급공무원(跕碟功無源), 장성(長猩), 장차관(瞕猲矓)이라 이름하는,
> 간뗑이 부어 남산만 하고 목질기기 동탁배꼽 같은
> 천하흉폭 오적(五賊)의 소굴이렸다.
> 사람마다 뱃속이 오장육보로 되었으되
> 이놈들의 배안에는 큰 황소불알만한 도둑보가 곁붙어 오장칠보,
> 본시 한 왕초에게 도둑질을 배웠으나 재조는 각각이라
> 밤낮없이 도둑질만 일삼으니 그 재조 또한 신기(神技)에 이르렀겠다.
> ─김지하, 「오적(五賊)」 부분44)

김지하는 1970년대를 어떻게 표현할 것인가 하는 방법론적 필요성 및 민중에게 보다 쉽게 다가가려는 시적 전략으로 알레고리 형식을 택하였다. 4·4조의 판소리 율격에 의지하여 온갖 비어와 속어를 동원해 풍자적

---

44) 김지하, 『김지하 담시 모음집 : 오적(五賊)』, 동광출판사, 1985.

으로 '이야기'하는, 이 같은 시형식을 일컬어 시인 스스로 '담시(譚詩)'[45]라고 명명한 바 있다. 특히 「오적」은 이야기의 무대를 "옛날도 먼옛날 상달 초사흘날 백두산아래 나라선 뒷날"이라고 과거로 한정시켜 현실에 대한 풍자적 거리를 획득한다. 큰 다섯 도둑과 좀도둑 꾀수의 행적이 '전해 오는 옛날 이야기임'을 강조하는 이 설화적 관용구는 허구적 세계, 즉 알레고리의 세계로 들어가는 입구 역할을 한다. 이러한 장치에 의해 다섯 도둑들의 이야기는, 당대 현실의 이야기이면서 과거의 허무맹랑한 이야기가 될 수 있다. 이와 같은 구비민담적 허구화 전략은, 화자가 현실의 세계와 허구의 세계를 자유로이 오갈 수 있는 단서를 마련해주고 독자로 하여금 당대의 현실에 대해 일정한 비판적 거리를 유지하게끔 해준다.

풍자의 대상인 재벌·국회의원·고급공무원·장성·장차관에 해당하는 오적은 을사보호조약에 서명했던 매국노 오적을 환기한다. 이들이 바로 미국과 일본에 나라를 팔아먹은 1970년대판 오적이라는 메시지를 담고 있는 셈이다. 따라서 이들은, 미친개 '제(狾)', 교활할 '회(獪)', (개가) 으르렁거릴 '의(猗)', 원숭이 '원(猿·猨)', 성성이(오랑우탄류) '성(猩)'처럼, 하나같이 짐승에 비유되는 알레고리 기법과 동음의 한자유희에 의해 풍자되고 있다. 이처럼 언어유희를 전경화시켜 정치권력의 부도덕성과 정치적 이데올로기의 모순을 비판하면서, 그 부패한 권력의 희생자가 독자 대중 즉, 민중들 자신이라는 자각을 유도하고 있다. 알레고리와 풍자가 밀접히 연결되어 있다는 사실을 직접적으로 보여주는 시이다.

현대시에 드러나는 알레고리의 특징 중 하나는 상당 부분의 작품들이 상징과 겹쳐지고 있다는 점이다. 이런 작품들은 작품이 창작되었던 당대의 사회·정치적 문맥 속에서는 현실비판 혹은 현실적 염원을 담은 시들로 해석될 수 있지만, 시적 의미가 넓은 진폭을 함의하고 있어 상징시로

---

45) 세상에 떠도는 구비전승의 '이야기 구조'을 지칭하는 민담에서 '담(譚)'자를 차용하고, '노래'를 지향하는 씌여진 율문이라는 뜻에서 '시(詩)'를 결합한 명칭이다. 최일남, 『우리 시대의 말들』, 동아일보사, 1984, 193면 참조.

도 읽혀지기도 한다.

　① 지금 눈 나리고
　　매화(梅花) 향기(香氣) 홀로 아득하니
　　내 여기 가난한 노래의 씨를 뿌려라

　　다시 천고(千古)의 뒤에
　　백마(白馬) 타고 오는 초인(超人)이 있어
　　이 광야(曠野)에서 목노아 부르게 하리라.
— 이육사, 「광야(曠野)」 부분46)

　② 날이 흐리고 풀이 눕는다
　　발목까지
　　발밑까지 눕는다
　　바람보다 늦게 누워도
　　바람보다 먼저 일어나고
　　바람보다 늦게 울어도
　　바람보다 먼저 웃는다
　　날이 흐리고 풀뿌리가 눕는다
— 김수영, 「풀」 부분47)

　①의 시는 낭만적이면서도 의연한 의지가 깃든 예언자적 목소리로 민족의 염원인 해방을 확신하고 있다. '눈'과 '매화 향기'는 각각 어두운 조국의 현실과 의연한 저항 의지를 의미한다. 그 저항 의지를 구현한 '가난한 노래의 씨'가 '백마 타고 오는 초인'에게 계승될 것을 기대하고 있다. 조국 광복에의 신념과 의지를 노래하고 있다고 해석했을 이 시는 알레고리시가 된다. 그러나 '백마 타고 오는 초인'을 민족 또는 인류 구원자, 위대한 민족시인, 메시아 등으로 해석하고, '이 광야'를 그것들이 놓인 개별

---

46) 이육사, 『이육사 전집』, 김학동(편저), 새문사, 1986.
47) 김수영, 『김수영 전집 1—시』, 민음사, 1981.

적인 광장(현장)으로 해석한다면 이 시는 상징시가 될 것이다. 이때 '목놓아 부르게 하리라'의 목적어는 개별적으로 꿈꾸는 노래로 해석될 것이다.

②의 시 역시 '풀'과, 풀을 움직이게 하는 '바람'을 어떻게 해석하느냐에 따라 알레고리시로도 상징시로도 읽을 수 있다. '눕는다 / 일어난다' '운다 / 웃다'라는 대립적 술어의 해석 또한 마찬가지다. 김수영의 시정신과 4·19혁명 직후에 창작되었다는 점을 고려해, '풀'은 민초(民草)로서의 민중 혹은 민중들의 참된 자유를 의미하고 '바람'은 '부패 권력이나 소시민성'을 의미한다고 해석할 때 이 시는 알레고리시가 된다. '비를 몰아오는 동풍'도 외세의 상징으로 해석하고, '일어나고 / 웃는' 희망으로 기울어져 있는 '빨리'와 '먼저'에 민중적 역동성을 부여한다면 특히 그러하다.

그러나 '풀'과 '바람'을 다의적 의미로 해석한다면 상징시로 볼 수도 있다. 사실 풀 / 바람의 이미지 대립은 원형적 상징으로도 설명 가능하다. '풀'은 '시인 자신'을 비롯한 개별자 혹은 개별자로서의 삶 속에 내재한 희망 내지는 생명성, 자유, 혹은 '그 무엇'을 상징하기도 한다. 그 모든 것이 될 수 있는 풀은 '현실'이라는 '바람'에 밀려 쓰러지고 또 쓰러지지만, 풀을 쓰러뜨린 외부의 현실조건보다 빨리 울어버림으로써 더 빨리 일어난다는 상징적 의미가 될 것이다. 이때 '눕는다 / 일어난다' '운다 / 웃다'라는 술어는 대립이 아니라 대립을 통합시키고 해소시키는 움직임을 나타낸다.

이 유형은 우리 현대사의 이데올로기적이고 정치적인 현실을 어떻게 표현하느냐 하는 방법론적 필요성에 기인했던 것으로 보인다. 생경한 구호나 메시지의 직접성을 피해 현실을 우회적으로 표현함으로써 문학적 보편성을 획득할 수 있었던 것이다. 어쨌든 이 유형은 알레고리가 역사·현실과 어떻게 조우하고, 그 조우로부터 어떠한 알레고리가 나올 수 있는가를 보여주고 있다. 그러나, 상징과 그 경계를 넘나들었을 때 현실반영이나 현실비판이라는 면에서는 직접적이거나 강력하지는 않다. 비유적 의미가 넓게 확장되기 때문이다.

2) 이데아의 발현과 그 흔적으로서의 알레고리

알레고리의 기원은 철학과 신학에 있다. 알레고리는 처음부터 종교와 밀접한 관계를 맺고 있었다. 종교화된 관념이나 보편적 진리나 깨달음, 상실한 유토피아의 흔적들을 계시하고자 했던 이 유형의 알레고리는 상징과 쉽게 넘나드는 것이 특징이다. 때문에 상징의 특징인 비의적(秘意的) 측면과 알레고리의 특징인 우주의 유비적(類比的)·대칭적 구조가 동시에 드러나곤 한다.

직접적으로든 간접적으로든, 우리 현대시에서는 불교의 가르침과 깨달음을 시로 형상화한 작품들을 쉽게 찾아볼 수 있다. 동양적 사유 속에서 불교가 우리 삶의 지렛대 역할을 오래했기 때문일 것이다.

① 바람도 없는 공중에 수직(垂直)의 파문(波紋)을 내이며, 고요히 떨어지는 오동잎은 누구의 발자최입니까.

　지리한 장마 끝에 서풍에 몰려가는 무서운 검은 구름의 터진 틈으로, 언뜻언뜻 보이는 푸른 하늘은 누구의 얼골입니까.

　꽃도 없는 깊은 나무에 푸른 이끼를 거쳐서, 옛 탑(塔) 위의 고요한 하늘을 슬치는 알 수 없는 향기는 누구의 입김입니까.

— 한용운, 「알 수 없어요」 부분[48]

② 세마리 사자(獅子)가 이마로 이고 있는 방(房)에서
　나는
　이 세상 마지막으로 나만 혼자 알고 있는
　네 얼굴의 눈섭을 지워서
　먼발치 버꾸기한테 주고,

　그 방(房) 위에 새로 핀

---

48) 한용운, 『한용운 시 전집』, 문학사상사, 1989.

      한송이 연(蓮)꽃 위의 방(房)으로
      핑그르르
      연(蓮)꽃잎 모양으로 돌면서
      시방 금시 올라 왔다

                          ─ 서정주, 「연(蓮)꽃 위의 방(房)」 부분49)

    존재의 근원과, 사멸과 소생의 불교적 순환원리를 상징적 알레고리로
즐겨 구사했던 현대시의 대표적 시인으로 한용운을 들 수 있다. 불교적
세계관은, 그가 세계와 사물을 바라보고 해석하는 뿌리를 이룬다. 그러
나 불자(佛者)로서의 한용운은 애국지사로서의 한용운과 떼놓을 수 없다.
때문에 그의 시에 나타난 알레고리는 흔히 종교적·상징적·정치적 현
실과 맞물려 있어 보편성을 획득하기에 용이하다. ①의 시는 연시 형태
를 취하고 있으나 시집 구성 원리에 비추어 볼 때 단순한 연시가 아니라
절대적 존재를 노래하는 시이다. 각 행에 나오는 '누구'는 한용운의 '님'
에 대한 부정대명사이다. 오동닢=발자최, 푸른 하늘=얼골, 향기=입김,
작은 시내=노래, 저녁놀=시라는 은유적 인식을 통해, 시의 화자는 물질
적으로 부재하는 것처럼 보이지만 엄연하게 존재하는 님의 존재를 확인
하고 있다. 이 '님'이 문자 그대로의 님이기도 하고 불교적인 님이기도
하고 상실된 국권을 의미한다는 것은 주지의 사실이다. 그럼에도 불구하
고 이 작품의 기본 바탕은 불교의 윤회 사상과 연기설(緣起說), 그리고 색
즉시공(色卽是空)과 깊은 관련을 맺고 있다. 자연의 지배원리로서의 불법
을 의인화하고 있다는 점에서 그렇다. 특히 '타고 남은 재가 기름이 되
듯' 순환하고 있다는 점에서 삼라만상이 윤회하고 연기하는 것이다. 즉
공(空)의 형태로 존재하면서 여전히 색(色)으로 작용하고 있다는 것을 보
여줌으로써 님의 부재를 부정하고 님의 존재를 입증하는 시이다. 그러나
불교적 교리는 작품 속에 은유적으로 용해되고 있어 설법(說法)의 냄새를

────────────────────

    49) 서정주, 『미당 시전집』 1, 민음사, 1994.

풍기지 않는다.

②의 시는 불가의 상징인 '연꽃'과 '사자'를 직접적 끌어들이고 있다. 민간전승에서도 온갖 삿되고 사악한 것들을 막아주는 벽사(辟邪)의 의미를 지닌 사자는 절집에서 쉽게 찾아볼 수 있다. 석탑이나 석등을 떠받치고 있거나 부처님을 떠받치고 있기도 하다. 그리고 『유마경』에서도 부처님의 위엄스런 설법(說法)을 '사자후(獅子喉)'에 비유하기도 했다. 연꽃 또한 불법을 상징한다. 부처님이 설법을 하실 때에도 연꽃의 비유를 많이 들었는데, 염화시중(拈華示衆)의 미소, 이심전심의 묘법(妙法)이라는 말은 부처님이 연꽃 한 송이를 들어 대중에게 보였을 때 제자 가섭만이 홀로 미소를 지었다는 데서 유래한다. 또한 연꽃이 불교의 상징적인 꽃이 된 것은 더러운 물(속세)에서 피는 꽃(열반)이고, 꽃을 피움과 동시에 열매가 꽃 속에 자리잡는 꽃(因果의 도리)이고, 합장을 하고 있는 듯한 꽃봉오리(佛者의 마음)의 형상을 지녔기 때문이다. '세 마리 사자가 이마로 이고 있는 방'과 그 방 위에 새로 핀 '연꽃 위의 방'은 불법을 상징한다. 그러나 그 비유가 다르듯, 두 방은 깨달음에 이르는 서로 다른 과정이자 방법을 의미한다. 전자의 '방'이 보다 강력하고 심지어 폭력적이기까지 한 깨달음의 과정이자 방법이라면, 후자의 '방'은 보다 맑고 넓고 부드러운 깨달음의 과정이자 방법을 의미한다. 이것은 사자와 연꽃이 가지는 원형적 이미지만으로도 짐작할 수 있는 대목이기도 하다.

우리 현대시에서 기독교의 교리를 알레고리화하고 있는 시들은 불교의 교리를 알레고리화하고 있는 작품들보다 작품 수는 적으나 시적 메시지는 선명한 편이다.

　①얼골이 바로 푸른 한울을 울어렀기에
　　발이 항시 검은 흙을 향하기 욕되지 않도다.

　　곡식알이 거꾸로 떨어저도 싹은 반듯이 우로!

어느 모양으로 심기여졌더뇨? 이상스런 나무 나의 몸이여!

(…중략…)

목마른 사슴이 샘을 찾어 입을 잠그듯이
이제 그리스도의 못박히신 발의 성혈(聖血)에 이마를 적시며—

오오! 신약(新約)의태양(太陽)을 한아름 안다.

—정지용, 「나무」 부분50)

② 더러는
옥토(沃土)에 떨어지는 작은 생명이고저……

흠도 티도,
금가지 않은
나의 전체는 오직 이뿐!

더욱 값진 것으로
드리라 하올 제,

나의 가장 나아종 지니인 것도 오직 이뿐!

—김현승, 「눈물」 부분51)

　　정지용의 신앙시들은 우리 현대시 중 카톨릭 신앙을 담은 최초의 본
격적인 시작품들로 평가된다. 일련의 카톨릭 시편들 중 하나인 ①의 시
에서 시적 자아는 신과 인간을 엄격하게 구분하는 기독교적 이원론 속
에 위치한다. 천상과 지상, 위와 아래라는 공간적 대조로 표상되는 신(神)
과 인간의 거리는 피할 수 없는 운명적 조건으로 그려지고 있다. 그러나

---

50) 정지용, 『정지용 전집 1—시』, 정지용, 민음사, 1999.
51) 김현승, 『김현승 전집 1—시』, 시인사, 1985.

시적 자아가 신앙적 자아와 세속적 자아로 이원화되더라도 이 이원화는 '분열'이 아니라 '구분'이다. 분열은 갈등이지만 구분은 질서와 조화다. 질서와 조화의 자리에서 신과 '나'를 연결해주는 신앙적 자아는 수직성을 지닌 '우주수(宇宙樹)'라는 기호를 발견하고 있기 때문이다. 그러기에 "오오 알맞은 위치(位置)! 좋은 우아래!"라는 구절은, '못박히신 발의 성혈(聖血)'과 '신약(新約)의태양(太陽)'이 상징하는 '그리스도'라는 분명한 지향점을 지닌 질서와 조화를 의미한다.

어린 아들을 잃고 그 슬픔을 기독교 신앙으로 승화시켜 쓴 작품이라고 전해지는 ②의 시는 경건한 신앙에 대한 간절한 소망을 알레고리하고 있다. '눈물'을 '옥토'에 떨어지는 작은 생명으로 비유함으로써 고통과 슬픔이 새로운 생명의 씨앗과 열매를 예비하도록 하고 있다. 특히 마지막 연에서 눈물의 역설적 의미를 설파하는 바, 자신의 "가장 나아종 지니인" 궁극의 가치를 '눈물'로 표상하고 있다. 이 눈물은 '꽃 / 열매' '웃음 / 눈물'의 대립 구조를 통합시킨다. 종교적 경지에서, '웃음'이 잠시 피었다 지는 '꽃'이라면, '눈물'은 생명을 거듭나게 하는 신의 은총과 같은 '열매'라고 여김으로써 슬픔을 극복해내고 있는 것이다. 이때 '눈물'은 종교적 상상력에서 우러나오는 시적 표상으로서 '자기 정화(淨化)'라는 강한 상징성을 띤다. 특히 1연이 성경 구절52)을 인용하고 있다는 점, 독실한 구도자로서의 화자를 설정하고 있다는 점, '자기 정화'와 '자기 희생'에서 비롯되는 부활과 재생을 노래하고 있다는 점, 그리고 청교도적인 파토스로 시적 존재 가치를 추구했다는 점 등은 이 시가 기독교적 유일신인 '하나님'의 섭리와 그 절대성을 승인하는 절차를 노래하고 있음을 증명해주는 증거들이다. 슬픔을 통해 더 높고 순정한 상태에 이르려는 시인은, 눈물이 오직 사람에게만 주어진 신의 은총이라고 여김으로써 지극한 고난을 이겨내는 기독교적 시정신을 보여주고 있다.

---

52) 신약성서 「마태복음」에 보면 "더러는 옥토에 떨어지매 혹 백 배, 혹 육십 배, 혹 삼십 배의 결실을 하였느니라."(13 : 8)라는 구절이 있다.

이것은 소리 없는 아우성
저 푸른 해원(海原)을 향하여 흔드는
영원한 노스텔지어의 손수건
순정은 물결같이 바람에 나부끼고
오로지 맑고 곧은 이념의 표ㅅ대 끝에
애수(哀愁)는 백로처럼 날개를 펴다.
아아 누구던가
이렇게 슬프고도 애닯은 마음을
맨 처음 공중에 달 줄을 안 그는

— 유치환, 「기(旗)빨」 전문53)

유치환의 「기(旗)빨」은 이상화된 이념(理念)을 향한 향수를 알레고리하고 있다. 지상으로부터 높이 솟아 있는 깃발은 세속적인 질서로부터 벗어나 높은 곳을 지향하려는 의지를 상징한다. 그러나 깃발은 '맑고 곧은 이념의 푯대 끝'에서 이상향을 향한 '아우성'의 몸짓으로 의지와 집념의 자세를 보이기도 하지만, 결국은 깃대를 떠날 수 없는 숙명적 존재임을 깨닫고 절망하고 만다. 그러므로 깃발의 몸짓은 이념이기도 한 반면에 그 좌절의 흔적이기도 하다. 이 같은 이상과 좌절은 다섯 개의 보조 관념(아우성·손수건·순정·애수·마음)을 거느리면서 다채롭게 전개된다. 특히 마지막 시행 "아! 누구인가? 이렇게 슬프고도 애달픈 마음을 / 맨처음 공중에 달 줄을 안 그는"이라는 구절에는, 이상 세계에 대한 동경과 향수, 그리고 그것에 도달할 수 없는 한계로 인한 슬픔과 절망이 응집되어 있다. 결국 이 시에서 깃발은 깃대의 제한성으로 말미암아 이상과 현실 사이를 뛰어넘을 수 없는, 인간의 근원적 한계를 표상한다. 그래서 '충족할 수 없는 향수', 즉 '영원한 향수'가 되는 것이다. 이처럼 알리면서도 알리는 만큼 숨기는 알레고리의 방법적 특성은, 이상화된 관념을 비의적으로 충족시키거나 시대를 초월한 보편적 의미를 획득하는 데도 용이하다.

---

53) 유치환, 『청마 유치환전집 ―제1권, 기(旗)빨』, 정음사, 1984.

3) 문명비판과 파편화된 유희로서의 알레고리

현대의 알레고리스트들은 '보편화된 관념'을 개인의 주관적 관념으로 대치시키곤 한다. 자신의 주관적 세계 해석을 제시하기 위해 세계에 대한 자신의 경험적 사실이나 허구적 상상들을 이리저리 재구성하여 작품화하는 것이다. 이때 알레고리는, 현대의 물질문명과 소외된 인간군상들에 대한 비판적 조망을 근간으로 개인의 주관적 세계관을 예시한다. 특히 물질문명의 발달과 비례해 소외되고 황폐화된 인간 군상들과 그 인간들의 내면을 그로테스크하거나 환상적이거나 패러디적인 유희 요소를 가미해 그려내는 경우도 있다. 이러한 특징은 고전시에서는 살펴볼 수 없는 현대시만이 갖는 알레고리적 특징이다.

   ① 어둠은 편안하고 안전하지만 굶주림이 있는 곳
    몽둥이와 덫이 있는 대낮을 지나
    번득이는 눈과 의심 많은 귀를 지나
    주린 위장을 끌어당기는 냄새를 향하여
    걸음은 공기를 밟듯 나아간다
    꾸역꾸역 굶주림 속으로 들어오는 비누 조각
    비닐 봉지 향기로운 쥐약이 붙어 있는 밥알들
    거품을 물고 떨며 죽을 때까지 그칠 줄 모르는
    아아 황홀하고 불안한 식욕

                              —김기택, 「쥐」 부분[54]

   ② 겨울에도
    빈대가 출몰했다
    대합실 나무의자에 웅크려 누워 있노라면
    그 무수한 욕망에 살을 뜯기면서

---

54) 김기택, 『태아의 잠』, 문학과지성사, 1991.

피를 빨리면서, 복면을 하고
높은 담, 굳게 잠긴 문 재격 열고
목숨은 필요 없다 돈을 내놔!

—김신용, 「그 겨울의 빈대」 부분55)

인용시들은 동물의 특성에 빗대어 인간들이 가진 속악한 면모를 비판하고 있다. ①의 시에서 쥐의 엄청난 식욕은 죽음에까지 이르는 병이 되고 있다. 생명은 죽음에까지 이르게 하는 끈질기고 악착같은 식욕 위에서 태어나고 그리고 그 위태로운 식욕과 더불어 소멸한다는 메시지를 담고 있다. '쥐약'이 뒤섞인 밥알을 향한 쥐의 식욕은 인간의 이중적 욕망을 환기시킨다. 살아남기 위한 원초적 욕구와 또 그 욕구로 인해 죽을 수밖에 없는 모순된 욕망, 그러기에 '황홀하고 불안한 식욕'은 죽음에 이르러서야 끝이 난다. 인간의 욕망을 쥐의 식욕을 통해 알레고리하고 있다. ②의 시도 마찬가지다. 사람들의 피를 빨아먹고, 놀라운 번식력과 생존력으로 인류에서 가장 오래 살아남은 빈대를 통해 빈대 같은 인간을 그려내고 있다. 너무 많은 타인들로부터 피를 '빨리고' 살을 '뜯기'다 못해 드디어 복면을 한 채 불법적으로 빨린 피와 뜯긴 살을 되찾으려는 강도를 '그 겨울 빈대'로 비유하고 있다. 동물들을 이처럼 비참하게 그려놓은 것은 그에 못지 않게 비참하게 살아가는 인간의 생활상을 묘사하기 위해서이다. 따뜻한 정경이나 소박한 심성을 우화적으로 시화한 고전시의 동물 알레고리들과는 다른 변별점을 보여준다.

남산경(南山經)

남산(南山)의 첫머리는 회현(會峴)이다. 그 고개는 남산의 북향 그늘이 드리워져 늘 음습하고 차가워, 사람 살 곳이 못된다. 이곳의 어떤 풀은 그 생김새가 푸른 지렁이 같고, 가느다란 털이 달려 있고, 끈끈이액이 나와, 사람이 다가가면 긴 줄기로 휘감아 잡아먹으려 든다. 이름을 창부(蒼芙)라 한다. 이것에 닿으

---

55) 김신용, 『개같은 날들의 기록』, 세계사, 1990.

면 오줌을 자주 눈다. (…중략…)

　다시 북쪽으로 3백 리 가면 상계산(上溪山)이 나온다. 초목은 자라지 않으나 물이 많다. 이곳의 어떤 짐승은 생김새가 긴꼬리원숭이 같은데, 앞발이 다섯이요 뒷발이 셋이다. 이름이 구청(狗鯖)이며, 소리는 나무를 찍는 듯하고, 이것이 나타나면 그 고을에 철거와 토목 공사가 많아진다.

— 황지우, 「산경(山經)」 부분56)

　황지우의 「산경」은 기이한 동식물이 총출동하는 중국의 고대 기서(奇書) 『산해경』57)의 어법을 빌어, ‘서울’로 상징되는 자본주의와 도시문명을 비꼬고 있다. 사람을 해치는 기괴하고 사나운 짐승들과 해로운 식물들의 불길하고 어두운 이미지로 가득 차 있다. 인용 부분은 남산의 회현에 사는 ‘창부’라는 풀과, 상계산에 사는 ‘구청’이라는 짐승에 대해 설명하는 대목이다. ‘창부(蒼芙)’는 창부(娼婦)라는, ‘구청(狗鯖)’은 구청(區廳)이라는 동음이의어를 연상시키는데 그 풀과 짐승을 설명하는 대목에서 매춘과 날림 행정을 암시하고 있어 절묘한 풍자 효과와 웃음을 자아내게 한다. 일목요연한 사실주의적인 인식을 바탕으로, 폭로된 사회 현상과 동물세계 현상을 등치시키는 유머·과장·그로테스크적 표현으로 우리 사회의 부조리한 단면을 폭로하고 있다.

　특히 이 시는 패러디와 그 경계를 넘나드는 알레고리의 전형을 보여준다. 잘 알려진 기존의 서사 텍스트를 재구성한 경우야말로 패러디와 알레고리가 맞물리고 있는 가장 대표적인 경우이다. 이처럼 ‘독자의 능동적인 독서’에 의해 ‘끝없는 자리바꿈’58)을 계속하는 반복적 패러디, 즉

---

56) 황지우, 『게 눈 속의 연꽃』, 문학과지성사, 1991.
57) 『산해경』(정재서 역주, 민음사, 1993)에서 인용시의 대목과 유사한 구절을 찾으면 다음과 같다. “「남산경」의 첫머리는 작산이라는 곳이다. 작산의 첫머리는 소요산이라는 곳인데 서해변에 임해 있으며 계수나무가 많이 자라고 금과 옥이 많이 난다. 이곳의 어떤 풀은 생김새가 부추 같은데 푸른 꽃이 핀다. 이름을 축여(祝餘)라고 하며 이것을 먹으면 배가 고프지 않다.”(「남산경(南山經)」)

알레고리적 재읽기는 바로 폴 드 만이 지적하고 있는 독서의 알레고리와 상통한다. 앞선 읽기가 무엇을 억압했는지를 밝히는, 읽기에 대한 읽기, 즉 메타독서이고 메타픽션이라는 점에서 그렇고, 또한 친숙함 속의 새로움으로 과거의 어떤 형식이 기본틀을 유지하면서 다르게 되풀이된다는 점에서 그렇다.

현실에 대한 부정적 인식은 유토피아에의 충동을 부추기고 그 같은 충동은 부정적 현실을 괄호 속에 묶어버리고자 한다. 이때 알레고리는, 상실되고 파편화된 이상(理想)을 표현하기 위해, 총체적인 삶의 연관관계들로부터 분리된 현실의 단편들이나 허구적 단편들을 이리저리 짜맞추곤 한다. 그것들은 하나의 유기적 통일체로 가다듬어지지 않은 채, 알레고리 형식으로 조합되어 반리얼리즘적 태도를 지향한다.

> 아파트 위로는 강철구름이 떠다니고, 나는 아파트 내 방에 누워 비틀즈의 연주를 듣는다 강철구름 위에서 푸른 사다리가 내려와 어둔 내 방에 들어온다 (…중략…) 새들이 바라보던 그곳에서 검은 터널이 열렸다 새들은 있는 힘을 다해 그곳으로 날아갔지만 한 마리를 제외한 다른 새들은 모두 지상으로 떨어지고 말았다 그리고 시간이 마구 뒤섞이기 시작했다 나는 추락한 새들을 생각하며 사다리를 오른다 강철구름은 까마득히 높이 있다 끝이 보이지 않는다 사다리들이 하나씩 떨어져 나간다 나는 또 한 칸 올라간다 나는 실체일까 허상일까 아파트 위로는 강철구름이 떠다니고 까마득한 밑에서 또 한 사람이 올라온다.
> —김참, 「강철구름」 부분59)

인용시는 현실 세계의 재현이 아닌 독특한 허구의 상황을 그려 보이고 있다. 자의적(恣意的)이고 불연속적인 진술을 통해 시의 의미적 연관들과 관계규칙들을 교란시키고, 그 결과 비실재로의 도취와 비약적 유희를

---

58) Paul de Man, *Allegories of Reading*, New Haven and London Yale University Press, 1979, p.115.
59) 김참, 『시간이 멈추자 나는 날았다』, 문학세계사, 1999.

낳고 있다. 상징과 은유의 우화적 수법을 사용해 사실과의 거리두기를 하고 있는바, 현실에 대한 직접 개입보다는 허구적 거리를 두고 투시하는 우회적인 알레고리 방법이다. 현실을 포괄하는 선(先)관념을 통해 일정한 의미의 체계들을 읽어내는 고전주의적 알레고리스트와 달리, 시인은 단지 기호들의 파편적인 의미만을 조합하고 있다.

젊은 시인 김참이 꿈꾸는 환상적 알레고리의 지형도는, 어둔 아파트 방안에서 푸른 사다리를 타고 강철구름 위에서 펼쳐진다. 실제 대상과 환상 속의 대상, 현실과 환상 사이를 부유하는 그의 언어는 가위눌린 자의 잠꼬대처럼 그 의미가 불투명하다. '시간이 마구 뒤섞이기 시작한다', '나는 실체일까 허상일까' 의심하는 구절에서도 알 수 있듯, 시인은 환상과 현실, 우울·환상 / 죽음·공포, 그 사이를 넘나들며 그 경계를 해체하고 있다. 그로테스크하고 비실재적인 이미지를 향해 돌진하는 이러한 유희는 제도화되고 기계화된 현실을 덮어버리고 시인만의 자유를 확보하려는 알레고리적 장치임에 틀림없다. 오리무중의 현실 속에서 포착한 존재론적인 고통의 알레고리일 터이다. 이처럼, 최근의 알레고리 작품들은, 현실로부터 관념 혹은 이념을 획득해 가는 과정을 형상화하는 리얼리즘과는 일정한 거리를 유지하기도 한다.

젊은 시인들의 언어 속에는, 여기 우리가 서 있는 곳이 최악의 세계이며 그 누구도 이 세계를 이해하지 못한다는 세계에 대한 공허한 시선이 깔려 있다. 이 부정적 시선은 파괴와 몰락의 징후들이 조합된 알레고리적 상상력으로 표출된다. 특히 '키드화된' 세계 혹은 '키드적' 서사를 끌어들여 알레고리적 유희를 증폭시키고 있다.

　1. 핫도그맨은 1955년 미국 캘리포니아 어느 지저분한 거리에서 태어났다.
　2. 지나가던 거지 흑인에게 심하게 욕설을 들으며 핫도그를 부당하게 빼앗긴 경험이 있다(어두운 과거).
　핫도그맨은 자기의 간식 핫도그를 억울하게 빼앗긴 데 대해 격분. '정의'의 수호자가 되기로 결심했다.

　3. 외계인의 비행접시 부대가 지구를 방문했을 때, 핫도그맨은 그들에게 핫도그를 주고, 대신 지구를 '악'에서 구할 만한 초능력을 받았다(외계인들은 핫도그를 무척 좋아했다).

　4. 핫도그를 먹고 변신하고, 그가 변신했을 때는 손으로 레이저 빔을 발사하며 눈에서는 에메랄드 광선을 뿜어낸다(!)

　5. 붉은 망토의 핫도그맨은 캘리포니아 주의 몇몇 아이들에게 영웅 대접을 받는다.

— 서정학, 「핫도그맨」 부분[60]

대중문화적 잡식성의 감수성을 지닌 젊은 시인들은 TV·PC 화면이나 스크린과 같은 사각의 영상매체를 통해 세계를 인지하며 세계를 욕망한다. 인용시는 '핫도그맨'이 되어 이 세계의 불의와 악당을 물리치고 '정의의 수호자'가 되려는 만화적 꿈을 통해 키치화된 현대문명의 단면을 보여주고 있다. 이 '핫도그맨'은 시인이 생산해낸 알레고리적 캐릭터이자 브랜드이다. 슈퍼맨이나 베트맨의 아류처럼, 핫도그맨은 철저히 미국화·허구화·영웅화·희화화되어 있다. 시인은 핫도그맨의 일대기와 활약상을 통해 현대문명이 지향하는 만화적 영웅담을 그려 보인다. 그는 사각의 영상매체에 의해 재현되는 황당하며, 불연속적이며, 이질적이며, 키치화된 유희 속에서 '눈을 뜬 채 꾸는 꿈'을 펼쳐 보이고 있다. 그에게 있어서 현실 혹은 진정성이란 관심 밖의 문제인 것이다. 이 같은 키드적이고 키치적인 알레고리는 현대문명의 비속화된 단면을 되비추고 굴절시키는 거울 역할을 한다는 점에서 풍자적이고, 유쾌한 만화적인 비유담이라는 점에서 유희적이다. 그리고 게임의 플롯과 '-맨'류의 영화적 문법을 차용하고 있다는 점에서 패러디이면서, 그것이 비유담이라는 점에서는 알레고리이기도 하다.

　알레고리는 우리의 생각이나 사유 속에 존재하는 추상적 관념을 구체

---

60) 서정학, 『모험의 왕과 코코넛의 귀족들』, 문학과지성사, 1998.

화시키는 비유법 중 하나다. 특히 현실과 밀접한 우화나 비유담을 통해 당시의 시대정신을 표출하는 데 주력할 뿐만 아니라 인간의 존재양상을 탐구하는 데 주력한다. 또한 알레고리는 관념에 힘입어 일상적인 사실이나 사건을 초월할 수 있는 기능과, 시인에게 표현상의 보다 많은 자유와 융통성을 부여하고 있다. 이때 비의적 서술자로서의 시인의 목소리는 주석적인 혹은 우월한 서술 태도를 보여주며, 세계에 대한 관념적 인식이 드러나기도 한다. 알레고리가 가진 근원적인 가능성이자 제한점일 것이다. 특히 알레고리는 관념을 조립하기 위한 비유적 도구로 활용되기 때문에, 한 작품에서 특별히 그 주제적인 면이 강조될 때 그것은 알레고리로 해석되기 쉽고, 어떤 작품이 일단 알레고리로 해석되기 시작하면 그 작품에 대한 더 이상의 해석이 불가능한 경우도 많다.

우리 현대시에서 알레고리의 특징적 유형으로는 첫째 좌우 이데올로기적 대립을 근간으로 한 우리 사회의 역사·정치 현실을 겨냥한 비판적 풍자의 양식으로, 둘째 종교적·보편적 진리에 대한 간접적 깨달음이나 교리를 교화시키고 전달하기 쉬운 간접화 양식으로, 셋째 물질문명화된 현대적 삶의 복잡성과 부조리성에 대한 통찰과 함께 반리얼리즘적이고 유희적인 양식의 하나로 전개되어 왔다. 이 세 유형은 사실 우리 현대시에서 알레고리의 통시적 변모 양상과도 일정 부분 맞물려 있기도 하다. 이 세 유형 중에서도 이데올로기적 대립을 기반으로 하는 정치적 현실에 대한 비판과 계몽을 목적으로 하는 알레고리적 방법은 우리 현대시에서 가장 유용한 수단이었다. 이러한 알레고리는 산문화된 시대에 부응해 서사적(허구적) 구조를 가질 수 있다는 점, 유희적인 요소를 충족시킬 수 있다는 점, 이분법적인 사유 구조 속에서 분명하게 메시지를 전달할 수 있다는 점, 잃어버린 신화(아우라)에 대한 향수 전할 수 있다는 점 등에서 21세기 시적 규범으로서 그 가능성이 열려 있다 하겠다.

제 **3** 장

구조와 해체의 수사학: 병렬(parallelism)

김수경 · 정끝별

1. 동화의 구조에 기여하는 고전시의 병렬

1) 병렬이란 무엇인가

일반적으로 시에 있어서의 병렬(parallelism)은 한 쌍의 서로 다른 구절 (phrase)·행(line)·운문(verse)들이 대응하는 상태[1]라고 정의된다. 병치·대비·

---

1) 고대 히브리어를 연구하던 로버트 로오드(Robert Lowth)는 성서에 나타난 회기적 반 복현상에 주목하게 되고, 1778년 처음으로 그것을 병렬법(parallelism)이라는 이름으로 불렀다.

 "시의 어떤 행이 다른 행과 대응하는 것을 나는 병렬법이라고 부르려 한다. 어떤 명 제가 나타나고 거기에 또 하나의 명제가 추가될 경우, 즉 그 밑에 그려져 먼저 것과 의미상으로 맞먹거나 또는 대립되거나 또는 문법적 구조의 형태에 있어서도 서로 닮 은 데가 있는 경우 그것을 병렬 시행이라고 부르려 한다. 그리고 그 짝을 이루는 시행 에 있어서 서로 대응하는 말 또는 어구를 병렬 어구라고 부를 것이다. 병렬시행은 다

대응·병행체 등 각기 다른 이름으로 불려지기도 하며 대구(對句)나 반복과 혼동되어 사용되는 일도 종종 보인다. 우리 고전시가는 거의 모든 운문들의 담화가 병렬적 가능성을 내포하고 있는데, 흔히 그리고 자주 볼 수 있는 병렬의 형태로는 다음과 같은 예를 들 수 있다.

> 배 떠난 갯구석 연기만 돌고
> 임 떠난 내방엔 찬기만 돈다

우리 시가에서 자주 나타나고 또한 일반적으로 '병렬'이라고 하면 금세 떠오르는 형태는 위와 같은 것들인데, 이는 동일한 통사구조의 '반복'을 바탕으로 하고 있다. 이렇게 '반복'과 '병렬'은 사실상 개념을 분별하기 어려운 점이 많아 확연한 층위구분이 힘든 실정이다. 반복과 병렬의 개념 및 구분이 논자에 따라 제 각각이라는 사실[2]이 이러한 사정을 잘 말해준다. 반복과 병렬의 관계를 어떻게 설정하느냐에 따라 그 차이는

음과 같은 세 종류로 정리된다. 동일적 시행(parallel synonymous), 대립적 시행(parallel antithetic), 종합적 시행(parallel synthetic)이다. 그러나 이런 종류의 병렬 시행들이 서로 섞여 여러 가지 형태로 얽혀져 있다는 점에서 주목하지 않으면 안될 것이다. 이러한 혼합이야말로 작품에 변화와 아름다움을 주고 있는 요소이기 때문이다."

Alex Pleminger, *Princeton Encyclopedia of Poetry and Poetics*, Princeton Univercity Press, 1965, p.599; Roman Jacobson, "Grammatical parallelism and its Russian facet", *Sellected Writings III*, Mouton & Co., 1981, p.98.

2) 이렇게 병렬은 기존의 시가 연구에서 매우 폭넓게 사용되었다고 할 수 있는데, 그 개념은 논자마다 차이를 보이고 있다. 용어에 있어서도 병렬(김대행, 이헌홍, 최재남, 박경신), 병행체(최미정, 강등학), 병치(오세영, 박경수) 등 서로 다른 용어들을 혼용하고 있는 실정이다.

김대행, 『한국시의 전통연구』, 개문사, 1980; 이헌홍, 「판소리의 전승구조 연구」, 부산대 석사논문, 1981; 최재남, 「구비적 측면에서 본 시조의 시적 구성방식」, 서울대 석사논문, 1983; 박경신, 「무가의 작시원리에 대한 현장론적 연구」, 서울대 박사논문, 1983; 강등학, 『정선아라리 연구』, 집문당, 1983; 최미정, 「별곡에 나타난 병행체에 대하여」, 『백영 정병욱 선생 환갑기념 한국시가문학연구』, 신구문화사, 1983; 오세영, 『한국낭만주의시연구』, 일지사, 1980; 고현철, 「1920년대 민요시 연구—병치구조를 중심으로」, 부산대 박사논문, 1986; 박경수, 「한국 근대 민요시 연구」, 부산대 박사논문, 1989.

다음의 세 가지로 구분될 수 있다. ① 의미나 이미지가 변화와 굴절을 일으키지 않거나 비교 대립적인 구조를 형성하지 않은 반복과 이와 반대인 병렬에 구별을 두는 경우, ② 기본적으로 반복을 좀더 넓은 개념으로 파악하고, 반복의 범주 안에 병렬을 포함하여 생각하는 경우, ③ 반복이 본질적으로 병렬의 한 방법이라는 점에서 병렬의 범주 안에 반복을 포함하여 생각하는 경우이다.

이러한 병렬은 반복과 더불어 민요·한시·고전시가·현대시를 포함하는 서정장르를 논의함에 있어 주요 개념으로 사용되어 왔다. 곧 반복과 병렬은 구비시 일반의 중요한 한 특징으로, 우리나라를 포함하여 광범위한 우랄 알타이 지역 대부분의 구비시의 시적 규범으로 작용하고 있다[3]는 것이다. 민요의 형식과 관련한 기존의 논의에서도 반복과 병렬은 중요한 항목을 이루며 다루어지고 있으며,[4] 시조의 경우 초장과 중장의 배열 기본 원리가 병렬임은 주지하는 바이다. 또한 사설시조·잡가·가사 등의 장형시가에 병렬의 원리에 의한 문체구성을 보여준다고 한다.[5] 그리고 한국시가의 기본구조를 토대로 개화기 시가·민요시·근대시·현대시 등의 접근을 시도하는 작업에서 병렬 논의가 이루어진 바 있다.[6]

이러한 기존의 논의들을 요약해본다면 다음과 같이 구별해서 설명할 수 있다. '반복'이란 말 그대로 '동일한 요소가 계속 나열되는 것' 또는 '동일한 것의 연속'을 말하며, 모든 시가에 공통적으로 나타나는 요소로 볼 수 있다. 반복은 '운율이나 모든 다른 특질들이 존재할 수 있는 배경'

---

3) 이경희, 「시적 언술에 나타난 한국현대시의 병렬법 연구」, 이화여대 박사논문, 1989, 4면.

4) 조성일, 『민요연구』, 인민출판사, 1983; 조동일, 『서사민요연구』, 계명대 출판부, 1972; 김대행, 앞의 책; 김열규, 『아리랑, 역사여 겨레의 소리여』, 조선일보사, 1987; 좌혜경, 『민요시학연구』, 국학자료원, 1996.

5) 김대행·박갑수 편, 「고전시가의 문체」, 『국어문체론』, 대한교과서주식회사, 1994, 136~138면.

6) 박철희, 『한국시사연구─한국시의 구조와 배경』, 일조각, 1980; 오세영, 『한국낭만주의시 연구』, 일지사, 1980; 김대행, 앞의 책; 이경희, 앞의 논문; 박경수, 앞의 논문.

이며 특히 구비시가에서는 음성이라는 일회적인 매개체의 덧없음을 보완하여 전승의 지속성을 보장할 뿐 아니라 시와 음악에 있어서 통일과 변주를 가져오는 가장 보편적인 장치인 것이다.

이에 비해 '병렬'이란 넓은 의미에서 반복에 포함되는 것으로, 이의 단적인 특징은 반드시 둘 이상의 쌍으로 구성되며 대응을 요구한다는 점이다. 곧 '시에 있어서 둘 이상의 서로 다른 구절·행·운문들이 대응하는 상태'가 병렬이다. 덧붙여 또 하나의 조건은 병렬이 반드시 행을 그 기본단위로 한다는 점이다.[7] 이것은 병렬에 대한 최초의 논의 이후 더욱 강력하게 긍정되어 온 주장이며[8] 이를 지적하지 않고는 반복과의 구분이 모호해진다.

다른 한편으로 병렬은 '대구(對句)'와 유사한 의미로 사용되기도 한다. 대구는 문법적 요소와 의미 요소 등을 나란히 병치함으로써(짝을 지음으로써) 미적 효과를 노리는 시 구성원리로 대우(對偶) 또는 간단히 대(對)라고 했다. 특히 고립어인 중국어에서는 일찍부터 상반된 의미가 공존하는 어휘들이 발달하여 고저·장단·상하 등의 단어들이 자연스럽게 사용되어 왔다. 그러나 엄밀히 말해서 대구와 병렬은 차이가 있다. 유약우는 한시(漢詩)의 대구가 Hebrew 시에서 보는 병렬과는 다르다고 지적하면서 대구는 병렬에서와 같이 똑같은 말을 반복하는 것을 허락하지 않으며, 엄격한 반의어로 되어 있다고 설명했다.[9] 이처럼 대구는 병렬 가운데 특히 대칭(antithesis)의 성격이 강한 것을 말한다고 볼 수 있다.

결국, 병렬은 본질적으로 반복에 포괄될 수 있다. 피네간(Finnegan)이 "병렬이란 상이한 언어표현을 사용한 의미의 반복이 때로 동질적인 되풀이를 이루거나 대립적인 되풀이를 이룰 때 존재한다"고 하였듯이, 의미나

---

7) G. Wilsom Allen, *Walt Whitman handbook*, New York University Press, 1975.
8) 최미정, 「별곡에 나타난 병행체에 대하여」, 『백영 정병욱 선생 환갑기념 한국시가문학연구』, 신구문화사, 1983, 101면.
9) 유약우, 이장우 역, 『중국시학』, 범학도서, 1976, 201~208면.

이미지 등의 단순한 되풀이를 벗어나 변화와 굴절을 일으키고, 특히 비교 또는 대립적 구조를 형성할 때 우리는 그것을 병렬이라고 부를 수 있을 것이다. 본고에서는 통사구조의 등가성을 활용하면서 새 구성요소를 삽입하여 나란히 배열되는 것을 지칭하는 용어로서 '병렬'을 사용하고자 한다.

2) 고전시에서 병렬이 나타나는 일반적인 틀

이러한 병렬의 양상이 가장 다양하게 드러나는 것은 단연 민요이다. 그러나 민요에서 흔히 볼 수 있는 병렬은 동일한 구조나 어휘를 단순하게 되풀이하는 경우가 많아, 앞서 제시한 개념에 의한다면 병렬이라기보다는 '반복'에 가깝다. 민요에서 흔히 볼 수 있는 병렬의 형태로는 다음과 같은 것이 있다.

① 녹양방초 저문 날에 석양풍이 건듯 불어
   호미메고 입장구에 석양풍이 건듯 불어 (임동권[10] I-22)

   불을 끄고 잠을 자니 임의 생각 절로 난다.
   날이 새어 찾아가니 꽃이 나와 반겨 맞네 (임동권 I-71)

   늦었다오 늦었다오 점슴참이 늦었다오
   일즉었네 일즉었네 오늘 아침 일즉었네 (임동권 I-27)

② 정월이라 초하룻날 혼떡 범벅 먹은 날
   이월이라 한식날 한식 먹는 날
   삼월이라 삼 날 제비 오는 날
   사월이라 초파일날 머리깎고 활동하는 날

---

10) 임동권, 『한국민요집』 I, 집문당, 1961. 임동권 I-22은 I권, 22면을 뜻함(이하 동일).

오월이라 단오날 머리 벗고 그네 뛰는 날
유월이라 보름날 유두 먹는 날
칠월이라 칠석날 칠석 먹는 날
팔월이라 보름날 신곡 차려 먹는 날
구월이랄 구일날 구일 먹는 날
시월이라 보름날 시제 먹는 날
동짓달이라 동짓날 팥죽 먹는 날
섣달이라 그믐날 호박범벅 먹는 날 (임동권 I-880)

여봐라 징금아 내 돈 석냥 내어놔라
머리를 베어서 달피전에 팔아도
너 돈 석 냥 갚아주마
여봐라 징금아 내 돈 석냥 내어놔라
눈썹을 빼어서 붓대전에 팔아도
너 돈 석 냥 갚아주마 (임동권 I-1168)

①은 병렬된 두 개의 문장이 통사적·의미적으로 대응관계를 보이면서 하나의 작품을 이루고 있는 예인데, 이 가운데는 '석양풍이 건 듯 불어'노래처럼 동일한 핵심어(key word)가 반복되면서 병렬이 이루어지는 예도 있고 그러한 핵심어의 반복이 없이 병렬이 이루어지는 예도 찾아볼 수 있다. 한편 ②의 첫 번째 예는 "…… 월이라 …… 날 …… 먹는(…… 하는) 날"이라는 동일한 통사구조를 틀로 하여 병렬구조를 형성하고 …… 부분에 새로운 구성요소를 삽입하여 열두 달의 행사와 먹거리를 간명하게 나타내는 텍스트를 엮어나가고 있다. ②의 두 번째 예는 병렬구조가 연으로 확산된 것으로, 돈을 내놓으라는 '나'와 무슨 일이 있어도 그깟 돈 석 냥쯤 갚아버리고 말겠다는 '너'의 대립이 대화체를 통해 흥미롭게 전개된다. 이 경우는 연을 단위로 동일한 통사구조가 반복되어, 이러한 통사적 병렬이 의미 구조의 동일성을 지향하면서 작품을 형성하고 있는 예를 보여준다. 이처럼 연으로 확산된 병렬의 구조는 자칫 산만하거나

서로 관계가 없는 것들의 나열처럼 보이는 시적 구성 요소들을 통일성을 부여하고, 그럼으로써 한 편의 작품으로서의 구조를 확보할 수 있도록 만들어주는 매우 긴요한 역할을 담당하게 된다.

　위의 ①·②의 예는 모두 병렬에 의해 작품의 구조 자체가 형성되는 예이다. 그런데 이와는 달리 병렬이 작품의 구조적 형성에까지는 이르지 못하고 장식적 효과에만 머무르는 경우도 찾아볼 수 있다.

> 조금조금 더 살더면 떡동이를 받을 것을 죽동이가 웬 일인가
> 조금조금 더 살더면 구경꾼이 만당할 걸 초상꾼이 웬일인가
> 조금조금 더 살더면 새 신랑과 마주 설걸 지부왕과 마주섰네
> 조금조금 더 살더면 하포포단 깔고 놀걸 칠성판이 웬일인가 (임동권 I-1245)

　조금만 더 살았으면 영화를 누릴 수 있을 것을 그만 죽어버리고 만 사람에 대해, 초상집에서 볼 수 있는 여러 사물과 사람을 지칭하면서 그와 대비되는 상황을 연상하고 있는 작품이다. 먼저 제시된 긍정적 사물(떡, 구경꾼, 새 신랑, 하포포단)과 뒤에 제시된 부정적 사물(죽, 초상꾼, 지부왕, 칠성판)이 극명한 대조를 이루면서 죽은 이에 대한 안타까움은 배가된다. 이 작품은 각 행마다 같은 말이 반복되고 여기에 새롭게 등장하는 요소가 들어옴으로써 의미상 동일한 차원에 놓이는 여러 목록을 나열하는, 이른바 catalog식 전개를 보이는 예다. 이와 같은 반복적 전개는 의미의 풍부한 수식을 이룸으로써 장식적 이미지를 형성하는데, 항목을 덧붙이거나 뺄 수 있는 여지가 있다는 점이 특기할 만하다. 동일한 의미의 병렬성과 해치지 않는다면 얼마든지 더 길어질 수도 있고, 또 그중 어떤 부분이 생략되어도 의미에는 손상이 가지 않는 것이다.

　이처럼 민요에서의 병렬은 핵심어(key word)가 있는 병렬과 핵심어가 없이 대응되는 병렬로 나누어 볼 수 있는데, 어느 쪽이든 동일한 어휘 또는 구조가 되풀이됨으로써 창자와 청중 사이의 정보 전달의 명확성을

기하는 효과를 지니게 된다고 볼 수 있다. 또한 민요에서의 병렬은 유흥 공간에서는 음악적 흥취를 북돋고 노동공간에서는 호흡조절을 기하는데 도움을 주며, 병렬에 의한 구조의 반복은 의미내용에 대한 강조의 역할을 하기도 한다.

한편으로 연으로 확산된 병렬구조의 동일성은 기억과 재구성의 용이성과 효율성을 도모하게 하는 고정된 구조의 원칙과 관련된다. 민요 가창자는 병렬이라는 고정된 구조를 출발점으로 하여 이를 재활용함으로써 의미 내용을 추가하거나 텍스트의 길이를 효과적으로 연장해 나간다. 통사에 의한 병렬과 연에 의한 병렬은 핵심어나 대응하는 통사구조 및 대응하는 연을 중심으로 하고 어떤 짜여진 구조를 이룬다. 따라서 이 구조를 중심으로 스스로의 변이를 방지하고 원형에서 이탈되지 않도록 하는 자기조정(self-correction)의 기능을 갖는 게 되는 것이다.[11] 청중 수용의 측면에서도 병렬 구문과 같은 형태적 요소들의 체계적인 되풀이는 연속성의 기대감을 유지시키는 데 효과적이다. 민요에 있어서 병렬구조는 고정적 패턴을 지님으로써 그 노래 유형을 알고 있는 가창 집단의 창자와 청중 모두가 공유하고 있는 공식적 표현의 틀로서 자리잡고 있다. 따라서 이러한 구절들은 노래의 형식과 유형에 관한 문화적 공동 약호로서의 기능도 수행하게 된다.

이렇게 민요를 통해 발견할 수 있는 병렬의 위상은 첫째, 작품 전체를 통해 확고한 구성원리로서 작용하고 있는 경우와 둘째, 장식적인 효과를 드러내는 경우로 크게 나누어 볼 수 있다. 그리고 이러한 두 가지 양상은 민요뿐 아니라 고전 시가의 여타 장르에까지 확산되어 나타난다. 먼저 작품의 구성원리로서 작용하는 병렬로서, 다음과 같은 예들을 볼 수 있다.

---

11) 한채영, 「시가 사설의 반복 유형과 그 역할」, 『국어국문학』 30집, 부산대학교, 1993, 180~181면.

① 쌍화점(雙花店)에 쌍화(雙花)사라 가고신딘
　회회(回回)아비 내 손모글 쥐여이다
　이 말슴이 이 점(店)밧긔 나명들명
　죠고맛간 삿기광대 네 마리라 호리라

　삼장사(三藏寺)에 브를 혀라 가고신딘
　그 뎔 사쥬(社主) ㅣ 내 손모글 쥐여이다
　이 말ᄉ미 이 졈밧긔 나명들명
　죠고맛간 삿기상좌(上座) 네 마리라 호리라

　드레우므레 므를 길라 가고신딘
　우믓용(龍)이 내 손모글 쥐여이다
　이 말ᄉ미 이 우믈밧긔 나명들명
　죠고맛간 드레바가 네 마리라 호리라

　술풀지븨 수를 사라 가고신딘
　그짓아븨 내 손모글 주여이다
　이 말ᄉ미 이 집밧긔 나명들명
　죠고맛간 싀그바가 네 마리라 호리라

② 원순문(元淳文) 인로시(仁老詩) 공로사육(公老四六)
　이정언(李正言) 진한림(陳翰林) 쌍운주필(雙韻走筆)
　충기대책(沖基對策) 광균경의(光鈞經義) 양경시부(良鏡詩賦)
　위 시장(試場)ㅅ 경(景) 긔 엇더ᄒ니잇고
　엽(葉) 금학사(琴學士)의 옥순(玉笋門生) 금학사(琴學士)의 옥순문생(玉笋門生)
　위 날조차 몃부니잇고

③ 드르헤 용(龍)이 싸호아 사칠장(四七將)이 일우려니 오라ᄒᆞᆫ들 오시리잇가
　성(城)밧긔 브리 비취여 십팔자(十八字) ㅣ 구(求)ᄒ시려니 가라ᄒᆞᆫ들 가시리잇가

①은 고려가요 「쌍화점」으로, "……에 ……하라 가고신댄 …… 이 내 손목을 쥐여이다. 이 말삼이 이 …… 밧긔 나명들명 죠고맛간 …… 네 마리라 호리라"는 동일한 통사구조를 네 연에 걸쳐 반복함으로써 병렬을 형성하고 있다. 잘 알려진 바와 같이 「쌍화점」은 회회인, 절의 사주(社主), 우물의 용, 술집 아비로 인한 일방적 성의 관계 또는 타락한 성적 관계를 통해 충렬왕 당시의 사회에 대한 비판과 소외된 인간관계를 드러내고 있는 작품이다. 4개의 연에 는 서로 다른 공간이 제시되어 있으며, 각각의 공간에는 서로 다른 등장인물이 다른 의미를 지니고 등장한다. 이와 같은 병렬적 구조는 풍자의 의미를 더욱 강조해주는 장치로서 작용하게 된다. 고려가요의 다른 작품인 「청산별곡」과 「동동」 역시 연에 의한 병렬구조로 볼 수 있다.

이같이 고려가요에서 볼 수 있는, 연에 의한 병렬구조는 텍스트에 담긴 의미내용을 강조하는 동시에 작품 전체를 유기적인 통합체로 만드는 데 기여한다. 특히 「동동」은 유의미한 부분의 통사구조가 반복될 뿐 아니라, '아으 동동(動動)다리'라는 후렴이 반복됨으로써 각각의 연이 대등한 관계로 병렬을 이루어 보다 긴밀한 구조적 구성 양상을 보여준다. 고려가요는 병렬구조가 나타나되, 반복의 출현이 매우 강한 특징으로 부각되고 있는데, 이처럼 반복과 병렬이 공존하면서 병렬이 반복을 운용하는 구조를 보여준다. 고려가요는 민요가 가진 병렬의 특성을 고스란히 간직하고 있다는 점에서 특징적이다.

②는 경기체가 「한림별곡」 1장으로 마치 민요에서의 꽃타령, 나무타령과도 같은 병렬의 구조를 보여준다. 같은 속성을 갖는 목록을 제시하고 후렴구에 의해 유기적으로 통일성을 부여하는 형식이다. 단순하기 짝이 없으나, 경기체가가 정서적 의미의 빈곤에도 불구하고 시가의 성격을 유지하는 것은 이런 형태적 병렬의 요소가 작용하고 있기 때문이라고 볼 수 있다.

③은 「용비어천가」 69장이다.12) 잘 알려진 바와 같이 용비어천가에서

구체적으로 서사내용이 전개되는 17~109장은 2행의 병렬 서술이 매우 엄격히 지켜지고 있다. 17~109장에 이르는 용비어천가의 모든 연은 통사적으로 완전히 일치하는 동질적인 두 행의 반복이다. 두 행은 마지막을 종지서법으로 끝맺는 한 개의 큰 문장으로 이루어져 있고, 그것이 복합문이라는 점에서 일치한다. 각 연은 의미표현의 기법에 있어서도 유사한 현상을 보여, 중국 제왕들의 영웅적 행적과 육조의 영웅적 행적을 앞뒤 행으로 짝 지우면서 다른 내용의 행적을 가지고 동일한 서사적 의미를 갖도록 대응시켜나가는 것이다. 따라서 두 행은 중국과 한국이라는 다른 차원의 서사내용이 진술되고 있음에도 불구하고 그 서사적 의미에 있어서는 동질적 방향성을 갖게 된다. 이처럼 「용비어천가」의 각 연은 통사, 또는 서사적 의미에 있어서 두 행을 완전히 일치시키는 동일한 구조의 병렬이다. 바로 이러한 특징 때문에 「용비어천가」의 연은 다른 어떤 구조단위보다 단단한 구조의 견고함을 보이고 있는 것이다.

다음으로, 민요에서 보듯 같은 통사구조를 반복적으로 병렬함으로써 장형화에 기여하고, 목록나열(catalog)식 전개를 보임으로써 장식적 효과에 기여하는 예로는 다음과 같은 것이 있다.

> ① 만두삽화 계오샤 기울어진 머리예
> 　 아으 수명장원호샤 넙거신 니마헤
> 　 산상 이슷 깅어신 눈썹에
> 　 애인상견호샤 오올어신 눈에
> 　 인찬복성호샤 미나거신 투개
> 　 칠보 계우샤 숙거신 엇개예
> 　 길경 계우샤 늘의어신 ᄉ맷길헤

---

12) 정병욱이 용비어천가의 대구를 모두 '正對'로만 보아 졸렬한 대구임을 지적한 이래로 용비어천가는 '대구'의 방식으로 설명되어 왔다. 그러나 2장의 개념에서 밝힌 바와 같이 대구와 병렬을 구별할 때, 용비어천가는 병렬의 형식으로서 분석될 수 있을 것이다. 정병욱, 「용비어천가의 문학적 가치평가」, 『동아문화』 2집, 서울대 동아문화연구소, 1964.

　　설민 모도아 유덕ᄒ신 가ᄉ매
　　복지구족ᄒ샤 브르거신 비예
　　홍뎡 계우샤 굽거신 허리예
　　동락태평ᄒ샤 길어신 허튀예

②피눈물 반죽되니 아황녀영 셜음이오
　　우산의 지ᄂ희ᄂ 졔경공의 셜음이오
　　반야산 바회틈에 뎌의모친 이별ᄒ던 슉낭자의 셜음이오
　　눈물로 하직ᄒ고 호디로 드러가던 왕쇼군의 셜음이요
　　부모동싱 왜장ᄒ던 이암부인 셜음이라
　　셜은사름 만타ᄒ들 이내셜음 당할 소냐
　　웃던부인은 맘이겨셔 가로ᄒ말 펴너노코
　　웃던부인은 맘이즈거 가로반되 쎠너쥬고
　　그렁져렁 쥬어모니 가로가닷말 가옷질니
　　웃던부인은 참지름너고 웃던부인은 들지름너고
　　웃던부인은 만너니고 웃던부인은 즉게너니

　①은 고려가요 「처용가」에서 처용아바의 형용을 묘사하는 부분인데, "……ᄒ샤 ……(어)신 ……에"라는 동일한 구조가 여러 행에 걸쳐 반복·병렬되면서 처용의 모습을 매우 구체적으로 형용하고 있다. 고려 처용가 전체를 다섯 개의 의미 단락으로 볼 수 있다면 이 단락은 처용의 머리에서부터 발끝까지 신체 부위를 거의 전부 동원하여 빠짐없이 묘사하면서 처용에 대한 찬양을 나타내고 있다. 통사구조는 반복하되 묘사의 대상은 머리에서 발끝으로 점차 이동하면서 반복이 가져올 수도 있는 이완감을 극복하고 다채로운 변화로 연결시키고 있는 점이 주목된다. 또한 동일한 통사구조의 반복을 통해 처용을 향한 찬양이 점점 격앙되어, 흥겨움과 긴장감을 불러일으키는 효과도 아울러 가져온다고 할 수 있다.

　②는 「화전가」의 탄식 부분으로, 역사상 인물들의 설움을 하나씩 들어가며 자신의 서러움을 강조하고 있다. "웃던 부인은 …… 하고"라며 자신

의 한탄에 대한 반응을 살피는 부분은 전반부에서는 한 행을 단위로 행과 행 사이에서, 후반부에서는 한 행 내에서 병렬이 이루어짐으로써 갈수록 빨라지는 율동감과 재미를 느끼게 하는 효과를 거둔다. 특히 길이가 긴 가사 작품에 있어서 병렬과 반복은 작품에 생동감을 불러일으키기 위한 장치로서 흔히 발견되고 있다.

앞에서 여러 장르를 거쳐 살펴본 바와 같이, 고전 시가에 있어서 병렬은 작품의 형식 원리로서 특정한 통사적 패턴이 반복되면서 텍스트를 하나로 통일시켜주는 구조화의 형식적 근거로 작품에 관여하기도 하고, 작품 내에서 수사적 장치로서 장형화와 다채로움에 작용하기도 한다.

작품의 구조화에 기여하는 병렬로는 민요에서 보듯 핵심어를 중심으로 동일한 통사구조가 반복 병렬되면서 작품을 이루는 경우를 예로 들 수 있다. 한편으로는 핵심어가 없이 통사구조가 동일한 두 행이 서로 대응되는 의미요소로서 짝을 이루면서 한 작품을 이루는 경우도 여기 포함된다고 할 수 있다. 민요의 영향을 가장 많이 잠재하고 있는 고려가요의 경우, 병렬의 대부분이 반복과 맞물리면서 작품의 구조에 기여하고 있다. 서로 대응되는 두 행이 형태소의 단위까지 완전히 일치하면서 뒤행의 의미를 강조해주는 「용비어천가」의 경우도 마찬가지다.

이에 반해 작품의 구조화에까지는 이르지 못하고, 이미 형성된 또는 고정된 작품의 구조 안에서 세부적인 장식의 기능으로 사용되는 병렬도 있다. 민요의 경우 카탈로그식 전개를 통해 장형화까지도 가능케 하는 병렬, 고려가요의 경우 「처용가」에서 처용의 형용을 묘사하는 병렬적 전개 등이 여기에 속한다고 할 수 있다.

3) 조금 다른, 시조에서의 병렬

주지하는 바와 같이 시조라는 형식의 구조는 매우 완강하기 짝이 없다. 따라서 시조에서의 병렬은 구조의 형성에 작용하지는 못하고 그 내부에서 다양한 모습을 보이는 데 그치고 있으므로 너르게 보아 장식적 병렬에 속한다고 볼 수 있다. 그러나 민요나 고려가요에서처럼 첨삭이 가능하지 않다는 점에서, 기능이나 의미면에서 병렬의 요소가 잉여적이지 않다는 면에서 단순한 장식으로만 볼 수는 없다.

　시조에서의 병렬은 크게 한 행 내에서 이루어지는 병렬과 행과 행 사이에서 이루어지는 병렬로 나누어 살펴볼 수 있다.

(1) 행 내(行內) 병렬

행 내 병렬의 양상 : 반 행(半行) 단위의 병렬구조

　시조의 한 행 내에서 볼 수 있는 병렬의 양상은 다음 두 가지로 나타난다.

> ① 고치 지나마나 / 접동이 우나마나(213초)[13]
> 　압희는 만경유리(萬頃琉璃) / 뒤희는 천첩옥산(千疊玉山)(64중)
> 　맛는 네 알프랴 / 아니 맛는 니 알프랴(2335중)
>
> ② 임읍시면 / 나못살고 / 나읍시면 / 임못사네(753중)
> 　곳두고 / 둘두고 / 바회두고 / 물두느니(511중)

　①은 한 행이 반 행씩 둘로 나뉘어 통사적 병렬을 나타내는 경우이고, ②는 한 행이 넷으로 나뉜 통사적 병렬을 보여주고 있는데, 이러한 두 유형 가운데 분포가 높은 것은 단연 ①의 유형이다. 또한 ② 가운데 753의 중장과 같은 경우는 '-없으면 -못사네'라는 통사구조의 병렬로 볼 수 있다는 점에서 넓은 범주의 ①에 포함된다고 할 수 있다. 따라서 시

---

13) 작품 전체가 아니라 한 장만을 인용할 경우, 출전은 沈載完, 『歷代 時調全書』(校本), 世宗文化社, 1972로 하였다. 옆에 쓰인 번호 역시 이 책을 따랐다.

조의 행 내 병렬은 ①로 대표될 수 있을 것이다. 그런데 이렇게 병렬된 두 구 사이의 관계는 대립적이라기보다는 동일한 의미의 반복적 강조인 경우가 대부분이다.

> 공명(功名)도 니젓노라 / 부귀(富貴)도 니젓노라(231초)
> 공명(功名)도 너 흐여라 / 호걸(豪傑)도 나 스르어(229초)
> 공명부귀(功名富貴) 닉 아든가 / 번화행락(繁華行樂) 거즛거시(235초)
> 빈천(貧賤)을 슬허말고 / 부귀(富貴)를 불워마라(1368초)
> 뒤들히 벼다 익고 / 압닉예 고기 찻닉(925초)
> 밤의란 스츨 꼬고 / 나죄란 뛰를 부여(1161초)
> 창(窓)안의 벗이 잇고 / 창(窓)밧긔 벗이 있다(2727초)
> 앵무(鸚鵡)의 말이런지 / 두견(杜鵑)의 허사(虛辭)런지(70중)
> 명황(明皇)도 눈물짓고 / 항우(項羽)도 울었거늘(667중)

231은 병렬된 두 구에서 '공명'과 '부귀'를 제외한 나머지 부분이 형태상 동일하다. 그런데 '부귀' '공명'은 같은 범주에 속하는 의미요소로서 전체는 결국 같은 의미의 반복이 된다. 229와 235의 경우도 '공명'과 '호걸', '공명부귀'와 '번화행락'은 의미의 지향하는 바가 일치한다. 229의 '너 흐여라―나 스르어'도 표면적으로는 너―나가 대립되어 있으나 같은 의미의 다른 표현이며, 235의 '닉 아든가―거즛거시'도 마찬가지다. 1368의 경우도 '빈천―부귀', '슬허말고―불워마라'는 표면상으로 대립되는 의미관계지만 동일한 의미를 각각 반대되는 어휘로써 바꾸어 표현한 것에 불과하다. 925, 1161은 각 구들이 '앞―뒤', '밤―낮'의 서로 대립된 요소를 포함하고 있으나, 1161은 '삳를 꼬고' '띠를 베는' 것이 농가의 일이라는 점에서, 925는 '벼 다 익고'와 '고기 찻네'가 풍성한 자연의 모습을 그렸다는 점에서 각각 동일한 의미의 반복 및 변주로 볼 수 있다. 여기에 앞―뒤나 밤―낮의 대립은 의미의 변화를 나타냈다기보다는 관용적 대립으로서 형태적 다양성을 보여주는 데 치중하고 있다.

굴졔는 청산(靑山)이러니 / 올졔보니 황산(黃山)이로다(184초)
동창(東窓)에 도든 달이 / 서창(西窓)으로 되지도록(897초)
산(山)은 녯산(山)이로되 / 물은 녯물 아니로다(1441초)
천리(千里)에 만낫다가 / 천리(千里)에 이별(離別)ᄒ니(2759초)

앞에 들었던 예들에 비해 수적으로 훨씬 못 미치기는 하지만, 병렬된 두 구가 서로 상반되는 의미를 보여주는 예이다. 184 897은 병렬된 요소들이 '갈졔—올졔' '청산—황산' '동창—서창' '돋다—되지다' 등으로 의미의 완벽한 대조를 이루고 있다. 이에 비해 2759는 천리라는 동일한 어휘를 반복하면서 '만남—이별'을 대비시키고 있음을 볼 수 있다.

그런데, 시조의 한 행 내에서 찾아볼 수 있는 병렬의 양상은 초·중·종 3장 가운데 단연 초장의 경우에서 두드러지게 나타난다. 초장에 이 같은 반 행 단위의 병렬이 놓일 경우, 중장에서는 대부분 이를 통합하는 내용을 보이고 있다. 즉 초장의 반 행 단위 병렬은 중장의 개념적 의미를 보다 구체적으로 표현하기 위한 한 방법으로 사용되었다고 할 수 있다.

가노라 삼각산(三角山)아 다시보자 한강수(漢江水)야
고국산천(故國山川)을 떠나고자 ᄒ랴마ᄂ
시절(時節)이 하 수상(殊常)하니 올동말동ᄒ여라
—金尙憲, 『甁歌』223

쉬면 다시 먹고 취(醉)ᄒ면 뉘어시니
세상영욕(世上榮辱)이 엇더튼동 니 몰너라
평생(平生)을 취리건곤(醉裏乾坤)에 씰 날 업시 먹으리라
—金天澤, 『甁歌』477

곳픠쟈 술이 닉고 돌 붉쟈 벗이 왓니
이굿치 됴흔 ᄲᆡ를 어이 그져 보닐소냐
ᄒ물며 사미구(四美具)ᄒ니 장야취(長夜醉)를 ᄒ리라
—『甁歌』770

　위의 예들은 초장에서의 병렬 관계(삼각산-한강수, 깨면-취하면, 꽃-술-달-벗)가 중장의 첫 구에서 종합 내지 일반화(고국산천, 세상영욕, 이같이 좋은 때)되는 양상을 보여준다. 이것은 초장에서 제시된 의미를 전개하는 과정에서 보다 견고하게 의미를 집중시키려는 의도에서 비롯된 듯하다. 이보다 좀더 형태적으로 강화된 예들이 다음의 작품들이다.

> 뫼흔 노프나 놉고 믈은 기나길다
> 노픈 뫼 긴 믈에 갈길도 그지업다
> 님그려 저는 ᄉ매는 어니저긔 므를고
>
> ―許橿, 『松湖遺稿』

> 늘거든 병드지마나 병드거든 늙지마나
> 늘거니 병들거니 흠긔 어이 비아는다
> 이 몸이 늙고 병드니 그를 슬허ᄒ노라
>
> ―『靑가』 432

　즉 초장에서 두 의미단위로 병렬되었던 요소가 중장의 앞부분에서 일단 종합된다는 면은 앞의 예와 동일하지만, 앞 행에서 병렬되었던 어휘의 일부를 그대로 가져와서 반복하는 경우다. 이는 의미적으로는 물론, 형태적으로도 초장의 의미를 연속하여 종합한다는 면을 더욱 강조해준다는 효과를 드러낸다. 이는 중장에서 병렬된 요소들이 종장에서 종합될 경우에도 마찬가지 양상을 보여준다.

> 가독애 허랑흔 내게 내론ᄃ시 뵈올줄이
> 보고도 춤ᄂ냐 춤고도 사ᄂ것가
> 보고서 춤노라ᄒ니 살동말동ᄒ야라
>
> ―『永類』 201

> 늙고 병든 몸이 초당에 누어시니

清風은 문을 열고 明月이 房에 든다
두어라 淸風明月이 닉벗인가 ᄒ노라

—『東國』223

행 내 병렬의 의미 : 대우(對偶)적 병렬의식과 자아의 감정가치 표현

공명(功名)도 니젓노라 / 부귀(富貴)도 니젓노래(231초)
밤의란 스츨 꼬고 / 나죄란 쒸를 부여(1161초)
창(窓)안의 벗이 잇고 / 창(窓)밧긔 벗이 있다(2727초)

앞에서 이미 설명한 바와 같이 한 행 내에서 병렬의 관계에 놓인 두 구는 상대편의 불완전한 의미를 서로 보완해주거나 두 의미가 서로 대를 이룸으로써 보다 포괄적인 의미를 환기시켜주는 효과를 거둔다고 볼 수 있다. 앞에서 든 예 가운데, 231에서 부귀공명(富貴功名)이라는 성어화(成語化)된 어휘를 분리·병치시킴으로써 양자의 의미를 더욱 강조한다든지, 2727에서 '창안—창밖'을 대비시킴으로써 '벗이 있다'는 의미에 양감(量感)을 부여하는 것이 전자의 예가 되고, 1161에서 '삿을 꼬고 띠를 베는' 구체적인 행위를 병렬시킴으로써 농가(農家)의 업(業)이라는 보다 포괄적인 개념을 암시하는 것이 후자의 예가 된다. 어느 편이든 이러한 짝짓기 작업은 형식미의 부여와 함께 의미적으로 어느 한쪽을 강조한다기보다 상보적 관계로서 양자 모두를 강조, 부각시키는 기능을 한다는 점이 중요하다고 본다.

행 내의 병렬구조에서 단연 우세한 것이 ①임은 앞에서 언급한 바와 같다. 그러나 ①의 경우도 꼼꼼히 따져보면 동일한 통사적 구조로 이루어진 통사적 병렬이라기보다는, 어휘의 배치 때문에 병렬 효과를 거두는 경우가 적지 않음을 알 수 있다.

거년(去年)에 보든 쏘츨 / 금년(今年)에 다시 보니(136초)

> 꼿가치 고은 님을 / 열민가치 미져 두고(196초)
> 말업슨 강산(江山)에 / 일업시 누어시니(227중)
> 동창(東窓)에 도든 달이 / 서창(西窓)으로 되지도록(897초)
> 우연(偶然)히 사괸 버시 / 자연(自然)히 유정(有情)ᄒ다(2196초)

위의 예들은 모두 문법적으로 하나의 문장이다. 그러나 '동창—서창', '꽃같이—열매같이', '거년—금년', '말업슨—일업시', '우연히—자연히' 등 대응되는 어휘를 각 구의 머리에 둠으로써 병렬에 의해 각 구가 분리된 것으로 보이게 한다. 곧 통사적 병렬을 이루는 가운데 어휘의 병렬이 함께 동반되는 것이 아니라, 어휘적 병렬 때문에 통사적 병렬이 이루어진 것과 같은 효과를 거두는 예들이다.

이처럼 통사적 구조로는 병렬을 이루지 않는데도, 어휘 배치를 통해 통사적 병렬의 효과를 거두고 있는 것은, 한 행의 성립에 있어 대우적(對偶的, 또는 대칭적) 감각을 매우 중시했기 때문이라고 생각된다. 이처럼 시조에서 사용된 대우적 기법은 한시의 절대적 영향, 곧 당시 문인층에 일반화되었던 한시의 소양 내지는 애송의 여파로 추리해볼 수 있다. 시조에 사용된 대우적 병렬기법은 형태적으로 행과 행 사이보다는 한 행 내에서 반 행을 단위로 가장 많이 사용되었다. 그리하여 색채의 대조(백 : 흑, 청 : 홍, 청 : 백 등), 산과 들의 대조, 꽃과 새의 대조, 전 : 후, 좌 : 우, 동 : 서 상 : 하 등 방위의 대칭과 나 : 남과 같은 인칭의 대조 등 가장 표면적이고 시각적인 요소의 대립을 취하고 있다. 이러한 짝짓기의 미학은 서로 상충되는 두 요소의 충돌에 의해 이루어지는 날카로운 대조의 미감(美感)이라기보다는 그러한 모순과 대립을 해소하고 전체로서 포용되기를 지향하는 조화와 균형이 미감이라고 볼 수 있을 것이다.[14]

다른 한편으로, 이러한 행 내의 병렬이 초장에서 두드러진 분포를 보

---

14) 김성룡, 「중세시대 대구 학습과 문학교육」, 『문학교육학』 9호, 2002, 122면. 한시에서 대우를 이뤄야 한다는 작시법상의 강제는 조화와 균형을 이뤄야 한다는 목적적인 미 감을 연출하라는 미학적 아포리즘이라고 설명하고 있다.

이는 까닭은 초장이 시상의 출발점이라는 데에 기인하는 듯하다. 즉 대개의 경우 귀납적 전개방식을 취하고 있는 시조가 앞으로 전개될 시상을 제기하면서 위압적이고 단정적인 표현형식보다는 상대적으로 조심스러운 전제나 비유를 택했기 때문이라고 본다. 그러나 그것은 의미상의 문제이고, 자아의 감정 표현이라는 면에서는 달리 해석될 수 있는 여지가 있다.

> 나온댜 금일(今日)이야 즐거온댜 오늘이야
> 고금왕래(古今往來)에 유(類)업슨 금일(今日)이여
> 매일(每日)이 오늘 ㄳㅌ면 무슴 셩이 가시리
>
> ―金絿,『自菴集』4

> 혓가레 기나 쟈르나 기동이 기우나 트나
> 수간모옥(數間茅屋)을 쟈근줄 웃지마라
> 어즈버 만산나월(萬山蘿月)이 다 내거신가 ㅎ노라
>
> ―申欽,『靑珍』123

　윗시조는 김구(金絿, 1488~1534)의 작품으로, 잘 알려진 바와 같이 그가 옥당에서 당직하던 어느 날 밤, 임금(중종)의 부름을 받아 함께 수작(酬酌)하다가 임금의 청으로 즉석에서 불렀다는 노래이다. 중장과 종장에서 "고금왕래에 유없는 금일" "매일이 오늘 같았으면"의 표현을 통해 오늘의 기쁨이 부연되고는 있으나, 자아의 감정 가치로서의 기쁨이 가장 생생하게 있는 그대로 드러나는 곳은 병렬로 이루어진 초장이다. 아랫시조는 신흠(申欽, 1566~1628)의 작품으로, 김포로 방축된 뒤 머물 집이 없어 농막 두 칸을 빌어 우거(寓居)하다가 조카가 지어준 네 칸짜리 집으로 거처를 옮기고, 이듬해가 되어서야 열 칸짜리 집을 짓게 되는 저간의 곤궁한 사정[15]을 보여주는 작품이다. 중장과 종장의 호방한 듯한 언술이 곧

---

15) 국역『상촌집』권52「山中獨言」.

궁한 생활 속에서 자연 친화를 이루고자 하는 의도를 드러내고 있기는 하나, 당시 화자가 놓인 상황에 대한 솔직한 토로는 초장의 '서까래-기둥'의 병렬에서 읽을 수 있다. 이와 같이 전체 3장 중에 초장에서만 병렬이 실현된 작품을 보면, 병렬을 통해 자아의 감정 가치가 좀더 효과적으로 드러나는 효과를 거두고 있다고 할 수 있다.

(2) 행간(行間) 병렬

행간 병렬의 양상 : 초·중 병렬, 종장 접속의 구조

시조에 있어서 행간 병렬은 압도적으로 초·중장 사이에서 이루어지는데, 이는 선학의 연구결과16)와 같이 초·중장 병렬, 종장 접속 및 종합이라는 시조의 3장 구조에 기인한다고 볼 수 있다. 그러나 이는 역으로 생각할 때, 시조 3장 구조의 의미상 접속을 위해 초·중장의 병렬 형태가 기여하는 바가 크다고 볼 수 있을 것이다.

> 문(門)압희 흐르는 믈은 태공(太公)의 위빈(渭濱)이요
> 울뒤에 프른 뫼는 자릉(子陵)의 부춘(富春)이라
> 아마도 조수채산(釣水採山)은 이 조흔가 ᄒ노라
>
> —『靑詠』 240

초장, 중장 사이의 병렬구조가 음절수까지 엄격하게 적용된 예이다. 내용 면에서도 초·중장은 전반부에서 구체적인 현상이, 후반부에 그로부터 추출된 의미가 배치되어 있고, 그것들이 병렬구조를 이루며 종장에서 '조수채산(釣水採山)'이라는 좀더 포괄적인 의미로 접속·종결되고 있

---

16) 한상연, 「시조의 논리적 연구」, 『동국대 논문집』 3·4합집, 1968; 정혜원, 「시조 의미 구조에 관한 분석」, 서울대 석사논문, 1970; 김종택, 「의미구조의 보편성에 관한 연구」, 『대구교대 논문집』 7집, 1971; 김대행, 『한국시가구조연구』, 삼영사, 1976; 김흥규, 「평시조 종장의 율격 통사적 정형과 그 기능」, 『어문논집』 19·20합집, 고려대, 1977.

다. 이때 병렬과 종결의 양상은 초·중장에서 구체적인 현상의 의미를 파악하고 종장에서 개별적 의미의 일반적 원리로 종합되고 있음을 볼 수 있다.[17)]

이처럼 초장과 중장이 병렬을 이룰 뿐만 아니라 의미에 있어서도 평행적인 순접을 이루는, 즉 같은 의미를 두 번 반복하고 난 뒤 종장에서 이들을 결속하는 구조는 정혜원도 지적했듯[18)] 시조 전반에 걸쳐 가장 빈도수가 높은 전개방식이다. 곧 종장의 결론으로 유도하기 위한 효과적인 방법으로서 초·중장에서 병렬구조를 제시한 것이라고 할 수 있다. 이때, 병렬된 초·중장 사이의 의미관계는 동질적이거나 유사하다.

> 산외(山外)에 유산(有山)ᄒ니 넘도록 산(山)이로다
> 노중(路中)에 다로(多路)ᄒ니 녤수록 길히로다
> 산부진 노무궁(山不盡 路無窮)ᄒ니 님가는데 몰너라
>
> —『詩歌』339

> 고즌 무스 일로 퓌며서 쉬이 디고
> 플은 어이 ᄒ야 프르는듯 누르ᄂ니
> 아마도 변티 아닐손 바회뿐인가 ᄒ노라
>
> —尹善道,『孤山遺稿』,「山中新曲」

> 뇌정(雷霆)이 파산(破山)ᄒ야도 농자(聾者)는 못듣ᄂ니
> 백일(白日)이 중천(中天)ᄒ야도 고자(瞽者)는 몯보ᄂ니
> 우리는 이목총명남자(耳目聰明男子)로 농고(聾瞽)ᄀᆮ디 마로리
>
> —李滉,『陶山六曲板本』8

---

17) 초·중장이 병렬되고 그것이 종장에서 통합되는 형태는 구체화 : 일반화, 상황 : 상황의 극복, 갈등 : 갈등의 극복 및 해소 등 다양하다. 그러나 어떤 방식으로든 초·중장은 동일한 차원에서 의미가 전개되고 종장은 초·중장을 통괄하면서 새로운 차원에서 의미를 마무리짓는 것이, 시조 3장 구조에 있어서 기본을 이루고 있다.

18) 정혜원, 「시조 의미구조에 관한 분석」, 서울대 석사논문, 1970 참조.

다음은 초·중장이 형태적으로 병렬되기는 했으나, 서로 동질적이거나 유사한 의미를 반복 내지는 강조하지 않고 서로 상반 또는 대비되는 의미를 보여준 다음 종장에서 종합되는 드문 예들이다. 곧 초장에서 주어진 전제를 중장에서 순접하여 연결짓는 것이 아니라, 초장과 대립되는 의미가 등장하고, 이와 같은 초·중장의 의미상 대립이 종장에서 해소되는 의미구조를 보여준다.

> 요년(堯年)을 살으소시 순년(舜年)을 살으소서
> 요년(堯年)도 덕으이나 순년(舜年)도 덕으이다
> 요순(堯舜) 다 스으신 후의 갱가만년(更加萬年)ᄒ소셔
>
> ─『古今』29

> 강호(江湖)에 노쟈ᄒ니 성쥬(聖主)를 바리례고
> 성쥬(聖主)를 섬기쟈ᄒ니 소락(所樂)해 어긔예라
> 호온자 기로(岐路)에 셔셔 갈디 몰라 ᄒ노라
>
> ─ 權好文, 『松岩續集』

> 나는 님혜기를 엄동설한(嚴冬雪寒)에 맹상군(孟嘗君)의 호백구(弧白裘)ᄀᆞᆺ고
> 님은 날너기기를 삼각산(三角山) 중흥사(中興寺)에 이빠진 늘근 중놈에 살성
> 긘 어리이시로다
> 빡ᄉᆞ랑이 즐김ᄒᄂᆞᆫ 뜻을 하늘이 아르셔 돌려ᄒ게 하쇼셔
>
> ─『甁歌』976

'행 내 병렬'에서 초장에서의 병렬된 두 요소가 중장의 앞 부분에서 반복을 통해 종합되거나, 중장에서 병렬된 두 요소가 종장의 앞 부분에서 종합되는 예들처럼, 초·중장에서 병렬되었던 요소를 종장의 앞 부분에서 받아 다시 한번 반복함으로써 초·중·장이 갖는 병렬과 접속 관계를 강화하는 예도 찾아볼 수 있다. 다음 예들은 초·중장이 명백하게 통사적 병렬을 보이는 가운데 종장의 앞 의미단위에서 초·중장의 병렬된

의미를 종합하여 종결로 이끌고 있다.

> 구름은 가건마는 나는 어이 못 가는고
> 비는 오건마는 님은 어이 못 오는고
> 우리도 비 구름 갓타여 오락가락ᄒ리라
>
> ―『東國』157

> 소릐는 혹(或) 이신들 ᄆᆞ음이 이러ᄒ랴
> ᄆᆞ음은 혹(或) 이신들 소릐를 뉘ᄒᆞᄂᆞ니
> ᄆᆞ음이 소릐예 나니 그를 됴화ᄒ노라
>
> ―尹善道,『孤山遺稿』,「贈伴琴」

> ᄒᆞ놀이 놉다ᄒ고 발져겨 셔지말며
> ᄯᅡ히 두텁다고 ᄆᆞ이 넓지 마롤거시
> ᄒᆞ놀ᄯ 놉고 두터워도 내 조심 ᄒ리라
>
> ―朱義植,『靑珍』222

행간 병렬의 의미 : 초・중장의 의미 결합, 종장 의미의 강조

병렬된 초・중장 사이의 의미 전개는 대체로 동일한 의미의 반복에 의한 강조가 많고 대조는 그다지 많지 않다는 점은 이미 지적한 바와 같다. 이렇게 병렬된 초・중장은 반복을 통해 의미가 강조되는 특징을 갖는 반면, 병렬된 초・중장 사이에서의 긴장은 그만큼 약화되는 면모를 보인다. 따라서 상대적으로 종장의 의미가 강조되는 효과를 거두게 된다. 곧 시조의 구성상, 반복에 의해 강조된 초・중장에 의미의 중점이 놓이기보다는 오히려 병렬되지 않은 종장에 의미의 중점이 놓이게 되는 것이다.

> 소금수레 메워쓰니 천리마(千里馬)인줄 졔 뉘알며
> 돌 속에 버려쓰니 천하보(天下寶)ㄴ줄 졔 뉘 알리

두어라 알리 알지니 한(恨)홀줄 이시랴

—金春澤, 『詩歌』 215

가을 밤 붉은 달에 반만 픠온 연(蓮)곳인 듯
동풍세우(東風細雨)에 조오는 해당화(海棠花)ㄴ 듯
암아도 절대화용(絶代花容)은 너뿐인가 ᄒ노라

—李鼎輔, 『海周』 321

비록 못니버도 ᄂ믜 오슬 앗디마라
비록 못머거도 ᄂ믜 밥을 비디마라
흔적곳 쎄시론 휘면 고텨씻기 어려우리

—鄭澈, 『警民篇庚戌乙丑本』 14

이와 같은 초·중장 병렬의 구성과 효과는 2행을 구성의 기본 단위로
삼고 있는 민요와 비교하면 좀더 분명해진다.[19]

① 옷을 그려 슬퍼우나
　밥을 그려 슬퍼우나 (임동권 Ⅲ—1546)

② 저 달은 하나라도 팔도를 보건마는
　요내 눈은 둘이라도 님 하나밖에 못 보네 (임동권 Ⅰ—150)

　남의 집 서방님은 가방을 드는데
　우리 집 낭군님은 개똥망태만 든다 (민속보고[20](전남)—703)

③ 가랑비 새우가 올 줄 알면 청사도복 줄에 널까
　나쟀던 님이 오실 줄 알면 문을 걸고 잠이 들까 (임동권 Ⅰ—2)

---

19) 민요의 병렬을 형태적 병렬과 의미의 병렬로 나누고, 형태의 병렬을 다시 음운·어
　휘·통사·연의 병렬로, 의미의 병렬을 다시 반복·전개·대립의 병렬로 나누어 살핀
　사람은 김대행(『한국시의 전통연구』, 개문사, 1980)이다. 여기에 든 예는 이 책을 따랐다.
20) 문화재관리국, 『한국민속종합조사보고서』, 문공부, 1979.

보고도 못 먹는 것은 그림의 떡이고
보고도 못 사는 것은 남의 님이로구나 (민속보고(전남)-702)

민요에도 ①의 예와 같이 병렬을 통해 동일한 의미를 반복적으로 제시하는 것이 있지만, 좀더 눈길을 끄는 것이 뒤에 놓인 예들이다. ②의 예들은 모두 병렬적 구조를 보이고 있으면서 '저 달-내 눈''남의 집 서방-우리집 서방'과 같은 객체-주체의 대립 관계를 보여준다. 그런데 이때 의미의 중점은 모두 뒤의 행에 놓인 '내 쪽'에 실려 있다. 부연해서 설명하자면 눈이 둘이라도 님 하나밖에 못보는 심정이 답답해서 (눈이) 하나인 달을 끌어온 것이고, 개똥망태만 드는 우리 낭군이 한심해서 남의 집 서방과 대비를 시켜 본 것이다. ③의 예들은 서로 다른 두 개의 사실을 견주고 있다는 점에서는 ②와 같지만, ②와 같이 선명한 대조를 보인다기보다는 유사점을 일치시키는 방향으로 의미가 전개된다. 곧 청사 도복을 줄에 넌 것은 가랑비 새우가 올 줄 몰랐던 것처럼, 문을 걸고 잠이 든 것은 나갔던 님이 오실 줄 몰랐기 때문이다. 그림의 떡을 보고도 못 먹는 것처럼, 남의 님은 보고도 살 수가 없다. 그러나 의미의 중점이 뒤의 행에 놓임으로써 님을 그리는 내 심정을 강조하고 있다는 점은 ②와 같다. 이처럼 2행 단위의 민요에서는 두 행 중 어느 한쪽(대부분 뒤에 놓인 쪽)에 의미의 비중이 있다는 점에서, 시조 초·중장이 보여주는 병렬과는 다른 특성을 나타낸다.

이는 모두 3장이라는 시조의 장르적 구속이 완강하게 작용하기에 일어나는 현상이다. 다음의 예를 보자.

임보라 갈적에는 검각도 평지런니
이별코 도라오니 지척이 쳘니오라
긔약을 기다리니 일국이 여삼츄라
—『시쳘가』 41

대부분의 행간 병렬은 초장과 중장 사이에서 나타나고 있지만, 이 작품은 중장과 종장이 통사적 병렬을 이루는 드문 예에 속한다. 초장이 임을 만나러 갈 때의 심정 또는 임과의 합일을 나타내고 있다면, 병렬을 이루고 있는 중장과 종장은 모두 이별하고 난 뒤의 상태를 표현하고 있다. 초장과 구별되는 중·종장이 병렬을 이룸으로써, 님과 이별하고 난 뒤—그것이 돌아오는 길이든 기약을 기다리는 중이든—의 안타까운 심정을 반복적으로 강조하고 있는 것이다. '지척이 천리''일각이 여삼추'라는 숫자적인 비유가 안타까움의 정도를 더욱 깊게 만들어준다.

그러나 3장 곧 초·중 병렬, 종장 접속 종결이라는 시조의 완강한 구조는 이 작품을 달리 읽게 만드는 여지를 둔다. 곧 초장에서는 임을 만나러 갈 때의 심정이, 중장에서는 임과 이별을 하고 난 뒤의 심정이 '검각 / 평지—지척 / 천리'라는 표현을 통해 대조적으로 제시되면서, 임과 이별하고 난 지금 임의 기약을 기다리는 '일각이 여삼추'인 마음을 강조하는 것이다. 이는 초장과 중장에서의 비유가 '지형과 거리'라는 면에서 같은 범주로 묶일 수 있고 그에 반해 종장의 비유가 '시간'이라는 면에서 구별된다는 점에서도 이렇게 해석될 수 있다. 따라서 이 작품은 중·종장이 형태적으로 병렬을 이루고는 있으나, 의미상으로는 초·중장이 병렬을 이루고 종장에 접속됨으로써 종장에 의미의 중점을 두고 있는 일반적인 구조의 작품으로 보일 수 있다.

이처럼 시조에 적용된 병렬의 양상은 3장이라는 완강한 결속을 깨뜨리지 않는 범위에서 허용되었던 듯하다. 다음에서 보듯 초·중·종 3장 전체가 병렬을 이루고 있는 예들을 보자.

> 늙고 병(病)든 정(情)은 국화(菊花)에 붓쳐두고
> 실갓치 허튼 수심(愁心) 묵포도(墨葡萄)에 붓쳣노라
> 귀밋틔 흣나는 백발(白髮)은 일장가(一長歌)에 붓쳣노라
>
> —金壽長, 『海周』 487

오동(梧桐)에 우적(雨滴)하난 순금(舜琴)을 니우는 듯
죽엽(竹葉)에 풍동(風動)ᄒ니 초한(楚漢)이 섯두는 듯
금준(金樽)에 월광명(月光明)ᄒ니 이백(李白)본 듯 ᄒ여라

—『靑가』312

태산(泰山)이 평지(平地)토록 부자유친(父子有親) 군신유의(君臣有義)
북악(北岳)이 붕진(崩盡)토록 부부유별(夫婦有別) 장유유서(長幼有序)
서해(西海)가 변(變)ᄒ여 상전(桑田)토록 붕우유신(朋友有信)하리라

—『靑詠』438

금생여수(金生麗水)라 ᄒ들 물마다 금(金)이 나며
옥출곤강(玉出崑腔)이라ᄒ들 뫼마다 옥(玉)이 나랴
아모리 여필종부(女必從夫)라ᄒ들 님마다 조츠랴

—『瓶歌』714

　초·중·종 3장이 모두 통사적으로 병렬을 이루고 있으나 시조의 3장 구조로 인해 조금씩 병렬구조가 깨어진 면모를 보이는 작품들이다. 이들은 초·중·종장이 각기 다른 사물들을 들어 말하고 있으며, 각 장의 의미 비중이 비슷하고 의미 지향이 동일하게 생각되어, 초·중장이 병렬되면서 종장에 접속되고 종장에 의미의 비중이 놓이는 일반적 유형과는 일견 다른 모습으로 보인다. 그러나 이러한 모습을 통해 다소 색다른 구조의 작품을 대한다는 놀라움을 느끼고 나면, 시조로서의 미적 성취는 다소 어그러진 느낌을 지울 수 없다. 3장 모두가 동일한 의미지향을 보이고 있으나 그를 통해 보다 개념화되고 포괄적인 의미를 확인하게 된다든가, 더욱 강조된 효과를 맛볼 수 있는 것도 아니기 때문이다.

　마지막에 예로 든 "금생려수라 ᄒ들" 시조를 예로 들어보자. 통사구조상으로는 3장이 병렬을 이루고 있으나, 3장이 각각 개별적인 하나의 문장을 이루고 있는 것이 아니라 초·중장이 하나의 문장으로 되어 있으며, 종장이 따로 분리되어 별개의 문장을 구성하고 있다. 더욱이 종장의

첫머리의 '아모리'라는 부사어가 통사적으로는 초·중장과 크게 다르지 않은 종장을 확연하게 구별해내는 힘을 발휘하고 있음을 본다. 따라서 이 작품은 통사구조상으로는 3장이 병렬을 이루고 있지만, 의미상 종장에 의미의 중점이 놓이는 일반적인 작품군에 포함된다고 볼 수 있다.

곧 시조에서의 병렬은 통사적으로 대응을 이루고 있다고 해도 그것은 어디까지나 시조 3장라는 완강한 구조 내에서의 병렬로서, 구조를 형성 (내지는 생성)하는 데까지는 미치지 못함을 알 수 있다. 오히려 시조 3장 구조 때문에 병렬이 깨어지는 현상이 나타나게 되는 것이다.

시조의 행 내 병렬이 대우적 병렬의식에 근거하고 있음은 앞서 지적한 바와 같은데, 대우적 병렬 의식은 시조 창작에 있어서 매우 커다란 역할을 하고 있음이 분명해 보인다. 한편으로 행간 병렬은 통사구조의 등가성이 율격적 자질을 자연스럽게 내포하고 있음으로써 이른바 '의미의 율격'을 형성하여, 종장으로의 의미 결속이 보다 견고하게 이루어지게 하는 역할을 하고 있다. 행내와 행간 병렬을 막론하고 행 또는 반행을 단위로 다양한 병렬의 양상을 3장 6구라는 짧은 형태 속에 촘촘히 심어놓은 점은, 지루하고 건조하게만 보여졌던 시조의 양식에 대해 새로운 눈을 뜨게 해준다고도 할 수 있을 것이다.

시조도 다른 시가들과 마찬가지로 노래로서 전달된 연행문학 또는 구술문학의 하나라는 것은 이제 상식의 하나가 되었다. 병렬의 원리는 구술로 창작되고 구술로 연행되었던 단형의 정형시인 시조가 폭넓게 향유되고 오랫동안 존속될 수 있었던 하나의 이유로써도 작용했던 것으로 보인다. 통사적 구조의 등가성에 기대어 의미나 이미지의 '짝짓기'에 성공하면 시조의 최소한의 요건의 하나는 갖추는 셈이 될 터이니 말이다. 오랜 숙고 끝에 창작되는 기록문학이라고 해서 병렬이 필요 없는 것은 아니지만 즉흥성과 기억의 편이성을 요구했던 시조의 연행 요건이 병렬을 내적 자질로 견인해 간 것이라고 볼 수 있다.

4) 고전시 병렬의 의미와 위상

앞에서 여러 장르를 거쳐 살펴본 바와 같이 고전시에 있어서 병렬은 작품의 형식 원리로서 특정한 통사적 패턴이 반복되면서 텍스트를 하나로 통일시켜주는 구조화의 형식적 근거로 작품에 관여하기도 하고, 작품 내에서 수사적 장치로서 장형화와 다채로움에 작용하기도 한다.

작품의 구조화에 기여하는 병렬로는 민요에서 보았듯. 핵심어를 중심으로 동일한 통사구조가 반복·병렬되면서 작품을 이루는 경우를 예로 들 수 있다. 한편으로 핵심어가 없이 통사구조가 동일한 두 행이 서로 대응되는 의미 요소로서 짝을 이루면서 한 작품을 이루는 경우도 여기에 포함된다고 할 수 있다. 민요의 영향을 가장 많이 잠재하고 있는 고려가요의 경우도 병렬의 대부분이 반복과 맞물리면서 작품의 구조에 기여하고 있다고 본다. 서로 대응되는 두 행이 형태소의 단위까지 완전히 일치하면서 뒤행의 의미를 강조해주는 용비어천가의 경우도 마찬가지다.

이에 반해 작품의 구조화에까지는 이르지 못하고, 이미 형성된 또는 고정된 작품의 구조 안에서 세부적인 장식의 기능으로 사용된 병렬도 있다. 민요의 경우 목록나열(catalog)식 전개를 통해 장형화까지도 가능케 하는 병렬, 고려가요의 경우 처용가에서 처용의 형용을 묘사하는 병렬적 전개 등에 여기에 속한다고 할 수 있다.

시조의 병렬도 시조라는 형식의 구조가 매우 완강하여, 병렬구조가 그 구조의 형성에까지 미치지 못하고 그 내부에서의 다양한 모습을 보이는 만큼 여기, 즉 장식적 병렬에 속한다고 볼 수 있는 면이 있다. 그러나 민요나 고려가요에서처럼 첨삭이 가능하지 않다는 점에서, 기능이나 의미 면에서 병렬의 요소가 잉여적이지 않다는 면에서 단순한 장식으로만 보기에는 어려운 점이 있다. 다만 사설시조의 경우는 병렬이 시적 구조의 형성에 기여하는 예를 보여주고 있어 주목된다.

싀어마님 며느라기 낫바 벽바흘 구로지 마오

빗에 바든 며느린가 갑세 쳐온 며느린가 밤나모 서근등걸 휘초리나니 ᄀ치 알살픠신 싀아바님 볏뷘 쇳동ᄀ치 되죵고신 싀어마님 삼년(三年)겨론 망태에 새송곳 부리ᄀ치 쑈쪽ᄒ신 싀누으님 당피가론 밧틔 돌피나니 ᄀ치 싀노란 외꼿ᄀ튼 피쏭누는 아들 ᄒ나두고

건밧틔 멋곡ᄀ탄 며느리를 어듸를 낫바 ᄒ시는고

—『靑珍』573

죽장(竹杖)집고 망혜(芒鞋)신꼬 만복사(萬福寺)를 드러가니

여러중이 모와안저 춘양정곡 애석히 역어 지성으로 축원헐제 엇던중은 광쇠들고 엇던중은 죽비들고 엇던중은 모시장삼에 실씌를 씌고 엇던중은 목탁을 들고 쏘 엇던중은 가사책보 젓쳐메고 구불구불 염불을 할 제

광쇠는 쾅쾅하고 죽비는 철철 조고마헌 상좌중놈 북채를 갈너쥐고 두리둥둥 법고만 친다

—『時調』113

공명(功名)을 혜아리니 영욕(榮辱)이 반(半)이로다

동문(東門)에 괘관(掛冠)ᄒ고 전려(田廬)에 도라와셔 성경현전(聖經賢傳) 헷쳐노코 늙기를 파ᄒ 후에 압너에 술진 고기도 낙고 뒷뫼히 엄긴 약(藥)도 ᄏ다가 임고원망(臨高遠望)ᄒ야 임의소요(任意逍遙)ᄒ니 청풍(淸風)은 시지(時至)ᄒ고 명월(明月)이 자래(自來)ᄒ니 아지 못게라 천양지간(天壤之間)에 이ᄀ치 즐거움을 무어스로 대홀소냐

평생(平生)에 이리저리 즐기다가 노사태평(老死太平)ᄒ야 승화귀진(乘化歸盡)ᄒ면 긔 됴흔가 ᄒ노라

—『瓶歌』909

위의 두 시조는 중장에서 각각 '……하는 누구', '엇던 중은 ……하고'라는 통사적 구조를 반복·병렬함으로써 중장의 장형화에 기여하고 있다. 장형화를 구현하는데 통사적 병렬에 의존함으로써, 자칫 산만한 열거에 그쳐 구조적 응집성이 해이해질 수 있는 위험을 방지하는 효과를

거두게 된다. 세 번째 시조 역시 중장이 길어진 전형적인 사설시조인데,
이 작품 또는 '압니 / 뒷뫼' '임고원망 / 임의소요' '청풍은 시지ㅎ고 / 명월
이 자래ㅎ니'라는 상호 대응을 이루는 병렬구조를 기반으로 중장을 확장
함으로써 작품을 구성하고 있다.

> 각시님 믈너눕소 내 품의 안기리 이 아히놈 괘심ㅎ니 네 날을 안을소냐
> 　각시님 그말 마소 됴고만 닷져고리 크나큰 고양감긔 쎙쎙도라가며 제 혼자
> 다 안거늘 내 자니 못 안을가 이 아히놈 괘심ㅎ니 네 날을 휘을소냐 각시님 그
> 말 마소 됴고만 됴사공이 크나큰 대듕선을 제 혼자 다 휘우거든 네 자니 못 휘
> 울가 이 아히놈 괘심ㅎ니 네 날을 붓흘소냐 각시님 그말 마소 됴고만 벼록 블이
> 니러곳나게 되면 청계라 관악산을 졔 혼쟈 다 붓거던 내 자니 못 붓흘가 이 아
> 히놈 괘심ㅎ니 네 날을 그늘을소냐 각시님 그말 마소 됴고만 빅지댱이 관동팔
> 면을 제 혼자 다 그늘오거늘 내 자니 못 그늘을가
> 　진실노 네 말 ᄀᆞ틀쟉시면 빅년 동쥬ㅎ리라
>
> —『古今』 291

위의 사설시조는 각시님과 아히놈의 대화로 이루어진 꽤 긴 작품인데,
아히놈의 말에서는 '각시님 믈너 눕소……각시님 그 말 마소……각시
님 그 말 마소……각시님 그 말 마소……각시님 그 말 마소'가, 각시
님의 말에서는 '이 아히놈 괘심ㅎ니 네 날을 안을 소냐 이 아히놈 괘심
ㅎ니 네 날을 휘울소냐……아히놈 괘심ㅎ니 네 날을 붓흘소냐……아
히놈 괘심ㅎ니 네 날을 그늘을소냐'라는 문형들이 병렬되어 있다. 곧 '각
시님……그 말 마소' 및 '이 아히놈 괘심ㅎ니 네 날을……소냐'는 기본
적인 통사구조가 불변요소로서 병렬되고, '……' 안에 새로운 구성요소들
이 변이요소로서 삽입됨으로써 작품이 형성되고 있는 것이다. 변이요소
들은 딱따구리와 고양나무, 도사공과 대중선, 벼룩불과 청계산 관악산
등 점차 작은 것에서 큰 것으로 확대되며 점층적 효과를 나타내고 있어
재미를 더하게 된다. 사설시조의 병렬은, 단순히 장식적인 장치처럼 보

이는 병렬의 경우에도 병렬된 요소들과 병렬되지 않은 요소들의 대조를 통해 병렬된 단위를 부각시키는 데 그 특징이 있다. 이와 같이 불변요소(병렬된 요소)－변이요소(병렬되지 않은 요소)의 결합을 통해 작품 자체를 구조화하는 원리로서의 병렬은 현대시에서 흔히 나타나는 예[21]인데, 병렬의 전통성 측면에서 앞으로 충분히 논의되어야 필요가 있다고 본다.

흔히 산문에서의 반복이나 병렬이 강조를 위해 사용되는 반면 운문에서는 시적 효과와 영향의 지속, 정서의 결합을 암시하기 위해 사용된다고 한다. 민요나 고려가요에서 병렬이 갖는 효과는 분명, 시를 시답게 하는 유기적 구조의 측면과 더불어 정서의 결합 및 강조에 있다고 볼 수 있을 것이다. 「이상곡」이나 「만전춘」에서는 님과의 굳센 기약이, 「사모곡」에서는 어머니에 대한 사무치는 상념이 병렬을 통해 강조되고 있다. 반복되는 부분들에서는 감정의 핵심을, 반복되지 않는 부분은 갈등을 일으키는 원인이나 강조되어야 할 대상을 나타내고 있는 것이다. 결과적으로 반복과 병렬은 정서의 지속성을 위한 배려로써 사용되고 있다. 반면 「용비어천가」에서의 병렬은 감정이나 정서가치의 강조보다는 형식적인 안정성, 의미의 유장성을 드러내기 위한 효과적인 수단으로써 기능하고 있음을 본다.

이렇게 볼 때 시조에서 병렬이 갖는 기능은, 민요만큼은 아니지만 매우 다양하고 또 미묘함을 알 수 있다. 곧 시조에서의 병렬은 3장 구조의 완강함 때문에 구조 자체를 파괴하거나 생성하는 기능을 할 수는 없다. 오히려 3장 구조 때문에 병렬구조가 깨어지는 예를 찾아볼 수 있을 정도이다. 하지만 사설시조의 형식을 통해서는 부분적으로 구조를 형성하는 역할을 하고 있음을 앞에서 살펴본 바와 같다.

행내 병렬이 대우적 병렬의식에 근거하고 있음은 이미 밝힌 바와 같은데, 대우적 병렬 의식은 시조 창작에 있어서 매우 커다란 역할을 하고

---

21) 상세한 내용은 다음 장에서 다루어질 것이다.

있음이 분명해 보인다. 한편으로 행간 병렬은 통사구조의 등가성이 율격적 자질을 자연스럽게 내포하고 있음으로써 이른바 '의미의 율격'을 형성하여, 종장으로의 의미 결속이 보다 견고하게 이루어지게 하는 역할을 하고 있다. 행내와 행간 병렬을 막론하고 행 또는 반행을 단위로 다양한 병렬의 양상을 3장 6구라는 짧은 형태 속에 촘촘히 심어놓은 점은, 지루하고 건조하게만 보여졌던 시조의 양식에 대해 새로운 눈을 뜨게 해준다고도 할 수 있을 것이다.

시학을 이론적 성찰의 주제가 아니라 문학적 실천 그 자체로 볼 수 있다면, 그것은 한 작품 또는 한 장르의 내적 체계에 대한 연구, 그 일관성과 차이의 체계를 해명하는 작업으로 이해될 수 있다. 이때의 시학이란 한 장르의 기본적 양식은 물론 그 양식으로 구현해낸 여러 언어적 표현 장치를 포함하고 있다. 율격, 진술양식, 문체, 수사, 이미지의 연쇄 등이 유기적으로 엮어져 만들어내는 모든 것을 포괄하는 개념이 바로 시학이다. "시학이라는 말을, 그것의 어원에 따라 언어가 실체이자 수단인 작품의 창작에 관계되는 일체의 것에 대한 믿음으로 이해하고, 시에 대한 규칙들 또는 미적 규범들의 총칭이라는 제한된 의미로 이해"해야 한다는 발레리의 견해를 받아들인다면[22] 우리는 시학을 아리스토텔레스에서 러시아 형식주의자들을 거쳐 보다 최근의 구조시학에 이르기까지 문학의 특수성에 대한 탐구로 이해할 수 있다.

이렇게 볼 때, 병렬이야말로 시를 형성하고 시답게 만드는 시학의 한 방법으로서, 의미하고자하는 바를 어떻게 표현해냈는가와 관련하여 한

---

22) 박성창, 「시학」, 『현대비평과 이론』 16호, 1998, 285면에서 재인용.
　　시학에 대한 이러한 이해는 현재 이루어지고 있는 시학 개념의 다양한 스펙트럼을 모두 보여주지는 못하지만 적어도 그 가장 중요한 국면을 드러내줄 수 있을 것이다. 예를 들어 야콥슨이 『언어학과 시학』에서 시학의 주된 임무를 "어떤 언어 메시지를 예술작품으로 만드는 것은 무엇인가"라는 질문에 답하는 것으로 규정하면서 제시했던 '문학성'의 개념은 시학의 개념에 가장 근접한 것으로 단순히 '문학에 대한 사유'(크리스떼바)나 '문학에 대한 담론'(토도로프) 이상의 것을 지칭하게 될 것이다.

장르의 성격을 구현하는 중요한 시적 장치로서 기능한다고 본다. 시를 구성하고 있는 언어조직체에서 그 조직망과 결을 파악함으로써 시란 무엇인가에 대한 해답을 발견하는 것이 병렬 연구의 궁극적 목적일 터이고, 그 해답의 실마리는 인간의 선험적이고 보편적인 언어예술활동으로부터 찾아져야 할 것이다. 특히 시적 의미란 시적 기능에서 나오고 그 시적 기능을 시가 존재하는 그 양상, 즉 병렬구조를 떠날 수 없다고 할 때, 병렬은 시 텍스트 전체의 미적 특질뿐 아니라 의미 구현의 기본 동력이라고 믿는다.

2. 차이의 구조에 기여하는 현대시의 병렬

현대시에 있어서 병렬법 연구는 시를 이루는 본질적 특성이 언어에 있으며 그 언어는 텍스트의 구성요소로서 언술체계를 이룬다는 관점에서부터 출발한다. 즉 음성·어휘·구절·문장·행·연 등 텍스트를 구성하는 다양한 요소들이 등가적 배열을 이루는 짝을 중심으로, 그 짝의 관계구조와, 텍스트 전체 속에서 다른 짝과의 관계 등으로 병렬 양상을 살펴볼 수 있다. 더불어 주목해야 할 부분은 한 편의 시 텍스트에는 하나의 병렬법만으로 이루어지는 것이 아니라는 점이다. 보다 풍부한 텍스트는 몇 개의 병렬 관계가 다양하게 얽혀 텍스트에 변화와 의미를 부여하며 텍스트의 구조 원리로까지 발전하게 된다.

고전시가의 반복적 병렬이 규칙적 율격 분할의 모형에 종속적임에 반하여, 현대시의 경우는 그러한 형식적 규칙에서 벗어나 더욱 자유롭고 파격적으로 실현되는 심층적인 원리로 작용한다. 병렬법은 그 동안 주로 구비시가에서 원용되어 왔으나 현대에 와서는 구조주의와 기호학의 관심 대상으로 확대되어 왔으며 모든 예술작품 속에서 언술적 특성을 나타내는 보편적 자질로 규정되고 있다. 현대시에 이르면 고전시가의 단순한 병렬의 방식, 예를 들면 정형적 운율, 나열적 반복, 이항대립적 대구, 공식적 표현법 등은 점차 소멸하게 된다. 이는 현대시의 출발이, 정형의 틀 속에 시인의 내면과 언어를 맞추어야 했던 정형시로부터 탈출하여 자유시의 형태로 시작되었다는 점과 맞물려 있다. 현대시는 시의 내적이고 자율적 동기에 의해 시형식을 새롭게 창출하였고 병렬법 또한 시의 내적 구조의 필연적 요구에 의해 다채롭게 구사되었다. 때문에 현대시에서는 병렬법이 전형적으로 잘 드러난 작품을 점차 찾아보기가 어려워지고 있으며, 실제 병렬적으로 잘 짜여져 있다 하더라도 복잡하고 정밀한 이해 과정을 거쳐야만이 알아챌 정도로 숨겨져 있는 경우가 대부분이다. 나아가 병렬 자체를 거부하고 부정하려는 작품들까지 등장하고 있다. 게다가 병렬이 시의 구조 차원에서 생성되고 있을 뿐만 아니라, 병렬 자체가 반복적 현상을 동반하는 만큼 반복이나 운율(리듬)과 일정 부분 착종하고 있어 현대시의 병렬법에 대한 이해는 상당히 까다롭다.

　현대시에서 병렬은, 의미상 연관을 갖는 대구적인 쌍이나 대응으로서의 개념을 변형하고 해체시키는 넓은 개념의 반복적 양상으로 확대되고 있다. 대응하는 쌍의 위상적(topological) 자리가 유동적이라는 말이다. 그런 의미에서 현대시의 병렬은 반복과 더불어 새로운 리듬을 갱신할 수 있는 간격, 빈틈, 공간의 역할을 한다. 때문에 현대시에서 병렬법 연구는 두 번 이상 반복 출현하는 형식 요소들이 다양한 규칙성에 의해서 의미의 차이를 메꾸어 가는 양상이 중요하다. 동일성을 지향하는 병렬이 아니라 동일성을 비껴 가는 병렬, 눈에 띄지 않는 그러나 분명히 존재하는 탈메커니즘적 병렬이 바로 현대시의 특징이기도 하다.

　이 장에서는 병렬법이 한국시가의 기본구조 및 원형으로 작용하고 있다는 전제하에, 현대시의 개별 작품들이 지니고 있는 시적 기능 및 의미, 텍스트성을 밝혀내고자 한다. 특히 병렬구조가 리듬23)의 응집과 해체는 물론 시적 의미의 응집과 해체에 관여한다는 점에 초점을 맞추어 1920년대 민요시에서부터 최근 시에 이르기까지 병렬의 기본형과 그 변형 및 해체, 나아가 재구축의 양상을 살펴보게 될 것이다.

1) 응집과 파괴로서의, 반복적 병렬

현대시의 병렬법 중 가장 두드러진 양상은 반복적 병렬구조에서 찾을 수 있다. 한 쌍(pair) 이상의 통사적 반복을 거느리고 있는 병렬로서, 반복과 그 경계를 넘나드는 유형이다. 외관상 병렬보다 반복적 요소가 전경화되고 있으나 자세히 살펴보면 단순해 보이는 반복 안에 병렬의 관계를 구축하고 있다. 이 같은 반복적 병렬이 불러일으키는 시적 의미나 기능은 다양하다. 시의 의미를 응집시키면서 서정적 정서화를 강조하는 역할을 하기도 하지만, 반복이 가장 큰 위반이라는 말이 있듯이 반복적 병렬이 극단적으로 추구될 때 시의 서정적 정서화나 의미는 파괴되고 부정되기도 한다. 먼저, 시의 의미를 응징시켜주는 단순반복형 병렬구조를 보자.

> 봄가을업시 밤마다 돗는달도
> 「예젼엔 밋처몰낫서요」
>
> 이럿케 사뭇차게 그려울줄도
> 「예젼엔 밋처몰낫서요」
>
> 달이 암만밝아도 처다볼줄을

---

23) 이 장에서 리듬은 주기성·상이성·반복성을 근간으로 하는, 즉 상이한 요소들의 주기적인 반복 운동, 어떤 규율에 따라 움직이는 반복 현상을 의미하는 율동이나 음악성과 유사한 좀더 포괄적인 개념으로 사용한다.

「예젼엔 밋처몰낫서요」

이제금 져달이 서름인줄은
「예젼엔 밋처몰낫서요」

—김소월, 「예전엔 밋처몰낫섯요」 전문[24]

　규범적이고 전형적인 병렬법은 대체로 매우 단순한 2행씩 쌍을 이루
는 민요에서 찾아볼 수 있다. 현대시에서도 병렬이 전형적으로 드러난
작품들이 대체로 짝수의 행(연)으로 이루어져 있다는 점은 주목을 요한
다. 병렬이 쌍으로 인식된다는 점, 즉 쌍으로서의 통사적 구조로 발현된
다는 점을 확인할 수 있기 때문이다. 이 같은 특징은 고전시가의 전통적
병렬구조가 지닌 특징이기도 한 것이어서 현대시와 고전시가의 연계성
을 확인할 수 있는 대목이다.

　인용시는 2행씩을 거느린 4연으로 구성되어 있고 3음보의 민요조 율
격을 구현하고 있다. 이 시에서 달은 결핍의 대상물이자 시적 자아의 인
식의 매개물이다. 그 결핍이 실연의 아픔이든 조국의 상실이든, 달을 통
해 화자는 자신의 처지가 결핍되고 서러운 상황임을 인식한다. 그리고
화자와 무관하던 달은 그때 비로소 사무치는 그리움이 되고 설움이 된
다. 화자의 서러운 감정을 '달'에 이입시키고 있는 홀수행들은, 부재의
그리움과 설움의 의미를 응집시키는 역할을 한다. 이에 비해 마치 민요
의 후렴 형식처럼 동일하게 반복되는 '예전엔 미처 몰랐어요'라는 짝수
행들은 서정적 운율감을 형성한다. 뿐만 아니라 부재로 인한 그리움과
설움의 감정을 증폭시키면서 그 감정의 깨달음을 점층적으로 이끌어주
는 역할을 한다. 주지하다시피 반복은 병렬을 창출하는 중요한 자질인
바, 특히 짝수행의 형태적 반복이 시 전체에 안정감을 부여하면서 비약
적인 의미 생성의 기틀을 마련하고 있다.

---

24) 김소월, 『원본 김소월 전집』, 집문당, 1995.

　　부재 혹은 결핍에 대한 화자의 인식과정을 복잡한 병렬의 방식으로 풀어내고 있는 구체적인 병렬 양상을 보자. 객관적(외부적)인 달과 주관적(내면적)인 달로 1·3연/2·4연이, '이렇게'와 '이제금'이라는 현재 상태와 시간으로 2연/4연이 병렬구조를 이룬다. 또한 홀수 행말의 '명사+조사' 구조와 '의존명사+조사' 구조로 대용된다는 점에서, 그리고 홀수행의 행위 주체가 '달'과 '나'로 나누어진다는 점에서 1연/2·3·4연이 병렬되고 있다. 이 시의 핵심은 달로 인해 자신의 결핍을 알게 되었음과 그 결핍에서 비롯되는 격렬한 감정만을 제시하여 독자에게 정서적 떨림을 크게 하고 있는데, 형식적 특징인 이와 같은 반복과 병렬은 시인의 내면적 고통을 인식하고 제어하는 장치로 사용되고 있다.

　　　늦은 저녁때 오는 눈발은 말집 호롱불 밑에 붐비다

　　　늦은 저녁때 오는 눈발은 조랑말 발굽 밑에 붐비다

　　　늦은 저녁때 오는 눈발은 여물 써는 소리에 붐비다

　　　늦은 저녁때 오는 눈발은 변두리 빈터만 다니며 붐비다.
　　　　　　　　　　　　　　　　　　　—박용래, 「저녁눈」 전문25)

　　인용시는 한 행이 한 연을 이루면서, 동일하게 반복되는 연들 사이에서 병렬의 관계를 형성하고 있다. '늦은 저녁때 오는 눈발은 —에 붐비다'라는 동일한 구문이 3연까지 반복되다가 4연에서 술부만 변용되고 있다. 살아 있는 모든 것들이 따뜻한 자신의 공간으로 귀소하는 저녁에, 눈은 '붐비며' 내린다. 이 '붐비다'라는 술어는, '붐비다(동사원형)'와 '붐비다가(연결어미)'라는 이중적 의미를 내포함으로써 시적 해석의 진폭을 확장시키고 있다. 또한 현재도 과거도 아닌 부정 시제로 반복되고 있어 함축

───────────────

25) 박용래, 『먼 바다』, 창작과비평사, 1984.

적 화자의 객관적인 태도를 강조하는 동시에 언제까지라도 눈이 내릴 듯한 장면을 지속시켜 준다. 각 연에 등장하는 변이소들은 모두 미미한 존재들이지만 이 무상하고 약한 것들이 만들어내는 움직임과 소리는 소중하고 애틋한 삶의 국면들이다.

 1~3연까지는 집안에 있는 동물 중심의 공간으로 내밀함을 강조하고 있는데 4연만 집밖에 있는 인간 중심의 공간으로 소외감을 강조하고 있다는 점에서, 그리고 처소격 조사 '－에'가 4연에서 '만'으로 변주되고 있다는 점에서 1·2·3연 / 4연이 병렬된다. 또한 다른 연들이 모두 시각적 이미지를 구사하고 있는데 비해 3연만 청각적 이미지를 구사하고 있다는 점에서 1·2·4연 / 3연이 병렬된다. 특히 외진 빈터에서 나는 삶의 소리 없는 소리들은, 소리 없이 내리는 눈발에 의해서 대비적으로 부각된다. 그 대비를 통해 붐비는 것들보다는 비워져 있는 것들, 가득 찬 것보다는 비워진 것들, 또는 드러난 것들보다는 가리어진 것들의 의미를 일깨워준다. 이런 이분법적인 대비관계를 흩트려 놓으면서 시에 리듬감을 부여해 담담하게 가라앉는 정조를 구현하고 있는 것이 이 시의 병렬구조이다. 특히 이 시의 반복적 병렬구조는 '붐비다'의 시적 의미와 조응해 계속해서 내리는 저녁눈의 시각적 형식을 구현하고 있을 뿐만 아니라 마지막 연의 적막함과 쓸쓸함을 구현해내는 구조로 작용하고 있다. 때문에 변화감이 크지 않는 병렬들 속에서도 전연 지루하다거나 답답하지 않다.

> 꽃을 주세요 우리의 고뇌(苦惱)를 위해서
> 꽃을 주세요 뜻밖의 일을 위해서
> 꽃을 주세요 아까와는 다른 시간(時間)을 위해서
>
> 노란 꽃을 주세요 금이 간 꽃을
> 노란 꽃을 주세요 하얘져가는 꽃을
> 노란 꽃을 주세요 넓어져가는 소란을

노란 꽃을 받으세요 원수를 지우기 위해서
노란 꽃을 받으세요 우리가 아닌 것을 위해서
노란 꽃을 받으세요 거룩한 우연(偶然)을 위해서

꽃을 찾기 전의 것을 잊어버리세요
꽃의 글자가 비뚤어지지 않게
꽃을 찾기 전의 것을 잊어버리세요
꽃의 소음이 바로 들어오게
꽃을 찾기 전의 것을 잊어버리세요
꽃의 글자가 다시 비뚤어지게

내 말을 믿으세요 노란 꽃을
못 보는 글자를 믿으세요 노란 꽃을
떨리는 글자를 믿으세요 노란 꽃을
영원히 떨리면서 빼먹은 모든 꽃잎을 믿으세요
보기싫은 노란 꽃을

—김수영, 「꽃잎(二)」 전문26)

이 시는 정확한 내용이나 메시지 파악이 어렵다. 연·행·통사·어휘
의 측면에서 반복적 병렬과 도치를 활용한, 일종의 주술과도 같은 문장들
이 강렬하고 집요하게 되풀이되고 있을 뿐이다. 먼저, 두 행이 한 문장으
로 이뤄진 4연을 제외한 각 행은 한 문장으로 되어 있다. 각 문장들은 화
자(주체)나 청자(대상)가 문면에 드러나 있지 않은 전언(message)만이 제시된
호소문이다. '주세요'라는 동일 반복구에 '-위해서'와 '-꽃을'이라는 변
이소에 의해 1연 / 2연이, '노란 꽃을'이라는 동일 반복구에 '주세요 -꽃
을'과 '받으세요 -을 위해서'라는 변이소에 의해 2연 / 3연이 병렬되고
있다. 뿐만 아니다. '-을 위해서'라는 동일 반복구에 '꽃을' '노란 꽃을'
이라는 변이소에 의해 1연 / 3연이, '노란 꽃을'이 도치된 형태로 동일 반

---

26) 김수영, 『김수영 전집 1-시』, 민음사, 1981.

복구를 이루면서 '주세요'와 '믿으세요'라는 변이소들에 의해 2연 / 5연이,
그리고 '꽃을 −하세요'라는 동일 반복구에 '−을 위해서' '−않게'라는
변이소에 의해 1연 / 4연이 각각 병렬을 이루고 있다.

 1연에서 '꽃을 주는' 행위는 '우리의 고뇌'와 '뜻밖의 일'과 '아까와는
다른 시간'을 위해서이다. 그 '꽃'은 2연에서 '노란 꽃' → '하얘져 가는
꽃' → '넓어져 가는 소란'으로 구체화된다. 3연은, 1연을 변형한 반복적
병렬이다. 즉 통사 형태로는 변한 것이 없으면서 어휘의 변화만 주고 있
다. 4연은 변이의 형태가 가장 크다. 1 · 3연은 3행으로 이루어져 있으며
각 행마다 한 문장을 이루고 있으나, 4연은 6행으로 이루어져 있으며 두
행이 한 문장을 이룬다. 그러나 4연의 형태구조는 1 · 3연과 대응을 이룬
다. 차이점은 목적어의 형태가 다르고 부사구가 부사절로 변형되어 있다
는 것이다. 5연의 어조는 한층 고조된다. 2연의 변주인 5연에 와서 '노란
꽃'의 의미는 말 혹은 글자의 속성(내 말, 못 보는 글자, 떨리는 글자, 영원히 떨
리면서 빼먹은 모든 꽃잎, 보기 싫은 노란 꽃)으로 보다 분명해진다. 결국 '내 말
혹은 글자'는 꽃의 소음, 소란, 노란 꽃으로 무한대를 지향하는 본질적
언어이자 꽃의 형이상학적 소리가 된다. 이때 반복적 병렬은, 각 연마다
형성된 의미가 다음 연을 위한 단서로 작용하도록 할 뿐만 아니라 나아
가 새로운 인식에 도달할 수 있는 강조의 기능을 담당한다.

　　13人의아해(兒孩)가도로(道路)로질주(疾走)하오
　　(길은막다른골목이적당(適當)하오)

　　제(第)1의아해(兒孩)가무섭다고그리오
　　제(第)2의아해(兒孩)도무섭다고그리오
　　제(第)3의아해(兒孩)도무섭다고그리오
　　제(第)4의아해(兒孩)도무섭다고그리오
　　제(第)5의아해(兒孩)도무섭다고그리오
　　제(第)6의아해(兒孩)도무섭다고그리오

제(第)7의아해(兒孩)도무섭다고그리오.
제(第)8의아해(兒孩)도무섭다고그리오.
제(第)9의아해(兒孩)도무섭다고그리오.
제(第)10의아해(兒孩)도무섭다고그리오.

제(第)11의아해(兒孩)가무섭다고그리오.
제(第)12의아해(兒孩)도무섭다고그리오.
제(第)13의아해(兒孩)도무섭다고그리오.
13인(人)의아해(兒孩)는무서운아해(兒孩)와무서워하는아해(兒孩)와그렇게뿐
이모였소.
(다른사정(事情)은없는것이차라리나았소)

그중(中)에1인(人)의아해(兒孩)가무서운아해(兒孩)라도좋소.
그중(中)에2인(人)의아해(兒孩)가무서운아해(兒孩)라도좋소.
그중(中)에2인(人)의아해(兒孩)가무서워하는아해(兒孩)라도좋소.
그중(中)에1인(人)의아해(兒孩)가무서워하는아해(兒孩)라도좋소.

(길은뚫린골목이라도적당(適當)하오.)
13인(人)의아해(兒孩)가도로(道路)로질주(疾走)하지아니하여도좋소.

— 이상, 「오감도(烏瞰圖) 시제1호(詩第一號)」 전문27)

인용시에 이르면 반복적 병렬구조는 진술된 의미를 극단적으로 위반,
부정하면서 서정적 정서화를 파괴한다. 병렬의 구조를 지니고 있는 동시
에 그 구조를 스스로 파괴하고 있다. 13인의 아이들이 질주하는 동기는
작품의 표면에 나타나지 않는다. 다만 '무서움'의 감정만이 그들의 의식
을 지배하고 있음을 토로할 뿐이다. 13인의 아이들이 느끼는 공포는 각
각 분리된 개인들이 가지는 공포 감정에 의해 증폭된다. '막다른 골목'이
든 '뚫린 골목'이든 아이들의 내면은 오로지 '무서움'에 완벽하게 감금되

---

27) 이상, 『이상문학전집1-시』, 문학사상사, 1989.

어 있는데, 이 13인의 아이들의 무서움은 완전한 반복과 대칭적 병렬구
조를 통해 증폭된다. 먼저 1·2행 / 22·23행(그리고 1행 / 23행이, 2행 / 22행이)
이, 18·19행 / 20·21행(역시 18행 / 21행이, 19행 / 20행이)이 각각 병렬의 관계
를 이룬다.

    13인의아해가도로로질주하오(1행) / (길은막다른골목이적당하오)(2행)
    (길은뚫린골목이라도적당하오)(22행) / 13인의아해가도로로질주하지아니하여
도좋소(23행)

    그중에1인의아해가무서운아해라도좋소(18행) / 그중에2인의아해가무서운아해
라도좋소(19행)
    그중에2인의아해가무서워하는아해라도좋소(20행) / 그중에1인의아해가무서워
하는아해라도좋소(21행)

　　이 외에도 2연 / 3연이 병렬을 이룬다. 2연과 3연의 첫행끼리도 대칭을
이루는데 일단위와 십단위의 차이가 그것이다. 그래서 3연에서, 제13인
의 '아해' 다음에도 무수한 '아해'가 올 수 있다는 암시를 준다. 또한 의
미상으로도 4연에서 13인의 아이들은 두 부류로 나누어진다. 즉 '무서운
아해'와 '무서워하는 아해'이다. 그러나 13인의 아해 중에 누가 무서운
아해고, 무서워하는 아해인지에 대한 구분은 없다. 그것은 위에서처럼
반복으로 짝을 이룬 병렬행을 통해서 외면상으로 분류할 수는 있으나 13
인의 아해들 가운데서 누구라도 '무서운 아해'도, '무서워하는 아해'도
될 수 있다. 특히 조사 '−라도'와 함께 오는 술어 '좋소' 때문이다. 이러
한 조사와 술어는 간신히 추스린 병렬구조와 그 의미를 다시 와해시킨
다. 텍스트의 전제상황을 스스로 배반하고 파괴하는 결과를 초래하고 있
다. 이는 완전한 경계침범이다. 시차성은 무너지고 기호의 의미는 파괴
가 된다. 이러한 극단적인 반복과 병렬구조는 의미체계에 도전함으로써
의미 자체를 거부하는 현대시의 한 양상을 보여준다.

2) 변주와 변형의, 확산적 병렬

현대시에서 병렬은 '가노라 삼각산아, 다시보자 한강수야'와 같은 도식화된 시형에서 벗어나, 변주와 변형을 통해 그 구조 자체를 새롭게 생성해 가는 역동적인 생성원리가 되고 있다. 이 유형은 현대시의 일반적인 그러나 다양한 병렬 양상을 살펴볼 수 있도록 한다.

> 꽃가루와 같이 부드러운 고양이의 털에
> 고운 봄의 향기(香氣)가 어리우도다.
>
> 금방울과 같이 호동그란 고양이의 눈에
> 미친 봄의 불길이 흐르도다.
>
> 고요히 다물은 고양이의 입술에
> 포근한 봄졸음이 떠돌아라.
>
> 날카롭게 쭉 뻗은 고양이의 수염에
> 푸른 봄의 생기(生氣)가 뛰놀아라.
>
> —이장희, 「봄은 고양이로다」 전문28)

인용시는 우리 현대시에서 가장 전형적인 병렬구조를 드러내 보이고 있는 시이다. 서로 무관한 듯이 보이는 고양이와 봄을 결합시켜 고양이에게는 봄의 생동감을 불어넣어 주고 봄에게는 고양이의 구체적 형상성을 부여해 주고 있다. 병렬시들이 짝 혹은 쌍으로 이루어져 있듯, 이 시 역시 전체가 8행 4연으로 되어 있고 행과 행 사이, 연과 연 사이에서 각기 대응되는 병렬을 이루고 있다. 홀수행에서 고양이의 속성은 털, 눈, 입술, 수염으로 요약되고, 짝수행에서 봄의 속성은 꽃·봄빛·봄볕·새

---

28) 이장희, 『이장희 전집—봄과 고양이』, 문장, 1982.

싹 등으로 요약된다. 그것들의 총제적인 집합이 이 시의 의미를 구성한다. 즉, 각 연의 홀수행(고양이)과 짝수행(봄)이 봄과 고양이라는 시적 제재를 중심으로 병렬된다. 그리고 1연과 2연이 '……과 같이 ……한 고양이의 ……에' '……한 봄의 ……이 ……하도다'라는 동일 통사 구문을 중심으로, 3연과 4연도 '……한 고양이의 ……에' '……한 봄의 …… 이 …… 해라'라는 동일 통사 구문을 중심으로 병렬 관계를 이룬다. 1연의 1행과 2행 역시 '고양이의 촉각'과 '봄의 후각'에 의해 병렬을 이루고 있다.

또한 1·2연의 홀수행들은 '같이' 직유+형용사+신체어라는 통사 구문과 묘사 대상은 동일한데, 의미상으로는 꽃가루/금방울, 부드러운/호동그란, 털/눈으로 대조를 이루고 있다. '의' 은유+술어의 통사적 구문이 동일하게 봄을 묘사한 1·2연의 짝수행들도 마찬가지로 고운/미친, 향기/불길, 어리우도다/흐르도다라는 병렬 관계를 이룬다. 1연의 고운 봄과 향기는 여성적·내성적인 봄의 정적인 성격을 나타내고, 2연의 미친 봄과 불길은 남성적·외향적으로 분출하는 과격한 동적인 힘을 보여준다. 꽃(봄의 향기 : 내밀공간)와 햇볕(봄의 불길 : 개방공간)의 정동(靜動)을 함께 표출하고 있다.

3·4연의 홀수행에서도 부사+형용사+신체어라는 똑같은 통사구조를 지녔지만 의미상으로 역시 고요히/날카롭게, 다물다/쭉 뻗다, 입술/수염으로 대조를 이룬다. 이 의미론적 대조는 나아가 정/동, 내/외, 유/강의 '내밀하고 조용한 침묵의 다져진 세계'와 '밖으로 향하는 나가는 힘의 세계'가 대립적으로 구축되어 있다. 3·4연의 짝수행도 1·2연과 마찬가지로, 포근한/푸른, 봄졸음/생기, 떠돌아라/뛰놀아라와 같이 음성적·문법적 형태, 통사 구문, 그리고 의미론적 층위 등에 걸쳐 병렬구조를 나타내고 있다. 1·2연의 짝수행과 3·4연의 짝수행 역시 종결어 '~하도다'와 '~하라'에 의해 병렬 관계를 이룬다. 이 짝수행들은 모두 환유체계로 되어 있는데 봄의 향기는 꽃으로, 봄의 불길과 그 봄졸음은 따뜻한 봄볕으로, 푸른 봄의 생기는 새싹의 풀이 돋는 것으로 환원시킬 수 있다.

주춧돌이 하나 녹아서
환장한 구름이 되어서
동구 밖으로 걸어 나가고 있었지.
칠월이어서 보름남아 굶어서
백일홍이 피어서
밥상 받은 아이같이 너무 좋아서
비석 옆에 잠시 서서 웃고 있었지.
다듬잇돌도
또 하나 녹아서
동구로 떠나 오는 구름이 되어서……

―서정주, 「백일홍(百日紅) 필 무렵」 전문[29]

이 시는 '……아(어)서' '……고 있었지'라는 통사구조를 지닌 세 문장 (1~3행, 4~7행, 8~10행)으로 이루어져 있다. 특이한 점은 맨 마지막 문장에서 '……고 있었지' 부분이 말줄임표로 생략되어 끝 부분이 빈칸으로 남겨져 있는 미완의 병렬구조로 이루어져 있다는 것이다. 먼저, 주춧돌(녹다)과 환장한 구름(되다)에 의해 1행 / 2행이, 굶다(밥)와 피다(백일홍)에 의해 4행 / 5행이, 그리고 통사구조에 의해 1·2·3행 / 8·9·10행이 병렬 관계를 이룬다. 보다 세부적으로는 1~3행의 첫 번째 문장과 8~10행의 세 번째 문장은 '돌'과 '구름'이라는 대비적인 소재의 변용을 노래하고 있다. 그러나 첫 번째 문장에서 주춧돌이 동구 밖으로 걸어나가는 환장한 구름으로 변화하는 양상을 보이는 반면, 세 번째 문장에서는 다듬잇돌이 동구로 떠나오는 구름으로 변하는 양상을 보임으로써 의미론적 상동성을 이룬다. 이러한 순환 혹은 윤회의 세계관은 두 번째 문장의 '백일홍' 및 '비석' 이미지에 의해 매개되고 있다. 생략함으로써 끝을 열어 두고 있는 이 시의 병렬구조는, 돌이 구름으로 화하는 시간의 역사(役事)를, 반복을 통해 상징적으로 보여주고 있다.

---

29) 서정주, 『미당 시전집』 1, 민음사, 1994.

뭐락카노, 저편 강기슭에서
니 뭐락카노, 바람에 불려서

이승 아니믄 저승으로 떠나는 뱃머리에서
나의 목소리도 바람에 날려서

뭐락카노 뭐락카노
썩어서 동아밧줄은 삭아내리는데

하직을 말자 하직을 말자
인연은 갈밭을 건너는 바람

뭐락카노 뭐락카노 뭐락카노
니 흰 옷자라기만 펄럭거리고……

오냐. 오냐. 오냐.
이승 아니믄 저승에서라도……

이승 아니믄 저승에서라도
인연은 갈밭을 건너는 바람

뭐락카노, 저 편 강기슭에서
니 음성은 바람에 불려서

오냐. 오냐. 오냐.
나의 목소리도 바람에 날려서.

— 박목월, 「이별가」 전문[30]

2행씩을 거느린, 연과 연 사이의 생략이 돋보이는 시다. 수미상관의

---

30) 박목월, 『박목월 시 전집』, 서문당, 1984.

형태로 1·2연 / 8·9연이, 동일한 문장의 반복에 의해 1연 / 8연과 2연 / 9
연과 6연 / 9연이 병렬 관계를 이룬다. '이승 아니믄 저승에서라도'라는
동일 어구에 의해 연쇄적 형태로 6연 / 7연이, '뭐라카노'가 점층적으로
반복을 거듭하면서 1연 / 3연 / 5연이 상동성을 보이고 있다. 인연의 튼튼
한 줄이 삭아 내리는데 4연에서 두 번 반복되는 '하직을 말자'라는 구절
에는, 현실적으로 인연의 끈이 멀어져 가는데도 헤어지지 않으려는 안쓰
러움이 담겨 있다. 이를 무뚝뚝한 경상도 사투리 '뭐락카노'라고 표현했
다. 단속적으로 투박하게 반복되고 있는 이 '뭐락카노'에는 삶과 죽음의
경계와 그 격절감이 담겨 있다.

　이 시의 병렬 관계에서 놓치지 말아야 할 것은 행간에 놓인 여백의 의
미이다. 행간은 마치 '니'와 '나'가 놓여진, 죽음과 삶의 간극만큼이나 깊
다. '니'는 저편 강기슭에서 무슨 말인가를 하고 있다. 시의 화자는 '니'
가 하는 말을 들으려고 애쓰지만 '니'가 하는 소리도 '나'가 하려는 말도
바람에 날려 들리지 않는다. '나'는 마침내 하직이 불가피함을 깨닫고,
'인연은 갈밭을 건너는 바람'이기에 '오냐. 오냐. 오냐'하며 그 단절을 받
아들인다. 여기에는 인연(삶)에 대한 허무가 있고, 죽음을 받아들이는 달
관이 있다. 강, 배, 바람과 같은 흐름의 이미지, 투박한 사투리와 정감있
는 대화체, 강기슭이라는 경계 공간과 더불어, 끊일 듯 이어지는 병렬구
조가 삶과 죽음의 격절감을 완화시켜주면서 자연스럽게 죽음을 포용할
수 있도록 한다.

　　빈 산
　　아무도 더는
　　오르지 않는 저 빈 산

　　해와 바람이
　　부딪쳐 우는 외로운 벌거숭이 산
　　아아 빈 산

이제는 우리가 죽어
없어져도 상여로도 떠나지 못할 아득한 산
빈 산

너무 길어라
대낮 몸부림이 너무 고달퍼라
지금은 숨어
깊고 깊은 저 흙 속에 저 침묵한 산맥 속에
숨어 타는 숯이야 내일은 아무도
불꽃일 줄도 몰라라

한줌 흙을 쥐고 울부짖는 사람아
네가 죽을 저 산에 죽어
끝없이 죽어
산에
저 빈 산에 아아

불꽃일 줄도 몰라라
내일은 한 그루 새푸른
솔일줄도 몰라라

— 김지하, 「빈 산」 전문31)

아무도 더는 오르지 않는 산, 외로운 벌거숭이 산, 상여로도 떠나지 못할 아득한 산. 그 '빈 산'은 '깊고 깊은 저 흙 속에 저 침묵한 산맥 속에 숨어 타는 숯'을 간직한 산이다. 폭압적이었던 우리 현대사의 공간인 동시에 그런 세상을 살아가는 시적 자아의 황폐한 내면 공간을 상징하는 산이다. 1·2연에서 '빈 산, …… 저 빈 산', '…… 산, 아아 빈 산, …… 산, 빈 산'으로 '빈 산'의 병렬적 변주를 이루다, 4연에서 다시 한번 '…… 산에, 저 빈 산에 아아'으로 변주되고 있다. 이 변주의 과정은 빈 산의 처절

---

31) 김지하, 『타는 목마름으로』, 창작과비평사, 1982.

함을 심화시키는 방향으로 나아간다. 또한 3연과 5연이 '불꽃일 줄도 몰라라'를 동일 어구로 하여 병렬 관계를 이루는데, 다시 5연에서 '솔일줄도 몰라라'라고 한번 더 변주된다. 특히 이 두 연에서는 '숯'과 '솔'의 대비를 통해 빈 산을 태우는 불꽃이 소멸 / 재생의 의미론적 대응을 이룬다. 그리하여 까맣게 타버린 숯의 산은 뜨겁게 타오를 수 있는 불꽃을 간직한 산이 된다. 온몸을 태워버리는 '대낮'의 열기와 불은 그 고통을 감내하는 자의 내면의 불로 전환되고, 마치 숯처럼 '죽어 끝없이 죽어' 현실의 불꽃이 되는 것이다.

그러한 빈 산을 향한 '온몸의' 투신은 현실에 대항하는 시인의식의 결연함을 엿볼 수 있도록 하는 대목이다. 그 결연함의 절정에서 시인은 '아아'라고 탄식한다. 외롭고 힘든 결단에 따르는 고통의 탄식이기도 하지만, 온 몸을 투신하는 그 결단에서 오는 희열의 탄식이기도 하다. 이러한 탄식 끝에, 타고 남은 재가 기름이 되듯, 숯은 한 그루의 새푸른 소나무로 전환한다. 이 시에서 병렬구조는 정서적 고양과 결연한 의지를 고무시키는 역할을 하고 있다.

> 쓸개 빠진 녀석의 쓸개 빠진 사랑을 보았나,
> 녀석도 참
> 나중에는 제 불알을 따서
> 새끼들을 먹였지,
> 애비의 불알 먹는 새끼들을 보았나,
> 그래서 녀석의 새끼들은
> 간(肝)이 곪았지,
> 불알 먹었다. 불알 먹었다.
> 불쌍한 울아부지 불알 먹었다.
> 그래서 녀석의 새끼들은
> 뿔이 돋쳤지,
> 눈두덩에 뿔이 돋친 귀신(鬼神)이 됐지,

쓸개 빠진 녀석의 쓸개 빠진 사랑을 보았나,
녀석도 참
나중에는 오뉴월 구름으로 흐르다가
입춘(立春) 가까운 눈발로도 쓸리다가
히히 히히 히
쓸개 빠진 녀석은 쓸개 빠진 웃음을
웃을 뿐이지,

— 김춘수, 「타령조(打令調) 5」 전문[32]

논리적이고 규칙적인 병렬에 근거한 것은 아니더라도 소리의 반복이
주는 지속성에 의해 텍스트 전체가 유기적인 병렬성을 획득하는 경우가
있는데, 인용시가 바로 그러하다. 인용시는 신체를 떼어 새끼들을 먹이
는 '쓸개빠진' 자의 사랑을 얘기하고 있다. '보았나' '……했지' '먹었다'
를 자유롭게 배치하면서 구축하고 있는 이 시의 병렬 양상은 자세히 들
여다보아야 한다. 먼저 '그래서 녀석의 새끼들은'이라는 동일 어구를 중
심으로 '간(肝)이 곪았지' / '뿔이 돋쳤지'에 의해 6·7행 / 10·11행이 병렬
된다. '쓸개 빠진 녀석의 쓸개 빠진'이라는 어구를 중심으로 1행 / 13행 /
18행이(이 안에서도 '사랑'과 '웃음'이라는 의미론적 대응으로 1·13행 / 18행이), '보
았나'라는 술어를 중심으로 1행 / 5행 / 13행이, '녀석도 참 / 나중에는'이라
는 어구를 중심으로 2·3행 / 14·15행이 병렬된다. 이뿐 아니다. '뿔이
돋치다'라는 어구를 중심으로 11행 / 12행이, '—하다가'라는 연결어미를
중심으로 '오뉴월 구름' / '입춘(立春) 가까운 눈발'에 의해 15행 / 16행이,
'불알 먹었다'라는 술어를 중심으로 8행 / 9행이 참으로 복잡다단하게 병
렬 관계를 이루고 있다. 어느 행 하나도 쌍으로서의 병렬을 거느리지 않
는 행이 없을 정도로 병렬이 산포되어 있다. 병렬이 꼬리에 꼬리를 물면
서 병렬 관계를 숨기고 있는 경우에 해당한다.

---

32) 김춘수, 『김춘수 시전집』, 서문당, 1986.

3) 숨겨진 혹은 내재된, 해체적 병렬

현대시에는 병렬이 가진 시적 기능의 풍부함은 병렬이 지닌 규범성을 파괴하고 해체할 때, 보다 그 가능성이 넓어진다. 현대시에서 병렬은 텍스트 이면에 숨어 있는 경우가 허다하다. 그러나 표면적으로는 병렬이 파괴되어 있어 보이지만 구조적으로 분석해보면 미약하나마 병렬구조를 발견할 수 있다. 이 유형에서는 병렬의 부정과 무화(無化)를 통해 또 다른 병렬의 재구축을 시도하는 양상을 보인다.

> 벌목정정(伐木丁丁) 이랬거니 아람도리 큰솔이 베혀짐즉도 하이 골이 울어 멩아리 소리 쩌르렁 돌아옴즉도 하이 다람쥐도 좃지 않고 뫼ㅅ새도 울지 않어 깊은산 고요가 차라리 뼈를 저리우는데 눈과 밤이 조히보담 희고녀! 달도 보름을 기달려 흰 뜻은 한밤 이골을 걸음이란다? 웃절 중이 여섯 판에 여섯번 지고 웃고 올라 간뒤 조찰히 늙은 사나히의 남긴 내음새를 줏는다? 시름은 바람도 일지 않는 고요에 심히 흔들리우노니 오오 견듸란다 차고 올연(兀然)히 슬픔도 꿈도 없이 장수산(長壽山)속 겨울 한밤내—
>
> —정지용, 「장수산(長壽山) 1」 전문[33]

장수산의 정경을 산문 형식으로 자유롭게 표출하고 있는 듯하지만, 그 이면에는 간결한 압축미와 치밀한 구도 및 시선의 배치가 숨어 있는 시이다. 마침표를 제거해버린 의도적인 줄글 형태와, 종결어 '—즉도 하이'와 더불어 '도리' '솔이', '골이' '아리' '소리'에서 보여주는 '이'음의 반복은, 사물의 움직임을 축소시킬 뿐만 아니라 사물과의 정서적 밀착감을 고조시키고 지속시키는 데 기여하고 있다. '운문의 지속적이고 반복적인 회귀'를 확인시켜 주는 대목이다.

숨어 있는 병렬 시행들을 간추려 보자면, 먼저 '벌목정정(伐木丁丁) 이랬거니 아람도리 큰솔이 베혀짐즉도 하이'와 '골이 울어 멩아리 소리 쩌

---

33) 정지용, 『정지용 전집 1—시』, 민음사, 1999.

르렁 돌아옴즉도 하이'가 병렬을 이룬다. 또한 '다람쥐도 좃지 않고'와
'뫼ㅅ새도 울지 않어'가 다람쥐 / 뫼ㅅ새, 좃다 / 울다의 병렬을 이루고 있
으며, 감탄형으로 어미처리된 '깊은산 고요가 차라리 뼈를 저리우는데
눈과 밤이 조히보담 희고녀!'와 '시름은 바람도 일지 않는 고요에 심히
흔들리우노니 오오 견듸란다'가 감탄형의 통사구조상 병렬을 이루며,
'달도 보름을 기달려 흰 뜻은 한밤 이골을 걸음이란다?'와 '웃절 중이
여섯 판에 여섯번 지고 웃고 올라 간뒤 조찰히 늙은 사나히의 남긴 내
음새를 줏는다?'도 의문형 통사구조로 병렬을 이룬다.

　뿐만 아니라 장수산 속 밤의 설경(雪景)은 시각과 청각의 병치, 청각과
촉각의 대체, 다시 촉각과 시각의 통합이라는 가파른 감각적 전이를 거쳐
공감각적으로 병렬되고 있다. 특히 장수산의 고요는 희디흰 달과 눈[雪]
과 어우러져 더욱 그 빛을 발한다. '깊은 산 고요가 차라리 뼈를 저리운
다'는 구절이야말로 자연의 고요와 대척점에 가슴에 저며드는 서정적 주
체의 내면적 갈등을 체화(體化)시키고 있다는 점에서 돌올하다. 차라리,
조찰히, 심히, 올연히, 한밤내와 같은 부사의 적절한 배치 또한 시의 병렬
적 구조에 기여한다. '차라리'와 '심히'의 반대편에 '조찰히'와 '올연히'가
있다. 전자가 인간의 편에 선 몸과 마음에서 건져 올린 부사라면, 후자는
장수산의 편에 선 초극의 자연에서 건져 올린 부사다. 시인은 후자 쪽 부
사들에 의지해 장수산 속 깨달음과 견딤의 의미를 완성시키고 있다. 때문
에 "오오, 견듸란다 차고 올연(兀然)히 슬픔도 꿈도 없이 장수산(長壽山) 속
한밤내-"라는 마지막 구절을 통해 도달한 내면의 깊이와 자연의 심연은
'장수산'의 고지(高地)이자 정지용 시의 고지이기도 할 것이다.

　　그 날 아버지는 일곱 시 기차를 타고 금촌으로 떠났고
　　여동생은 아홉 시에 학교로 갔다 그 날 어머니의 낡은
　　다리는 퉁퉁 부어올랐고 나는 신문사로 가서 하루 종일
　　노닥거렸다 전방은 무사했고 세상은 완벽했다 없는 것이

없었다 그 날 역전에는 대낮부터 창녀들이 서성거렸고
몇 년 후에 창녀가 될 애들은 집일을 도우거나 어린
동생을 돌보았다 그 날 아버지는 미수금 회수 관계로
사장과 다투었고 여동생은 애인과 함께 음악회에 갔다
그 날 퇴근길에 나는 부츠 신은 멋진 여자를 보았고
사람이 사람을 사랑하면 죽일 수도 있을 거라고 생각했다
그 날 태연한 나무들 위로 날아 오르는 것은 다 새가
아니었다 나는 보았다 잔디밭 잡초 뽑는 여인들이 자기
삶까지 솎아내는 것을, 집 허무는 사내들이 자기 하늘까지
무너뜨리는 것을 나는 보았다 새점치는 노인과 변통(便桶)의
다정함을 그 날 몇 건의 교통사고로 몇 사람이
죽었고 그 날 시내 술집과 여관은 여전히 붐볐지만
아무도 그 날의 신음 소리를 듣지 못했다
모두 병들었는데 아무도 아프지 않았다

—이성복, 「그날」 전문[34]

'그 날 ……은(는) ……했다'라는 통사적 반복을 통해 그려지는 일상의 소묘는 무감각하게 마비된 병든 삶의 모습을 아이러니컬하게 드러내고 있다. 이 아이러니컬한 반복적 진술 속에 나를 비롯해 아버지, 어머니, 창녀들, 나무들, 술집과 여관들이 도열해 있고, 그러한 반복적 변주들은 마지막 부분의 '신음 소리'라는 목적어에 귀결된다. 이 '신음 소리'를 드러내기 위해서 아이러니컬하게 조용하고 아무 일 없는(없는 것이 아닌) 그 많은 주어들이 동원된 것이다. 눈에 띄는 병렬의 구절들을 간추려보면 다음과 같다.

①그 날 아버지는 일곱 시 기차를 타고 금촌으로 떠났고 여동생은 아홉 시에 학교로 갔다

그 날 아버지는 미수금 회수 관계로 사장과 다투었고 여동생은 애인과 함

---

34) 이성복, 『뒹구는 돌은 언제 잠 깨는가』, 문학과지성사, 1980.

께 음악회에 갔다

　②전방은 무사했고 세상은 완벽했다 없는 것이 없었다
　　　모두 병들었는데 아무도 아프지 않았다

　③나는 보았다 잔디밭 잡초 뽑는 여인들이 자기 삶까지 솎아내는 것을, 집
허무는 사내들이 자기 하늘까지 무너뜨리는 것을
　　　나는 보았다 새점치는 노인과 변통(便桶)의 다정함을

이 시에서 가족이란 피폐하고 타락한 현실의 초상이다. 아버지의 일상
에서부터 출발한 연상 작용은 여동생과 어머니에 이어, '나'에까지 이른
다. 아버지와 어머니의 고단한 삶에 비해 젊은 '나'가 한가롭게 노닥거리
는 일상은 전방의 무사함을 증명하고 있는 듯 하다. 그리하여 불안한 휴
전 상태가 삶의 조건이 되어 있는 현실 속에서도 전방이 무사하기만 하
면 세상은 완벽하다는 아이러니를 유발시킨다. 결국 화자는 '모두 병들
었는데 아무도 아프지 않았다'라는 마지막 시행을 통해서, 자신을 포함
한 모든 사람들이 부조리한 현실적 조건 속에서 살아가는 부조리한 존
재에 불과하다는 것을 역설적으로 보여 주고 있다.

　　　　▲ 우에
　　　　▲
그 상상봉(上上峰)에
　　　　◎ 하나
그리고 그 ▲ 아래
　　　　▼ 그림자
그 그림자 아래, 또
　　　　▼ 그림자,
　　　　　　아래
다닥다닥다닥다닥다닥다닥다닥다닥다

<blockquote>
凹凸한 지붕들, 들어가고 나오고,
찌그러진 △□들, 일어나고 못 일어나고,
찌그러진 ♌우들
88올림픽 오기 전까지의
신림산(新林山) 10동(洞) B지구(地區)가
보인다
'해야 솟아라 지난 밤 어둠을 살라 먹고 맑은 얼굴 고운 해야 솟아라'
솟지 마라
—황지우, 「'일출(日出)'이라는 한자를 찬,찬,히, 들여다보고 있으면」 부분35)
</blockquote>

인용시는 산동네(철거촌)의 아침 풍경을 각종 도형과 기호를 차용하여 묘사하고 있다. 그 풍경은 '찌그러진'이라는 형용사에 집약되어 있는데, 아침해가 너무 쉽게 잠자리로 들어올 수 있는 주거환경, 아침이면 못 일어나게 하는 전날의 피곤한 노동, 일어나도 갈 데 없는 실업 상태 등을 연상케 한다. 이렇게 시각적으로 해체시켜 놓은 시에서도 병렬 양상은 찾아볼 수 있다. 먼저 4연의 해일 것 같은 ◎을 중심으로, 그 윗행들과 그 아랫행들이 보여주는 산과 산그림자의 모습이 시각적·형태적으로 대조를 이루고 있다. 凹凸한 지붕들, 찌그러진 △□들, 찌그러진 ♌우들들도 모두 소소한 대조를 이루고 있으며 '일어나고 / 못 일어나고', '들어가고 / 나오고', '솟아라 / 솟지 마라'와 같은 서술어에서도 대조를 엿볼 수 있다. 이러한 대조적 묘사에도 불구하고 산동네의 아침은 그 대조적 변별성이라는 게 전혀 의미가 없는 공간이다. 그 경계와 분별이 분명치 않은 곳이고 불필요한 곳이기도 하다. 절대적인 가난과 힘든 삶만이 남아 있기 때문이다. 이러한 산동네의 풍경과 대비를 이루는 것이 '88올림픽'과 '고운 얼굴의 해'인데, 이 대비적 풍경이 바로 이 시에서 가장 중요한 병렬적 의미를 구축하고 있다.

---

35) 황지우, 『새들도 세상을 뜨는구나』, 문학과지성사, 1983.

나무 그림자-엷은 밤-돌아가는 길-철공소 옆-파인 길-아래로는 마른 개천-스러지는 작은 밤-아주 작은 밤-?-손에 잡혀?-내 손에도 잡힐까?

나무 그림자, 트럭 위에 실린 좁은 길을 돌아서, 불꺼진 창들이, 어둠 속에 놓아 둔, 트럭을 타고, 누군가의 밤을 타고, 하늘을 달려, 별이 되어, 흐르는, 흘러가는-밤

?-가고 있어?-가고 있지?-그래, 그래, -그래-트럭에서 떨어진 나무 그림자-개천처럼-건너서-불꺼진-집으로-돌아가는 길

건너서도 파인 길. 물컹대는 길, 내 그림자 무거워, 가라앉는 길, 손에 잡혀?, 손에 잡혀?,내 숨소리, 네 숨소리, 우리의 입술을 열고, 뚜벅뚜벅 걸어나와, 되돌아가는-우리들만 남은 길

가고 있어?-가고 있지?-손에 잡혀?-손에 잡혀?-떨어진 내 머리를 들고 가는 나의 손-나의 발-나의 그림자.
—박상순, 「가는 길, 철공소 옆」 전문36)

박상순의 언어는 초현실과 무의식에 그 뿌리를 두고 있다. 이 시에는 '우리들'이라고 불리는 정체불명의 두 명의 화자 / 청자가 주고 받는 '자기들만의 대화'들이 대시(–)와 쉼표를 중심으로 전개되고 있다. 그 대화 사이사이에, 상징적인 외부 묘사가 삽입되고 있을 뿐이다. 화자와 청자는 반복, 변주되는 길을 따라 어딘가를 끊임없이 가고 있고 시 형식은 그 '가고 있음'을 강조하려는 시각적 형태를 띄고 있다. 이 시도 자세히 들여다보면 병렬 관계를 읽어낼 수 있다. '나무 그림자' '돌아가는 길' '손에 잡혀?' '가고 있어?-가고 있지?'와 같은 구절들은 모두 두 번 이상 반복되고 있다.

특히 시 전체에 깔려 있는 '길'과 '밤'의 반복적 병렬은 이 시의 상상

---

36) 박상순, 『마라나, 포르노 만화의 여주인공』, 세계사, 1996.

력과 호흡을 일관되게 지속시켜주는 기능을 담당한다. 돌아가는 길, 파인 길, 트럭 위에 실린 좁은 길, 건너서도 파인 길, 물컹대는 길, 가라앉는 길, 우리들만 남은 길 등이 숨차게 이동하는 공간적 배열을 이루고 있다면, 엷은 밤, 스러지는 작은 밤, 아주 작은 밤, 누군가의 밤, 밤 등이 어둡고 불안한 시간적 배열을 이루고 있다. 그러한 시공간에 놓여진 나의 그림자는 정체불명의 대상과 어딘가를 끝없이 가고 있다. 그러기에 그 길과 밤은 어떤 장소가 아니고 어떤 시간대가 아니다. 불안한 존재가 불길한 장소를 끊임없이 왔다갔다하기, 그 끊임없는 미끄러짐이 바로 이 시의 전략이다. 이 시에서 병렬법은 즐거움·슬픔·분노·갈망 등의 정서적 표현과 관련 있으며 시의 표층적 구조뿐만 아니라 심층적 구조에도 영향을 미치고 있다.

> 차(車)가 달려간다. 길 한중앙을. 공중에서 내려다보면 숲 한중앙을. 차(車)가 달려간다. 차(車)는 사면이 유리이다. 차(車)가 달려간다. 유리 속으로 숲이 들어왔다 나간다. 어느 것도 오래 머물지 않는다. 유리 속에선 아무것도 오래 머물지 않는다. 머물렀다 생각하면 어느새 보이지 않는다. 차(車)가 달려간다. 차(車)는 앞으로 가지만 나무는 뒤로 간다. 차(車)는 앞으로 가지만 강(江)은 뒤로 간다. 차(車)는 앞으로 가지만 너는 뒤로 간다. 차(車)가 달려간다. (…중략…) 차(車) 속에서 들리는 음악도 차(車) 밖으로 나가지 않는다. 내 울음 소리도 차(車) 밖으로 나가지 않는다. 차(車)가 달려간다. 어느 날 아침 갑자기 멈추면 눈알을 때리듯 망치로 유리를 때린 다음 한없이 녹슨 몸을 거대한 압착기로 네모나게 눌러, 죽은 친구들의 몸 아래 실어 어디엔가 보내질, 그런 차(車)가 아직도 달려간다. 차(車)가 달려간다. 아직도 나밖에 실은 적 없는 차(車)가 달려간다. 길 한중앙을. 언제나 숲을 만나면 머리채 휘날리며 뒷걸음치는 나무를 잡으려 소리치는, 차(車)가 달려간다. 일평생을 달려도 하늘 한방울 스며들지 않던, 그 차(車)가 아직도 달려간다.
>
> ─김혜순, 「서울 3ㄴ 9916」 부분[37]

---

37) 김혜순, 『나의 우파니샤드, 서울』, 문학과지성사, 1994.

　장황한 산문시처럼 보이는 인용시에도 반복과 병렬은 존재한다. '차
(車)가 달려간다'와 '한중앙을'이 반복되면서 리드미컬한 속도감을 자아
내고 있다. 차번호인 '서울 3느 9916'은 시인의 분신이다. 그러므로 달리
는 차는 다름 아닌 시인 자신이다. 행갈이가 무시된 채 병렬 관계를 이
루고 있는 구절들을 찾아보면 다음과 같다.

> ① 차(車)가 달려간다. 길 한중앙을.
>   숲 한중앙을. 차(車)가 달려간다.
>   길 한중앙으로 차(車)가 달려간다.

> ② 차(車)는 앞으로 가지만 나무는 뒤로 간다.
>   차(車)는 앞으로 가지만 강(江)은 뒤로 간다.
>   차(車)는 앞으로 가지만 너는 뒤로 간다.(2번 반복)

> ③ 유리 속에선 아무것도 오래 머물지 않는다.
>   유리창 속에 머무는 것처럼 행복한 아침,

> ④ 차(車) 속에서 들리는 음악도 차(車) 밖으로 나가지 않는다.
>   내 울음 소리도 차(車) 밖으로 나가지 않는다.

　'서울 3느 9916'으로 비유되는 시인의 몸은 세상의 모든 말을 끌어안고
괴롭게 꿈틀거린다. 자기 몸에 덕지덕지 붙어 있는, 아니 자기 몸 속에서
와글거리는 그 말들을 숨을 토하듯 쏟아내면서 시인의 고통스러운 내면
의식을 시각화하고 있다. 병렬을 이루며 끝없이 반복·변주되는 문장들
의 연쇄와 그 시각화는, 이미지와 의미를 해체시키는 새로운 발성법을 구
축한다. 여기서 우리는 신선한 병렬구조를 만나게 되는데, 바로 단속적이
고 불규칙적이고 떠도는 시니피앙으로서의 병렬구조이다. 이는 소리의
반복과 혼돈, 속도감을 느끼게 할 뿐 의미론적 계기성은 없다. '차(車)가

달려간다'라는 단문의 불규칙적이고 단속적 반복과 쉼표의 사용이 소리의 무정부주의를 이루고 있다. 이러한 시들에서 일상적이고 재현적인 의미를 구성하기란 불가능하다. 반복되는 소리, 리듬, 주문 같은 효과로 인해 언어가 지닌 의미들은 뒤로 물러나고, 이때 병렬은 소리들의 소용돌이 속에서 시인의 무의식을 흔드는 구조적 역할을 하고 있다.

이상에서 살펴본 바와 같이 현대시에서 병렬은 반복과 더불어 작품의 형식 원리로 작용한다. 다시 말해 특정한 음성·어휘·통사·행·연 등이 반복되면서 텍스트를 하나로 통일시켜주는 시의 언술적 구조로 작용한다. 우리에게 익숙한 '두 행이 서로 대응되는 의미 요소로서 짝을 이루는' 전통 시가의 병렬 모형은 현대시로 오면서 시 전체의 구조적 차원으로 확장하거나 변형 및 파괴되면서 해체의 과정을 겪는다. 따라서 현대시의 병렬은 전통 시가의 평행적 병렬구조를 변형하고 해체하고 재구축하는 과정으로 전개되어 왔다고 할 수 있다.

본고에서는 그 전개 양상을 크게 반복적 병렬, 확산적 병렬, 해체적 병렬이라는 세 가지의 구조 유형으로 살펴보았다. 실제로 병렬의 변형과 해체의 양상에 따라 시적 기능도 다채롭고 풍부한 미적 변화를 일으키곤 한다. 이를테면 시적 의미나 정서를 응집시키거나 파괴하거나 새롭게 생성하는 기능을 담당하기도 하고, 시각적이고 청각적인 시적 리듬을 구축하기도 하고 해체하기도 한다. 또한 시인의 감정이나 내면, 시적 갈등 및 그 대상을 강조적으로 드러내면서 시의 유기적 구조 형성과 미학적 효과에 기여하기도 한다. 그리하여 현대시의 병렬은 통사구조의 등가성 및 반복성이 율격적 자질로 확대되는, 이른바 '의미의 율격'을 형성하는 중요한 시적 장치가 되고 있다.

3부

자연시의 전통과 세계관의 변모

‖ 엄경희 · 유정선

제 1 장

자연시의 전통과 개념

엄경희 · 유정선

1. 고전에서 근대로의 자연시 흐름

1) 고전적 세계와 자연시

한국시에서 자연은 생활의 공간이자 미적 체험을 제공하는 데에서 나아가 정신사의 원천과 동력으로 자리하고 있다. 동양에서의 자연이 물리적인 대상을 넘어서서 우주 만물의 이법을 담고 있는 것으로 이해되어 왔던 전통 속에서, 자연은 사상사적 변천과 긴밀히 연계되어 있다. 자연은 고대가요 이래로 친근한 시적 소재의 원천이 되어 왔으며, 점차 인간의 삶과의 관련성 속에서 자연에 대한 해석의 깊이를 심화시켜 왔다.

향가에 나타난 자연은, 존재의 참의미를 초경험의 세계에서 찾고자 하는 주술적 사유[1)]와 접맥되면서 인간과 교감하는 초자연적인 힘으로 나타나기도 한다.[2] 「혜성가」가 대표적인 예이다. 또 시적 자아가 삶의 부침 속에서 겪는 다양한 정서와 교감하는 대상으로 나타난다. 곧 자연 현상은 인생의 슬픔과 시련, 삶의 무상함 등 내면에서 우러나오는 서정을 환기하는 서정적 등가물이다.

향가 전체 14수 중 「모죽지랑가」·「제망매가」·「찬기파랑가」·「원가」 등의 작품에 나타나는 자연의 형상이 구체성을 획득하고 있다. 이 중에서 「찬기파랑가」와 「원가」의 경우 자연 자체에 대한 서정을 노래하기보다는 인간 삶의 굴곡을 감각적으로 드러내는 표상이 된다. 자연물에 정치적 갈망 속에서 임금에 대한 원망의 감정을 투사하거나 흠모하는 화랑의 숭고한 인간됨을 비유하고 있다.

이에 대해 「제망매가」와 「모죽지랑가」에서 자연의 질서는 인간 존재의 유한성을 비추어 보이는 역할을 한다. 자연의 법칙은 인생의 불가역성과 인간 존재의 유한성을 깨닫게 하는 구체적인 심상이 된다. 자연의 이치를 드러내 주는 감각적 심상들은 인생을 가로지르는 죽음의 무상함과 이별의 슬픔을 절실하게 드러내 준다. 하지만 이것은 자연 자체에 대해 느끼는 미감이나 사유보다는 인생살이에서 겪는 서정의 표출에 초점이 있다. 그리고 세계 이해가 경험과 사유를 초월한 초자연적 세계에 기대고 있어, 자연미나 자연과의 동일성을 주제로 다룬 작품은 많지 않다.

고려가요의 경우도 자연물을 통해 '님과의 사랑과 이별'에서 오는 보편적 정감들을 소박한 형태로 이끌어 내고 있다. 「동동」·「정석가」·「서경별곡」 등이 그러한 예들이다. 이 작품들에서 자연의 속성은 인간과 인간 사이의 만남과 이별, 정의 지속과 단절에서 오는 외로움이나 서글픔, 흔들림 없는 단단함을 비유하는 표상이 된다. 경기체가의 경우도 「죽계별곡」·「관동별곡」에서 보듯이 한 고장의 경치를 열거하면서 경물 묘사

---

1) 성기옥, 「感動天地鬼神'의 논리와 주술성 문제」, 『고전시가의 이념과 표상』, 임하 최진원박사 정년기념논총 간행위원회, 1991, 74면.
2) 김일렬, 「문학에 나타난 신라인의 자연관」, 『어문학』 31집, 한국어문학회, 1974, 20면.

에 머물고 있다. 다만 어석의 불확실성에서 혼재된 해석을 낳고 있는 「청산별곡」의 경우, 청산이 속세와 대비되는 이상향으로 해석하는 것이 가능하다면 순수한 자연 동경을 노래하고 있다는 것 정도이다.

이런 점에서 도남은 "고려가요에 나타난 자연애는 서경일 뿐이지 자연 중에 감각되는 정취라든가 자연 중에 끌려 들어가는 정서는 아직 발견할 수 없으며, 자연은 아름다운 것으로 그대로 객관적으로 존재하였을 뿐"[3]이라고 말한다. 이와 같이 향가와 고려가요에서 자연은 주로 인간사와 관련된 감정이입의 대상이 되고 자연과의 동일화를 노래하는 작품은 드물다. 이로 인해 작품 속에서 자연이 독립된 의의를 지니는 예가 적으며, 자연은 주제론적 차원이 아닌 소재의 층위에 머물고 있다.

반면에 조선시대에 들어서면 자연에 귀의하여 자연을 집중적으로 노래하고 있는데, 당시의 이러한 문학적 현상에 대해 도남은 처음으로 '강호가도'로 명명한다.

> 이조 초기의 문신(文臣)이 만년에 관(官)을 사(辭)하고 자기 고향에 도라가 뜻을 산수에 부치고 유유자적하며 강호가를 희롱하였다 함은 앞에서도 말하였거니와 이 시대가 되면 그러한 사상이 더욱 농후하야저 정말 강호의 자연미를 발견하야 그 가운대에 몰입할랴 하는 경향이 다분 나타났다.[4]

이와 함께 강호가도가 성립하게 된 배경으로 '당쟁하의 명철보신', '치사객의 완상'[5] 등을 들고 이로부터 본격적인 자연미의 발견이 이루어졌다고 지적한다.

이러한 역사적 배경과 함께 자연 속에서 보편적인 조화의 세계를 발견하고자 했던 성리학적 세계관과 연결되면서 자연은 새로 발생한 시조와 가사장르의 중심주제가 된다. 자연으로의 귀의를 뜻하는 '귀거래'는

---

3) 조윤제, 『국문학개론』, 동서문화사, 1955, 423면.
4) 조윤제, 『조선시가 사강』, 동광당서점, 1939, 247~248면.
5) 조윤제, 『한국문학사』, 탐구당, 1960, 160~161면.

세속적 가치를 초탈한 청고(淸高)한 삶이라는 사회적 동의가 널리 퍼지면서6) 조선조에 이르러 본격적으로 자연으로 귀의하는 경향이 대두하고 자연 친화의 삶은 이상적 삶으로 자리잡게 된다. 그러므로 본고에서는 고전시의 자연시 전통의 맥락에서 자연이 사유와 미적 대상으로서 자연과의 동일성을 추구하면서 본격적인 시적 대상으로 부각되기 시작한 시조와 가사장르를 중심으로 살펴보기로 한다. 자연과의 동일성을 모색하기 시작한 것은 자연이 우리 삶의 중심으로 들어온 것인 동시에 세계 이해의 근거가 된 것을 의미한다.

조선조의 '강호가도'는 성리학적 사유 체계를 반영하면서 자연에 대한 태도의 변화를 수반하고 있다. 자연을 자신의 세계로 끌어들여 주관화하는 것이 아니라 자신이 선험적으로 주어져 있는 자연 속으로 들어가 조화를 이루는 것이다. 시적 자아가 조화로움을 이루고 있는 자연과 합일하는 데에서 오는 물아일체의 흥취는 전형적으로 등장하는 미적 체험이다. 이와 같이 자연을 주관화하기보다 자아가 자연에 조화하여 합일하고자 하는 의식으로의 변화는 단순한 미적 체험의 변화 이상의 것으로, 그 기저에 자연 인식의 변화라는 인식론적 기반의 변화가 자리하고 있다.

여기서 자연은 시인이 주관화하여 누릴 수 있는 심미적 향수의 대상이기보다 본받고자 하는 조화의 가치를 구현하고 있는, 선험적으로 주어진 실재에 가깝다. 자연은 물리적인 대상으로 지각되기보다는 사회, 우주와 연속된 질서를 이루는 당위의 세계의 일부로서 조화로움 자체이다. 16세기에 강호시조의 전형을 이루었다고 평가받는 이현보·송순·이황·권호문·이이·장경세·정철 등 사대부들의 작품들은 자연에 들어서서 자연의 조화로움과 합일되는 경험을 노래한다. 이는 자연에 귀거래하여 심성을 기름으로써 조화로운 자연과 일치될 수 있다는 뚜렷한 목표를 바탕으로 한다. 그것은 천지만물이 모두 하나인 보편주의7)에 근거한 것으로서

---

6) 귀거래를 '청풍고취(淸風高趣)'로 높이 평가하는 관념적 풍조가 널리 퍼졌다. 최진원, 『국문학과 자연』, 성균관대 출판부, 1977, 20면.

천지만물의 화육에 참여함으로써 궁극적으로 천인합일의 이상을 이루고 자한 것이다.

이런 점에서 자연과의 조화는 나아가 사회, 우주와 연속적 실재로 놓여 있어 우주적 조화를 꿈꾸기에 그 자체로 자족적이지 못하다.[8] 따라서 자연에 귀의하여 자연과의 합일을 이룬 충일함을 노래하면서도 그 내면에는 결핍의 정서와 사회현실에 대한 은유가 숨어 있으며, 시인의 정신적 신념과 현실과의 부조화에서 오는 내면적 갈등과 자기 화해의 모색이 드러나 있다. 17세기에 등장하는 강복중·윤선도·장복겸·신흠·김기홍·김광욱·조존성·박인로·정훈·조황 등과, 18~19세기의 권구·안서우·신지·채헌·남극엽·지덕붕 등 향촌사대부와 김천택·주의식 등 일부 가객들은 이러한 경세적 이상과 부정적 현실 사이의 괴리에서 오는 갈등을 시화하고 있다. 자연과의 완전한 합일을 이루는 그들의 자족적 모습 안에는 이상적 사회를 지향하는 의식으로 인해 사회와의 갈등이 내장되어 있다.

그러므로 강호시가는 자연과의 합일을 사회로 연속시켜 우주적 조화를 이루고자 하는 꿈을 노래한다. 그것은 '강호'와 '전원'의 형상으로 나타나며 이 둘은 모두 현실세계와 대응을 이룬다. 이와 같이 자연은 사회와 연속적 질서를 이루고 있는데, 이는 도가 천도와 인도를 포괄하고 있는 성리학적 세계인식의 가장 큰 특징을 이룬다.

반면에 자연이 사회와 불연속적으로 놓일 때 유가적 세계관에서 비껴나게 된다. 앞서 지적한 것처럼 자아의 신념과 현실과의 간극이 커지면서 패배의식이 깊어졌을 때 은거한 자연은 더 이상 사회와 연속적 질서로 인식되지 않는다. 19세기 강호가사의 작가인 남석하·김상성 등은 처

---

7) 조동일, 「중세 후기 철학에 대한 시인의 대응」, 『철학사와 문학사, 둘인가 하나인가』, 지식산업사, 2000, 446면.
8) 성기옥, 「고산시가에 나타난 자연인식의 기본틀」, 『고산연구』 창간호(고산연구회 편), 1987, 33면.

사로서의 정체성의 동요를 보여준다. 이 시기에 이르러 향촌의 정치적 소외가 심화되면서 은거의 명분이 퇴색되고 그 결과로 처사로서의 동일성은 동요하고 있다. 전망의 상실과 깊은 좌절의식 속에서 그들이 귀의한 자연은 현실과의 긴장성의 끈을 놓아버린 채 자족적 이상향의 의미를 지닌다. 이때 자연에 든 사대부들은 자조감 속에 부정적인 현실사회와의 조화를 꾀하지 않는다.

한편으로 자연과의 합일로부터 빠져 나와 시인이 서정적 주체로서의 의미를 띨 때 주관적인 정감이 투영된다. 자연이 사회와 연속된 질서로서 이해되던 것에서, 자연을 인간 주체로부터 독립된 객체로 이해하는 흐름이라고 할 수 있다. 이러한 자연시에 나타나는 새로운 경향은 중세적 보편주의를 체계화하고 있는 성리학의 자기 반성 내지 자기 혁신의 결과로 나타난 인식론적 변화와 대응된다. 17세기 향촌에 은거한 사대부인 김득연의 경우는 자연과 합일하는 기쁨보다는 주관적 감흥을 불러일으키는 서정적 미감을 노래한다. 이런 경향은 18세기에 이르러 서울에 거주하는 경화사족들로 이월된다. 이들은 서울에 기반을 두고 독특한 도시문화와 호흡하면서 도학자적 풍모에서 벗어나 문인이자 풍류객으로서의 의식을 갖는다. 권섭·김성최·김창업·신정하·유숭·윤유·이정보·김수장과, 19세기의 이세보·안민영 등이 그들로서, 자연과의 정서적 교감을 추구한다.

이에 자연은 은거의 공간으로서보다 개인의 일상적 공간으로 이해되기 시작하면서 자연의 형상도 변화하고 있다. 불변하고 영속적인 가치와의 합일을 통해서 우주적 조화감을 맛보던 데에서 벗어나 주관적인 감흥을 노래한다. 또한 절제와 관조의 규범적 서정을 그려내던 것에서 점차 일상적 욕구와 정감의 자유로운 발산을 드러낸다. 이에 조화로움을 구유한 전범의 자연으로부터 점차 서정적 긴장성이 풀어지면서 일상적인 친밀한 공간으로 하강하는 경향이 출현한다. 그 결과로 자연은 점점 범속화되어 일상적인 구경의 대상이 되는가 하면 유흥적 풍류의 공간으

로 나타나면서, 자연은 즐기고 향유하는 세속적 친화의 대상으로 바뀌어
간다.

이러한 과정은 자연에 드리워진 규범의 무게를 소거시키는 탈규범적
의미를 지닌다. 시인이 자연을 바라보는 서정적 주체로서 자각되면서,
합일로부터 빠져 나오게 된다. 인간과 사회, 자연이 연속적 실재로 인식
되던 것에서 객체인 자연과 시인인 주체를 구별하고자 하는 인식이 반
영된 것이다. 이것은 규범적, 집단적 가치를 지향하는 중세적 보편주의
에서 주관적 감성과 합리적 이성을 지닌 개인의 발견이라는 근대로 나
아가는 과정이라고 할 수 있다.

이렇게 볼 때 자연의 형상화는 보다 넓은 층위의 세계 이해의 틀을 내
포하고 있으며, 인간과 자연, 사회의 관계라는 사유에 근거하고 있다. 그
러므로 자연을 인간, 사회와의 관계지음 속에서 읽어내는 것은 자연의
형상화와 자연인식, 나아가 세계인식의 패러다임을 밝히는 일이 될 것이
다. 이와 같이 자연인식의 틀, 세계인식의 패러다임을 파악하는 것은 전
통의 흐름 위에 놓인 현대시를 이해하기 위한 방법론이기도 하다.

고전시와 달리 현대시에서 자연은 문명의 발달, 도시적 삶에 대한 대
립적 의미를 부가받았고, 연속된 역사적 굴절 속에서 사회와의 부조화를
겪었다. 근대화·도시화를 겪은 후에 나타나는 자연은 새로운 패러다임
안에 놓여 있다고 하겠다. 현대시에서 끊임없이 탐색된 자연의 의미들은
당대의 시대적 상황이 굴절되어 나타난 것으로, 세계의 총체적 질서 안
에 인간의 삶을 온당히 위치 지우려는 노력의 소산이다. 그러므로 고전
시와 연계하여 현대시에 이어지고 있는 지속과 변모를 살펴봄으로써 한
국시에서의 자연시 전통의 실체에 접근할 수 있을 것이다.

고전시 자연에 대한 연구는 강호가도가 중심적 위치를 차지한다. 가장
많은 자연시들을 낳은 사조이기도 하거니와, 삶과 사회적 질서, 나아가
우주적 질서의 조화에 대한 근원적 사유에서 우러나오는 작품의 깊이
때문일 것이다. 하지만 자연시 전통의 현대시로의 계승이라는 시각에서

보면, 강호가도가 하나의 특정한 사조였음이 더욱 선명해진다. 이와 같이 고전시에서 현대시로의 계승 문제는 현대시를 새롭고 깊이 있게 볼 수 있는 계기이기도 하지만 전통의 집적으로서의 고전시를 정확하게 읽을 수 있는 계기가 되리라고 생각된다.

2) 근대적 세계와 자연시

고대 신화에서부터 신성시되어 왔던 '자연'은 우리 고전시의 전통 속에서 가장 중요한 대상이었던 것과 마찬가지로 현대시에서도 그 중요성이 결코 폄하될 수 없는 근원적 대상이라 할 수 있다. 향가와 고려 속요, 조선조 시조와 가사를 볼 때 그 전개 양상은 우주적 자연과 인간과의 관계를 연속적이면서 동시적인 질서 속에서 보려 하는 '연속적 실재관'에 입각해 있음을 알 수 있다. 자연과 인간을 동일자로 파악하려 하는 연속적 실재관은 자연과 친밀한 접촉으로 이루어지는 우리의 농경 문화의 소산이며, 한편으로는 고립된 개체의 의식을 우주적 차원으로 개방함으로써 삶의 전체성으로 개체의 영역을 확장해가고자 하는 인간 보편의 지향이기도 하다.

그런데 이와 같은 자연에 대한 인식은 고정 불변하는 것이 아니라 패러다임의 차이에 따라 변화하는 것 또한 사실이다. 고전시와 현대시의 연계성을 바탕으로 자연에 대한 인식을 살펴볼 때 이는 더욱 현격한 차이를 드러낸다. 그것은 고전적 세계가 농경문화를 바탕으로 자연과 훨씬 밀착되어 있는 반면 현대적 삶의 방식이 자연보다는 인공적인 것을 우선하기 때문이기도 하지만, 더욱 중요한 것은 현대로 이행해 오면서 겪어야 했던 역사적 변화 때문이기도 하다. 역사적 변화를 한 마디로 요약하면 '근대화의 과정'이라 할 수 있는데 근대화가 야기한 몇 가지 변화 요인을 살펴보면 첫째 개인 의식의 성장, 둘째 타설적 힘에 의한 개방화와 민족의 정체성 혼란, 셋째 산업화와 도시화에 따른 계층 간의 갈등과 환경 오염 문제 등을 꼽을 수 있다.

개인 의식의 성장은 고전적 세계와 현대적 세계의 가장 근본적 차이로서 고전시와 현대시의 연계성을 논의할 때 간과할 수 없는 요인이라 할 수 있다. 고전적 세계가 가(家) 개념을 중심으로 한 공공의 보편적 이데올로기를 바탕으로 구축되었다면 근대는 전통적 이데올로기가 서서히 동요하는 가운데 개인의 가치와 자유를 옹호하는 방향에서 구축되었다. 따라서 근대화로부터 파생되는 개인과 사회, 그리고 이 둘의 관계는 전통적 세계에서의 양상과는 근본적으로 차이를 갖는다. 자연시의 전개 양상에서도 이와 같은 변화는 중요한 요인으로 작용할 것으로 예상된다.

기존의 논의에서 이미 반복 지적한 것처럼 우리의 근대화의 과정이 자율적 힘에 의한 것이 아니라 제국주의의 강압에 의해 진행되었다는 사실은 재론할 필요가 없을 듯하다. 이와 같은 역사의 모순과 그에 따른 위기 의식은 시인들의 자연에 대한 태도나 인식을 형성하는 데도 중요한 동기로 작용한다. 강호가도의 시인들이 부조리한 현실과 치열하게 마찰하는 가운데 이상적 세계상으로 자연을 제시했듯이 현대시인들의 자연에 대한 입장 또한 객관적 대상으로서의 자연의 의미보다는 부조리한 삶의 구조와 충돌하면서 생성한 것이라 할 수 있다. 예를 들어 식민지배 하에서 생성된 자연시는 훼손된 고향(자연)으로의 회귀 의식을 드러내거나 부조리한 세계로부터의 은둔 욕망을 표방하고 있는데, 이 또한 자연시의 발생이 역사와 깊이 상관되어 있음을 말해준다. 그러나 앞서 지적했듯이 이때 역사와 개인간의 마찰은 봉건적 질서 속에서의 마찰과는 그 성격이 다르게 판단된다.

식민지배와 해방의 혼란, 6·25를 거친 후에 우리의 삶의 양태가 본격적으로 산업화, 도시화되면서 개인의 자유와 사회와의 갈등은 더욱 첨예한 문제로 부각된다. 도시 빈민과 농민의 소외 의식, 계층 간의 갈등을 반영하고 있는 1970~80년대의 많은 시편에서 자연 복귀의 심리를 발견할 수 있는데 이때 자연은 주체와 객체가 하나로 융합하는 전통적 자연의식과 연장선상에 놓인다. 한편 고도 성장을 추구해왔던 산업화의 부산물로서 환경 문제가 두드러지면서 1990년대 문학은 자연 자체의 가치를 깊이 의식한 가운데 일군의 생태시를 생성해내고 있다. 이는 문명적 인간 삶의 양태를 전면 반성한다는 점에서 문명비판적 시들과 연계되면서 동시에 그 이전의 자연시와는 차이를 갖는다. 그 이전의 자연시가 현실의 부조리를 자연과의 합일로 대체함으로써 보다 나은 인간 삶의 이상을 실현하고자 했다면, 이들이 추구하고 있는 자연과의 합일은 대체가 아니라 자연과 인간의 공생 자체를 문제삼고 있다는 특징을 지닌다.

자연을 대상으로 하고 있는 현대시는 이처럼 근대의 역사적 변화, 그에 따른 개인의식의 성장이 함께 부딪히면서 생성된 산물이다. 이러한 패러다임의 차이는 시적 의미와 자연에 대한 미의식, 더 나아가서는 세계관의 차이를 생산해내는 근원적 원인이라 할 수 있다. 즉 현대시에 나타난 자연 의식은 고전시에서 보여졌던 인간과 자연의 연속적 실재관을 계승함과 동시에 현대적 패러다임으로부터 파생되는 차이성을 내포하고 있는 것이다.

그러나 현대시에 나타난 자연에 대한 기존의 연구들은 대부분 이와 같은 고전시와의 연계성과 차이성을 배제한 채 단독으로 진행되어 왔으며, 현대시 자체에 대한 연구 또한 통사적 접근을 거의 시도하지 않고 있는 실정이다. 더불어 현대시에 나타난 자연 연구는 엄밀하게 말해 자연 표상 연구에 집중되어 있다. 즉 이는 시에 담겨 있는 자연관(세계관)이나 자연의 존재론적 가치에 대한 연구라기보다 자연 이미지에 대한 연구라 할 수 있다. 자연시 연구와 자연 표상 연구가 혼란을 빚고 있는 것이다.

강호시조를 특정한 시기의 사대부층의 세계인식과 미의식의 결합물로 본다면, 자연시라는 명칭은 시대적 제한을 두지 않고 통사적으로 자연을 다룬 시들을 포괄하는 개념이다. 통사적 흐름 속에서 자연 전통의 지속과 변모를 살펴보는 것은 거시적 관점에서 우리 시의 미학적·인식론적 토대를 마련하는 데 중요한 역할을 하리라 여겨진다. 본 연구에서는 고전시와 현대시에 나타난 각각의 현상이 아니라 그 둘간의 연계성과 차이성에 주목하고자 한다. 이러한 연구 목적은 미적 패러다임과 세계인식의 틀에 대한 집중적인 탐구에 의해 이루어질 것이다.

2. 자연시의 개념과 범주

향가와 고려가요, 조선조 시가를 거쳐 현대시에 이르기까지 '자연'만큼 지속적으로 생명력을 유지해온 시적 대상도 드물다. 이러한 데는 몇 가지 이유가 있다. 우선 자연은 그 무엇보다 그 크기에 있어 압도적이다. 자연이 압도적으로 크다는 것은 가시적 크기뿐만이 아니라 그 안에 내재해 있는 에너지의 큼을 말한다. 더 정확히 말해 자연은 자족적이며, 편재적이고, 영속적이다. 그런 의미에서 자연은 신적이라 할 수 있다. 인간의 생명을 보육하는 궁극의 자양은 바로 이로부터 얻어진다. 따라서 자연은 인간에게 경이와 신비의 대상이며, 모든 생명 현상의 섭리를 말해주는 경전인 것이다. 시가 인간의 감정과 사상, 이념 등을 언어로 형상화하는 예술 행위라면, 시인이 인간 삶의 근원이라 할 수 있는 자연을 노래하고 자연을 매개로 자신의 내면을 표상하는 것은 당연한 일이다. 그리고 자연시의 전통이 유구한 것은 자연이 삶의 근원적 자양이듯이 시적 상상력에 있어서도 자연이 가장 풍요로운 자양임을 증명해주는 것이다.

본 연구의 진행을 위해 그간 혼란스럽게 논의되어 왔던 ① 자연, ② 자연관, 그리고 ③ 자연시에 대한 개념 정의가 필요하리라 생각한다. '자연'은 일상적 문맥에서 자주 사용되는 용어임에도 불구하고 그 의미는 매우 포괄적이라 할 수 있다. 이를 간략하게 정리하면 자연은 넓게는 인간을 포함한 우주와 우주의 생성 원리, 법칙, 질서, 본성 등을 뜻하며, 좁게는 인공적이고 문화적인 것과 대립되는 일체의 것을 뜻한다.9) 이때 주목할 것은 자연과의 관계 속에서 인간 존재가 지니고 있는 이중적 성격이다. 즉 인간은 자연의 일부이면서 동시에 자연과 대립되는 존재이기도 하다. 자연이라는 거대한 전체성과 조화를 이루고 있는 부분으로 인간을 인식했을 때 인간은 자연과 동등한 존재이거나 혹은 전체성 속에 포함되어 있다는 점에서 자연의 하위 개념으로 자리하게 된다. 이와 달리 자연을 물질적 재화를 얻어내는 수단적 가치나 생존의 도구로 인식했을 때 인간은 자연으로부터 분리·소외된 특수한 개체의 위치를 점하게 된다. 시적 사유는 주로 전자와 연관되며 인류의 진보적 역사관은 후자의 태도와 연관된다. 따라서 자연 자체에 대한 정의는 자연을 바라보는 관점이나 태도에 따라 달리 말해질 수 있다.

자연관은 자연에 대한 관점이나 태도, 즉 사고 방식을 뜻한다. 자연에 대한 관점이나 태도는 시대에 따라, 지역이나 환경에 따라, 그리고 각 개인의 직업이나 사고체계에 따라 각기 다르게 나타날 수 있다. 이를 대별해 본다면 동·서양의 자연관으로 나누어 생각해 볼 수 있다. 그리스 자연철학자들로부터 시작된 서양의 자연 탐구는 아주 복잡한 양상으로 진행되었음에도 불구하고 그것을 관통하는 것은 인식 주체인 인간과 인식 대상으로서 자연을 이분법적으로 분리하고 있다는 점에서 공통적이다. 이와 같은 서양의 자연관은 자연 과학의 획기적 발전을 가져오는 계기가 되었으며 한편으로는 인간 소외, 물신주의, 환경 문제 등을 야기하는

---

9) 이숭원은 「韓國近代詩의 自然表象 硏究」(서울대 박사논문, 1986)에서 시 연구를 위한 자연의 개념을 철학, 미학, 국어사전에 수록된 기초적 정의를 바탕으로 다음과 같이 정의 내리고 있다. "의식의 외부에 독립적으로 존재하는 사물들의 세계이며 인간의 정신이 경험의 대상으로 삼는 물체계와 그 현상을 일컫는 개념이다. 그 영역에는 우주 전체와 같은 광대한 비생물적 세계와 풀꽃이나 달팽이 같은 미세한 생물적 세계가 함께 포괄되는 것이다."(9면)

근본 원인이 되었다. 서양의 자연 태도와 달리 동양의 자연관은 인간과 자연의 구별을 지양하는 일원론적 태도를 기저로 전개되었다. 따라서 동양의 자연관에서 강조되는 것은 언제나 자연의 순리와 개체 간의 조화이며, 조화가 함의하는 전체성의 가치이다. 이와 같이 볼 때 자연에 대한 관점과 태도는 세계 인식과 그 세계를 형성하는 패러다임에 대한 인식을 반영하고 있는 것이라 할 수 있다. 따라서 자연시 연구는 곧 세계관의 연구로 귀착된다.

　한국의 자연시는 동양의 문화권 내에서 발생하였지만 그 기저에 깔려 있는 세계관을 동양적 자연관만으로 설명할 수 없는 난점을 지니고 있다. 그것은 개화기 이후 한국적 정체성이 서구에 의해 크게 동요하였기 때문이다. 서구적 발상과 생활 방식에 흡수되어 가면서 우리의 근대는 진행되었으며 이에 따라 자연관 또한 서양의 영향권에서 벗어날 수 없었음은 자명한 사실이다. 따라서 근대적 패러다임 속에서 창작된 자연시는 동·서양의 관점이 서로 마찰하거나 뒤섞여 있는 양상을 보이는 것이 대부분이다. 간혹 동양적 정서와 사유를 지배적으로 드러내고 있는 경우에도 그것을 의도적으로 고수하고자 하는 반서구적, 반근대적 의식이 작용하고 있다고 보는 것이 타당할 것이다.

　그렇다면 엄밀한 의미에서 '자연시'란 무엇인가? 기존의 연구에서 자연시는 '자연을 대상으로 한 시'라는 매우 소박하고 포괄적인 의미로 정의되어 왔다. 자연을 대상으로 한다는 의미는 무엇을 뜻하는가? 그것은 자연의 존재론적 가치나 의미, 속성, 이치와 시인의 의식이 긴밀하게 연관된 경우를 뜻한다. 그런데 여기서 자연의 존재론적 가치나 의미란 자연 과학의 대상, 즉 자연의 생물학적 차원과 같은 객관적 층위를 뜻하는 것은 아니다. 문학이 자연을 미적 대상으로 삼을 때 거기에는 이미 인식 주관의 의식이 전제되어 있기 때문에 시에서 완전한 객관성으로서의 자연의 의미를 찾는 것은 불가능할 뿐만 아니라 무의미한 일이기도 하다. 그러나 시인의 주관적 정서나 관념을 토로하기 위해 자연 이미지를 표상화하는 경우는 자연을 '표현의 수단물'로 도구화하고 있는 것이기 때문에 엄밀한 의미에서 자연시라 할 수 없다. 왜냐하면 이와 같은 경우를 자연시의 범주에 포함한다면 모든 시인이 곧 자연시인이 될 수밖에 없다는 논리가 성립되기 때문이다. 어느 시인도 인공적 사물만으로 자신의 내면을 표상할 수 없으며, 따라서 모든 시인이 자연 이미지를 시에 끌어들이는 것은 불가피한 일이라 할 수 있다. 그런 의미에서 자연과 시인과의 교섭 양상이 아니라, 자연 이미지를 연구하고 있는 경우는 본격적인 자연시 연구와 달리 일종의 이미지 연구로 보아야 할 것이다. 본 연구는 자연시의 범주를 보다 축소하여 자연을 표현의 수단으로 삼고 있는 경우를 제외하고 어떤 방식으로든 자연의 존재론적 의미가 시의 의미를 형성하는 데 중심이 되고 있는 사례만을 연구 대상으로 삼고자 한다.

이와 같은 자연시의 정의와 범주를 의식했을 때 고전시의 경우 형상화된 자연은 당대의 삶과 보다 본원적인 성격을 띠고 밀착되어 있다. 따라서 현실적인 삶과의 연계 속에서 우주적 세계의 일부로 놓여 있는 자연과의 조화로운 합일을 노래하고 있다. 그런가 하면 당시의 보편적인 정감이나 이념을 드러내는 매개로서의 정서적, 이념적 상관물로 나타나기도 한다. 곧 주변의 자연물은 종종 시적 자아의 정서를 표상하는 매개체로서, 또는 그것에 관습적으로 고정되어 온 도덕적 이념이나 규범적 가치를 매개하는 우의적 표현물로 등장한다. 이 경우에 자연은 자연 자체에 대한 사유를 담고 있는 것이 아니라, 시적 자아가 품고 있는 정감이나 이념을 환기하기 위한 일종의 비유로 존재한다. 이와 같이 자연이 궁극적 의미를 지니고 작품의 중심에 놓여 있기보다 시적 자아의 정서적, 이념적 매개물로 나타나고 있는 경우는 여기에서는 제외하기로 한다.

현대시의 경우 김소월과 한용운처럼 자연 이미지나 상징을 반복적으로 사용하고 있는 시인일지라도 자연 표상물이 자연 자체와의 교섭을 드러내기보다는 주로 시인의 주관적 감정이나 관념을 드러내는 수단이 되고 있기 때문에 연구 대상에서 제외하고자 한다. 이와 더불어 박두진,

김현승과 같이 자연 이미지를 종교적 관념의 등가물로 차용하고 있는 경우 또한 마찬가지이다. 이들의 시에서 자연물은 궁극적으로 자연 자체가 아니라 개인의 정념, 구원과 초월, 신에 대한 개인적 인식 체계를 드러내는 표상물이라 할 수 있다.

제 **2** 장

고전적 세계의 패러다임과 자연시

유정선

1. 유가적 자연인식과 합일의 자연

1) 귀거래에 나타난 자연 동경의 의미

(1) 강호 한정에 나타난 자연합일

① 조화적 세계로서의 강호와 물아일체의 형상화

조선시대 자연시에서 자연은 일반적으로 '강호'로 표현된다. 자연이 특히 '강호'로 지칭되고 있는 것은 당대의 자연인식이 시대적, 역사적 상황을 배경으로 이루어진 특정한 것임을 지시한다. 앞장에서 살펴본 것처럼 도남 조윤제에 의해 강호가도라는 개념이 성립된 이후로 그 배경으로 '당쟁하의 명철보신(明哲保身)'과 '치사객(致仕客)의 한정'이 지적되었다.[1] 이와 같이 조선시대에 이르러 자연이 시적인 주제로 떠오르면서 전면으로 부상하고 있는데, 이러한 경향의 근본적인 이유로는 성리학의 흥성을 꼽을 수 있다.[2]

조선조에 이르러 본격적으로 자연으로 귀의하는 경향이 대두하고 자연으로의 귀거래를 이상적인 삶으로 의식하는 데에는 당대의 사유체계인 성리학이 자리하고 있다. 귀거래를 '청풍고취(淸風高趣)'로 높이 평가하는 관념적 풍조[3]는 자연이 있는 그대로의 물리적 자연이기보다 일정한 가치를 구현하는 당위적 자연으로 인식하는 데에서 비롯된다. 유학에서 자연은 궁극적 존재라 할 수 있는 '천(天)', '천리(天理)', '리(理)'와 동의어로 이해되며, 그 안에 도덕적 근거를 내재한 것으로 이해된다.[4] 따라서 이러한 사유 속에서 자연에 귀의하여 자연에 합일하고자 하는 의식은 그 이면에 놓여 있는 도와 일치하고자 하는 꿈을 반영한다.

자연은 단순한 기계적 차원을 넘어 우주 자연의 생성과 소멸을 의미하며, 이때 우주 자연은 생명체이자 유기체로 상정되었다. 따라서 우주 자연의 법칙인 천도는 순환하는 생성 변화를 가리키는 것이고 궁극적 존재인 천은 만물의 창조 내지 조물이 아니라 사계절의 운행과 순환을 주관하는 자연법칙으로 나타난다.[5]

---

1) 조윤제, 『조선시가사강』, 동광당서점, 1937; 최진원, 『국문학과 자연』, 성균관대 출판부, 1977.

2) 조선시가와 유학의 관련성을 다룬 논문들을 들면 다음과 같다.
　　김흥규, 「강호자연과 정치현실」, 『세계의문학』, 민음사, 1981년 봄; 성기옥, 「고산 시가에 나타난 자연인식의 기본 틀」, 『고산연구』 창간호, 1987; 이민홍, 『사림파 문학의 연구』, 형설출판사, 1987; 이민홍, 『조선중기 시가의 이념과 미의식』, 성균관대 출판부, 1993; 조동일, 『문학사와 철학사의 관련양상』, 한샘, 1992; 조동일, 『철학사와 문학사, 둘인가 하나인가』, 지식산업사, 2000. 이외에도 성리학의 사상적 측면과 시가의 관련성을 다룬 다수의 업적들이 이루어졌다.

3) 최진원, 앞의 책, 20면.

4) 자연의 원리이자 법칙인 천이 인간에게 있어 도덕적 원리 내지 규범 법칙으로 자리한다는 것이다. 인간에게 있어 천은 도덕적 본성을 가리키는 이른바 천명지성(天命之性)으로 연결되며 이 천명지성은 천으로부터 기원하는 것으로 여겨진다. 박학래, 「천인지제―인간 삶의 지표와 이상」, 『조선 유학의 개념들』, 예문서원, 2002, 147~148면.

이와 같이 강호는 조화로움과 전일함을 구유하고 있어, 시인은 끊임없이 그것과의 합일을 꿈꾼다. 자연과의 합일을 지향하는 태도는 성리학의 흥왕 속에서 자연 인식의 주된 흐름으로 자리한다. 이들 작품들은 처사로서 강호에 은거하여 자연에 동화되어 지내는 삶을 노래한다. 그 동안 자연시의 주요한 작자층인 사대부층의 삶과 관련지어 정치적 행보, 사상적 궤적을 탐구한 연구들[6]이 진행되어 왔다. 또한 통시적으로 강호시가가 변화한 양상과 시가사적 의미를 짚어내는 연구들[7]도 활발하게 이루어졌다.

여기서는 이러한 성과들을 바탕으로 자연인식이라는 큰 틀을 설정하고, 자연의 표상과 유가적 자연인식이 구체적으로 어떤 상관성을 지니고 있는지 살펴보기로 한다. 전형적인 유가적 자연인식을 보여주는 이 계열의 작품들은 주로 연시조 계열이 중심이 되며, 작자층으로는 후대로 갈수록 중앙의 관료 문인보다 향촌사대부가 중심을 이룬다.

통시적으로 대체적 흐름을 살펴보면, 우선 16세기에 강호시조의 전형을 이루었다고 평가받는 이현보·송순·이황·권호문·이이·장경세·정철 등의 작자들의 작품들이 창작된다. 이 시기의 작품들은 강호시가의 전형을 이루면서 하나의 전범으로 인식되어, 후대에까지 영향을 끼치고 있다. 17세기에 들어서는 강복중·윤선도·장복겸·신흠·김기홍 등의 작가들

---

5) 박학래, 「천인치제—인간 삶의 지표와 이상」, 『조선 유학의 개념들』, 예문서원, 2002, 145면.

6) 역사적 상황, 사상적 배경, 정치적 성향에 따라 시세계의 변별성을 보여주고 있다는 점이 여러 연구들을 통해서 지적되었다.

김흥규, 「강호자연과 정치현실」, 『세계의문학』, 민음사, 1981년 봄; 신영명, 「16세기 강호시조의 연구—정치적, 철학적 성격을 중심으로」, 고려대 박사논문, 1991; 여기현, 「강호인식의 한 양상」, 『반교어문연구』 1집, 반교어문연구회, 1988; 이민홍, 『사림파문학의 연구』, 형설출판사, 1985. 임주탁, 「연시조의 발생과 특성에 관한 연구」, 서울대 석사논문, 1990; 이외에 여기서 일일이 열거하기 힘들 정도로 많은 양의 연구 업적이 축적되었다.

7) 넓게는 조선 전·중·후기로 나누어서 살펴본 연구들과, 좁게는 각 세기별로 나누어서 15세기, 16세기, 17세기, 18세기, 19세기 등으로 구분지어 살펴본 연구들이 있다.

과, 18~19세기에 이르러 권구·안서우·신지·채헌·남극엽·지덕붕 등
의 작자들이 흐름을 잇는다.

먼저 16세기에 등장하는 이현보의 「어부단가」·「어부장가」, 이황의 「도
산십이곡」, 권호문의 「한거십팔곡」, 이이의 「고산구곡가」 등은 처사로서
자연과의 합일을 노래한다. 이 중에서 송암 권호문(1532~1587)의 「한거십
팔곡」은 자연에 동화되어 지내는 처사로서의 자수(自修)하는 삶을 전형적
으로 보여준다. 송암은 이황의 문인으로서 어머니의 죽음을 계기로 33세
에 일찍이 출사를 포기한다. 그리고 처사로서 자연을 관조하며 내면적
완성을 이루고자 했던 모습을 보여준다.

> 바람은 절노 묽고 들은 절노 붉쟈
> 죽졍(竹庭) 송함(松檻)애 일점진(一點塵)도 업스니
> 일장금(一張琴) 만축서(萬軸書) 더옥 소쇄(瀟灑)ᄒ다
> ─ 권호문, 「한거십팔곡(閑居十八曲) 11」, 『송암속집(松巖續集)』

처사로서 은거하며 지내는 생활을 읊은 연시조 「한거십팔곡(閑居十八
曲)」 중 제11곡에 해당하는 위 시조는 처사의 생활 공간인 초당의 정경
을 그리고 있다. 초당을 둘러싼 청명한 바람과 달, 한 점 먼지도 없는 맑
은 뜰의 정경과 소도구들을 통해 처사의 지취를 재현하고 있다.

이러한 청징한 경물들이 병치되어 있는 서경적 장면 안에는 정신적
긴장성의 씨줄이 팽팽하게 당겨져 있다. 바람과 달빛이 저절로 이루고
있는 청명함은 처사로서의 이취(理趣)[8]인 청정하고 순수한 의념을 환기
함과 동시에 우주의 조화로움을 함축하고 있다. 한 점의 먼지도 없는 대
나무 뜰의 청정함이, '일점진'조차도 없이 속세의 음영을 떨쳐 내려는 자
기 절제의 이념과 일치하면서 긴장감을 불러일으킨다. 이 작품에서 시적

---

8) "獨對高僧談十玄, 泉聲岳色入吟邊, 俗情昔似烟籠水, 理趣今同月照天, 雅韻不羞
松落落, 英風謾擬竹娟娟, 掃除萬事身不累, 寧羨安期羽化仙." 『松巖集』 권1(『한국문
집총간』 41, 민족문화추진회, 1989) 「自詠二首」.

긴장감을 조성하고 있는 것은 경관의 정취가 환기하는 이념적 울림이다. 그러한 초당의 청명한 정경을 통해 청정함에 그대로 동화되어 있는 처사로서의 청정한 이취(理趣)를 내보인다. 이는 한시 '교거자영(郊居自詠)'에서 "띳집을 엮어 송림에 은거하니 수석에 티끌이 없어 마음을 기를 수 있네 매창으로 달빛이 들어오니 때맞춰 촛불을 켜고 바람이 소나무를 울리는 밤에 거문고를 타네"[9]라고 읊는 데에서 볼 수 있듯이 달빛과 바람의 맑음을 통해 티끌 없이 마음을 기르는 것이다. 이는 그곳 정경이 갖는 청명한 정취와 도덕적 청정함이라는 처사로서의 이념이 일치하면서 이루어지는 천인합일의 경지라고 볼 수 있다.

> 어기(漁磯)예 비개거놀 녹태(綠苔)로 독글사마
> 고기를 혜이고 낙글 뜯을 어이ᄒ리
> 섬월(纖月)이 은조(銀釣)ㅣ 되여 벽계심(碧溪心)에 좀겻다
> ─ 권호문, 「한거십팔곡(閑居十八曲) 18」, 『송암속집(松巖續集)』

조대(釣臺)는 태공망의 고사로 인해 전통적으로 세념을 초월한 은군자의 초탈함을 상징한다. 송암 역시 이곳에 고기를 낚을 뜻으로 나아가 있지 않다. 달빛이 푸른 시내에 잠겨 있는 모습을 고요히 관조하고 있다. 시적 자아는 정적 속에서 하얗게 달빛이 비쳐 있는 시내와 조응하면서 그곳에 미끄러져 들어가 있다. 이때 내면으로 침잠하여 모든 얽매임으로부터 벗어나고자 하는 '무심'의 의식이, 달빛이 시내를 비추고 있는 고요하고 은은한 정경과 일치하면서 물아의 일체감을 읊는다.

이와 같이 마음을 비우고 우주적 조화의 일부가 되고자 하는 의식은 다음 작품에서도 확인된다. "월색계성(月色溪聲) 어섯겨 허정(虛亭)의 오나ᄂᆞᆯ 월색(月色)을 안속(眼屬)ᄒ고 계성(溪聲)을 이속(耳屬)히 드ᄅ며 보며 ᄒ

---

9) "編茅爲屋隱松林, 水石無塵可養襟, 月入梅窓時作燭, 風生松韻依鳴琴."(『松巖集』
  권1(『한국문집총간』 41, 민족문화추진회, 1989) 「郊居自詠」)
  우응순, 「권호문의 시세계」, 고려대 석사논문, 1982, 40~41면 참조.

니 일체청명(一體淸明) ᄒ야라”고 하여 마음의 티끌이 모두 씻기어 청명한 상태임을 말한다.

따라서 「한거십팔곡」은 세상으로부터 벗어나 자기 완성을 꾀하는 처사로서 가까이서 목도하는 자연의 경관에 합일함으로써 내면을 확충해 가는 미적, 정신적 체험을 노래한다. 그의 자연은 자수하는 처사가 지향하는 정신적 순정함이라는 의념을 환기한다. 곧 “무심어조(無心魚鳥)가 자한한(自閑閑)하는 임천(林泉)”, “어목(漁牧)이 되어서 노니는 적막빈(寂寞濱)”으로, 청명(淸明)·정(靜)·적막(寂寞)의 시어들이 자주 나타나고 있는데, 맑고 깨끗함, 그리고 고요한 자연의 정취가 정신의 순정함이라는 의념과 일치하면서 중첩적 울림을 가져온다.

연시조인 작품 전체의 구성을 살펴보면 처사로서 강호에서의 은거를 결심하기까지는 심리적 갈등을 보이고 있는데, 이는 처사로서의 삶이 곧 이상적인 사회의 건설에 기여하는 것이라는 인식을 통해 극복된다. 송암은 물러나 마음을 기르는 길을 택한 처사로서 내면적 완성을 이루고자 한다. 그렇기에 유가적 출처관에 따라 강호에 은거해서 심성을 수양하는 것도 곧 출사하여 경륜을 펴는 것과 같은 도라는 의식을 갖는다. “행장(行藏) 유도(有道)ᄒ니 ᄇ리면 구테 구ᄒ랴”, “은(隱)커나 현(見)커나 도(道)ㅣ 언디 다ᄅ리”라고 하여 출처가 모두 천명에 따른 것이므로 하나의 도임을 말한다.

많은 논의가 이루어진 농암 이현보(1467~1555)의 「어부장가」·「어부단가」는 어부가의 전통을 이어 ‘강호’에서 지내는 ‘어부’의 형상을 통해 자연과 합일되는 이상적인 경지를 창출한다. 곧 물외한인(物外閑人)의 전형적인 형상을 통해 무심의 경지와 절제된 풍류를 그려낸다.[10]

①이 듕에 시름 업스니 어부(漁父)의 생애(生涯)로다
　일엽편주(一葉片舟)를 만경파(萬頃波)애 쯰워두고

---

10) 이형대, 「어부형상의 시가사적 전개와 세계인식」, 고려대 박사논문, 1997, 99면.

인세(人世)를 다 니젯거니 날가는 주롤 알가 (1장)

② 산두(山頭)에 한운(閒雲)이 기(起)ᄒ고 수중(水中)에 백운(白鷗)이 비(飛)이라
　무심(無心)코 다정(多情)ᄒ니 이 두 거시로다
　일생(一生)애 시르믈 닛고 너를 조차 노로리라 (4장)

③ 장안(長安)을 도라보니 북궐(北闕)이 천리(千里)로다
　어주(漁舟)에 누어신돌 니즌 스치 이시랴
　두어라 내 시롬 아니라 제세현(濟世賢)이 업스랴 (5장)
　　　　　　　　　　　　— 이현보, 「어부단가」, 『농암집(聾巖集)』

　위는 「어부단가」 중 1·4·5장이다. ① 1장에서 어부가 물결 흐르는
대로 내맡겨 두고 유유히 지내는 심상은 자연과 조화를 이루고 있는 심
미적 형상으로 널리 노래되어 왔다. 무심히 물결 속으로 미끄러져 들어
가 속세에 대한 얽매임 없이 정신적 자유로움을 구가하는 모습이다. 이
러한 경지는 사대부들이 정신적으로 끊임없이 꿈꾸는 경지이기도 하다.
　② 4장에서 ‘산머리[山頭]’와 ‘수중(水中)’의 균형은 조화로움을 구유하
고 있어 평화롭다. 한가로운 구름이 산머리에 일고 있고, 물 위에서는 백
구가 날아다니고 있는 모습은 세속에서 벗어난 무심함의 경지를 뜻한
다.11) 여기에는 속세의 떠들썩함이 밑그림처럼 깔려 있어, 세속과 대비
되는 화평함이다. "무심코 다정ᄒ니"라는 양가적 감정의 표현은 자연이
세욕에 초탈한 ‘무심함’과 조화롭게 포용하는 ‘다정함’을 아울러 지니고
있음을 말한다. 그리하여 세속적 욕망과 무관하면서도 안온함을 지니고
있는 자연으로 침잠하여 그 일부가 되고자 하는 다짐을 노래한다. ③ 5장

---

11) 그의 관심은 눈앞에 실재하는 경관의 구체성에 있지 않다. 중요한 것은 한가로운 구
　름과 흰 갈매기로 단순화된 세계의 망망한 넓이 속에서 자아가 추구하는 무심함―가
　능한 한 모든 심적 작용을 억제한 극기적 달관의 균형이다. 김흥규, 「강호자연과 정치
　현실」, 『세계의문학』, 민음사, 1981년 봄; 『욕망과 형식의 시학』, 태학사, 1999, 407면에
　재수록.

은 앞서의 시름을 잊고자 하는 마음이 어디에서 온 것인지 말해준다. '장
안'과 '북궐', '제세현(濟世賢)', '어주(漁舟)에 누어신둘 니즌 스치 이시랴'
의 표현에서 어쩔 수 없이 사회로 향하는 마음을 내비친다. 이어 '두어라
내 시롬 아니라 제세현이 업스랴'는 표현에서 사회로 향하는 마음을 거
두고 자연에 침잠하고자 하는 다짐으로 끝맺고 있다.

　농암의 작품에서 역시 자연은 화평하고 조화로움을 이루고 있어 세속
에 초탈하여 화평함 속에 묻히려는 지향을 담고 있다. 이러한 자연에서
의 조화로움은 세속과는 무연하게 자연과 일체된 경험을 보여준다. 그렇
지만 그러한 무심의 경지가 사회에 대한 궁극적인 무심함일 수 없음을
드러낸다. 시적 종결에 해당하는 5장에 비추어 볼 때 강호에서의 평안함
은 그 자체로 자족적이지 못하고 사회로 연속시키고자 하는 의무감을
환기한다.[12]

　또한 우주적 자연과 합일되는 체험은 사시의 조화 속에 우주적 이법을
몸소 체현할 때이다. 대학자인 이이와 이황은 자연 속에서 의념과 정취가
일치되는 합일의 체험을 학자적 삶 속에서 실천적으로 보여준다. 이이
(1536~1584)의 「고산구곡가」에서는 생활과 학문을 일치시키면서 우주적 자
연의 경험을 몸소 체현하는 데에서 오는 기쁨을 읊는다. 「고산구곡가」는
사시와 하루의 움직임을 보여주는 전통적인 구성을 취하면서 자연의 조
화로움과 일체되어 있는 생활을 그려낸다. 즉 고산구곡담이 보여주는 사
시의 변화와 하루의 움직임을 좇으면서 생활하는 모습을 보여주고 있다.

　① 고산구곡담(高山九曲潭)을 사롬이 모로더니
　　주모복거(誅茅卜居)ᄒ니 벗님니 다 오신다
　　어즈버 무이(武夷)를 상상(想像)ᄒ고 학주자(學朱子)를 ᄒ리라 (『병가』 112)

____

12) 강호자연 속에서 유유자적하면서도 그는 완전히 포기할 수 없는 사대부로서의 가치
　　의식으로 인하여 현실정치에의 걱정에 때때로 부딪혀 왔으며, 그가 가진 정치이상과
　　현실 사이의 분열은 완전한 평안을 불가능하게 한다. 김흥규, 위의 책, 156면에 재수록.

②사곡(四曲)은 어디미오 송암(松岩)에 힉 넘거다
　담심암영(潭心岩影)은 온갓 빗치 줌겨셰라
　임천(林泉)이 깁도록 됴흐니 흥(興)을 계워 흐노라 (『병가』 116)

③오곡(五曲)은 어디미오 은병(隱屛)이 보기 됴타
　수변정사(水邊精舍)은 소쇄(瀟灑)홈도 ス이 업다
　이 중에 강학(講學)도 흐려니와 영월음풍(咏月吟風) 흐리라 (『병가』 117)

④육곡(六曲)은 어디미오 조협(釣峽)에 믈이 넓다
　나와 고기와 뉘야 더옥 즐기는고
　황혼(黃昏)에 낙디를 메고 대월귀(帶月歸)를 흐노라 (『병가』 118)

⑤칠곡(七曲)은 어디미오 풍암(楓岩)에 추색(秋色) 됴타
　청상(淸霜) 엷게 치니 절벽(絶壁)이 금수(錦繡) ㅣ 로다
　한암(寒岩)에 혼ㅈ 안쟈셔 집을 잇고 잇노라 (『병가』 119)

―이이, 「고산구곡가」

　이 작품은 1곡에서 "무이(武夷)를 상상ㅎ고 학주자(學朱子)를 ·흐리라"고
말하듯이 학문의 연찬이라는 처사로서의 생활과 긴밀한 관계를 지닌다.
인용한 부분은 은거지인 「석담구곡」의 풍광 중에서 송암(松岩)·은병(隱
屛)·조협(釣峽)·풍암(楓巖)을 읊은 부분이다. 시원한 물가의 정사, 해질
무렵 깊은 숲 속 못에 잠긴 바위 그림자, 맑은 서리가 엷게 친 절벽 앞의
찬 바위에서 느끼는 정취는 오묘한 멋을 담고 있다.
　②4곡에서는 골짜기 안의 못과 바위를 읊는다. 못에 비친 바위의 그
림자에는 마침 지는 햇빛을 받아 온갖 빛이 담겨 있다. 이와 같이 바위
의 그림자가 온갖 빛이 담겨 못에 잠겨있는 정경은 정적(靜的)이면서도
만물의 조화로움이 갖는 충만함이 배어 있는 모습이다. 그리하여 종장의
'임천이 깊을수록 좋다'는 표현은, 고요한 가운데 경물을 관조하는 고절
(孤絶)함 속에서 정신적으로 충일해져 오는 흥취를 담고 있다. ③5곡은

은병(隱屛)을 그린다. 물가의 정사는 곧 학문의 연마와 영월음풍하는 풍류가 어우러진 곳이다. "소쇄홈도 ᄀᆡ이 업다"는 구절은 그곳의 정취가 도와의 합일이라는 인식론적인 깨달음을 가져오고 있음을 보여준다.

그리하여 ④ 6곡의 낚시하는 모습에서는 "나와 고기와 뉘야 더욱 즐기는고"라고 하여 실제로 낚시하는 데에 마음을 두지 않는다. 조화로운 자연의 일부가 되어 있다는 점에서 고기와 내가 물아일체가 되어 즐기고 있다. 황혼녘이 되어 달빛을 받으며 집으로 돌아가는 것도 자연의 조화로움이 주는 안온함이다. ⑤ 7곡은 가을의 정경이다. 단풍이 든 절벽에 맑은 서리가 내려 고운 빛을 띠고 있는 모습이다. 이곳 찬 바위 위에 홀로 앉아 그 조화로움을 관조하며 사색에 잠겨 있다. 여기 '한암(寒岩)'의 차가움은 그곳의 맑은 정취와 함께 사색에 잠겨 있는 꼿꼿하고 맑은 정신을 아울러 드러낸다.

이와 같이 「고산구곡가」에는 석담 구곡의 실경에서 느끼는 감흥과 내면적 사색이 잘 어우러져 있다. 이 감흥은 이법이 현현해 있는 자연과 합일하는 데에서 느끼는 즐거움, 그 조화로움의 일부가 되어 있는 가운데 오는 기쁨이다. 사시와 하루의 구성은 자연에 내재한 이법의 조화로움과 조응하고 있으며, 그 조화의 일부가 되어 노니는 즐거움을 노래한다. 이는 실경과 마주하며 갖는 인지적, 정서적 경험[13]으로서, 실재하는 경물과의 대면에서 느끼는 천인합일의 경지이다. 이는 바로 "스스로 그러한 가운데 오묘한 멋이 깊은" 것으로 실경 그 자체가 흥취의 세계인 충담소산의 미의식[14]이기도 하다. 이러한 고산 구곡의 경치에서 느끼는 감흥은 우주적 조화로움이라는 의념과 합치되는 데에서 온다. 이이는 "하늘과 땅의 조화에 묵계하는 것이 인간의 도"[15]라고 밝히고 있어, 조

---

13) 성기옥, 「도산십이곡의 재해석」, 『진단학보』 91호, 진단학회, 2000, 263면.

14) 최재남, 「이이의 석담생활과 「고산구곡가」의 서정」, 『사림의 향촌생활과 시가문학』, 국학자료원, 1997, 373면.

15) 一元의 運化는 조화로운 것이다. 양으로써 物을 생기게 하고 음으로써 물을 이루는 것이 天의 理이니 천의 命이 음양에게 따르도록 한다. 위 아래로 살펴 造化에 묵계하

화의 일부가 되는 천인합일의 경지를 추구한다.

마찬가지로 이황(1501~1570)의 「도산십이곡」도 자연과의 합일을 통해 나아가 사회, 우주적 조화를 꿈꾸는 이상적 경지를 상징적으로 보여준다.16) 우주론적 조화를 꿈꾸는 의념과 감성이 합일되는 데에서 오는 감흥을 다음의 서술은 잘 표현해 주고 있다.

청명고원한 마음의 상태에서 우연히 비 개인 밝은 달빛의 상쾌함을 맞을 때면, 자연히 경치와 나의 의념이 합쳐져 천인합일을 이루게 된다. 그 흥취야말로 초묘하고 깨끗하며 쇄락한 기상을 말로써 표현할 수 없고 즐거움 또한 끝이 없다.17)

위의 퇴계의 토로는 정취와 의념이 일치되는 천인합일의 감격을 그대로 전한다. 앞서 이이의 작품에서도 나오는 소쇄함과도 통하는 초묘하고 깨끗한 흥취는 천인합일에서 오는 흥취이다.

자연과 일체되는 경험은 이러한 의념과 정취가 일치하는 데에서 오며, 그 조화로움이 함축하는 천도와 합일되는 체험이다. 자연과 일체가 되는 체험을 통해 그 배후에 놓여 있는 천(天)과의 합일을 꿈꾼다. 즉 사시의 운행과 거기에 오는 소장성쇠(消長盛衰)를 목도하며 그 일부가 되어 우주적 질서의 조화로움을 느끼는 것은 전형적인 물아일체의 체험이다. 자연에 귀의하여 '무심(無心)', '망아'(忘我)를 끊임없이 추구하고 있는데, 이는 자신에 대한 의식을 지워버리고 자연 속으로 미끄러져 들어가는 것이라

는 것이 인간의 도이다. "一元運化於穆不已. 陽以生物而陰以成物者天之理也. 則天之命順乎陰陽, 仰觀俯察而默契造化者, 人之道也."(『율곡전서』 2, 권5 「잡저 2」, 「절서책(節序策)」, 성균관대 대동문화연구원, 1971, 553~554면).

16) 감성과 오성을 아우르고 자연과 사회를 아우르는 대자연의 우주적 조화감을 표현한 작품이다. 성기옥, 「도산십이곡의 재해석」, 『진단학보』 91호, 진단학회, 2001, 264면.

17) "淸明高遠之懷間, 遇著光風霽月之時, 自然景與意會, 天人合一興趣超妙, 潔淨精微, 從容灑落, 底氣象言所難狀, 樂亦無涯."(이황, 『퇴계전서』 상권2, 권36, 「답이굉중(答李宏仲)」, 성균관대 대동문화연구원, 1971, 235면).

고 할 수 있다. 이때의 자연은 미적인 자연에서 나아가 우주적 질서의 일부인 우주적 자연으로 확산되면서 자연과의 물아일체는 천인합일로 나아간다. 자연의 이치에 따른 순환과 그 조화로움의 일부가 되어 충일함을 느끼는 것, 자연의 정연한 질서감과 각기 제 위치에 놓인 균형감에 안온한 정서를 느끼는 것이 모두 우주적 자연과 합일하는 데에서 온다.

② '강호와 사회'의 조화

　앞서 살펴본 송암 권호문이 추구한 처사로서의 청정한 이취는 궁극적으로 현실세계를 지향하는 독선의 이념을 그려낸 것이라는 점, 이현보의 무심함이 궁극적으로 사회에 대한 무심함일 수 없는 점 등은 모두 자연과의 조화가 그 자체로 궁극적인 이상일 수 없는 의식 때문이다. 즉 '강호'는 사회 현실과 대립적 의미를 띠고 마찰하는 '물외(物外)'의 공간으로서, 도덕적·정치적 의미를 지니는 가치개념에 가깝다. 한 작품 안에서 사회 현실을 뜻하는 '홍진(紅塵)'·'진세(塵世)'·'속세(俗世)' 등과, 자연을 뜻하는 임천(林泉)·초야(草野)·청풍(淸風) 등은 일정한 가치지향을 내포하는 심상들로 대립적 관계에 놓인 경우가 많다.

　이와 같이 자연은 그 자체로 자족적 의미를 지니기보다 끊임없이 외부공간인 사회와 길항하면서 의미를 파생한다. 유자로서 사회로 나아가 경륜을 펼치고자 하지만, 행장(行藏)·출처(出處)·은현(隱見)의 논리에 따라 나아감과 물러남에는 각기 때가 있기에, 자연에 물러나서는 마음을 기르는 것이다. 따라서 귀의한 자연에서 이루어지는 조화와 합일은 그 자체로 세계와의 온전한 화해를 이루지 못하고, 경세적 이상을 이룰 수 있는 사회로의 확산을 꿈꾼다. 이러한 유자로서의 정체성은 자연에 들어서도 사회에 대한 책무감에서 자유롭지 못하다. 표면적으로 사회 현실에 대한 반감을 드러내면서 자연으로 돌아와 안도하면서도 완전한 평정을 이루지 못하는 것이다.

부정적 현실에 대한 반감과 이상적 현실을 꿈꾸는 의식의 공존은 현실에 대한 이중적 태도로 인해 때로는 분열적으로 보이기까지 한다. 이것은 자연과 사회를 연속적 질서로 파악하는 유가적 세계관에 기인한다. 부정적인 현실을 극복하고 이상적인 현실세계를 이루려는 것은 자연과 사회가 서로 조화를 이루어 궁극적으로 우주적 조화를 이루는 것을 지향하는 의식에서 나온다.[18)

강호에서의 심성 수양은 궁극적으로 현실세계의 가치와 연속되어 있다. 벼슬길에 나아가서는 '겸선'을 이루고자 하고 물러나서는 자신의 심성을 닦는 '독선'은 자연에 귀의하는 의의를 말해준다. 이와 같이 자연으로의 귀의는 유가의 출처관에 근거하여 심성을 수양함으로써 우주적 조화를 이룰 수 있다는 의식에서 출발한다. 자연에 귀의하는 것이 사회현실에 대한 외면이 아닌 궁극적으로 사회에 기여하는 것이라는 의식은 유가 사상의 중심을 이룬다.

이와 같은 유자적 신념 속에서 자연으로 귀의하면서도 자아와 사회와의 균열 의식으로 인해 갈등을 겪는다. 자아와 사회와의 균열이 심각해지면서 유자로서 겪는 내적인 갈등은 더욱 증폭되기도 한다. 17세기 윤선도·신흠·김기홍·장복겸 등과, 18~19세기의 안서우·권구·신지·채헌·남극엽·지덕붕 등을 예로 들 수 있다. 후대로 갈수록 향촌사대부가 중심 작자층을 형성하게 되는데, 이것은 자신의 삶에 여전히 처사로서의 은거라는 의미를 부여하고자 하기 때문이다.

관곡 김기홍(1635~1701)의 「관곡팔경(寬谷八景)」은 '관곡복거(寬谷卜居), 암상송백(嵒上松柏), 산두척촉(山頭躑躅), 백악완경(白岳玩景), 적도회고(赤島懷古), 난도취란(卵島取卵), 채미요기(採薇療飢), 조대맹구(釣臺盟鷗)'의 제목이 붙은 8수로 이루어진 연시조이다. 그의 은거지인 함경도 관곡의 주변 경관을 읊으면서 은거하는 삶을 그리고 있다. 작품 전체 구성은 은거의 시작과

---

18) 성기옥, 「고산 시가에 나타난 자연인식의 기본 틀」, 『고산연구』 창간호, 1987, 26~27면.

은거 생활로서 복거지의 유적과 경치를 차례대로 읊는 가운데 그곳에서의 삶을 그려낸다.

이러한 관곡의 풍경은 때로 외부로부터 소외된 삶의 우의적 표현인 경우가 많다. 그곳에서의 삶은 변방에 살면서 출사하지 못한 사대부로서의 갈등을 담고 있다. 학자로서의 명망은 있으면서도 출사하지 못한 탓에 일찍부터 찾아온 가난과 소외의식이 드러난다. 제2수의 「암상송백」에서 삭방의 쓸쓸하고 신산한 풍경이 담고 있는 우의적 표현에는 변방에서 한사로 살아가며 느끼는 세상으로부터의 소외감이 묻어 있다.

> 암상 송백(岩上 松柏)들히 초목(草木)과 섯거디여
> 만풍학설(蠻風 虐雪)의 속절업시 늘거간다
> 우리도 태평연월(太平烟月)의 늙는 주룰 모른리라 (암상송백巖上松柏)
> ―김기홍, 「관곡팔경(寬谷八景)」, 『관곡선생실기』[19]

만풍학설의 모진 기후에서 초목과 섞여 속절없이 늙어가는 송백의 처연한 모습은 북방에서 초부들과 함께 가난을 견디며 살아가고 있는 자신의 모습을 비유한다. 종장의 "태평연월에 늙는 줄을 모른다"는 독백은 사회에 대한 의식이 투사된 것으로서 태평연월을 그리는 바람의 반어적 어법이다.

따라서 '강호'는 자족적이고 번화로운 공간으로 그려지고 있지만 외부인 사회와의 갈등을 깔고 있다.

> ① 두견화 어제 디고 철촉이 오늘 픠니
> 산중번화(山中繁華)ㅣ야 이 밧긔 또 이실가
> 힝호나 유수(流水)에 흘러 소식(消息) 알가 흐노라(산두척촉山頭躑躅)

> ② 송산리(松山裏) 벽계변(碧溪邊)의 졀로 즈란 고사리롤

---

19) 임영정, 「관곡선생문집과 언문가사·시조」, 『도서관』 29권 3호, 1974에서 소개함.

일 업시 노닐며셔 것고 것고 다시 것거
조석(朝夕)에 비브로 머그니 주릴 주리 이시랴(채미요기採薇療飢)
　　　　　　　— 김기홍, 「관곡팔경(寬谷八景)」, 『관곡선생실기』

이곳은 두견화가 지자 다시 철촉이 이어 피는 번화로운 곳이다. 상상적 이상향인 도화원처럼 "행여나 꽃 잎이 시내에 흘러 들어가 소식을 알가 두려워 하는" 곳인 만큼 속세와의 절연성이 강조된 이상적 공간이기도 하다. 또한 그곳은 고사리가 뜻하는 것으로 고답적인 은자의 공간과도 겹쳐지는데 이러한 속세와의 절연성은 사회로부터의 소외의 다른 표현이다. 작품에서 드러난 것처럼 자연과 동화되어 지내는 이곳은 '일 없이 노닐면서', '고사리를 조석으로 배불리 먹는' 곳인데, 이는 실제의 삶인 "가래를 언제 놓을까", "하루살이 신세"로 표현할 만큼 곤궁한 생활과 대조적이다.[20]

이와 같이 자연은 자족적이고 탈속적인 공간으로 그려지고 있지만, 사회와의 팽팽한 마찰 속에 놓여 있다. 태평연월을 누리고 산다는 역설적 표현에서, 곤궁한 삶에서 벗어나 '가래를 놓고 책 읽으며 지내는' 태평성대에 대한 갈망과 은자의 고답적 삶으로 합리화하여 주어진 현실을 초극하고자 하는 의식이 뒤섞여 있다. 현실과의 괴리가 커지고 이를 극복하기 힘들 때 합리화의 모색으로서 종종 자연은 고답적, 탈속적인 성격을 띤다. 가사 「채미가」에서도 은거하는 생활을 '굴레를 벗고 이끼로 조석을 요기하는' 은자의 삶으로 묘사한다.[21] 그런데 이러한 탈속적 모습들이 실제로 현실초월적 의미를 지니기보다는 사회에 대한 마찰 속에서 이루어

---

20) "蜉蝣身勢惜流年 / 親炙高明思躍淵 / 自歎計拙無衣食 / 釋未何曾詠古篇."(『관곡선생문집』「次南監司贐行韻」권二 시)
　　김창원, 「조선후기 사족 창작 농부가류 가사의 작가의식 연구」, 고려대 석사논문, 1993, 10~11면 재인용.
21) "대장 산곡의 굴에 버슨 몸이 되어 화조 월석의 슬토록 노니다가 단애 굴움 속의 이 슬겨워 줄안고 살일 업시 노닐며셔 아춤 나조 괴여다가 단도의 닉기 슬마 조석을 요기ㅎ니." 김기홍, 「채미가」, 『17세기 가사전집』(이상보 편), 교학연구사, 1987.

지는 것으로 그 시선은 여전히 사회를 지향한다. 그렇기에 관곡의 또 다른 가사 작품 「농부가」에서는 현실적 처지를 인정하는 가운데 농업의 중요성과 주경야독하면서 안분 자족하는 삶의 의의에 대해서 읊는다.

상촌 신흠(1566~1628)은 중앙 정계에 진출한 사대부로서, 작품성이 뛰어난 작품 세계를 이룬 것으로 평가받으면서도 작품 세계의 해석에 대해서는 논란이 있어 왔다. 이는 상촌 신흠의 작품에 나오는 평담한 이미지들을 문면 그대로 받아들일 경우 자족적이고 담담하게 자연에 동화되어 지내는 심정을 드러낸 것이라고 받아들이기 쉽다는 점에서이다. 이에 반해 신흠의 시조에서 이러한 평담한 이미지들이 실상 현실과의 괴리를 극복하고자 하는 절실한 심정과 결합하고 있다는 연구 성과가 제출되었다.[22]

신흠은 정치적 굴곡 속에서 사회와의 팽팽한 마찰을 지닌 채 자연과의 합일을 노래한다. 다음은 신흠이 정치적으로 낙척하여 지은 「방옹시여」 중 제1수와 6수이다.

① 산촌에 눈이 오니 돌길이 무쳐셰라
　　시비(柴扉)를 여지 마라 날 차즈리 뉘 이시리
　　밤중만 일편명월(一片明月)이 긔 벗인가 ᄒᆞ노라 (1수, 『청진』 116)

② 어젯밤 눈 온 후(後)에 둘이조차 비최였다

---

22) 성기옥, 「신흠 시조의 해석 기반─「방옹시여」의 연작 가능성」, 『진단학보』 81호, 진단학회, 1996; 김창원, 「신흠 시조의 특질과 그 의미」, 『고전문학연구』 16집, 고전문학회, 1999; 김석회, 「상촌 시조 30수의 짜임에 관한 고찰」, 『고전문학연구』 19집, 고전문학회, 2001.
성기옥이 작품의 문맥인 텍스트 상황과 작품 구조의 실증적 분석을 토대로 세계와의 긴장이 드러난 작품으로 보고 있다. 이어 연구자들은 모두 자연 자체에의 순수한 감흥보다 세계와의 강한 대립과 긴장이 작품 전체를 지배하고 있다고 본다. 하지만 작품 안에 드러난 세계인식의 해석에 대해서는 의견을 달리한다. 성기옥이 16세기 자연시가의 연장선상에서 유가적 세계관이 드러나 있다고 보고 있고, 김석회 역시 유가적 세계관의 입장에서 술노래가 정치적 좌절을 달래는 취흥의 노래, 신선계의 노래 역시 전원적 삶의 알레고리적 표현으로 보는 것이 자연스럽다고 본다. 반면에 김창원은 작품에 드러난 세계상이 은자의 세계상으로서, 도가적 세계관으로 기울어 있다고 본다.

눈 후(後) 둘빗치 물그미 그지업다
엇더타 천말부운(天末浮雲)은 오락가락 ㅎ느뇨 (6수,『청진』121)

—신흠, 「방옹시여」

①산촌에 눈이 와서 돌 길이 묻혀 있는 모습과 닫혀 있는 사립문, 그곳을 비추는 한 조각 달빛은 겨울밤의 고적하고 평명한 정취를 띠고 있다. 담박해 보이는 자족적 정취가 실은 외부세계와의 팽팽한 마찰 속에 놓여 있다. 눈이 지닌 전통적인 폐색(閉塞)의 이미지와 "돌길이 무쳐세라", "시비를 여지 마라 날 차즈리 뉘 이시리"의 표현들에 나타난 고립감은 사회와의 마찰 속에서 겪고 있는 극한적 소외상황의 우회적 표현이다.23) 이런 문맥에서 '눈', '달빛'의 평명한 정취들은 포근히 감싸안는 느낌보다 시리고 선연한 빛을 띠고 있다. ② 마찬가지로 6수에서 눈 온 후에 비치는 달빛은 맑디맑은 모습이다. 이러한 평명함은 종장의 "천말 부운(天末 浮雲)"과 대비되어 그 자체로 사물의 아름다움을 나타내기보다 결백함과 고고함이라는 도덕적 이념성을 깔고 있다. 이와 같이 눈 온 후의 정경은 속념을 떨치려는 자아의 의지가 투영되면서 도덕적 이념을 내포한다.24) 이런 점에서 이러한 정경들은 자족적 의미를 지니기보다 사회와 대비적 의미를 지닌다.

상촌에게 있어 자연이 속세와의 절연성과 고립적 성격을 강하게 드러내고, 자연에 침잠하여 완전한 합일을 이루고 있지만, 오히려 자족적 성격을 지니기보다 그 이면에 사회와 부단히 마찰하고 있다는 것을 볼 수 있다. 이러한 마찰이 "현실에 대한 조롱을 안고 있는 황량하고 차가운 인간이, 세계와의 강한 대립을 꿈꾸는 은자의 세계상"25)을 드러낸 것으로 보아야 할 것인지는 의문이 든다. 상촌이 "사시가계 형식을 가지고

---

23) 성기옥, 「신흠 시조의 해석 기반─「방옹시여」의 연작 가능성」,『진단학보』81호, 진단학회, 1996, 239면.
24) 성기옥, 위의 글, 240면.
25) 김창원, 「신흠 시조의 특질과 그 의미」,『고전문학연구』16집, 고전문학회, 1999, 102면.

돌아가신 선조 임금을 애절하게 그리는 연군시들을 짓고 있는 점"[26]은
바로 이상적인 사회를 꿈꾸고 있다는 점을 여실히 보여 준다. 지금 현재
'현실로서의 사회'에 대한 부정은 오히려 더욱 이상적 사회를 향한 절실
한 심정을 감추어 두고 있다.

　장복겸(1617~1703)의 「고산별곡(孤山別曲)」 또한 향촌의 한사로서 강호에
서 지내는 삶을 노래한다.

　①청산(靑山)은 에워들고 녹수(綠水)는 도라가고
　　석양(夕陽)이 거들 째예 신월(新月)이 소사난다
　　안전(眼前)의 일존주(一尊酒) 가지고 시름 프자 하노라

　②강산(江山)의 눈이 닉고 세로(世路)의 눗치 서니
　　어디 뉘 문(門)의 이 허리 굽닐손고
　　일존주(一尊酒) 삼척금(三尺琴) 가지고 백년소일(百年消日) 하리라
　　　　　　　　　— 장복겸, 「고산별곡」, 『옥경헌유고(玉鏡軒遺稿)』[27]

　여기서 '강산'은 '세로(世路)'에 대비되는 곳으로, '청산과 녹수, 석양과
신월'로 대표되는 시공간적으로 충족된 공간이다. 이 '눈에 익은' 자연에
동화되어 시름을 풀어버리고자 한다. 그에게 술은 자족적 흥취의 대상이
기보다는 '우환'으로 표현되는 세상으로부터 오는 좌절을 풀어버리기 위
한 대응의 성격이 강하다.[28] 시공간적으로 충족된 자연과의 일체됨은 자
족적이지 못한데, 그의 시름은 출사의 꿈을 이루지 못한 데에서 온다. 자
신의 생애를 돌아보며 "생애(生涯)도 고초(苦楚)하고 세미(世昧)도 담박(淡泊)

---

26) 김석회, 「상촌 시조 30수의 짜임에 관한 고찰」, 『고전문학연구』 19집, 고전문학회,
　　2001, 89~91면.
27) 전일환, 「옥경헌 고산별곡 연구」, 『국어국문학』 102, 국어국문학회, 1989에서 소개한
　　영인본을 대상으로 한다.
28) '人生이 百年內에 憂患에 싸였으니 盞 잡고 웃는 날이 한달에 몇 적일고 술 두고
　　벗 만날 날이야 아니 놀고 어이리'라는 데에서도 확인된다.

하다 흰 술 한두 잔에 푸른 글귀 뿐이로세 옥경헌(玉鏡軒) 평생 행장(平生
行狀)이 이밖에는 없어라"고 되뇌는 술회에는 자괴감이 묻어난다. 따라서
어디에도 허리를 굽히지 않았다는 자부로 지탱하고 있지만 '거기에는 아
무도 알아주는 이 없고 아무 것도 이룬 것이 없다'는 자괴감이 교차하고
있다.

> 칠현(七絃)이 냉랭(冷冷)하니 옛 소리는 있다마는
> 종기(鍾期)를 못마나니 이 곡조(曲調) 게 뉘 알리
> 벽공에 일륜 명월(一輪明月)이 내 벗인가 하노라
> — 장복겸, 「고산별곡」, 『옥경헌유고(玉鏡軒遺稿)』

여기서 '칠현금 소리에 종기를 못 만난다'고 하여 지음(知音)이 없다는
말로 세상이 자신을 알아주지 않는 것을 우의적으로 표현한다. 그리하여
벽공에 떠 있는 달만이 내 벗으로 동일시된다. 여기서의 달도 앞서 살핀
신흠의 달과 비슷하여 자족적인 합일이 아니라 외부와의 긴장관계에서
이루어진 합일의 성격을 띤다.

자연이 사회와 긴장관계를 이루는 작품경향은 18~19세기를 통과하면
서 유자로서의 정체성을 강화시켜 나간 향촌사대부들의 작품으로 이어진
다. 18~19세기 강호시조의 작자들로서는 안서우·권구·신지·채헌·남
극엽·지덕붕·박순우 등의 향촌사대부들이 중심이 되고 있으며, 이들은
유자로서의 정체성을 강화시켜 나간다. 이제 강호에서의 삶은, 자신의 결
단에 의해 은거하던 전 시대와 달리 어쩔 수 없는 사회적 한계 속에서 이
루어진 것이라는 차이점이 있다. 그들은 전 시기에 비해 상대적으로 영락
한 집안의 향촌사대부들로, 거의 벼슬길에 나아가지 않고 평생 처사로 지
냈거나, 출사의 기간이 길지 않은 경우가 많다. 따라서 그곳에서 살아가는
사대부들의 경세적 포부와 정치 현실과의 괴리는 더욱 심해진다.

이런 현실적 상황에서 그들은 향촌에서 지내는 삶을 유가적 출처관에

근거하여 여전히 은거로 바라보고 있으며, 독선기신(獨善其身)의 의의를 지니는 것으로 보고 싶어한다. 그에 따라 자연의 형상은 여전히 사회와 대조적인 공간인 은거지로서의 의미를 지니며 거기서 바라보는 풍광은 처사로서의 이념이 채색되어 나타난다. 그들이 위치한 강호는 사회에 대한 반동으로 고답적이고 조화로운 곳으로 그려진다. 전현과 은자의 형상 속에 자신의 모습을 겹쳐 보임으로써 자연과의 합일은 완벽한 모습을 띠고 있다.

평생 향유로 지낸 신지와 채헌이 그 예이다. 이 중에서 신지(申暐, 1706~1780)는 퇴계의 「도산십이곡」을 전범으로서 본받아 「화도산십이곡(和陶山十二曲)」(永言 十二章)을 짓는다.[29] 그의 은거지에 위치한 반구정에서의 풍취를 그리면서 「도산십이곡」의 시의(詩意)뿐만 아니라 형상화 방식도 그대로 따르고 있는데, 이는 자신의 은거가 이황의 뜻을 이어받은 것임을 표방하는 의미도 들어 있다.

① 인적적(人寂寂) 야심심(夜深深)호디 반구정(伴鷗亭)에 누어시니
　　천심(天心)에 월도(月到)호고 수면(水面)에 풍래(風來)호다
　　아마도 일반청의미(一般淸意味)를 어든이 나뿐인가 호노라(8수)

② 춘수(春水)난 만사택(滿四澤)이오 하운(夏雲)은 다기봉(多奇峰)이라
　　추월(秋月)의 양명휘(揚明輝)요 동령(冬嶺)에 수고송(秀孤松)이라
　　아마도 사시가흥(四時佳興)이 사람과 한가진가 호노라(12수)
　　　　　　　　　　— 신지, 「화도산십이곡」, 『반구옹유사(伴鷗翁遺事)』

「화도산십이곡」 중에서 제8수와 12수이다. ①에서 '천심(天心)과 수면(水面)', '달과 바람'의 균형적 대칭은 누정에서 조망한 경관이 우주적 조

---

29) "跋, 右十二章, 盖和陶山十二章之遺意, 而文拙詞荒, 必招外人之譏議, 覽者恕之."(『伴鷗翁遺事』)
　　권영철, 「반구옹 시조와 도산십이곡의 계보」, 『효대논문집』, 1966, 12면 재인용.

화로움을 띠고 있음을 보여준다. 고요하고 깊은 밤, 누정에 누워 하늘 한
가운데에 떠 있는 달빛과 바람을 받고 있다. 여기서 느끼는 청정함은 맑
은 심성을 도야하고자 하는 의취와 일치한다. ② 역시 봄·여름·가을·
겨울이라는 사시의 정합적 풍경을 통해 사시의 조화로운 정취를 전한다.
가득함, 많음, 드날림, 빼어남의 형용사들은 한결같이 사시의 소장성쇠가
갖는 조화로움과 충만함을 형용한다. 그리하여 이러한 사시의 가흥에 젖
어 일체가 되어 있다.

　이 시조는 여러 번 부거하였다가 낙방하고 노년에 복거지에 누정 반
구정을 세우면서 지내는 삶을 읊은 것이다.[30] 이곳 자연은 "청산(靑山)은
만고청(萬古靑)이오　유수(流水)난　주야류(晝夜流)"(11장)인　영원하고　완전한
세계이고, 이곳에서 지내는 삶은 "심사(心事)난 청천백일(靑天白日) 생애(生
涯)난 명월청풍(明月淸風)"(10장)로서, 도덕적 깨끗함만큼 앞에 놓인 세계는
분명하며, 거기에 심리적 갈등은 없다. 그렇기에 "사시가흥이 사람과 한
가진" 자연과의 완전한 합일을 노래한다.

　채헌(1715~1795)의 작품에서도 강호는 고답적이고 탈속적인 곳이다. 채
헌도 평생 처사로 지냈으며,[31] 「석문가」 2수와 「세심대가」·「조대가」 등
석문정의 풍광을 읊은 작품들과 가사 「석문정가」를 짓는다. 그는 석문정
시조에서 세사를 잊고 공명에 초탈한 은자의 형상을 반복적으로 읊는데
이는 은자의 삶을 자신의 삶과 동일시하는 의식에서 비롯된다.

　① 석양(夕陽)의 낙디들고 조대(釣臺)로 올나가니
　　 딘실로 저 취옹(醉翁)이 고기잡기 무음인가

---

30) 옹이 귀전해서 반구정을 축성한 해가 1772년 즉 옹의 67세 때이다. 반구정은 옹의
　　은둔지지인 점촌읍에 축성하였다. 권영철, 「반구옹 시조와 도산십이곡의 계보」, 『효대
　　논문집』, 1966, 8~9면.

31) 37세에 생원이 되었으나 과장에 더 나아가지 않고 만년에는 석문정에서 기화하며
　　한적하다가 81세를 일기로 몰하였다. 홍재휴, 「석문정제영시가고」, 『효대논문집』 1집,
　　1981, 6면.

녹양방주(綠楊芳洲)의 취적(取適)인가 ᄒ노라 (「조대가(釣臺歌)」)

②석문(石門)이 석문(石門)안여 상산(商山) 이고질다
　자지가(紫芝歌) ᄒ 곡조(曲調)의 세사(世事)을 다 즌이
　이밧긔 부귀공명은 부운(浮雲)인가 ᄒ노라 (「석문정가(石門亭歌)」)

　　　　　　　　　　　　　　　　　— 채헌, 『석문정심진동유록』

　'상산이 이 곳'이라고 하여 은사(隱士) 상산사호(商山四皓)에 비유하는가
하면, 멀리 시공간을 뛰어넘어 강태공의 조대에서 고요함을 낚는 어옹의
모습과 자신을 동일시한다. 이는 스스로의 모습에 은자의 후광을 드리움
으로써 속념에 초탈한 은거의 의미를 부여하려는 모색으로 볼 수 있다.
이와 같이 고답적인 이곳은 태고적 시공간에 여전히 머무름으로써 존심
양성하는 처사로서의 정체성을 유지해 가고자 하는 의식을 반영한다. 가
사 「석문정가」를 보면 "취중의 홍을 계워 백설가 즈아내니 세상의 지음
업서 긔 뉘라서 화답ᄒ리"라는 표현에서 지우(知遇)를 만나지 못한 현실
에 대한 갈등이 엿보이기도 한다. 이러한 갈등은 그의 삶에 비추어 볼 때
자수하는 처사로서의 이념을 되새기면서 극복하고자 한 것으로 보인다.
　안서우(1664~1735)의 「유원십이곡」에서 귀의한 자연 또한 자족적인 세
계로 나타나기보다는 사회와의 팽팽한 긴장관계 속에 놓여 있다. 안서우
는 안정복의 조부로, 허목의 문인 권유(權愈)에게 수학하였다.[32] 정치적으
로 불우하여 벼슬길에 오른 지 얼마 안 되어 낙척하고 전라도 무주에서
처사로 지냈다.[33] 그가 일찍이 정치적으로 좌절을 겪었기 때문에 자연은
현실과 대립되는 곳임이 강하게 드러난다.
　그의 작품 연시조 「유원십이곡(楡院十二曲)」은 자연에 귀의하여 은거하

---

32) 안정복, 『順庵集』 권22 「通訓大夫行司憲府掌令知製教 古心齋朴先生墓誌銘」; 유
　봉학, 「18세기 남인 분열과 기호남인 학통의 성립」, 『한신대학 논문집』 1집, 1983, 12
　면 재인용.
33) 심재완, 『시조의 문헌적 연구』, 세종문화사, 1972, 135면.

는 삶을 다루고 있는 점은 여느 강호시조와 같다. 제2장에서 "이 내 몸 쓸 디 업스니 성대농포(聖代農圃) 되오리라"라고 경세적 이상이 좌절된 것을 토로한 후 자연이 사회와의 대립되는 곳으로 병치된다. 인간과 물외(6장, 11장), 풍진과 강호(8장) 등 세속과 자연을 대조적인 세계로 설정하고, 부정적인 현실과 대비되어 상대적인 가치를 읊는 비교화법을 구사함으로써 부정적인 현실에 비해 자연의 조화로움이 강조된다.

여기서 자연에는 도덕적 의미가 부가되어 있어, 벽봉창파(碧峰蒼波) · 청산(靑山) · 녹수(綠水) · 백운 · 구로 등으로 상징되는 강호는 저 바깥세상인 풍진 · 물외 · 인간과 대비되는 곳으로서 반사적 시선으로 바라본다. 하지만 직설적인 어법의 사용이 두드러지면서 현실사회에 대한 강한 반감을 직접적으로 드러내고 있는 점이 일반적인 강호시가와 다르다.

① 홍진(紅塵)에 절교(絕交)ᄒ고 백운(白雲)으로 위우(爲友)ᄒ야
  녹수(綠水) 청산(靑山)에 시름업시 늘거가니
  이 듕의 무한지락(無限至樂)을 헌ᄉ홀가 두려웨라 (3수)

② 인간의 벗 잇단말가 나놀 알기 슬희여라
  물외에 벗 업단말가 나논 알기 즐거웨라
  슬커나 즐겁거나 내 분인가 ᄒ노라 (6수)

— 안서우, 「유원십이곡」, 『兩棄齋散稿』

제3장에서는 홍진과 백운이 극명하게 대조된다. '녹수 청산'과 '물외'의 이곳은 시름없이 늙어 가는 곳, 무한지락의 조화롭고 이상적인 곳이다. 하지만 사회와의 비교 속에 놓여진 이곳은 그렇기에 자족적이지 않다. '싫다', '절교하다' 등 자신의 감정을 직접적으로 드러내면서 사회에 대한 강한 부정을 말하고 있는데, 이는 역설적으로 무심히 떨쳐 버리지 못하고 있는 '사회'로 향한 강한 집착을 느끼게 한다.

자연이 그 자체로 자족적인 의미를 지니기보다는 사회와의 마찰 속에

놓여 있어, 사회의 밑그림이 깔려 있다는 점은 앞서 언급한 것처럼 무엇보다도 유자로서의 정체성과 세계관에서 비롯된다. 그들은 늘 조화가 구현된 자연과 조화가 이루어지지 못한 사회 사이의 변증법적 통일을 꿈꾼다. 자연이나 사회 모두가 조화를 획득한 우주적 자연에 대한 꿈이 그것이다.[34] 이것은 또한 천도(天道), 물(物), 심(心)을 하나로 연결시키고 모두 통일적으로 파악하여 '존재로서의 세계'와 '당위적 세계'를 일치시켜 바라보는 세계인식에서 비롯된다.[35]

③ 조화의 균열

사회와의 심리적 거리가 멀수록 자연은 심리적 보상처로서 이상적인 조화로움을 구유한 곳으로 나타나 자연과의 일체된 삶을 노래한다. 이 경우에 자연은 조화와 전일함의 세계로서 당위적 세계로 놓여 있다. 그런데 이와 같이 자연 속에서 내성적 완성의 모범을 찾고 자연과 일치하고자 했던 데에서, 자아와 자연 사이에 균열을 보여주는 작품들이 있다. 이중경·남극엽·지덕붕 등 일련의 향촌 사대부 작품에서 자연과 동화되지 못하는 내적인 갈등이 투영된다.

이중경(1597~1678)의 「오대어부가」는 이러한 균열의 조짐을 내보인다. 이중경은 영남의 몰락한 가문의 향촌사족으로서 출사하지 못한 채 향리에서 일생을 보낸다. 그는 쇠락한 가문에서 6세에 아버지를 여의고 외가인 예천으로 이주하여 생활할 정도로 어려운 처지로서, 생활을 위해 고기잡이를 해야 했던 만큼[36] 그가 그려낸 어부의 형상은 이현보의 어부형상처럼 '유유자적하는 물외한인'일 수 없었다. 다음은 「어부사」 5장이다.

---

34) 성기옥, 「송순의 시조 한 수가 들려주는 시의 꿈 하나」, 『시안』 2호, 1998년 겨울, 77면.
35) 조동일, 「중세 후기 철학에 대한 시인의 대응」, 『문학사와 철학사, 하나인가 둘인가』, 지식산업사, 2000, 319면.
36) 이형대, 「어부형상의 시가사적 전개와 세계인식」, 고려대 박사논문, 1997, 106면.

① 어부 어부들하 네 내오 내 네로라
  네 버지 내어니 내 너룰 모룰소냐
  차중(此中)의 한가(閑暇)호 생애(生涯)눈 너와 나와 잇도다 (1수)

② 백구(白鷗) 백구(白鷗)들하 내 네오 네 내로다
  내 버지 네어니 네 나룰 모룰소냐
  차중(此中)의 한가(閑暇)호 계산(溪山)의 나와 너와 놀리라 (2수)
                — 이중경, 「어부사」, 『수헌선생문집(壽軒先生文集)』[37]

항상 유유자적하는 처사의 벗으로서 자연스럽게 일체되고 있었던 백
구가, 혼융일체 되지 못하고 분리된 상태를 전제하고 있다. '나'와 '너'의
반복적 호명 속에서 어부와 백구에게 건네는 말인 '내 버지 네어니 네
나룰 모룰소냐'는 화자의 언술도 세계와의 합일을 갈망하는 자아의 절규
로 들려지는 것이다.[38] 이는 종래 화평한 경관의 일부가 되어 되뇌이던
무심한 어조와는 대조적이다. 자연에 귀의하여 마음의 평정을 얻으며 자
연 속으로 침잠하던 것과 달리, 백구와 어부를 대하며 낯설음을 느끼고
있다. 여전히 강산은 한가로움을 지닌 곳으로 나타나 그곳에서 노닐고자
하지만 그 한가롭고 안온함에 대한 신념은 전처럼 확고하지 않아 백구
와 노닐고 싶어하는 바람으로 끝맺는다.

이러한 세계에 대한 불안감은 그 실체를 뚜렷이 드러내지 않지만 그
로 인해 뚜렷한 목표의식의 결여와 처사적 정체성의 동요로 나타난다.
여기에는 당위적 세계를 상실한 사족층의 실존적 번뇌가 담겨 있다.[39]
이전까지 자연은 조화로움을 구유한 당위적 세계로서 자연스럽게 미끄
러져 일치되던 데에서, 자연과의 동일화가 깨지고 있다. 이의 연장선상

---

37) 장인진이 소개하고 실은 자료를 참고했음. 장인진, 「새로 발굴된 이중경의 오대어부
  가」, 『도서관학』 10집, 한국도서관학회, 1983.
38) 이형대, 「오대어부가」와 처사적 삶의 내면 풍경」, 『조선 중기 시가와 자연』(신영명
  우웅순 외), 태학사, 2002, 230면.
39) 이형대, 위의 글, 231~235면.

에서 하나의 결절점이 되는 작품이 애경 남극엽의 시조이다.

애경 남극엽(1736~1804) 역시 말년에 잠시 교정유생으로 규장각에 들어
갔을 뿐 평생 처사로 지낸 향촌사대부이다.[40] 그의 연시조 「애경당십이
월가」는 모두 12수이다. 그가 은거하는 곳인 담양 애경당에서 열두 달에
바라보는 주변경관을 달거리 노래 형식으로 지은 것으로 1796년경에 창
작된 것으로 보인다.[41] 이 「애경당십이월가」의 시조 작품은 같은 내용이
사(辭)와 한시로도 번역되어 있어 참조할 수 있다.

이 작품이 주목되는 것은 전통적인 달거리 형식으로 사시의 풍광을
그리고 있는데, 사시의 순환이 지니는 소장성쇠가 자아와 조화를 이루지
못하고 있다는 점이다. 연시조 전통 속에서 사시의 풍경은 자아와 세계
의 우주적 조화로움을 드러내 주는 합일의 형상으로 나타난다. 이 작품
에서 강호는 은거하고 있는 '물외'로서 사회현실과 대조되는 공간으로,
은거하는 '이 곳' 자연은 환로에 나아가 자신의 뜻을 펴지 못한 갈등이
투사되고 있는 점은 여느 작품과 같다. 반면에 여기서는 사시의 조화로
움 속에 시적 자아가 젖어드는 조화를 이루지 못하고 있다.

우선 모두 12수로 된 작품 구성은 각 월마다 제목이 붙어 있다.[42] 1월
에는 때에 맞추어 풍년을 알리는 상원달을 바라보고, 강가의 안개 긴 모
습에서 한식의 비가 갠 모습의 흥취를 느낀다. 이런 모습은 절기에 맞추
어 바뀌는 경치가 주는 흥취를 즐기는 여유로운 모습이다. 그런데 삼월의
꽃나무의 풍경들 속에서 자연의 순환은 일순간 자아가 위치한 일상의 '세

---

40) 아버지는 道興이고 어머니는 함풍 이씨로서 생원, 「충효가」·「향음주례가」 등을 짓
   고 정조 22년(1798)에는 御定冊子 「大學衍義」의 교정에 참여했고, 1799년에 농서를
   지어 바쳤으며 1800년에 교정유생으로서 규장각에 들어갔으나 1804년 세상을 떠났다.
   이상보, 「애경 남극엽의 시가 연구」, 『조선시대 시가의 연구』, 이회문화사, 1997, 66~
   68면.
41) 이상보, 위의 글, 66~68면.
42) 차례대로 載山望月章, 江郊曉霧章, 東崗花弃章, 山亭鶯聲章, 古棧農歌章, 大堤觀
   漲章, 瑞石淸嵐章, 四野稻花章, 北嶽丹楓章, 塔邊澗水章, 雪裏孤松章, 風前舞竹章
   으로 구성된다. 이상보, 위의 글, 75~78면.

월'로 바뀌고, 봄의 화사함은 자신의 대조적인 백발을 떠올리게 한다. 이
로 인한 비감은 사월에 이르러 자신의 처지에 대한 한탄으로 이어진다.

> 녹슈(綠樹) 산정(山亭) 기푼 곳직 벗 부른다 저 새쇼리
> 동풍(東風)에 깃셜 쩔쳐 근치는이 구우(邱隅)로다
> 내 엇지 살놈으로 새만 못ᄒ여 훈(恨)이로다
> ― 남극엽, 「애경당십이월가」, 『애경언행록(愛景言行錄)』[43]

사월에 해당하는 '산정앵성장(山亭鶯聲章)'이다. 허공으로 깃을 크게 떨
쳐 높이 비상하는 새의 이미지는 전통적으로 시인의 정치적 포부와 결
합하여 드넓은 경륜을 펼치고자 하는 경세적 이상을 담아왔다. 이 작품
에서도 전통적 이미지를 통해서 자신의 정치적 포부의 좌절과 자기 화
해의 의지를 담고 있다. 깃을 떨쳐 날아오른 새가 모퉁이에 멈추어 있는
모습의 우의적 표현을 통해 그칠 곳을 아는 새에 비하여 그칠 곳을 모르
는 자신에 대한 자책과 갈등을 드러낸다. 주어진 상황을 수락하고자 하
지만 그것이 쉽지 않음이 "새만 못ᄒ여 훈이로다"라고 내뱉는 토로에서
드러난다.

특히 가을로 넘어가면서 가을과 겨울의 계절감은 경세적 이상의 좌절
로 인한 삶의 비애감과 결합하면서 합일의 형상과는 거리를 보여준다.
가을과 겨울의 서늘하고 차가운 정취가 상실감을 불러일으키면서 가장
고조된 시인의 심경이 표출된다.

> ① 씬남우 셜이입피 금슈평풍(錦繡屛風) 둘여 잇다
> 북악(北嶽)의 올나서셔 남포을 보라본이
> 지ᄉ비츄(志士悲秋) 위인 말고 만쳔슉긔(滿天肅氣)예 늑는 겻시 더욱 셥다

---

43) 이상보, 「애경 남극엽의 시가 연구」, 『조선시대 시가의 연구』, 이회문화사, 1993에서
소개한 것을 인용함.

② 고반(考槃) 호 곡죠로 간슈(澗水)기의 비회호이

　물은 어이 죵죵호고 다 모도 춘숄[寒聲]이라

　두어라 한가호 이내 듯줄 영시불고(永矢不告) 호올이라

　　　　　　　— 남극엽, 「애경당십이월가」, 『애경언행록(愛景言行錄)』

　①은 구월 북악단풍장(北嶽丹楓章)으로, 가을의 경치를 읊고 있다. 곱게 물든 단풍나무에 서리가 내려앉은 모습은, 가을의 정취를 관조할 수 있는 마음의 여유가 없기에 애상감만 더해줄 뿐이다. 서늘한 가을의 정취는 경세적 포부를 좌절당한 지사(志士)로서 "늑는 겻시 더옥 서러운" 처연함을 불러일으킨다. 가을을 통해 한 해의 풍성한 결실보다는 쇠락의 기운을 느끼며, 이 서늘함에는 자신의 소진해 가는 젊음과 기울어져 가는 인생이 겹쳐 있다. 특히 ② 시월 계변간수장(溪邊澗水章)에서는 쇠락의 겨울 시냇가에서 서성이면서, 자연과 조화를 이루지 못하고 있는 모습이다. 여기서 시냇가에서 배회하는 모습은 유유자적하면서 거니는 것과는 다르다. "고반 한 곡조"는 향촌에 은거하고 있으면서 자신의 뜻을 이룰 수 없는 처지에 대한 노래라고 볼 수 있다. 이러한 자신의 노래에 대해 소리를 알아주는 지음(知音)은 없고 시냇물은 차가운 물소리만 내며 흐르고 있어 쓸쓸함을 더해줄 뿐이다.[44]

　여기서 시냇물 소리의 차가움은 율곡 이이에게서 볼 수 있었던 것처럼 처사의 꼿꼿한 지취를 환기하는 것이 아니라 마음에 부딪히는 쓸쓸함을 환기한다. 시냇물은 자신의 곡조에 화답하기보다 차가운 소리를 내며 흐르고 있어, 자아와 동화되기보다는 단절되어 있다. 시냇물의 찬 기운은 한기와 쓸쓸함을 느끼게 한다. 그리하여 종장에서 '한가한 자신의 뜻을 끝내 말하지 않겠다'는 말 속에는 이를 초극하고자 하는 마음에서 자신 속으로 더욱 폐칩해 들어가고자 하는 다짐이 섞이어 있다. 이 말에

---

44) 이에 해당하는 辭에 '내가 노래를 부르는데 세상에 나를 아는 이 아무도 없다[些我歌我唱, 世無我知]'라고 하고 있고, 시에는 '시냇물이 쓸쓸히 흐르는 소리에 차가움이 더한다[澗水添寒淅瀝聲]'고 말한다.

는 세계와의 간극 속에 온전한 화해를 이루지 못하고 있는 자아의 갈등이 드러나 있다. 그 결과 이어지는 십일월에서는 눈 속 외로운 소나무라는 우의적 표현을 통해서 애써 의연함을 되새기고자 한다.[45]

　사시의 순환이 부여하는 경관은 전통적으로 만물의 순환을 통해 우주적 조화로움을 뜻하는 가장 보편적인 심상이다. 그러한 조화로움에 조용히 동화되는 삶은 자연 합일의 주요한 형상이다. 전형적으로 사시의 순환을 통해 물아일체된 삶을 그려낸 맹사성의 「강호사시가」에서 강호는 자연의 풍성함, 너그러움과 그 안에 사는 이의 흡족한 긍정이 합일된 조화의 세계이다. 자연은 일정한 이법에 따라 운행되면서 절대적인 안정을 실현하며 자아의 의지와 아무런 모순도 일으키지 않는다. 자아와 자연은 서로 포용하여 일체가 된다.[46] 반면에 이 작품에서 사시의 변화를 보여주는 자연은 시적 자아와 조화로운 합일을 이루기보다는 심리적으로 단절되어 이화(異化)되어 있는 경우가 많다. 인생사가 새겨져 있는 일상 세월의 무상함은 자연의 순환이 보여주는 항상성과 불일치 속에 놓여 있다. 여기에는 자아와 자연과의 조화로운 합일의 형상이 깨어져 있으며, 자아는 합일의 세계에서 튕겨져 나와 있다. 이제 처사로서의 자신을 돌아보며 지나온 삶에 대한 회의를 담고 있어 처사로서의 정체성의 동요를 드러낸다.

　남극엽의 일생을 돌아보면 그는 향촌에 은거하고 있는 유학자로서의 면모를 지닌다. 조부와 부 모두 출사하지 못하였고 별다른 행적이 기록되지 않은 것으로 보아 그의 가문은 쇠락의 길을 걸었던 것으로 짐작된다. 이에 농서를 지어 바쳐 말년에서야 교정유생으로 규장각에 들어간 점과, 가사작품 「충효가」・「향음주례가」 등을 남긴 것을 보면 유학자로

---

45) "눈 속의 풀은 핏시 그 안이 졸일눈가 / 진태후 봉호 후의 지금ᄀ지 북그려워 / 싯고
　　자 훈는 모음 상셜 중의 알이로다."(右至月 雪裏孤松章)

46) 김흥규, 「강호자연과 정치현실」, 『세계의문학』, 1981 봄호, 민음사.『욕망과 형식의
　　시학』(태학사, 1999)에 재수록, 1983, 393면.

서 경세적 포부를 펼치고자 하는 의지가 강했던 것을 볼 수 있다.[47] 이러한 학문적 자부심이나 경세적 욕구와 달리 현실에서 부딪친 한계로 인해 자연에는 세계와의 갈등이 투사되어 있다. 이러한 갈등으로 인해 자연과의 조화로운 합일의 형상이 깨지고 있다는 점에서 '존재의 세계'와 '당위의 세계'의 괴리를 의식하는 목소리를 읽을 수 있다. 자연이 당위적 가치인 도덕과 일치하고 있던 데에서 벗어나 자연은 더 이상 당위적 세계로 놓여 있지 않다.

19세기 사대부 지덕붕(池德鵬, 1804~1872)의 시조는 이런 점에서 19세기 강호시조의 귀결점을 보여준다. 지덕붕은 경상도 경산의 향촌 사대부로서, 여러 번 과거시험을 보았으나 실패하고 만년(64세)에 자신의 은거지인 경산에 누정 관유정을 짓고 69세에 세상을 떠날 때까지 이곳에서 지냈다.[48] 그가 과거공부를 중단하면서 지은 「거자잠(擧子箴)」의 이면에는 중앙 정계에 끈이 닿아 있지 않은 지방의 사족들로서는 실력과 관계없이 과거를 통한 입신이 쉽지 않았던 당대 정치상황의 구조적 모순에 대한 인식이 들어 있다.[49] 이는 당시 점차 벌열화하며 중앙의 문화적·정치적 권력을 독점해 가는 경화사족의 향방과는 대조적으로, 더욱 한미해지는 향촌사대부의 행보를 보여준다.

은거하던 고장의 산 이름이 상산(商山)으로서, 그 이름이 은자 '상산사호(商山四皓)'와 일치함으로 인해 자신을 종종 상산사호의 은자적 형상에 비유한다. 그가 은거하는 상산의 모습은 작품 안에서 '산상(山上)', '높은 재', '백운' 등의 수직적 상승공간으로 표현된다. 이는 지리적으로 지상과 격절된 곳임을 드러내고 있는데, 사회와의 괴리가 심화됨으로써 그 의식의 출로는 고답적이고 탈속적인 세계에 안주하고 있다. 이러한 심상들은 앞서 강호가 속진과는 거리가 먼 고답적 성격을 지니면서 처사로

---

47) 이상보, 『조선시가의 연구』, 이회문화사, 1997, 13~15면.
48) 권영철, 「商山時調 硏究」, 『국문학연구 3집』, 효성여대, 1970, 76~77면.
49) 정흥모, 「19세기 사대부 시조 연구」, 고려대 박사논문, 1994, 51면.

서의 고고함을 강조했던 채헌과 신지의 작품과 연장선상에 있다. 그러면서도 상산의 작품에서 '도화(桃花)', '석경창태(石逕蒼苔)', '채지(採芝)', '채약(採藥)', '세진(世塵)이 불침(不侵)'의 절속(絶俗)의 표현들은, 현실적 처지야 여하튼 세계에 대한 견고한 믿음을 지녔던 채헌이나 신지와 달리 세계에 대한 좌절감을 안고 있다.

① 동천(洞天)에 안자시니 세진(世塵)이 불침(不侵)이라
   규인탐례(窺仁探禮)하며 채약환화(採藥灌花)하난 외(外)에
   부유하락(復有何樂)하야 가이대차야(可以代此也) 하리오

② 아희야 속객(俗客)이 잇서 나를 차자 오거들랑
   선생(先生)이 표연하게 채지(菜芝)하로 나갓시나
   상산(商山)에 구름이 깁허 곳모른다 하여라

③ 수목(樹木)이 참차(參差)하니 낫안니 어더불까
   석경창태(石逕蒼苔)에난 미록(麋鹿) 자취 쑨이러니
   이 중에 탄금(彈琴)하난 뜻들 뉘 잇서 알리오

— 지덕붕, 『상산선생문집』50)

①과 ②에서 동천에 앉아 있는 모습은 세속과 격절된 모습에서 나아가 탈속적 모습이 신비감마저 띠고 있다. 여기서 인과 예를 탐구하는 모습, 세속의 먼지가 틈입하지 못하는 모습은 권호문이 한 점의 티끌조차도 허용하지 않던 모습과는 또 다른 성격이다. 자연 속에서 심성을 기르는 엄격함이기보다는 신비로운 은자로서의 형상에 가깝다. ③에 나타난 자연의 모습은 이러한 고답적 모습의 의미를 분명히 해준다. 여기서는 수목이 흩어져 있어 낯을 얻어 볼 수 있다는 것만으로도 위안으로 삼을 만큼 퇴락한 형상을 하고 있다. 그렇기에 '이끼 긴 돌 길에 미록의 자취

---

50) 지덕붕, 『상산선생문집』(『한국역대문학총서』 1577), 경인문화사, 1995.

만 있다'는 표현은 세속과의 절연성을 뜻하는 관습적 의미를 넘어서는 쇠락함으로 읽힌다. 이는 쇠진한 자아의 모습과 통하고 있어, "탄금하는 뜻을 알아주는 이 없다"는 소외감을 표출한다. 이것은 다른 작품에서 "향일(向日) 경심(傾心)하난 단규(丹葵)를 독애(獨愛)하나니"라고 하여 연군의 심정을 내보이고 있는 점을 볼 때 자신을 알아주지 않은 세상으로 향한 것임을 알게 한다.

앞서 애경 남극엽의 시조에서 쇠잔한 조락의 심상과 자신의 좌절감을 겹쳐 놓았듯이, 여기서도 경관의 퇴영적 모습에는 미래에의 전망을 상실한 좌절감이 엿보인다. 고답적이고 탈속적 형상과 쇠잔한 모습이 같이하고 있는 밑바닥에는 자아의 좌절감이 교차하고 있다. 한시 「동산회음(東山會飮)」에서 나이 오십이 되어 인생을 되돌아보며 "온 우주가 도리어 비좁은데 귀밑머리는 나이 오십에 벌써 백발이 되려 하네 산은 아름다운 손님인 양 자리 옆에 서 있고 꽃은 어린 아들 마냥 뜰에 가득하구나 인간 세상에 부질없이 시나 읊조리는 나그네 되었으니 우습구나 이리저리 떠도는 강물의 부평초 같은 신세"51)라고 읊조리는 목소리에서는 짙은 허무감이 깔려 있는 것을 볼 수 있다.

이와 같이 사회로부터의 소외와 좌절의식은 나아가 현실 초월적인 형상으로 나타나기도 하는데, 이는 유자로서의 정체성의 동요로 나타난다. 가사장르의 경우에 후대로 가면 현실과의 긴장을 훌쩍 뛰어넘어 초월적 형상을 그려내고 있는데, 여기에는 좌절감과 함께 유학적 세계관에 대한 견고한 신뢰가 무너져 있는 것을 볼 수 있다. 유자로서의 정체성의 동요는 바로 사회와의 긴장의 끈을 놓아버릴 때이다. 18세기에서 19세기의 강호가사에서 자연이 사회와의 긴장관계에서 벗어나 있는 모습을 볼 수

---

51) "草樹連天四望靑 / 神功寂寂畵中屛 / 海界三千還窄窄 / 鬢毛五十欲星星 / 山似嘉賓留几席 / 花如稚子滿階庭 / 人間謾作狂吟客 / 笑殺搖搖江漢萍."
  지덕붕, 『상산선생문집』 권2; 정홍모, 「19세기 사대부 시조 연구」, 고려대 박사논문, 1994, 60면 참조.

있다. 여기서는 자연 귀의가 궁극적으로 사회로의 기여로 나아가고자 하는 또 다른 실천론으로서 이해될 수 있었던 것에서 벗어나 있다. 그리고 자연이 보여주는 초속적 내지 탈속적인 형상은 부정적 현실과 대응하면서 사회 자체에 대한 부정으로 읽힐 수 있다.

청사 노명선(1647~1715)의 「천풍가」는 그러한 과정을 보여주는 작품으로, 향리인 전남 장흥에 있는 천관산을 유람하고 지은 작품이다. 17세기 말~18세기 초 사이에 지은 것으로 추정되는 「천풍가」에 나타난 탈속적 형상들 속에는 현실로부터의 좌절감과 이로부터 비상하고자 하는 욕구가 담겨 있다. 작품에 나타난 천관산은 현실세계와 격절된 공간으로서 탈속적 색채를 띠고 있다. 이곳은 '벽도(碧桃)와 운학(雲鶴)'만이 놓여 있는 적막한 곳, '영약(靈藥)을 선자(仙子)로부터 진정'받고, 선옹의 옥장기와 신선 안기생(安期生)의 전설이 깃든 신비로운 곳이다. 높은 봉우리에 올라 "인간이 꿈이로다 니 안이 신선인가"라고 신선이라고 자처하는 모습은 비상(飛上)의 이미지를 통해서 현실로부터 비상하고 싶은 욕구를 드러낸다.

다음은 여정을 마무리하며 자신의 심경을 토로한 부분으로서, 작품의 성격을 잘 드러내 준다.

> 홍진비리(興盡悲來)ᄒ니 회포도 하고 만타
> 철연만고(千年萬古)의 밋빗츤 의구ᄒ다
> 틱산정상(泰山頂上)의 옥경(玉京)이 혀사(虛事)로다
> 활려호 문장은 과긱(過客)의 진적(陳跡)이요
> 졀승호 산수난 후인(後人)의 호사(好事)로다
> 소박호 이니 몸이 글자도 못ᄒ며는
> 요산요수(樂山樂水)ᄒ달 인지(仁智)을 어이 알니
> 빈발(鬢髮)은 호빅(皓白)ᄒ고 긔력(氣力)이 쇠진ᄒ니
> 공밍안증(孔孟顔曾)은 꿈의도 못보니
> 서방미인(西方 美人)은 소식이 언제 오고
> 석실(石室) 운산(雲山)의 옥담(玉潭)이 천이로다

초려(草廬)의 도라드러 다시곰 바래보니

만 이십 이 청산이 호남의 제일이라

청산을 못 니저서 다시 쏘 오자 쩌니

포의(布衣)로 미양 오니 산수도 붓글엽다

― 노명선, 「천풍가」, 『存齋歌帖』[52]

　이곳을 유람하는 것은 기본적으로 인지를 기르고자 요산요수하는 것이다. 하지만 산의 정상에 올라서 "틱산 정상의 옥경(玉京)이 허사(虛事)로다 활려한 문장(文章)은 과객(過客)의 진적(陳跡)이요, 절승한 산수난 후인(後人)의 호사(好事)로다"라는 독백에는 태산 정상의 옥경에서 느끼는 분방함이 허사로 돌아가고[53] 사회 현실에 대한 좌절감으로 인해 현재를 부정하고자 하는 절박한 목소리를 느낄 수 있다. 이제 '빈발이 호백하고 기력이 쇠진, 공맹안증(孔孟顔曾)을 못 본다'는 심정 토로는 경세적 포부를 펼칠 수 없는 현실적 제약과 미래의 전망을 상실한 유자로서의 한계에 대한 고백이다. 그러면서도 현왕(賢王)을 뜻하는 서방(西方) 미인(美人)을 기다린다고 하여 사회로 향하는 시선을 떨치지 못하고 있다. 이러한 갈등은 "포의(布衣)로 미양 오니 산수도 붓글엽다"는 자괴감의 고백에서도 드러난다. 사회 현실을 훌쩍 뛰어넘고자 하면서도 여전히 떨쳐 버리지 못하고 갈등하는 시선을 느낄 수 있다.[54]

　이러한 현실에 대한 좌절감과 한계에 대한 고백은 더욱 깊어진 인생의 허무의식과 결합하면서 19세기 강호가사에로 이월된다. 김상성(1768~1827)의 「서호별곡」, 남석하(1773~1853)의 「초당춘수곡」에는 모든 가능성을 상실한 체념의 독백과 함께 자연은 현실과 동떨어진 별천지로서의 선경

---

52) 위백규, 『존재집』·『존재가첩』, 경인문화사 영인본, 1974.
53) 흥취와 해방감이 현실의 중압감 속에서 무화된다. 김석회, 「「魏門歌帖」을 통해 본 조선 후기 호남지방 향촌사족층 문학의 사회적 성격」, 『존재 위백규 문학 연구』, 이회문화사, 1995, 315면.
54) 유정선, 「천풍가 연구」, 『이화어문논집』 15집, 1997, 427~28면.

으로 나타나면서 초속적 성격을 띤다. 김상성은 「권농가」를 지은 김익의
아들로서 생원시에 합격했으나 출사하지 못하였고 효행으로 이름이 났
다.55) 이미 아버지 대에 이르러 농사를 지을 정도로 가문이 쇠미해진 것
으로 보이며, 그 결과 세상에 대한 자괴감과 삶에 대한 강한 허무감이
드러나 있다.

> 어와 내일이야 싱각ᄒ니 허망(虛妄)ᄒ다
> 어러셔 글 비흘젹 영오(穎悟)타 니르더니
> 평생의 수기(數奇)ᄒ야 공명을 못 일워셔
> 광음이 임염(荏苒)ᄒ야 오십이 거의로다
> 빈발(鬢髮)은 반백(半白)ᄒ고 치아(齒牙)는 동요(動搖)ᄒ다
> 학공을 힘쓰랴니 총명이 반감(半減)ᄒ고
> 궁검(弓劍)을 비호랴니 근력이 쇠모(衰耗)ᄒ다
> 이리 혜고 저리 혜니 인간(人間)의 무용(無用)이다
> 포식난의(飽食暖衣) 날노 ᄒ니 의가반낭(衣架飯囊) 내 아닌가
> (…중략…)
> 삼만 육천 날의 다 사ᄂ니 몃몃신고
> 석화(石火) 건곤(乾坤)의 부유(浮蝣)ᄀ치 스러지니
> 천지(天地)는 거려(遽廬)ㅣ오 일월(日月)은 과객(過客)이다
> 상전(桑田)이 벽해(碧海)되기 일순간의 쉽다커든
> ᄒ물며 인생이야 닐러 무엇 ᄒ사리오
>   — 김상성, 「서호별곡」, 『確隱遺藁』56)

「천풍가」에서와 마찬가지로 시적 화자가 모두 노년의 쇠락한 모습이
다. '빈발이 호백'하거나 '빈발은 반백'한 모습은 곧 실제의 생물학적인
나이를 지시하는 것임과 더불어 쇠세를 사는 쇠진한 자신의 모습에 대한

---

55) 이상보, 『한국고전시가연구·속』, 태학사, 1984, 100면.
56) 이상보, 『현대문학』 307호, 현대문학사, 1980; 『한국고전시가연구·속』, 태학사, 1980,
    102~106면에 재수록.

비유이다. 자신이 살아온 인생을 되돌아보며, 아무 것도 이루지 못했다는 자괴감은 인생 자체에 대한 허무감으로 이어진다. 이미 세상을 사는 목적이 없어진 상황에서 삶 자체의 허무감과 회의 속에 주어진 순간을 즐기고자 하는 의식이 엿보인다. '천지가 거려(遽廬)이고 일월조차 과객'으로 여기는 의식 속에는 현실세계 자체의 의미를 부정하는 모습이다.

   그리하여 자조적인 어조의 독백이 이어지다가 돌연 화려한 강호의 어옹으로 반전되는 상황은 어떤 책무감도 던져 버리고 초월하고자 하는 심정의 반영으로 볼 수 있다. 그에 따라 이곳 강호는 신비롭고 화려한 선경이다.

> 죽도(竹島)의 비롤 둘너 상포(象浦)로 드리 져어
> 삼청당(三淸堂) 츠자가니 주인이 반기시니
> 조석수(潮汐水) 진퇴(進退)홀 제 영성(笭箵)의 건진 고기
> 기렵(鬐鬣)이 발랄하니 은린옥척(銀鱗玉尺) 휘황하다
> 금반(金盤)의 회비(鱠飛)하니 백설이 향기롭고
> 옥완(玉椀)의 고유(膏腴) 쓰니 황금이 어리엿다
> 청사(靑絲)로 목민 병의 향료(香料)롤 ᄀ득 부어
> 주인 잡고 손 권하니 일배일배(一杯一杯) 부일배(復一杯)라
> 유영(劉伶)의 주덕송(酒德頌)은 인간지미(人間至美) 낙이 알고
> 중장통(仲長統) 낙지론(樂志論)은 우리 두고 닐넌느니
> 두공부(杜工部) 읊던 화조 히마다 수심(愁心)하니
> 이청련(李靑蓮) 노던 풍월 밤마다 한가하랴
> 수양 아래 비롤 미고 대교동(大橋洞) 도라올 제
> 취안이 몽롱하야 간주성벽(看朱成碧) 하는괴야
> 투공부인(投筇扶人) 계오와셔 도착접리(倒着接䍦) 화하미(花下迷)라
> 박수소아(拍手小兒) 웃지 마라 생애난취(生涯爛醉) 뿐이로다
> 아마도 세상과 등진 몸이 강산 풍월과 홈끠 늘글가 하노미라
>   —김상성, 「서호별곡」, 『確隱遺藁』

찾아간 곳은 "옥척금린이 휘황하고, 금반에 회비하니 백설이 향기롭고 옥완의 고유, 청사로 목 민 병의 향료"로 고아한 격조를 넘어서는 신비로움과 번쩍거리는 화려함을 갖춘 이상적 공간이다. 이는 이현보의 「어부가」가 '푸른 연잎에 밥을 싸고 푸른 버들에 고기를 꿰는 소담한 흥취를 즐기는 소탈한 어옹의 한가로운 자태'57)로써 담박하고 맑은 흥취를 보여주는 것과 대조적이다. 그리하여 술에 취하여 지팡이를 던지며 비틀거리고, 두건을 거꾸로 쓰고 꽃 아래에서 헤매며 '생애가 난취'뿐이라고 읊조리는 데에서는 규범을 벗어 던지는 방일(放逸)한 취락을 즐기는 모습을 확인할 수 있다.

이 작품에서는 「천풍가」에서 보았던 유자로서의 정체성에 대한 번민이 두드러지지 않는다. 현실 세계에 대한 부정과 처사로서의 책무감 사이에서 흔들리던 청사 노명선과는 또 다른 모습이다. 이는 퇴계 이황로부터 '완세불공지의(玩世不恭之義)'가 있다고 평가받은 이별의 「어부가」가 "부정적 현실은 의식 내부에서 이미 타기의 대상이어서 세상에 대한 걱정거리가 존재할 이유도 없고 강호 이 쪽 생활의 자득감만이 넘쳐나는 것"58)과 연장선상에 있다. 이미 사회로 향한 모든 의식을 잊고 이 순간을 즐기고자 하는 것은 부정적인 세계 인식을 바탕으로 현실과 단절되고자 하는 것이다.59) 이것은 세계에 대한 더 깊은 좌절감을 깔고 있으며, 이제 스스로에게 유자로서의 정체성을 비추어 볼 수 있는 여력도 소진한 것으로 보인다.

남석하는 호가 추담(秋潭)으로 애경 남극엽의 아들로서 효행으로 이름이 났으며, 평생 출사하지 못하였다. 아버지 남극엽이 말년에 교정유생을 지냈고 학행을 인정받았던 것에 비해, 추담은 뚜렷한 행적이 남아 있

---

57) 이형대, 「어부형상의 시가사적 전개와 세계인식」, 고려대 박사논문, 1997, 102면.
58) 이형대, 위의 논문, 100~101면.
59) 안혜진, 「강호가사의 변모 과정 연구—누정계와 초당계를 중심으로」, 이화여대 석사 논문, 1997, 127면.

지 않은 것으로 보아 역시 그의 대에 이르러 과거를 보지도 못할 정도로
가문이 더욱 쇠미해진 것으로 보인다.[60]

어자 내일이야 줌을 끼여 싱각ᄒ니
세상의 일만 일이 다 쓸어 허랑(虛浪)ᄒ다
공명(功名)의 찌가 업서 백옥(白屋)이 수간(數間)이라
백화주 이삼배의 산수의 정이 들어
홍도벽도(紅桃碧桃) 난발ᄒ더 청려완보 들어가니
산은 첩첩(疊疊) 기봉(奇峰)이요 물은 청청(淸淸) 여수(麗水)로다
안기 거더 구룸 된니 초산(楚山) 태산(泰山) 다백운(多白雲)이요
구룸 거더 안기된이 계산파무(稽山罷霧) 울차아(鬱嵯峨)라
안저 보고 서셔 본니 별건곤이 여기로다
(…중략…)
석경(石逕)의 홋텨 날어 수층화계(水層花階) 올나간니
절로 핀 곳 해당화며 심궈 핀 곳 척촉장미(躑躅薔薇)
이화 도화(李花 桃花) 행화(杏花) 피고 취죽창송(翠竹蒼松) 섯거ᄂ더
히ㅂ러기 촉규화(蜀葵花)며 목단화(木丹花) 영산홍과
난초(蘭草) 혜초(蕙草) 울금작약(鬱金芍藥) 오색춘국(五色春菊) 봉선화며
다 핀 나무 덜 핀 나무 집을 둘러 휘여진디
화중두견(花中杜鵑) 우는 소리 곳곳마다 봄이로다
탐향접무(探香蝶舞) 묘ᄒ 거동 편편(片片)이 나라 들고
천류앵가(穿柳鶯歌) 몰근 소리 씨씨로 흘러온다
(…중략…)
만학천봉 집푼 곳제 천사만념(天思萬念) 다 이즌니
신선이 신선인가 내가 일정 신선이라
도화유수 흘너간덜 어주 엇지 차자오며
운심부지(雲深不知) 집퍼쩌던 송하문동(松下問童) 어이 알이
벽상의 걸인 통소 왕자진(王子晉)이 부다 간가
새 줄 연즌 거문고는 유수곡 옛 음률로 종기(鍾期) 업시 혼자 탄니

---

60) 이상보, 『한국고전시가연구・속』, 태학사, 1984, 112~113면.

산수 묻 아양(峨峉)이라 연하의 집피 든 병 독락의 다 늘쩌다
— 남석하, 「초당춘수곡(草堂春睡曲)」, 『추담일고(秋潭逸稿)』[61]

　여기서 자연은 역시 "세상의 일만 일이 다 쓸어 허랑"한 현실세계와 격절된 공간으로서, 자족적 이상향의 모습이다. 김상성의 「서호별곡」과 비교할 때 자조적 목소리는 줄어들고 현실세계를 위에서 내려다보며 자득하는 모습이다. 그러기에 초당의 모습은 담박하고 평담한 수기(修己)의 공간이기보다 채색되고 화려하다. 철마다 갖은 색의 꽃들이 피어나고 묘한 거동의 새들이 날아드는 이곳은 "별건곤"이다. 이곳에서 "천사만념 다 이즌니 내가 일정 신선이라"고 하여 신선으로 자처하고 있는 모습은 현실로 향한 꿈을 접고 역시 순간을 즐기고자 하는 모습이다. 이러한 19세기 향촌 사대부의 모습은 향촌에 은거하는 처사로서의 자부심을 잃어버린 모습을 보여준다. 이는 18세기부터 진행되어 온 경향 분기의 상황 속에서 19세기에 이르러 향촌이 중앙으로부터의 정치적 소외가 심화되는 상황과 맞물려 있다.

　앞서 고찰했듯이 유가에서는 이상적 사회의 건설이라는 꿈이 있기에 자연에 귀의해서도 근원적으로 사회를 지향한다. 표면적으로 사회에 대한 반감은 부정적 현실에 대한 것으로, 이는 이상적 사회에 대한 갈망의 표현이다. 유자라는 자기 정의 내에서 그러한 책무감에서 자유로울 수 없다.

　『중용』에서는 "인성(人性)을 다할 수 있으면 물성(物性)을 다할 수 있고 물성을 다할 수 있으면 천지의 화육을 도울 수 있다"고 하였다. 성을 구현하면 도덕을 이룰 뿐만 아니라 자연질서에 합치하게 되며, 나아가 자연의 생성까지 돕게 된다는 것이다. 인간이 본성에 의하여 자연 질서와 합치하고 자연의 생성을 돕는 데까지 이른다는 것은 결국 자연과 그 법칙을 예와 도덕의 근거로 간주할

---

61) 이상보, 『한국고전시가연구·속』(태학사, 1984)에서 소개한 작품을 인용함.

뿐만 아니라 더 나아가 자연을 인간과 하나로 되는 대상으로 파악하는 이른바 '물아일체'·'천일합일' 사상의 표출이다.[62]

자연과 사회를 연속적이며 동시적인 관계로서 인식할 수 있는 세계인식의 기반을, 고산은 전통적인 유가의 천인합일 관념에 두고 있다. 만물과 나, 자연과 사회가 본질적으로 다르지 않다는 연속적인 실재관에 입각해서 자아의 완성을 이 모든 것을 포괄하는 개념의 우주적 자연과 합일하는데 두고 있기 때문에 그러한 인식이 가능했던 것이다. 말하자면 고산이 구극적으로 합일하고자 지향한 세계는 자연과 사회를 포괄한 우주적 자연이라 할 수 있다.[63]

위에서 확인할 수 있는 점은 자연에서 합일하는 즐거움이 자연만으로 이루어지는 자족적 즐거움일 수 없고 자연의 이치는 인간, 사회로 연결되어 확산되는 데에 그 의미가 있다는 것이다. 인간이 선천적으로 주어진 본성을 기름으로써 자연에 합일하고자 하는 것은 바로 자연과 사회의 조화를 이룬 우주적 자연에 대한 지향을 담고 있다. 이러한 연속적 실재관이 유가적 세계인식의 가장 큰 특징으로, 강호시가는 '우주적 자연'에 대한 꿈을 노래한다.

하지만 자신의 현실적 처지와 사회와의 괴리가 심화될 때, 패배감이 심화되면서 처사로서의 전망을 상실했을 때 그 긴장의 끈을 놓아버릴 수 있다. 이때 자연과 사회의 질서는 불연속적이다. 자연에 귀의해서 처사로서 심성을 기름으로써 사회에 기여한다는 점에서 처사로서의 정체성은 유지될 수 있다. 반면에 자연이 부정적인 세계인식을 바탕으로 이쪽 세계만의 자족적 즐거움에 도취될 때, 자연과 사회가 조화를 이루는 우주적 자연을 지향하는 유가적 세계관에서 비껴나게 된다.

---

62) 윤사순, 「유학의 자연철학」, 『조선 유학의 자연철학』, 예문서원, 1998, 33면.
63) 성기옥, 「고산 시가에 나타난 자연인식의 기본 틀」, 『고산연구』 창간호, 1987, 245면.

(2) 도연명적 귀거래와 전원적 삶

자연으로의 귀의를 뜻하는 귀거래가 특히 전원과 함께 이야기되는 것은 잘 알려져 있듯이 도연명의 귀거래라는 역사적 사실과 관련을 맺고 있다. 위진남북조시대 문인인 도연명이 자신의 고향으로 돌아가면서 읊은 「귀거래사」는 농가를 배경으로 한 전원 생활을 다룬 문학들의 문학적 원천을 이룬다. '전원'으로 그려진 자연은 '강호'와 달리 자연 속에서의 '생활'을 담는다. 농가를 배경으로 한 생활의 정경이 삶의 반경 안에 들어오면서, 논밭을 일구며 노력하여 얻는 삶을 그려낸다. 주로 농가에서 이루어지는 생활을 주요 요소로 하여 궁경체험을 다루고 있어 '전가시조', '전원시조'로 명명되고 있다.[64] 이와 같이 이러한 농가를 배경으로 한 궁경의 내용들은 강호시조와 달리 생활의 요소들을 다루고 있어, 강호시조와 구분지어 다룰 필요가 있다.

그런데 때때로 국문시가에서 귀거래의 모티프는 전원적 삶뿐만 아니라 강호의 범주와도 넘나들고 있다. 사시의 정경 안에 강호에서의 소일과 전원에서의 생활이 한 작품 안에 나타나는 경우가 있으며, 귀거래가 단지 자연으로 돌아간다는 선언적 의미를 지니며 구체적으로 전원의 형상이 드러나지 않는 경우가 있다. 그럼에도 불구하고 여기에서 강호를 형상화한 자연시와 구분하여 별도의 장에서 다루고자 하는 이유는 앞서

---

64) 김병국, 「한국 전원문학의 전통과 그 현대적 변이양상」, 『한국문화』 7, 서울대 한국문화연구소(1986)에서는 거시적으로 한국 전원문학을 살펴보는 관점에서 서구의 전원시와 대비하고 있다.

김흥규, 「16·17세기 강호시조의 변모와 전가시조의 형성」, 『어문논집』 35집, 고려대 국어국문학회(1996)에서는 전원을 소재로 한 자연시가를 '田家時調'(또는 전원생활시조)라고 명명하고, 시가사에서의 변화상으로 주목하였다. 이러한 시각의 연장선상에서 후속 논문들의 연구 성과가 이루어졌다. 이에 관한 논문으로는 김용철, 「「누항사」의 자영농 형상과 17세기 자영농시가의 성립」, 『한국가사문학 연구』(정재호 편), 태학사, 1996; 권순회, 「전가시조의 미적 특질과 사적 전개 양상」, 고려대 박사논문, 2000; 신영명, 「17세기 강호시조에 나타난 '전원'과 '전가'의 형상」, 『한국시가연구』 6집, 한국시가학회, 2000 등이다.

언급한 것처럼 '생활'을 다루고 있으면서 하나의 문학적 관습을 이루고 있다는 점에서이다. 중국문학에서 전원시는 산수시와 별개의 전통으로 논의되듯이, 국문시가에서도 강호시가와 달리 전원시가는 미적 자질에 있어서 구분된다.65)

강호시가가 주로 강호나 산림을 배경으로 한 반면에, 전원시가는 전원에서의 궁경체험과 질박한 생활을 다룬다. 일례로 청구영언의 주제별 분류체계를 참조해 보면, 일률적이고 엄격한 기준이 적용되고 있지는 않지만 전원을 소재로 한 작품들을 '야취(野趣)', '수분(守分)'의 주제 아래 따로 분류하고 있어 이에 대한 준별 의식을 볼 수 있다. 이러한 전원의 정경들은 하나의 문학적 관습을 형성하면서 소박하면서도 평담한 생활을 이어가는 자족적인 생활공간을 표상해 왔다. 이런 점에서 전원으로의 귀의는 자연과 합일하고자 하는 또 다른 욕구를 반영하는 것으로 보인다.

여기서 다룰 작가들로는 황희·강익·김광욱·조존성·신계영·박인로·정훈·조황 등과 일부 가객들로서, 전원에서의 생활을 다루고 있다. 그리고 작품 안에서 전원의 형상이 지니는 의미를 고려하여, ① 자족적 삶의 공간으로서의 재야(在野), ② 무욕(無慾)과 한정(閑情)의 공간으로 나누어 보기로 한다.

① 자족적 삶의 공간으로서의 재야

도연명이 전원으로 돌아가면서 읊은 「귀거래사」에 나타난 귀거래는, '오두미(五斗米)에 허리를 굽히지 않겠다'는 언명에서 볼 수 있듯이 다름 아닌 세속적 정치현실로부터 벗어나 전원으로 돌아가는 것으로 도덕적 의미가 부가된다. 그리하여 궁경하며 생활하는 전원으로의 귀거래는 세속적 부귀공명을 멀리하는 도덕적 염결성과, 전원의 평담한 정경66)의 시적 형상화라

---

65) 이러한 미적 특질로, 야인적(野人的) 홍취, 질박천진(質朴天眞), 태고순풍(太古淳風), 야취(野趣) 등으로 지적되고 있다. 김흥규, 위의 글, 238~240면; 김용철, 위의 글, 280~281면; 권순회, 위의 글, 17~23면.

는 면에서 유가에서 지향하는 처사로서의 삶의 방식에 부합되고 있다. 이러한 문학적 전통 속에서 특히 전원으로의 귀거래는 자연으로 귀의하는 상황을 지시하는 것을 넘어서서 벼슬길을 버리고 돌아온다는 점에서 윤리적, 정치적 의미를 내함하고 있다. 이와 같이 귀거래가 시적인 긴장감을 불러일으키는 것은 세속의 부귀공명을 내던지는 도덕적 결단의 의미를 띨 때이다. 속세에서 벗어나 지절(志節)을 지키는 도덕적 실천의 의미를 지니는 것으로 해석될 때, 정치적 좌절에 대한 심리적 보상의 의미를 갖는다.

이에 따라 전원시에 나타나 있는 노동 체험은 외부 현실인 '사회'와 대비되는 상징적 의미를 띠는 경우가 많다. 시인이 목가적 위장을 통해 구현하고 있는 세계는 인간 사회의 어떤 양상을 비판하기 위한 사회적 태도에 따라 고안된 세계에 가깝다.67) 이 경우에 '전원'과 그 안에서 이루어지는 삶의 형상은 현실에 대한 비판의 표현이 된다. 시조의 경우 농암 이현보가 「효빈가(效嚬歌)」에서 귀거래를 읊은 것이 하나의 계기가 되어 전원으로 돌아가는 귀거래는 하나의 이상적인 삶으로 자리잡는다. 이후 일부 작품들은 당쟁으로 인한 정치적 심화되면서 자신이 겪는 정치적 좌절을 도연명의 전거를 통해 설명하고자 한다. 그리고 이때 귀의한 공간인 전원은 사회와 마찰하면서, 환로(宦路)에서 벗어난 곳임을 뜻하는 '재야(在野)'라는 의미를 지닌다. 거기에 나타난 전원과 궁경체험은 실제로 이루어진 사실적 체험을 담아냈다기보다 현실에 대응하는 방식에 대한 비유적 표현인 경우가 많다.68)

---

66) 자연적 질서에 조응하며 평담한 자아를 유지하는 터전이 도연명이 지향하는 바의 전원이다. 이형대, 「조선조 국문시가의 도연명 수용양상과 그 역사적 성격」, 고려대 석사논문, 1991, 15면.

67) 김병국, 「한국 전원문학의 전통과 그 현대적 변이양상」, 『한국문화』 7, 서울대 한국문화연구소, 1986, 83면.

68) 김병국이 "강호시가가 분명히 시골 생활의 속성과 관련됨에도 불구하고 우리는 그 시골을 일종의 환상으로 다루어야 마땅하다는 것을 의미한다. (…중략…) 전원문학을 실재의 허상으로 보는 관점이 아니라 이것을 세계 해석상의 문제 또는 세계에 인간적 의미를 부여하는 것이다"라고 지적한 것과 같은 맥락이다. 김병국, 위의 글, 42면 참조.

먼저 살펴볼 신흠과 김광욱(1580~1656)은 모두 17세기 사대부로서, 정파로는 서인에 속하여 정치적 부침을 같이하고 있다. 신흠은 한시 작품 곳곳에서 평생의 지기로 도연명을 언급하는가 하면, 도연명의 삶을 자신의 시각으로 풀이한 설을 남기고 있다.[69] 마찬가지로 김광욱은 자신의 향리와 도연명의 은거한 고을 이름이 일치하는 것에 남다른 의미를 부여하고, 자신의 작품들을 「율리유곡(栗里遺曲)」이라고 명명한다.

이를 보면 신흠과 김광욱 모두 유배로 인해 어쩔 수 없이 정치 현실의 무대로부터 떨어져 나와 자연으로 돌아가게 된 자신의 처지를 도연명적 삶으로 해석한다. 이들은 자신이 유배를 당하여 돌아가는 모습을 전원으로 돌아가는 도연명의 형상과 중첩시켜 놓는다.

① 공명(功名)이 긔 무엇고 헌신짝 버스니로다
　전원(田園)에 도라오니 미록(麋鹿)이 벗이로다
　백년(百年)을 이리 지냄도 역군은(亦君恩)이로다
　　　　　　　　　　　　　　　　　—신흠, 「방옹시여」(『청진』 117)

② 도연명 주근 후(後)에 쏘 연명(淵明)이 나닷말이
　밤 무을 녜 일홈이 마초와 ᄀ틀시고
　도라와 수졸전원(守拙田園)이야 긔오내오 다르랴
　　　　　　　　　　　　　　　　　—김광욱, 「율리유곡」(『청진』 146)

①과 ②의 시조 모두에서 현실에 대한 첨예한 대립의식을 깔고 있으면서,[70] 전원은 공명을 추구하는 것과 반대적 의미를 지닌다. 신흠은 「귀래

---

69) 산문 『귀래재설(歸來齋說)』과 시 「제정절망산도(題靖節望山圖)」에서 도연명의 삶에 대해 자신의 시각으로 해석하고 있다.

70) 김광욱은 광해조의 집권층인 대북정권에 의해 삭직당한 사실에 대해 적개심을 품고 있다. 「劍賦」에서는 '정적들을 모두 검으로 베어버리겠다'고 하여 세상에 대한 적개심을 보인다. 박연호, 「17세기 강호시조의 한 양상」, 『한국어문교육』 7집, 고려대 사범대학 국어교육학회, 1994, 122~123면. 또한 신흠은 「방옹시여서」에 "내가 전원에 돌아온 것은 세상이 진실로 나를 버렸고 나 또한 세상에 권태를 느꼈기 때문이다"고 하여 전

재설(歸來齋說)」에서 '귀래'의 뜻이 도연명의 귀거래에서 유래한 것임을 말하고, 지금 유배 온 자신의 모습과 도잠의 귀거래가 같다고 한다. 즉 "나물밥을 먹고 물이나 마시며 셋집에서 사는 내가 동쪽 언덕에 올라가 목놓아 소리치면서 천명을 즐기는 것과 무슨 차이가 있겠는가. 오직 주어진 환경에 편안히 여겨 순리대로 살며 평이하게 살아 천명을 기다리는 것"71)이라고 말한다. 곧 신흠이 해석한 전원으로의 귀거래는 담박한 삶일지라도 주어진 상황에 순응하며 정신적인 자유로움을 누리는 것이다.

이와 같이 전원을 배경으로 담박한 삶을 천명으로 받아들이며 담담하게 살아가는 것이 도연명의 귀거래에 대한 이해의 주요부분이다. 그리고 전원을 배경으로 한 담박한 생활의 모습을 구체적으로 그려낸 것이 죽소 김광욱의 시조이다. 죽소는 도연명의 '수졸(守拙)'의식을 바탕으로 전원 속에서 살아가는 모습을 세부적으로 드러낸다.72)

① 최행수(崔行首) 뽁달힘 흐새 조동갑(趙同甲) 곳달힘 흐새
　　돋 뛤 개 찜 오려 점심(點心) 날 시기소
　　매일에 이렁셩 굴면 므슴 시름 이시랴 (『청진』 162)

② 딜가마 조히 싯고 비회 아래 쉽물기러
　　풋죽 둘게 쑤고 저리지이 쯔어내니
　　세상(世上)에 이 두 마시야 눔이 알가 흐노라 (『청진』 150)

—김광욱, 「율리유곡」

①의 경우 촌부들과 어울려 화전을 즐기는 모습이다. 서로 일을 나누어 쑥과 꽃을 달이는 모습은 소박하면서도 정겨운 생활을 보여준다. 마을의 촌부들과 거리감 없는 소박한 생활을 나누는 이곳은 현실세계의

___

원이 세상과의 대립된 공간임을 드러낸다.
71) 신흠, 「귀래재설」, 국역 『상촌집』 제34권, 민족문화추진회, 99~100면.
72) 수졸의식을 바탕으로 도연명의 전원생활을 동경하며 실제로 도연명적 삶을 동경하였다. 이상원, 『17세기 시조사의 구도』, 월인, 2000, 58~62면.

시름과는 거리가 먼 곳임을 드러낸다. ②역시 호화로움과 대비되어 거칠고 질박한 삶의 모습으로 질가마를 씻고 샘물을 길어 팥죽을 쑤는 모습을 그린다. 이러한 질박한 생활이 주는 즐거움은 무척이나 크다. 그런데 이런 생활이 세상과의 긴장관계에 놓여 있음은 종장의 "세상에 이 두 마시야 놈이 알가 ᄒ노라"라는 표현에서 알 수 있다.[73]

이상에서 드러난 전원은 소박하면서 정겨운 생활이 이루어지는 곳이다. 이러한 수졸(守拙)의 생활은 세상에 대응하는 방식의 문제[74]를 드러내고자 한 것임을 알 수 있는데 세상, 시름 등과 대비적 문맥에 놓여 있는 데에서 엿볼 수 있다. 이는 곧 살아가는 방식에 있어 사심이나 꾸밈이 없이 질박하고 담담한 모습을 의미하는 것이다. 다른 작품에서 "어와 져 백구야 므슴 슈고 ᄒᄂ슨다 굴숩흐로 바자니며 고기 엇기 ᄒᄂ괴야 날 ᄀᆺ치 군ᄆ음 업시 줌만 들면 엇더리"의 토로를 삶의 모습으로 직역한 것이기도 하다.

이러한 소박한 정취들은 실제로 현실과 거리를 둔 자족적 생활을 그리기보다는 현실과 대립적 의미를 띠면서 세상에 대한 대응의 의미를 지닌다. 이것은 죽소가 인조반정 후에 바로 출사하고 있는 행보에서도 확인된다. 이러한 전원을 둘러싼 정경들은 모두 은거하는 삶이 호화롭고 시름 많은 사회와 대비되는 질박한 정경을 드러내고자 하는 점에서 '사회'와 긴장관계에 놓여 있다. 사회와 거리가 먼 질박하고 거친 삶을 전원에서의 생활을 통해서 그려내어 현실에 대한 비판을 담는다.

조존성(1553~1627)의 「호아곡(呼兒曲)」에서도 벼슬살이와의 대비적 문맥에서 전원으로 물러나 밭을 일구며 사는 삶의 모습을 그려낸다. 조존성은 전형적인 재경사족(在京士族)으로 1590년 문과에 급제한 후 당쟁으로 인해 진퇴를 반복하는 굴곡이 있었지만 동지사행의 정사를 지내는 등

---

73) 『율리유곡』에서 야인적 삶의 질박한 흥취는 바로 혼란한 정치현실에 대한 대응태로서의 의미를 갖는 것이다. 권순회, 「전가시조의 미적 특질과 사적 전개 양상」, 고려대 박사논문, 2000, 59면.

74) "守拙 : 拙謂拙於應世, 守拙謂以拙自安, 不以巧僞與世周旋也."(『중문대사전』 3, 중화학술원, 366면)

중앙의 요직을 두루 역임하였다.[75] 이러한 개인사를 참조해 볼 때, 작품에 나타난 궁경체험은 은거의 비유로서 사환(仕宦)과 대비되는 '자신의 능력으로 노력하여 생활[食力]'하는 모습을 그려내는 데에 초점이 있다.

「호아곡(呼兒曲)」은 은거 후의 생활로서, 동서남북의 사방을 배경으로 생활하는 모습을 병치한다. 그 내용은 '서산채미(西山採薇)'·'동간관어(東澗觀魚)'·'남무궁경(南畝躬耕)'·'북곽취귀(北郭醉歸)'로 구성되어 있다. 서산에서 고사리를 캐고 동쪽 물가에서 낚시질하며, 남쪽 밭을 갈고 북녘에서 술에 취해 달빛을 받으며 오는 생활로 이루어진다.

> ① 아희야 구럭망틱 어더 西山에 날 늣거다
>   밤 지닌 고스리 하마 아니 즈라시라
>   이 몸이 이 푸시 아니면 朝夕 어이 지니랴(西山採薇)
>
> ② 아희야 되롱 삿갓 출화 동간(東澗)에 비 지거다
>   기나 긴 낙대에 미늘 업슨 낙시 미야
>   져 고기 놀라지 마라 내 흥 계위 ᄒ노라(동간관어(東澗觀魚))
>
> ③ 아희야 죽조반(粥早飯) 다고 남무(南畝)에 일 만해라
>   셔투른 짜블를 눈 만죠 쟈부려노
>   두어라 성세궁경(聖世躬耕)도 역군은(亦君恩)이시니라(남무궁경南畝躬耕)
>
> ④ 아희야 쇼 며겨 내여 북곽(北郭)에 새 술 먹쟈
>   대취(大醉)ᄒ 얼굴을 둘빗체 시러 오니
>   어즈버 희황상인(羲皇上人)을 오늘 다시 보와다(북곽취귀北郭醉歸)
>   ― 조존성, 「호아곡(呼兒曲)」, 『용호유집(龍湖遺集)』

먼저 ① 「서산채미(西山採薇)」는 '구럭 망태', '고사리', '푸새' 등으로 지내는 질박한 생활을 읊는다. 그런데 '고사리'라는 점에서 자신이 지절을

---

75) 권순회, 「전가시조의 미적 특질과 사적 전개 양상」, 고려대 박사논문, 2000, 39~40면.

지키고자 은거하는 은사라는 점을 지시하며, 이어지는 각 연들은 이러한 은사로서의 은거생활을 구체적으로 드러낸다. 이러한 문맥에서 밭을 일구는 생활은 역시 사회에 대응하는 모습이라는 비유로 읽을 수 있다. ②에서 "미늘 업는" 낚싯대로 비 내리는 동쪽 물가에 앉아 있는 모습에서 고기를 낚을 생각보다는 흥취에 젖어 있는 모습이다. 이는 은거 생활이 속세에 초탈하여 지내는 삶임을 보여준다.

③은 궁경하며 생활하는 모습으로 전원에 귀의한 생활이 갖는 갈등을 담고 있다. '죽조반', '자신이 일구어야 할 남쪽 밭에 일이 많다'는 표현은 호화로운 벼슬길과 대비되는 모습이다. 죽조반을 먹으며 몸소 밭을 가는 전원에서의 생활은 이제 막 농사일을 시작하여 손에 익지 않은 모습을 드러낸다. 이는 화평할 수만은 없는 갈등을 내포하고 있는데, 그것은 "서투른 짜부를 누 마죠 자부려노"라는 표현에서 드러난다. 아직은 서툰 농사일과, 더불어 마주 잡을 사람이 없다는 것에서 소외감을 내비친다. 이것이 '사회'와의 마찰로 인한 것임이 종장에서 분명하게 드러난다. 특히 종장의 '역군은'이 감탄을 뜻하는 접두어와 결합하는 일반적 경향과 달리, 여기서는 '두어라'와 연결되면서 궁경의 현실에 체념하는 어조가 짙게 배어 있다.[76] 따라서 '성세궁경'의 표현은 자신을 둘러싼 사회와의 갈등을 우회적으로 드러내면서 '성세(聖世)'라는 이상적 사회에 대한 기대를 표출한다.[77] 군은으로 표현되는 사회로 향한 의식을 지닌 채 주어진 삶에 순응하고자 마음을 다잡고자 하는 의지를 담고 있다.

이런 점에서 이 작품은 전원을 배경으로 한 궁경생활이 '은거'의 자장 안에 놓여 있음을 잘 보여준다. 궁경의 현장이 실생활적인 의미보다는 현실 대응의 의미를 띠고 있는 것은 이와 같이 궁경체험이 은거 생활의

---

76) 무심하리요라는 표현이나 두어라 같은 전환이 종장에 나타난 것은 삶의 질서가 절대한 힘 앞에서 조화를 요구받고 있다는 인식의 언어적 형상화이다. 김대행, 『시조유형론』, 이화여대 출판부, 1986, 230면.

77) 태고적 은자의 형상에 자신을 투영함으로써 현실의 모순으로부터 벗어나고자 하는 소망을 역설적으로 피력한 것이다. 권순회, 앞의 논문, 43면.

일부로 놓여 있다는 점에서 확인된다. 전원에서의 생활이 직접 논밭을 일구며 지내는 자족적인 삶임을 표방하고 있으며 이러한 삶이 정신적인 자유로움을 누리는 생활이라는 점을 드러내고자 한다. ④의 「북곽취귀(北郭醉歸)」에서 대취한 얼굴로 달빛에 실려 돌아오는 정신적 자유로움을 그려내고 있는 것은 이 때문이다. 결국 사회와 길항하는 의식이 자족적으로 궁경하는 형상 속에 담겨 있다. 이와 같이 자족적 노동체험의 형상은 출사의 삶과 반대되는 의미를 지니는 것으로 스스로 논밭을 일구며 살아가는 삶의 방식을 드러낸다.

17세기 말과 18세기 전기에 활동한 가객들의 '전원'도 사대부 전원시조와 유사하다. 이들은 사대부들과 달리 실제로 귀거래할 공간과 처지에 놓여 있지 않았음에도 귀거래의 형상을 통해 그들의 갈등과 욕구를 담는다.[78] 주의식과 김천택의 작품을 보자.

①늙고 병 든 몸이 가다가 아므듸나
  절로 소슨 뫼헤 손조 밧 가로리라
  결실(結實)이 언매리마는 연명(連命)이나 ᄒᆞ리라

　　　　　　　　　　　　　　　　—주의식(『청진』 225)

②농인(農人)은 고여춘급(告余春及)ᄒᆞᆫ이 서주(西疇)에 일이 만타
  막막수전(漠漠水田)을 뉘라서 독믜야 줄이
  암아도 궁경가장(躬耕稼穡)이 니 분(分)인가 ᄒᆞ노라

　　　　　　　　　　　　　　　　—김천택(『해주』 443)

①주의식의 시조 "늙고 병든 몸", "가다가 아므듸나"에서 삶의 전망이나 정향(定向)이 없는 상황과의 갈등이 엿보인다. '절로 솟은 뫼에 비록

---

78) 이들에게는 16, 17세기 사족들처럼 재지적 기반이 없어 실제로 귀거래한 것이 아니었기 때문에 이들이 다분히 관념상의 공간으로서 전가를 설정하여 현실적 갈등을 해소하고자 했던 것이다. 권순회, 「전가시조의 미적 특질과 사적 전개 양상」, 고려대 박사논문, 2000, 114면.

결실은 얼마 되지 않겠지만 손수 밭을 갈며 살겠다'는 다짐은 세속적인 얽매임 없이 정신적인 자유로움을 누리며 지내겠다는 언표로 읽힌다. 따라서 그곳에서의 궁경체험은 정신적 자족행위에 가깝다. ② 김천택의 시조에 나오는 경우도 '분(分)'에 맞게 궁경하며 지내겠노라고 노래한다. 여기서의 분(分)은 신분적 한계를 뜻하며, 따라서 '막막수전(漠漠水田)이 있는 궁경가장(躬耕稼穡)'은 입신 현달과 대조되는 삶을 의미하는 것으로 보인다.79)

여기서 '밭'은 주어진 제한적 상황의 공간으로서 제한적으로나마 자족적으로 지내고자 하는 곳으로 나타난다. 해내야 할 일이 막막하게 펼쳐진 곳, 또는 아무 곳에나 놓여 있는 하찮은 곳으로서의 '밭'은 비옥한 터전이 아니라 고단하면서도 자유롭다는 점에서 도연명이 돌아가고자 한 거친 황무지에 가깝다. 이런 점에서 이들 18세기 전반에 활동한 가객들의 자연이 제약이나 구속이 존재하지 않고 자신들이 추구하는 상층적 지향을 실현할 수 있는 공간으로서의 의미를 지니고 있는 것80)과 동궤에 놓인다. 이들은 자신들의 신분적 갈등과 상승에의 욕구를 강호자연에 대한 지향으로 표출시켜 관념적 이상공간으로 설정하고 있다.81)

전원이 현실과 마찰하는 가운데 사회와 대비적 문맥에 놓인 또 다른 예는 19세기 향촌사대부인 조황이다. 조황의 시조를 통해서 사회적 몰락이 심화된 19세기 사대부가 자신의 삶에 전원의 형상을 부여함으로써 은거하는 처사로서의 정체성을 유지하고자 했던 행보를 볼 수 있다.

삼죽 조황의 「주로원격양가(酒老園擊壤歌)」는 모두 60수의 연작시조로서 계절의 순환에 따른 생활과 감회를 읊은 내용으로 구성된다. 먼저 그

---

79) "엊그제 덜 괸 술을 질동회예 가득 붓고 / 설 데친 무 남을 淸篘醬 씻쳐 닌이 / 世上에 肉食者들이 잇 맛슬 어이 알리오"(해주 430)의 작품 역시 질박함이 세상의 육식이 뜻하는 호화로움과의 대비적 의미를 띤다.

80) 권두환, 「김성기론」, 『한국시가문학연구』(정병욱 저), 신구문화사, 1983, 287~289면.

81) 고미숙, 「조선 후기 평민가객의 문학적 지향과 작품세계의 변모양상」, 고려대 석사 논문, 1986, 31~32면.

가 연작시조의 제목을 붙인 경위를 밝힌 「주로원격양가」 서를 살펴보면 그가 농부가 아님에도 제목을 격양가라고 붙인 것에 대한 해명이 주요 내용이다. 그 내용은 이미 현실성이 옅어진 유교적 출처관에 근거하여[82] 초야의 선비로서 강구연월의 경세적 이상을 담고자 이런 제목을 붙인다고 말한다.[83] 하지만 이와 같이 서문을 붙여 그 경위를 설명하는 이면에는 현실과 달리 자신이 처한 곳에 언제든지 출사할 수 있는 재야로서의 의미를 부여고자 한 데에 있다.[84] 따라서 「주로원격양가」에 나타난 자연인 '주로원'은 언젠가 때가 되면 출사할 수 있는 재야로서, 출사에 대한 지향을 강하게 지니면서 사회와 긴장관계에 놓여 있다. 자신은 초야의 선비로서 이곳 초야는 여전히 '세간(世間)', '세로(世路)'와 대비되는 곳으로, 귀전원의 공간이다.

① 누항전(陋巷田) 십오경(十五頃)에 팔구생애(八口生涯) 더져두고
　 성도상(成都桑) 팔백주(八百株)에 동구하갈(冬裘夏葛) 자재(自在)허다
　 엇지타 세간(世間) 이 자미(滋味)를 이졔 와서 아라는고(삼죽 58)

② 황계백주(黃鷄白酒) 취포(醉飽)허고 죽장망혜(竹杖芒鞋) 배회(徘徊)허니
　 뫼마다 금병(錦屛)이요 이 들 져 들 황운(黃雲)이다

---

82) 그의 이러한 출처관은 다음의 시조 작품들에서 확인된다.
　 "男兒의 立身揚名 顯父母도 크다마는 / 士君子 出處間에 쩌 時字가 關重허다 / 아마도 晝耕코 夜讀ᄒ여 俟河之淸 허리로다."(삼죽 7)
　 "古今에 異端邪說 洪水猛獸 다름 업고 / 名利關 繁華場은 深淵薄氷 아닐소냐 / 아마도 鶯花水竹間에 獨善其身 허리로다."(인도행 삼죽 9)
83) 「주로원격양가」 序. "或有問於余曰, 擊壤歌者, 古野人之歌也. 子非農家者流也, 何以是名其歌. 余曰 噫喜 古之擊壤歌者, 安知非稷契之倫乎. 堯作大章, 一夔族矣, 舜歌南風, 百工和之. 彼雖雖一老, 無預賡歌之席, 而有事耕鑿之野, 乃所以素貧賤而行貧賤者也. 自是後累千載, 有宋邵堯夫, 願同巢許之老, 唐虞歌有四太平, 詩有擊壤集, 亦各言其志也已."
84) 격양가를 이야기한 것은 태평성대를 희구하는 심리보다는 자신은 지금 비록 들판에서 일하는 군자일 따름이나 언젠가는 발탁되거나 아니면 정치권력의 호의를 스스로 마다한 부류로 인정받기를 원하는 심리에 근거했을 가능성이 훨씬 더 크다. 이동연, 『19세기 시조 예술론』, 월인, 2000, 75면.

아마도 세간비수사(世間悲愁士)는 니 가흥(佳興)을 모로리라(삼죽 71)
　　　　　　　　　　　　　— 조황, 「주로원격양가」, 『삼죽사류』

　①에서 자신의 삶의 터전은 '누항전 십오경에 동구하갈이 자재'하는 곳으로, 자기 힘으로 일구고 누리는 소박한 곳이다. 그곳은 가난하지만 각박함이나 곤고함이 느껴지지 않는 자족적인 곳임이 ②에서 드러나 있다. 황계 백주를 배 부르도록 먹고 누런 빛을 띠는 잘 익은 벼들을 바라보는 풍족한 모습이다. 세간의 근심으로부터 멀어져서 가흥을 누리는 곳이기도 하다.

　그러면서도 '주로원'은 힘든 노동이 이루어지는 현장 가까이에 위치하고 있는데, 이에 관찰자의 시점에서 농부의 수고로움을 바라본다.

　①홍로중(洪爐中) 타는 밧헤 종일(終日)허는 져 농부(農夫)야
　　네 근고(勤苦) 져러커널 니 유식(遊食)은 어인 닐고
　　우리도 노력양군자(勞力養君子)ᄒ야 애민(愛民)허기 바라노라 (삼죽 68)

　②밤 시벽 길고성(桔橰聲)에 누어신들 잠이 오랴
　　임우자(霖雨姿) 업다 허고 우국원풍(憂國願豐) 아닐소냐
　　엇지면 침하천(枕下泉) 자아다가 인간우(人間雨)을 지여볼고 (삼죽 69)
　　　　　　　　　　　　　　— 조황, 「주로원격양가」, 『삼죽사류』

　①에서 땡볕에 고생하는 백성들의 신고함을 되새긴다. 이러한 농부의 삶을 관찰자 입장에서 관찰하면서 자신의 유식(遊食)을 자책하며 군자를 잘 기르기를 다짐한다. ②에서도 두레박 소리에 풍년을 기원하는 우국이념을 되새기면서 자신이 지고 있는 경세적 부채감을 토로한다.

　이와 같이 농사의 현장을 바라보며 시화하는 것은 경세자로서의 정체성을 확인하고자 하는 의지에서 비롯된다. 농사의 현장에 가까이 위치하고 있으면서 자신의 직접적 체험으로 그려내지 않고 있는 이러한 구도

는 사대부가 귀의한 정신적 공간으로서의 '전원'의 성격을 분명하게 드러내 보여준다.

여기서 출사를 지향한다는 점에서 전원은 사회와의 긴장성을 이루고 있는데, 「주로원격양가」의 전체적인 문맥은 출사에 대한 열망과 현실적 처지가 마찰하고 있는 상황이다. 「주로원격양가」 안에는 출사하기에 아직 때가 이르지 않았고 아직은 자신을 알아주지 않는 데에 대한 회한을 담은 작품들이 있다. '저 학의 날개를 빌려 육합 안에 놀아보자'고 하여 드넓은 세계로 비상하여 정치적 포부를 펼치고 싶은 욕구를 내비치거나,[85] 아직은 시절을 만나지 못했으므로 때를 기다리는 심정을 드러내기도 한다.[86] 소년 시절의 출사에의 꿈을 아직도 이루지 못한 것에 대한 회한과 쓸쓸함이 묻어 있는 작품을 통해서는 그 좌절감을 짐작할 수 있다.[87] 그렇기에 삼죽은 향촌사회에서의 기반이 약하고 어려운 경제형편에도 불구하고 사당을 세우고 공자의 영정을 봉안하는 등 복고주의를 꿈꾸며 경륜을 펼치고자 한다.[88]

이런 문맥에서 연작시조 「주로원격양가」에서의 전원은 농사의 현장에 가까이 위치하고 있으면서 출사에의 꿈을 안고 자족적 삶을 누리는 재야이다. 각박하고 곤고한 삶의 현장에 가까이 있으면서 자신이 위치한 자연은 곤고하기보다는 한가롭고 여유로운 가흥을 누리는 생활 공간이다. 여기서 전원이 그 자체로 자족적일 수 없음은 사회와의 긴장관계 속에서

---

85) "松壇에 잠든 鶴이 一陳霜楓 꿈을 씨여 / 月下에 훌적 나니 九萬里에 길 여럿다 / 져 鶴아 날이를 빌려라 六合 안에 노라보쟈."(삼죽 74)
86) "花園에 져 나뷔야 이 春色이 뉘 時節고 / 곳퓌쟈 네가 난다 네가 나즈 곳치 핀다 / 아마도 莊周의 꿈을 꾸어져 時節을 만나리라."(삼죽 62)
87) "中天에 雪後月이 少年時에 돗터이다 / 梅花 퓐 故人家에 셔로 차쟈 賦詩터니 / 至今에 山窓이 晃白허니 月色인가 허노라."(삼죽 79)
88) 조황이 찾아낸 길은 복고주의였다. 그는 객관적으로 당대 사회를 바라보는 데 실패하고 시효가 다한 이념을 붙들고 앉아서 현군이 나타나 자신을 불러 주기만을 고대하고 있었다. 정흥모, 「삼죽 조황의 시조 연구」, 『19세기 시가문학의 탐구』, 고려대 고전문학 한문학연구회 편, 집문당, 1995, 176~191면.

반사적 의미를 지니기 때문이다. 귀전원의 공간인 '주로원'은 역시 외부 세계인 '사회'와 길항하면서 소박하지만 자족적으로 생활하는 곳이다.

② 무욕과 한정의 공간

전원을 소재로 한 자연시가는 '생활체험', '궁경체험'을 다룬다는 점에서 특히 무욕의 이념과 결합하고 있다. 사회와 갈등을 빚는 것과 달리 태평성대 속에 누리는 삶은 무욕과 한정의 공간으로 나타난다. 강익(姜翼, 1523~1567)의 「단가 삼결」에 나타난 전원과 궁경체험은 '지란(芝蘭)'과 '형극(荊棘)'의 대조 속에서 무욕의 정신적인 경지를 나타낸다.

> 지란(芝蘭)을 갓고랴 ㅎ야 호미를 두러메고
> 전원(田園)을 도라보니 반이나마 형극(荊棘)이다
> 아히야 이 기음 몯 다 미여 히 져믈까 ㅎ노라
>
> ─ 강익, 「단가삼결」, 『개암집(介庵集)』[89]

이 시조에서 전원이 등장하고, 호미와 기음을 매는 모습이 나오지만, 지란을 가꾼다는 점에서 실제의 체험보다는 자아의 이념을 드러낸 것으로 볼 수 있다. 지란은 고고한 정신 세계를 상징하며 기음을 매는 행위는 시적 자아가 추구하는 정신경계를 의미한다. 그리하여 이것은 내면의 사욕을 극복하고 정신적 수양을 완성[90]하고자 하는 다짐을 노래한다. 여기서 전원은 무욕의 정신성을 이루고 있는 곳이다.

이어 박인로(1561~1642)와 정훈(1563~1640)은 경제적 형편이 어려웠던 몰락사족이기에 전원이 삶의 한가운데에 자리잡고 있다. 박인로의 한시를 보면 가난이 그를 몹시 괴롭혔으며, 그로 인해 정신적 자존을 유지하고자 노력하는 모습을 볼 수 있다. 「만흥(漫興)」에서는 "나이 늙고 집이 가

---

89) 강익, 『개암집』(『한국문집총간』 38), 민족문화추진회, 1989.
90) 권순회, 「전가시조의 미적 특질과 사적 전개 양상」, 고려대 박사논문, 2000, 35~36면.

난하니 손조차 오지 않는다"[91]고 말하고 있으며, 「사시음(四時吟)」에서는 '동풍은 인간세상 물들지 않았는지 뜰악까지 불어와서 가난한 것 상관 않네'[92]라고 하여 가난에 대한 결핍감을 느낄 수 있다.

하지만 그들의 작품에 나타나는 전원은 체험을 사실적으로 그려내고자 하기보다는 안빈낙도를 실천하는 곳으로, 초탈한 은자의 형상을 통해 사욕과 거리가 먼 고고한 모습을 그려낸다.

> ① 저익(沮溺)의 가던 밧치 천년(千年)을 묵어거놀
>   구룹을 허혀 드러 두세 이렁 가라두고
>   생애(生涯)를 족(足)다사 홀가마는 부롤 거슨 업노왜라
>
> — 박인로, 「경운야(耕雲野)」, 『蘆溪集』

> ② 상산(商山)의 채지(採芝)ㅎ러 브디 네히 가리런가
>   좃츠리 업슨디 우리 둘히 가사이다
>   세상(世上)의 어즈러운 일들 듯도 보도 마사이다
>
> — 정훈, 『수남방옹유고』[93]

① 박인로의 시조 작품에서는 장저와 걸익 등 은자의 형상이 등장한다. 자신이 갈고 있는 밭을 '저익이 가던 묵은 밧'에 빗대어 세속의 명리를 초탈한 은자에 비유한다. 그 밭은 구름 위에 놓여 있고, 밭은 '두세 이렁'뿐이다. 여기서 구름은 속세와 동떨어져 있으면서 고고한 높이와도 통하여, 구름 속에서 밭을 가는 것, 그것도 '두세 이렁'만 갈고 있는 모습에서 무욕의 순수한 정신적인 경지를 빗대고 있다.[94] ② 정훈의 모습도

---

91) "年老家貧客不來 但看黃鳥自飛來." 『노계집』 권1; 이상보, 「박인로의 시가문학을 살핌」, 『조선시대 시가의 연구』, 이회문화사, 1993, 17면 재인용.

92) 이상보, 『노계시가연구』, 이우출판사, 1978, 304면.

93) 박요순, 「정훈과 그의 시가고」, 『숭전어문학』 2집, 숭전대 국어국문학회, 1973에 영인 소개됨.

94) 권호문의 다음 시조의 취의를 그대로 옮겨온 듯하다. "出ㅎ면 致君澤民 處ㅎ면 釣月耕雲 明哲君子는 이룰사 즐기ㄴ니 ㅎ물며 富貴危機ㅣ라 貧賤居를 ㅎ오리라."

고답적이다. 상산에서 약초 캐는 모습 역시 고답적인 은자의 공간과 겹쳐 있다.

이와 같이 구름 속의 밭을 갈고, 산 속의 약초를 캐는 전원은 태고의 시공간을 넘나들면서 태평하고 탈속적인 모습으로, 무욕의 삶을 담는다. 박인로의 가사 「노계가」에서도 동일한 전원의 모습이 나타난다.

> 저익 가던 묵은 밧과 엄자릉의 조대도
> 갑 업시 절로절로 산중 백물이 다 절로
> 기물(己物) 되니 자릉(子陵)이 둘이오
> 저익(沮溺)이 서히로다
> (…중략…)
> 달알이 괴기 낙고 구름 속의 밧흘 가라
> 먹고 못 나마도 그칠 적은 업노왜라
>
> —박인로, 「노계가」, 『蘆溪集』

라고 하여 달 아래 고기를 낚고 구름 속에서 밭을 가는 모습은 화평하고 한가로운 생활로, '남지는 않아도 그칠 적은 없는' 생활이다. 이와 같이 전원에서 밭을 가는 것은 조대에서 낚시하는 것과 함께 한가로운 삶의 한 요소에 가깝다. 실제 현실에서 겪는 갈등이나 긴장감 없이, 그곳에서는 태평성대의 백성으로 정신적 요족함을 누리고 있다. 태평성대의 인식 속에 누리는 정신적 요족함은 조촐한 연잎의 회와 질병의 술을 즐기며 베개를 높이 베고 한가로이 지내는 모습이다.[95]

마찬가지로 정훈의 「수남방옹가(水南放翁歌)」에 나타나는 전원의 형상도 노계의 전원과 비슷한 모습이다.

---

95) "연닙페 다믄 회 질병의 치운 술을 염복토록 머근 후의 태기 너븐 돌애 놉히 베고 누어시니 무회씨적 사룸인가 갈천씨 쩌 백성인가 희황성시 다시 본가 너기노라."(「노계가」 중에서)

이바 아희들아 서주(西疇)에 일이 잇다
싸부 호미 다 졔곰 ㄱ져스라
갈거니 지거니 수무(數畝)룰 ㅁ츤 후에
경광(頃筐)을 드러메고 뒷 미희 올라가니
어린 취 못다 크고 미궐(薇蕨)이 채 슐졋다
겍그며 다므며 바구리 못다 차셔
봉두(峰頭)에 올라 안자 채미가(采薇歌)룰 기리 내며
향철 운소(響徹 雲霄)애 흉중이 쇄락

—정훈, 「수남방옹가」, 『수남방옹유고』

봉우리에 올라앉아 채미가를 읊으며 지내는 전원은 주어진 그대로 여유롭고 한가하다. 이러한 전원의 모습은 무욕의 이념을 담는다는 점에서 빈천의 이념인 환상적 전원96)을 구현하고 있다. 한편으로 박인로의 「누항사」와 정훈의 「탄궁가」에 나타나 있는 궁경체험과 전가의 형상은 각박한 현실을 사실적으로 드러내고 있지만97) 이것이 말하고자 하는 목적이 아니라 전제일 뿐이다. 즉 이러한 궁핍으로 인해 빚어지는 현실과의 갈등에 관심을 둔 것이라기보다는 그것을 초극해 나가는 이념의 천명에 초점이 놓여 있다.

즉 실제로 노계의 현실은 가사 「누항사」에서 보여주듯이 가난이 삶을 압박하고 생활 속으로 틈입해 들어가는 상황이었음이 그의 한시에 나타난다. 하지만 그것으로 인해 이념적 분열을 겪거나 정신적인 갈등을 보이지 않는다. "살림이야 가난해도 덕은 가난하지 않다"는 자부심이 정신적 위안이 된다.98) 이와 같이 자신을 지탱해 주는 신념이란 안분(安分)인

---

96) 김병국, 「한국 전원문학의 전통과 그 현대적 변이 양상」, 『한국문화』 7, 서울대 한국문화연구소, 1983, 41면.

97) 김용철, 「누항사의 자영농 형성과 17세기 자영농 시가의 성립」, 『한국가사문학연구』, 태학사, 1996.

98) 「희증부산정공연길(戲贈富山鄭公延吉)」 중 제2수 "世人莫笑漁樵叟 家計雖貧德不貧 採山釣水生涯足 彼富焉能換此貧"; 『노계집』 권1; 이상보, 『조선시대 시가의 연구』, 이회문화사, 1993, 18면 재인용.

데, 안분은 곧 빈이무원(貧而無怨)으로 가난한 현실에 대해 원망을 품지 않고 천명으로 순응하는 것이다.99) 현실과 당위의 간극이 크면 클수록 자신의 신념을 공고히 함으로써 유자적 자존을 유지한다.

역시 정훈의 「우활가」도 표면적으로 자신의 무능함과 어리석음을 탓하는 내용으로 되어 있지만 그것은 분에 맞게 즐기며 생활하고 있다는 위안의 표현이다. "아춤이 부족훈들 저녁을 근심ᄒ며 일간 모옥이 비시는 줄 아돗던가 현순 백결이 붓ᄶ려움 어이 알며 어리고 미친 말이 눕 무일 줄 아돗던가 우활도 우활홀샤 그레도록 우활홀샤"라고 하여 우활함은 역시 '덕은 가난하지 않다'는 말의 또 다른 표현이다. 비록 가난하지만 가난을 부ᄭ러워하기보다는 가난과 무연하게 지내는 삶에 대해 말한다.

이렇게 볼 때 전원은 임금의 덕치가 이루어지는 태평성대와 소통되는 공간이되, 천명에 순응하는 삶의 공간이다.100) 현재의 삶 속에서 잠시 정치현실을 떠나온 정통 사대부들과 달랐기에, 박인로의 자연은 더욱 관념적 동경의 형태를 띠며101) 유교적 규범에 충실하다. 따라서 전원은 무욕의 이념을 실천하는 곳이며, 가난한 현실을 초월할 수 있는 정신적 공간이다.102) 이와 같이 흔히 전원은 무욕적 삶의 상징이 되고 있다.

이와 달리 전원으로 돌아오는 귀거래가 사회 현실과 갈등을 일으키지 않는 경우에 그것은 벼슬을 마친 후에 여생을 보내는 한정(閑情)의 공간이 된다. 황희의 「사시가」는 전원에서의 궁경체험이 작품 전체를 관통하

---

99) 「안분음」에서 "한 그릇 밥, 한 쪽박 물도 자주 떨어지는데 그 즐거움은 변하지 않을 뿐이로다 빈궁과 현달이 모두 운명이라 할 것이니 순순히 정의대로 살아갈 뿐이로다"고 읊는다. 이상보, 『노계시가연구』, 이우출판사, 1978, 316면.

100) "차간 진락이 포의극 아닐소냐 이 강산 뉘 짜고 성주의 따히로쇠 성주의 民子롤 뿜 즉도 ᄒ다마는 이몸이 어리거든 稷契이 되리런가 태평 문교애 모다 브린 사름 되야 추월 춘풍의 시비 업시 누엇꾀야 아마도 이몸이 성은도 망극홀샤 백번을 주거도 가플 일이 어려웨라."(이상보, 「소유정가」, 『17세기 가사전집』, 교학연구사, 1987)

101) 김석회, 「17세기 자연시가의 양상과 그 역사적 성격」, 『고전문학과 교육』 제3집, 서울대 국어국문학회, 2002, 42면.

102) 한창훈, 「17세기 향반계층 시가의 강호인식―박인로·정훈·강복중을 대상으로」, 『조선 중기 시가와 자연』(신영명·우응순 외), 태학사, 2002, 190면.

는 소재가 아니라 사시 안에서의 한 풍경을 이룬다.

> 삿갓세 도롱이 닙고 세우중에 호믜 메고
> 산전(山田)을 홋미다가 녹음(綠陰)에 누어시니
> 목동(牧童)이 우양(牛羊)을 모라 좁든 날을 씨와듸
>
> ─ 황희, 「사시가」(『청진』 323)

사시 내에서 봄의 밭 갈기와 기음 매기는 자연의 순환의 한 고리 안에 놓여 사시 안에서의 조화로운 풍류를 보여준다. 여기서는 사실적인 체험을 다루기보다 목가적이고 한가로운 자연 합일의 경지를 드러낸 것이라고 할 수 있다.

이어 신계영(1577~1669)의 「전원사시가」는 귀거래 후의 소박한 전원생활을 그린다. 선석 신계영은 44세라는 비교적 늦은 나이에 과거에 급제한 후에 순탄하게 고위직을 두루 지내었다. 80세 되던 해인 1655년에 치사하고 예산으로 내려가 전원생활을 시작한다.[103] 이런 배경으로 시가작품에 나타난 전원은 치사(致仕)한 후의 한가하고 여유로운 정취를 담는다. 이는 「전원사시가」 외에도 가사작품인 「월선헌십륙경가」도 동일한 소재를 그리고 있어 참조가 된다. 「월선헌십륙경가」 역시 향리로 돌아와서 그곳의 경치와 생활을 읊고 있다.

「월선헌십륙경가」에 나타난 전원도 "동녁 두던 밧긔 크나 큰 너븐 들히 만경 황운이 혼 빗치 되야 잇고", "불근 긔 여믈고 누른 닭이 살져시니 전가 흥미가 기퍼가는" 곳으로서 풍성하고 조화로운 곳이다. 그러면서도 한 해를 마감하는 겨울에 오두막을 비추는 달을 바라보며 옥루에도 비치고 있을 것이라는 독백 속에 연군의 심정을 비친다.[104] 이와 같

---

103) 윤덕진, 『선석 신계영 연구』, 국학자료원, 2002, 25~61면 참조.
104) "동봉 도돈 둘이 서령의 거디도록 첨영인 치 빗최여 침석의 쏘야시니 넉시 다 묽으니 몽매둘 이실소냐 어와 이 청경 갑시 이실 거시런둘 적막히 다든 문애 니 문으로 드러오니 사조 업다 호미 거즌 말 아니로다 모재예 빗친 빗치 옥루라 다룰소냐" 신계영,

이 사회에 대한 지향 속에 연군의 심정을 내비치고 있어 현실과의 긴장감이 드리워져 있다. 이에 비해 「전원사시가」는 치사 후에 보내는 한정의 공간으로서, 상대적으로 전원은 당위적 세계에 가깝다.

시조 작품 「전원사시가」에 나타난 전원은 사대부로서 할 일을 다한 후에 맞이하는 귀거래 공간으로서의 모습을 전형적으로 보여준다. 농가를 배경으로 아무런 갈등이 없이 화평한 모습이 펼쳐진다. 이곳 전원에서 지내는 생활은 사시의 흐름에 맞추어 자연의 질서에 합일하며 천명에 순응하는 삶의 표현에 가깝다.[105] 봄이 되면 채전을 갈고, 여름이면 낮 닭의 소리가 들리는 가운데 짙은 녹음 속에 긴 졸음이 놓여 있는 한가로움, 가을에는 들녘의 황운을 바라보고 추흥(秋興)에 겨워하고, 겨울에 구들에서 긴 잠을 깨는 이곳은 자연의 흐름과 하나되어 지내는 전원적 삶의 화평함을 잘 보여준다.

① 봄날이 점점 기니 잔설(殘雪)이 다 녹거다
　매화눈 볼셔 디고 버돌가지 누르럿다
　아히야 울 잘 고티고 채전(菜田) 갈게 ᄒᆞ야라 (춘 1)

② 잔화(殘花) 다 딘 후의 녹음(綠陰)이 기퍼간다
　백일(白日) 고촌(孤村)에 낫돍의 소리로다
　아히야 계면됴 불러라 긴 조롬 ᄭᆡ오쟈 (하 3)

③ 흰이술 서리 되니 ᄀᆞ울히 느저 잇다
　긴 들 황운(黃雲)이 ᄒᆞᆫ빗치 되거고야
　아히야 비즌 술 걸러라 추흥(秋興)계위 ᄒᆞ노라 (추 5)

④ 북풍이 노피 부니 압뫼히 눈이 딘다

「월선헌십륙경가」, 『17세기 가사전집』(이상보 편), 교학연구사, 1987.
105) 성기옥, 「고산 시가에 나타난 자연인식의 기본 틀」, 『고산연구』 창간호, 1987, 12면.

모첨(茅簷) 춘빗치 석양이 거에로다
아히야 두죽(豆粥) 니것ᄂ냐 먹고 자랴 ᄒ로라 (동 7)
 —신계영, 「전원사시가」, 『선석유고(仙石遺稿)』

　여기서 전원은 농가를 배경으로 계절의 소장성쇠가 주는 정취가 목가
적으로 그려진다. 버들가지 누른 봄 새롭게 밭 갈기와 울 고치기를 통해
한 해를 시작하는 곳으로, 잔설이 녹고 버들가지가 누렇게 물 드는 논밭
의 정경들은 새롭게 움트는 계절로서의 특성이 드러난다. 이어 누런 벼
가 펼쳐진 가을 무렵 황운의 들녘과 결실을 거두어 콩죽을 먹는 모습 등
은 사시가 베푸는 조화로움의 정취들로서 이는 곧 자연의 질서와 조화
를 이루며 합일하는 삶이다. 이와 같이 전원은 농사가 이루어지면서 한
해가 오고 가는 것을 직접적으로 체험하는 곳이다. 한 해가 가고 다시
새 해가 오는 것을 맞아들이는 것으로 마감되는 구성은 전원의 정경이
곧 자연의 질서와 조화를 이루는 것임을 뜻한다.

　이상에서 전원은 자족적 생활을 그리고 있지만, 실제로는 ‘사회’와 보
족적 관계에 놓여 있다. 대체로 은거하는 삶은 호화롭고 시름 많은 사회
와 대비되는 질박한 정경을 드러내고자 한다. 또한 무욕과 한정의 공간
인 경우 태평성대를 전제로 하여 자연과 사회의 조화를 지향한다. 어느
쪽이든지 이상적인 사회와의 조화를 꿈꾸고 있다는 점에서 공통된다. 주
어진 삶에 순응하면서 담담하게 살아가는 것이며, 이는 곧 자연의 질서
나아가 천명에 순응하는 생활이다.
　그렇기에 소박한 정취를 누리며 평담한 생활을 영위하는 이곳 전원은
그 생활 자체에 대한 관심보다도 현실에 대응하는 태도에 대한 비유적
표현과 관련된다. 전원에서 누리는 소박하지만 자족적으로 생활하는 모
습은 세속과 마찰하면서 정신적인 자유로움을 누리는 즐거움을 드러낸
다. 이런 점에서 ‘전원’은 자연에 합일하고자 하는 또 다른 욕망을 반영

한다. 전원으로의 귀의는 세속에서 벗어난 전원으로 돌아가, 일체의 호화로움을 벗어 던지고 스스로 논밭을 일구며, 정신적인 자유로움인 심원(心遠)한 세계를 즐기는 형상으로 나타나곤 한다.

따라서 전원은 자족적이기보다는 역시 사회와 연속적 질서 위에 놓여 있다. 전원에서의 궁경체험과 소박한 생활을 누리는 모습이 사회 현실에 대한 대응의 의미를 지닐 때 거기에는 여전히 사회의 밑그림이 그려져 있다. 이와 같이 전원에서의 삶이 사회와 마찰하면서 놓여 있을 때 강호시조와 세계인식의 측면에서 연속선상에 놓인다.106) 전원에서 이루어지는 생활은 그 구체성에도 불구하고 그것이 실제의 삶 속에서 우러나오는 체험을 반영한 것이기보다는 삶을 살아가는 방식의 표현에 가깝다. 자연의 질서와 조화를 이루는 삶, 주어진 현실을 천명으로 받아들이며 여전히 전원과 사회의 우주적 조화를 꿈꾸고 있다.

2) 노동과 실생활적 공간으로서의 자연

전원을 다룬 자연시와 함께, 농가와 노동이라는 궁경체험의 소재를 다루는 또 다른 계열의 작품들이 있다. 농촌에서의 궁경체험을 다루고 있는 것은 다른 작품들과 공통적인데 여기서 특히 '노동'이라고 명명하는 것은 관념적이 아닌 생활공간에서의 실제적인 노동을 대상으로 하고 있

---

106) 이와 달리 김흥규는 전가시조가 생활에 밀착된 체험의 공간이며 주흥과 취락의 모티프가 중요한 몫을 담당하는 점은 변화의 표지로 보고, 잠정적으로 강호시조와 인접해 있으되 변별적 성격과 모티프를 지닌 작품군으로 보는 것이 타당하리라고 본다. 김흥규, 「16·17세기 강호시조의 변모와 전가시조의 형성」, 『어문논집』 35집, 고려대 국어국문학회, 1996, 240~242면.
　　또 권순회는 "강호와 달리 청정한 이념적 공간으로서의 특질보다 구체적인 생활의 모습이 부각되는 경우가 많아, 전가에는 현실과의 대립이 드러나기도 하나 선명하지 않다"고 보아 세계관에서 차이를 보인다고 보고 있다. 권순회, 「전가시조의 미적 특질과 사적 전개 양상」, 고려대 박사논문, 2000, 12면.

기 때문이다. 전원의 의미를 분명히 하기 위하여 전원을 다룬 자연시의 층위를 세분화할 필요성이 제기되는데, 이는 전원문학은 빈천의 이념인 '환상적 전원'으로부터 빈천의 현실인 '사실적 전원'의 스펙트럼을 이루고 있다[107]는 지적이나, 관념에서 생활로 접근하는 정도에 따라 '전원', '전가', '농가'의 형상으로 구분된다[108]는 견해와도 통한다.[109]

박세구의 「향촌십일가」, 이휘일의 「전가팔곡」, 위백규의 「농가구장」, 이세보의 일부 시조 작품, 가사 「농가월령가」, 일군의 농부가 계열 가사 작품 등은 생업의 현장으로서 전원이 등장한다는 점에서 하나의 계열을 형성한다. 여기서의 자연은 실생활이 이루어지는 체험의 공간으로서, 앞서 사회현실과 긴장성을 띠고 이념적 갈등이 투영되고 있었던 전원과는 다르다. 자연이 사회와 대응되는 의미를 지니고 있는 것에 비해, 여기서는 인간과 사회, 그리고 자연이 구체적으로 어떻게 조화를 이룰 것인지에 대해 모색한다. 이에 자연은 생업으로서의 농업이 이루어지는 현장으로서 사회의 질서가 이루어지는 근간으로 인식된다.

먼저 16세기 초에 창작되어 김정국(1485~1541)의 한역시로 전하는 작품[110]인 박세구(?~?)의 「향촌십일가(鄕村十一歌)」를 살펴보기로 한다. 이 작품은 모두 12수로서, 전원과 궁경체험을 한 작품 안에서 전면적으로 다루기보다는 부분적인 주제로 다루는 까닭에 전원시의 초기 형성 과정에 있는 작품으로 평가된다.[111] 전체 구성은 앞의 3수는 위로 어버이를 그리워

---

107) 김병국, 「한국 전원문학의 전통과 그 현대적 변이양상」, 『한국문화』 7, 서울대 한국문화연구소, 1986, 41면.

108) 신영명, 「17세기 강호시조에 나타난 '전원'과 '전가'의 형상」, 『한국시가연구』 6집, 한국시가학회, 2000.

109) 이외에도 김석회는 신흠·박인로 등 17세기 자연시가는 노동 및 생산활동과 관련된 전원시가의 등장과 맥락을 달리하여 고찰해야 한다고 본다. 김석회, 「17세기 자연시가의 양상과 그 역사적 성격」, 『고전문학과 교육』 제3집, 서울대 국어국문학회, 2002, 58면 참조.

110) 최재남은 김정국의 문집인 『思齋集』에 한역되어 수록된 것을 발굴하여 보고하고 있다. 최재남, 「「향촌십일가」의 성격과 김정국의 고양생활」, 『사림의 향촌생활과 시가문학』, 국학자료원, 1997.

하고 아래로 죽은 자식을 애도하는 내용이며, 가운데 6수는 유유히 생활하는 멋을 그리고, 뒤의 3수는 펼치지 못한 가슴속의 포부를 탄식하고 있다.[112] 내용을 요약하면 은거하게 된 배경과 현재의 삶, 펼치지 못한 포부 등이다.

이러한 내용에는 현달하지 못하고 은거하고 있는 생활에 대한 갈등이 엿보인다. 경세적 포부를 펼쳐 보이고자 하는 갈망은 전원에서의 생활이 곧 성은에 대한 축수로 이어지는가 하면, 현왕의 지우(知遇)를 고대하는 심경의 표출로 나타난다. 이런 점에서 이 작품은 사회와 긴장관계를 이루는 전원시가의 계열과도 중첩된다.[113]

다음은 전체 작품 중 가운데 6수 부분으로 궁경체험이 나타나 있는 부분이다.

① 영화는 꾀하던 바가 아니요 부귀도 도무지 다 잊었다
　　내가 하늘과 땅 사이에서 무엇을 구하고 다시 무엇을 바라리오
　　긴 호미와 짧은 낫으로 애오라지 나의 형편을 즐기리 (5수)

② 맑은 새벽에 호미 메고 나가 점심밥을 남녘 이랑에서 먹네
　　밭머리 대승조는 밭갈기를 재촉하네
　　올 길에 내 풍류를 즐기고 갈건으로 술 거르네 (7수)

③ 밭이 있어 스스로 갈고 술이 있어 스스로 마시네
　　고개 들어 두렁을 보니 다부룩한 벼와 기장이네

---

111) 최재남, 위의 글, 61면.

112) "首三歌, 上慕父母, 下悼亡子, 故意於哀傷, 中敍閑居自適之趣, 竟歸美於上頌祝以自樂, 末有抱負未展之嘆." 김정국, 『사재집』 권1, 『한국문집총간』 23, 민족문화추진회, 18면.

113) "전원시가, 강호시가의 미의식이나 표현이 「향촌십일가」와는 일정한 거리가 있다. (…중략…) 정치적 포부에 해당하는 마지막 3수는 향촌에서의 즐거움 이면에 잠복한 은근한 기대를 읊은 것으로 앞서 한거자락에서 말한 즐거움과 양면적인 관계를 이루면서 전원시가, 강호시가의 중요한 지향점이 되는 것이다." 최재남, 앞의 글, 78면.

한 잔 또 한 잔에 도도한 즐거움 막을 수 없네 (8수)

④ 보리밥에 토란국이 족함은 백성이 우리 왕의 어짐을 좇음이라
　여름에 베옷과 겨울의 갖옷이 많은 백성에게서 말미암은 것이 아니라
　임금님 은혜가 예까지 날로 축수하되 만세를 누리소서 (9수)
　　　　　　　— 박세구, 「향촌십일가」, 『사재집(思齋集)』[114]

　이 작품의 전체적인 맥락은 속세와 대비되는 은거하는 생활이다. "밭이 있어 스스로 갈고 술이 있어 스스로 마시네"의 구절에서 드러나듯이, 밭을 갈며 '자기 능력으로 생활'하는 자족적인 모습을 읊는다. 이런 생활은 속세와 대비되는 한가로운 은거 생활임을 보여준다.

　그런데 풍년에 대한 기대와 노동의 강도의 적실함 등 실생활로서의 궁경체험이 생생하게 표현되고 있어 실생활의 현장을 보여주는 이 계열의 향방을 예시하고 있다.[115] 주요 내용소들을 추출해 보면 새벽에 호미 메고 밭에 나가기, 밭 갈기, 들점심 먹기 등이다. 특히 노동의 현장으로서 밭을 가는 모습은 구체적으로 묘사되어 장면화된다. 밭 갈기를 재촉하는 밭머리의 대승조, 일하는 사이에 바라보는 두렁 안의 더부룩한 벼와 기장의 모습, 새참으로 나오는 질박한 보리밥과 토란국은 아주 생생한 농촌의 현장감을 전달한다. 이러한 향촌생활이 현달(顯達)과 대비적인 문맥 속에 놓여 있으면서도, 일터로서의 농촌의 정경이 세부적으로 드러나 있다.

　이와 같이 '농촌과 노동 체험'을 통해 인간과 자연이 조화를 이루는 모습을 보여주는 단초가 17세기 후반의 이휘일에 이르러 작품의 주제로 부각된다. 이휘일(1619~1672)의 「전가팔곡」[116]은 농사와 노동이 이루어지

---

114) 최재남(「「향촌십일가」의 성격과 김정국의 고양생활」)에서 작품 전문을 소개, 번역하고 있는데 이를 인용하였다.
115) 땀 흘리는 노동의 현장이 나타나는데, 관념화와는 판이하며 바라보는 사람의 목소리가 아니라 직접 일하는 사람의 생체험이 제시되며 풍년에 대한 기대와 노동의 강도가 적실하다. 최재남, 「「향촌십일가」의 성격과 김정국의 고양생활」, 『사림의 향촌생활과 시가문학』, 국학자료원, 1997, 75면.

는 농촌의 모습을 시화한다. 연시조로 된 이 작품은 모두 8수로 구성되어, 춘·하·추·동·신(晨)·오(午)·석(夕) 등 각각의 때에 맞추어 농가에서 이루어지는 노동과 수확의 장면들을 그려낸다.

① 세상(世上)의 브린 몸이 무무(畝畝)의 늘거가니
  밧겻일 내 모르고 흐는 일 무슨일고
  이 중의 우국성심(憂國誠心)은 연풍(年豊)을 원(願)흐노라

② 농인이와 이르디 봄 왓니 바틔 가세
  압집의 쇼보 잡고 뒷집의 짜 보내니
  두어라 내 집 부더흐랴 눕 흐니 더욱 됴타

③ 여롬날 더운 적의 단 짜히 부리로다
  밧고랑 미쟈흐니 쏨흘너 짜희 듯네
  어스와 립립신고(粒粒辛苦) 어늬 분이 알으실고

④ ᄀ을희 곡셕 보니 됴흠도 됴흘셰고
  내 힘의 닐운 거시 머거도 마시로다
  이밧긔 천사만종을 부러 무슴 흐리오

⑤ 밤의란 스츨 쏘고 나죄란 쒸를 부여
  초가(草家)집 자바민고 농기(農器)졈 추려스라
  내년(來年)희 봄온다 흐거든 결의 종사(從事)흐리라

⑥ 새배빗 나쟈나셔 백셜(百舌)이 소릭흔다
  일거라 아힉들아 밧 보러 가쟈스라

---

116) 신영명은 자영농적 성향을 잠재적으로 보유한 사족이 향촌사회에서 농인과 농부를 이끌거나 또는 어울리기도 하면서 농경생활을 영위하는 모습을 형상화한 작품이라고 본다. 신영명, 「17세기 강호시조에 나타난 '전원'과 '전가'의 형상」, 『한국시가연구』 6집, 한국시가학회, 2000.

밤 스이 이슬 긔운에 언마나 기런는고 ᄒ노라

⑦ 보리밥 지어 담고 도트랏 깅을 ᄒ여
   비 골는 농부들을 진시예 머겨스라
   아히야 ᄒᆞᆫ 그릇 올녀라 친히 맛바 보내리라

⑧ 서산에 ᄒᆡ 지고 플긋테 이슬 난다
   호믜를 둘너메고 둘듸여 가쟈스라
   이 중의 즐거운 뜻을 닐러 무슴 ᄒ리오

— 이휘일, 「전가팔곡」, 『존재집(存齋集)』[117]

첫 수에서 "세상의 ᄇᆞ린 몸", "무무(畝畝)의 늘거가니", "밧겻 일 니 모
ᄅᄂ니"의 표현 속에는 이곳을 세상과 대립되는 곳으로 의식하는 이분법
적인 구도가 보이지만, 전체적으로 보아 향촌에 거하는 처사임을 밝히는
관습적 수사이다. 이 도입부에서 향촌의 사대부로서 경세에 기여할 수
있는 '연풍(年豊)'을 바라는 데에서 작품을 짓게 되었다고 밝히고 있어
'풍년'에 초점을 맞추고 있다.[118] 전체 구성은 봄, 여름, 가을 겨울의 사
시와 하루로 구성되는데, 이는 계절의 변화에 따른 절서(節序)에 맞추어
하늘이 부여한 정해진 때에 순응한다는 인식이 깔려 있다. 봄과 여름의
수고로움이 있기에 가을에는 풍성한 결실을 얻는다. 겨울의 농한기에는
다가오는 농번기인 봄에 대한 준비로서 새끼를 꼬고, 농기를 다스린다.
이것이 사시에 맞춰 해야 할 일이다. 역시 하루의 일과도 각각의 때에
맞추어 새벽에 일어나 밭을 보러 가고, 점심에 농부들을 먹이고, 저녁에
호미를 둘러메고 집으로 돌아가는 것으로 이루어진다. 더 세부적으로 살
펴보면 봄에는 밭에서 김매는 작업을 공동으로 한다. '두어라 내 집 부디

---

117) 이휘일, 『존재집』(『한국문집총간』 124), 민족문화추진회, 1994.
118) 그는 「전가팔곡」을 통해 사대부의 원풍의식을 실천함으로써 비록 벼슬길에 나아가
    지는 않았지만 향촌 사회에서나마 자기 분수에 어울리는 治人의 길을 가고 있음을 밝
    히고자 한 것이다. 이상원, 『17세기 시조사의 구도』, 월인, 2000, 190~192면.

흐랴 놈흐니 더욱 됴타'는 부분에서 심정적 여유로움 속에 협동을 권면하는 교술적 어조를 느낄 수 있다. 여름에는 뜨거운 햇볕 아래에서 밭을 매는 모습이 생생하다. 여름날의 땅이 불처럼 뜨겁게 달아오르고 밭고랑을 매는데 땀이 흘러 젖는 모습에서 노동의 신고함이 그대로 느껴진다. 가을에는 이러한 자신의 노동의 결실을 맛보는 즐거움과 그 결실을 바라보며 느끼는 뿌듯한 심정을 노래한다.

이와 같이 사시와 하루로 이루어진 구성은 이휘일의 오행사상과 관련이 깊다. 거기에 놓여 있는 관점은 절서(節序)에 맞춰 해야 할 일을 하여 천지의 운행에 순응함으로써 천지의 화육에 동참한다는 관점이다. 계절에 따른 절서는 하늘이 부여한 공능으로, 때에 맞추는 것은 결과적으로 생업에 이익이 되는 것이다.[119] 그가 아우 이현일과 함께 지은 『홍범연의』를 참조해 보면, 「전가팔곡」의 사상적 배경과 창작된 문맥을 이해하는 데에 도움이 된다.

네 계절에 오행을 펴서 오기가 잘 분포하고 네 계절이 잘 운행한다는 것은 그 기를 두고 하는 말이다. 그 질에는 물길을 트고 제방을 쌓으며 계절에 따라 적절한 나무를 골라 비벼서 불을 만들어 밖으로 내기도 하고 안으로 들이기도 하며 때에 맞춰 나무를 베고 쇠를 주조하여 사용하는 따위의 도가 있다. 그 기에는 때에 기대어 순응하고 징후를 살펴 때를 정하는 법이 있다. 모두 그 본성에 순응하고 그 기를 베풀며 밝은 리를 실현하고 만물의 화육을 돕는 방법이다.[120]

119) 이휘일은 특히 오행사상에 천착한 성리학자로서, 그가 아우 이현일과 함께 저술한 『홍범연의』의 오행편에는 오행의 속성과 공능을 말한다. 이휘일은 이러한 공능을 설명하는 데에 집중하는데 무엇보다 우선시 되는 것은 기와 사시 사이의 관계성이다. 인간은 그 오행변화의 징후를 살펴서 때에 맞춰 살아가는 법을 터득하게 된다고 본다. 김문용, 「조선시대 유학자들의 음양오행론」, 『조선유학의 자연철학』, 한국사상연구회 편, 예문서원, 1998, 311~313면.

120) "五行質具於地, 而有一定之體, 氣行於天, 而有無窮之變. 如曰潤下炎上曲直從革, 以其質而, 言也. 如曰播五行於四時, 五氣順布, 四時行焉, 以其氣而言也. 就其質, 有疏瀹堤防, 鑽改出納斬伐之時, 冶鑄致用之道焉. 就其氣. 有撫辰順令, 審候定時之法焉. 皆所以順其性, 宣其氣. 致燮理, 而贊化育者也. 李徽逸·李玄逸『洪範衍義』「五行」."(『홍범연의』, 11면) 김문용, 위의 글, 312면 재인용.

사시에 잘 맞추어 그때 그때 해야 할 일을 하는 것이 본성에 순응하는 것이자 밝은 리를 실현하는 것으로, 이로써 만물의 화육을 돕는다고 본다. 만물의 순환을 그대로 보여주는 사시에 순응하는 것은 특히 밝은 리의 실현이라는 당위적 세계와 합치하는 것이다. 여기에는 자연이 본성, 나아가 이치라는 당위적 세계와 일치하는 것으로 역시 천인합일의 이상이 자리하고 있다.

이와 같이 계절의 순환과 자연의 질서에 순응하는 것은 치인의 입장에서 풍년을 이루고 나라를 잘 다스리고자 하기 위한 것이다. 무엇보다도 존재는 경세론에 관심을 가진 학자로서 심성론 중심인 이황의 학통을 계승하면서도 경세론을 보강하고자 했다.[121] 특히 그의 사회경제관은 양반사대부가 주도하는 교화정책에 초점을 두고 있으며, 「홍범연의」에 제시된 경세론도 그러한 범주에 놓여 있다.[122] 따라서 작품은 사회를 구성하는 인간이 구체적으로 자연의 질서에 어떻게 맞추어 나갈 것인가에 대해 이야기한다. 그리고 자연의 질서를 살피고 이에 맞추어 수고하는 결실에 관심을 갖는데, 이는 바로 우리의 생업이기 때문이다.

이 작품은 생활과 노동의 요소를 자신의 체험적인 형상으로 담아냈다는 의의가 있다. 이전의 전원은 무욕과 한정의 공간, 자족적 생활 공간으로서 여유로움과 질박함을 드러내고 있는 반면, 여기서는 경세적 관점에서 농촌이 생생한 일터로서 생활의 현장으로 나타난다. 그 인식론적 기

---

121) 아우 이현일과 함께 쓴 홍범연의는 주자학의 토대 위에서 수기론과 경세론을 결합한 저서로 평가받는다. 즉 퇴계학파의 이기심성론 중심의 학문경향이 갖는 한계인 수기 중심의 이론을 보강하고자 한 특징을 갖는다. 이는 수기와 치인을 선후관계가 아니라 동시병렬적으로 파악했던 이이의 사상에 비해 상대적으로 현실대응력에서 뒤질 수 있는 소지를 가졌던 이황 사상의 한계점을 나름대로 보강한 의미를 갖는다. 정호훈, 「17세기 후반 영남남인학자의 사상」, 『역사와 현실』 13, 역사비평사, 1994, 143~147면.

122) 그와 동일한 사상을 지닌 아우 이현일에게서 경세유용지학은 도가 쇠퇴한 당대 사회를 삼대사회와 같이 재복원할 수 있는 근거이자 성인이 남긴 교육법의 하나라는 의미를 가지고 있었다. 수기는 치인을 통하여 보강 완성된다는 생각이었다. 정호훈, 위의 글, 143~147면.

저는 자연과 사회의 질서가 합치되어 만물이 화육하고 밝은 이치가 실현되는 천인 합일이다.

다음으로 위백규(1727~1798)의 「농가」를 들 수 있다. 위백규는 전라도 장흥지방에 거주하던 유학자로서 계속 부거하였으나 실패하고 40세 경 농사에 종사하는 처사생활을 하게 된다. 특히 농부화의 추세 속에 놓인 향촌사족층이 서생의 자리에서 자영농의 자리로 이전해 가는 단계를 전형적으로 반영하고 있는 작품123)으로 알려졌다. 「농가」는 표제어가 은거 장수처(藏修處)를 지시하고 있지 않다는 점, 시적 화자가 어부, 철인, 목민관이 아닌 농군이라는 점과 실제적 생산 활동으로서의 노동 행위에 종사하는 생활인의 형상을 보여주는 점이 특징으로 지적된다.124) 이러한 특징들은 「농가」가 이휘일의 「전가팔곡」의 계열을 잇고 있음을 보여준다. 이휘일의 「전가팔곡」에서는 다분히 교술적인 어조가 드러나 있고, 사시에 맞추어 해야 할 일, 감당해 내야 할 노동이라는 의무감의 무게를 거느리고 있다. 반면에, 「농가」는 이런 교술적 어조를 걷어내고 더욱 전원과 밀착된 농부로서의 심경을 표출한다.

「농가」는 모두 9수로 된 연시조인데, 이본 중에는 각 연마다 조출(朝出)·적전(適田)·운초(耘草)·오식(午憩)·점심(點心)·석귀(夕歸)·초추(初秋)·상신(嘗新)·음사(飮社)의 표제가 붙어 있는 작품도 있다.125) 전체 작품의 구성은 크게 사시와 하루의 구성에 따르고, 내용상 농촌의 일년으로서 '노동과 수확'의 과정을 드러낸다. 그 중 앞의 6수는 '노동'의 실감을

---

123) 김석회, 「위백규 농가구장의 사회사적 성격」, 『존재 위백규의 문학 연구』, 이회문화사, 1996, 266면.

124) 결국 농가구장은 농부화의 추세 속에 놓인 향촌사족층이 서생의 자리에서 자영농의 자리로 이전해 가는 단계를 전형적으로 반영하고 있는 작품으로, 18세기 장흥 방촌 위씨 일문의 영농의 노래였다고 볼 수 있다. 김석회, 위의 글, 243~245면. 또 권순회는 구체적 생활체험의 현장으로서 전가공간을 형상하고 있다는 점에서 귀거래처로서의 자족적 전가 공간을 형상한 17세기 사족들의 전가시조와 변별된다고 본다. 권순회, 「전가 시조의 미적 특질과 사적 전개 양상」, 고려대 박사논문, 2000, 135면.

125) 사강회 문서첩의 경우는 종장의 끝에 표제가 붙어 있다. 김석회, 위의 책, 227면.

잘 보여주는 여름날 농촌의 하루 일과를 자세하게 그리고 있어, 농촌의
현장감이 살아 있다.

   ① 셔산의 도들볏 셔고 구움은 느제로 내다
      비뒷 무근 플이 뉘 밧시 짓터든고
      두어라 추례지운 닐이니 미는다로 미오리라

   ② 도롱이예 홈의 걸고 뿔 곱은 검은 쇼 몰고
      고동플 쯧머기며 깃믈ㄹ 느려갈제
      어듸셔 픔진 벗님 홈쯰 가쟈 ㅎ는고

   ③ 둘너내쟈 둘너내쟈 긴츠골 둘러내쟈
      바라기 역고를 골골마다 둘너내쟈
      쉬짓튼 긴 스래는 마조잡아 둘너내쟈

   ④ 쏨은 든는 대로 듯고 볏슨 쬘대로 쬔다
      청풍의 옷깃 열고 긴파람 흘리블제
      어듸셔 길가는 소님니 아는ᄃ시 머무는고

   ⑤ 힝긔예 보리ᄆ오 사발의 콩닙치라
      내밥 만홀셰요 네 반찬 젹글셰라
      먹은 뒷 흔숨좀 경이야 네오 내오 다홀소냐

   ⑥ 돌라가쟈 도라가쟈 히지거단 도라가쟈
      계변의 손발싯고 홈의 메고 돌아올제
      어듸셔 우배 초젹이 홈쯰가쟈 비아는고

   ⑦ 면화는 세 드래 네 드래요 일은 벼는 픠는 모가 곱는가
      오뉴월이 언제가고 칠월이 븐이로다
      아마도 하느님 너희 삼길 제 날 위ᄒ여 삼기샷다

⑧ 아히는 낙시질 가고 집사룸은 저리치 친다
　새 밥 닉을 짜에 새 술을 걸러셔라
　아마도 밥 들이고 잔 자불 짜여 호홈계워 ᄒ노라

⑨ 취ᄒᆞ니 늘그니요 웃는 니 아희로다
　흐튼 순빅 흐린 술을 고개 수겨 권홀 째여
　뉘라셔 흐러쟝고 긴 노래로 츠례춤을 미루는고
　　　　　　　　　　　　　— 위백규, 「농가」, 『존재가첩』[126]

도들볏, 고등플, 바라기 역고, 쉬짓튼 가래 등 근접묘사를 통해 농촌의 정경을 보여준다. 일은 힘들지만 정은 각박하지 않다. "츠례 지운 일, 마조 잡아, 내 밥 만흘셰요 네 반찬 젹글셰라"의 표현에서는 서로 어울려 일하는 공동체적 의식을 느낄 수 있다. 점심을 먹은 뒤에 잠시 잠을 자고 한참 일하다가 시원한 바람에 옷깃을 열고 한 숨 돌리는가 하면, 일을 마치고 시냇물에 발을 씻고 돌아가는 모습들이 생생하게 느껴진다. 이러한 일의 과정은 항산의 결실을 일구어 내기 위한 것이다. 이어지는 ⑦~⑨는 수확과 수확 후의 모습이다. ⑦에서는 농촌의 현장감이 살아 있다. 햇곡식을 맛볼 때와 면화가 패기 시작하는 것을 바라보는 때의 감격은 '하나님이 나에게 주신 것'이라는 데에서 드러나듯이 절실한 고마움과 함께 경건함마저 드는 것이기도 하다. 곧잘 벼 익은 들판을 형용하는 황운(黃雲)과 같은 관습적 이미지가 아니라 이삭이 패기 시작하는 순간의 사실적인 모습과, 그제서야 비로소 갖게 되는 안도감과 보람을 느끼는 정경을 실감나게 그려낸다.[127] 이러한 사실적이고 진지한 정경들은 노동이 생활임을 드러낸다.

　또 수확 후의 모습에서는 농촌만이 갖는 즐거움을 느낄 수 있다. 이제

---

126) 위백규, 『존재가첩』·『존재전서』, 경인문화사 영인본, 1974.
127) 절서의 유신함에 대한 안도와 감사, 목화 다래가 맺히기 시작하고 이른 벼의 모가지가 혹은 패고 혹은 굽어들기 시작하는 가을 초입의 節序感을 형상화한 것이다. 김석회, 「농가의 본문비평」, 『존재 위백규의 문학 연구』, 이회문화사, 1996, 229~230면.

농한기의 여유 있는 풍경으로 아이는 낚시질 가고 집사람은 저리채 치며, 새 밥과 새 술을 나누어 먹는 정경에서 오붓하면서도 정겨움이 느껴진다. 수확 후의 모습으로 귀결되는 작품의 구성은 그러한 농사일의 결실의 목적이 궁극적으로 공동체 의식을 이루어내는 데에 있다는 의식과 대응된다.[128] 웃어른과 아이가 서로 어울려 순배에 맞추어 술을 권하는 모습은 한 사회의 절도가 바로 선 모습이다. 이와 같이 가족, 나아가 한 마을의 정경으로 공간적으로 확산되면서 자연의 질서는 절도와 본분이라는 사회의 질서로 확산된다. 그리하여 자연과 사회가 어우러진 질서감을 정경화한다.

이어 19세기 경화사족인 이세보는 '농사시조'[129]로 분류되기도 하는 전원 시가를 창작하고 있다. 그가 왕족 출신 경화사족으로서 이런 작품을 지을 수 있었던 것은 젊은 시절 절도(絶島)로 유배당하는 등 정치적 곡절을 겪으면서 목도한 농촌의 현장이 계기가 되었을 것으로 보인다. 이 때문에 유배 시절에 지은 것으로 보이는 작품에 기곤이 심하여 농업을 하게 되었다는 것[130]과 조석으로 죽을 먹게 되었다는 한탄[131]을 내보이고 있다. 앞서 이휘일이나 위백규의 연시조 작품과 달리 이세보의 작품들은 단형 시조들로서 10여 수에 해당한다. 이 작품들은 백성을 다스리는 관리들의 행태를 비판하고 치자로서의 의무를 강조하는 현실비판의 문맥과 관련을 맺고 있다. 따라서 백성의 항산을 지켜주어야 한다는

---

128) "전 육수가 그것 자체로 상호긴밀한 한 편의 구조로 완결되어 있고, 그 위에 후삼수가 첨가된 구조"라고 할 수 있다는 의견(김석회, 「국문시가의 작품세계, 존재 위백규의 생활시에 관한 연구」, 162면)은 연시조 전통이라는 형식적인 면에서 볼 때 적절한 지적으로 보인다. 하지만 창작배경과 관련하여 작품의 의미라는 면에서 비추어 볼 때 뒤의 3수는 보족적이기보다 하나의 완결로서의 비중을 지니는 것으로 보인다.

129) 진동혁, 「이세보 시조연구」, 『진동혁전집』 2권, 2000, 417면 '夏雨'.

130) "벽희(碧海)의 몸을 두니 샹젼(桑田)을 싱각ᄒ고 / 긔곤(飢困)이 ᄌ심(滋甚)ᄒ니 농업을 경뉸(經綸)이라 / 아마도 예로부터 풍샹(風霜)업는 호걸 젹어."(대264)

131) "셩셰의 ᄌ란 몸이 긔곤을 모르더니 / 우양부조디무지연(雨暘不調大無之年) 조셕셜죽(朝夕設粥) 무슴일고 / 언졔나 시화셰풍ᄒ여 함포고복."(소74)

입장과 관련되어 치세 또는 '영농'의 문맥 위에 있다.

이에 치세의 근간이 되는 농사가 이루어지는 현장으로서 전원이 등장한다.[132] 역시 '노동과 수확'의 의미소가 중심이 된다. 여름에 힘써 농사를 짓는 모습으로 수답에 이종하고 사립 쓴 채 호미 들고 풀 매는 모습과 그 결실로 백곡이 익어 가는 너른 들녘의 모습이 그려진다. 또한 항산으로서 농사의 중요함을 말하며 실시(失時)에 대한 우려와 풍년에 대한 기원을 읊는다.

① 근고ᄒ여 심은 오곡 날 가무러 근심터니
　유연(油然) 작운(作雲) 오신 비의 퓌는 이샥 거룩ᄒ다
　아마도 우슌풍됴(雨順風調)는 셩화(聖化)신가. (대 60)

② 쵸운 지운(初耘再耘) 풀밀 젹의 져 농부 슈고한다
　스립 쓰고 홈의 들고 샹평ᄒ평(上坪下坪) 분쥬ᄒ다
　아마도 실시(失時)ᄒ면 일년싱이 허사인가. (대59)

③ 빅노(白露) 샹강(霜降) 다 닷거든 낫 가러 숀의 들고
　지게 지고 가셔 보니 빅곡(百穀)이 다 익엇다
　지금의 실시헌 농부야 일너 무샴. (대 61)

— 이세보, 『풍아』(대)

실시(失時)를 경계하고 농사의 수고로움을 노래하는 한편으로 추수 후의 징세에 대한 비판을 함께 읊고 있어,[133] 농사가 백성의 생업으로서 지켜주어야 하는 항산임을 강조한다. 그리고 또한 때를 놓치지 않고 농

---

132) "텬불싱무록인(天不生無祿人)이요 지불생무명쵸(地不生無名草)를 / 풀 안될 짜이 업고 싱이 업는 스룸 업다 / 아마다 긔진쳔농(飢在賤農)이요 한지타직(寒在惰織)."(대249)

133) "우리 싱이 드러보쇼 샨의 올나 샨젼 파고 / 들의 나려 슈답(水畓)가러 풍한셔습(風寒暑濕) 지은 농ᄉ / 지금의 동증니증(洞徵里徵)은 무샴 일고."(대307)
　"그디 츄수(秋收) 얼마헌고 너 농ᄉ 지은 거슨 / 토세(土稅) 신역(身役) 밧친 후의 몃 셤이나 남을는지 / 아마도 다ᄒ고 나면 과동(過冬)이 어려."(대63)

사를 짓는 백성의 수고로움이 있어야 결실을 얻게 되며, 이것이 한 나라의 근간임을 드러낸다. 여기서 한 해의 풍년을 통해 태평성대임을 확인하는가 하면, 풍년을 이룬 순후한 기후는 바로 왕화로부터 비롯된 것이다.[134] 여기에는 자연과 인간이 서로 하나의 이치로 통해 있는 천인감응(天人感應)의 의식을 볼 수 있다. 자연 세계의 현상이 바르거나 바르지 않게 되는 것은 인간의 마음 상태 나아가 정치적 도덕적 질서를 이루느냐 아니냐에 따라 결정된다는 인식이 깔려 있다.

가사 「농가월령가」와 일부 농부가 계열 가사 역시 '생업의 장'으로서 농촌을 다루며, 농업은 왕화의 기초가 된다. 이 중에서 정학유(1786~1855)의 「농가월령가」, 이기원(1809~1890)의 「농가월령」은 경세가의 입장에서 농사를 권면하는 내용이다. 이 중 정학유의 「농가월령가」는 대표적인 월령체 가사로서 각 달에 맞추어 해야 할 일을 읊는 구성이다. 각 달마다 절기에 맞추어 농사짓는 데에 필요한 일과 그밖에 농가에서 해야 할 일, 풍속 등을 세세하게 열거하고 있다.

전체적으로는 앞서의 작품들처럼 한 해를 중심으로 농사를 짓는 일과 그 수확을 거두어들이는 일이 중심 내용이다. 그리고 그것을 위해서 각 절기에 맞추어 남녀노소가 각기 해야 할 일과 풍속들이 나열된다. 일례로 유월령을 보면 다음과 같다.

> 뉵월(六月)이라 계하(季夏)되니 쇼셔(小暑) 대셔(大暑) 졀긔(節氣)로다
> 대우(大雨)도 시힝(時行)ᄒ고 더위도 극심ᄒ다
> 쵸목(草木)이 무셩(茂盛)ᄒ니 파리 모긔 모혀들고
> 평지에 물이 괴니 악마구리 쇼릭로다
> 봄보리 밀 귀우리 차례로 븨여내고
> 느즌 콩팟 죠기장을 븨기 젼(前)
> 대우드려 지력(地力)을 쉬지 말고 극진이 다스리소

---

134) "일년을 슈고ᄒ여 빅곡이 풍등(豐登)ᄒ니 / 우슌풍됴 아니런들 함포고복 어이ᄒ리 / 아마도 국틱평민안낙은 금셰신가."(대62)

절문이 ᄒᆞᄂᆞ 일이 기음ᄆᆡ기 ᄲᅮᆫ이로다
논밧츨 갈마드러 삼ᄉᆞ츠(三四次) 돌녀밀제
그 즁의 면화밧촌 인공(人功)이 더드ᄂᆞ니
틈틈이 나물밧도 붓도도아 ᄆᆡᆨ가구쇼
집터울밋 도라가며 잡풀을 업게 ᄒᆞ쇼
날식면 호믜들고 긴긴히 쉴 ᄯᅵ업시
ᄯᅡᆷ 흘녀 흙이 젓고 숨 막혀 긔진(氣盡)ᄒᆞᆯ 듯
ᄯᅢ 마츰 졈심밥이 반갑고 신긔(神奇)ᄒᆞ다
졍ᄌᆞ(亭子)나무 그늘밋헤 좌ᄎᆞ(座次)을 뎡(定)ᄒᆞᆫ 후에
졈심 그릇 여러노코 보리단술 먼져 먹시
(…즁략…)
늘근이 ᄒᆞᄂᆞ 일이 바히야 업다ᄒᆞ랴
이슬아젹 외 ᄯᅡ기와 ᄶᅬ약볏헤 보리널기
그늘겻헤 누역치기 창문압회 노 ᄭᅩ기라
ᄒᆞ다가 고달푸면 목침 베고 허리쉬움

— 정학유, 「농가월령가」[135]

 일년 중 유월에 해당하는 것으로, 소서와 대서의 절기로서 이때 해야
할 일로서는 봄보리, 밀, 귀리를 베어 내고 콩과 팥, 조, 기장을 심는 것
임을 말한다. 그리고 남녀노소에 따라 각기 해야 할 일을 읊고 있다. 젊
은이는 기음 매기와 나물 밭 북돋우기와 늙은이는 보리 널기 누역 치기,
노 꼬기 등이 해야 할 일들이다. 이밖에 각 절기에 따라 먹는 음식, 놀음
의 풍속들도 읊는다. 농촌의 다양한 풍속·식물·곡식·음식 이름들이
열거되고, 이에 따라 악마구리·누역 등의 토속적 이름들이 등장하여 풍
속지적 성격을 지닌다.
 그런데 이런 농촌의 풍속, 농사짓기가 절기에 맞추어 이루어지고 있
고, 그러한 자연의 질서에 맞추어 상하, 남녀노소로 구분되는 인륜의 질

---

135) 박성의 교주, 『농가월령가 한양가』, 예그린출판사, 1978.

서가 대응되고 있다. 초점은 자연의 질서에 따라 각각 상하, 남녀노소의 본분에 맞게 해야 할 일들을 제시하여 치세의 근간인 농업에 힘쓰기를 권면하는 것이다. 이러한 관점을 잘 보여주는 부분은 한 해의 농사를 끝마치고 잔치를 벌이는 시기에 이르러 해야 할 일을 읊은 '십일월령'이다.

> 어와 오늘 노름 이 노름이 뉘 덕인고
> 텬은(天恩)도 그지업고 국은(國恩)도 망극ᄒ다
> 다ᄒᆡᆼ(多幸)이 풍년 맛나 긔한(飢寒)을 면ᄒ도다
> 효졔츙신(孝悌忠信) 대ᄀᆞ 알아 도리(道理)롤 일치 마소
> 사름의 ᄌᆞ식(子息) 되야 부모 은혜 모를쇼냐
> ᄌᆞ식(子息)을 길너보면 그졔야 씨다르니
> (…중략…)
> 내 늘근이 공경(恭敬)ᄒᆞᆯ제 남에 어룬 다를소냐
> 말슘을 죠심(操心)ᄒ야 인ᄉᆞ(人事)을 일치말쇼
> ᄒ물며 상하분의(上下分義) 존비(尊卑)가 현격ᄒ다
> 내 도리 극진ᄒ면 죄쳑(罪責)을 아니 보리
> 님군의 빅셩(百姓)되아 은덕(恩德)으로 살아가니
> 검의갓ᄒ 우리 빅셩 무어스로 갑하볼가
> 일년의 환ᄌ신력(還子 身役) 그 무엇 만타ᄒ고
> 한젼(限前)의 필납(畢納)홈이 분의(分義)에 맛당ᄒ다
>
> ―정학유, 「농가월령가」

　오늘의 풍년은 "상하분의(上下分義)"에 맞추어 생활해 나가기 위한 것임을 말한다. 그러므로 농사를 짓는 것은 왕업의 기초가 되는 것으로 임금의 백성이 되어 환자를 냄으로써 그 은덕을 갚는 것이 분의임을 이야기한다. 이런 시각의 사상적 연원은 『시경(詩經)』의 「빈풍장(豳風章)」임을 알 수 있다. 본문 중에서 창작 동기를 밝히면서 "하쇼졍(夏小正) 빈풍시(豳風詩)을 셩인이 지어시니 / 이 뜻을 본밧다셔 대강을 긔록ᄒ니"(십일월령)라고 밝히고 있으며, 이외에도 『시경』의 「빈풍장」은 권농이나 농업을 주제를

다룬 작품들의 전범으로서 종종 인용된다.

여기서 문제가 되는『시경』의「빈풍장」내용을 살펴보면 다음과 같다.

> 위로는 성일 상로(星日 霜露)의 변화를 관찰하고 아래로는 곤충 초목의 변화
> 를 살펴서 천시(天時)를 알아 백성들에게 농사일을 일러준다. 그리하여 여자는
> 안에서 일하고 남자는 밖에서 일하며 윗사람은 정성으로 아랫사람을 사랑하고
> 아랫사람은 충성으로 윗사람을 이롭게 하며 아버지는 아버지 노릇하고 자식은
> 자식 노릇하며 자기 능력에 따라 먹고 약한 자를 도와주며 제사를 때에 맞게
> 하고 연향을 절도에 맞게 하였으니 이는 칠월의 뜻이다.[136]

이「빈풍장」에서는 농사가 왕업의 기초임을 말한다. 하늘이 부여한 때
를 알아 농사일을 맞추어 하도록 이끄는 것이다. 이는 다름 아닌 윗사람
과 아랫사람의 분의에 맞추어 살아가기 위함이다. 여기서 하늘이 부여한
때에 맞추는 것과 윗사람과 아랫사람이 본분에 맞게 일하는 것이 모두
하나의 법칙으로 관통되어 있다. 이러한 인식은「농가월령가」로 그대로
이월된다.

반면에 일부 농부가 계열 가사들은 작자인 사대부가 점차 몰락하여 농
부의 위치로 전락하면서 현실로 다가온 농부로서의 삶을 받아들이고 있
다. 이로 인해「농가월령가」등과는 또 다른 입장에서 항산으로서 농업의
중요성을 이야기한다. 김기홍의「농부사」는 단사표음하면서 음풍영월하
겠다고 했지만 한편에서는 농부로서의 삶에 타당성을 부여하고 항산의
중요성을 말하게 되는 상황으로서, 생활인인 농부로서의 삶에 타당성을
부여하고자 한다.[137] 그 결과 농업의 중요성을 읊은 데에 비중을 둔다.

천하의 살움들흘 사민에 ᄂᆞ화시니

---

136)『詩經集傳』권8「豳風」「七月」王氏曰, "仰觀星日霜露之變, 俯察昆蟲草木之化,
    以知天時, 以授民事. 女服事乎內, 男服事乎外, 上以誠愛下, 下以忠利上, 父父子子,
    夫夫婦婦, 養老而慈幼, 食力而助弱, 其祭祀也時, 其燕饗也節, 此七月之義也."
137) 길진숙,「조선후기 농부가류 가사 연구」, 이화여대 석사논문, 1989, 53면.

학문을 홀작시면 입신양명 ㅎ려니와
농사는 본업이라 앙사부육(仰事俯育) ㅎ리로다
인명(人命)이 지듕ㅎ고 하늘히 삼겨시니
천민(天民)이 되어나셔 본업을 아니ㅎ랴
(…중략…)
녜브터 성현니도 농업을 몬져 ㅎ니
대순(大舜)은 성인으로 역산(歷山)의 가 바틀 갈고
후직은 농사ㅣ 되여 경종을 힘쓰시니
신야(莘野) 이윤(伊尹)이와 남양 제갈양이
한가히 녀롬 지여 농상을 일삼으니
세상의 즁ㅎ 일이 이밧쯰 쏘 이실가

— 김기홍, 「농부사」, 『관곡선생실기』

농사의 중요성과 가치를 밝히고자 하며, 이를 위해 농업이 본업이며, 생업임을 말하고자 한다. 농부로 전락해 가는 입장에서 농사는 현실의 문제로 다가오며, 그렇기에 농사의 의의를 부각시키고자 한다.

19세기 윤우병의 「농부가」도 이러한 맥락에서 선비의 궁핍한 현실에 대한 갈등이 그려지고 결국 농부로서의 삶으로 전환하는 모습이 서술된다. 훨씬 구체적이고 사실적으로 농사의 중요성과 가치를 말하게 된다.[138] 역시 항산으로서 농업의 중요성을 말하면서 농사와 추수의 과정들이 등장하고 있어 생활공간으로서 농촌이 등장한다. 사로서의 의식에서 농업이 항산이기에 중요하다는 점과 학행을 병행하여야 하는 점에 대해 논한다.

이상에서 근간이 되는 사고는 역시 인간과 사회, 자연이 하나의 질서로 통합되어 있다는 점이다. 농가의 풍경과 농사일은 백성의 생업인 항산으로서의 의의를 지니면서 구체화된다. 일터로서의 논밭은 우주를 통

---

138) 길진숙, 「조선후기 농부가류 가사 연구」, 이화여대 석사논문, 1989, 53면.

괄하는 자연의 질서의 일부로 놓여 있어 때에 맞추어 해야 할 일을 하여
야만 결실을 거두어들일 수 있다. 이러한 자연의 이치에 순응함으로써
수확과 결실을 거두고 생명을 영위하게 된다. 사시에 잘 맞추어 그때 그
때 해야 할 일을 하는 것이 곧 본성에 순응하는 것이자 만물의 화육을
돕는다고 본다.

　인간과 자연이 본성으로 연결되어 있다는 의식에는 자연과 인간이 서
로 하나의 이치로 통해 있는 천인감응(天人感應)의 의식을 볼 수 있다. 여
기에는 자연 세계의 현상이 바르거나 바르지 않게 되는 것은 정치적, 도
덕적 질서의 완성 여부와 관련된다는 인식과도 관련된다. 하늘이 부여한
때(時)는 절서나 사시와 같은 자연적 질서에서 나아가 분의(分義)로 표현
되는 도덕적 질서로 확산된다. 즉 절도(節度)와 도리의 사회의 질서는 자
연의 질서에 대응되면서 천인합일로 나아가고자 한다.

2. 주관적 서정의 자연과 탈규범성의 지향

1) 서정적 미감의 자연

　사대부 시가에서 서정은 진리·가치·규범과 떼어 생각할 수 없는 이
념지향성을 지니고 있다. 앞서 살펴본 자연 합일의 흥취는 자연의 아름
다움에 대한 순수한 정서적 감동과는 거리가 멀다. 자연 속에서 느끼는
순수한 자족적 즐거움보다는 사대부가 꿈꾸는 조화의 이상이 구현된 세
계와의 합일에서 분출되는 이념적 즐거움이 오히려 큰 비중을 차지한
다.139) 자연과의 합일은 보편적 이치를 구현하고 있는 자연과 일치하고
자 하는 지향을 담고 있다. 있어야 할 세계인 도덕의 질서와 일치하는

자연은 우리가 조화를 이루어야 하는 전범으로 존재한다. 따라서 유가적 세계관에서는 선험적 존재로 놓여 있는 자연과의 합일을 통해 천인합일로 나아가고자 한다.

이 같은 유가적 자연 인식을 보여주는 중심적 흐름의 한 켠에서 시인이 서정적 주체로서 경물과의 순수한 정서적 교감을 추구하는 작품들이 또 하나의 흐름을 이루고 있다. 자연을 바라보는 자아가 주체로서의 지각과 감각을 통해서 자연을 바라본다. 여기에는 대상과 인식 주체의 분별이 없어지는 물아일체의 체험을 추구하던 것으로부터, 주관과 객체를 분리하여 보려는 인식이 개재하고 있다. 자연이 사회와 연속된 질서로서 이해되던 것에서, 자연을 인간 주체로부터 독립된 객체로 이해하는 흐름이라고 할 수 있다.

자연 합일의 이상이 인간을 바탕으로 한 도덕의 질서와 자연의 질서를 일치시켜 바라보고 있다는 점을 고려할 때, 이러한 특징은 성리학적 사상의 흐름 내에서 자연과 도덕의 분리라는 인식론적 변화의 흐름 위에 놓여 있다.

> 후기 실학자들은 자연의 도덕화라는 전근대적인 태도를 벗어나려고 하였다. 그들에게 도덕은 인위적 노력의 산물이었고 자연은 인간 주체로부터 독립된 객체로서 도덕과 무관한 존재였다. 주관으로부터 객체를, 자연으로부터 도덕을 분리하였다는 것은 자연이 인간에게 실질적인 의미에서의 쓸모의 대상으로 여겨지기 시작하였음을 뜻한다.[140]

시적 자아가 서정적 주체 또는 심미적 주체로서 자연을 바라볼 때, 이념적 울림보다 정서적 경험을 더욱 우선하게 된다. 자연 경물이 하나의

---

139) 성기옥, 「한국 고전시 해석의 과제와 전망―安玟英의 「梅花詞」 경우」, 『진단학보』 85호, 진단학회, 1998, 132면.
140) 김낙진, 「조선 유학자들의 격물치지론」, 『조선 유학의 자연철학』(한국사상연구회 편), 예문서원, 1998, 130면 참조.

객체로 놓여 있어, 그것이 지니고 있는 감각적인 미감에 주목한다.[141] 이때 자연에 귀거래한 처사로서 갖기 마련인 사회현실에 대한 심리적 갈등이나 윤리적 긴장감이 이완된다. 17세기 향촌사족 중 김득연, 18세기의 경화사족층인 권섭·김성최·김창업·신정하·유숭·윤유·이정보와, 김수장, 19세기의 이세보·안민영 등의 작품들은 자연과의 정서적 동일성을 추구하며 하나의 흐름을 이룬다.

(1) 주관적 정서의 교감

자연이 그 자체로 도덕적 원리를 지니고 있을 때 수많은 시간과 공간 속에서 출몰하는 개인들과는 무관하게 모든 존재들이 스스로 품고 있는 절대적이며 객관적인 당위 법칙이 된다.[142] 반면에 자연이 보편적인 이치를 머금고 있는 규범으로서보다 특정한 시공간에서 살아가는 개인적 삶과 결부될 때 주관적 성격을 띤다. 자연물이, 개인이 향수하는 객체로서의 의미를 띨 때, 대상화된 자연은 보다 주관적인 요소를 지닌다.

갈봉(葛峯) 김득연(1555~1637)은 알려진 대로 영남의 선비로 평생 처사로서 지냈다. 갈봉은 상대적으로 도학적 성향이 강한 이황·장흥록으로 이어지는 영남사림의 학문적 계보를 잇고 있다. 그럼에도 불구하고 도학자적 이념이나 출사하지 않은 데에 대한 자의식이 강하지 않다.[143] 연시조인 「산중잡곡」을 비롯한 그의 시조작품에서는 향리에 은거해서 자연과 동화되어 사는 삶을 그리고 있다. 전통적인 처사로서 복거하는 고장과

---

141) 자연의 시각화는 자연을 이성적이고 일상적인 공간으로 발견한 것을 의미하며, 자연을 이성적이고 일상적인 공간으로 이해한다는 의미는 자연을 주체와 동떨어진 객체로서 보기 시작한다는 의미이다. 고정희, 「알레고리 시학으로 본 「어부사시사」」, 『고전문학연구』 22집, 한국고전문학 연구회, 2003, 79면.

142) 김낙진, 앞의 책, 130면.

143) 이상원, 「16세기 말~17세기 초 사회동향과 김득연의 시조」, 『어문논집』 31집, 고려대 국어국문학연구회, 1992; 김흥규, 「16·17세기 강호시조의 변모와 전가시조의 형성」, 『어문논집』 35집, 고려대 국어국문학연구회, 1996, 232면.

누정의 모습을 통해 은거하는 의미를 되새기며, 강호에서 안분하는 모습, 사시의 조화로움이 베푸는 가흥에 젖어 유유자적하는 모습을 그린다. 이러한 모습들은 은거하는 처사로서 자수하는 보편적인 모습이다.

하지만 은거의 생활과 관련하여 출처 의식이나 도학자적 의식의 표명이 사회와의 마찰 속에 있지 않다. 즉 사회로 향한 시선이나 물러나 있는 상황에서의 소외의식이 두드러지지 않아, 이념적 긴장감이 이완되어 있다. 그가 58세에 과거에 입격하는 등 여러 번 출사할 수 있는 기회가 주어졌는데도 벼슬길에 오르지 않은 것은 아예 정치에 무관심했거나 현실 정치에 일정한 혐오를 느끼고 있었던 것으로 보인다.[144) 이에 따라 귀의한 강호는 속세와 격절된 배타적 공간으로서의 성격이 강하지 않다. 이때에 자연은 벗을 기다리기도 하고 벗과 한가로이 경치를 즐기며 노니는 공간으로서, 벗과의 교유, 늙음, 시 창작의 문제 등이 주요한 관심사가 되고 있어 이념성이 이완되어 있다.[145)

따라서 그의 시조 작품에 나타난 자연은 경치가 주는 감흥을 즐기며 벗과 풍류를 즐기는 친밀한 공간이다. 대개의 경우 자연 속에서 자신은 엄격한 독선기신을 실천하는 사대부로서보다 이제 나이 든 '늙은 하라비'로서 주어진 삶을 관조하며 남은 여생을 보내고 있다. 그렇기에 자연은 개인적인 삶의 영역인 일상 속에서 시인의 감정과 교감하는 정서적 상관물로 놓여 있다.

①버지 오마커눌 솔길홀 손소 쓰니
　무심(無心)훈 백운(白雲)은 쓸소록 고쳐난다

---

144) 이상원, 『17세기 시조사의 구도』, 월인, 2000, 157면.
145) 작품들을 예로 들면, "산중에 병든 모미 내 호온자 한가흐야 사생기한을 하눌께 브텨두고 평생애 갑업시 듯는 거슨 명월청풍 쑨이로다", "늘거 병든 몸이 이 산정에 누어이셔 세간만스을 다 이저 보렷노라 다믄당 브라는 일은 벗 오과다 흐노라(咏懷雜曲)", "산중에 버지 업셔 풍월을 벗삼으니 일쥰쥬 빅편시 이 내의 일이로다 진실로 이 벗곳 아니면 쇼일 엇디 흐리오" 등을 들 수 있다.

져 백운(白雲)아 동문(洞門)을 즈모지 말라 올 길 모롤가 ᄒᆞ노라

② 매파(梅葩)는 동지(冬至)예 피고 국아(菊芽)은 납월(臘月)에 긴다
　　이 엇던 건곤(乾坤)에 그리 ᄀᆞ초 삼견ᄂᆞ뇨
　　이 선옹(仙翁) 늘글가 ᄒᆞ야 미일 봄이
　　　　　　　　　　　　—김득연, 「산중잡곡(山中雜曲)」, 『갈봉선생문집』

　①은 자연이 벗과 풍류를 즐기는 공간으로, 벗과의 교유가 큰 비중을 지니는 생활을 잘 볼 수 있는 작품이다. 벗이 온다는 기별에 솔 길을 손수 쓸고 준비하는 살뜰한 마음이 작품 전체에 나타난다. 여기서 "무심한 흰 구름"은 벗을 기다리는 갈봉의 정성에는 무관심하여, 솔 길을 쓸면 쓸수록 더욱 자욱하게 나타나 더욱 초조하게 만든다. 보편적으로 세념을 벗어난 평정한 정신성을 나타내는 '무심한 백운(白雲)'의 이미지가, 시적 자아의 마음에 무관심한 상황을 나타내고 있어 정서적 상관물로 나타난다. 자아의 마음과 어긋나는 상황으로 비쳐지는 구름은 지금 나의 심정에서 바라본 것으로, 주관적인 성격을 띤다.

　②에서 보듯이 갈봉의 작품에서 늙음은 주요한 관심사로 부각되고 있다.146) 여기서 매화와 국화의 싹이 때에 맞추어 피고 자란다는 사실에서 계절의 변화가 갖는 다채로움을 실감한다. 이것은 이치의 오묘함을 불러일으키는 것이 아니라 자신의 늙음과 대비되는 생기를 느끼게 하는 것이다. 싹이 트고 꽃이 피는 생장으로 인한 생기로움은 젊음을 느끼게 해준다. 역시 경물을 바라보는 시선은 생명의 이치를 관조하는 규범적 시선이 아니라, 자신의 늙음과 대조를 이루는 생기로움을 느끼고자 매일같이 들여다보는 주관적인 시선이다. 겨울에 피어오른 국화와 매화를 보며 위안을 느끼고 있으며, 위안을 느끼게 해주는 자연은 주관적인 정감을

---

146) "늘그면 죽기 쉽고 죽그면 벗 업ᄂᆞ니 늘거도 사나ᄂᆞ졔 벗과 놀미 긔 올ᄒᆞ리 우리는 그리 아라 벗과 미일 놀리라."

불러일으키는 대상이다.

　이런 점에서 갈봉시조에서 자연을 바라보며 주관적 감흥을 투사하는 계기는 무엇보다 '늙음'이다. 즉 여생을 보내는 이곳 자연은 '늙어감'에 대해 생각하고 '늙음'과 친숙해지는 계기를 주는 곳이다. 갈봉이 늙음에 대해 갖는 의식은 심각한 객관적 물음보다는 '젊음으로부터의 소외감'이나 '외모의 변화에 대한 서운함'과 같은 주관적인 감흥의 성격을 띤다. "내 양지를 니 못보니 내 그더도록 늘건느냐"[147]라는 외모의 변화에 대한 의식이나, "무숨은 져머이셔 벗들과 놀려ᄒ니 엇다다 져믄 벗들은 나롤 늘다 ᄒᄂ다"[148]고 하여 젊음으로부터 멀어져 가는 소외감과 같은 감정을 갖는다.

　마찬가지로 다음 작품에서 자연의 영속성은 유한한 인생과 종종 대비를 이루고 있지만, 그때의 영속성은 외경의 대상이 아니라 정서적 감응을 일으키는 속성이다.

　　　허여셴 늘근 하라비 솔 아래 비겨시니
　　　희롱ᄒᄂ는 송자(松子)ᄂ 안존 알픠 ᄂ려진다
　　　적막(寂寞)히 말ᄒ리 업스니 웃고 주업노라
　　　　　　　　　　　— 김득연, 「산중잡곡(山中雜曲)」, 『갈봉선생문집』

　하얗게 센 머리를 한 자신이 소나무 아래 비껴 앉아 있다. 여기에 하얗게 센 머리와 소나무의 푸르름이 시각적 대조를 이루고 있어, 솔방울이 떨어지자 마치 자신을 두고 희롱하는 듯한 느낌에 혼자 웃음 짓고 있다. 나의 늙음을 조롱하는 듯한 느낌을 받으면서 이를 웃어넘길 수 있는 여유에서 늙어 가는 인생을 관조하며 늙음을 이해해 가는 시선을 볼 수

―――――――――――――――――

147) "내 양지롤 내 몯보니 내 그더도록 볼셔 늘건느냐 엇그제 쇼년이어든 그리 수이 늘
　　　글소냐 아므려 늘다늘다 ᄒ야도 나는 몰라 ᄒ노라."
148) "내 ᄒ마 늘건느냐 늘는 줄 내 몰내라 무음은 져머이셔 벗들과 놀려ᄒ니 엇다엇다
　　　져믄 벗들은 나롤 놀나 ᄒᄂ다."

있다. '소나무의 영원한 푸르름'이 지니는 자연의 영속성과 '하얗게 센 머리'가 보여주는 삶의 가변성의 대비가 선명하게 드러나 있다. 그러면서도 소나무를 통해 영속성의 이치를 깨닫기보다는 자신의 흰 머리를 조롱한다고 느끼는 데에서 볼 수 있듯이 경물은 정감을 일으키는 주관적인 풍경으로 놓여 있다.

이러한 늙음을 노래한 시조들은 대체로 인생에 대한 허무감이나 유한성에 대한 심각한 고민보다는 늙음을 여유롭게 관조하며 순응해 가는 모습을 담고 있다. 이것은 영속적인 자연과 유한한 나의 삶이 각기 제자리에 있다는 인식을 바탕으로 한다. 그렇기에 순응해 가며 늙음을 여유로이 관조한다. "내 뜯 아는 벗님네는 모다 오소 혼디 노새 모다 와 혼디 놀미 긔 아니 즈거오랴 호물며 풍월(風月)이 무진장(無盡藏)하니 글노 노쟈 호노라", "버디 오리 업스니 동문(洞門)이 줌겨 잇다 삼경(三逕) 송국죽(松菊竹)을 내 호온자 즐기노라 민일에 이룰 즐기어니 늘른 주룰 엇디 알리"라고 하여 자연은 '무진장'한 곳이다.

하지만 이와 같이 자연에 서정적 미감을 투사하고 있는 모습 속에는 자연이 하나의 객체로 대상화하고 있다. 보편적 규범과의 합일을 추구하는 것과 달리, 주관화되면서 자아와 세계의 어긋남이 잠복해 있다는 점에서 주목된다. 구름이 '나'의 마음과 어긋나는가 하면, 늙음의 문제를 통해서 유한한 인생사와 자연의 영속성이 선명하게 대비되어 있다. 이것은 자연 속으로 침잠해 있던 자아가 수면 위로 떠오르는 의미를 지닌다.

무엇보다 보편적 가치를 지향하는 처사로서의 자의식에서 벗어날 때, 서정적 주체가 경험하는 개인적 일상세계에 놓인 주관적인 자연의 성격은 더욱 분명해진다. 18세기에 들어 서울과 서울 근기에 거주하는 경화사족층이 하나의 문화권을 이루면서 도시의 생활양식과 문화적 환경을 받아들이고 있다. 도시문화의 발달로 지방과 서울의 문화적 격차가 커지면서 생긴 경향 분기의 흐름은 서울을 중심으로 독자적인 문화를 형성시킨 원동력이 된다. 이 새로운 문화적 환경에 대면하고 있는 경화사족층의 작품들은 이러한 환경의 변화를 반영하는데, 김창업·김성최·신정하·윤유·유숭·조현명·이정보·권섭 등이 당시에 활동하던 사대부들이다.

이들 경화사족은 서울을 중심으로 한 정치권력의 중심에 위치한 관료이거나 그 주변 인물로, 정치적 소외의식이 강하지 않은 편이다. 권섭과 김창업 등 평생 출사하지 않아 처사로서 지내는 경우에도 비교적 여유로운 경제적 환경을 배경으로, 출사보다는 문화적, 예술적 소양을 지향한다. 이와 같이 경화사족은 유학자로서 근엄한 도학자로서의 면모보다 상대적으로 문화와 예술의 향유자로서의 문인적 풍모를 지닌다. 자수하는 처사적 의식이 옅어지고, 시서화를 즐기는 풍류객으로서의 면모가 강하다. 이정보는 작자 논란을 불러일으켰을 만큼 근엄한 유학자로서의 풍모에 걸맞지 않는 육정적인 애정시조를 남기는가 하면, 이세보의 경우도 대극적인 성격의 현실비판시조와 애정시조가 공존하고 있다.

자연도 유가적 출처관에 근거한 처사의 은거지이기보다 일상적 삶을 향유하는 공간에 가깝다. 자연이 보편적 세계로 특징 지워지기보다 개인적 삶의 공간으로 이해되게 된 데에는 역시 도시문화의 발달과 관련된다.149) 서울의 도시문화가 발달하면서 '도시와 시골'이라는 문화적 개념이, 전통적인 '환로와 은거'라는 출처관을 대치하면서 자연에 대한 정의도 이에 따라 변화하고 있다. 경화사족은 서울에 근거지를 두고 있으면서 문화적 환경을 중심으로 공통된 취향을 공유해 가고 있어, 가향(家鄕)이나 세거지(世居地)로서의 의식이 상대적으로 약했다. 일부 경화사족의 경우 서울에 거주 기반을 가지고 있으면서도 산수미가 빼어난 곳을 선택하여 복거하는 경우가 많으며, 대대로 가문의 근거로서의 의미가 함축

---

149) 시인의 일상 세계로서 산수 자연만이 아니라 생활 속에서의 교우·음악·향유·유람 등과 같은 다양성을 드러내게 만든다. 자연 또한 이러한 일상의 부분이 되면서 개인적 일상과 연계되고 자연이 즐기고 향유하는 대상이 된다. 남정희, 「18세기 경화사족의 시조 향유와 창작 양상에 관한 연구」, 이화여대 박사논문, 2002, 72면.

된 가향의식에서 자유로운 편이었다.[150]

그 결과 귀의한 자연은 사회로 나아가 경륜을 펼쳐야 한다는 처사로서의 자의식이 강하게 드리워져 있는 은거의 공간과는 일정한 거리가 있다. 이러한 점은 강호 한정의 작품들에서 처사의 덕목인 절제와 같은 규범적 정서와 결합되어 있던 심상들이 변하여 자족적인 흥취를 환기하는 데에서 확인된다. 출사하지 않은 경화사족으로서, 종래의 처사에게서 볼 수 있었던 사회적 책무감에서 벗어나고 있는 모습은 옥소 권섭(1671~1759)의 시조에서 볼 수 있다.

① 아마도 이리 됴흔 ᄆᆞᄋᆞᆷ을 ᄂᆞᆷ의 말 듯고 고칠손가
편랑이 기우로 ᄡᅳ고 오락가락 청산녹슈간의
셰상의 호화히 디내시는 분네는 웃디 마오 이 광싱 (「만흥(漫興)」)

② 벗이야 잇고 업고 ᄂᆞᆷ들이 우으나ᄡᅮ나
냥신미경을 ᄂᆞᆷ ᄀᆞᆯ와 아니 보랴
평싱의 이 됴흔 회포를 슬ᄏᆞᆺ 펴고 오리라 (「자해(自解)」)

—권섭, 『옥소고』

① 자연을 뜻하는 '청산 녹수간'은 여전히 호화로운 세상과 대립되는 곳이다. 하지만 '청산 녹수간'의 강호가 지닌 함의는 이전과는 많이 다른 듯하다. 편랑이를 '기우로' 쓴 모습과 "오락가락 청산녹슈간의"의 도치된 어구가 풍기는 분위기, 그리고 "광싱(狂生)"의 표현에서는 일반적인 의미로서의 정신적 자유로움을 넘어선, 방외지취에 가까운 분방함이 느껴진다. 거기에 처사로서의 자의식이나 사회적 책무감은 강하지 않다. 이것은 "이리 됴흔 ᄆᆞᄋᆞᆷ"을 "ᄂᆞᆷ의 말"을 듣고 고치겠는가는 발성이 나오게 되는 이유이다. ② 역시 남들의 지목에 구애받지 않고 산수를 유람하면

150) 유정선, 「18・19세기 기행가사의 작품세계와 시대적 변모양상」, 이화여대 박사논문, 1999, 142면.

서 이 "됴흔 회포를 실컷 펴고 오겠다"는 자기 다짐이 담겨 있다. "남들이 우으나쓰나", "놈 굴와 아니 보랴"에서 보듯이 사회적 이목이나 책무감으로부터 자유롭고자 하는 태도를 보여준다. 회포란 자연을 대하면서 느끼는 정서적인 감흥을 말하는 것으로, 이 감흥을 '슬컷' 즐기고자 한다. '남'과의 대조 속에 놓인 '나'의 소신과 정서적 흥취에 대한 존중이, 독실함과 대조되는 호방한 태도와 연결되어 있다.

이러한 권섭의 작품세계와 삶은 당시 경화사족의 사회적, 정신적 궤적을 그대로 보여준다. 18세기에 들어 일군의 경화사족은 서울에서 세거하면서 벼슬길에 나아가지 않은 처사이면서도 향촌 처사의 삶과는 상당히 다른 삶을 살고 있다. 옥소도 명망 있는 노론 가문 출신이기에 처사 의식은 낙관적이고 명분론적인 성격을 띤다. 이를 배경으로 향유들이 은거하는 처사로서 규범적인 삶을 지속해 나간 반면에 경화사족은 산수유람과 풍류를 즐기면서 풍류객으로 자부한다. 곧 옥소의 경우처럼 노년에 자신의 생애를 돌아보며 '도학자로서의 근엄성보다는 소기(小技)로 지칭되는 시서화를 즐긴' 경화사족적 성향을 지녔음을 술회하고 있다.151)

따라서 출사하지 못한 처사로서의 자의식이 내장되어 있던 이전과는 달리, 일상적 삶의 연장선상에 놓이게 되면서 그곳에서 누리는 정서적 감흥이 주된 관심사가 된다. 이는 처사적 삶을 드러내곤 했던 관습적 심상들인 '초당(草堂)'·'백구(白鷗)'·'임간(林間)'·'전원(田園)' 등의 변모를 통해 확인할 수 있다. 노가재 김창업(1658~1721)은 안동 김씨 일원으로서 평생 처사로 지냈는데, 다음 시조는 직접적으로 '초당'의 시어가 드러나지는 않지만 초당의 정경이 드러나 있다.

> 거믄고 술 쏘자 노코 호젓이 낫줌 든 제
> 시문(柴門) 견폐성(犬吠聲)에 반가온 벗 오도괴야

---

151) 『옥소고(玉所稿)』「墓山二」「述懷詩敍」.

아히야 점심(點心)도 ᄒ려니와 외자 탁주(濁酒) 내여라

— 김창업(『청진』 209)

전통적으로 처사의 삶을 드러내는 심상인 '시문(柴門)을 포함한 초당'은 세속과 절연된 곳임을 뜻하는데 그 청정함과 담박한 의취를 통해서 자기 절제의 삶을 드러내 왔다. 반면에 위에서 보듯이 당시 경화사족의 일상적 생활이 이루어지는 초당의 모습은 이념적 긴장감보다는 아취어린 풍류가 있는 곳이다. 노가재는 다른 작품에서 "벼슬을 져마다 ᄒ면 농부ᄒ리 뉘 이시며 의원이 병 고치면 북망산이 져려ᄒ랴 아희야 잔 ᄀ득 부어라 내 뜻대로 ᄒ리라"고 하여, 출사로 갈등하기보다는 자신의 뜻에 맞게 살겠다고 단언한다. 이런 평소의 소신이 반영되어, 사회와의 단절을 뜻하는 경계(境界)나 굳게 닫힌 폐색(閉塞)의 이미지를 형성해왔던 시문(柴門)152)이, 호젓한 분위기를 띤 아취어린 장소로서 언제라도 열릴 수 있는 곳으로 바뀌어 있다.

또한 보편적으로 초당의 정경은 앞서 살펴본 권호문의 작품에서처럼 우주적 자연 안에 놓여 있어, 조화로운 자연 속에서 누리는 우주적 교감을 노래한다. 반면에 여기서의 초당은 낮잠을 즐기고 벗과 탁주를 나누는 흥취의 공간이다. 보편적으로 성리학이 지배하는 당시의 일상성은 유학이 뿌리박고 있는 일상적 세계로서 도덕성을 내면화153)하고 있다면, 여기서는 상대적으로 이념의 무게가 거두어진 일상에서의 격조 있는 미감을 추구한다.154) 그 결과 자연의 조화로움의 일부가 되어 우주적 교감을 이루는 '강호'와 달리 개인적 공간으로 축소되어 있다. 자연을 바라보

---

152) 앞서 살펴본 "山村에 눈이 오니 돌길이 무쳐셰라 柴扉를 여지 마라 날 ᄎᄌ리 뉘 이시리"로 시작되는 신흠 시조가 대표적인 예로서, 세속과는 절연된 공간으로 나타나곤 한다. 성기옥, 「신흠 시조의 해석 기반–「방옹시여」의 연작 가능성」, 『진단학보』 81호, 진단학회, 1996, 239면.

153) 신연우, 『사대부 시조와 유학적 일상성』, 이회문화사, 2000, 10면.

154) 남정희, 「18세기 경화사족의 시조향유와 창작양상에 관한 연구」, 이화여대 박사논문, 2002, 78면.

며 조화의 이상을 이루려는 태도에서 벗어나는 대신에 자연물을 통해 자족적 흥취를 느끼고자 한다.

이와 같이 전통적인 처사적 공간으로서 강호의 심상들은 여러 변화된 모습을 보여주는데 이 중의 한 예가 강호의 심상이 도시의 경관으로 대치되는 경우이다. 김성최(1645~1713)와 이정보(1693~1766)는 모두 경화사족으로서, 다음 두 작품 역시 점진적으로 변화하고 있는 강호 인식을 보여준다.

> ① 공정(公庭)에 이퇴(吏退)ᄒ고 홀 일이 아조 업서
>   편주(扁舟)에 술을 싯고 시중대(侍中臺) 추자가니
>   노화(蘆花)에 수 만흔 굴며기는 제 벗인가 ᄒᄃ라
>
> — 김성최(『청진』 206)

> ② 낙양(洛陽) 삼월시(三月時)에 곳곳마다 화류(花柳)] 로다
>   만성(滿城) 춘광(春光)이 태평(太平)을 글엇세라
>   어즙어 당우세계(唐虞世界)를 다시 본 듯 ᄒ여라
>
> — 이정보(『해일』 286)

위의 두 작품 모두 처사로서의 삶과 결합된 관습적 이미지들이 환기하던 이념적 장력이 소거되어 있다. 무시간성의 '강호'와 달리 모두 '시중대', '낙양'과 '공청에서 퇴조할 무렵'과 '삼월' 등 구체적인 시공간으로 옮겨지면서 일상의 공간이 된다.

①은 하루의 공식적 일과를 마치고 관내의 승지를 유람하고 있는 내용이다. '노화', '편주'는 관습적으로 유유자적하는 처사적 삶을 드러내곤 하였다. 이와 달리 여기서는 구체적인 공간인 시중대의 모습으로 공무를 마친 후의 흥취를 드러내고 있어, 존심 양성의 이념적 상관물이 아닌 일상에서 즐기고자 하는 대상으로 바뀌어 있다. 또한 종래에 줄곧 강가에 홀로 서서 유유자적함을 보여주던 갈매기가 '수 만흔 굴며기'로 바뀌면서 난만한 흥취를 돋우는 대상이 된다. ② 보편적으로 꽃들이 난만한 봄

의 풍경은 강호 안에서 사시의 순환의 일부로 놓여 있고, 거기에서 오는 심리적 화평함은 세속의 떠들썩함과 대립적 의미를 지닌다. 그리고 이런 경치는 강호만이 주는 배타적 즐거움이었다. 그런데 여기서 봄빛의 화려함은 특히 '서울 도성의 봄'이 지닌 화평한 정경으로 나타난다. 이러한 도시의 풍경은 우주적으로 확산되는 사시의 순환으로서의 의미보다 특정한 시공간에 놓여 있어 개별적이고 일상적인 풍경으로 다가온다.

이런 자연에 대한 인식의 변화 과정을 겪으면서 19세기에 이르러 강호의 심상은 이제 사회현실과의 긴장을 상실한 공간으로 나타나 일종의 풍경이 되고 있다. 경화사족 이세보의 작품에서 보면 사회와 팽팽한 긴장성을 이루고 있었던 '강호'의 형상이 시적인 긴장성을 상실한 모습을 볼 수 있다.

> 녹음슈양니의 낙디를 드럿쓰니
> 한가ㅎ다 져 어옹아 네야 무샴 일 잇스랴
> 아마도 만고영웅은 틱공인가

―이세보, 『풍아(대)』(대 143)

낙대를 드리운 어옹이 등장한다. 한가한 어옹의 등장은 전대의 관습적 심상 그대로이다. 하지만 더 이상 무심함을 낚는 은자의 형상이 아니며, 자신과 일치시키지 않는다. 어옹에게 '네야 무삼 일이 있겠느냐'고 하는 전언에는, 한가로이 낚시를 즐기기에는 삶이 복잡다단하고 할 일이 많다는 의미가 깔려 있다. 다만 회고적 어법으로 '태공망처럼 무욕의 진공상태에 있을 수 있다면' 하는 바램을 가질 수 있을 뿐인 것이다. 강호는 더이상 사회와의 마찰 속에 정체성을 모색하는 공간이 아니며, 한가한 일상 풍경의 일부로 들어와 있다.

경화사족이 이념적 긴장감보다 아취어린 풍류에 대한 관심을 지닌 성향은 자연과의 관계에서 서정적 주체로서 서는 것을 의미하며, 이는 다음에 살펴볼 산수유람이 경물에 대한 향수라는 입장에서 적극적으로 이루어지는 원인이 된다. 18세기 이후 경화사족 시조 속에서 나타나는 자

아는 대상을 인식할 때 스스로의 정체성을 드러내고 있다. 시적 자아는
시에 나타나는 사고·감정·의지 등의 여러 작용의 주관자[155]이다. 역시
옥소의 다음 작품을 보자.

> 곳지쟈 새 플 나니 일원(一院)의 츈ᄉ(春事)ㅣ 로다
> 낙화방초야 긔 더옥 보기 됴희
> 어즙어 이내 풍졍이 가실 적이 업세라
> ―권섭, 「도화이락세초신생(桃花已落細草新生)(2)」, 『옥소고』

위의 작품은 '병중영분도삼장(病中詠盆桃三章)' 중 두 번째 작품으로서,
병 중에 새로 꽃이 지고 새 풀이 돋는 광경을 바라보고 지은 작품이다.
병상에서 바라보는 봄의 생명력은 남다른 감회를 갖게 하는 것임이 드
러난다. 복숭아꽃이 지자 곧이어 새 풀이 돋아나는 정경은 병중에 있는
자아에게 위안의 정감을 느끼게 한다. 여기서 중요한 것은 봄의 생명성
자체가 아니라 나의 마음에 일으킨 정감이라고 할 수 있다. 마음에 일어
나는 정서적 즐거움은 "풍졍이 가실 적이 업세라"고 읊조릴 만큼 큰 것
이다. 이 작품에서 '풍졍(風情)'이 주요어로 등장하는데, 이 '풍졍'은 옥소
의 작품세계를 관통하는 시어이다. 이 어휘는 그의 시가와 산문에 자주
등장하고 있는데, 마음을 울리는 정서적 감응을 말한다.[156] 자신의 마음
으로부터 우러나오는 정서적 즐거움을 바탕으로 자연 경물을 대했으며,

---

155) 남정희, 「18세기 경화사족의 사조향유와 창작양상에 관한 연구」, 이화여대 박사논
문, 2002, 66면.
156) 「잡록1」에는 다음과 같은 기록이 있다. "대개 청음선생집안은 대대로 淸修苦寒한데
그 내외의 후손은 모두 그 기풍을 고치지 않으니 나의 外王考 충정공도 또한 청음의
미생이다. 나도 그러므로 저절로 이러한 習氣가 있는 것인가. 다만 괴이하게도 나는 작
은 아버지의 고상한 기질이 모자라 문장을 즐기지 않고 그 風情만을 즐기니 ……[盖淸
陰先生家, 世淸修苦寒, 其內外後承, 皆不替其風, 我外王考忠正公, 亦淸陰之彌甥也,
小子故自有此習氣耶, 獨怪我泛伯氏之尙質, 而不喜文, 可喜其風情 ……]"(『옥소고』
「잡록 1」)
　또한 『영삼별곡』을 보면 "풍정이 호탕ᄒ여 물외예 연업으로 녹슈 청산의 분대로 ᄃ
니더니"라고 읊는다.

이것은 주관적인 감흥이라고 할 수 있다.

19세기 경화사족인 이세보 역시 서울에 근거지를 두고 도시문화의 분위기를 통하는 서정보다는, 개인적으로 갖게 되는 주관적인 정서와 교감하는 대상이다.

①만샨의 봄이 드니 가지마다 꼿치로다
　슬프다 두견셩은 이별가인 누구누구
　아마도 번화무궁(繁華無窮)은 츈풍인가. (대 269)

②삼월동풍 느졋스니 츈셩무쳐불비화(春城無處不飛花)를
　웅비둉즈요림간(雄飛從雌繞林間)은 가지마다 황잉이라
　아마도 늉늉화긔(融融和氣)는 쳥츈인가. (대 238)

— 이세보, 『풍아(대)』

①에서는 생동하는 봄을 맞아 마음이 싱숭생숭해지는 느낌을 드러내고 있다. 봄이 시작되어 오감이 열리는 가운데 생동하는 봄의 찬란함은 거기서 그치지 않고 이별의 스러짐을 떠오르게 한다. 거기에 더하여 부는 봄바람은 봄의 번화함을 더욱 완연하게 느끼게 한다. "번화무궁(繁華無窮)은 츈풍인가"라는 표현 속에는 봄바람이 불면서 더욱 산란해진 마음의 기미를 내비치고 있다. 결과적으로 시인에게 봄의 생명성은 영원무궁함의 의념보다는 인간사의 다단함을 환기하며 마음의 파문을 일으키고 있다. ② 역시 봄의 정경을 그린 시조이다. 봄바람에 성 안 여기저기 꽃잎이 날리고 숲에는 암컷을 좇는 새들로 가득하다. 시인은 봄의 정취를 가벼우면서도 화려하고 생동하는 모습으로 감지한다.

이와 같이 이세보에게 있어 봄은 도의 질서로서 사시 순환의 일부로 나타나거나 사대부적 이념을 환기하지 않는다. 예를 들어 신흠이 봄을 맞아 생명의 순환력이라는 영속성을 통해 연군지정을 떠올리는 것과 대조적이다.157) 그는 자연을 접하며 다변하는 일상적 삶의 긴장성을 떠올린다. 자연은 보편적인 이치를 품고 있는 것이 아니라 가변적인 사람 사이의 정과 단일하거나 균질적이지 않은 인생사를 환기하는 정감의 대상이다. 하나의 객체로 놓여 있는 자연은 절대성, 불변성의 가치를 지니고 있기보다는 가변적인 정감을 환기하며 인간사와 교감하는 대상으로 나타난다.

> 닉쟝은 츄경이요 변산은 츈경이라
> 단풍도 둇커니와 치셕도 긔이ᄒ다
> 엇지타 광음은 ᄯᅦ를 찻고 ᄉᆞ롬은 몰나 (대 365)

— 이세보, 『풍아(대)』

울긋불긋한 단풍과 어우러진 바위들이 전해주는 가을의 정취는 한해도 빠짐없이 돌아오지만 광음이 '사람은 몰라'본다고 하여 인간사는 세월의 무게를 이기지 못함을 읊는다. 가을에 찾은 내장산에서 빼어난 가을의 정취를 즐기며 인간사를 생각하고 있다. 사람의 정, 또는 인간사는, 항상 아름다운 풍광을 거느리고 돌아오는 가을과 달리 둘쑥날쑥하고 가변적임을 말한다. 이는 자연의 불변함과 인간사의 어긋남을 말하고 있다는 점에서 천인합일의 이상에서 멀어져 있다.

그는 실제로 애정시조를 많이 짓고 있으며, 남녀간의 애정을 매개로 정의 가변성과 불명확함에 대해 노래한다. 이러한 애정시조는 경화사족의 풍류인 도시 유흥을 즐겼던 도시적 정서를 지니고 있으며,[158] 이러한 정에 대한 관심을 통해 그의 자연은 주관적인 감흥이 투영된다.

19세기 가객 안민영의 시조 작품에서 자연이 전범에서 멀어질 수 있었던 것은 예술가인 자신이 서정적 주체로서 대상을 향수하는 데에서 비롯된다. 남녀 사이의 애정에 대한 관심, 정의 주관성에 대한 관심을 통해 사적이고 개인적인 자아를 드러낸다.[159] 그 결과로 하나의 관념으로

---

157) "寒食 비온 밤의 봄빗치 다 퍼졋다 / 無情ᄒᆞᆫ 花柳도 ᄯᅢ를 아라 픠엿거든 / 엇더타 우리의 님은 가고 아니 오는고"
158) 이동연, 『19세기 시조 예술론』, 월인, 2000, 149~154면.

고정되던 시적 이미지인 매화 이미지가 정서적 상황에 따라 여러 가지
이미지로 변용된다. 그의 경우 "이미지 형성의 동력은 이념이 아니라 정
서로서, 정서적 상황의 구축이 시학의 기본원리로 자리"하게 되는 것과
통한다.160) 이는 시인이 서정적 주체로 중심에 서서 자연을 객체로 바라
보는 시각이다.

　유학자적 근엄성에서 벗어나 도시적 일상생활을 구성하는 자연 경물
을 통해 자족적 흥취를 즐기는 삶이 당시 경화사족의 풍류적 삶이다. 자
연을 바라보며 갖는 정서적 즐거움은 자연과 조화된 삶으로서의 의식에
서 빠져 나와 자연을 하나의 객체로 바라보는 데에서 비롯된다. 이때 처
사로서의 의식이 옅어지고 규범적 서정보다는 주관적인 감흥을 노래하
며 인간사와 교감한다. 자연의 질서는 인간사와 괴리를 보여주기도 하고,
주체의 입장에서 자연물을 다양한 모습으로 재구성하게 된다.

(2) 경물의 완상을 통한 감각적 미감의 향수

　자연이 감각적이고 즉물적인 대상으로 떠오르는 경향은 역시 앞서 살
핀 것처럼 예술을 즐기는 문인으로서의 의식과 관련된다. 경화사족층의
대두와 함께 당시의 문학작품들을 보면 자연이 '강호'라는 표현보다는
'연하(煙霞)', '산수(山水)'로 표현되고 있는데, 이것은 새롭게 심미적 향수
의 대상으로 부각되는 현실을 반영한다.161) 여기서의 '연하'와 '산수'는

---

159) 이동연, 위의 책, 125면.
160) 고아한 예술적 풍류에 젖을 때, 청초한 여인의 아름다움에 넋을 잃을 때, 재기 발랄
　　한 여인과 정분을 나눌 때의 감정상황이 다르듯, 달라지는 정서적 상황에 맞추어 매화
　　이미지를 여러 가지로 변용한다. 성기옥, 「한국 고전시 해석의 과제와 전망―안민영의
　　「매화사(梅花詞」 경우」, 『진단학보』 85호, 1998, 135면.
161) 김창흡, 『삼연집』 권10 「春興雜詠」 其1, "六年余作煙霞主, 猶有巖泉漏品題"; 其46
　　"人間物化紛千態, 一癖煙霞老不衰."
　　　『옥소고』 「墓山二」 「述懷詩敍」, "伊吾眞似乎章句, 腐儒半生跌宕, 或疑其風流男
　　子, 畢竟水石煙霞之氣, 是爲玉所山人."
　　　『옥소고』 「鄭載文 墓表」, "遊場屋, 而淡然無風雨之擾, 處城市, 而蕭然有雲霞之趣

‘강호’ 또는 ‘전원’과 비교할 때, 처사의 은거 공간과는 거리가 있다. 곧 ‘강호’나 ‘전원’이 처사로서의 의식과 결합하여 도덕적 선이나 경세적 이상이 투사된 공간임을 보여주는 데에 비해, ‘산수’는 심미성 추구의 태도와 관련이 깊다.

당시 시론의 주요한 경향으로서 개인의 자유롭고 활달한 개성을 중시했던 주정론이 체재 법식에 고정되거나 얽매이지 않고 정경결합의 관점에서 객관 경물을 시인의 주관적 정서에 맞게 변형시킴으로써 새로운 예술적 형상을 창조하는 데 관심을 둔 것과 통한다.162) 특히 천기론의 유행은 자연과의 직접적 대면을 통해 내면에 일어나는 정감을 중시한 결과이다. 경물의 심미안 내지 감식안의 발달과 그 미의 등급에 대한 품평의 유행은 실제로 자연 경관을 대하며 느끼는 개개인의 미적 감각을 중시한 것이기도 하다. 저마다 다르게 느끼는 정감에서 비롯된 심미적인 감식안은 개개인의 미적 감각에서 나온다.

이와 같이 이 시기에 이르러 점차 자연의 감각적인 미감에 대한 관심이 높아진다. 종래에 자연의 실경에서 느끼는 미감은 의념과의 일치를 통해서 오는 것으로 단순한 즉물적인 미감과는 다르다. 반면에 여기서 감각적 미감의 추구란 감각적으로 감지할 수 있는 자연 속의 즉물적 아름다움을 추구하는 것을 말한다. 산수의 취(趣)와도 통하는 것으로, 산수 경물의 빼어난 자태에서 풍겨나는 기운에서 느껴지는 정서와도 통한다.163) 경물의 외관에서 감지되는 감각적 특징들은 이념적 울림보다는 정감을 일깨운다.

당시 경화사족의 학문과 예술계를 주도하고 있었던 김창협, 김창흡 형

……風流映發, 或似乎晋代之跌宕, 而終亦不離於沂浴之樂.”

162) ‘진’은 개인의 자유롭고 활달한 개성을 중시하는 경향과 연결되어 주정론 혹은 정감론의 흐름을 낳았으며, 진에 대한 추구 강조는 심미 주체의 자연스럽고 진실한 감정과 욕구를 중시하는 경향으로 연결된다. 정우봉, 「19세기 시론 연구」, 고려대 박사논문, 1992, 243~245면.

163) 고연희, 『조선후기 산수기행예술연구』, 일지사, 2001, 134면.

재에게서 이러한 모습을 볼 수 있다.

  김창협과 김창흡은 무한히 풍부하고 다종다양하게 변화하는 산수의 화려한 경관을 통해 무엇보다도 시인의 심신이 고양되는 미적 감흥, 정취를 발견하고자 하였다. 산수 자연은 온갖 형태를 현란하게 드러내고 있어 감상하는 사람으로 하여금 멀리서 바라보면 정신을 용솟음치게 만들며 가까이 접하면 마음을 화락하게 만든다고 하여 그것이 자연스럽게 흥기시켜 주는 일종의 미적 쾌감으로서 정취에 더욱 주목하였던 것이다.[164]

  또한 '향수하다'의 표현은, 자연을 합일의 대상에서 미적인 객체로 바라보며 그 아름다움을 누린다는 의미가 강하다. 18세기에 이르러 새롭게 출현한 기행시조는 이러한 경향을 직접적으로 보여준다. 산수경관이 아름다운 곳을 찾아다니면서 미적인 경지를 품평하는 경향이 그것으로, 이때 자연은 심미적 완상의 대상이 된다. 산수를 두루 찾아다니는 것은 승경의 아름다움을 즐기는 것이며, 미감의 향수가 주된 목적이다. 이에는 자연을 감수해야 할 전범의 세계로 인식하던 것에서 자아가 주체가 되어 누릴 수 있는 예술적 향유물로서 바라보기 시작한 인식의 변화가 개입되어 있다. 권섭 등 경화사족의 경우는 시서화를 함께 즐기는 예술향수의 연장선상에서 산수를 즐기고 있다. 이는 당시 "탐승의 산수관을 가지고 적극적으로 산수 유람을 꾀했던 경화사족층이, 조선 중기의 사대부들이 도학적 명분 아래 산수에 올라 시 짓기를 삼갔던 것과 달리, 산을 유람하면서 이를 산수 기행시문으로 예술화하는 데에 열의를 보였던 것"[165]과 통한다.

  다음은 권섭의 기행시조이다.

  녕동녕남 슬컷 돌고 필마를 채쳐 모라
  죽녕 너므드라 우화교 건너티니

---

164) 정우봉, 앞의 논문, 46면.
165) 고연희, 앞의 책, 157면.

세우 둥 마상잔몽의 츈흥계위 ᄒ노라
　　　　　　　　—권섭, 「단구도중(丹丘途中)」, 『옥소고』

　단양으로 가는 도중에 느낀 감흥을 읊은 시조로, 지명이 열거되면서 구체적인 동선이 그대로 드러나고 있다. '임간(林間)', '산수(山水)', '천석(泉石)'과 같은 범칭에서 '죽령', '우화교'라는 지명이 등장하면서, 실제로 거쳐간 풍경들을 목도하며 느끼는 흥취를 그려낸다. "녕동녕남 슬ᄏ 돌고", "건너티니"의 표현에서 정적인 관조보다는 자연물을 '향수하고 즐긴다'는 태도를 그대로 전하고 있다.

　권섭의 가사 작품인 「영삼별곡」 역시 기행체험을 다룬다. 「영삼별곡」은 옥소가 34세에 삼척과 영월, 두타산, 청옥산 일대와 대관령을 지나 동해 부근을 두루 여행하고 지은 작품이다. 이 작품에서는 여정 속에서 마주한 경치가 주는 미감들이 보다 감각적인 표현을 얻고 있다. 실제의 여행 체험에서 목도한 경치들의 체감적 표현으로서 길 위에서 바라보는 정경들이 그것이다.

　　　　십니 쟝곡의 절벽은 됴커니와
　　　　서ᄃᆰ길 머흔 곳의 낭협이 다ᄒ시니
　　　　머리우 조각 하늘 뵈락말락 ᄒᄂ고야
　　　　밀거니 ᄃ러거니 곳ᄃ르며 나간 말이
　　　　별이실 외쏜 ᄆ을 ᄒᆡᄂ 어이 쉬 넘거니
　　　　봉당의 자리 보아 더새고 가쟈스라
　　　　(…중략…)
　　　　텬변의 ᄀ르진 뫼 대관녕 니어시니
　　　　위티코 놉흔 댓재 촉도란이 이러턴가
　　　　하늘의 도든 별을 져기면 ᄆᆫ질노다
　　　　망망대양이 그 알픠 둘너이셔
　　　　대디산악을 일야의 흔드ᄂ 듯

　　　　　　　　—권섭, 「영삼별곡」, 『옥소고』

‘천심(天心)’으로 표현되던 하늘은 ‘조각하늘’, ‘노인성’의 관습적 어구로 나타내던 별은 ‘하늘의 도든 별’로 감각화된다. “머리 우 조각 하늘 뢰락말락 ᄒᆞᄂᆞ고야”의 구절은 산을 오르내리면서 눈에 들어오고 나가는 풍경들의 움직임을 묘사한다. 산길을 가다가 어느 순간 가까이 다가와 있는 하늘을 표현한 “하늘의 도든 별을 져기면 믄질노다”의 어구에는 사물의 원근감이 투영되어 있다. 이외에 “서덞길 머흔 곳의 냥협이 다ᄒᆞ시니”, “텬변의 ᄀᆞᄅᆞ진 뫼 대관녕 니어시니”에서 보듯이 높고 깊음의 형상, 다양한 형태 등 경물이 주는 미감이 살아 있다.

역시 경화사족인 윤유(1674~1737)와 유숭(1666~1734)의 작품이다.

① 청류벽(淸流壁)에 비를 믹고 백운탄(白雲灘)에 그물 걸고
　　ᄌᆞ 나문 고기를 실ᄀᆞᆺ치 회(膾)쳐 노코
　　아희야 잔(盞) 가득 부어라 종일취(終日醉)를 ᄒᆞ리라

　　　　　　　　　　　　　　　　　　　　— 윤유(『병가』 405)

② 간 밤 오든 비에 압닉에 물 지거다
　　등 검고 술진 고기 버들 넉시 올ᄂᆞ괴야
　　아희야 그물 닉여라 고기잡기 ᄒᆞ쟈셔라

　　　　　　　　　　　　　　　　　　　　— 유숭(『병가』 348)

① 윤유의 시조는 백운탄에서 낚시질하는 풍류를, ② 유숭의 작품은 앞 내에서 막 고기잡이하려는 광경을 담고 있다. “자 나문 고기”, “눈실 갓치 회 친 고기”, “등 검고 술진 고기”는 ‘연비어약(燕飛魚躍)’으로 대표되는 관조적 심상과는 달리 날렵하고 물이 오른 물고기의 감각적인 형상을 재현하고 있다. 이와 같이 감각적 표현의 구사는 맑은 이치를 깨닫는 흥취보다는 낚시질하는 현장의 풍성하고 생동하는 흥취를 전해 준다.

신정하(1680~1715)도 권섭과 마찬가지로 경화사족으로서 김창흡 형제와 교유하면서 예술적 조예가 깊었다. 그가 산수 그림을 보며 느끼는 정취를 야취(野趣)로 표현한 글에서 이러한 미적인 정취를 즐기는 모습을 볼

수 있다.[166] 그의 작품 역시 가을의 정취를 경물의 감각적인 미감에서 느끼고 있다.

> 전산(前山) 작야우(昨夜雨)에 ᄀ득흔 추기(秋氣)로다
> 두화전(豆花田) 관솔불에 밤호밋 빗치로다
> 아히야 뒷니 통발(桶撥)에 곡이 흘러 날쎄라
>
> —신정하(『해일』 246)

간밤에 내린 비로 가을의 기운이 완연해진 앞 산과, 관솔불의 밤호밋 빛깔, 뒤로 흐르는 내의 통발에 물고기가 가득 찬 모습이 풍성한 가을의 정취를 보여준다.

이와 같이 사대부 시조에서 자연의 감각적인 미를 중시하게 된 것은, 자연이 보편적인 산수로 존재하던 것에서 이동하여 경치의 개별성에 관심을 갖게 된 취향을 반영한다. 당시에 전국 곳곳을 다니며 개개 경치의 아름다움을 품평하는 것이 유행하고, 특정 지역의 경치를 화폭이나 시에 담는 것이 유행하던 상황과 관련된다. 이는 명분과 결합되던 예술 또는 미가 독립적 의의를 획득하고,[167] 자연이 미의 구현물로서 인식되기 시작한 것을 의미한다. 이러한 경향은 직접 예술활동을 담당했던 가객들의 시조에서 두드러지게 나타난다. 자연과 마주하며 느끼는 감각적인 미감

---

166) 신정하가 야취도를 설명한 글인 '題雲林溪橋野趣圖'를 보면, "숲 속 나무와 천석을 그린 것으로 시원하여 시원한 뜻이 있다. 소나무 아래 두 사람이 폭건 쓰고 지팡이 짚고, 더불어 한가이 이야기하며, 향을 태우고 뒹굴며 즐긴다. 가히 세속의 때를 씻을 수 있으니, 단지 더위를 잊는 기쁨이 되는 것만은 아니다[此雲林溪橋野趣圖也, 所畵林木泉石, 颯爽有凉意, 松下兩人, 幅巾藜杖, 偶語閑暇, 焚香展翫, 足可以洗得塵肺, 非獨忘署之爲快也]"고 말한다. 『恕菴集』 卷16(『한국문집총간』 197, 민족문화추진회, 1997) 「雜記」「題雲林溪橋野趣圖」.

167) 19세기 예술사적 과제의 핵심은 18세기 이래 진행된 봉건적 예속으로부터 자유로운 예술활동으로의 전환이 얼만큼 이루어졌는가로 압축된다. 예술의 자립성이라는 측면에서 본다면 19세기에는 신분적 계층의식이 상당 정도로 소거되고 예술이 미적 경향성에 따라 분화되었다는 점을 볼 수 있다. 고미숙, 「19세기 시조의 전개 양상과 그 작품세계 연구」, 고려대 박사논문, 1998, 249~250면.

은 예술 활동을 자극하고 영감을 불러일으키는 원천이 된다. 그리하여 자연 경물과 감응하면서 이루고 있는 예술적 성취를 읊고 있다.

김천택·김성기 등의 작품에서 자연이 신분적 갈등을 일으키는 현실과 긴장관계에 놓여 있다면, 김수장과 안민영의 작품에서 자연은 그들의 예술적 감각과 감응하면서 예술 활동을 자극하는 심미적 대상으로 나타난다.

> 단풍(丹楓)은 연홍(軟紅)이요 황국(黃菊)은 순금(純金)이라
> 신도주(新稻酒) 맛시 들고 금은어회(錦銀魚膾) 더 죠희라
> 아희야 거문고 닉혀라 자작자가(自酌自歌) 흐리라
>
> — 김수장『병가』446)

김수장의 위 시조는 가을이 왔다는 것을 무엇보다도 단풍과 국화의 화려한 색감을 통해서 느끼고 있다. 사군자 중 하나인 국화는 처사의 고고함을 드러내기보다 노란 빛깔을 내뿜는 경물로 나타난다. 이러한 경물의 즉물적 미감에서 느끼는 흥취는 예술적 성취를 자극하는 경험이 된다. 여기서는 가을이 사시의 소장성쇠를 구성하는 한 부분으로서 자리하기보다는 가을만이 갖는 개별적인 감각적 아름다움이 주요 관심사이다. 특정한 시공간이 지니는 그것만의 미감을 좇는 탐미적 성향은 심미적 예술을 추구하는 예술가로서의 삶을 드러낸다.

이와 같이 '예술가는 심미성을 추구한다'는 점을 의식했던 가객은 특히 안민영이다. 안민영은 왕실의 후원 속에서 신분적 갈등이나 경제적 궁핍에서 자유로웠다. 따라서 그의 작품에서 자연은 현실의 삶을 구가하는 가운데 심미적으로 고양된 대상으로 나타난다.

> 건천궁(乾天宮) 버들 빗츤 춘삼월(春三月)에 고아거늘
> 경무대(慶武臺) 방초안(芳草岸)은 하사월(夏四月)에 풀우엿다
> 향원정(香遠亭) 萬영 부용(芙蓉) 추칠월 향기(香氣)어늘 벽화실(碧花室) 고사
> 매(古査梅)는 동시월(冬十月) 설리(雪裏)춘광

아마도 사시절후를 못니 미더 ᄒ노라

— 안민영(금옥 144), 『금옥총부』

특정한 때에 가장 빛을 발하는 경치를 찾아다니며 그 아름다움을 즐기는 모습을 볼 수 있다. 여기서 볼 수 있는 것은 '모든 것은 제 자리와 각각의 때가 있다'는 보편적 이치의 확인이 아니라 저마다 다른 아름다움 자체에 대한 관심이다.

이러한 면모는 김천택·김성기 등이 신분적 갈등을 자연에 투사했던 것[168]과 다르다. 경물의 아름다움에 몰두하고 이를 노래에 담는 것이 곧 예인으로서의 소명감으로 여겼던 의식의 귀결이라고 할 수 있다. 이는 예인으로서 자기 동일성을 정립해 나가고, 가객으로서 정음을 표방하고 전문적이고 세련된 고급음악으로의 지향했던 행보와 통한다. 앞서의 가객들이 겪은 신분적 갈등이 엷어지고 그 자리에 예술가로서의 자부심이 자리잡는다. 즉 새로이 역사의 무대에 등장한 예술가들은 관에 예속된 기능인으로부터 자유로운 창조주체[169]로서 자기 정립해 나간다.

이런 점에서 벼슬길에 나가지 않은 처사로서의 사회적 책무감이나 소외의식보다 문화예술 향수의 자부심이 강하고, 가객으로서 신분적 갈등을 예인으로서의 정체성이 대신해 가던 서울 근기의 도시문화적 분위기는 자연관의 변화를 가져온다. '강호'가 처사로서의 자의식이 반영된 은거의 공간에서 멀어지는 계기가 되고 미의 가치가 독립적 의미를 지니게 된다. 이와 같이 경물이 지닌 즉물적, 감각적 자질들이 시적 표현을 얻게 된 데에는 미의 독립성 외에 인식론적인 변화를 담고 있다. 대상이 지닌 감각적 경험을 중시하면서 주체와 객체는 서로 환원될 수 없는 가

---

168) 박노준, 「김천택과 위항인적 삶의 갈등」, 『조선 후기 시가의 현실인식』, 1998, 193~200면.

169) 고미숙, 「19세기 시조의 전개 양상과 그 작품세계 연구』, 고려대 박사논문, 1993, 216면.

치를 지닌 것으로 인식되기 시작한다. 이는 종래의 태도와의 관계에서 바라볼 때 구체적인 시각에서 물아일체보다는 상대적으로 물아 분별로 특징된다.[170]

이것은 시인이 특정한 시공간에서 느끼는 주관적인 감흥에 주목함으로써 보편적 세계로 합일되어 있던 주체가 세계로부터 분리되는 것이다. 시인은 대상과 부딪치며 갖게 되는 감각적 경험을 중시하게 된다. 이와 같이 유학적 사유를 지닌 처사로서 자연과의 합일을 노래하던 데에서 벗어나 경물이 향수의 대상으로 놓일 때 경물에 즉해 그 아름다움의 세부를 그려낸다.

인간과 사회, 자연의 합일을 통해 조화를 이루는 것을 이상으로 여기는 세계인식 속에서는 존재하는 세계로서의 자연과 당위율로서의 도덕을 일치해서 바라보는 태도가 개재되어 있다. 천리(天理)로 구현된 '존재(存在)'와 인사(人事)에 문제되는 '당위(當爲)'가 동일한 것이라는 믿음이다.[171] 이에 반해 물아를 분별하는 것은 인간과 사회를 지배하는 질서인 도덕과, 자연의 질서가 어긋날 수 있음을 지각하는 것이기도 하다. 보편적으로 주어지는 세계인 자연 속으로 침잠하던 자아는 이제 삶을 새롭게 구성해 나가야 한다.

2) 세속적 친화 대상으로서의 자연

자연과 정서적 동일성을 추구하는 흐름을 이어 서정의 심중(深重)함이 퇴색하면서 자연이 유락적 배경으로 물러나 있는 작품들이 출현한다. 여

---

170) 윤사순, 「유학의 자연철학」, 『조선 유학의 자연철학』, 예문서원, 1998, 55면; 김낙진, 「조선 유학자들의 격물치지론」, 『조선 유학의 자연철학』(한국사상연구회 편), 예문서원, 1998, 131면.
171) 고정희, 「윤선도와 정철 시가의 문체시학적 연구」, 서울대 박사논문, 2001, 252면.

기에는 자연을 대상화하고, 시인이 주체로 대상화된 자연을 누리고자 하
는 의식이 더욱 고조된 것으로, 자연이 세속화되고 있음을 보여준다. 앞
서 살펴본 기행 유람은 경물의 심미성을 완상하며 미적 정취의 향수에
집중되었다. 산수를 유람하며 탐승하는 취향에서 볼 수 있는 태도들은
'누리다', '즐기다', '노닐다'로 표현될 수 있는 것들이다. 이러한 자연 친
화의 태도들은 쾌락이나 세속적 욕구와 매우 가까이에 있는 것도 또한
사실이다.

그렇기에 평생 산수 유람을 즐긴 옥소 권섭은 그의 글에서 세속적 욕
구로 빠지는 것을 경계하며 자신의 산수 유람이 이와 다름을 밝히고 있
다. 그에게 있어 산수유람은 산수를 바라보며 느끼는 미감과 거기에서
오는 정취를 즐기는 것으로, 세속적인 욕구를 뜻하는 쾌락과 변별하고
있다. 그는 산수를 유람하면서 기생과 동반하는 놀음을 물리치거나 지나
치게 인욕에 빠지는 조짐이 보이면 자리를 뜬다는 기록을 통해 산수유
람이 유흥이나 향락으로 떨어지는 것을 경계하는 모습을 보인다.

> 산수를 유상하는 것은 우아한 일인데 그 바람은 식욕이나 색욕과 같다. 사람
> 은 반드시 술을 큰 술잔에 담아 두는 것을 귀히 여긴다. …… 그래서 부도씨는
> 또한 잘 자란 뽕나무 아래에서 세 번 자는 것을 경계했다. 나는 그러므로 즐겁
> 고 또 기이한 때에 즉시 일어나지, 그리움을 남겨두지 않는다.172)

> 돌아와 귀래정에 도착하자 한 관리가 누각이 있는 배를 끌고 와서 쌍적을 빗
> 기 불었다 …… 각기 술 한잔을 따르게 하여 수작하였다. 또한 여덟 명의 기녀
> 가 가야금을 끼고 도착하였다. 나는 서생의 바른 일이 아니라고 하며 사양하여
> 보냈다.173)

---

172) "遊賞之行卽是雅事, 其欲則同於食色矣. 人必貴於大爵停著, 割飮覆觴, 幷馳住足,
  而浮屠氏亦有戒於三宿好桑之下. 余故樂且奇時, 卽起而不留戀矣."(『玉所稿』「遊行
  錄 三」)
173) "歸到歸來亭, 一吏曳樓舡而來, 橫吹双笛 …… 使之各斟一杯, 用酬酌之例, 又有八
  妓狹瑟而至, 余以非措大雅事, 謝遣之."(『玉所稿』「東南得追記」)

이와 같은 의도적인 경계는 성리학적인 소양을 지닌 유자로서의 의례적인 규범의식에서 비롯된다. 산수에서 노닐고 풍류가 질탕하더라도 그것은 '요산요수', 증점의 '기수풍영(沂水風詠)'의 정신에서 근본적으로 벗어나지 않기를 의도한다.174) 정도에 벗어난 방일함이나, 세속적인 욕구로서의 쾌락과는 일정하게 구분짓고자 하는 준별의식이 있음을 알 수 있다.

권섭이 보여주는 이러한 태도는 탐승의 목적으로 산수를 유람하며 아취 있고 호방한 흥취를 즐기되, 거기에서 따를 수 있는 세속적 욕구나 쾌락과는 일정한 간격을 두고 있다는 점이다. 아직까지 산수 유람은 심미적 정취를 즐기고 시작(詩作)의 창작적 원천이 된다는 점에서 문화와 예술의 영역 안에 놓여 있으며, 많은 경화사족들이 이러한 범주 안에서 산수유람을 즐기고 있다. 하지만 이러한 의도적 노력에도 불구하고 그 경계는 모호할 수 있으며, 점차 그 경계가 허물어져 가면서 명분과 실상의 괴리도 생겨났다. 산수에 대한 애호가 깊어지면서 자연이 심미적인 완상의 대상에서 나아가 점차 벗처럼 다정하게 사귀고 여인이나 술처럼 음미하고 탐닉할 수도 있는 대상이 된다.175) 이는 자연이 세속적 친화176)의 과정을 거치면서 점차 세속적 욕구의 대상화하는 것이다.

이에 자연에 대한 인식은 성리학의 이념적 무게가 거두어지고 탈규범적 성향을 지닌다. 자연이 외경의 대상이거나 진지한 대면을 통해 내면적 동일성을 모색하기보다는 세속적 감정으로 대하고 있다. 또한 자연을 대하며 절제와 관조의 태도를 갖던 것에서 친숙한 감정을 그대로 드러내는 감정의 외향화가 두드러지고 있다. 이는 현세적 삶을 온전히 누리려는 욕구와 결합하고 있으며, 자연은 이념적 긴장성이 풀어지면서 점차 세속화되고 있다.

---

174) 가장 절친했던 벗 정재문(鄭載文)에 대한 墓表文에서 "풍류가 映發하면 혹 晉代의 질탕함과 비슷하지만 끝내 또한 沂浴之樂을 벗어나지 않는다. [風流映發, 或似乎晉代之跌宕, 而終亦不離於沂浴之樂]."(『옥소고』「鄭載文 墓表」)
175) 고연희, 『조선후기 산수기행예술연구』, 일지사, 2001, 145~148면.
176) 고연희, 위의 책, 145면.

이러한 세속화의 과정에는 자연이 점차 개인적 사유(私有)의 공간화하면서 소유의 공간으로서의 의식이 발달하고 자연에 대한 물질적 정의가 이루어지는[177] 자연관의 변화가 작용하고 있다. 이와 같은 경향은 18세기부터 서서히 진행되어 19세기에 들어 본격화되는데, 작가들로는 이정보·김민순·안민영·유심영·이세보·임의직·호석균 등 경화사족과 그들 주변의 가객들이다. 앞서도 살폈듯이 이들에게는 계층적 차이가 큰 문제가 되지 않으며, 서울을 중심으로 유통되는 문화를 공유하면서 도시적 분위기를 체질화한다.

(1) 세속적 욕구로서의 구경

전 시기에 이어 활발하게 창작되는 기행시조는, 경물의 미적인 향수를 목적으로 했던 산수 유람과는 달리 일상적인 행위로서의 '구경'을 노래한다. '구경'은 19세기 들어서 작품 속에 자주 등장하는 용어인데, 자연에 대한 변화된 태도를 반영한다. 이는 경물을 관조하거나 완상하는 태도와는 달리 자연이 세속적 욕구의 대상임을 보여 준다. 전 시기에 산수유람은 일정한 심리적 거리를 유지한 심미적인 완상의 대상이었다. 앞서 언급한 것처럼 산수를 유람하며 경치를 완상하고 산수미의 품평이 이루어지는 것으로, 이것은 문학과 밀접한 관련을 이루는 것이었다. 전통적으로 견문은 문장력과 직결된다고 여겨졌고 경치를 대하며 느끼는 미감은 시작(詩作)의 원천이 되어 산수 유람 후에는 많은 시를 창작하곤 하였다.

이에 비해 구경이란 일시적인 기분이나 흥미 등의 세속적 욕구로 이루어지는 경우가 많아, 내면적 진지함보다는 즉흥적, 일시적인 성격을 띤다. 구경의 대상으로서 구체적인 '장소'로 나타나는 경관은 세속적 공간 속에 위치하여 외경의 대상이기보다는 세속적 항유의 대상이 된다.

---

177) 고정희, 「알레고리 시학으로 본 「어부사사사」」, 『고전문학연구』 22집, 한국고전문학연구회, 2003, 79면.

이와 같이 구경의 대상으로서 놓여 있는 자연은 세속적인 욕구의 대상
으로 점차 하강하고 있다는 것을 확인시켜 준다. 이러한 의식의 단초는
옥소 자신은 의도하지 않았더라도 권섭의 작품에서 볼 수 있다.

> ① 벗님네 남산에 가세 됴흔 긔약 닛디 마오
>   익은 술 점점 시고 지진 꽃전 시어가네
>   자네네 아니곳 가면 내 혼잔들 어떠리
>
> ② 우리도 갈 톄 업다 숨츠고 오곰 알픠
>   창 닷고 더온 방의 분대로 펴져이셔
>   비 우희 아기니 치티고 괴여보려 ᄒ노라
> ─권섭, 「독자왕유희유오영(獨自往遊戲有五詠)」, 『옥소고』

위 작품은 모두 5수로 구성된 「독자왕유희유오영(獨自往遊戲有五詠)」 중
각각 1수와 4수로 벗과의 문답과 이를 잇는 손님과의 문답 형식으로 되
어 있다. 놀러가자는 옥소의 권유에 벗과 손님이 답하는 내용이다. ①에
서 '남산'이라는 구체적인 장소가 제시되고 남산에 놀러 가야 하는 이유
도 "익은 술과 화전이 점점 시어가는 것"으로 전에 비해 가볍게 즐기고
자 한다는 점에서 의식의 긴장성은 느껴지지 않는다. ②는 놀러가자는
권유를 받고서는 "창 닷고 더온 방의 분(分)대로 펴져이셔 비 우희 아기
니 치티고 괴여보려 ᄒ노라"라고 답한다. 남산으로 놀러감과 대비되는
것이 더운 방에 편안히 앉아서 손주를 어르며 지내는 자잘한 즐거움이
다. 이에 남산으로 놀러가자는 권유와 그 거절의 이유가 한가롭게 즐기
고자 하는 것, 육신의 편안함 등으로 정신성과는 거리가 멀고 다분히 개
인적인 성격을 지닌다.
  70여 수의 기행시조를 지은 이세보[178] 또한 도시적 분위기를 호흡하

---

178) 기행·유람시조로 분류되는 시조는 모두 74수로, 청나라 기행시조 13수, 국내 승경
  21수, 유람풍류 시조 26수이다. 이동연, 『19세기 시조 예술론』, 월인, 2000, 157~158면.

며 도시 유흥을 즐기고 있다. 이에 자연이 세속적 친화의 대상으로, 자연
물과의 내면적 교감보다는 일시적인 향유의 대상으로 나타난다.

   ① 마음이 요란ᄒᆞ니 절 구경이나 가세
     합쳔의 ᄒᆡ인ᄉᆞ요 영변의 묘향ᄉᆞ라
     그즁의 금강산이야 다 일너 무샴. (대 214)

   ② 구월황국 퓌엿스니 도연명 어듸간고
     니티빅 이리 오쇼 슐취코 달 구경가세
     동ᄌᆞ야 쟌 ᄌᆞ로 부어라 월샹토록. (대 242)

— 이세보, 『풍아(대)』

  ① 여기서 절과 산의 구경은 심란한 마음을 풀고자 가는 욕구의 대상
으로 나타난다. "절 구경이나", "다 일너 무샴" 등의 표현에서 드러나듯
이 그것이 해인사이든 묘향사이든 그 자체에 의미를 두지 않는다. 그곳
이 어느 곳이든 마음을 달래기 위함이라는 점에서 기분 전환의 대상이
된다. 그것은 일상에서 벗어나 기분을 바꾸고자 하는 일시적인 행위로
나타난다. ② 구월황국, 달과 술을 소재로 고인의 풍류에 빗대고 있지만
우주 속에서 열락하던 이태백의 풍류와는 사뭇 다르다. '달을 구경한다'
는 표현에서 세속적인 친밀감이, "쟌 ᄌᆞ로 부어라"는 말에서는 유흥적
분위기가 느껴진다. 여기서 달이 뜨기를 기다리고 있지만 실제로 달이
뜨는지 여부는 중요하지 않다. 달을 기다리며 술을 마시는 지금 이 순간
의 흥취가 중요할 뿐이다. 이제 달은 우주 속에 존재하는 것이 아니라
술 마시는 분위기를 고조시키는 조흥적 요소로 남는다.

  다음 시조에서는 경관이 유람처로 놓여 있고, 경치가 여인의 정념에
비유됨으로써 세속적인 친화의 대상임을 분명히 보여준다.

   화방지야 잘 잇느냐 귀리졍도 무스헌가
   화용월터 무슈 즁의 샹ᄉᆞ일염 뉘라든고

언제나 남은 경기를 무궁탐탐 (대 283)

—이세보, 『풍아(대)』

전에 찾은 유람지로서 '화방재'·'귀래정' 등 구체적인 장소가 제시되어 있다. "잘 잇느냐", "무사헌가"라는 일상적 어법과 "화용월태 무슈 중", "상사일념" 등 여인의 용모와 여인에 대한 정념에 비유해서 범속화된 경치를 볼 수 있다. "남은 경기를 무궁탐탐" 하겠다는 표현에서도 절제보다는 탐닉적 태도를 보인다.

18세기에서 19세기로 넘어가면서 기행가사가 집중적으로 창작된 경향도 바로 자연의 세속화와 관련되어 있다. 가장 많은 사람들이 오른 금강산의 경우 종래에는 금강산 경내의 유산(遊山)체험이 주된 관심사로, 산수미의 감상과 함께 역사적 유래를 지닌 고적에 대한 관심으로 집중된다. 그런데 이제 이에 못지 않게 목적지에 오고 가는 노정에서 부딪치는 다양한 풍물과 세태에 대한 관심이 커진다.[179] 또한 금강산은 역사적 고적의 집적지로서나 사대부의 지적 유산으로 이해되는 것 이상으로, 기이하게 생긴 외형의 세부적 묘사나 흥미로운 설화의 보고로 인식된다. 이 경우 금강산은 사대부의 정신적 유산과 산수미의 완상이라는 시각에서 일상으로 내려와 세속화되는 의미를 띤다.

예를 들어 19세기 작자 미상의 향촌 사대부가 지은 것으로 추정되는 「관동장유가」에서는 금강산을 포함하여 관동지방을 유람하고 나서의 감회를 '구경'이라는 표현으로 요약해낸다.

    평싱의 벌넛더니 늙숩니 거의 되여
    구경ᄒ고 도라가니 못본 디로도 의논ᄒ면
    십분의 이삼이라 그도 쏘한 다힝이라
    (…중략…)

---

179) 유정선, 「18·19세기 기행가사의 작품세계와 시대적 변모양상」, 이화여대 박사논문, 1999, 85면.

나본 것슨 이러ᄒ니 다른 스롬 보는 것시
날과 ᄯ호 엇더ᄒ고 아모리 잘 보ᄂ니도
봉봉이 못 오르고 골골이 엇지 갈고
디강영 보앗시면 그도 ᄯ호 구경이라

— 실명씨, 『관동장유가』

고 한다. 여기서 구경은 산수의 미적인 조화와 경물의 정수를 완상하고
자 했던 미의식과 달리, 많은 것을 보고자 하는 의식을 드러낸 것으로서
흥미로운 경물에 대한 세속적 관심의 확산과 통한다. 흥미로운 지명에
얽힌 기이한 설화, 신기한 자연 현상, 기이한 형상을 한 경물들에 대한
관심이 높아지며, 이런 태도로 인해 가사가 장편화하고 있다.[180]

　자연이 서울의 일상적 유상공간으로 등장하게 되는 것도 세속화 경향
으로 지적된다. 19세기 가객 안민영의 다음 작품도 '산창'이나 '전원'의
관습적 이미지들이 이전과는 다른 문맥에 놓여 있는 것을 볼 수 있다.

적적(寂寂) 산창하(山窓下)에 낫조름이 ᄆ허거다
게을니 이러나셔 습송지자고약(拾松枝煮苦若) 허노라니
아이(俄已)오 석양(夕陽) 비긴 길노 적(笛)쇼리 두세시러라 (금옥 86)

— 안민영, 『금옥총부』

　이 작품은 '산중유치가국(山中幽趣可掬)'이라는 설명이 붙어 있어, 산 중
에서의 그윽한 정취를 즐기는 즐거움을 드러냈음을 밝힌다. 적적한 산창
아래 즐기는 낮 조름, 소나무 가지를 지지는 것, 석양이 비낀 길로 들려
오는 피리 소리는 한가로운 산 중의 정취를 드러낸다. 이러한 자연은 서
울 근교의 유상처로서 일상적 공간이다. 그리고 여기에 드러난 정취는
당시 중인층이 중심이 된 시사(詩社)들이 생활현실을 이탈해 동인들과 산
수를 찾아 즐기는 행위에서 오는 청아한 기분의 형상화와 일치한다. 바

---

180) 유정선, 「18·19세기 기행가사의 작품세계와 시대적 변모양상」, 이화여대 박사논문,
　　1999, 84면.

람소리·산빛·초당·샘물·구름·차 등의 청신한 감각의 시어에 의해 산거(山居)의 즐거움, '산수취미'를 표현하고 있는데 이는 바로 도시 근교의 유상을 드러낸 것이다.[181)

　마찬가지로 한가로운 '전원'의 정경과 그것이 주는 정취가 18세기 후반 가객들에 의해 집중적으로 작품화된다. 앞 장에서 살펴본 대로 18세기 전반에 활동한 가객인 김천택·주의식 등에게서 전원은 귀거래의 공간으로서, 그들의 신분적 갈등이 투영되어 있었다. 반면에 18세기 중·후반에 이르면 전원의 심상은 '사회'와의 긴장관계가 없어진다.[182) 질박함과 고졸함이 사회와의 대비적 심상으로 긴장감을 유발하던 것과 달리, 순수한 유상의 공간에 가깝다.

① 닐어나 쇼 먹인이 효성(曉星)이 삼오(三五)ㅣ 로다
　들으을 볼아보니 황운색(黃雲色)도 죠코 좃타
　암아도 농가(農家)의 흥미(興味)는 이 뿐인가 ㅎ노라

— 김진태(『청요』 36)

② 아희들 지축(再促)ㅎ야 밥 먹여 걸을이고
　논둑에 잘이ㅎ고 벼 뷔임여 누엇는듸
　겻자리 날ㄱ튼 벗님네는 장기(將棋) 두즈 흔들아

— 김우규(『청요』 9)

③ 오눌은 비 긔거냐 샷갓셰 홈뫼 메고
　뵈잠방 거두치고 큰 논을 다 믹 후(後)에
　쇠다가 점심(點心)에 탁주(濁酒) 먹고 식 논으로 가리라

— 김태석(『병가』 367)

---

181) 강명관, 『조선후기 여항문학 연구』, 창작과비평사, 325면.
182) 풍요와 자족감이 넘치는 지극히 이상적인 전가공간이 부각되며, 전가적 삶은 현실의 갈등에 대한 대응태로서의 의미를 갖는 것이 아니다. 권순회, 「전가시조의 미적 특질과 사적 전개 양상」, 고려대 박사논문, 2000, 115~117면.

④ 벼 븨여 쇠게 싯고 고기 건져 우히 쥬어

　　이 스 네 모라 가셔 술을 몬져 걸너스라

　　눌낭은 아직 취(醉)호 김에 흥(興)치다가 가리라

— 김태석(『청가』 271)

　위 시조들은 '농사일'을 소재로, 황운색의 들판, 소 먹이기, 논둑에서 새참 먹기, 벼 베고 누워 장기 두기, 밭 매고 술 먹으며 흥 치기 등의 내용이다. 그 소재는 주로 농촌에서의 생동감 넘치는 움직임을 담아낸 노래들이다.[183] 이들 18세기 중·후반에 활동한 김진태·김우규·김태석은 화평한 농가의 모습을 그려낸다. 여기서의 '전원'은 "압논 네 븨여든 뒷밧츠란 니븨리라"고 말하는 여유로움과 술과 장기와 새참이 있는 화평함, 헌 삿갓과 베잠방의 소박한 정취가 느껴지는 곳으로 흥취에 초점이 맞추어져 있다. 이러한 전원의 정경은 당시에 유행했던 농경풍속도와 마찬가지로 일종의 농촌의 풍속도를 그려내었을 가능성이 크다.

　곧 전원이 농촌의 실생활을 시화한 것으로는 보이지 않는다.[184] 특히 이정보 등 경화사족, 가객들과 같이 실제로 전원생활을 하지 않은 이들의 경우 전원을 소재로 한 작품들은 실제 생활의 공간이 아니라 풍류의 일종으로 나타난다. 이것은 당시 도시의 연행 문화에 따른 것으로, 안분지족의 이념을 노래한 작품들은 탈락하고 지극히 관념적인 전가시조가 연행공간의 주류를 형성하고 있다.[185] 이는 19세기 당시 민간에까지 유행했던 농촌의 세시풍경을 그린 경직도(耕織圖)가 민간의 장식그림으로 등장하는 배경과 통하는 것이다.[186] 이런 19세기 작자 미상의 경직도들

---

183) 청구가요의 몇 가객이 수량에 관계없이 농사를 그들의 예술세계에 끌어들였다는 것은 일단 의미있는 창작행위이다. 박노준, 「청구가요와 시정의 한」, 『조선 후기 시가의 현실인식』, 고려대 민족문화연구소, 1998, 320~321면.

184) 권순회, 「전가시조의 미적 특질과 사적 전개 양상」, 고려대 박사논문, 2000, 114면; 김용찬, 『18세기 시조문학과 예술사적 위상』, 월인, 1999, 239면.

185) 권순회, 위의 논문, 117면.

186) 「한양가」, "광통교 아리가긔 각식 그림 걸녀구나 보기죠흔 병풍츠의 빅즈도 요지연

은 형식화 경향이 두드러지면서 시대정서나 현실감을 찾아볼 수 없는 것이 특징[187]인 것처럼 이 전원시조들도 양식화된 전원의 모습을 그려낸 것으로 보인다.

이러한 세속화의 경향 이면에는 물질주의라는 새로운 가치관의 부상이 자리하는 것으로, 도시문화의 발달 속에서 물질적 욕구가 왕성해진다. 세속적인 친화의 과정은 자연이 소유의 대상이 되고 물질적 가치의 일부로 놓이게 되면서 증폭된다. 작자층인 경화사족의 생활방식과 문화의 향수가 당대에 발달한 도시 문화에서 온 것이기 때문이다. 경화사족의 정신세계는 향촌 사회만을 관심 범위로 하였던 동시대 재야 향유들과는 달리 명분론이나 혈연과 학연으로 연결된 사회 관계보다는 경제적 조건이 사회적 행세의 실질적 기준이 된다.[188]

다음 이정보와 이세보의 두 작품에서 심성을 기르는 한사의 생활 공간을 표상해 왔던 '초당(草堂)'[189]이, 세속적 욕구의 대상이 되고 있는 모습을 보여준다.

① 대장부(大丈夫) 공성신퇴후(功成身退後)에 임천(林泉)에 집을 짓고
　만권서(萬卷書)를 싸아두고 종ᄒ여 밧 갈니며 보리미 깃드리고 천금준마(千金駿馬) 셔여두고 절대가인(絶代佳人) 겻히 두고
　금준(金樽)에 술을 노코 벽오동(碧梧桐) 거문고에 남풍시(南風詩) 노리ᄒ며 태평연월(太平烟月)에 취(醉)ᄒ여 누어시니
　아마도 남아(男兒)의 ᄒ올 일은 인뿐인가 ᄒ노라

— 이정보(『병가』 880)

과 곽분양 힝락도(郭汾陽 行樂圖)며 강남금릉 경직도(耕織圖)며 한가ᄒ 쇼상팔경 산슈도 긔이ᄒ다." 박성의 교주, 『농가월령가 한양가』, 예그린출판사, 1978, 118~121면.

187) 이태호, 「19세기 풍속화의 퇴조」, 『풍속화 둘』, 대원사, 1998, 95~97면.

188) 유봉학, 「진경시대 경화사족의 사상과 문화」, 『간송문화』 50, 한국민족미술연구소, 1996, 82면.

189) "청산이 벽계림ᄒ고 계상에 연촌이라 / 초당 심사를 백구 ᄂ들 제 알랴 / 죽창정야(竹窓靜夜) 월명(月明)ᄒᄃ 일장금(一張琴)이 잇ᄂ니라."(권호문, 「한거십팔곡」 19-9)

② 일간 쵸당 지은 후의 난만 화쵸 심어두고
　임 안고 나 안즈니 샴척금이 한가허다
　그 중의 일쌍 빅학이야 일너 무삼.

— 이세보(대 212), 『풍아(대)』

두 작품 모두 임천(林泉)의 집 또는 초당(草堂)이라는 공간을 중심으로 삶의 세속적 가치를 지향하는 태도를 뚜렷이 드러내고 있다. 종래에 인간과 자연이 우주적 조화를 이루며 '바람'과 '달'을 들여놓고 있었던 임천이나 초당과는 사뭇 달라진 모습으로, 절욕(節慾)의 담박한 삶과의 거리도 커져 있다. ①의 경우 '절대가인, 천금준마, 금준에 술'의 요소들이 호화로운 물질적 삶을 드러내고 있어 세속적 삶을 향유하는 공간으로 바뀌어 있다. ② 역시 초당이 화려한 분위기로 바뀌어 있다. 관습적으로 한사의 정신적 세계를 드러내 주던 '삼척금'과 '백학'은 세속적 삶을 구성하는 장식적 요소에 가까와 "일너 무삼"한 배경에 머무른다. 그 중심에 만발한 화초와 어우러져 임을 안고 있는 내가 들어앉아 있어, 향락적 삶의 배경으로 바뀌어 있다.

이 두 작품 모두 물질적 가치와 결합한 세속적 삶을 즐기는 모습을 보여주면서 한사로서의 윤리적 의식은 두드러지지 않는다. ①의 작품에서는 공성신퇴 후에 물러나 거하는 곳, 남풍시 노래하며 태평연월에 취하여 누었다는 그런 언급에 나타나듯이 희미하나마 자연은 처사적 공간으로서의 잔영을 드리우고 있다. 이에 비해 이세보의 작품은 삶의 중심에 임이 있고 처사 의식은 찾아보기 어려워, 세속적 성격이 더욱 두드러진다.[190] 이와 같이 사대부의 정신적 세계를 드러내 주던 전통적 심상이 세속적 공간으로 하강해 있는 것을 알 수 있다. 이제 자연은 물질적 가치의 대상이 되면서 세속적 가치의 일부가 되어 있다.

---

190) "유사한 작품으로 다음 작품이 있다. / 화원의 봄이 드니 난만화쵸 다 퓌엿다 / 스랑 타 찍거들고 쵸당의 도라드니 그 중의 무한정회야 일너 무삼."(대93)

이 역시 앞서 언급한 것처럼 도시문화의 발달과 관련지어 설명할 수 있다. 당시 향촌사대부들이 상대적으로 전통적 처사로서의 삶을 살면서 재지적 기반하에서 생활의 근거지로서 산수와 관계를 맺는 방식과는 달리, 경화에 근거지를 둔 사족들은 명승지 내에 정사(亭舍)를 세우거나 별장을 경영하면서 순수히 자연미를 즐기는 삶을 영위한다.[191] 그 결과로 자연은 은거하는 곳에서의 자연, 재야로서의 자연의 의미에서 도시 유상처로서 성시에 처해서 즐기는 자연으로 이동한다. 따라서 이 시기 관습적 표현 속에 내장된 자연의 의미는 보편적 규범의식보다는 오히려 사적인 일상의 안식, 휴식의 장소로서 편안히 즐기는 곳으로 다가온다.

(2) 유흥적 풍류의 공간

앞서 살펴본 가객 김수장의 유락적 성향은 신분적 갈등을 초극하는 예술행위와 결부되어 있다. 이러한 예술적 풍류는 가난과 신분적 결핍을 보상해 주는 것이기도 했다. 이때 그의 자연은 예술가로서의 자의식과 결합하여, 자연 속에서 유락을 즐기는 모습은 신분적 갈등이 예술가로서의 자부심으로 대치되면서 누리는 즐거움이다. 자연은 예술적 영감과 연관되거나 예술가로서의 일상과 결합하면서 자기 동일성으로 귀결된다. 이러한 점에서 유락적 성격은 '놀이'로서의 창조적 기능과 함께 정서의 자유로운 발산을 통제했던 규범에서 벗어나는 탈규범적 성

---

191) "나는 성벽이 水石煙霞에 있어서 이것을 세간백사와도 바꿀 수 없으니 절승한 地界를 만나면 반드시 亭臺와 거처할 齋閣을 두고 또한 名號가 있고 記를 題하고 簫瑟을 두려고 계획하니 밖에서 본즉 사치하다고 사람이 의논하는 자가 많으나 조금도 개의치 않는다[吾性癖在於水石煙霞, 世間百事, 無以易此. 遇絶勝地界, 必置亭臺, 所居齋閣, 亦必有名號題記, 生計簫瑟, 而外視則侈矣, 人多議之, 而不少恤]."(『玉所稿』「雜錄 一」)
이외에도 남공철은 정자를 용산과 광릉 사이에 두고 매화 국화 소나무 대나무를 많이 심어 때때로 폭건 야복 차림으로 나가서 소요하였다. 손이 오면 향을 피우고 단정히 앉아 경사를 토론하였다. 강명관, 『조선시대 문학예술의 생성공간』, 소명출판, 1999, 284면.

격을 띤다.[192]

그런데 이러한 탈규범적 의의를 지니는 한편으로 자연이 유흥적 풍류의 배경이 되면서 서정적 밀도가 이완된다. 일상적인 유흥을 즐기는 도시적 체험을 배경으로 향락적 삶의 일부로 놓이게 된 자연은 세속적 대상임을 그대로 보여준다. 이제 전 시기 권섭이 산수를 유람하며 기녀들과의 유흥등 세속적 쾌락을 즐기는 것을 경계했던 것과 달리, 산수를 유람하며 기녀와 유흥을 즐기고 있다.

18세기 이후로 도시의 유흥 문화가 발달하면서 일상적인 유흥을 즐기는 정서적 체험을 지시하는 '도시적 풍정', '시정적(市井的) 감성'이라고 부를 수 있는 새로운 경향이 대두한다. 당시 금강산 유람을 다룬 기행가사를 보면 서울 구경을 하는 향촌의 선비가 가장 하고 싶은 서울 구경 중의 하나가 유흥처의 출입이다. 또한 향촌 교화의 기능을 지녔던 교훈가사에서 가장 경계했던 풍속 중 하나가 바로 도시의 유흥문화이다.[193] 당시 도시문화를 특징짓는 것이 이러한 유흥문화라고 할 수 있다. 19세기에 들어 새롭게 색태(色態)와 염정을 적극적으로 표현한 신윤복의 풍속화가 유행[194]하고 시론에서 전통적으로 아(雅) 속(俗)의 구분이 없어지고 있는 상황[195]도 도시적 유흥문화의 발달과 시정의 분방한 분위기를 반영한다.

이런 배경에서 자연은 아름다운 여인들과 풍류를 즐기는 곳으로서 유흥적 성격을 띤다. 앞서 살핀 이세보(1832~1895)와 김민순(1776~1859)은 왕족 출신 사대부들로서, 19세기 들어서 벌열화한 경화거족의 일원들이다. 따라서 도시의 유흥적 분위기를 즐기는 경화세족의 행보를 잘 보여준다. 이 중 이세보는 29세 때 1860년에 신지도로 유배되어 1863년 방면된 것

---

192) 박노준, 「金壽長의 辭說時調와 遊樂 취향의 삶」, 『조선 후기 시가의 현실인식』, 고려대 민족문화연구소, 1998, 271면.
193) 박연호, 「19세기 오륜가사 연구」, 『19세기 시가문학의 탐구』(고려대 고전문학·한문학연구회 편), 집문당, 1995, 397~404면.
194) 유봉학, 「조선후기 풍속화 변천의 사회·사상적 배경」, 『진경시대』 2, 돌베개, 1998.
195) 정우봉, 「19세기 시론 연구」, 고려대 박사논문, 1992, 248면.

을 제외하면 평생 고위직을 역임하였다.196) 그의 작품에서 자연은 기생과의 풍류의 배경으로 놓여 있어 유락의 장으로 나타난다.

① 쏫도 보고 경도 보려 누디강산 다니다가
  슝광수 도라드러 샴일풍뉴 즐겨쓰니
  아마도 무궁츈졍은 보익인가.

  　　　　　　　　　　　　　　　　　— 이세보(대 76), 『풍아(대)』

② 수성(隋城)에 명옥출(明玉出)이오 동경(東京)에 채봉래(彩鳳來)라
  홍연화(紅蓮花) 월색리(月色裏)에 영주선(瀛洲仙)이 도라든다
  아희야 죽엽주(竹葉酒) 부어라 취(醉)코 놀가 ᄒᆞ노라

  　　　　　　　　　　　　　　　　　— 김민순(『청육』260)

① 이세보 작품으로 초장에서 '꽃도 본다'는 표현에는 기녀와의 유흥이라는 중의적 의미가 담겨 있다. '꽃도 보고 경도 보려 누대강산을 다닌다'는 표현에서 이제 산수유람이 '풍뉴'라는 유흥과 동격에 놓일 만큼 세속화되어 있음을 알 수 있다. 무엇보다도 정작 중요한 것은 미적인 경관이 아니라 여인과의 정념으로 나타나면서 자연은 뒷배경으로 물러난다. ② 김민순의 작품으로 기녀들과의 유흥적 풍류를 읊은 것이다. '명옥', '채봉' 등 기녀의 이름을 풀어서 지으면서 그곳 경치와 중첩시키고 있어, 경치와 기녀의 형상은 선뜻 구분되지 않는다.197) 그것은 경치가, 기녀와 어우러진 유흥적 풍류의 풍경으로써 의미 있는 것이기 때문이다.198)

다음 작품은 처사의 삶을 드러내 주는 보편적 심상이었던 '일엽주', '달빛' 등이 유흥적 풍류와 결합하면서 세속적 배경으로 변모된 지점을

---

196) 진동혁, 『주석 이세보시조집』, 정음사, 1985, 7~10면.
197) 19세기 후반에 와서 기생들과의 일대일 풍류를 시조화하는 것이 유행처럼 된 현상을 반영한다. 정흥모, 「19세기 사대부 시조 연구」, 고려대 박사논문, 1994, 127면.
198) "杜鵑紅桃 映山紅은 枝枝春心 滿點紅을 / 洛陽淸歌 矗城玉과 浿江名琴 菊心으로 / 新秋의 月向芙蓉明ᄒᆞᆯ 졔 큰 노리를 ᄒᆞ리라"(청육 538)도 동일한 성격을 띤다.

보여준다.

> 일렵쥬 돗츨 다러 옥쳔슈 츠져가니
> 월식도 션년ㅎ고 강풍도 호탕ㅎ다
> 그 즁의 담담향긔는 연홍인가.
>
> — 이세보(대 78), 『풍아(대)』

위의 시조를 보면 "일렵주 돗츨 다러"에서 언뜻 속세를 벗어난 표표함을 떠올리지만 초탈적 지취와는 동떨어져 있다. 구체적인 지명을 가진 장소인 '옥천수'를 찾아가는 것이며, 찾아간 곳도 감각적인 색채를 띠고 있다. 여기서의 달빛은 이전의 달빛과는 많이 다른 모습이다. 달빛이 내면세계와 조응하면서 고요한 강물 위에 하얗게 부서지는 표백적 이미지를 지니는 것과 대조적으로, 달빛은 곱고 선명하며 거기에 부는 강바람은 호탕하리만큼 동적이다. 그 경치는 기녀의 은은히 피워내는 아름다움과 어우러져 즉감적이고 유흥적인 분위기를 이루고 있다. 이와 같은 달빛과 강물의 이미지는, 고요함과 은은함을 지닌 내면이라는 정신적 의미와는 더욱 거리가 멀어져 있다. 그 결과 풍광의 돌출된 아름다움은 기녀의 은은한 자태와 대조를 이루는 배경이 된다. 풍광 자체에 대한 관심보다는 임과 즐기기에 적당히 아름다운 곳이자 임의 고운 자태를 돋보이게 하는 풍경의 성격을 띤다.

잘 알려져 있듯이, 안민영은 전국 각지의 기녀들과 사랑을 나누고 기녀와의 그리움과 이별에 대한 정감을 읊는다. 따라서 자연은 종종 여인과의 유흥적 풍류의 공간이다.

① 홍엽(紅葉)은 취벽(翠壁)에 날고 황화(黃花)는 단애(丹崖)에 픤져
  초월(楚月)이 밝가는데 옥소선아ㅣ 무금래(撫琴來)라
  어즙어 대취(大醉) 장가(長歌)ㅎ고 농월귀(弄月歸)를 ㅎ더라 (금옥 22)

② 낙화(落花) 방초로(芳草路)의 깁치마를 쓰럿시니
　　풍전(風前)의 나는 꼿치 玉빈의 부듸친다
　　앗갑다 쓸어올지연정 넓든 마라 ᄒ노라 (금옥 70)

— 안민영, 『금옥총부』

　①에서 홍엽(紅葉)과 취벽(翠壁), 황화(黃花)와 단애(丹崖)의 화려한 색감은 종래의 평담한 산수와는 대조적이다. 이러한 감각적인 색감은 여인이 다가오는 모습과 어우러져 섬려한 분위기를 이룬다. 높게 노래 부르며 돌아오는 모습에서 난만한 흥취를 볼 수 있다. ②의 시조는 안민영이 평양 관아에 머물 때 모란봉에 올라가서 꽃을 바라보다가 멀리서 기녀들이 꽃을 밟으며 오는 것을 보고 지은 것이다.[199] 떨어진 꽃잎과 방초가 깁치마와, 바람에 날리는 꽃잎과 하얀 이마가 어우러져 한껏 감각화되어 있다. 위의 시조들에서는 경물의 감각적인 아름다움이 기녀의 아름다움과 동격에 놓여 있거나 때로는 뒷배경으로 물러나 있다.

　이런 점에서 유흥성은 탈규범적이라는 면에서 자연이 일상적이고 세속적인 공간 속에 위치시키는 역할을 했지만 한편으로 거기서의 풀어짐은 서정적 밀도 없이 향락적 배경으로 나간 면도 있다. 즉 자연과 대면하면서 진지한 동일화를 모색하기보다는 유흥적 풍류를 수식하는 배경적 성격에 머무르기도 한다.

　자연이 전범으로서보다 세속적인 친화의 대상으로 놓이고 유흥적 풍류의 배경이 되면서, 시인이 주체가 되어 누리는 향수의 대상이 된다. 이는 성리학적 사유 속에서 천인 합일의 대상으로 인식되던 자연이 세속으로의 하강하면서 탈이념화하는 의미를 지닌다. 자연이 규범에서 벗어나 욕구하고 지향하는 주체의 대상이 되면서 이념의 통어에서 벗어나 정감의 자유로운 발산이 이루어지는 탈규범적 성격을 띠게 된, 특히 소

---

199) "余留箕營時, 登牧丹峯賞花, 遙望惠蘭小紅踏花而來."(『금옥총부』)

유의 대상이 되고 물질적 가치의 일부로 편입되면서 자연은 우리의 세속적 삶의 연장선상에 놓이게 되고 현실적이고 실제적인 삶의 공간이 된다. 이에 자연이 다양한 체험과 교직하며 실제적 삶의 일부로 놓이게 된다. 또한 세속으로 하강한 자연은 이념적 무게를 풀어버리면서 뒷배경으로 물러나, 전면에서 움직이는 사람들을 주목하게 한다. 그러면서도 내면적 목소리가 줄어들고 유흥적 쾌락으로 경도됨으로써 서정적 깊이가 퇴색하는 결과도 가져온다.

이와 같이 세속적 친화 과정을 거치면서 자연과 도덕의 분리는 가속화된다. 자연 속에서 도덕을 유추하면서 도덕의 선험성을 담보해 왔던 것과는 달리, 자연과 도덕이 분리하면서 이제 도덕과 함께 자연을 새롭게 정의하고 구성해 가는 주체로서의 영역은 넓어지고 있다.

제 3 장

근대적 세계의 패러다임과 자연시

엄경희

1. 비극적 역사와 자연 합일의 지향성

1) 역사의 황폐성과 시원 동경

(1) 귀거래의 고향과 훼손된 고향의 차이

우리 민족이 가족이나 향토 단위의 소규모 농경 문화를 기반으로 생활의 구체적 경험을 축적해왔다는 사실을 생각해 볼 때 '고향'이라는 말이 환기하는 이미지에 '자연'의 영상이 겹쳐짐은 당연한 것이다. 자연으로부터 일상에 필요한 모든 재화를 얻고, 자연의 순환적 주기를 따라 생활해왔던 경험이 바로 고향에 대한 원형의식인 것이다. 따라서 자연과의 합일 속에서 이루어지는 생활은 우리에게 뿌리깊은 생활 양식이었다고 할 수 있다. 그러나 우리의 고향에 대한 원형성은 근대 이후 온전하게 보전되지 못한다. 그것은 농경 문화를 잠식시켰던 도시화의 기류 때문만은 아니다. 민족과 국토 전체가 착취의 대상이 되었던 식민 지배 체제, 서구 열강의 이해 관계에 따른 국토 분단, 그리고 급속도로 진행되었던 산업화와 도시화는 이향과 유랑, 이산과 실향, 이농과 전통적 가족의 해체로 민족 전체의 삶을 몰아갔다. 농경 문화가 근본적으로 정주의 삶을 지향하는 형태라면 이러한 변화는, 그리고 그것이 타자에 의해 강압적으로 진행된 것이라면, 단순한 변화가 아니라 생존을 위협하는 폭력으로 각인될 수밖에 없다. 따라서 삶 전체를 뒤흔들어 놓는 근대의 폭력 속에서 고향은 누구에게나 가장 아름다운 낙원으로 기억되었던 것이다. 고향 상실을 주제로 한 문학 작품이 근대 이후 지속되는 까닭이 여기에 있다.

근대 이후 고향 상실의 문제는 전통적 자연시와 커다란 차이성을 만드는 계기로 작용한다. 전통적 자연시에는 '귀거래'의 노래가 있긴 하지만 그것은 근본적으로 고향상실을 함의하지 않는다. 전통적 자연시에서 고향 상실을 노래한 시편들은 지극히 적을 뿐만 아니라, 고향과 자연은 당위로서 '거기에 있는', 혹은 언제나 인간이 돌아가 쉴 수 있는 안식처나 은둔처의 기능을 가지고 있었다. 즉 그 자체 붕괴 위기를 가지고 있었던 것은 아니다. 격화된 당쟁을 피해 사대부들은 자신들이 소유하고 있는 토지를 생활 공간으로 삼아 은거할 수 있었다. 더불어 귀거래의 전통은 청풍고취라는 관념적 풍조로 사대부들에게 인식되어 자신을 고결하게 지켜낼 수 있는 근거가 되었다.[1] 훼손되지 않은 자연(고향)으로의 귀거래가 친자연(親自然)에서 비롯된 것이든, 아니면 현실로부터 몸을 숨기는 피세(避世) 의식에서 비롯되었든, 그것은 심신수양으로서의 기능을 했으며, 나아가서는 치국과 평천하라는 관념적 이상을 실현하고자 하는 유가적 의식[2]을 담고 있었다. 조선조의 자연시는 수많은 내부의 당쟁에

---

1) 최진원, 『국문학과 자연』, 성균관대 출판부, 1977, 18~23면 참조.
2) 박영호, 「귀거래(歸去來) 의식의 생성동기와 유형에 관한 연구」, 『도교와 자연』(『도

도 불구하고 아직 완강한 농경 문화의 테두리 안에서, 그리고 그 농경문화를 지탱케 하는 유교적 이데올로기가 붕괴되기 이전에 발생했다는 점에서 그 당시 시적 대상으로서의 자연은 근대 이후의 자연과는 달리 전혀 훼손을 입지 않은 자연으로 보아야 할 것이다.

조선조 강호가도가 당쟁하의 명철보신(明哲保身)과 치사객(致仕客)의 한적(閑適)에 의해 형성3)된 것이라면 근대의 고향 상실과 관련된 자연시는 근대성의 폭력하에서 성립된 것이라 할 수 있다. 강호가도가 온전한 은둔처로서 자연을 터전으로 하고 있다면, 근대의 자연시는 고향과 자연의 파괴를 기초로 하고 있다는 점에서 그 차이를 갖는다. 따라서 고향 상실의 시는 폭력적 세계와 아우라의 상실이라는 이중의 고통으로부터 생겨난 것으로 볼 수 있다. 이렇게 볼 때 고향 상실의 시편이야말로 근대적 변화와 그 폭력성을 가장 민감하게 드러내고 있는 자연시라 할 수 있다.

(2) 태반(胎盤)을 상실한 식민 체험

고향 상실이 근대 이후 전면화되었던 만큼 잃어버린 고향에 대한 향수나 동경은 문학의 보편적인 테마로 반복된다. 고향 상실을 노래한 시인 가운데 백석은 유년의 고향 체험을 가장 리얼하게 복원시키고 있는 시인4)이라 할 수 있다. 그의 시에는 다양한 고향의 풍물과 습속, 인물들이 등장하는데, 이들은 모두 자연 속에 녹아 한 덩어리를 이루면서 시의 묘

교문화연구』제13집, 한국도교문화학회 편), 동과서, 1999, 11~21면 참조.
3) 최진원, 앞의 책, 9면.
4) 유종호, 「시원 회귀와 회상의 시학—백석의 시세계(상)」, 『문학동네』, 2001년 겨울, 343~348면.
유종호는 샥텔(Schachtel)의 유아기 기억상실 이론을 근거로 백석의 시가 성인 기억의 범주가 흔히 놓쳐버리거나 홀대하는 유아기 기억의 세목들을 생생하게 재현하는 심신 상관체(Psychosomatic entity)적 상상력을 드러내고 있다고 지적함과 더불어 초기 백석의 세계는 쾌락원칙에 의해서 지배되었던 유아기와 유아기의 소재지인 고향이라는 잃어버린 낙원에 대한 그리움의 토로요 그 복원의 호소라고 설명한다.

미를 자아낸다. 백석은 다른 시인들처럼 개체로서의 자연, 예를 들면 나무나 산·강 등의 사물성에 집중하는 시인이 아니다. 그의 시는 인간의 삶과 분리될 수 없는, 생활 그 자체 속에 용해되어 있는 자연을 그린다. 따라서 그는 자연의 의미를 인간 삶에 첨가한 것도, 자연에 인간의 삶을 덧붙인 것도 아닌 독특한 형태의 자연시를 낳고 있다. 특히 그가 자주 사용하고 있는 돌나물김치·광살구·무감자·도토리범벅·청포채·송구떡 등 미각을 일깨우는 명사뿐만 아니라 생활 도구, 놀이 형태를 나타내는 시어들 또한 자연과 밀착되어 있다는 특징을 지닌다. 그러나 자연과 어우러진 유년의 체험은 그의 시에서 이미 존재하지 않는 기억의 세계일 뿐이다. 그것은 낙원의 상실이며 시원적 세계의 상실을 의미한다. 그의 시 가운데 「북방(北方)에서─정현웅(鄭玄雄)에게」[5]는 이와 같은 상실을 거시적 안목으로 형상화한 대표작이라 할 수 있다.

> 아득한 넷날에 나는 떠났다
> 부여(夫餘)를 숙진(肅愼)을 발해(勃海)를 여진(女眞)을 요(遼)를 금(金)을
> 흥안령(興安嶺)을 음산(陰山)을 아무우르를 숭가리를
> 범과 사슴과 너구리를 배반하고
> 송어와 메기와 개구리를 속이고 나는 떠났다
>
> 나는 그때
> 자작나무와 이깔나무의 슬퍼하든 것을 기억한다
> 갈대와 장풍의 붙드든 말도 잊지 않었다
> 오로촌이 멧돌을 잡어 나를 잔치해 보내든 것도
> 쏠론이 십리길을 따라와 울든 것도 잊지 않었다
>
> 나는 그때

---

5) 백석은 1939년 『조선일보』를 사임하고 만주 신찡(新京)으로 거처를 옮겼다가 해방이 되어서야 고향으로 돌아온다. 「북방(北方)에서」는 그가 만주에서 생활하던 1940년 7월 『문장(文章)』 18호에 발표한 작품이다.

아모 이기지 못할 슬픔도 시름도 없이
다만 게을리 먼 앞대로 떠나 나왔다
그리하여 따사한 햇귀에서 하이얀 옷을 입고 매끄러운 밥을 먹고 단샘을 마
시고 낮잠을 잤다
밤에는 먼 개소리에 놀라나고
아츰에는 지나가는 사람마다에게 절을 하면서도
나는 나의 부끄러움을 알지 못했다

그동안 돌비는 깨어지고 많은 은금보화는 땅에 묻히고 가마귀도 긴 족보를
이루었는데
이리하야 또 한 아득한 새 넷날이 비롯하는 때
이제는 참으로 이기지 못할 슬픔과 시름에 쫓겨
나는 나의 넷 한울로 땅으로 ─ 나의 태반(胎盤)으로 돌아왔으나

이미 해는 늙고 달은 파리하고 바람은 미치고 보래구름만 혼자 넋없이 떠도
는데

아, 나의 조상은 형제는 일가친척은 정다운 이웃은 그리운 것은 사랑하는 것
은 우러르는 것은 나와 자랑은 나의 힘은 없다 바람과 물과 세월과 같이 지나
가고 없다
                    ─ 백석, 「북방(北方)에서 ─정현웅(鄭玄雄)에게」 전문[6]

한민족이 남진(南進)하여 한반도에 정착해 가는 아주 먼 과거의 역사를
자기화하는 과정을 통해서 시인은 자신의 현재와 역사 사이에 벌어져
있는 시간적 간격을 소거시키는 독특함을 보이고 있다. 여기서 주목할
것은 한민족이 관계했던 북방 지역의 나라들과 산, 강, 그리고 부족의 이
름과 범·사슴·너구리·송어·메기·개구리·자작나무·이깔나무·갈
대·장풍[7] 등 자연물이 동등한 차원에서 얘기되고 있다는 점이다. 즉 유

---

6) 백석, 『백석시전집』, 창작사, 1987.

년의 기억을 드러내고 있는 시편들이 자연과 밀착되어 있듯이 백석이 자신의 뿌리로 생각하고 있는 시원적 세계 또한 자연과 합일되어 있는 시공임을 알 수 있다.

이 시에서 시원적 세계로서 자연적 시공은 "해는 늙고 달은 파리하고 바람은 미치고 보래구름만 혼자 넋없이 떠"도는 우주적 쇠락으로 현재화된다. 시인의 고뇌는 이로부터 생겨난다. 그런데 백석은 폐허가 된 태반, 시원의 상실을 역사에 대한 자기 반성으로 심화시킨다. 백석은 자기 반성, 혹은 자기 각성의 과정을 몇몇 대립적 문맥을 통해서 드러낸다. '배반'이나 '속이다'와 같은 시어는 자신에 대한 질책이나 환멸감을 내포한다. 그것은 현재의 시점에서 회상된 과거의 모습이라는 점에서 각성한 자아의 자기 인식을 반영하는 시어라 할 수 있다. "아모 이기지 못할 슬픔도 시름도 없이", "나는 나의 부끄러움을 알지 못했다" 등 또한 무지했던 과거의 모습을 나타낸다. 반면 현재의 자아는 '기억한다' '잊지 않았다' '참으로 이기지 못할 슬픔과 시름에 쫓'기다의 상태로 그려지고 있다. 시인은 역사의 시원으로 거슬러 올라가면서 현재의 삶을 직시하고 있는 것이다. 그것은 마지막 두 연에 암시되어 있듯이 모든 것을 잃었다는 자기 확인이다. 이러한 상실의 원인에 시인은 자기 자신을 위치시키고 있는 것이다. 그런 의미에서 이 시는 자기 반성적이며, 더 나아가서는 역사의 태반을 지켜내지 못한 한민족 전체에 대한 반성을 내포한다고 볼 수 있다.

---

7) 이동순은 '장풍'을 '멀리서 불어오는 바람'이라는 뜻의 한자어 장풍(長風)으로 해석하고 있는 반면, 유종호는 자작나무와 이깔나무가 병치되어 있듯이 '장풍' 또한 갈대와 병치해있는 식물 이름으로 파악하는 것이 마땅하다고 지적하고 아울러 '장풍'은 지방에 따라 장포, 장푸, 장풍으로 불리는 '창포'의 방언이라고 설명하고 있다. 이동순 편, 『백석시전집』, 창작사, 1987, 206면; 유종호, 「시원 회귀와 회상의 시학―백석의 시세계(상)」, 『문학동네』, 2001년 겨울, 340면.

(3) 6·25와 고향에 대한 향수

식민지 지배 체제가 이향과 유랑을 촉진시킴으로써 '고향 상실'을 전면화한 것처럼 우리 근대사의 최대의 비극이라 할 수 있는 6·25 동란은 분단이라는 참담한 사태를 몰고 옴으로써 또 한 번의 '고향 상실'을 정신에 각인시킨다. 실향과 이산의 비극적 경험은 북에 고향을 둔 많은 시인들의 내면에 설움과 한, 그리움을 생성케 하는 토대가 되었다. 전쟁의 참혹함과 폭력성을 여러 편의 시로 형상화하고 있는 전봉건은 분단의 비극과 고향에 대한 절절한 그리움을 시집 『북(北)의 고향』에 담아내고 있다. 고향을 그리워하는 시인의 심경이 주조를 이루고 있는 이 시집에는 어머니와 생이별을 하며 월남을 해야 했던 과거의 기억과 더불어 그곳으로 가야 한다는 시인의 의지가 함께 내재해 있다. 그의 고향 시편 가운데 「여섯시」는 특히 고향에 대한 생생한 기억을 재현해내고 있는 예이다.

열시　흐릿하다
열한시 가물가물 보인다
열두시 하루가 다하고
하루가 시작되는 어둠은
　　　더욱 짙은 어둠이다
　　　그러나 그때 성큼 한 발자국
　　　내게로 다가서는 너를 본다
한시　마침내 너는 어둠을 밀어 낸다
　　　산이여 강이여 하늘이여
두시　밭이여 언덕이여 샘이여
　　　홰나무여 대문이여 안뜰이여
　　　큰 부엌의 큰 솥이여 작은 솥이여
　　　마른 나무 활활 불타는 눈부신 아궁이여
세시　할아버님 할머님
　　　아버님 어머님이시여

네시   (네 번 치는 괘종 소리)
다섯시 머리 위에 떠오르는 희끄무레한 창
여섯시 다시 네가 없는 밝음이다

—전봉건, 「여섯시」 전문[8]

고향의 체험을 간직하고 있는 사람에게 '고향'은 추상적 개념이 아니라 삶의 구체성과 관련된 기억의 세계이다. 거기에는 사람과 습속과 그것을 하나로 정주시키는 공간이 함께 어우러져 있다. 밤에서 새벽에 이르는 시간의 추이를 따라 고향에 대한 상념을 전개시키고 있는 이 시에서 시인은 '생각한다' 혹은 '떠올린다'가 아니라 '본다'라는 직접적인 감각 작용을 통해서 고향에 대한 기억을 현존시킨다. 이때 가물가물 했던 기억은 시간이 지날수록 점점 더 선명한 것으로 변화한다. 어둠을 밀어내고 시인의 눈앞에 일차적으로 재현되고 있는 것은 가족들의 생활 토대인 자연이다. 산과 강, 밭, 언덕, 샘, 홰나무로 둘러싸여 있는 외부의 공간을 지나 시인의 시선은 부엌과 아궁이 그리고 그리웠던 가족들에게로 이동한다. 즉 밖에서 안으로 이동하면서 그리웠던 가족들과 상면하고 있는 것이다. 이 시에서 시인이 궁극적으로 그리워하는 대상은 이산한 가족일 것이다.

그러나 여기서 가족들의 모습에 미감을 부여하고 있는 것이 향토적 삶의 풍경이라는 점을 생각해 볼 필요가 있다. 그것은 단순한 시적 배경이 아니라, '고향'이라는 말이 내포하고 있는 본질적 요소이다. 자연에 둘러싸여 있는 아늑한 공간, '마른 나무 활활 불타는 눈부신 아궁이'가 있는 따뜻한 공간, 그리고 그 속에서 삶을 살아가는 친족들, 그것이 고향인 것이다. 전봉건의 또 다른 시에서 발견되는 "오오 / 고향땅 / 굽이굽이 강물에 섞겠읍니다. / 폭포에 시냇물에 / 아무리 작디 작은 시냇물에도 / 내 살을 풀어서 섞겠읍니다. // 큰 산의 / 큰 나무뿌리 / 작은 산의 / 작은 나무

---

8) 전봉건, 『북(北)의 고향』, 명지사, 1982.

뿌리에 섞겠읍니다. / 아무리 작디 작은 나무뿌리에도 / 내 피를 풀어서 섞겠읍니다"(「가서 보고 섞고 죽어 그리고 다시 태어나리」)와 같은 구절은 자연과 고향, 그리고 그곳에서 태생한 자기 자신이 서로 분리될 수 없는 하나의 몸임을 확인시켜 준다.

농경 문화 속에서 향토적 삶을 대대로 살아온 우리 민족에게 이와 같은 고향에 대한 상은 의식에 각인된 삶의 뿌리라 할 수 있다. 고향의 이미지에는 평화와 휴식, 정겨움, 그리고 그 모두를 포함한 낙원 인식이 자리해 있다. 따라서 고향에 대한 동경은 낙원으로의 회귀의식과 상통하는 것이다. 이와 같은 고향 인식은 전봉건의 시에서만이 아니라 다른 시인들의 고향 상실 시편에도 공통적으로 발견되는 특징이라 할 수 있다. 홍윤숙의 연작시 망향사(望鄕詞) 또한 그러한 작품 가운데 하나이다.

> 밤마다 그리는
> 고향의 푸른 지도 위엔
> 산딸기 붉게 익고
> 토끼 까투리 푸드득 나는
> 산마을이 있다.
> 외가집 가는 삼십리 산길 넘어
> 명주보자기 푸른 물감 들인
> 달래강이 있다.
>
> ─ 홍윤숙, 「달래강─망향사(望鄕詞)·8」 부분9)

망향사 시편을 살펴보면 홍윤숙의 고향 인식에 한 많은 어머니의 모습이 겹쳐 있음을 발견할 수 있다. "매운 세월 넘어 / 어머니 젊은날 혼자서 넘으시던 / 오봉산 골짜기"(「눈 내리는 저녁─망향사(望鄕詞)·6」)라든가, "하얀 미닫이엔 / 어머니 그림자가 산처럼 어두웠다"(「조선의 여자─망향사(望鄕詞)·7」)와 같은 구절이 그것이다. 어머니에 대한 아픈 기억은 홍윤숙의 유년기에 있었던

---

9) 홍윤숙, 『경의선(景義線) 보통열차』, 문학세계사, 1989.

개인사[10]와 관련된 것으로 판단된다. 그러나 유년기의 상처나 고통에도 불구하고 그의 시에 나타난 고향의 이미지는 매우 건강한 자연의 모습을 취하고 있는 것이 특징이다. 푸르고 붉은 원색의 이미지와 어우러져 있는 산딸기·토끼·까투리·달래강 등 생명적 자연의 모습은 사실성 여부를 떠나서 시인의 기억이 보존하고 있는 고향의 모습이라 할 수 있다. 이러한 고향의 형상은 그곳이 생명적 낙원이었음을 말해 준다. 중요한 것은 전봉건과 홍윤숙의 시에서 보여지는 고향에 대한 이러한 인식이 보편적이라는 점이다. 실향에 이어 타국으로 이민하여 그곳에서 타계한 박남수의 경우도 마찬가지이다. "꿈이면 꿈마다 자그마한 토종(土種)의 여자"(「회귀(回歸)·2-꿈」)를 그리워하던 그는 그의 마지막 시집 『서쪽, 그 실은 동쪽』(인문당, 1992)에 실린 「회귀(回歸)·3-뿌리」에서 "세상을 떠돌다가, 종당에 / 갈 곳은 고향과 / 자연뿐. / 외지에 살면서, 속으로 / 속으로 삭여온 것은 / 어린날의 고향"이라고 노래하고 있다.

(4) '초토(焦土)'의 공간을 일으켜 세우는 생명의 '밭'

비극적 역사가 야기시킨 고향(자연) 상실이 많은 시인들에게 향수와 동경의 감정을 불러일으킨 것과 달리, 구상에게 초토화된 국토는 되살려야 할 의지적 대상으로 인식된다. 그는 국토의 되살림을 자연의 생명성으로부터 발견해내는데 여기에는 자연의 생명은 영원하다는 믿음이 깔려 있다. 종교적 세계관을 바탕으로 하고 있는 한용운이나 김현승·박두진 등의 시에 등장하는 자연이 주로 그들의 구도적 관념을 상징하는 이미지로 사용되고 있는 반면 종교적 세계관을 강하게 견지하고 있음에도 불구하고 구상의 시에 나타나는 자연들은 실제 생활의 공간으로서의 의미가 강하게 내포되어 있다는 특징을 지닌다. 그의 자연시는 6·25와 분단

---

10) 홍윤숙의 생애에 관한 것은 엄경희, 「비탈을 껴안는 교목(喬木)의 생(生)」, 『빙벽의 언어』, 새움, 2002, 13~35면에서 밝힌 바 있다.

이 가져다준 초토의 공간으로부터 생성된 생명 인식이라 할 수 있다. 구상 시에 대해 자주 언급되곤 하는 형이상학적 토대 또한 추상적 관념에 의한 것이 아니라 이러한 역사의 실상과 깊이 맞물려 있다. 그가 시를 통해 묻고 있는 인간이란 어떤 존재인가, 신은 무엇이며, 구원에 이르는 길은 어디에 있는가라는 존재론적 질문은 잔혹한 전쟁과 황폐한 현실에 대한 경험에서 비롯된다.

구상은 전쟁으로 파괴된 우리 삶의 실상을 "입벌린 깡통, 밑나간 레이션 박스, / 찢어진 성조지(星條紙), 목 떨어진 유리병, / 또 한구석엔 총 맞은 삽살개 시체"(「초토(焦土)의 시 3」)로 묘사한다. 전쟁이 휩쓸고 간 자리에 남겨진 흑인 병사의 사생아(「초토(焦土)의 시 2」), 창녀가 된 민족의 딸들(「초토(焦土)의 시 3, 6」), 그리고 휴전협상 등을 경험하면서 시인은 "조국(祖國)아, 심청(沈淸)이마냥 불쌍하기만 한 조국(祖國)아!"(「초토(焦土)의 시 10」)라고 오열한다. 그러나 비극적 역사와 현실에 대한 극복 의지를 시인은 '고토(故土)' 혹은 '밭'의 생명성을 통해 드러내고 있다,

> 1·4후퇴, 체인도 안 단 트럭이
> 오르다간 미끄러지고
> 오르다간 미끄러지고 고갯마루서
> 그 운전대 옆에 타고 앉아
> 차라리 조바심을 지우려고
> 멀리 내려다본 골짝에
> 흰 눈이 떨어진 검정 보자기처럼
> 보이던 그 밭,
>
> 가족들을 데리고 복귀(復歸)하는 길
> 만발한 철쭉꽃에 싸여서
> 버짐먹은 아이의 대가리처럼
> 부옇게 패어 있던 그 밭,

> 형무소(刑務所)에서 나와
> 시골 집으로 가면서 기웃해 본
> 강냉이 이삭이 우수수 우수수
> 몰려 서 있던 그 밭,
>
> 김천(金泉), 대구(大邱) 사이 신동(新洞)고개 골짜기
> 나환자(癩患者)들의 피고름과 눈물이
> 얼룩져 있는 그 밭,
>
> 이국병동(異國病床) 수술대(手術臺) 위에서
> 마지막 보이던 고토(故土),
>
> 그 산뙈기 밭!

— 구상, 「밭 일기(日記) 51」 전문[11]

위기의 순간마다 시인의 마음으로 파고드는 것은 숭고한 존재가 아니라 눈물겹고도 친근한 '산뙈기 밭'이다. 그것은 우리네 삶의 고단함과 정감이 동시에 묻어 있는 생활의 터전이며, '검정 보자기'처럼 작지만 철쭉꽃과 강냉이를 피워내는 생명의 밭인 것이다. 조바심과 병듦을 감싸주는 '고토(故土)'는 그런 의미에서 모성적 세계를 상징하는 근원성을 지닌다. 여기에 담겨있는 애환과 희망을 마음속으로 되뇌면서 시인은 더 깊이 인간의 역사와 그것에 의해 비롯된 고통이 무엇인지 깨닫는다. 극악한 역사와 현실이 그를 무기력한 허무의 심연으로 몰고 가지 않는 것은 이처럼 인간적 삶에 대한 애정을 포기하지 않기 때문이다.

비극적 역사와 황폐한 현실을 걸머지고 가야 하는 것이 인간의 시간이라면, 그 경험적 토대는 구상에게 혐오와 냉소의 감정으로 자리잡는 것이 아니라 보다 온전한 터전을 구축하고자 하는 역설의 힘으로 작용한다. 그의 시에 삶의 원본으로서 자연이 자주 등장하는 것은 이 때문이

---

11) 구상, 『구상시전집』, 서문당, 1986. 이후에 인용하는 구상 시의 출처는 이와 동일함.

다. 구상은 잃어버린 유토피아를 자연의 생기를 통해서 재현해낸다. 그런데 그가 그려내고 있는 자연은 막연하고 추상적인 시원의 세계도 아니며, 문명과 인적이 미치지 않는 원시적 자연도 아니다. 마을을 둘러싼 산과 대밭, 그리고 농부와 소와 고추밭이 정겹게 어우러져 있는 우리네의 평범한 농촌 풍경으로부터 그는 진정한 삶의 생기를 발견해낸다. 이는 그의 시에서 '밭'의 공간으로 구체화된다. 시인이 지향하는 유토피아의 세계를 원시적 자연에서 찾지 않고 '밭'이라는 생활 공간에서 찾고 있음은 매우 의미심장하게 느껴진다. '밭'은 끊임없이 생명을 낳는 공간이며 그 '낳음'은 절로 되는 것이 아니라 인간의 노고와 정성으로 이루어지는 것이다. 즉 밭은 문명과 자연이, 인간과 자연이 함께 만나 생명을 이룩하는 화합의 공간이라 할 수 있다.

> 산과 마을과 들이
> 푸르른 비늘로 뒤덮여
> 눈부신데
>
> 광목처럼 희게 깔린 농로(農路) 위에
> 도시에선 약 광고에서나 보는
> 그런 건장한 사내들이
> 벌써 새벽 논물을 대고
> 돌아온다.
>
> —구상, 「하일서경(夏日叙景)—1 아침」 전문

이 시에 나타난 소박한 농촌 생활은 푸르른 비늘, 눈부심, 깨끗한 농로, 건장한 사내 등의 이미지를 통해서 건강하고도 생기 넘치는 인간 삶을 환기해주고 있다. 여기에는 전쟁의 상처도 도시적 삶이 야기하는 불순한 욕망도 보이지 않는다. 따라서 밭의 공간은 "진창 반죽이 된 시간의 무덤"(「오늘」)과 대척점을 이룬다. 이는 시인이 지향하는 꿈의 단상이다. 그러나 구상 시에서 보여지는 자연은 현실에 존재할 수 없는 백일몽적 환상의 세계로 읽혀지지 않는다. 누구나 경험했던 고토의 정겨움을 밭 이미지가 내포하고 있기 때문이다. 밭이 연상시키는 보편적 자연미는 동경과 꿈의 세계에서만이 아니라 현실에서 실현 가능한 세계일 수 있다는 믿음 또한 준다. 밭을 일구고 씨를 뿌리고 그로부터 기운과 자양을 거둬들이는 생명 지향적 삶이야말로 그는 "자주(自主)와 근로(勤勞)와 화락(和樂)의 삼위일체(三位一體)"(「밭 일기(日記) 56」)라 말한다. 시인은 보편적 자연미를 통해서 이 친숙한 생활의 터전이 우리들의 생래적 토대임을 말하고 있는 것이다.

(5) 산업화의 기류와 해체된 고향

식민지와 6·25를 지나 1960년대 이후 본격적인 산업화에 접어들게 되면서 우리 민족은 다시 한번 고향 상실을 겪게 된다. 산업화와 도시화에 따라 농경에 의탁하고 있던 많은 사람들이 이농을 하면서 극심한 노동과 빈곤에 시달리던 때가 1960~70년대 우리의 현실이었다. 농촌에서 도시로 삶의 토대를 옮길 수밖에 없었던 산업화의 추세는 사람들에게 꿈을 주기도 했지만 고향을 등지고 외지로 가야 한다는 비애감, 상실감을 불러일으키기도 하였다.

> 누에를 치고 가마니를 짜고 녹두꽃을 피우던
> 사람들의 고향은 흰 눈 속에 묻히고
> 버스가 끊긴 산읍에서
> 우리들은 떠나온 고향을 생각하지 않았지
> 봄이면 아지랑이 뒷산 연분홍 철쭉 아슴아슴 불질러놓고
> 뒷골 분이 열일곱 가슴처럼 허망하게 불질러놓고
> 모두들 비워버린 고향 같은 것이사 생각하면 뭣해
>
> ─ 곽재구, 「산읍에서」 부분12)

아버지의 아버지, 그의 아버지들이 대대로 힘써 살았던 땅, 논과 밭과 온갖 과
일나무들, 뒷산 몇백 년 묵은 귀목나무, 강 건너 평밭, 꽃밭등, 절골, 뱃마당에 두
루바위, 벼락바위, 눈주면 언제나 눈에 익어 거기 정답게 있던, 우리들이 자라며
나무하고 고기 잡고 놀아주었던 몸에 익은 정든 이름들이 구로동 성남 신길동
명동, 이런 낯선 서울 이름들과 엇갈리며 우리 머릿속을 쓸쓸하게 지나갔다.

—김용택, 「섬진강 16—이사」 부분[13]

부끄러웠다, 오랫동안 비워 두었던
마을의 앞산 뒷산은
장정의 푸른 웃음
온몸으로 내밀며 추억의 가지
양 어깨에 척척 얹혀 왔지만
호박죽마냥 푸짐했던 동무들 웃음
물길 따라 하나 둘 풀려 나갔다
내가 버리고 네가 버린 마을

—이재무, 「귀향2」 부분[14]

곽재구의 「산읍에서」는 고향을 잃고 탄광노동자로 전락한 사람들의
비애와 향수를 그리고 있는 시이다. 김용택의 「섬진강 16—이사」는 고향
을 떠나 낯선 서울 생활을 하는 사람들의 정서를 대변하고 있는 시라 할
수 있다. 그리고 이재무의 「귀향2」 또한 탈향자의 내적 비애를 담고 있는
시라 할 수 있다. 「산읍에서」의 "모두들 비워버린 고향 같은 것이사 생각
하면 뭣해"라는 표현에 담겨 있는 체념 섞인 화자의 어조나 「섬진강 16
—이사」에서 "이런 낯선 서울 이름들과 엇갈리며 우리 머릿속을 쓸쓸하
게 지나갔다"는 고백은 모두 고향을 잃은 사람들의 고달픔을 드러내는
것들이다. 「귀향2」에서는 고향을 지켜내지 못한 자의 미안함과 부끄러움

---

12) 곽재구, 『사평역(沙平驛)에서』, 창작과비평사, 1993.
13) 김용택, 『섬진강』, 창작과비평사, 1993.
14) 이재무, 『섣달그믐』, 천년의시작, 2003.

이 부각되고 있다. 이들 시는 모두 '우리', 혹은 '너와 나'를 내세움으로써 이러한 정서가 특수한 개인의 것이 아님을 강조한다. 그리고 고향은 공통적으로 척박한 외지의 삶과는 대조를 이루는 싱그럽고 순박한 자연의 모습으로 나타나 있다. 즉 고향은 자연과 어우러진 건강한 노동의 공간이며, 조상 대대로 의지하며 힘써 살았던 토대라는 점에서 생명의 온전한 안식처로서의 의미를 갖고 있는 것이다. 그러나 고향은 현재의 삶 속에 결핍된 공간이며, 상실된 낙원으로 의미화된다.

100년 사이에 벌어졌던 식민 통치와 6·25, 그리고 급속한 산업화의 과정은 우리 근대의 특성을 말해주는 중요한 사건들이다. 서구의 근대가 자생적으로 자연스럽게 진행된 반면에 우리의 근대는 그야말로 '폭력'과 '강압'으로 얼룩진 비극의 역사와 함께 진행되었다. 따라서 우리의 근대는 서구의 이성적, 합리적 근대 기획과는 차원을 달리한다. 이와 같은 우리의 근대의 전개 과정은 낙원·고향·자연의 상실이라는 맥락을 함께 내포하고 있다. 많은 시인들에게서 반복적으로 발견되는 고향으로의 회귀 욕망은 고향이 함축하고 있는 자연 공간으로의 회귀를 뜻한다. 강호가도에서 보여지는 귀거래로서의 고향이 심신을 수양할 수 있는 온전한 자연을 담고 있다면, 근대의 고향은 비극적 역사에 의해 훼손된 농경문화, 혹은 상실된 자연이라 할 수 있다. 따라서 근대적 세계에서 고향에 대한 향수나 고향 회귀 욕망은 잃어버린 것을 되찾고자 하는 열망으로 읽을 수 있다. 이때의 자연은 은둔으로서의 자연도 아니고 어떤 이념을 내포한 교훈적 의미로서의 자연도 아니다. 고향은 우리 민족이 대대로 살아왔던 삶의 터전 그 자체를 의미한다. 거기에는 자연의 건강함과 어우러져 있는 혈연적 생활이 뿌리깊은 인식으로 자리해 있다. 여기서 한 가지 더 짚고 넘어가야 할 것은 전통적 자연시가 실경 체험을 바탕으로 쓰어진 것과 달리 현대의 자연시는 주로 기억과 회상, 상상 등에 의존하는 현상을 보인다는 점이다. 이는 고향(자연)의 상실과 훼손, 그와 더불어

진행된 이향·탈향 등과 깊은 연관을 갖는다. 근대화가 진행됨에 따라 실생활에서 고향과 자연을 직접 체험할 수 있는 가능성이 줄어듦으로써 고향과 자연은 기억이나 상상에 의해 형상화될 수밖에 없게 된 것이다.

2) 정적인 세계로의 은둔 욕망

(1) 은둔의 심리와 관조의 시선

근대 진행 과정에서 세 번에 걸쳐 이루어진 고향 상실은 시원으로서의 자연과의 분리를 초래한 비극적 경험이라 할 수 있다. 고향 상실의 시편들은 이러한 비극적 경험과 더불어 고향, 혹은 자연으로의 회귀 의식을 드러냄으로써 자연과 합일적 삶을 이루고자 하는 근대인의 욕망을 표현해내고 있다. 이는 곧 심리적 낙원 건설의 욕망으로 해석할 수 있다. 이러한 자연 합일의 욕망은 일군의 시에서 자연을 관조하고 그것에서 정신적 안식과 미의식을 되찾고자 하는 은둔15) 욕망으로 표현된다. 우리의 전통 시가에 나타난 은둔, 혹은 은일의 욕망은 막연한 친자연(親自然)의 욕망에서 비롯된 것이 아니다. 당쟁의 거센 바람을 피해 사대부들은 자연의 공간에서 심신을 수양하면서 자신의 이상에 맞는 현실이 도래하기를 기다리거나, 아니면 세속적 명리를 완전히 끊고 초극적 자세로 은

---

15) 이종은,『한국시가상의 도교사상 연구』, 보성문화사, 1981, 71~72면 참조.
　　전통시가에 나타나는 귀거래의 유형 가운데 은둔(隱遁)과 은일(隱逸)은 그 의미가 서로 다르게 사용된다. 이종은은 은둔을 자신의 뜻과 맞지 않은 사회에 대해 참여를 거부하는 현실도피로, 은일은 처음부터 현실을 초극한 덕행고사(德行高士)의 초세(超世)로 규정하고 있다. 즉 은둔이 그 안에 현실 참여의 욕망을 강하게 내포하고 있다면, 은일은 현실에 대한 집착에서 벗어난 것이라 할 수 있다. 그런 의미로 본다면 이 글의 대상이 되고 있는 정지용, 박목월, 조지훈의 시편들은 은둔이나 은일, 어느 한쪽과 완전히 부합한다고 볼 수 없다. 이들의 자연에 대한 태도에는 이상적 현실을 구현하고자 하는 열망보다는 좌절의 심리가, 초세보다는 도피의 심리가 더 짙게 자리하고 있기 때문이다. 따라서 이 글에서 사용하고 있는 '은둔'이라는 용어는 전통시가에 나타나는 '은둔'과는 차이를 갖는다.

일 생활을 하였다. 근대시에서 보여지는 자연으로의 은둔 욕망 또한 부
조리한 현실과 마찰하면서 생겨난 의식의 소산으로 볼 수 있다. 그러나
전통시에 나타난 은둔 지향적 관념이 때를 기다려 새로운 정치 구도를
만들어 보고자 하는 야심을 그 안에 가지고 있다는 점은 근대시와 다른
면모라 할 수 있다. 김흥규는 강호사시가와 현실의 연계성을 다음과 같
이 밝히고 있다.

> 조선 초기 집권사대부층의 사고에 있어서 사람이 인격적 완성을 통해 자연
> (天)의 우주적 질서에 조화로이 합치하는 일은 왕도정치의 이상을 사회에 실현
> 함으로써 인문적 질서의 완성을 구현하는 일과 이념상으로나 실천적으로 모순
> 하지 않는 것이었고, 궁극적으로는 이 두 세계(내지 차원)가 합치함으로써 참다
> 운 완성에 이르는 것이라는 신념의 존재를 인정할 만하다.16)

전통시가에서 은둔이 이상적 현실의 실현과 깊이 연관되어 있는 반면
근대시에서 보여지는 은둔의식은 세계에 대한 환멸의식이나 관념적으로
형상화되어 있는 미적 세계에 대한 갈망과 더욱 밀착되어 있는 것으로
판단된다. 그런 의미에서 근대시에서의 은둔은 강호가도처럼 끝끝내 현
실의식이나 정치의식과 연결시키기에는 무리가 따른다. 한편 은둔적 지
향을 보이고 있는 근대의 자연시는 주로 자연을 미적 대상으로 관조하
는 태도를 드러내고 있다. 자연시 가운데 시인의 감정이나 관념이 가장
많이 배제된 경우가 자연을 다른 무엇도 아닌 미적 대상으로 삼고 있는
경우일 것이다.17)

---

16) 김흥규, 「강호자연(江湖自然)과 정치현실」, 『세계의문학』, 1981년 봄, 180면.
17) 김준오, 『시론(詩論)』, 삼지원, 1991, 248면 참조.
　 자연을 미적 대상으로 삼는 경우, 시인의 시선이 탐색하고자 하는 것이 사물의 미
　 자체라는 점에서 시인은 일차적으로 자신의 현재의 기분이나 감정, 혹은 대상과 무관
　 한 평소의 관념으로부터 스스로를 허심탄회하게 만들지 않으면 안 된다. 즉 사물 앞에
　 서 시인은 다른 목적이나 의도를 배제한 채 순수한 마음 상태에 이르러야 하는 것이
　 다. 그런데 이처럼 미적 대상으로 사물을 바라보는 태도는 이미 그 안에 인식 주관의
　 미의식이 포함되어 있는 것이기 때문에 사물을 '관찰'하거나 '지각'하는 것과는 다른

(2) 현실과 유리된 산수(山水)

'관조'는 자연을 바라보는 전통적 태도 가운데 하나로 우리의 역사가 근대적 세계로 진입한 이후에도 지속적으로 발견된다. 정지용, 박목월, 조지훈의 시가 그 대표적인 예이다. 이들의 시는 공통적으로 대상의 객관적 미감과 주관적 정감의 시선을 적절히 용해함으로써 자연의 아름다움을 유감 없이 드러내고 있다. 사물의 감각성을 이미지화하는 데 뛰어났던 정지용은 사물시와 신앙시를 거쳐 동양적 자연시를 보여준다. 그의 자연시는 주로 백두산이나 금강산 등 여행 경험을 바탕으로 이루어지거나 아니면 은거적 지향[18]에 의해 씌어진다.

> 골작에는 흔히
> 유성(流星)이 묻힌다.
>
> 황혼(黃昏)에
> 누뤼가 소란히 싸히기도 하고,
>
> 꽃도

차원으로 해석해야 한다. 관찰은 기본적으로 사물의 객관적 실상만을 파악하고자 하는 태도이며, 지각은 감각의 경험적 반응을 뜻하는 것이다. 한편 사물에 대한 미적 판단은 그 대상과 인식주관의 심리적 교섭 없이는 불가능한 것이다. 따라서 미적 판단은 사물을 관찰하거나 지각하는 데서 한 차원 더 나아가 사물의 부분들을 하나의 시선으로 종합하고 해석하는 인식 능력을 동시에 필요로 한다. 이를 '관조'라 말할 수 있다. 관조적 자세를 유지하기 위해서 가장 필요한 것은 그것을 가능케 하는 대상과의 미적 거리이다. 김준오는 미적 거리의 개념을 다음과 같이 정의 내리고 있다. "미적 거리란 예술작품을 감상할 때 감상자가 자기의 사적이고 공리적인 관심을 버리는 심적 상태를 뜻한다. 즉, 개인의 주관이나 실제적 관심을 버린 허심탄회한 마음의 상태가 미적 거리다. 이런 마음의 상태를 흔히 분리, 초연, 자기멸각이라고 한다. 거리 또는 분리는 예술의 감상에 필수적인 관조의 태도이며 미적 태도이며 감상자의 객관성이다."

18) 정지용의 산수시에서 은거적 지향을 지적하고 있는 기존의 논의는 다음과 같다. 최동호, 「정지용의 산수시와 은일의 정신」, 『민족문화연구』, 고려대 민족문화연구소, 1986, 79~112면; 황종연, 「한국문학의 근대와 반근대」, 동국대 박사논문, 1991, 148면; 최승호, 『한국 현대시와 동양적 생명사상』, 다운샘, 1995, 136~168면.

귀향 사는 곳,

절터ㅅ드랬는데
바람도 모히지 않고

산(山)그림자 설핏하면
사슴이 일어나 등을 넘어간다.

—정지용, 「구성동(九城洞)」 전문[19]

위에 인용한 시는 금강산 체험을 바탕으로 씌어진 작품이다. 이 시에서 화자는 현상적으로 드러나 있지 않다. 시인은 드러난 풍경 속에 화자의 시선을 용해시킨다. 화자를 문면에 등장시키지 않거나 화자의 감정 노출을 최소화하는 것은 정지용 시에서 빈번하게 발견되는 작시(作詩) 방법이다. 그의 자연시 또한 대부분 이와 같은 방법에 의해 형상화되고 있는데 위에 인용한 「구성동(九城洞)」도 그러한 예 가운데 하나이다. 이 시에서 화자는 자연 풍경에 전혀 개입하지 않으면서 그것의 적막함을 드러내는 데 성공하고 있다.

이 시에서 중심 공간인 '골작'은 '깊이'의 공간이다. '유성'과 '누뤼(우박)'가 묻히거나 쌓인다는 표현에서 알 수 있듯이 '골작'은 오목한 그릇의 형상을 하고 있는 공간적 특질을 지니고 있다. 그런데 이 공간에는 수평 이동을 하는 '바람'이 모이지 않는 곳이다. 유성과 누뤼 같은 우주적 사물들이 수직 하강하는 곳이라는 점과 이를 연결시켜 본다면 골작은 수평적 세계와 차단된, 다만 하늘이라는 수직적 세계로만 열려 있는 공간임을 알 수 있다. 이를 시인은 '꽃도 / 귀향 사는 곳' '절터ㅅ드랬는데'라고 표현한다. 여기에서 시인의 내밀한 지향을 읽을 수 있다. 즉 시인은 인간의 삶과 관련한 것을 배제하거나, 혹은 흔적 정도로 인지하고

---

19) 정지용, 『정지용전집』, 민음사, 1991.

있는 것이다. 골작은 인적을 차단한 채 유성과 누뤼라는 자연 현상만을 받아들이는 유리된 공간이라 할 수 있다.[20] 시인은 이러한 적막과 고요 속에 묻히는 하나의 자연이 되고 싶은 것이다. 바꿔 말하자면 이러한 욕망이 세상과 단절된 자연의 적막과 고요를 포착하고 있는 것이기도 하다. 그의 또 다른 시 「장수산(長壽山) 1」·「장수산(長壽山) 2」·「백록담(白鹿潭)」 등도 인용한 「구성동(九城洞)」과 동일한 지향을 드러내고 있는 시편이라 할 수 있다.

이와 같은 은둔의 욕망은 동양적 산수시가 중심이 되고 있는 『백록담』(문장사, 1941) 시절에 대해 "친일도 배일도 못한 나는 산수(山水)에 숨지 못하고 들에서 호미도 잡지 못하였다"[21]는 시인의 고백을 통해서도 알 · 수 있다. 삶의 괴로움을 산수에 숨어 잊어버리고 싶은 욕망과 그렇게 할 수 없는 현실 사이에서 정지용의 상상력은 아주 고요한 자연 공간의 미를 발견하고 있는 것이다. 중요한 것은 그 욕망을 담박하게 제어하고 자연의 미감을 관조의 시선으로 이끌어내고 있다는 점이다.

(3) 외롭고 맑은 외딴 공간

박목월의 초기시에 실린 「윤사월(閏四月)」·「청(靑)노루」·「불국사(佛國寺)」·「달」·「산색(山色)」·「산도화(山桃花) 1」·「해으름」 등 다수의 시편들 또한 정지용의 경우와 마찬가지로 시인의 감정을 제어하고 될 수 있으면 자연 자체의 미감을 충실히 살려내려 했던 작품들이다. 특히 「윤사월(閏四月)」은 정지용의 「구성동(九城洞)」과 매우 흡사한 상상력을 보여주고

---

20) 이숭원, 「韓國近代詩의 自然表象 硏究」, 서울대 박사논문, 1986, 72~73면 참조
　　　이숭원은 정지용의 「구성동(九城洞)」이 현재 시제로 되어 있으나 그 내부구조는 시
　　간의 방향을 초월하여 상존하고 있는 사물들의 공간을 그려내고 있다고 밝힌 바 있다.
　　아울러 「구성동(九城洞)」의 시적 공간이 정적과 부동의 공간이 되는 것은 이 때문이라
　　고 지적하고 있다.
21) 정지용, 「조선시의 반성」, 『정지용 전집』 2, 민음사, 1988, 266면.

있는 예인데, 다른 점이 있다면 「구성동(九城洞)」이 쓸쓸함과 고적함으로
일관하고 있는데 비해 「윤사월(閏四月)」은 밝은 봄빛과 눈먼 처녀의 모습
을 뒤섞어 놓고 있다는 점이다.

> 송화(松花)가루 날리는
> 외딴 봉오리
>
> 윤사월 해 길다
> 꾀꼬리 울면
>
> 산지기 외딴 집
> 눈 먼 처녀사
>
> 문설주에 귀 대이고
> 엿듣고 있다.

— 박목월, 「윤사월」 전문22)

'송화가루'·'해'·'꾀꼬리' 등이 환기하는 노란색의 이미지는 이 시의
시적 공간을 매우 밝고 화사한 느낌으로 전달한다. 이러한 밝음과 더불
어 시인이 강조하고 있는 것은 '외딴'이라는 시어이다. '외딴'이라는 시
어에 의해 송화가루와 해, 꾀꼬리가 갖는 공기적 이미지는 소란스럽거나
분방함보다는 고요함 쪽으로 흡수되어 간다. 이때 "문설주에 귀 대이고/
엿듣고 있"는 '눈 먼 처녀'의 등장은 외딴 봉우리의 풍경을 '외로움'이
라는 서정으로 전이시킨다. 윤사월 긴 해가 질 때까지 산지기를 기다리
며 홀로 꾀꼬리 울음소리를 듣고 있는 처녀의 모습은 객관적 자연이 줄
수 없는 아련한 슬픔을 전달해 준다. 이러한 풍경이 환기하는 미감 또한
정지용의 「구성동(九城洞)」에서처럼 세상으로부터 고립되었을 때 얻어지

---

22) 박목월, 『박목월 시 전집』, 서문당, 1984.

는 쓸쓸함과 맑음이라 할 수 있다.

시인은 외딴 봉우리의 고적한 아름다움을 살려내기 위해 화자를 풍경 밖에 위치시킨다. 그것은 눈 먼 처녀의 비극적 사연을 문면에서 감추어 버리는 박목월의 미의식과 연결할 수 있다. 시적 화자의 시선은 외딴 봉우리와 눈 먼 처녀의 모습을 조화롭게 결합시키는 데서 더 나아가지 않고 멈춘다. 이것이 대상과 미적 거리를 취하는 시인의 관조적 시선인 것이다. 만일 시적 화자의 개입이 더욱 적극적인 형태를 띠었다면 이 시는 장황한 서사적 구조가 되었을 것이다.

(4) 마음속에 지는 꽃

조지훈은 전원시, 일상의 자연물을 대상으로 한 영물시, 여행을 경험으로 한 산수시, 은거적 산수시 등 다양한 유형의 자연시[23]를 보여주고 있는데 이들 모두에서 보여지는 공통된 특징은 언제나 자연을 관조적 시선으로 완상하고 있다는 점이다. 조선어학회 사건으로 일경에게 문초를 당하고 서울을 떠나 1943년 고향으로 낙향하여 고통스러운 심정으로 쓴 은거시에서도 그의 자연에 대한 이와 같은 자세는 변함 없이 지속된다.

꽃이 지기로소니
바람을 탓하랴.

주렴 밖에 성긴 별이
하나 둘 스러지고

귀촉도 울음 뒤에
머언 산이 다가서다.

---

23) 최승호, 『한국 현대시와 동양적 생명사상』, 다운샘, 1995, 169면.

초ㅅ불을 꺼야 하리
꽃이 지는데

꽃 지는 그림자
뜰에 어리어

하얀 미닫이가
우련 붉어라.

묻혀서 사는 이의
고운 마음을

아는 이 있을까
저허하노라

꽃이 지는 아침은
울고 싶어라.

— 조지훈, 「낙화(落花)」 전문[24]

　　이 시는 '낙화'와 그것에 의해 촉발된 감정이 중심을 이루고 있는데, 그 시상의 전개는 다소 복잡한 상상력에 의해 진행되고 있다. 꽃이 진다는 사건에 시적 의미를 부여하기 위해 시인은 꽃이 진다는 사건 이외에 몇 가지 주변 공간의 동시적 변화를 함께 겹쳐놓고 있다. 우선 '성긴 별의 스러짐'과 '머언 산의 다가섬'이 그것이다. 시적 화자의 시선이 원경에 놓여져 있는 사물들을 꽃이 지는 곳으로 모아들이고 있는 것이다. 즉 성긴 별과 꽃은 동시에 하방으로 떨어지고 머언 산은 그 떨어짐의 공간으로 다가온다. 꽃이 지는 공간은 비로소 모든 주변 사물이 응집된 아주 고요한 뜰이 되는 것이다. 시적 화자의 시선이 바라보고 있는 것은 바로 이 응집된 형상이라 할 수 있다. 이와 같은 주변 공간의 동시적 변화에

---

24) 조지훈, 『한국현대시문학대계』 19, 지식산업사, 1982.

화자는 촛불을 끔으로써 동참한다. 촛불의 밝음을 사라지게 함으로써 낙
화의 어슴푸레한 그림자를 '뜰'에서 '하이얀 미닫이'쪽으로, 즉 밖으로부
터 화자가 위치해 있는 내부의 공간으로 불러들이고 있는 것이다. 이것
은 시인의 내면이 자연의 미감과 일체하고 있음을 뜻한다. 이러한 일체
화가 '꽃이 지는 아침은 / 울고 싶'다는 심정을 낳고 있는 것이다.

 그런데 낙화의 신비한 아름다움을 시인은 비밀스러운 것으로 간직하
고자 한다. 이 시의 시적 공간이 내밀한 쪽으로 모아지고 있듯이 꽃이
지는 사건 또한 그 내부에서 은밀하게 진행되고 있다. 이것을 시인은 '묻
혀서 사는 이의 / 고운 마음'이라고 표현한다. 여기에는 이를 침범하거나
다치게 하는 것들에 대한 '저허함'이 깃들여 있다. 이때 낙화와 화자의
내면이 일체화된 것처럼 꽃과 시인은 '묻혀서 사는 이'라는 공통된 상황
을 공유하고 있음을 생각해 보지 않을 수 없다. 좀더 확대해서 해석한다
면 이러한 심리에는 고요한 내면을 침범하는 세상사로부터 두절되고 싶
은 마음, 혹은 세상에 대한 환멸감이 내재해 있다고 볼 수 있다. 그것이
고요하고 적막한 낙화의 세계로 시인의 시선을 집중시키고 있는 것이다.

 정지용·박목월·조지훈의 자연시는 관조적 시각에 의해 자연의 미감
을 포착한 경우로 볼 수 있다. 이들은 '골작' '외딴' '묻혀서 사는 이' 등
의 시어를 통해서 인간 세상과 두절된 자연 세계를 그려낸다. 앞서 고향
상실과 훼손에 대해 살펴본 것에서 짐작할 수 있듯이 이들의 은둔 욕망
은 고향의 아우라를 향해 있지 않다. 강호가도와 달리 고향은 이미 은둔
의 욕망을 실현할 수 없는 상황인 것이다. 따라서 이들은 고향과는 다른
차원의 자연에 몰입한다. 한편 직접적으로 당시 식민지 현실을 드러내고
있는 것은 아니나 이들의 시에서 보여지는 미적 자연으로의 은둔 욕망
은 결코 억압되어 있던 역사적 상황과 무관하다고 할 수 없다. 현실과
대결이 어려울 때 이들의 시는 자연의 고요함을 지향함으로써 상실한
미의 세계를 상상에 의해 복원하고자 한다. 여기에는 부조리한 현실과

단절하고 싶은 욕구와 그것을 통해서 자신의 의식을 자연의 맑은 기운으로 안정시키고자 하는 바람이 내재해 있다. 그러나 이와 같은 은둔의 욕망은 좌절된 이상을 현실에 실현하고자 하는 동력으로 기능하지 않는다. 초세(超世)가 아니라 피세(避世)적 태도가 짙다는 점에서 이들의 시는 현실과의 연계성이 전통적 자연시에 비해 매우 엷다고 할 수 있다. 부조리한 현실과의 마찰에 의해 빚어진 자연으로의 은둔 욕망은 이후 1980년대 참여적 성향을 보여왔던 몇몇 시인들의 시에서 발견되기도 한다. 안도현의『그리운 여우』(『창작과비평사』, 1997), 박남준의『다만 흘러가는 것들을 듣는다』(『문학동네』, 2000)에 실려 있는 시편들이 그러한 예이다.

2. 근대 / 반근대 의식과 자연의 재발견

1) 자연과 개체의 존재성

(1) 개체성의 발견

근대성의 가장 큰 특징 가운데 하나는 개체성에 대한 자각이다. 보편성을 기조로 하는 근대 이전의 세계에서도 인간 존재가 안고 있는 허무나 죽음에 대한 인식이 없었다고 할 수 없으나 '나'의 개체성을 심각하게 물음하지 않은 것은 사실이다.[25] 특히 서양보다는 동양적 사유에서

---

25) 김흥규, 「16·17세기 강호시조의 변모와 전가시조의 형성」,『고대어문논집』35집, 1996년 12월, 229~231면 참조.
　　김흥규에 따르면 강호가도의 시인들은 인생의 덧없음을 커다란 순환 고리의 한 국면으로 인식하거나, 항구적 가치에로 나아가는 지향 안에 수용함으로써 초극한다. 더불어 그는 도학적 근본주의가 현저히 약화되는 16세기 후반부터 존재의 유한성에 관한 문제는 심미적 가치에 몰입, 일락(逸樂)의 고양을 통해 해소된다고 설명하고 있다.

개체의 의미는 전체성에 의해 규정되는 특질을 강하게 드러내고 있다.[26] '나'라는 존재보다는 언제나 가족과 마을 공동체, 그리고 개체가 소속하고 있는 집단의 이데올로기가 우선되었으며 무엇보다 중요한 것은 그 속에서의 조화와 질서를 유지하는 것이었다. 특히 유교에서 강조하는 가(家) 개념은 가족이라는 좁은 범주만이 아니라 부자와 군신, 개인과 사회, 친인척 집단 모두를 통합하는 기초적 사회관계를 뜻하는 것으로, '나'의 개체성보다는 공동의 관계를 중시했던 고전적 세계의 이념을 가장 잘 드러내주는 말이라 할 수 있다. 이처럼 가(家) 개념에 묶여 있던 보편의 질서가 지배적이었던 사회 구조에서 '나'에 대한 사유는 언제나 전체성과의 연관성에 의해 이루어지게 마련이다. 그러나 근대로 접어들게 되면서 완강했던 집단적 의식은 급격히 무너지게 되며, 개인은 전체를 구성하는 한 부분이라는 관념을 벗어나게 된다. 이와 같은 근대의 변화를 문학의 측면에서 권영민은 다음과 같이 설명하고 있다.

> 일반적인 의미에서 근대문학은 일상적인 인간이 살아가는 현실 공간으로 채워진다. 인간의 역사성과 그 의미를 중시하고, 인간적인 현실과 역사적 시간의 흐름에 어떤 형식을 부여하며, 일상적 삶의 현실 속에서 개인을 통해 근대적 주체의 인식을 가능하게 한다. 여기서 인간은 역사적인 시간과 구체적인 공간을 배경으로 하여 비로소 하나의 개인적인 주체로 자리 잡는다. 개화계몽 시대의 신소설에서부터 문학적 근대성이 발현되기 시작하였다고 한다면 그것은 일상적인 개인의 발견을 통해 그 서사적 구조가 성립되고 있기 때문이다.[27]

이와 같은 존재론적 태도는 인간의 개체성에 관해 날카롭게 물음을 제기한 근대 의식과는 사뭇 다르다할 수 있다.

26) 장파, 유중하 외역, 『동양과 서양, 그리고 미학』, 푸른숲, 1999, 114~146면 참조.
   중국의 미학자 장파(張法)는 중서 미학 비교에 있어 가장 중요한 요소로 '화해'를 논하면서, 중국 문화에서의 화해는 정체적(整體的) 화해에 의해 개체(부분)를 규정하고, 개체는 그 방식과 위치에 상관없이 정체성에 의해 규정된다고 보았으며, 아울러 서구 문화의 화해는 부분을 강조하며, 부분(개체)의 실체성을 가지고 총체적 화해를 형성한다고 밝히고 있다.

27) 권영민, 『한국현대문학사』 1, 민음사, 2002, 29면.

일상성 속에서의 개인의 발견은 곧 존재에 대한 추상적 혹은 피상적 인식이 아니라 구체적인 자각을 뜻한다. 이제 '나'는 현실과 역사의 부산물이 아니라 그것을 이끌고 창조하는 주체로서 존재함과 동시에 이러한 존재성에 대해 자의식을 작동시키는 존재라는 것을 인식하게 된다. 이와 같은 개체성의 발견은 개인이 현실과 역사의 주체라는 자각만이 아니라 인간 고유의 실존 방식에 대한 물음을 제기하게 하는 계기로도 작용한다. 이때 '나는 누구인가?'라는 존재론적 물음이 심각하게 제기된다. 유치환·서정주·구상·황동규 등은 이러한 인간 존재의 문제를 자연과의 대비를 통해서 보여준 대표적 시인들이다. 이들은 인간 존재의 한계 상황과 맞닿아 있는 허무와 죽음, 영원과 생명 등의 문제를 자연과 우주를 통해 성찰함으로써 개체의 실존성을 시로 형상화하고 있다.

(2) '절명지(絶命地)'를 향하어 던져진 존재의 물음

청마는 1945년 통영여자중학교 교사로 부임한 이후 경남 지역에서 줄곧 교직에 몸담고 있었지만 그 이전에는 일본·평양·부산·만주 등으로 거처를 여러 차례 옮겨다니면서 유학생으로, 사진관 경영자로, 농장 관리인으로 삼십 세 중반을 보낸다. 특히 1940년 만주 연수현(煙首縣)에서 농장 관리인으로 일하면서 체험했던 북방의 자연들은 그의 두 번째 시집 『생명(生命)의 서(書)』(행문사, 1947)를 탄생케 하는 중요한 모티프라 할 수 있다. 유치환이 그려내고 있는 북방의 광활한 벌판은 한국의 온화한 자연 풍광과는 매우 색다른 분위기와 정서를 자아낸다.

이곳 시월(十月)은 벌써 죽음의 계절(季節)의 시초(始初)러뇨
까마귀는 성(城)귀에 모여들 근심하고
다시 天日도 볼 수 없는 한 장 납빛 하늘은
황막(荒漠)한 광야(曠野)를 철책(鐵柵)인 양 눌러 막아

> 아아 북방(北方) 이 거대(巨大)한 울암(鬱暗)의 의지(意志)는
> 창부(娼婦)인 양 허무(虛無)를 안고 나누었나니
> 내 스스로 여기에다 버리려는 고독(孤獨)한 사유(思惟)도
> 이렇게 적고 찾을 길 없음이여
> 호올로 허물어진 성(城)터에 서건대
> 삭풍(朔風)에 남은 고량(高粱)대만
> 갈 데 없는 감정(感情)인 양 못 견디어 울고
> 한떼 기마(騎馬)의 흙빛 병정(兵丁) 있어
> 인력(人力)이 아닌 듯
> 묵묵(默默)히 서(西)쪽 벌 끝으로 향(向)하여 달려가도다
> — 유치환, 「북방시월(北方十月)」 전문28)

거대한 자연이 생성을 멈추고 황막하게 소멸하고 있는 북방의 광야는 까마귀와 납빛 하늘, 삭풍에 남은 고량대, 그리고 흙빛 병정 등의 이미지에 의해 불모의 땅으로 묘사되고 있다. 죽음이 시작되고 있는 이 시의 자연 공간은 숲과 생명, 청정함 등으로 연상되는 자연과는 매우 다른 느낌을 불러일으킨다. 유치환이 드러내고 있는 북방의 자연은 우울하고 비생명적인 공간인 것이다. '황막한 광야를 철책인 양 눌러 막'고 있는 하늘 이미지에서 감지할 수 있듯이 이 공간은 '감금'의 공간이라 할 수 있다. 삭막한 북방의 광야를 유치환은 그의 다른 시 「광야(曠野)에 와서」에서 "나의 탈주(脫走)할 사념(思念)의 하늘도 보이지 않고 / 정거장(停車場)도 이백리(二百里) 밖 / 암담한 진창에 갇힌 철벽(鐵壁) 같은 절망(絶望)의 광야(曠野)!"라고 말한다. 탈출할 수 없는 막힘의 공간으로서의 북방을 시인은 '울암(鬱暗)의 의지(意志)'로 인식한다. 여기에는 불모의 자연 앞에 놓여 있는 한 존재의 무거움과 암울함이 내포되어 있다. 그것을 보다 분명하게 설명하고 있는 부분이 '창부인 양 허무를 안고 나누었나니'이다. 즉 그에게 불모의 광야는 '의지'와 '허무'라는 이중의 의미로 다가오고 있는 것이다.

---

28) 유치환, 『청마 유치환전집』, 정음사, 1984.

자신의 '고독한 사유'조차 찾을 길 없는 존재 무화의 심연으로 이끌고 가는 것은 이 황막한 자연이 환기하는 울암함이다. 죽음으로 이행해 가는 울암한 벌판에서 한 인간 존재가 느끼는 것은 '나' 자신이 '허무'로서의 존재라는 사실이다. 그는 시 「북방추색(北方秋色)」에서는 "설흔여섯 나이가 보람없이 서글퍼"라고 자신의 허무한 존재성을 고백하기도 한다.

그러나 유치환은 이러한 허무 의식을 감상적인 것으로 이끌지 않는다. 그는 언제나 '허무'를 '의지'를 시험하는 심리적 요인으로 삼는다. 즉 존재의 근원으로서 허무와 대결하고자 하는 것이 그의 정신적 지향이다. 북방 체험을 담고 있는 또 다른 시 「절명지(絶命地)」에서 "오열(嗚咽)인 양 회한(悔恨)이여 넋을 쪼아 시험하라 / 내 여기에 소리없이 죽기로 / 나의 인생(人生)은 다시도 기억(記憶)치 않으리니"라는 표명은 이러한 의식으로부터 발현한 것이라 할 수 있다. 그의 대표작 「생명(生命)의 서(書) 일장(一章)」 또한 같은 맥락에서 읽혀지는 작품이다. 「생명(生命)의 서(書) 일장 (一章)」의 공간인 "아라비아(亞剌非亞)의 사막(沙漠)"은 그의 북방 시편에서 보여지는 절명지로서의 자연이라 할 수 있다. 그곳에서도 유치환은 "하여 '나'란 나의 생명(生命)이란 / 그 원시(原始)의 본연(本然)한 자태(姿態)를 배우지 못하거든 / 차라리 나는 어느 사구(沙丘)에 회한(悔恨) 없는 백골을 쪼이리라"고 말한다. 존재의 진정한 가치를 되찾기 위해 생명의 땅이 아닌 자신을 시험할 수 있는 불모의 공간과 맞서는 것이다. 그것은 한 생명을 위기에 빠뜨릴 수 있는 거칠고 비생명적인 공간이라 할 수 있다. 그런 의미에서 '절명지'로 상징되는 그의 자연 공간은 문명성이나 인공성이 가미되지 않은 원시 상태의 자연이며, 한 생명이 자신의 생명성을 담금질하는 광포한 자연이라 할 수 있다.

(3) 자연의 순환성에 편입한 인간 존재

인간의 육체는 욕망과 소멸이라는 두 가지 사태 앞에서 지속적인 시달림을 받는다. 이는 생명적 존재가 그 생명성으로 인해 안고 가야 하는 숙명적 요인들이다. 생명은 스스로를 유지하기 위해 기본 욕구를 충족시키지 않으면 안 된다. 아울러 인간은 생명적 존재 가운데 자신이 죽음으로서의 존재라는 사실을 유일하게 의식하는 독특한 자연이라 할 수 있다. 이와 같은 존재 방식에 의해 일차적으로 문제가 되는 것은 다름 아닌 육체이다. 서정주는 그의 시 「여수(旅愁)」에서 "하지만 가기 싫네 또 몸 가지곤 / 가도 가도 안 끝나는 머나먼 여행(旅行). / 뭉클리어 밀리는 머나먼 여행(旅行)"이라고 인간의 육체성이 갖는 고달픔을 노래한다. 그는 '몸'을 넘어서야 할 대상으로 인식하고 있는 것이다. 서정주는 욕망과 소멸을 초월하여 영원한 시간의 흐름 속으로 자유롭게 전화할 수 있는 사유를 자연의 순환적 구조에서 발견한다. 자연의 오묘한 순환 구조에 인간의 육체성을 편입시킴으로써 미당은 영원성의 관념을 시로서 형상화하고 있다.

> 사소(娑蘇)의 매(鷹)는 사소(娑蘇)가 산(山)에 간 지 이듬해의 가을날, 그 아버지에게 두 번째의 편지를 그 발에 날라왔다. 이번 것은 새의 피가 아니라, 향(香)풀의 진액을 이겨, 역시 손가락에 묻혀 적은 거였다. 피딱지의 두루마리는, 아직도, 집에서 가지고 간 그것이었다.
> (이것은 그 편지의 전반부(前半部) 한 조각만 남은 것이다.)

피가 잉잉거리던 병(病)은 이제는 다 낳았읍니다.

올 봄에
매(鷹)는,
진갈매의 향수(香水)의 강물과 같은
한섬지기 남직한 이내(嵐)의 밭을 찾아내서

대여섯 달 가꾸어 지낸 오늘엔,
홍싸리의 수풀마냥. 피는 서걱이다가
비취(翡翠)의 별빛 불들을 켜고,
요즈막엔 다시 생금(生金)의 광맥(鑛脈)을 하늘에 폅니다.

아버지.

아버지에게로도,

내 어린 것 불구내(弗居內)에게로도, 숨은 불구내(弗居內)의 애비에게로도,

또 먼 먼 즈믄해 뒤에 올 젊은 여인(女人)들에게로도,

생금(生金) 광맥(鑛脈)을 하늘에 폅니다.

　　　　　— 서정주, 「사소(娑蘇)의 두번째의 편지(便紙) 단편(斷片)」 전문29)

　사소30)의 피, 혹은 병의 회복 과정을 시인은 '밭'을 가는 농경 문화적 상상력과 접맥시킨다. 진갈매의 '한섬지기 남직한 이내[嵐]의 밭'을 대여섯 달 가꾸는 행위와 치병(治病)의 과정이 2연에서 동일하게 이야기되고 있다. 김현자는 "매가 찾아낸 밭의 공간은 지상에 있는 밭이 아니고 이내(산기(山氣) 증청(蒸淸)한 하늘의 특수한 기운(氣運)—서정주 주)의 밭이다. 특히 '진갈매의 향수(香水)의 강물 같은'이라는 직유가 부가되어 이 밭의 공간은 액화(液化)되고 기화(氣化)되어 유동성을 지닌 상방의 공간이 된다"고 지적하면서 '이내의 밭'과 '피'는 둘 다 액체성을 띠고 있다는 점에서 비유적 관계를 이룬다고 밝히고 있다.31) 상방에 위치한 '밭'과 육체가 동일하다는 의미는 사소가 사료에서처럼 '지선(地仙)'의 위치에 있음을 말해 주는 것이다. 즉 사소는 한 개인을 뜻하는 것이 아니라 '밭'이나 '대지'가 상징하는 여성성을 내포한다.

---

29) 서정주, 『미당 서정주 시 전집』, 민음사, 1984. 이후에 인용하는 서정주 시의 출처는 이와 동일함.

30) 사소는 원래 중국 왕실의 딸로 처녀의 몸으로 잉태하여 신라의 시조인 혁거세왕을 나은 여인이다. 삼국유사의 기록에 의하면 사소는 부왕의 소리개가 점지해 준 선도산(仙桃山)에서 신선수행(神仙修行)을 하여 지선(地仙)이 되었다고 전해진다. 사료는 사소를 신선이 된 인물로 기록하고 있으나 일반적인 통념으로 짐작해 보면 그녀는 일상의 금기를 어김으로 인해 일상의 삶 속에서 살 수 없이 된 비극적 인물이라 할 수 있다. 따라서 그녀의 신선수행은 자신에게 주어진 억압과 불행의 초월을 의미한다. 『삼국유사』 권제오감통제칠(卷第五感通第七) 선도성모수희불사조(仙桃聖母隨喜佛事條) 참조.

31) 김현자, 「서정주 시의 은유와 환유」, 『은유와 환유』(한국기호학회 편), 문학과지성사, 1999, 133면.

사소의 밭 갈기에 의한 치병의 과정은 세 개의 이미지 변용을 통해 암시되고 있다. '홍싸리의 수풀마냥' 서걱이며 마찰하는 피를 고요하게 가라앉히는 것, 그 피가 다시 어두운 하늘에 '비취의 별빛'으로 밝혀지는 것, 마지막으로 생금의 광맥이 되어 펼쳐지는 것이 그것이다.[32] 이러한 과정은 내면의 마찰을 고요한 것으로, 액체를 공기적인 것으로, 불투명함을 투명함으로 전환시키는 과정을 내포한다. 시인은 '병이 다 낫다'는 진술의 의미를 여러 개의 이미지를 통해서 입체화하고 있는 것이다. 특히 치유의 마지막 단계로 의미화하고 있는 생금은 물질 가운데서도 가장 순수한 원소의 집합체로서, 혼돈과 무질서가 모두 제거된 정화된 존재를 함축한다. 그의 이 같은 순환론적 상상력은 불교적 인연설을 바탕으로 한 시편에서 더욱 부각된다.

> 언제든가 나는 한 송이의 모란꽃으로 피어 있었다.
> 한 예쁜 처녀가 옆에서 나와 마주 보고 살았다.
>
> 그 뒤 어느날
> 모란꽃잎은 떨어져 누워
> 메말라서 재가 되었다가
> 곧 흙하고 한세상이 되었다.
> 그게 이내 처녀도 죽어서
> 그 언저리의 흙 속에 묻혔다.
> 그것이 또 억수의 비가 와서
> 모란꽃이 사위어 된 흙 위의 재들을
> 강물로 쓸고 내려가던 때,
> 땅 속에 괴어 있던 처녀의 피도 따라서

---

32) 「사소(娑蘇)의 두번째의 편지(便紙) 단편(斷片)」에 나타난 '피'가 식물에서 광물의 이미지로 변용되고 있음을 밝힌 기존의 논의로는 김화영, 『미당 서정주의 시에 대하여』, 민음사, 1984, 71~72면; 김현자, 「서정주 시의 은유와 환유」, 『은유와 환유』(한국기호학회 편), 문학과지성사, 1999, 130~134면 등이 있다.

강으로 흘렀다.
(…중략…)
그래 이 마당에
현생(現生)의 모란꽃이 제일 좋게 핀 날,
처녀와 모란꽃은 또 한 번 마주 보고 있다만,
허나 벌써 처녀는 모란꽃 속에 있고
전(前)날의 모란꽃이 내가 되어 보고 있는 것이다.
　　　　　　　　　　　　　—서정주, 「인연설화조(因緣說話調)」 부분

　이 시 전체는 'A가 B되다'의 변신 은유의 연쇄에 의해 이루어져 있다. 모란꽃인 '나'와 그것을 마주 보고 있는 '처녀'의 관계는 'A가 B되다'의 연쇄에 의해 죽음을 넘어서 영원한 시간성을 획득하게 된다. 모란꽃(나) → 재 → 흙 → 강물 → 전날의 모란꽃으로의 변신은 처녀 → 흙 → 강물→ 모란꽃의 변신과 동일한 과정을 치름으로써 서로 혼융되는데 이 과정은 나와 처녀의 '마주 봄'이 죽음 뒤에도 여전히 지속되고 있음을 나타낸다. 끝없는 변신을 통해 시인이 보여주고 있는 영생의 테마는 곧 영원히 순환하는 시간적 질서를 낳음으로써 인간을 죽음에 대한 불안과 고통으로부터 구원해 낸다.

　「인연설화조(因緣說話調)」에서 보여졌던 시간의 순환 구조는 「고조(古調) 이(貳)」·「숙영이의 나비」·「내 그대를 사랑하는 마음은」·「마른 여울목」·「내가 돌이 되면」·「나그네의 꽃다발」·「소연가(小戀歌)」·「바위옷」 등의 시에서 집요하게 반복되고 있다. 이 시들 또한 대부분 'A가 B되다'의 은유적 연쇄로 이루어져 있다. 동일한 시적 주제를 동일한 형식을 통해서 집요하게 반복하고 있다는 사실은 의식적이든 아니면 무의식적이든 이 시인에게 「인연설화조(因緣說話調)」와 같은 시가 담고 있는 내용이 그만큼 비중 있는 진리로 여겨졌다는 것을 말해 준다. 그런 것만큼 시인이 인간의 유한성을 의식했다는 얘기도 된다.

(4) 실유(實有)의 가능 조건으로서 조화

‘초토(焦土)의 공간을 일으켜 세우는 생명의 밭’에서 살펴본 바에 따르면 구상의 자연은 인간과 자연이 함께 힘을 모아 이루어내는 공간으로서, 역사의 비극을 극복하고자 하는 시인의 지향을 함의하고 있는 생명 공간이다. 그의 ‘밭’이 내포하고 있는 자연의 생명성을 생성시키고 유지시켜주는 것이 바로 조화의 힘이라고 시인은 말한다.

> 헛간 뒤 감나무의 진무른 홍시도
> 입추(立秋) 전까지는 입이 부르트게 떫었으며
> 저 뒷동산의 밤송이도
> 가시를 곤두세워 얼씬도 못하게 하더니만
> 알을 익혀 하강(下降)의 기름칠을 하고는
> 입을 제 스스로 벌렸다.
>
> 오오, 만물은 저마다
> 현신(現身)과 내일의 의미를 알고
> 서로가 서로를 지성(至誠)으로 도와
> 저렇듯 어울리며 사는데
>
> 사람인 나 홀로 이 밤
> 울타리에 썩어가는 말뚝이듯
> 아무것도 모르며 섰는가?
>
> ― 구상, 「조화(造化) 속에서」 부분

모든 생명체의 공존을 가능하게 하는 것은 각각의 생명체가 지닌 에너지가 아니라, 서로 조화를 이루게 하는 오묘한 자연 법칙에 있다. 그것은 다름 아닌 때(時)를 맞추는 일이다. ‘현신(現身)과 내일의 의미’를 알 때 떫은 감은 홍시가 되고, 밤송이의 알은 씨앗을 퍼뜨릴 만큼 무거워진다. 이러한 결실은 꽃과 나비와 물과 바람과 햇빛의 어우러짐이 있어야만 가능하다. 서로를 지성으로 도우며 공존의 터전을 만드는 것이 자연의 항상성이다. 농부의 땀흘린 노동은 "막혔던 땅의 / 숨구멍"(「밭 일기(日記)」1」)을 열어주고, 하늘에서 내리는 눈은 "온 몸 세포(細胞)의 문을 / 활짝 연다"(「밭 일기(日記) 43」). 이것이 저것을 배척하지 않고 서로의 숨구멍을 열어주는 것이 곧 화락을 생성시키는 자연의 순리이며 신의 섭리인 것이다. 그로부터 존재하지 않았던 생명들이 탄생하고 성숙한다. 인간 존재는 자연의 성숙과 쇠락을 경험함으로써 개별 생명의 유한성 또한 가늠하게 된다. 시인은 이러한 깨달음을 '이적(異蹟)'(「밭 일기(日記) 40」)이라 말한다. 한편 "사람인 나 홀로 이 밤 / 울타리에 썩어가는 말뚝이듯 / 아무것도 모르며 섰는가?"라고 시인은 스스로에게 반문함으로써 사람 사는 이치 또한 자연과 같음을 역설하고 있다. 그는 또 다른 시 「잡초분재(雜草盆栽)」에서 "우리는 조화(造化)의 이 신비(神秘) 속에서 / 날마다 만남의 기쁨을 나누며 / 영원한 역사(役事)에 함께 나아간다"고 고백한다.

　비극적 역사 체험과 그로부터 생겨난 자연 지향적 태도는 구상의 존재에 대한 관념적 구도와 깊이 연관되어 있다. 황폐한 현실에서 자연의 생기에 거듭 주목하는 것은 '생명'에 대한 본질적 물음을 내포하며, 이는 '존재란 무엇인가'라는 철학적 성찰과 맞닿아 있는 것이다. 따라서 존재에 관한 그의 형이상적 사유의 토대는 삶의 실상으로부터 배태된 것이라 할 수 있다. 생명이란 무엇인가, 혹은 존재란 무엇인가라는 질문은 그의 시 「허(虛)의 장(章)」에서는 '있음'에 대한 탐구로 드러난다. '있음'에 대한 탐구 의식은 인간이 존재한다는 자명한 사실에 오히려 의문을 가짐과 동시에 그것에 경이로움을 느꼈던 자에게만 주어질 수 있는 실존성을 나타낸다. 도대체 '있음'이라는 것이 어떻게 가능할 수 있는가 라는 질문은 곧 존재 생멸의 비밀을 알고자 하는 욕구라 할 수 있다.

　　제군(諸君)!
　　허(虛)란 실상 실유(實有) 그것일세.

어둠에서 빛으로
불에서 물로
진창에서 꽃밭으로
식료(食料)에서 변통(便桶)으로
바람에서 돌 속으로
사람에게서 짐승에게로
물고기에게서 땅벌레에게로
죄수(罪囚)의 눈빛에서 간수(看守)의 눈빛으로

여왕에게서 걸인(乞人)에게로
시(詩)에서 과학으로
전쟁에서 평화로
봄 여울에 눈 녹아 흐르듯 흐르며
또한 동양화의 여백(餘白)같이 본래(本來) 있어
생사(生死)와 명멸(明滅)을 낳고
시간과 공간을 채워서
남음이 없지.

그래서 허(虛)는 존재의 생성(生成)을
혼연(渾然)케 하고
운명과 자유를 병존(竝存)케 하며
모든 실존(實存)의 개가(凱歌)를 올려
저 허허(虛虛)한 창공(蒼空)을 스스로의 안에서
대응(對應)시키는 조화(造化) 속일세.

제군(諸君)! 그러나 이 경지는
막다른 심연(深淵)의 축복에서
드맑은 정상(頂上)에 이르른
생(生)의 화해(和解)된 인지(認知)라는 것을
납득(納得)해 주게.
—구상, 「허(虛)의 장(章)」 부분

구상은 실유의 근거를 허로 본다. 이는 동양의 유무상생론적(有無相生論的) 세계관과 연관된다. 동양적 세계에서 허나 무는 그야말로 '없음'이 아니라 만물을 생성시키는 우주의 기운이라 할 수 있다. 허는 사물의 실체와 분리된 것이 아니라 사물을 형성하는 근본적 힘인 것이다. 이처럼 허와 유가 하나가 되기 위해서는 투쟁이 아니라 화해의 원리가 그 바탕을 이루어야 한다. 이 시에서 보여지는 것처럼 어둠과 빛처럼 서로 대립적인 것을 동일한 쌍으로 묶을 수 있는 것은 유무상생의 화해적 논리가 작용하고 있기 때문이다. 생과 사를, 운명과 자유를 병존케 하는 우주의 원리에 대한 깨달음이 곧 실존이라고 시인은 말하고 있는 것이다. 즉 진정으로 '있음'은 '나'라는 개체의 독립적 상태가 아니라, 이질적인 것, 대립적인 것들의 조화와 화해임을 강조하고 있는 것이다. 여기에는 존재간의 평화와 공존을 갈구하는 시인의 지향성이 깃들어 있다.

> 저 허공(虛空)과 나 사이 무명(無明)의 장막을 거두어 주오
> 이 땅 위의 모든 경계선(境界線)과 철망과 담장을 거두어 주오
> 사람들의 미움과 탐욕과 차별지(差別智)를 거두어 주오
> 나와 저들의 체념(諦念)과 절망을 거두어 주오
>
> —구상, 「오도(午禱)」 부분

장막, 경계선, 철망, 담장, 차별지를 거두어 달라는 시인의 기도는 이 세계가 불화와 차등으로 서로를 억압하고 있음을 암시한다. 그런 면에서 인간의 세계는 자연의 세계와 대립한다. 앞서 살펴본 것처럼 자연은 지성으로 서로를 도우며 화육하는 상생의 세계이다. 자연은 진정한 실유(實有)가 무엇인지를 가르쳐주는 교사라 할 수 있다. 그에게 실유와 자연의 원리는 하나인 것이다. 이와 같은 '있음'에 관한 구상의 관념은 '강'의 상징으로 드러나기도 한다. 그에게 강은 "샘에서 여울에서 폭포에서 시내에서 / 억만(億萬)의 현존(現存)이 서로 맺고 엉키고 합해져서 / 낳고 죽어가며 푸른 바다로 흘러들어 / 새로운 생성(生成)의 바탕"(「강(江)」)을 이루는

영원성의 세계이다. 끊임없는 화해는 생성의 바탕을 이룸으로써 존재의
시간을 단절이 아니라 지속으로 이끈다.

(5) 죽음 의식이 포착한 생명체의 생기

황동규의 「풍장(風葬)」 연작은 14년이라는 오랜 시간에 걸쳐 제작된 죽
음에 관한 성찰 시편이다. 총 70편으로 이루어진 이들 작품은 인간 존재
가 숙명적으로 지고 가야 할 한계상황을 서정적 상상력으로 풀어내고
있다는 점에서 관념적 주제를 감성적으로 형상화하고 있는 경우라 할
수 있다. 「풍장」 연작의 서시에 해당된다고 할 수 있는 「풍장 1」은 죽음
에 대한 시인의 태도를 잘 드러내고 있는 시편 가운데 하나이다.

> 남몰래 시간을 떨어뜨리고
> 바람 속에 익은 붉은 열매에서 툭툭 튀기는 씨들을
> 무연히 안 보이듯 바라보며
> 살을 말리게 해다오
> 어금니에 박혀 녹스는 백금 조각도
> 바람 속에 빛나게 해다오
>
> 바람을 이불처럼 덮고
> 화장(化粧)도 해탈(解脫)도 없이
> 이불 여미듯 바람을 여미고
> 마지막으로 몸의 피가 다 마를 때까지
> 바람과 놀게 해다오
>
> ― 황동규, 「풍장 1」 부분[33]

장례의 한 형태로서 풍장이 연상시키는 것은 건조함이다. 이는 부패와

---

[33] 황동규, 『풍장』, 문학과지성사, 1995. 이후에 인용하는 황동규 시의 출처는 이와 동
일함.

질척거림으로 이행해 가는 시체의 추악한 모습을 제거함으로써 죽음에 대한 공포와 혐오를 덜어내게 한다. 시인이 매장이나 조장이 아니라 풍장을 선택한 의도가 여기에 있다고 여겨진다. 즉 시인은 깨끗한 죽음의 이미지를 만들어내기 위해 '젖음'이 아니라 '마름'을 택하고 있는 것이다. '마름'은 또한 죽음을 친근한 것으로 받아들이고자 하는 의식의 소산이기도 하다. 그렇기 때문에 이 시의 화자는 매우 편안한 모습으로 여유를 보여준다. '무연히 안 보이듯 바라보며'라든가 '화장도 해탈도 없이'와 같은 구절들은 죽음에 대한 공포와 고통을 모두 넘어선 자의 발언이라 할 수 있다. 죽음의 강박으로부터 벗어나고자 하는 내적 욕구는 '바람과 놀게 해다오'라는 표현에서 절정을 이룬다. 시인의 이와 같은 태도는 죽음을 무겁고 고통스러운 것이 아니라 자연스러운 것, 더 나아가서는 아름다운 것으로 받아들이도록 이끈다.

그러나 이러한 죽음 의식의 이면에는 '해다오'라는 반복적 표현에서 짐작할 수 있듯이 여전히 죽음에 대한 두려움이 잠재해 있는 것으로 파악된다. 서서히 바람에 풍화되어 가는 존재의 모습이 자기 자신이라고 생각할 때 죽음은 쉽게 넘어설 수 있는 문제가 아닌 것이다. 「풍장」 시편들 가운데 많은 편수가 생명체의 생기를 포착하고 있는 까닭이 여기에 있다. 황동규는 죽음을 얘기하면서 역설적이게도 지속적으로 생명적인 것에 관심을 드러낸다. 죽음에 대한 성찰이 곧 생명에 대한 성찰이라는 논리를 이들 시편들이 말해 주고 있는 것이다. 이때 중심이 되는 것은 약동하는 생명, 즉 자연물이다.

　①아 안 보이던 것이 보인다.
　　콘크리트 터진 틈새로
　　노란 꽃대를 단 푸른 싹이
　　간질간질 비집고 나온다.
　　공중에선

조그만 동작을 하면서
기쁨에 떠는 새들.
호랑나비 바람이 달려와
마음의 바탕에
호랑무늬를 찍는다.
찍어라, 삶의 무늬를,
어느 날 누워 깊은 잠 들 때
머릿속을 꽉 채울 숨결 무늬를,
그 무늬 밖에서 숨죽인 가을비 내릴 때.

— 황동규, 「풍장 12」 부분

② 바람에 흔들리는 저 나무, 저 꽃, 저 풀,
도토리를 먹는 다람쥐의 오르내리는 저 목젖이
동식물도감의 정밀한 사진 속에 숨지 않으려는
바로 그것!

— 황동규, 「풍장 21」 부분

③ 함박꽃 가지에서
사마귀가 성교 도중 암컷에게 먹히기 시작한다,
머리부터.
머리가 세상에서 사라지는 이 쾌감!
하늘과 땅 사이에 기댈 마른 풀 한 가닥 없이
몸뚱어리 몽땅 꺼내놓고
우주 공간 전부와 한번 몸 부비는
저 경련!

— 황동규, 「풍장 30」 전문

①에서 화자가 '아 안 보이던 것'이라고 경탄하고 있는 대상은 새로 태어난 '푸른 싹'이다. 그 주변에서 맴돌고 있는 '새'와 '호랑나비'는 콘크리트로 이루어진 비생명적 도시 공간을 생명적인 것으로 뒤바꾸어 놓는다. 화자는 이를 '삶의 무늬'라고 표현한다. '깊은 잠'으로 암시되고 있

는 죽음에 이 시의 화자는 생명의 '숨결 무늬'를 새겨 넣고자 한다. ②에서 시인은 섬세한 눈으로 다람쥐의 '오르내리는 목젖'을 포착하고 있다. 흔들리고 목젖이 오르내리는 자연의 움직임은 '동식물도감'처럼 정지된 화면으로는 볼 수 없는 생명의 온전한 역동성을 의미한다. 지금 여기에서 움직이고 있는 '바로 그것!'이 생명인 것이다. 그것은 살아 있음의 생생한 현존이다. ③은 본능에 몸을 맡기고 성교와 죽음을 동시에 치르고 있는 '사마귀'를 대상으로 하고 있는 시이다. 생명의 원초적 행위 앞에서 시인은 '우주 공간 전부와 한번 몸 부비는/ 저 경련!'이라고 말한다. 시인은 이 극적인 사건으로부터 우울한 죽음이 아니라 강인한 생명적 에너지를 느끼고 있는 것이다. 이는 순간에 이루어지는 삶과 죽음의 통정이며 친화이다.

①·②·③을 읽으면서 다시금 상기해야 할 것은 이들 시가 모두 '풍장'이라는 제목하에 있다는 사실이다. 이는 죽음 의식이 곧 생명을 비추는 거울임을 시사한다. 황동규는 존재의 죽음을 성찰하는 가운데 진정한 생명성과 만나고 있는 것이다. 죽음을 인식하지 않은 자에게 생명이란 경이로울 것도 신비로울 것도 없다. 한편 죽음을 의식한다는 것은 자신의 자연성을, 즉 생명성을 의식하는 것과 동일한 의미를 지닌다. 그런 의미에서 황동규에게 죽음과 생명은 분리된 것이 아니라 유기체가 지닌 근본적 속성이라 할 수 있다.

유치환·서정주·구상·황동규의 자연시는 모두 자연 자체의 미감이나 생명감을 드러내기보다는 '자연'을 통해서 인간 존재의 실존을 물음하고 있는 경우라 할 수 있다. 유치환은 거대하고 광포한 자연에서 느끼는 존재의 허무와 맞서고자 하는 대결 의지를, 서정주는 자연의 순환 구조와 마찬가지로 인간의 육체성 또한 순환하는 자연의 일부임을, 구상은 인간 존재의 실존을 가능케 하는 조건으로서 조화의 힘을, 황동규는 죽음이 곧 생명의 다른 얼굴임을 각각 보여주고 있다. 많은 시인들이 이 같은 존재론적 사유를 감행하게 되는 것은 '나'라는 개체성에 대한 자각이 그 밑바탕에 깔려 있기 때문이다. 공동체의 이념이나 집단적 연대감보다 개인의 존재성과 욕망이 우선되는 근대의 패러다임은 실존에 대한 물음을 첨예화하는 계기가 되었다고 할 수 있다. 이때 중요한 것은 이들에게 자연과 우주가 인간 존재의 본질을 비춰보는 거울이라는 점이다. 존재의 유한성과 생명성에 대한 사유와 자연에 대한 인식을 동시에 진행시키고 있는 이들의 존재 탐구의 상상력은 인간이 자연의 일부임을 인정하는 태도를 그 기저에 깔고 있는 것이라 할 수 있다. 따라서 자연시에서의 개인의 발견은 곧 자연으로서의 인간, 우주의 한 부분으로서의 인간을 자각하는 것과 동일한 의미를 지닌다.

2) 자연력과 에로스적 욕망의 동일화

(1) 억압된 자연력의 회복

에로스의 정감은 성적인 것과의 관련 속에서, 그러나 성적인 것 이상을 포괄하는 생명의 자기 보존 본능을 말하며, 에로티시즘은 에로스의 정감을 매개로 생성된 내적 의식을 뜻한다. 에로스적 욕망은 자아에 대한 불완전성·불연속성·결핍감·공허함·고립감으로부터 생성되며, 이를 충족·회복하여 생명의 조화로운 상태로 나아가고자 하는 것을 포함한다. 즉 에로스적 욕구는 현실의 원리와 쾌락의 원리가 서로 갈등[34]하는 가운데 만들어지는 것이다. 조르쥬 바따이유는 에로스적 욕구에 의해 생성되는 에로티시즘을 개체가 지닌 불연속성, 달리 말해 개체의 유한성을 넘어서 개체의 연속적 세계, 생명적 세계를 갈망하는 내적 의식으로 설명한다.[35] 이때 에로스적 욕구의 대상인 타자는 자아의 낭만적 환상을

---

34) 허창운 외, 『프로이트의 문학예술이론』, 민음사, 1997, 108~119면 참조

이루어 주는 존재36)가 된다.

에로스적 욕구가 생명의 온전한 질서와 조화를 추구하여 자기 보존을 꾀하고자 하는 생명의 본질적 존재 방식이라면, 이는 곧 이것과 저것이 서로 연쇄적 계기로 맞물리면서 조화의 상태를 이루는 자연의 원리에 따르고자 하는 것을 의미한다. 따라서 에로스적 정감의 발현은 그 자체로 인간의 내부에 억압되어 있는 자연성을 끄집어내는 일이라 할 수 있다. 그러나 근대 세계는 자연으로부터 소외된 인간의 몸을 다양한 삶의 구조로부터 확인해야 했던 시대이다. 마르쿠제는 인간의 본능구조가 생물학적 조건만이 아니라 사회적 지배에 의해서도 영향을 받는다고 판단하고, 에로스적 욕망은 개인적 본능의 차원을 넘어 사회성과의 상호 관련에 의해 촉발될 수 있음을 지적하고 있다.37) 특히 사회 구조와 개인의 행복이 유기적으로 연관되어 있다는 사회학적 인식이 급격히 심화된 근대 세계에서 에로스적 욕망에 대한 마르쿠제의 입장은 매우 유효한 해석적 틀을 제공한다. 한국 사회가 낳은 특수한 결핍들, 식민체제의 억압과 자본주의의 모순, 산업화의 부산물로서 생태 파괴 등은 모두 인간의 본능구조에 영향을 미쳤던 주요 인자라 할 수 있다.

에로스적 상상력에 의해 추동되고 있는 근대의 자연시가 역사 변동에 의해 촉발된 무의식적 결핍과 맞물려 있다면, 전통적 자연시에서의 에로스적 상상력은 유락적(遊樂的) 성격이 강한 것으로 드러난다. 유락적 성향은 전통시가에 나타난 에로티시즘의 전반적 성격을 대변해주는 요소라 할 수 있다. 예를 들어 스스로를 풍류광사로 자처한 김수장의 작품38)이나 사설시조에 담겨있는 도색적 음담·육담·외설39) 등이 드러내고 있

---

35) 조르쥬 바따이유, 조한경 역, 『에로티즘』, 민음사, 1996, 9~25면.
36) 전미정, 「한국 현대시의 에로티시즘 연구」, 서강대 박사논문, 1998, 13면.
37) 마르쿠제, 김인환 역, 『에로스와 문명』, 대양서적, 1975, 35~58면.
38) 김수장의 시조에 나타난 유락적 성격에 관해서는 박노준의 「김수장의 사설시조와
    유락 취향의 삶」, 『조선후기 시가의 현실인식』, 고려대 민족문화연구원, 1998에 자세
    히 거론되어 있다.

는 사회적 의미는 "기존 도덕률과 가치관에 대한 부정과 거부"[40)로 읽을
수 있다. 예에 대한 엄격한 규정과 그에 따른 억압을 '놀이'로 풀어내고
자 하는 작자층의 욕망이 이들 전통시가에 담겨있는 것이다. 근대의 에
로티시즘이 잃어버린 자연성을 인간과 자연의 합일적 욕망으로 해소하
고자 한다면, 전통 시가의 에로티시즘은 기존 체제의 근엄한 도덕률을
가로지르는 반도덕적 놀이에 초점이 맞추어져 있다. 그렇기 때문에 전통
시가에 나타난 에로티시즘은 인간과 자연의 관계보다는 육감적 놀이를
더 부각시키고 있는 것이 그 특징이다.

> 존솔밧 언덕올힌 굴쥭ㄱ튼 고래논을
> 밤마다 장기 메워 물부침의 뻐지우니
> 두어라 자기(自己) 매득(買得)이니 타인(他人) 병작(幷作) 못하리라
> ― 신헌조,『봉래악부』

> 중과 승(僧)과 만첩산중(萬疊山中)에 만나 어드러로 가오 어드러로 오시는게
> 산 죡코 물 죳흔듸 갈씨를 부쳐 보오 두 곳갈이 흔듸 다하 너픈 너픈ㅎ는 양
> (樣)은 백목단(白牧丹) 두 퍼귀가 춘풍(春風)에 흥(興)을 계워 흔들 흔들 휘드러
> 져 넘노는 듯
> 암아도 空山에 이 씰음은 중과 승(僧)과 둘 뿐이라
> ― 박문욱,『청요』74

　여성의 음부를 '굴쥭ㄱ튼 고래논'으로 표현하고 있는 신헌조의 시조는
여성을 논이나 밭과 같은 대지성에 빗대어 놓은 경우이긴 하나, 이로부
터 진지한 의미로서의 자연 합일 의식을 찾기는 어렵다. 박문욱의 시조
또한 마찬가지이다. '중과 승(僧)'의 성적 행각을 '백목단(白牧丹) 두 퍼귀'
의 이미지를 통해서 구체화하고 있으나 이 둘의 유비 관계는 수사의 차

---

39) 박노준,「사설시조와 에로티즘」,『조선후기 시가의 현실인식』, 고려대 민족문화연구
　　원, 1998, 356~385면 참조.
40) 박노준, 위의 글, 372면.

원을 넘어가지 않는다. 고전 시가의 에로스적 상상력에서 보여지는 자연 이미지들은 인간의 은폐된 자연성을 드러내기보다는 도구적 수사 차원에 머물러 있는 경우가 대부분이라 할 수 있다면, 현대시의 경우 에로스적 상상력의 이면에는 사회 모순에 대한 인식이 자리잡고 있는 것으로 파악된다. 시에 등장하는 자연물 또한 시적 배경의 차원을 넘어 자연성을 회복하고자 하는 근대인의 욕망을 함축하고 있는 것으로 보여진다. 서정주와 정현종의 시에서 에로스적 상상력에 의해 그려지고 있는 인간과 자연이 동질적 의미로 통합할 수 있는 것은 바로 이 때문이다.

(2) 영생의 에너지

서정주의 『화사집(花蛇集)』(남만서고, 1941)에 실려 있는 「화사(花蛇)」·「대낮」·「맥하(麥夏)」·「입마춤」 등은 격렬한 성적 행위를 과감하게 드러내고 있는 예라 할 수 있다. 이들 시에서 보여지는 에로틱한 상황 묘사는 사향(麝香) 박하(薄荷)의 뒤안길, 붉은 꽃밭새이 길, 땅, 콩밭 등과 같은 '대지' 공간을 배경으로 이루어진다. 이는 서정주의 초기시에서 이빨·귀갑(龜甲)·손톱·피·수캐·뱀·모가지 등으로 표현되곤 하는 동물적, 혹은 공격적 상상력이 펼쳐지는 시적 공간이면서 동시에 에로스적 욕망이 실현되는 곳이기도 하다. 그런데 이와 같은 시적 공간에 배치되어 있는 자연물은 단순한 배경이 아니라 존재의 원초적 생명성과 긴밀하게 연결되어 있다는 특징을 지닌다.

따서 먹으면 자는 듯이 죽는다는
붉은 꽃밭새이 길이 있어

핫슈 먹은듯 취해 나자빠진
능구렝이 같은 등어릿길로,
님은 다라나며 나를 부르고……

강(强)한 향기로 흐르는 코피
두손으로 받으며 나는 쫓느니

밤처럼 고요한 끌른 대낮에
우리 둘이는 웬몸이 달어……

— 서정주, 「대낮」 전문

이 시의 중심 공간인 '따서 먹으면 자는 듯이 죽는다는 / 붉은 꽃밭새이 길'은 2연에서 '핫슈 먹은듯 취해 나자빠진 / 능구렝이 같은 등어릿길'로 다시 묘사되고 있는데, 여기에는 자는 듯이 죽다, 핫슈 먹다라는 독특한 성질이 부여되어 있다. 이러한 길의 성질은 달아나다, 부르다, 코피를 쏟다, 쫓다, 몸이 달아오르다 등이 환기하는 '님'과의 성적 행각과 내적으로 깊이 연결되어 있다. 그리고 잠과도 같은 죽음과 핫슈를 먹는다는 것은 둘 다 몽환적 황홀감 속에 빠져드는 것을 뜻한다는 점에서 성적 엑스타시스(ekstasis)와 동일한 의미로 해석할 수 있다. 이는 자연의 원초성에서 신비한 마력을 감지하고 있는 시인의 상상력을 나타낸다. 그것은 엑스타시스의 상태로 진행되는 자연의 에너지이면서 동시에 '나와 님'의 에너지이기도 하다. 자연과 인간 둘 다 생명적 열기로 일체화되고 있는 것이다.

그런데 엑스타시스에 도달한 모든 생명은 쇠락을 향해 방향 지워진다는 점에서 서정주의 초기시에 나타난 에로스적 상상력은 생명적이면서 동시에 소모적이라 할 수 있다. 전미정은 서정주의 에로스적 상상력을 추동하고 있는 '불'과 '열기'는 소진적이며 하강적이기 때문에 죽음의 심상을 환기한다고 설명하고 있다.[41] 서정주의 에로스적 상상력이 이처럼 타나토스적인 성향과 맞물려 있는 것은 생명감을 분출할 수 있는 토대가 근본적으로 봉쇄되어 있기 때문이다. 그것은 「벽(壁)」·「바다」·「무제

---

41) 전미정, 「한국 현대시의 에로티시즘 연구」, 서강대 박사논문, 1998, 40면.

(無題)」·「자화상(自畵像)」·「역여(逆旅)」 등의 시에서 감금 의식과 자기 부
정성[42]으로 표출되기도 한다. 즉 그의 초기시에서 에로스적 욕망은 결핍
에 대한 반작용이면서 동시에 그것이 결핍을 풍요로 이끄는 데까지 나
아가지 못하고 있다는 특성을 지닌다. 그러나 그의 초기시의 성향은 이
후 보다 긍정적인 것으로 변화한다.

> 질마재 당산(堂山) 나무 밑 여자(女子)들은 처녀때도 새각씨 때도 한창 장년
> (壯年)에도 연애(戀愛)는 절대로 하지 않지만 나이 한 오십쯤 되어 인제 마악
> 늙으려 할 때면 연애(戀愛)를 아조 썩 잘 한다는 이얘깁니다. 처녀때는 친정부
> 모 하자는 대로, 시집가선 시부모가 하자는대로, 그 다음엔 또 남편이 하자는대
> 로, 진일 마른 일 다 해내노라고 겨를이 영 없어서 그리 된 일일런지요? 남편보
> 단도 그네들은 응뎅이도 훨씬 더 세어서, 사십에서 오십 사이에는 남편들은 거
> 이가 다 뇌점으로 먼저 저승에 드시고, 비로소 한가해 오금을 펴면서 그네들은
> 연애(戀愛)를 시작한다 합니다. 박(朴)푸접이네도 김(金)서운니네도 그건 두루
> 다 그렇지 않느냐구요 인제는 방(房)을 하나 온통 맡아서 어른 노릇을 하며 동
> 백(冬柏)기름도 한번 마음껏 발라 보고, 분(粉)세수도 해보고, 김(金)서운니네는
> 나이는 올해 쉬흔 하나지만 이 세상에 나서 처음으로 이뻐졌는데, 이른 새벽
> 그네 방(房)에서 숨어나오는 사내를 보면 새빨간 코피를 흘리기도 하드라구요
> 집 뒤 당산(堂山)의 무성한 암느티나무 나이는 올해 칠백(七百)살, 그 힘이 뻐
> 쳐서 그런다는 것이여요
>
> 　　　　　　　　　　　 — 서정주, 「당산(堂山)나무 밑 여자(女子)들」 전문

시집 『떠돌이의 시(詩)』(민음사, 1976)에 실려 있는 「당산(堂山)나무 밑 여
자(女子)들」은 늙은 여인네들의 생생력과 칠백 살이나 된 암느티나무의
끈질긴 생명력을 동일화하려는 발상이 엿보이는 시이다. 이제 노년의 나
이에 접어든 박푸접이네와 김서운니네는 오랜 세월 인생 풍파를 겪고도
그 생명력이 소멸하지 않았다는 점에서 칠백 년이라는 세월을 견뎌온

---

42) 서정주의 초기시에 나타난 감금 의식과 자기 부정성은 엄경희, 『미당과 목월의 시적
　　상상력』, 보고사, 2003, 57~74면 참조.

암느티나무와 닮아 있다. 나이 오십쯤에 연애를 시작한 그네들의 육체적 에너지는 '사내'로 하여금 '새빨간 코피'를 흘리게 할 정도로 강력한 것으로 부각되어 있는데 시인은 이를 당산의 암느티나무의 힘이 뻗쳐서 그렇다고 설명한다. 속신(俗信)에 가까운 이러한 설명 방식은 자연의 영속적이고도 신비한 생명력을 강조하는 것이면서, 동시에 한스러운 삶을 다부지게 살아온 연인네들의 생명적 에너지가 다름 아닌 강인한 자연력임을 말하고자 하는 것이다.

(3) 상생하는 사물의 꿈

　서정주와 더불어 정현종 또한 인간과 자연을 에로스적 상상력을 통해서 통합시키고 있는 시인이라 할 수 있다. '교감'의 시학이라고 말할 수 있을 만큼 그의 시에 등장하는 사물은 언제나 이것과 저것의 교감을 통해서 자기 보존적 에너지를 확보한다. 그의 시 「사물(事物)의 꿈·I-나무의 꿈」에서 "그 잎 위에 흘러내리는 햇빛과 입맞추며 / 나무는 그의 힘을 꿈꾸고"나, 「죽음과 삶의 화간(和姦)」에서 "부서진 내 살결과 바람결이 같아지고 / 살결과 물결이 화답하고"와 같은 구절은 햇빛과 나무, 살결과 바람결(물결)의 상호작용에 의해 이것과 저것이 하나로 융합되고 있음을 보여주는 예이다. 이는 사물간의 투쟁이 아니라 상생이라는 점에서 본질적으로 에로스적 상상력을 함축한다. 정현종에게 이러한 에로스적 정감은 서정주와 마찬가지로 자연력의 일종이라 할 수 있다.

　　나는 나의 성기(性器)를 흐르는 물에 박는다. 물은 뒤집혀 흐르는 배를 내보이며 자기의 물의 양(量)을 증가시킨다. 바람을 일으키는 물결. 가장 활동적인 운동을 시작하는 바람은 기체(氣體)의 옷을 벗고 액화(液化)한다. 검은 꿀과 같은 바람.
　　물안개에 싸인 달의 월궁(月宮) 빛깔에 젖은 半투명의 나의 꿈 위에 떠오르는 나의 성기(性器)의 불타는 혀의 눈이 확인한 성기의 불타는 혀. 불은 꺼지고

> 타오르는 재. 불을 흘러가게 하고 가장 뜨거운 재를 남겨 주는 흐르는 물. 나의
> 성기(性器)를 향해 자기의 양(量)을 증가시키는 물!
>
> ─ 정현종, 「물의 꿈」 전문43)

물·불·공기(바람)·흙 등 생명을 구성하는 4원소는 정현종의 시적 몽상에서 매우 중요한 요소들이다. 그에게 4원소는 단순한 비유나 이미지를 위해 도구적으로 사용된 수사적 성격보다는 원소가 지닌 물질성 자체를 함의할 때가 대부분이다. 이 시에 등장하는 물과 불 또한 생명의 근원적 성분으로 볼 수 있다. '흐르는 물'은 운동성을 지닌다는 점에서 생성과 파괴의 가능태로 의미화할 수 있다. 이 시에서 물은 스스로 '자기의 물의 양을 증가'시킴으로써 '바람'을 일으키고, 이 바람은 '나'의 '성기'를 점화시켜 불로 화하게 하는 작용력을 지닌다. 그리고 '나'의 실체인 '불'은 연소되어 '뜨거운 재'의 상태에 이른다. 불과 물의 이러한 관능적 결합은 자연스럽게 에로스적 상상력을 유도한다. 성적 결합의 과정이 몸과 마음의 열기를 소진시키는 파괴적 본능에 의해 성취된다는 점에서 '재'는 그것의 결과물로 해석할 수 있다. 그러나 이러한 과정은 일방적으로 진행되는 것이 아니라, 즉 '나의 꿈'과 '물의 꿈'의 일치에 의해 이루어지는 것이기 때문에 궁극적으로는 존재간의 화해, 충만감, 생명감 등을 환기하게 된다. 이와 같은 시적 의미에는 에로스적 욕망 성취의 과정을 일종의 자연력으로 환원시키고자 하는 의도가 내포해 있다. 정현종의 첫시집 『사물(事物)의 꿈』에 실려 있는 이 시는 에로스와 자연력을 동일성으로 인식하는 그의 시적 상상력의 실마리라 할 수 있다. 이는 자연과 생태에 직접적인 관심을 보이고 있는 이후의 시집 『한 꽃송이』(문학과지성사, 1992), 『세상의 나무들』(문학과지성사, 1995), 『갈증이며 샘물인』(문학과지성사, 1999) 등에서 지속된다.

---

43) 정현종, 『사물(事物)의 꿈』, 민음사, 1978.

늦겨울 눈 오는 날
날은 푸근하고 눈은 부드러워
새살인 듯 덮인 숲속으로
남녀 발자국 한 쌍이 올라가더니
골짜기에 온통 입김을 풀어놓으며
밤나무에 기대서 그짓을 하는 바람에
예년보다 빨리 온 올봄 그 밤나무는
여러 날 피울 꽃을 얼떨결에
한나절에 다 피워놓고 서 있었습니다.
—정현종, 「좋은 풍경」 전문[44]

이 시에서도 「물의 꿈」에서와 마찬가지로 물과 불의 변용된 형태로서 '부드러운 눈'과 '입김'이 등장한다. '남녀' 한 쌍의 '그짓'은 새살인 듯 덮여 있는 부드러운 눈을 녹여 '밤나무 꽃'을 한나절에 다 피워놓는다. 이때 '남녀'의 에로틱한 행위는 '눈'과 더불어 '밤나무 꽃'의 개화를 돕는다는 점에서 자연력의 한 부분으로 환원된다. "여러 날 피울 꽃을 얼떨결에 / 한나절에 다 피워놓"는다는 것은 허구적 상상력에 의해 구성된 내용이지만 이러한 발상의 이면에는 생명을 보육하는 것과 에로스는 동일하다는 시인의 의식이 담겨 있는 것이다. 시집 『세상의 나무들』에 실려 있는 「성애(性愛) 도자기」·「아닌 밤중에 천둥」 등도 동일한 발상을 드러내고 있는 예이다.

에로스가 근본적으로 자기 보존을 위한 욕망 실현의 한 형태라면 그것은 결핍이 전제될 때 진행된다는 사실을 상기할 필요가 있다. 그런 면에서 에로스적 상상력은 문명적 세계에서 거세된 자연의 원초성을 회복시키는 일이라 할 수 있다. 이것이 서정주와 정현종의 경우에는 에로스적 욕망과 자연의 동일성으로 드러나고 있는 것이다. 자연력과 에로스적

---

44) 정현종, 『한 꽃송이』, 문학과지성사, 1992.

욕망의 동일화 양상은 근대 사회 구조가 초래한 소외와 위기, 불안 등을 넘어서고자 하는 근대인의 욕망 표출이라 할 수 있다. 에로스적 욕구는 생명의 온전한 질서와 조화를 추구하여 자기 보존을 꾀하고자 하는 생명의 본질적 존재 방식이라는 점에서 생명의 자연적 본성으로 볼 수 있다. 따라서 에로스적 상상력은 인간이 본래부터 지니고 있던 자연성을 회복하고자 하는 근대인의 의식성을 드러낸다. 서정주와 정현종의 시는 인간과 자연을 에로스적 상상력으로 통합함으로써 존재간의 교감에 의해 생성되는 충만감과 생명감을 형상화하고 있는 대표적 예이다. 전통시가에서 드러나는 에로스적 상상력이 유락적 차원에 머물러 있는 반면 이들의 에로스적 상상력에는 근대인으로서 겪어야 했던 결핍이 그 이면에 작용하고 있는 것으로 판단된다.

3) 반근대성으로서 주술적 자연의 재생

(1) 합리주의를 반격하는 신비주의적 상상력

한국의 자연시에서 자연의 주술성이나 신비성의 연원은 신라 향가로까지 거슬러 올라갈 수 있다. 그러나 향가 이후 방대한 양의 자연시가 창작되었음에도 불구하고 자연의 주술적 속성에 대한 비중은 매우 약해지고 말았다. 여기에는 신비주의적 사유를 제어하는 합리주의적 사고 체계가 깊이 관여되어 있다. 특히 유교의 윤리적, 도덕적 논리 체계를 단적으로 드러내는 예사상(禮思想)은 근대의 과학적 합리주의와는 다른 측면에서의 전통적 합리론을 증거해 주는 대표적 증거이다. 이조의 성리학자들은 예학자로 불릴 만큼 예를 철저하게 세목화하고 실천·적용하는 데 고심하였다. 당시 예는 인간을 평가하는 잣대였을 뿐 아니라 당쟁의 명분을 제공하는 중요한 요인이었다. 이는 곧 "성리학으로 다져진 명분적 사고,

그 이성에 뒷받침된 합리주의적 사고가 정치현실에 투사된 현상"[45]이라 할 수 있다. 조선조는 예사상을 통해 전체 사회 구조를 질서화하고 규범화하였던 것이다. 그런데 이와 같은 예사상의 체계를 가능케 하는 윤리와 도덕의 준거는 자연과 우주의 근원인 리(理)의 체계로부터 비롯된 것이다. 유교의 합례적 가치관은 자연과 우주를 인간의 행위 규범, 혹은 도(道)를 위한 수양 원리로 질서화함으로써 자연의 비의적 측면을 약화시키는 결과를 낳았다. 자연에 대한 인식론을 보여주고 있는 격물치지론(格物致知論)은 사물의 본성에 내재해 있는 법칙과 질서를 인간의 삶에 적용하여 도덕의 정당성을 확보하고자 했던 유교적 이념의 산물이라 할 수 있다. 따라서 유교 이데올로기의 지배하에 있었던 시대에 자연은 이념에 종속된 당위 규칙으로서의 기능을 주로 담당하기에 이른 것이다.[46]

한편 유교적 이데올로기가 붕괴하기 시작한 근대적 세계는 과학적, 이성적 사고를 토대로 전개된다. 따라서 비합리성, 종교적 신비주의, 혹은 미신 등은 근거가 허황한 허구적 담론으로 받아들여졌으며 때로 공격의 대상이 되기도 하였다. 즉 근대의 삶을 추동시키는 가장 중요한 동력은 합리적 근거에 의해 정립된 법칙과 규칙이며 기계주의적 작동원리인 것이다. 이와 같은 근대적 세계에서 신화적 상상력이나 주술적 상상력이 더 이상 리얼리티를 획득할 수 없는 것은 당연한 일이다. 자연에 대한 동경이나 예찬을 보여주고 있는 시들이 많이 있음에도 불구하고 자연의 주술적 속성을 주제로 삼고 있는 시가 희박한 것은 이 때문이다.

(2) 영험한 자연의 치유력

서정주의 『질마재 신화(神話)』(일지사, 1975)에 실려 있는 몇몇 자연시는

---

45) 윤사순, 「조선조 예사상의 연구」, 『한국유학사상론』, 열음사, 1986, 57~75면 참조.
46) 김낙진, 「조선 유학자들의 격물치지론」, 『조선 유학의 자연철학』(한국사상연구회 편), 예문서원, 1998, 84~85면 참조.

근대적 세계에서 매우 독보적인 위치를 점하는 주술적 상상력의 소산이라 할 수 있다. 『질마재 신화(神話)』에 실려 있는 「외할머니의 뒤안 툇마루」·「말피」·「간통사건(姦通事件)과 우물」·「내가 여름 학질에 여러 직 앓아 영 못 쓰게 되면」·「마당방(房)」 등은 여타의 자연시와는 다르게 자연의 주술력과 치유력을 속신(俗信)을 통해서 드러내고 있는 예이다. 이와 같은 자연 의식은 그의 초기시에서 이미 그 징조를 보이고 있는데, 시 「무슨꽃으로 문지르는 가슴이기에 나는 이리도 살고 싶은가」에서 "손까락 끝에 나의 어린 피ㅅ방울을 적시우며, 한명(名)의 소녀(少女)가 격정을하면 세명(名)의 소녀(少女)도 걱정을하며, 그 노오란 꽃송이로 문지르고는, 하연 꽃송이로 문지르고는, 빠알간 꽃송이로 문지르고는 하든 나의상(像)처기는 어쩌면 그리도 잘 낫는것이었든가"와 같은 구절이 그것이다. 「국화(菊花)옆에서」·「밀어(密語)」와 같은 미당의 대표작을 통해서 알 수 있듯이 미당의 '꽃'은 늘 생명성과 연관되어 있다. 마찬가지로 「무슨 꽃으로 문지르는 가슴이기에 나는 이리도 살고 싶은가」에 나타난 꽃 또한 '나의상(像)처기'를 치유하여 아물게 해주는 자연물로 의미화할 수 있다. 이와 같은 자연 인식이 『질마재 신화(神話)』에 이르면 생활 경험과 밀착된 형태로 드러난다.

　　음(陰) 칠월(七月) 칠석(七夕) 무렵의 밤이면, 하늘의 은하(銀河)와 북두칠성(北斗七星)이 우리의 살에 직접 잘 배어들게 왼 식구(食口) 모두 나와 딩굴며 노루잠도 살풋이 부치기도 하는 이 마당 토방(土房). 봄부터 여름 가을 여기서 말리는 산(山)과 들의 풋나무와 풀 향기는 여기 저리고, 보리 타작 콩타작 때 연거푸 연거푸 두들기고 메어 부친 도리깨질은 또 여기를 꽤나 매끄럽겐 잘도 다져서, 그렇지 광한루(廣寒樓)의 석경(石鏡) 속의 춘향(春香)이 낯바닥 못지않게 반드랍고 향기로운 이 마당 토방(土房). 왜 아니야. 우리가 일년 내내 먹고 마시는 음식(飮食)들 중에서도 제일 맛좋은 풋고추 넣은 칼국수 같은 것은 으레 여기 모여 앉아 먹기망정인 이 하늘 온전히 두루 잘 비치는 방(房). 우리 학질(瘧疾) 난 식구(食口)가 따가운 여름 햇살을 몽땅 받으려 홑이불에 감겨 오구

라져 나자빠졌기도 하는, 일테면 병원(病院) 입원실(入院室)이기까지도 한 이
마당방(房). 부정(不淨)한 곳을 지내온 식구(食口)가 있으면, 여기 더럽이 타지
말라고 할머니들은 하얗고도 짠 소금을 여기 뿌리지만, 그건 그저 그만큼한 것
이지 미신(迷信)이고 뭐고 그럴려는 것도 아니지요

—서정주, 「마당방(房)」 부분

　식구들이 음식을 나누고 더러 뒹굴기도 하는 '마당방(房)'은 그야말로
우리네 농촌의 평범한 일상 공간이라 할 수 있다. 그것은 가옥의 안과
밖을 연결하는 매개 공간으로서 문화적 요소와 자연적 요소 둘 다를 포
함하고 있는 공간이다. 이와 같은 마당방에 시인은 성소(聖所)로서의 의
미를 부여한다. 평범한 일상의 공간이 성소로서의 의미를 부여받게 되는
까닭은 마당방이 지닌 개방성과 자연성 때문이다. 즉 마당방은 폐쇄적
공간과는 달리 '하늘의 은하(銀河)와 북두칠성(北斗七星)'이, '따가운 여름
햇살'이 '온전히 두루 잘 비치는' 특성을 지녔기 때문에 생활에 필요한
노동과 가족 간의 화합, 육체의 치유를 담당하는 공간이 될 수 있는 것
이다. 거기에는 식물의 향기와 인간의 땀과 정, 그리고 고통이 함께 어우
러져 있으며, 이 모두를 이끌고 가는 우주의 신비한 힘이 내재해 있다.
이 우주의 신비한 힘을 '우리의 살에 직접 잘 배어들게'하고 '온전히 두
루 잘 비치'게 함으로써 마당방은 풋것과 보리와 콩의 풍요를 얻게 할
수 있는 것이며, 학질에 걸린 가족들을 소생시킬 수 있는 것이다.
　그것을 시인은 반드랍고 향기로운 '거울'에 비유하고 있다. 즉 마당방
은 하늘을 비추는 거울이라 할 수 있다. 이 흙으로 된 거울에 '더럽이 타
지 말라고' '하얗고도 짠 소금'을 뿌리는 집가심의 샤먼적 행위는 마당방
이 잡된 것, 불길한 것, 부정한 것으로부터 인간을 보호해주는 신성의 공
감임을 암시한다. 이 신성의 공간에서 인간은 자연과 친화하면서 그리고
자연력에 의존하면서 삶을 유지해 가는 것이다. 서정주의 또 다른 시 「내
가 여름 학질에 여러 직 잃아 영 못 쓰게 되면」 또한 이와 동일한 맥락에
서 읽혀지는 작품이라 할 수 있다.

내가 여름 학질에 여러 직 앓아 영 못 쓰게 되면 아버지는 나를 업어다가 산(山)과 바다와 들녘과 마을로 통하는 외진 네갈림길에 놓인 널찍한 바위 위에다 얹어 버려 두었읍니다. 빨가벗은 내 등때기에다간 복숭아 푸른 잎을 밥풀로 짓이겨 붙여 놓고, 「꼼짝말고 가만히 엎드렸어. 움직이다가 복사잎이 떨어지는 때는 너는 영 낫지 못하고 만다」고 하셨읍니다.

누가 그 눈을 깜짝깜짝 몇천 번쯤 깜짝거릴 동안쯤 나는 그 뜨겁고도 오슬오슬 추운 바위와 하늘 사이에 다붙어 엎드려서 우아랫니를 이어 맞부딪치며 들들들들 떨고 있었읍니다. 그래, 그게 뜸할 때쯤 되어 아버지는 다시 나타나서 홑이불에 나를 둘둘 말아 업어 갔읍니다.

그래서 나는 다시 고스란히 성하게 산 아이가 되었읍니다.

이 시에는 '널찍한 바위' '복사잎' 그리고 직접적으로 묘사되어 있진 않지만 '여름 햇볕' 등이 주요한 자연물로 등장한다. '널찍한 바위'는 '산(山)과 바다와 들녘과 마을'로 통하는, 그리고 '하늘과 땅 사이'에 위치해 있다는 점에서 일종의 '우주석'47)이라 할 수 있다. 그것은 우주의 교차 지점에 솟아 있는 성산(聖山)이나 성목(聖木)처럼 제의성을 함의하는 신성한 장소의 의미를 내포하고 있는 것이다. '복사잎' 또한 무속에서 잡귀나 재액을 물리칠 때 사용된다는 점을 미루어 볼 때 이 시의 자연물들은 일반적 사물이라기보다는 민간 신앙이나 속신과 연결되어 있는 것임을 짐작할 수 있다. 즉 서정주는 자연에 영험한 힘을 부여하고 있는 것이다. 바위와 복사잎, 햇볕은 '학질'에 걸린 '나'를 치유하여 '성하게 산 아이'가 되도록 하는 초자연적 힘을 지닌 존재라 할 수 있다. 이때 '나'는 만물의 영장으로서의 모습이 아니라 신성한 자연의 위력에 몸을 맡기고 있는 보잘것없는 작은 생명체로 그려지고 있다. '뜨겁고도 오슬오슬 추운 바위와 하늘 사이에 다붙어 엎드려서 우아랫니를 이어 맞부딪치며 들들들들 떨고'에서 특히 '다붙어 엎드려' 있다는 표현이 그것을 구체화한다. 이와 같은 이 시의 의미는 자연의 영험함을 드러냄과 동시에 자연의 힘에 의해 인간 또

---

47) M. 엘리아데, 정진홍 역, 『우주와 역사』, 현대사상사, 1976, 26~34면.

한 자신의 생명을 보존해갈 수 있음을 강조한다.

(3) 합리성을 넘어서는 비합리적 순리

인간의 능력이나 의지로는 불가능한 것을 가능하게 만드는 자연의 주술적 힘을 강조함으로써 서정주는 자연의 신성함을 복원시킨다. 그의 시 「말피」는 그런 의미에서 자연의 경이로운 힘을 잘 드러내고 있는 작품이라 할 수 있다.

> 이 땅 위의 장소(場所)에 따라, 이 하늘 속 시간(時間)에 따라, 정(情)들었던 여자나 남자를 떼내 버리는 방법(方法)에도 여러 가지가 있겠읍죠
>
> 그런데 그것을 우리 질마재 마을에서는 뜨끈뜨끈하게 매운 말피를 그런 둘 사이에 좌악 검붉고 비리게 뿌려서 영영 정(情)떨어져 버리게 하기도 했읍니다.
>
> (…중략…)
>
> 이 말피 이것은 물론 저 신라(新羅)적 김유신(金庾信)이가 천관녀(千官女) 앞에 타고 가던 제 말의 목을 잘라 뿌려 정(情)떨어지게 했던 그 말피의 효력(效力) 그대로서, 이조(李朝)를 거쳐 일정초기(日政初期)까지 온 것입니다마는 어떨갑쇼? 요새의 그 시시껄렁한 여러 가지 이별(離別)의 방법(方法)들보단야 그래도 이게 훨씬 찐하기도 하고 좋지 안을갑쇼?

서정주의 시에서 '피'는 인간이 걸머져야 하는 숙명의 무게를 암시하는 상징물로 주로 등장한다. 미당은 이를 "이마우에 언친 시(詩)의 이슬에는/ 멫방울의 피가 언제나 서꺼있어"(「자화상(自畵像)」), "피란 결국은 느글거리어 못견딜 노릇"(「무제(無題)」)이라고 표현하고 있다. 그는 '피'의 무거움을 보다 가벼운 것으로 여과해야 할 그 무엇으로 인식하고 있는 것이다.[48] 그러나 그가 말하고 있는 지극히 인간적인 차원으로서의 '피'와

---

48) 서정주의 시에 나타난 '피'의 변용 과정에 대해서는 이어령의 「피의 해체와 변형 과정」, 『시 다시 읽기』, 문학사상사, 1995, 321~347면; 천이두의 「지옥의 열반」, 『미당 연구』, 민음사, 42~100면; 김화영의 『미당 서정주의 시에 대하여』, 민음사, 1984, 67~82

이 시에서 자연적 차원으로서의 '말피'는 서로 대조적인 의미로 파악하는 것이 마땅하다. 이 시에서 '말피'는 인간의 능력으로는 어찌 해볼 수 없는 사건을 제압하는 신성한 물질로 의미화할 수 있다. 즉 인간의 힘으로는 떼버릴 수 없는 정을 그보다 더 '뜨끈뜨끈하게 매운' 동물의 피로 떼버림으로써 이별로 인한 마음의 고통을 달래고 삶에 균형과 조화를 되돌려 놓는 것이다. 그렇기 때문에 자연의 주술적 힘은 여기서 '순리'와 상통하는 면을 갖는다. 자연의 신비한 힘을 의지하고 따르는 것이 곧 삶의 지혜임을 미당은 말하고 있는 것이다.

「마당방(房)」·「내가 여름 학질에 여러 직 앓아 영 못 쓰게 되면」·「말피」 등이 함의하고 있는 자연의 주술력 숭배를 근대적 세계관에 비추어 본다면 그것은 비합리적이고 시대착오적인 발상이 아닐 수 없다. 실증주의와 과학주의의 패러다임이 지배적인 근대적 세계는 모든 사물의 실체를 수량화하고 법칙화함으로써 자연을 인간의 이성적 능력 안에 구속하고자 한다. 따라서 자연은 더 이상 신비의 대상도 제의적 대상도 아닌 객관적으로 관찰 가능한 물질성에 불과한 것이 되고 말았다. 이러한 근대의 패러다임 속에서 자연의 주술적 힘과 치유력을 강조한다는 것은 반근대적 태도를 드러내는 일이라 할 수 있다.

『질마재 신화(神話)』가 산업화와 도시화가 급속도로 진행되었던 1970년대 중반에 씌어졌음을 상기해 볼 때, 그리고 이미 1960년대부터 미당이 우리의 재래 설화에 관심을 두었다는 점을 생각해 볼 때 미당의 의식 지향이 신비주의적 가치에 집중되어 있음을 알 수 있다. 『질마재 신화(神話)』는 근대성에 대한 시적 대응이라는 평가와 더불어 역사에 대한 자의적 해석이기 때문에 설득력이 없다는 비판을 받은 것 또한 사실이다. 특히 김윤식49)은 『질마재 신화(神話)』에 실려 있는 「상가수(上歌手)의 소리」·「외

면 등의 기존 논의가 있다.

49) 김윤식, 「서정주의 『질마재 神話』攷─거울化의 두 樣相」, 『현대문학』, 1976년 3월.

할머니의 뒤안 툇마루」 등 몇몇 작품을 제외한 나머지를 매우 신랄하게 비판하고 있다. 그 비판의 근거는 질마재 신화 자체가 무기록, 즉 근거 없는 이야기라는 점, 그리고 개인적 체험양상을 바탕으로 하고 있기 때문에 사적 비전 이상의 것이 될 수 없다는 점 등이다. 그러나 이와 같은 비판은 문학이 근본적으로 허구적 담론이라는 점, 문학은 객관적 사실을 주관적으로 해석하는 관점을 취한다는 점, 개인적 체험 양상이 반드시 보편적 공감력을 가질 수 없는 것이 아니라는 점, 개인적 체험의 양상은 오히려 그 시인만의 독자성과 개성을 낳게 하는 토대라는 점을 간과하고 있는 견해라 할 수 있다.

질마재는 서정주의 고향이지만 질마재를 배경으로 그가 보여주고 있는 속신의 세계는 서민들이 자신의 삶을 지탱하고 유지시키고자 했던 흔적이라는 점에서 사적 비전 이상의 의미를 가질 수 있다. 이는 산업화와 도시화로부터 소외된 사람들의 생활 단면이며, 그것에 대한 긍정성을 내포한 시적 담론이라 할 수 있다. 특히 자연의 주술성을 강조하고 있는 시편들은 과학적 합리주의에 밀려난 자연의 신성함을 복원하고, 인간과 자연의 시원적 교감을 부활시키고자 한 노력으로 평가할 수 있다. 더욱이 자연에 대한 주술적 상상력을 잃어버린 지 오랜 시대에, 그리고 주술적 상상력이나 신화적 상상력이 시인들에게서조차 사라지고 있는 시대에 미당의 시적 탐구야말로 독보적 가치를 갖는다 하겠다.

근대적 세계에서 자연합일 지향을 드러내고 있는 시들은 모두 근대를 움직여 가는 합리주의, 과학주의, 이성주의가 만들어 놓은 부정적 국면들과 역학관계 속에 놓여 있다. 근대적 세계관은 인간을 자연으로부터 소외시키고 인간의 자연성 또한 축소시키고 있다. 근대적 자연시는 이러한 세계관과의 마찰 가운데 생성된 문학적 산물이다. 그런 의미에서 자연의 주술적 성격을 강조하고 있는 자연시는 근대의 결핍을 뛰어넘어 인간을 포함한 우주의 생명성을 회복시키고자 하는 대항적 가치를 지닌다.

4) 미적 탐구 대상으로서의 자연

(1) 규범미와 개성미

꽃과 새와 강과 사계절의 변화는 인간의 체험과 상상을 고무시키는 미의 원천이라 할 수 있다. 자연은 영속적이면서도 언제나 다채로운 변화와 운동성을 지닌 생명이라는 점에서 무변화 상태로 정지해있는 사물과 차이를 갖는다. 거기에는 약동과 소멸을 거듭하는 오묘한 주기와 조화가 내재해 있다. 인간의 힘으로 이루어낼 수 없는 이 생명적 현상은 경이로움을 불러일으키기에 충분한 매혹을 지닌다. 인간이 구축해놓은 사회 현실이 모순과 부조리로 가득할 때 자연으로 귀의하고자 하는 욕망이 생겨나는 것은 이 때문이다. 자연은 '사악한 힘'의 논리가 배제된 생명의 장이라는 점에서 인간 세계와는 다른 순수한 미감을 그 안에 간직하고 있는 것이다. 수많은 시인들이 자신의 이상을 실현할 수 없을 때 자연으로 귀의해서 강호가도를 형성한 것도 이와 관련한다. 현실과의 투쟁 관계를 벗어나 지속적으로 자연을 심미적 대상으로 삼고자 하는 근대의 몇몇 시인들의 의식 또한 이와 무관하지 않다. 고전시나 현대시 모두에게 자연은 현실 사회와 대립하는 가치와 미감을 지닌 대상이라 점에서 공통적이다. 특히 현대시에서 자연의 미감은 문명적 메커니즘이나 기계적 사물이 지닌 비인간적·비생명적 측면과의 마찰에 의해 부각된다. 비인간적·비생명적 세계가 잠식하고 있는 무구하고도 정감 있는 세계를 시인들은 자연의 미감을 통해서 발견하고자 하는 것이다.

그러나 이와 같은 자연적 미에 대한 탐구는 고전시와 현대시 간에 그 태도 면에서 차이가 있음을 주목할 필요가 있다. 고전시의 미학은 한 마디로 말하면 '규범의 미학'이라 할 수 있다.[50] 고전시의 시 형상화 원리

---

50) 성기옥, 「신흠 시조의 해석 기반―「放翁詩餘」의 연작 가능성」, 『진단학보』 81호, 1996; 성기옥, 「한국 고전시 해석의 과제와 전망―안민영의 「매화사(梅花詞)」 경우」, 『진단학보』 85호, 1998 참조.

는 독창성과 특이성에 있는 것이 아니라 이미 만들어져 있는 규범적 가치를 발견하고 거기에 도달하는 데 있다. 관용어구나 전고(典故), 용사(用事)의 빈번한 차용이 고전시의 미학을 밝히는 데 중요한 관건이 되는 까닭이 여기에 있다. 신의(新義)나 청신(淸新)이 강조되지 않은 바는 아니지만 고전시에서 보여지는 자연의 미는 개성보다는 시를 향유하는 사람과 그것을 창작한 사람이 동일하게 이해할 수 있는 보편성에 근거해 있는 것이다.

반면 현대시의 미학은 '개성의 미학'이라 할 수 있다. 근대적 세계가 개인의 발견, 개체성의 존중을 강조하고 있는 것만큼 예술가의 미적 지향이 보편성보다는 개인의 독창성에 기울어져 있음은 당연한 현상일 것이다. 이와 같은 미적 패러다임의 차이는 신기하고 도발적인 도시적 감성의 시인들에게만이 아니라 자연시를 창작하는 시인들에게도 중요한 태도가 된다. 그 대표적인 자연시인이 김춘수와 박용래라 할 수 있다.

(2) 재조합된 '풍경'의 미

김춘수는 주로 서로 낯선 사물을 병치하는 방법에 의해 독특한 '풍경'을 창조해낸다. 낯선 사물들은 서로 충돌하고 조우함으로써 그의 시가 환기하는 참신한 시적 정서와 긴장을 유발하는 근원적 동력으로 기능한다. 이때 그의 시에 등장하는 사물이 주로 자연물이라는 사실에 주목할 필요가 있다. 꽃·바다·바람·눈·구름·물개·거북 등 김춘수는 다양한 자연물을 시의 주요 소재로 끌어들이고 있는데 이들 가운데 꽃과 바다와 같이 관념이 투영된 개인적 상징물을 제외한 나머지 자연물은 자연시의 영역을 확장하는 데 기여하고 있는 것으로 보인다. 그러나 그의 자연시는 자연시의 일반적 형태와는 전혀 다른 느낌을 불러일으키는 것이 사실이다. 대부분의 자연시가 자연의 사실적 차원을 모방적 시각에서 접근하고 있는데 반해 김춘수는 이와 같은 접근 방식을 거부한다. 그는 경험적 차원에서 체험 가능한 자연 묘사의 방법을 벗어나 개개의 자연물을 새롭게 조합함으로써 제2의 자연을 창조해낸다. 그의 이와 같은 태도는 실경(實景) 체험을 바탕으로 씌어지는 고전적 자연시와 대조를 이룬다. 고전적 자연시가 경험을 바탕으로 언어화된다면, 김춘수의 자연시는 경험보다는 상상과 사유의 힘을 바탕으로 언어화되고 있는 것이다. 따라서 그의 시에서 보여지는 각각의 자연물은 사실적 차원에서 빌어 온 것이지만 그것들의 결합은 낯설고 환상적인 '풍경'으로 재탄생된다는 특징을 지닌다. 그의 이 같은 자연시의 경향은 특히 1960년대 후반에 출간한 『타령조(打令調)·기타(其他)』를 기점으로 본격화되기 시작하는데, 김준오는 이를 "반자연(反自然), 곧 인공적인 자연"51)으로 규정하고 있다.

김춘수는 초기시부터 다양한 자연물을 시적 이미지로 끌어들임으로써 자신의 감정과 정서를 드러내고 있다. 초기시52)에 나타난 주요 정서는 상실감 혹은 소멸의 쓸쓸함, 그리움, 슬픔 등이라 할 수 있는데, 자연 이미지는 이러한 정서를 풍부하게 해주는 공간적 배경이 되거나 감정 이입의 대상으로 역할하고 있다. 「갈대 섰는 풍경(風景)」·「황혼(黃昏)」·「부재(不在)」·「영(嶺)에서」·「늪」·「사(蛇)」·「갈대」와 같은 시가 대표적인 예이다. 이처럼 자연물을 주관적 정서를 위한 수단으로 사용하고 있는 경우를 제외하고, 자연에 대한 직접적이 태도를 드러내고 있는 예를 살펴보면 크게 두 가지 관점에 의해 그의 자연시가 형성되고 있음을 볼 수 있다. 앞서 말했듯이 김춘수의 자연이 모방적 시각을 벗어나 그만의 독특한 형

---

51) 김준오, 『시론(詩論)』, 삼지원, 1995, 338면.
　　　김준오는 김춘수의 반자연을 "현상적으로 보면 실제 대상을 객관적으로 묘사한 뎃상 같지만 이 풍경은 시인의 내면 속에만 존재하는 별개의 세계다. 시인의 상상력이 실제의 자연을 해체해서 재구성한 내면풍경이다. 즉, 작품 속에만 존재하는 자연"이라고 설명한 바 있다.
52) 본 논의에서는 김춘수의 초기시를 1959년에 간행한 시집 『꽃의 소묘(素描)』 이전까지로 보고자 한다. 시작 원리의 큰 변화를 보여주고 있는 것은 『타령조(打令調)·기타(其他)』(1969)에 이르러서이지만 초기시의 감상성을 벗어나 존재와 인식이라는 철학적 물음을 시의 전면에 내세우고 있는 것은 『꽃의 소묘(素描)』부터이기 때문이다.

상화 원리에 의해 재조합되는 과정은 『타령조(打令調)·기타(其他)』에 이르러서이다. 그 이전의 단계에서 그가 드러내고 있는 자연의 모습은 관념적 시원(始原)의 형상을 하고 있거나 아니면 객관적 풍경의 묘사로 이루어져 있는 것이 대부분이다. 따라서 김춘수의 시적 자연은 ① 관념적 시원, ② 객관적 풍경, ③ 주관적 미의식으로 재조합한 자연 등 다채로운 형태로 나타나고 있음에 주목할 필요가 있다. 그 첫 단계로 관념적 시원으로서의 자연을 보면 다음과 같다.

> 간밤에 단비가 촉촉이 내리더니, 예저기서 풀덤불이 파릇파릇 돋아나고, 가지마다 나뭇잎은 물방울을 흩뿌리며, 시새워 솟아나고,
> 점점(點點)이 진달래 진달래가 붉게 피고,
>
> 흙 속에서 바윗틈에서, 또는 가시 덩굴을 헤치고, 혹은 담장이 사이에서도 어제는 보지 못한 어리디어린 짐승들이 연방 기어나고 뛰어 나오고……
>
> 태고연(太古然)히 기지개를 하며 산(山)이 다시 몸부림을 치는데,
>
> 어느 마을에는 배꽃이 훈훈히 풍기고, 휘넝청 휘어진 버들가지 위에는, 몇 포기 엉기어 꽃 같은 구름이 서(西)으로 서(西)으로 흐르고 있었다.
> ― 김춘수, 「신화(神話)의 계절(季節)」 부분53)

첫시집 『구름과 장미(薔薇)』(1948)에 실려 있는 이 시는 '돋아나다' '흩뿌리다' '솟아나다' '뛰어 나오다' '몸부림치다' '풍기다' 등의 동사에서 알 수 있듯이 약동하는 자연의 형상을 나타내고 있다. 김춘수의 개성 있는 시의 문법과는 달리 이 시는 자연에 대한 매우 소박하고도 평이한 상상력을 드러내고 있음에도 불구하고 김춘수의 자연시의 출발점을 시사하

---

53) 김춘수, 『김춘수 전집 1 시』, 문장사, 1982. 이후에 인용하는 김춘수 시의 출처는 이와 동일함.

고 있다는 점에서 간과할 수 없는 작품으로 판단된다.

이 시에서 주목해야 할 것은 제목이 함의하고 있는 시인의 의식이라 할 수 있다. 시인은 건강한 자연의 모습을 '신화의 계절'이라고 표현하고 있다. 생생하게 살아 있는 자연 공간을 역사 이전의 시간에 위치시킴으로써 시인은 자연을 신비화하고 있는 것이다. 즉 시인은 현존하는 자연이 아니라 신화적 몽상 속에서 떠오르는 자연을 그려내고 있는 것이다. 풀덤불과 짐승, 꽃향기, 구름이 하나로 어우러져 있는 시적 공간은 아름다운 낙원을 연상시킨다. 그런데 이 시의 제목에 따르면 이러한 낙원은 현재가 아니라 아주 먼 과거에 존재했던 것이라는 논리를 생성시킨다. 따라서 이 시에서 사용하고 있는 현재진행 상태의 술어들은 몽상하는 주체의 현재성을 말해주는 것이지 자연 공간 자체의 현존성을 나타내는 것은 아니다. 이와 같은 해석의 가능성을 뒷받침하는 예로 「숲에서」·「집 2」 등과 같은 시를 꼽을 수 있다.

> 이리와 배암떼는 흙과 바윗틈에 굴을 파고 숨는다. 이리로 오너라. 비가 오면 비 맞고, 바람 불면 바람을 마시고, 천둥이며 번갯불 사납게 흐린 날엔, 밀빛 젖가슴 호탕스리 두드려 보자.
> 아득히 가 버린 만년(萬年)! 머루 먹고 살았단다. 다래랑 먹고 견뎠단다. …… 짙푸른 바닷내 치밀어 들고, 한 가닥 내다보는 보오얀 하늘…… 이리로 오너라.
> —김춘수, 「숲에서」 부분

> 밀림(密林)을 잃은 초원(草原)을 잃은
> 어쩌노 우리들의 살결은 조화(造花)의 생리(生理)를 닮아간다.
>
> 힘은 어디로 갔노?
> 산악(山岳)을 움직이던 원시(原始)의 그 힘은 어디로 갔노?
>
> 저녁에만 피는, 새하얀 꽃잎을 보고 있는 듯 우리들의 살결은 너무 슬프다.
> —김춘수, 「집 2」 부분

시 「숲에서」는 원시 자연의 상태로 돌아가 문명 이전의 시대가 지닌 생명적 활기를 되찾고자 하는 욕망을 보여주고 있다. '이리로 오너라'로 표현하고 있는 원시 공간의 현존성은 그러나 '아득히 가 버린 만년(萬年)! 머루 먹고 살았단다. 다래랑 먹고 견뎠단다. ……'에서 볼 수 있는 과거 회상과 맞물림으로써 그 의미가 약화된다. 즉 '이곳'이 지시하고 있는 '숲'의 공간은 원시 자연의 공간이라기보다 그러한 생명 기운을 일깨우는 몽상의 공간이라 할 수 있다. 「숲에서」가 원시 동경을 표현하고 있다면 시 「집 2」는 이미 문명화된 인간의 초라함을 드러내고 있는 경우라 할 수 있다. '조화(造花)의 생리(生理)'처럼 비생명적인 상태로 접어든 인간의 존재성을 시인은 '우리들의 살결은 너무 슬프다'라고 탄식한다.

두 편의 시에서 알 수 있듯이 김춘수의 초기시에 나타난 자연은 시원 동경이라는 관념과 연관된다. 그의 시원에 대한 관념은 원시 생명에 대한 동경만이 아니라 이미 그러한 세계가 훼손되거나 소멸되었다는 상실감 또한 함께 내포하고 있다. 시집 『꽃의 소묘(素描)』에 실려 있는 시 「눈에 대(對)하여」에서 시원 상실은 유년 상실로 변주되어 "우리들이 일곱 살 때 본 / 복동(福童)이의 눈과 수남(壽男)이의 눈과 / 삼동(三冬)에도 익는 서정(抒情)의 과실(果實)들은 / 이제는 없다"로 표현되기도 한다. 초기시에서 시원 상실을 드러내고 있는 시가 양적으로 많다고 할 수는 없다. 그러나 이는 그의 자연시가 막연한 자연 예찬 쪽으로 흘러가지 않고 주관적 조합에 의해 재탄생된 자연의 미를 추구하게 되는 까닭을 설명해 줄 수 있다는 점에서 그 중요성을 갖는다. 즉 김춘수는 문명의 세계에선 이미 생생한 자연의 미를 발견할 수 없다는 회의적 태도를 이들 시에서 암시하고 있는 것이다. 따라서 그는 자연을 발견하고자 하는 것이 아니라 창조하고자 하는 태도를 견지하게 된다.

원시 동경의 관념과 더불어 김춘수의 초기시에 드러나는 또 하나의 자연의 모습은 주관적 감정이나 관념을 가급적 배제한 객관적 형상으로서의 자연이라 할 수 있다. 대표적인 예로 「등(藤)」·「산장(山莊)」·「여명

(黎明)」·「봄B」·「봄C」 등을 꼽을 수 있다. 이들 시는 선명한 풍경과 그 풍경이 환기하는 다양한 감각적 이미지를 감지하도록 묘사되고 있다는 공통점을 지닌다.

> 구름 한 점 성급히 스쳐가면
> 뜰 안엔 왼통
> 연둣빛 그늘이 스며든다.
> 어드매쯤
> 배추꽃 냄새도 풍기는데
> 마당개미 날 짐승의
> 재재로운 세계가 멀어질 상하면
> 잎새 새 새로 주황색 놀이 돌고
> 해질 무렵에
> 고요가 감아드는 가닭마다 덩굴에는
> 주렁 달린 송이 송이 아쉰대로 한들이고……
>
> — 김춘수, 「등(藤)」 전문

이 시는 꽃송이를 주렁주렁 달고 있는 '등나무' 주변을 섬세하게 묘사함으로써 한 폭의 풍경이 만들어내는 분위기를 전달하는 데 주력하고 있는 것으로 보인다. 시인은 제목으로 '등꽃'을 내세우고 있음에도 불구하고 '등꽃' 자체만을 초점화하고 있지 않다. 등나무가 있는 뜰과 뜰의 시간 변화를 통해 정적인 사물에 다채로운 빛깔을 겹쳐놓음으로써 조화의 미와 살아 있는 자연의 형상을 그려내고 있다. 구름이 드리우는 연둣빛 그늘, 배추꽃 냄새, 재재로운 소리, 주황색 놀, 그리고 고요 속에 한들거리는 연보라의 등꽃 송이의 어우러짐은 선명한 색감과 미세한 소리를 감각케 함으로써 등꽃이 흔들리는 한적한 뜰을 연상시킨다.

중요한 것은 시인이 이 시에서 사물성 이외에 다른 무엇도 개입시키지 않고 있다는 점이다. 김춘수의 초기시를 주도했던 것이 상실감 혹은 소멸의 쓸쓸함, 그리움, 슬픔이라고 볼 때 이처럼 인간의 감정과 관념을 완전히 배제하고 있는 경우는 매우 이례적인 것이라 할 수 있다. 이러한 시편의 주제는 언어화된 풍경이 환기하는 미 자체로 보는 것이 타당하다. 이 시에서 독자를 이끌고 가는 것은 인간이 배제된 자연의 투명한 감각이다. 오로지 시적 화자의 시선에 따라 펼쳐지는 '뜰'의 풍경에 감흥함으로써 독자는 자연에 대한 섬세한 감각을 일깨우게 되는 것이다. 그러나 이처럼 객관화된 풍경 묘사는 인간의 심리나 감정을 움직이는 호소력이 약하기 때문에 강한 인상으로 각인되기 어렵다는 한계를 갖는다. 그럼에도 불구하고 이러한 시편들이 보여주는 다양한 자연물의 어우러짐은 이후 이질적 사물의 병치에 의해 만들어지는 김춘수의 '인공적 자연'과 깊은 관련을 갖는다는 점에서 간과할 수 없는 부분이라 하겠다.

　관념적 시원 동경과 객관적 자연 풍경의 묘사는 서로 전혀 다른 방향에서의 자연에 대한 접근이라 할 수 있다. 전자는 물리적 자연 자체보다는 시인의 관념이 시 형상화의 원인이 된다면 후자는 관념을 완전히 배제한 채 자연의 미를 그 원인으로 삼고 있기 때문이다. 그러나 이러한 지향은 시원적 자연 상실과 축소된 형태로나마 그것의 감각을 되살리고자 하는 지향이 맞물리면서 나타난 결과로 보여진다. 김춘수의 이 같은 자연 지향적 의식은 그의 시에서 자연이 지니고 있는 풍부한 속성과 질감을 지속적으로 시의 질료로 끌어들이는 동력이 된다.

　시집 『꽃의 소묘(素描)』에 이르면 초기시에 드러난 관념적 시원 동경과 같은 추상적 주제의 자연시는 더 이상 등장하지 않는다. 객관적 풍경 묘사 또한 「바람」과 같은 작품에서 드물게 보여질 뿐이다. 수많은 연구 논의에서 지적되었듯이 『꽃의 소묘(素描)』에서 김춘수가 집중적으로 드러내고 있는 것은 존재 탐구의 문제이다. 따라서 이 기간에 씌어진 시편들에 나타난 '꽃'은 자연적 대상이 아니라 상징적 이미지라 할 수 있다. 그의 자연시가 다시 등장하기 시작하는 것은 『타령조(打令調)·기타(其他)』에 이르러서이다. 그러나 이때부터 김춘수의 자연에 대한 태도는 이

전에 보여주었던 소박한 접근 방식을 벗어난다. 이미 존재하는 자연에 상상력의 앵글을 맞추는 것이 아니라 시인의 상상적 구도에 맞게 자연을 배치하고 조합한다. 기법 면에서는 차이를 갖지만 이러한 자연에 대한 태도 변화를 예고하는 시를 그의 초기시에서 발견할 수 있는데 「나비」가 그 예이다.

> 나비는 가비야운 것이 미(美)다.
> 나비가 앉으면 순간에 어떤 우울한 꽃도 환해지고 타채(多彩)로와진다. 변화(變化)를 일으킨다. 나비는 복음(福音)의 천사(天使)다. 일곱 번 그을어도 그을리지 않는 순금(純金)의 날개를 가졌다. 나비는 가장 가비야운 꽃잎보다도 가비야우면서 영원한 침묵(沈默)의 그 공간(空間)을 한가로이 날아간다. 나비는 신선(新鮮)하다.

시 「나비」는 자연물에 대한 외형적 묘사를 벗어나 그것이 지닌 미적 본성을 꿰뚫는 상상 작용을 드러내고 있다. 나비가 지닌 가벼움의 속성은 우울한 꽃과 침묵의 공간을 변화시키는 자연의 미적 힘이라 할 수 있다. 이때 나비의 가벼움은 공간과 공간 사이를 오가는 운동성을 뜻한다. '꽃잎'보다 가벼운 것의 움직임이 침묵의 무게를 해체시키고 있는 것이다. 이처럼 자연물이 지닌 미의 본질에 관심을 기울이는 김춘수의 예술적 지향은 그의 자연시 형성에 가장 중요한 태도라 할 수 있다. 그는 자연을 통해서 인간 생활에 필요한 도덕적 이념을 도출해내거나 아니면 문명적 생활에서의 자연성 회복을 강조하지 않는다. 김춘수가 집중하고 있는 것은 자연의 심미적 성향이다. 이를 부각시키기 위해 그는 자연을 자신의 관점에서 재배치하는 것이다.

> 샤갈의 마을에는 삼월(三月)에 눈이 온다.
> 봄을 바라고 섰는 사나이의 관자놀이에
> 새로 돋은 정맥(靜脈)이

바르르 떤다.
바르르 떠는 사나이의 관자놀이에
눈은 수천수만(數千數萬)의 날개를 달고
하늘에서 내려와 샤갈의 마을의
지붕과 굴뚝을 덮는다.
삼월(三月)에 눈이 오면
샤갈의 마을의 쥐똥만한 겨울 열매들은
다시 올리브빛으로 물이 들고
밤에 아낙들은
그 해의 제일 아름다운 불을
아궁이에 지핀다.

— 김춘수, 「샤갈의 마을에 내리는 눈」 전문

이 시는 삼월에 내리는 눈, 사나이의 정맥, 올리브빛의 열매, 그리고
아름다운 불이라는 이질적 요소들을 '샤갈의 마을'이라는 하나의 공간에
결합시킴으로써 환상의 세계를 만들어낸다. 삼월이라는 시간과 눈의 결
합은 계절상의 어긋남으로 인해 낯섦을 불러일으키고 있다. 이는 삼월이
환기하는 따뜻함과 '수천수만(數千數萬)의 날개'가 만들어내는 다정하고도
가벼운 눈 이미지와의 결속으로 인해 보다 생명적이고도 독특한 삼월의
느낌을 생성시키는 데 기여한다. 이 시의 '눈'은 사나이의 '새로 돋은 정
맥(靜脈)'을 어루만지고, '지붕과 굴뚝'을 이불처럼 덮어준다. 그리고 '겨
울 열매'를 올리브빛으로 물들인다. 이와 같은 '눈'은 차가움으로의 눈의
물리적 속성을 벗어나 봄의 생명력을 부추기는 '온기' 역할을 하고 있다
는 점에서 눈에 대한 고정된 인식을 갱신시킨다. 이 시에 등장하는 삼월
에 내리는 풍요로운 눈은 만물을 얼게 하는 것이 아니라 돋아나게 하는
생명 에너지인 것이다. 김춘수는 봄의 생명적 기운을 이처럼 새로운 심
미안으로 접근함으로써 진부하지 않은 자연 정경을 창조한다. 한편 '샤
갈의 마을'이라는 이 시의 공간성은 이러한 생명적 자연을 보다 신비하

고 환상적인 것으로 상상하도록 유도한다.

　①눈 속에서 초겨울의
　　붉은 열매가 익고 있다.
　　서울 근교(近郊)에서는 보지 못한
　　꽁지가 하얀 작은 새가
　　그것을 쪼아먹고 있다.
　　월동(越冬)하는 인동(忍冬) 잎의 빛깔이
　　이루지 못한 인간(人間)의 꿈보다도
　　더욱 슬프다.

―김춘수, 「인동(忍冬) 잎」 전문

　②그 해의
　　늦은 눈이 내리고 있다.
　　눈은 산다화(山茶花)를 적시고 있다.
　　산다화(山茶花)는
　　어항(魚缸) 속의 금붕어처럼
　　입을 벌리고 있다.
　　산다화(山茶花)의
　　명주실 같은 늑골(肋骨)이
　　수없이 드러나 있다.

―김춘수, 「유년시(幼年時) 3」 전문

　③개고랑 물이 풀린다.
　　여기저기 강아지풀들의 목뼈가
　　부러져 있다.
　　조금 밝아지는 그늘인 듯
　　조금 밝아지는 그늘의 설토화(雪吐花꽃) 비탈인 듯
　　눈발은 삐딱하게 쏠리면서
　　가지 마, 가지 마, 너무 멀리는

가지 마라고,
다리 오그린 채 들쥐들이
푸른 눈을 뜨고 있다.

— 김춘수, 「늦은 눈」 전문

위에 인용한 세 편의 시는 모두 김춘수의 자연시의 전형적 유형을 보여주고 있는 예라 할 수 있다. ①은 눈, 붉은 열매, 새, 겨울 인동 잎을 ②는 눈, 산다화, 금붕어, 명주실을 ③은 개고랑 물, 강아지풀, 설토화, 들쥐들의 푸른 눈 등의 이미지를 각각 결합하여 하나의 풍경을 만들고 있는 경우이다.

①에서의 붉은 색과 흰색, 그리고 상록으로 월동하는 인동 잎은 초겨울의 차고 투명한 감각을 그대로 전달해 준다. 시인은 꽁지가 하얀 작은 새를 '서울 근교(近郊)에서는 보지 못한'다고 설명함과 동시에 추위를 견디고 있는 인동 잎을 '인간의 꿈'과 대비시킴으로써 신비스러운 자연의 모습을 강조하고 있다. 거기에는 인동 잎의 비장한 아름다움이 함께 겹쳐 있다.

②는 눈을 맞고 있는 산다화의 겉모습이 아니라 그 내부를 들여다보는 독특한 시선을 드러냄으로써 산다화의 이미지를 그로테스크하게 묘사하고 있다. 눈 오는 공간을 어항으로, 산다화를 금붕어로, 산다화의 꽃술을 명주실과 늑골이라는 이중의 비유로 각각 전이시킴으로써 시인은 유년 시절에 대한 인상을 어항 속을 보듯 상상한다. ②에서 사용된 이 같은 비유들은 자연(유년)의 신비스러운 모습을 극대화하기 위한 장치라 할 수 있다. 유년의 어항 속에는 하얀 눈과 붉은 산다화와 산다화의 고운 꽃술이 일렁인다. 이와 같이 이질적인 사물의 기발한 조합이야말로 김춘수의 자연시가 지닌 가장 큰 특징이라 할 수 있다.

③은 개고랑 물이 풀린 봄을 배경으로 하면서도 늦은 눈의 추위를 동시에 감각하도록 묘사하고 있다. 마찬가지로 '설토화꽃' 같은 눈발의 환

함과 더불어 목뼈가 부러진 강아지풀, 그리고 다리 오그린 들쥐들의 푸른 눈 등 서로 이율배반적인 것들을 함께 배치함으로써 복합적인 정서를 만들어낸다. 특히 "가지 마, 가지 마, 너무 멀리는 / 가지 마라고"로 음성화되고 있는 눈발의 삐딱하게 쏠리는 소리는 '설토화' 이미지가 환기하는 화사함을 더욱 비애로운 것으로 부각시키는 데 일조하고 있다. 이 시에서 보여지는 자연 풍경은 인간사에서 벌어지는 슬픔과는 다른 종류의 처연함을 전달한다. 거기에는 슬픔의 원인이 되는 사건이 존재하지 않는다. 자연 풍경 자체가 처연한 아름다움을 드러낼 뿐이다. 그렇기 때문에 이 처연함은 맑음으로 다가온다.

시 ①·②·③은 경험적 자연의 세계와는 전혀 다른 자연미를 드러내고 있다는 공통점을 갖는다. 시인은 경험적 자연의 세계를 자신의 미적 지향에 따라 재배치함으로써 그만의 독특한 자연을 창조하고 있는 것이다. 「부두(埠頭)에서」·「봄 바다」·「라일락 꽃잎」·「아침에」·「남천(南天)」·「석류(石榴)꽃 대낮」·「천리향(千里香)」 등 많은 시편 또한 이에 속한다.

(3) 애상미의 근원

박용래는 처음부터 끝까지 자연을 시의 중심 대상으로 삼고 있다는 점에서, 그리고 자연을 다만 소재 차용의 차원이 아니라 자기 인식의 근원으로 삼고 있다는 점에서 자연시 전통을 잇는 중요 시인이라 할 수 있다. 박용래는 일제식민지와 해방, 6·25 사변, 산업화로 이어져 온 우리의 근대사를 거쳐왔음에도 불구하고 그의 시는 이러한 역사의 흐름에 둔감한 것처럼 읽혀진다. 특히 그의 시작 활동 시기와 깊이 맞물려 있던 산업화, 도시화에 따른 변화에 대해 직접적으로 반응한 흔적이 매우 드문 것은 물론이요, 그의 시세계는 1956년 『현대문학(現代文學)』지로 등단하기 이전 습작시절부터 1980년 타계하기까지 오로지 '향토적 자연'이라는 시적 대상을 일관되게 고집함으로써 근대사의 격변으로부터 분리된 인상을 남기고 있다. 이와 같은 박용래의 시세계를 김재홍은 다음과 같이 요약하고 있다.

> 시집 『싸락눈』과 『강아지풀』 그리고 근작 『백발(白髮)의 꽃대궁』을 관류하고 있는 것은 자연사와 인간사의 화응(和應)이며 아울러 정지적(靜止的)이며 과거적이고 식물적인 낙하의 상상력이다. 그의 시는 자연친화의 전원상징(natural symbolism)에 크게 의존하고 있으며 이러한 전원상징과 인간적인 생명감각의 결합은 박용래 시의 골격을 이룬다.[54]

김재홍의 지적처럼 박용래의 시는 정적인 자연의 세계가 그 골격을 이룬다. "현대화된다는 것은 우리에게 모험, 권력, 쾌락, 발전, 우리 자신의 변화 및 세계의 변화를 보장해 주는 동시에 우리가 가지고 있는 모든 것, 우리가 알고 있는 모든 것, 지금 우리의 모든 모습을 파괴하도록 위협하는 환경 속에 자리잡고 있는 우리 자신을 발견하는 것"[55]이라는 마샬 버만(Marshall Berman)의 지적처럼 현대성의 세계를 생성과 쇠퇴가 함께 공존하면서 끊임없이 운동하는 변증의 세계라 한다면 박용래의 자연시는 이러한 세계와는 정반대되는 방향에 그 거점을 마련하고 있는 것이다. 그런데 그의 자연에 대한 집착 이면에는 분명 도시적, 문명적, 기계적 세계로 대변되는 근대성(modernity)에 대한 반감이 깊이 깔려 있는 것으로 보인다.

우선 그의 생애[56]를 일별해 보면 몇 가지 독특한 점을 발견할 수 있다. 첫째, 그가 도시적 생활에 적응하지 못하는 성격의 소유자였다는 점. 둘째, 여러 학교를 옮겨 다니다 결국 생계를 간호원인 아내에게 떠넘긴 것으로 보아 직장이라는 고정된 틀을 견디지 못했다는 점. 따라서 그는

---

54) 김재홍, 「박용래 또는 전원상징과 낙하의 상상력」, 『심상』, 1980년 12월, 12면.
55) 마샬 버만(Marshall Berman), 윤호병·이만식 역, 『현대성의 경험』, 현대미학사, 1998, 12면.
56) 이문구, 「박용래 약전(略傳)」, 『먼 바다』, 창작과비평사, 1984, 230~273면 참조.

현실의 차원에서 보면 무능한 사람이었다고도 할 수 있다. 셋째, 향토적
생활 세계를 지속적으로 지향하면서 간혹 농장이나 과수원에서 일을 했
던 경험은 있으나 직접 농민의 삶을 살았던 것은 아니라는 점 등으로 미
루어 볼 때 박용래는 도시적 삶의 형태가 요구하는 진취적이거나 도전
적, 혹은 욕망 지향적 성향과는 반대되는 인물로 파악되며, 향토성을 추
구하면서도 전폭적으로 농사에 참여하지 않은 것으로 보아서는 실천보
다는 관조적 성향이 강했던 인물로 판단된다. 이와 같은 그의 생래적 기
질이 그를 현실 부적응자로 낙인찍기에 충분한 요소이기도 하지만, 이것
이 그의 시의 근원이라 할 수 있는 '자연'을 심미적으로 통찰케 한 정신
의 토양인 것만은 분명하다. 그의 근대성에 대한 반감은 다수의 작품에
포진해 있는 것은 아니나 몇몇 작품을 통해서 분명히 나타나고 있는 것
이 사실이다.

> 남은 아지랑이가 홀홀
> 타오르는 어느 驛 構
> 內 모퉁이 어메는 노
> 오란 아베도 노란 貨
> 物에 실려 온 나도사
> 오요요 강아지풀. 목
> 마른 枕木은 싫어 삐
> 걱 삐걱 여닫는 바람
> 소리 싫어 반딧불 뿌
> 리는 동네로 다시 이
> 사 간다. 다 두고 이
> 슬 단지만 들고 간다.
> 땅 밑에서 옛 喪輿 소
> 리 들이어라. 녹물이
> 든 오요요 강아지풀.

—박용래, 「강아지풀」 전문[57]

박용래가 자주 사용하는 행간걸침(enjambment)의 수법에 의해 구성된 이 시는 '화물(차)' '목마른 침목(枕木)' '삐걱 삐걱 여닫는 바람 소리'를 '반딧불' '이슬' 등과 같은 자연 심상과 대립되는 문맥 속에 놓음으로써 도시적 세계에 대한 혐오의 감정을 드러내고 있는 작품이다. 즉 '나'를 싣고 온 '화물차'는 인간을 물질의 차원으로 규정해버리는 비인간적 세계를, '목마른 침목'은 생명을 소진시키는 비생명적 상황을, '삐걱 삐걱 여닫는 바람 소리'는 불안에 시달리는 존재의 의식을 각각 함축한다. 이러한 세계를 견뎌내지 못한 일가족은 '다시' 자연의 공간으로 되돌아온다. 이때 시인은 이들이 겪은 상처를 '녹물'이라는 부식된 금속의 이미지와 '오요요'라는 떨림을 환기하는 소리 이미지로 감각화한다.

한편 '노란 녹물'로 물든 일가족은 '강아지풀'이라는 아주 연약한 식물로 그려지고 있는데, 이것이 박용래가 파악한 자연적 존재로서의 인간이라 할 수 있다. 그는 거대한 교목이나 사나운 맹수와도 같은 강인한 존재에 대해서는 별로 관심하지 않는다. 그런 의미에서 박용래가 애착한 것이 "작은 것들의 세계"[58]라는 이은봉의 해석은 타당하다. 작고 연약한 '강아지풀'과도 같은 존재들에게 진취적이고 도전적인 자세를 요구하는 도시적 세계가 결코 생명의 공간이 될 수 없음을 이 시는 암시한다. 「강아지풀」 외에 이와 같은 현대성에 대한 반감 의식은 "노을 밴 黃山메기 / 애꾸눈이 메기는 살더라"(「황산(黃山)메기」), "폐수(廢水)가 흐르는 길, 하루 삼부교대의 여공(女工)들이 봇물 쏟아지듯 쏟아져나오는 시멘트 담벼락. / / 밋밋한 담벼락 아니라, 유리쪽 가시철망 아니라, 삼삼한 찔레넝쿨 터널을 만들자"(「연지빛 반달형(型)」)와 같은 시구절을 통해서 드러나기도 한다.

---

57) 박용래, 『먼 바다』, 창작과비평사, 1993. 이후에 인용하는 박용래 시의 출처는 이와 동일함.
　　인용한 시 「강아지풀」에서는 시의 형태가 지닌 중요한 의미와 효과를 그대로 살리기 위해 예외적으로 한글 병기를 하지 않았음.
58) 이은봉, 「박용래 시 연구—시적 방법과 시세계를 중심으로」, 『한남어문학』 7·8집 합병호, 한남대 국어국문학회, 1982, 86면.

한편 근대성에 대한 반감은 곧 시인 자신의 부적응성을 함의하며 이러한 그의 의식성이 그를 '자연'이라는 반문명적, 반도시적 세계로 몰아가는 가장 큰 요인이라 할 수 있다.

근대성의 세계가 산업주의를 기반으로 진보와 발전에 대한 믿음을 실현시키고자 한 역동적 기획으로 이루어졌다면, 박용래가 보여주고 있는 자연 지향은 그것을 회의하거나 포기하는 것과 연관된다. 따라서 근대적 세계가 이루고자 한 '진보와 발전'이 허구이든 아니든 박용래가 추구했던 의식의 지향은 시대로부터 자신을 소외시킬 가능성을 지닌다. 그는 하나의 거대한 세계로부터 자신의 삶을 단절시킴으로써 누구보다 깊게 '자연'에 몰입할 수 있었는지 모르지만, 그렇기 때문에 그의 의식 속에는 무능한 자아에 대한 자기 비하적 감정과 고립감, 혹은 자신이 갇혀 있다는 감금 의식이 자리잡고 있다. 「오류동(五柳洞)의 동전(銅錢)」·「가을의 노래」·「갈새」·「우중행(雨中行)」 등이 그러한 예이다.

박용래의 반도시적, 반문명적 기질과 진취적, 도전적 성향의 결여는 필연적으로 그를 '자연' 공간으로 거듭 귀환하게 하는 중요 요인이라 할 수 있다. 그런데 그가 귀의한 삶의 터전으로서의 자연은 풍요로운 낙원의 상징도 아니며, 단순히 무욕(無慾)한 맑음의 서정을 담고 있는 순수 자연의 공간도 아니다. 그리고 심오한 이념이나 사상으로 채색된 그런 자연도 아니다. 예를 들어 박용래의 자연은 서정주의 「풀리는 한강(漢江)가에서」·「무등(無等)을 보며」·「상리과원(上里果園)」 등 시인의 현실 초월 의식을 반영하고 있는 자연이나 박목월의 「청(靑)노루」·「나그네」에서 보여지는 생활과 분리된 담박한 자연, 김현승의 「겨울 까마귀」나 「마지막 지상(地上)에서」와 같은 시가 함축하고 있는 종교적 상징물로서의 자연과 구별된다. 박용래의 '자연'의 성격을 권오만은 다음과 같이 설명한다.

그의 시에 나타나는 자연은 산이나 바다처럼 의식적으로 찾아가 만나는 자연은 아니다. 또한 그의 시의 자연은 고답적인 명상의 대상물로서의 자연도 아니

며, 강호가도의 유풍으로서 은둔하는 이의 이상향으로서의 자연도 아니다. 그
의 시에서의 자연은 향토에서 삶을 이어가면서 무심결에 만나게 되는 생활 속
의 자연이다.[59]

권오만의 지적처럼 박용래의 자연은 명상이나 관념의 등가물도 아니
고, 은둔자가 갈구하는 낙원도 아니다. 그야말로 '무심결'에 만나는 생활
세계의 한 모습으로서의 자연이라 할 수 있다. 그의 자연은 토속적 생활
과 깊이 연관되어 있다는 점에서 인간의 삶과 분리되지 않는 자연이며,
그렇기 때문에 그의 자연시에 등장하는 고산식물처럼 늙으신 어머니, 함
지박 아낙네, 체장수, 상투잡이 머슴들, 상둣군, 허드렛군, 후살이 아낙
등과 같은 인물들과 돗자리, 베잠방이, 반짇고리, 참빗, 꽃신, 목침, 놋대
야, 소금 항아리, 옹배기, 쇠죽가마 등 생활 기물들은 문명보다는 자연에
동화된 형상으로 그려진다. 박용래 시에서 이와 같은 생활 공간으로서의
자연이 드러내고 있는 가장 두드러진 모습은 '가난'이라 할 수 있다. 그
의 대부분의 시는 궁핍으로 물들어 있는 인간의 삶을 반복적으로 형상
화하고 있다.

> 댕댕이 넝쿨, 가시덤불
> 헤치고 헤치면
> 그날 나막신
> 쌓여 들어 있네
> 나비 잔등에 앉은 보릿고개
> 작두로도 못 자르는
> 먼 삼십리
> 청솔가지 타고
> 아름 따던 고사리순

---

59) 권오만, 「박용래론—한(恨)의 시각적 형상화」, 『한국현대시연구』(김용직 외저), 민음
사, 1989, 230면.

할머니 나막신도
포개 있네
빗물 고인 천(千)의 산(山)
겹겹이네

— 박용래, 「천(千)의 산(山)」 전문

박용래의 대표 시라 할 수 있는 「저녁눈」·「그 봄비」·「시락죽」·「막버스」·「샘터」와 같은 작품만이 아니라 「잡목림(雜木林)」·「모일(某日)」·「Q씨의 아침 한때」·「점묘(點描)」·「미음(微吟)」 등에서도 자연과 어우러져 있는 빈궁한 삶의 형상은 지속적으로 나타난다. 위에 인용한 「천(千)의 산(山)」·「삼동(三冬)」도 그러한 예에 해당하는 시라 할 수 있다.

「천(千)의 산(山)」은 첩첩한 산자락과 겹겹의 가난을 등가의 관계로 의미화함으로써 가난의 고통을 부피와 양으로 치환시키는 독특한 상상력을 드러내고 있는 시이다. 기억을 '헤치고' 시인은 노동의 고달픔을 상징하는 산더미처럼 '쌓여 들어 있는 나막신'과 마주친다. 그것은 '작두로도 못 자르는' 무시무시한 가난의 유물이라 할 수 있다. 이를 통해 볼 때 박용래가 인식한 자연이 풍요와는 거리가 멀다는 것을 알 수 있다. 작고 연약하며 가벼운 나비의 잔등을 짓누르고 있는 '보릿고개'의 무거움이 박용래가 집요하게 추구했던 자연에 내재해 있는 것이다. 이처럼 청솔가지나 고사리순으로 연명해야 하는 '보릿고개'의 서러운 삶은 박용래 시가 지닌 애상미와 담박미를 생성해내는 원천이기도 하다.

앞서 살펴 본 바와 같이 박용래의 자연 공간이 풍요가 아닌 빈곤으로 얼룩진 세계임에도 불구하고 시인은 이를 부정적으로 인식하거나 이로부터 벗어나고자 하지 않는다. 표면적으로 박용래의 자연(향토)적 세계가 빈곤한 생활과 유착되어 있음에도 불구하고 거기에는 시인의 의식을 끌어당기는 어떤 요소가 내재해 있는 것이다. 이는 박용래가 자연과 어우러져 있는 인간 삶에서 가난 이외에 무엇을 포착하고 있는가와 연관될 수 있다.

잠 이루지 못하는 밤 고향집 마늘밭에 눈은 쌓이리.
잠 이루지 못하는 밤 고향집 추녀밑 달빛은 쌓이리.
발목을 벗고 물을 건너는 먼 마을.
고향집 마당귀 바람은 잠을 자리.

— 박용래, 「겨울밤」 전문

갱(坑) 속 같은 마을. 꼴깍, 해가, 노루꼬리 해가 지면 집집마다 봉당에 불을 켜지요. 콩깍지, 콩깍지처럼 후미진 외딴집, 외딴집에도 불빛은 앉아 이슥토록 창문은 모과(木瓜)빛입니다.

기인 밤입니다. 외딴집 노인(老人)은 홀로 잠이 깨어 출출한 나머지 무우를 깎기도 하고 고구마를 깎다, 문득 바람도 없는데 시나브로 풀려 풀려내리는 짚단, 짚오라기의 설레임을 듣습니다. 귀를 모으고 듣지요. 후루룩 후루룩 처마깃에 나래 묻는 이름 모를 새, 새들의 온기(溫氣)를 생각합니다. 숨을 죽이고 생각하지요.

— 박용래, 「월훈(月暈)」 부분

위에 인용한 두 편의 시는 몇 가지 공통점을 통해서 박용래의 향토 의식을 드러내고 있는 예라 할 수 있다. 첫째 이 두 편의 시가 묘사하고 있는 고향은 실제의 세계라기보다는 시인의 추측과 상상에 의해 그려진 공간이라는 점이다. 추측·상상·기억 등을 다르게 설명해 본다면 시인이 지향하는 바에 따라 경험적 사실을 변형시킬 가능성을 지닌 의식의 작용이라 할 수 있다. 「겨울밤」은 '잠 이루지 못하는' 사람의 '추측'에 의해 형상화된 고향의 모습을 나타내며, 「월훈(月暈)」 또한 '설레임을 듣다' '온기(溫氣)를 생각하다'와 같은 '외딴집 노인(老人)'의 내적 의식을 관찰자가 상상하고 있다는 점에서 시인의 주관성이 투영된 고향의 형상이라 할 수 있다. 따라서 풀려 내리는 짚단의 소리나 새들의 온기를 감지하고 있는 것은 노인이라기보다 상상의 주체인 시인 자신이라 할 수 있다.

시인의 추측과 상상이 드러내고 있는 두 번째 공통점은 '고향'은 먼 곳, 혹은 여타의 세계와 두절된 곳이라는 점이다. '발목을 벗고 물을 건너는 먼 마을', '갱(坑) 속 같은 마을'과 같은 구절이 이를 말해 준다. 이는 박용래가 자연을 고립의 공간으로 인식하고 있음을 말해준다. 자연이 고립의 공간으로 의미화될 때는 시인의 고독이나 외로움이 부각되는 반면 「겨울밤」에서와 같이 고향이 시적 자아와 멀리 떨어져 있는 공간으로 의미화될 때는 아득함, 그리움 등의 정서가 전면화된다. 그리고 「월훈(月暈)」과 같이 두절된 공간성을 드러내는 경우는 신비함이 보태지기도 한다.

   박용래 시에서 고향과 자아와의 아득한 거리는 고향을 적막한 공간으로 가라앉힌다. 눈과 달빛이 쌓이고, 바람이 고요하게 잠드는 곳, 그리고 바람도 없는데 짚단이 풀려 내리는 곳, 미세한 움직임만이 남아 있는 정적 세계가 박용래가 상상하는 고향인 것이다. 이것이 그의 향토 의식의 세 번째 특징이라 할 수 있다. 이와 같은 정적 세계는 끊임없는 변화에 의해 가동되는 도시적 공간과 대립되는 의미를 생성해낸다. 한편 멀리 떨어져 있는 이 적막의 공간은 가난하고 소박하지만 평화로운 온기를 간직한 세계이기도 하다. 그것은 변화에 위협받거나 동요되지 않은 채 정물화처럼 시인의 의식에 각인되어 있다. 박용래의 시에 시간적 거리감을 드러내고 있는 회상 장면이 많이 나타나는 것 또한 이와 같은 시인의 의식과 연관된다.

   추측·상상·회상에 의한 형상화 방식과 유원함·두절감·정적감으로서의 향토 인식은 시인과 고향 사이에 성립된 심리적 거리를 나타낸다. 박용래의 자연이 "무심결에 만나게 되는 생활 속의 자연"[60]인 것은 사실이나 그것이 생활 자체의 재현이 아니라는 점을 간과해서는 안 된다. 시인은 생활 속의 자연을 그리면서도 언제나 그로부터 일정한 거리를 유지하는 태도를 견지한다. 그는 자연 속에 묻혀 있는 자가 아니라 그밖에서 자연 생활을 몽상하는 자의 위치에 있는 것이다. 이러한 거리 의식은 자연과 분리된 근대적 자아로서의 인식이 시인의 의식 속에 암암리에

---

60) 권오만, 「박용래론—한(恨)의 시각적 형상화」, 『한국현대시연구』(김용직 외저), 민음사, 1989, 230면.

영향을 끼치고 있음을 말해 준다. 즉 박용래는 애초부터 문명이나 도시와 완전히 절연한 상태에서 향토성에 주목한 것이 아니라 문명과 도시적 속성을 인식한 상태에서 그것의 대타적 세계로서 향토성을 탐색하고 있는 것이다. 따라서 그의 향토적 세계는 역동적 도시성과 대립되는 아득하고 따뜻한, 그러면서도 정적인 애상성을 간직한 모습으로 그려지게 된다. 그의 자연의 실상이 빈궁과 밀착되어 있음에도 미감을 획득하게 되는 이유가 여기에 있다. 따라서 여러 논자들이 지적하고 있는 자연에 대한 관찰·응시·관조 등의 태도는 대상에 대한 미적 거리를 만들어 가는 박용래 특유의 시작 원리라 할 수 있다. 시적 대상에 대한 적절한 거리를 확보하지 못했다면 그의 시에서 느낄 수 있는 절제의 아름다움은 이루어질 수 없었을 것이다. 박용래의 향토 의식이 오탁번의 지적대로 "한 폭의 빛바랜 민화 조각"61)의 형상을 이루게 되는 것은 이와 같은 미적 거리에 의한 것이라 할 수 있다.

노랗게 물든 미루나무 길섶 먼

고향길 해야 지는가

아버지

어머니

같은 사람들

느릿느릿 뒷짐 지르고 가는

---

61) 오탁번, 「콩깍지와 새의 온기」, 『현대문학산고(現代文學散藁)』, 고려대 출판부, 1976, 67면.

모과(木瓜)빛 물든 길섶 해야 지는가

— 박용래, 「모일(某日) 2」 전문

반쯤은 둠벙에 묻힌
창포(菖蒲) 실뿌리 눈물 지네
맨드래미 꽃판 총총 여물어
그늘만 길어가네
절구에 깻단을 털으시던
어머니 생시(生時)같이
오솔길에 낮달도 섰네.

— 박용래, 「낮달」 전문

「모일(某日) 2」나 「낮달」은 아주 선명한 풍경을 연상케 한다. 앞서 「삼동(三冬)」을 분석하면서 지적했듯이 이때 주목할 것은 시적 화자가 문면에 등장하지 않는다는 점이다. 화자는 대상을 관조하는 시점에서 풍경을 주도함으로써 독자 또한 자신의 시선과 동일한 위치에 있도록 유도한다. '보다'라는 것은 예를 들어 '살다' '행동하다'와 같이 밀착된 관계가 아니라 대상과의 일정 거리를 갖는 데서 비롯되는 태도로 볼 수 있다. 따라서 '보다'는 대상과 자아간의 거리를 만들어내는 방법이라 할 수 있다.[62] 한편 대상과 자아의 거리는 보는 자의 지향성이나 심리에 의해 조정된다는 점에서 주관적 의식의 반영이라 할 수 있다. 그런 의미에서 「모일(某日) 2」와 「낮달」에서 보여지는 해질 녘의 쓸쓸함이나 슬픔을 머금은

---

62) 조창환, 「박용래 시의 운율론적 접근」, 『시와 시학』, 1991년 봄, 167면.
　'보다'에 의해 발생하는 미적 거리는 박용래 시의 주요 특징이라 할 수 있는 여백미로 귀결될 수 있는데 조창환은 이에 대해 다음과 같이 설명하고 있다. "박용래의 시에는 여백이 많다. 그 여백은 문명적 현실에 적응하지 못하고 변두리의 삶을 살아가는 힘없는 자아의 모습을 그려내는 공간이다. 그러나 박용래의 경우는 그 좌절의 모습이 현실에의 순응주의적 태도로 발전하거나 좌절과 미련의 상반되는 감정의 갈등구조 속에서 방황하는 것으로 보여지지 않는다. 무력함에 대한 연민, 소외된 삶에 대한 애정, 사라져가는 힘없는 것들에 대한 미학적 탐구로 나타난다."

꽃과 낮달의 이미지는 박용래의 시선과 결합된 자연 풍경인 것이다. 이처럼 미적 거리에 의해 대상을 '풍경화'하는 방식은 박용래 시의 가장 두드러진 특성이라 할 수 있다. 박용래는 시종일관 향토적 자연을 대상으로 자신의 시적 세계를 창조해낸 자연시인이라 할 수 있다. 그의 자연은 객관적 대상으로서의 자연도 아니며, 그렇다고 시인의 관념에 철저하게 종속된 이념적 상징으로서의 자연도 아니다. 향토적 생활상과 시인의 주관적 정감이 어우러져 이룩한 자연이라 할 수 있다.

김춘수와 박용래는 자연을 교훈적·이념적 가치 이전에 하나의 심미적 대상으로 삼고 있다는 점에서 공통적이다. 김춘수는 관념적 시원 → 객관적 풍경 → 주관적 미의식으로 자연에 대한 태도를 심화시켜 가면서 자신만의 독특한 반자연으로서의 자연을 창조해낸다. 이러한 과정에서 그는 온전한 의미에서의 원시적 시원은 이미 훼손되었다는 좌절 의식을 드러낸다. 김춘수의 시가 '재조합된 풍경의 미'를 창조해내는 근본 원인을 여기서 발견할 수 있다. 그가 보여주고 있는 환상적이고도 신비한 개성적 자연은 그런 의미에서 잃어버린 자연을 새롭게 복원한 상상도라 할 수 있다.

현대시에서의 자연은 고전시와는 달리 근대성(modernity)의 여파와 직간접적인 관련을 갖는다. 박용래의 생애와 자연시 또한 산업화와 도시화가 야기하는 변화와 갈등하면서 이루어진 것으로 볼 수 있다. 그의 시는 근대성과의 불화를 첨예화하고 있지는 않지만 그것에 대한 반감과 갈등을 분명히 드러내고 있는 것이 사실이다. 박용래는 애초부터 문명이나 도시와 완전히 절연된 상태에서 향토성에 주목한 것이 아니라 문명과 도시적 속성을 인식한 상태에서 그것의 대타적 세계로서 향토성을 탐색하고 있는 것이다. 이와 같이 볼 때 박용래의 자연 인식의 태도는 순수한 자연 상찬의 의미를 벗어나 근대성 속에서 소외를 경험해야 했던 비애로운 삶의 이면을 반영한다. 그것을 애상적 아름다움으로 승화시키고 있는 시인의 시각에는 향토적 세계에 대한 애착이 담겨 있다.

3. 세계의 위기와 생태학적 성찰

1) 자본주의에 대한 대응 전략으로서의 생태문학

(1) 생태적 사유의 기저

환경시 혹은 생태시[63]는 고도 성장을 추구해왔던 산업화의 부산물로서 환경 문제가 두드러지면서 발생한 일군의 자연시이다. 한국 사회에서 환경운동이 대두된 것은 1970년대 후반[64]이며, 이러한 기류가 생태 문학적 담론[65]으로 본격화된 것은 민중문학의 기운이 가라앉기 시작한 1990년대에 이르러서이다. 생태시는 문명적 인간 삶의 양태를 전면 반성한다는 점에서 문명비판적 시들과 연계되면서 동시에 그 이전의 자연시와는 차이를 갖는다. 이전의 자연시가 현실의 부조리를 자연과의 합일로 대체

---

63) '문학생태학'이란 용어는 1774년 미국의 문학 이론가 조셉 미커(Joseph W.Meeker)의 저서 *The Comedy of Survival : Studies in Literary Ecology*(New York : Charles Scribner's Sons, 1974)에서 처음 사용되었으며, '생태시'라는 개념은 1980년대 독일에서 처음 사용되었다. 문학생태학은 눈에 보이는 환경파괴 현상만이 아니라 환경문제를 일으키는 우리의 생활방식과 의식구조, 욕망 등을 문제삼는다. 환경문학은 환경파괴 문제를 다루고 있는 문학을, 생태문학은 생태적 인식을 바탕으로 삼고 있는 경우를 말한다. 그러나 환경과 생태적 인식의 촉발은 서로 불가분의 관계에 놓여 있다는 점을 생각할 때 이 둘을 엄밀하게 나누는 것은 불가능하다(김용민, 「생태사회를 위한 문학」, 『현대문학』, 2000년 7월, 2000, 159~166면 참조). 한편 환경문학이나 생태문학의 경계가 모호한 것과는 달리, '환경주의'와 '생태주의'는 자연에 대해 서로 다른 태도나 입장을 나타내는 용어라는 것을 주지할 필요가 있다. 환경주의는 인류의 과학기술이 지금의 환경을 개선할 수 있을 거라는 인간 중심주의적 태도를 견지하고 있는 반면, 생태주의는 테크놀로지의 오용과 남용을 경계함과 동시에 인간의 환경만이 아니라 지구상의 모든 생명체에 관심을 갖는다(김성곤, 「자기중심 의식에서 생태의식으로―환경을 넘어서는 예술」, 『문화예술』, 한국문화예술진흥원, 2000년 4월, 27~29면 참조).

64) 김호기, 「환경사상과 환경운동의 흐름 및 쟁점」, 『창작과비평』, 1995년 겨울, 63면.

65) 1990년대 이후 환경과 생태에 대한 문학적 담론은 양적으로 질적으로 큰 성과를 보이고 있는데, 이에 대해 종합정리하고 있는 논의로는 신덕룡의 「생명시 논의의 흐름과 갈래」, 『시와사람』, 1997년 봄; 임도한의 「생태문학론의 현황과 과제」, 『동강문학』, 2002년 통권 제3호 등이 있다.

함으로써 보다 나은 인간 삶의 이상을 실현하고자 했다면, 생태시가 추구하고 있는 자연 지향은 대체가 아니라 자연과 인간의 공생 자체를 문제삼는다는 특징을 지닌다.

근대 이후 발생한 생태시의 기저는 우리 전통 시가의 자연인식의 틀,[66] 즉 우주관과 근본적으로 동일하다. 산업화에 따른 자연의 황폐화가 생명체의 공동 기반을 와해시키고 있다는 비판적 인식은 인간 삶의 조건으로서 새로운 환경을 건설하고자 하는 생태적 사유의 근간이 된다. 따라서 생태적 사유는 삶의 조건에 대한 비판적 인식을 바탕으로 자연과 인간의 공생의 토대를 만들고자 한다. 즉 생태적 사유가 지향하는 친자연적 세계는 오로지 자연만을 위한 것도, 반대로 인간만을 위한 것도 아니다. 여기에는 천인합일(天人合一)의 연속적 세계관이 작용하고 있는 것이다. 곽신환은 그의 저서 『주역의 이해』에서 "만물이 다같이 자라되 서로 해치지 않고, 도가 함께 행해져도 서로 어긋나지 않는다[萬物並育而不相害 道并行而不上悖]"는 『중용(中庸)』 30장의 말을 근거로 "자연 속에서 사는 인간이야말로 이 대생명의 과정에 참여하여 화육하는, 이른바 공동의 창조자이다. 따라서 자연과 인간은 대립자가 아니다. 양자는 둘이면서 하나이다"[67]라고 동양적 우주관에서의 인간의 위치를 밝히고 있다.

---

66) 윤사순, 「존재와 당위에 관한 퇴계의 일치시(一致視)」, 『한국유학사상론』, 열음사, 1986, 77~96면 참조.

성리학을 정리 집성한 퇴계 이황의 우주관에 따르면 우주는 태극이라는 '한 리(理)의 체계'라 할 수 있다. 이는 곧 조화로운 생성의 우주를 의미하는 것으로, 소이연(所以然)(존재로서의 자연법칙)과 소당연(所當然)(당위로서의 규범법칙)의 일치, 즉 변화, 생성의 필연과 목적이 서로 일치하는 유기체적 질서를 함의한다. 그는 우주 전체의 견지에서는 일종의 부조화를 의미하는 '세(勢)'(사물 밖의 외적 조건)로서의 '편리(偏理)'의 현상이 있을 수 없다고 보며, 우주 만물의 생성은 궁극적으로 하나의 자기 원인에 의한 조화로운 생성을 거듭한다고 본다. 이와 같은 그의 우주관은 인간의 윤리의식에도 그대로 적용된다. 퇴계는 소당연으로서의 '사(事)'에는 리(理)의 성질이 내포되어 있다고 역설한다. 즉 소당연인 사(事)는 자연적인 본성의 실현인데, 그 본성이 다름 아닌 소이연인 리인 것이다. 인간에게도 소이연과 소당연은 별개의 것이 아니라 하나인 것이다. 이와 같은 관점은 인간과 자연(우주)이 근본적으로 동일하다는 인식을 드러낸다. 따라서 그는 '천인합일'의 경지를 윤리적 행위의 최상의 경지로 간주한다.

이와 같은 우주론적 전제는 자연과 이상적 사회를 연속적 관계로 파악하는 '강호가도'의 지향과 맞닿아 있다. 성기옥은 고산 윤선도의 자연인식의 틀을 "그에게 역시 자아의 완성은 사사로운 개인의 차원에서 이루어질 수 있는 문제도, 자연 안에서 이루어질 수 있는 문제도, 사회 속에서 이루어질 수 있는 문제도 아닌 것이다. 그것은 자연과 사회로 열려져 궁극적으로 우주에까지 확산된 세계와의 합일에서 이룰 수 있는 문제인 것이다"[68]라고 규명함과 더불어 유가의 천인합일의 본질을 다음과 같이 설명하고 있다.

> 우주적 자연(天)과 인간과의 관계를 연속적이며 동시적인 질서 속에서 보는 연속적 실재관은 유가나 도가를 막론하고 세계의 존재에 대하여 가해 온 가장 전통적인 해석이라 할 수 있다. (…중략…) 유가의 천인합일의 사상은 오히려 이러한 인식을 기반으로, 천인합일의 이상을 실현해 나가야 할 주체로서의 인간적 실천의 문제가 중심을 이룬다. 따라서 이 이론적 성격은 본체론적이기보다는 인성론에 가깝고 존재론적이기보다는 당위론에 가깝다. 인간의 완성이 궁극적으로 전일적 우주(天)의 완전성과 하나됨에 있다는 명제의 실천론으로서, 하늘로부터, 부여받은 인간의 본성(本然之性)을 다함으로써 우주와의 조화로운 전체성을 이룰 수 있는 길을 밝히는 것이 그 궁극적 목적이라 할 수 있다.[69]

유가의 우주론이 강조하고 있는 인간과 자연의 연속적 세계관은 인간과 분리된 절대 자연의 세계로의 귀의를 뜻하는 것이 아니다. 이때의 우주론은 인간 사회와 자연 모두를 포괄한다. 따라서 강호가도는 자연으로의 도피가 아니라, 자연의 순리와 합일하는 이상적 사회 건설이라는 과제를 그 안에 내포하고 있다. 인용문에서 볼 수 있듯이 천인합일이 당위론과 실천론으로 인식되는 것은 이 때문이다. 생태시의 발생론 또한 세

---

67) 곽신환, 『주역의 이해』, 서광사, 1990, 301~302면.
68) 성기옥, 「고산 시가에 나타난 자연인식의 기본 틀」, 『고산연구』 창간호, 1987, 233면.
69) 성기옥, 위의 글, 231면.

계에 대한 부정적 인식을 기저로 새로운 세계 건설, 즉 인간 사회와 자연이 연속적으로 상생하는 세계를 만들어야 한다는 의식에서 비롯되었다는 점에서 우리의 전통적 우주론과 상통한다. 유가에서 강조하고 있는 당위와 실천으로서의 천인합일의 정신 또한 생태시의 근본적 성향이라 할 수 있다. 그러나 앞서 지적했듯이 생태시는 전통적 자연시와 달리 자연 자체의 위기 상황을 문제삼고, 인간의 생존마저 위협하는 황폐한 생명적 토대를 극복할 방법을 모색한다. 즉 전통적 자연시에 나타난 자연과 우주에 대한 인식은 그것이 생태적 지향을 드러낼지라도 자연 자체에 대한 위기감을 내포하고 있는 것은 아니라 할 수 있다.

(2) 한국 생태문학의 발생 원인

생태적 사유의 뿌리와 더불어 짚고 넘어가야 할 것은 우리의 생태문학적 담론이 출발하고 있는 거점에 대해서이다. 대부분의 생태 문학 담론은 서구 이성주의와 인간 중심주의를 비판하는 데서 출발하고 있다는 공통점을 지닌다. 환경 문제가 전지구적인 문제라는 점에서, 그리고 그것이 전지구적인 범주로 확산된 데는 서구의 근대 기획이 근본 원인이라는 점에서 서구의 근대적 사유를 비판의 대상으로 삼는 것은 일견 타당한 일인지도 모른다. 그러나 이러한 거시적 인식의 틀은 환경 문학 담론을 피상화하거나 혹은 모든 환경 파괴의 책임을 서구에 전가하려는 태도를 내포할 소지를 갖는다.

여기서 서구에서 말해지는 '인간 중심주의'를 다시 생각해 볼 필요가 있다. 17세기 합리주의와 18세기 계몽주의를 기저로 하는 그들의 인간 중심주의는 인간이 가지고 있는 이성적 능력을 확신하는 데서 비롯한다. 이성적 능력에 대한 확신은 곧 진보에 대한 믿음을 의미하며, 이러한 믿음을 통해 서구 세계는 물질문명과 과학 문명에 획기적인 발전을 이룩하였다. 문제는 이러한 발전의 이면에서 증식하고 있는 근대의 부정적 측면들이다. 그 가운데 하나가 환경 문제라 할 수 있다. 20세기 후기구조주의 철학에서 자주 언급되었던 이성에 대한 부정, 진보에 대한 회의, 새로운 패러다임의 모색 등은 그들이 자기 이해를 위해 이끌어낸 반성적 사유라 할 수 있다.

이때 유의해야 할 사항은 서구의 인간 중심주의에는 양가적 의미가 함의되어 있다는 점이다. 인간의 이성 능력을 신의 자리에 올려놓으므로 자연을 착취와 도구의 대상으로 삼았던 서구의 태도는 결과적으로 인간의 능력을 과신하는 오만으로 낙인찍히게 되었지만, 한편으로 이러한 태도에는 인간 존재에 대한 믿음과 존중, 그리고 그 믿음을 실현시키고자 했던 자존심이 함께 내포되어 있음을 간과해서는 안 된다. 이는 신과 불가항력적인 자연성으로부터 인간을 해방시키고자 했던 노력이기도 한 것이다. 이러한 노력이 현재의 혼란과 파괴, 불확실성, 무질서를 낳았다는 것은 결과적인 문제이다. 물론 그 결과를 책임져야 하는 것 또한 그들의 몫이다.

이와 같은 서구 인간 중심주의의 양가성을 생각해 볼 때 우리의 문학적 생태 담론은 그 거점을 달리할 필요성을 갖는다. 우리의 근대로의 이행 과정에 과연 인간 존재에 대한 자존심이 있었던가? 합리주의나 이성주의에 대한 집요한 반성 철학이 있었던가? 혹은 홍익인간이나 인내천 사상과 같은 인간 존중의 전통이 계승되었던가? 이러한 질문에 대해서는 지극히 회의적이다. 식민지와 6·25, 그리고 산업화로 점철되는 과정에서 우리가 몰두했던 것은 '실용적 가치'가 전부라 해도 과언이 아니다. 특히 우리의 산업화 과정은 인간 착취와 자연 착취가 동시에 이루어지면서 진행되었다고 보는 것이 더 정확할 것이다. 그런 의미에서 우리의 환경 문제는 서구적 의미의 인간 중심주의에서 발생한 것이 아니라 천박한 자본주의의의 권력과 그 자본주의가 대중들을 물질의 노예로 몰아가는 과정에서 자행된 것이라 할 수 있다.[70] 우리의 경제개발 정책은 '잘 살아 보자'라는 구호 아래 사람들을 종속시켰을 뿐, 진정 무엇이 잘 사는 것인지에 대한 가치론을 제공하지 못했다. 산하는 파헤쳐지고 사람들은 고향과 안식처를 잃어갔지만 '잘 산다'는 의미는 지금도 여전히 '돈'과 관련되어 있을 뿐이다. 그런 의미에서 한국의 환경과 생태 문학은 실용주의, 혹은 산업 자본주의의 가치관을 극복할 전략 가운데 하나라 할 수 있다.

(3) 한국 생태시의 양상과 문제점

생태시에 대한 논의에서 가장 많이 반복 거론되고 있는 작품은 신경림의 「이제 이 땅은 썩어만 가고 있는 것이 아니다」, 이하석의 「폐차장」, 김지하의 연작시 「새봄」, 최승호의 「공장지대」, 이형기의 「전천후 산성비」, 김광규의 「서울꿩」, 정현종의 「환합니다」 등이다. 그간 수많은 생태시가 문학 지면을 통해서 발표였음에도 불구하고 줄곧 이들 몇몇 작품이 반복 거론되는 까닭은 이들 시가 보여주고 있는 시적 긴장미와 생태적 지향이 조화를 이루고 있기 때문이기도 하지만, 이후 발표되고 있는 작품들이 내용과 형식면에서 도식화되고 있거나, 더 이상의 진전을 이루지 못하고 있기 때문이기도 하다. 이는 생태에 대한 문제 의식을 보다 복합적으로 밀고 갈 세계관적 지평이 미비하기 때문에 일어나는 현상이라 할 수 있다. 작품 자체의 내재성만을 본다면 비교적 성공작으로 평가할 수 있는 2000년대 생태시의 일면을 통해 그 문제점을 살펴보면 다음과 같다.

---

70) 최병두, 「자본주의 사회와 환경문제」, 『한국 공간환경의 재인식』, 한울, 1992; 최병두, 「자본주의의 위기이면서 동시에 포드주의의 위기인 환경위기」, 『경제와사회』, 1992년 겨울 참조
　국내의 환경 문제가 실용주의적 가치 태도에서 기인했다는 것은 곧 자본주의 체제의 파행성과 직결됨을 의미한다. 그런 의미에서 자본의 이윤추구, 자본의 자기증식과정, 욕구와 소비의 확대재생산을 환경 문제의 발생원인으로 지적하고 있는 최병두의 환경이론을 주목할 필요가 있다. 그는 자본주의 자기 증식적 본성이 노동의 착취만이 아니라 생산의 수단을 제공하는 자연을 착취해왔다고 지적하고 있다.

한겨울에 다리공사를 한 적이 있다

콘크리트를 치는 삽질 속으로 소복눈이 쏟아졌다. 내장을 삶는 가마솥에도, 김장김치와 돼지비계를 볶는 솥뚜껑 위에도, 수제비만한 눈송이 뛰어들었다. 공사를 마치고 거푸집을 떼내자, 돼지 불알만한 구멍들 숭숭했다. 오줌보만한 것도 두엇 있었다. 그래도 볏가마니 그득한 경운기가 다니고, 트랙터며 콤바인 잘도 건너다녔다. 그런데 삼 년 만에 다리를 철거해야 했다. 산골짝 다랑 논까지 경지정리를 하기 때문이었다. 다리는 한나절도 안 되어 가라앉았다. 콘크리트 덩어리가 냇물을 막고 철근더미가 둑에 쌓였다

엉성했던 콘크리트의 구멍과 교각 틈바구니에 둥우리가 꺼 있었다. 새들이 지푸라기며 보드라운 이끼로 공사를 마무리한 것이었다. 둥우리 위로 리어카가 지나가고 트럭이 부릉거리는 사이, 주먹만한 비곗덩어리와 돼지 불알 속으로 어미 새가 먹이를 나른 것이었다. 배고픈 눈송이와 돼지 오줌보에게 한 꾸러미씩 새알을 건넨 것이었다. 얼었다 풀렸다 하던 너털웃음과 김 무럭무럭 솟구치던 솥단지를 점찍어놨던 새들. 눈송이와 새들의 하늘 길처럼 아름다웠던 논두렁도 경지정리에 만신창이가 되었다. 논배미의 이름도 몽땅 사라져버렸다

사람 한 명 부르지 않고 레미콘이 새로운 다리를 놓고 있었다. 헛배 부른 익룡의 내장 안에 사람 하나 꼼지락거리고 있었다. 하늘 깊숙이, 다시 새들이 날고 있었던가. 눈송이와 돼지 오줌보에 둥지를 트는 새가 있었다.
—이정록, 「눈송이에 둥지를 트는 새」 전문[71]

섭새마을부터 정선까지
길이 없으리라.
道理(도리)없으리라. 우선, 만지동이 잠기면
만지동 사람 목이 잠겨
아리랑 가락 나오지 않으리라.
그 위 된꼬까리 여울물 소리 없고
어디에서든 구석진 수달의 사랑은 끝나고

---

71) 이정록, 『제비꽃 여인숙』, 민음사, 2001.

어라연의 하선암 중선암 상선암은
별을 비추지 못하리라.

— 이하석, 「동강댐 막으면」 부분[72]

서해에 닿기 전에, 만경강과 동진강은
개펄에 이르러
진흙에다 몸을 문지르며 좀 놀았는데요

밤이 되면 물가에 알을 슬어 놓고는 어기적어기적 걸어가는 도둑게들의 발자
국 소리를 다 듣고
손바닥만한 대합이 달빛을 한입에 넙죽 받아먹는 소리를 다 듣고
갯지렁이가 허리를 오므렸다 폈다 하면서 자기 삶을 밀고 나가는 소리를 다
듣고
때로는 가까운 바다에서 새우떼가 꼬리로 일제히 세상을 탁탁 치는 소리도
다 들었다는데요

그때서야 바다로 스며들어
바다하고 한 몸이 되었다는데요

씨펄씨펄,
개펄이 소리 없이 죽어 가요
바다는 저만치 물러나서 울음바다

강은 인제 망했어요

— 안도현, 「개펄에서 놀던 강」 전문[73]

「눈송이에 둥지를 트는 새」에서 이정록은 "돼지 부랄만한 구멍들 숭
숭" 나 있는 엉성한 다리, 부실하기 그지없는 다리를 지탱시켜 준 것은
다름 아니라 새들의 지푸라기와 이끼와 알이었음을 밝힘으로써 인간과

---

72) 이하석, 『녹』, 세계사, 2001.
73) 안도현, 『아무것도 아닌 것에 대하여』, 현대문학북스, 2001.

자연이 공생하는 아름다운 세계를 부각시킨다. 이와 더불어 부실한 다리 위로 "볏가마니 그득한 경운기가 다니고, 트랙터며 콤바인 잘도 건너다"닐 수 있었던 것은 내장을 삶고 돼지비계를 볶으며 다리 공사를 함께 했던 마을 사람들의 공유 의식임을 아울러 드러낸다. '다리'를 헐겁게 하는 '구멍'들이 이러한 것들로 채워질 때 비로소 자연과 인간, 그리고 인간과 인간의 관계는 온전한 것이 될 수 있다. 그러나 이러한 세계가 '만신창'이가 되어 가고 있음을 이 시는 역설하고 있다. '사람 한 명 부르지 않고' 새로운 다리를 놓고 있는 '레미콘'은 공생의 모든 질서를 파괴하는 기계적 삶의 방식을 표상한다. 즉 우리가 잃어버린 것은 새와 논두렁과 논배미만이 아니라 그것들에 붙여졌던 '이름'이며, 그 이름 속에 담겨있던 공생의 시간들이다. 기계 문명은 이 모두를 밀어내며 삶의 '틈'에 서려 있던 아름다운 가치들을 시멘트로 무참하게 지워버리고 있는 것이다. 과연 새와 인간의 정으로 메워졌던 삶의 '틈'을 시멘트 문화가 대신할 수 있을지 시인은 회의하고 있다. 공생을 역설하는 이 시의 생태 지향적 상상력은 우리에게 잃어버린 세계를 일깨워 주고 있다는 점에서, 그리고 이러한 맥락을 구체적인 상황 묘사를 통해서 드러내고 있다는 점에서 호소력을 지닌 작품으로 평가할 수 있다. 그러나 이 시는 과거에 대한 향수로 윤색되어 있다는 한계를 갖는다. 생태시는 과거에 대한 향수보다는 현실의 심각한 사태의 원인을 문제삼아야 할 것이다.

이하석은 시집 『투명한 속』(문학과지성사, 1980)을 1980년대 초에 선보임으로써 환경과 생태에 대한 관심을 선취적으로 보여준 시인으로 평가되고 있다. 그런 의미에서 최근에 출간한 생태 시집 『녹』(세계사, 2001)은 그가 얼마나 지속적으로 환경과 생태에 관심하고 있는가를 입증해주는 또 하나의 시집이라 할 수 있다. 이하석의 「동강댐 막으면」은 『녹』에 실려 있는 작품 가운데 하나이다. 이 시는 동강댐이 수몰시킬 수많은 생명체와 만지동 사람들의 터전에 대한 시인의 비감한 감정을 드러내고 있다. 세간을 떠들썩하게 했던 동강댐 사태는 정책 집행자들의 일관성 없는 태도와 환경단체의 극렬한 저항, 그리고 그 틈에서 몰락한 동강 주민들의 삶이 이해 관계의 측면에서 서로 엇갈리면서 자연과 인간의 공생을 조화롭게 한다는 것이 결코 쉽지 않음을 시사한 사건이었다. 이와 같이 날카롭게 대립되는 현실에 비추어 본다면 이 시는 다소 감상적인 차원에 머무는 감이 없지 않다. 즉 시가 현실의 복잡성을 다 간파해내지 못하고 있는 것이다.

안도현의 「개펄에서 놀던 강」은 『현대문학』(2001.6)에서 마련한 '새만금 특집' 난에 실린 작품이다. 시인은 이 시를 통해서 낙원으로서의 자연과 그것이 붕괴되고 있는 우리의 현실을 아울러 말하고 있다. 그가 상상하는 낙원은 투쟁과 대립이 소거된, 모든 생명이 하나로 몸 섞는 유기체로서의 공간이다. 게와 대합, 갯지렁이, 새우는 물, 달, 개펄과 뒤엉켜 자기 삶을 밀고 가는 생명체들이다. '만경강과 동진강'은 바다와 하나가 되어 가는 과정에서 이 모든 것들의 소리를 '다 듣'는다. 이처럼 강과 개펄, 바다가 드러내고 있는 연속적 공간 구도는 도시의 직선로와 대조되는 곡선의 세계이다. 그러나 자본의 논리 앞에서 이러한 세계는 붕괴된다. 이때 '개펄'에서 동일 음상을 따오고 있는 '씨펄 씨펄'은 난폭한 현실의 논리에 대한 불만과 분노를 드러내는 시인의 태도를 반영한다. 그리고 '강은 인제 망했어요'라는 말을 통해 '우리는 이제 망했음'을 시인은 아울러 환기시킨다. 하나의 생명적 고리가 끊어져 버릴 때 유기적 세계는 결핍으로 인한 불균형 상태에 놓이게 된다. 거기에 인간의 삶도 한 부분으로 자리해 있음을 이 시는 암시하고 있는 것이다. 그러나 이 시가 드러내고 있는 귀엽고 부드러운 어조와 아름다운 수사가 생태 의식을 고무시키는 데 얼마나 기여할 수 있는지 의문을 갖게 한다. 자칫하면 독자를 비판보다는 몽상의 차원으로 이끌고 갈 위험은 없는 것인지 묻게 된다.

우리의 환경시나 생태시의 내용은 주로 ① 아름다웠던 과거의 자연이나 농경문화에 대해 회상하고 있는 경우, ② 자연이 붕괴되고 있는 현재 상황을 단순하게 드러내고 있는 경우, ③ 독자를 비판 의식보다는 감상

쪽으로 유도하고 있는 경우로 이루어져 있다. 이러한 시적 내용은 향토적 세계, 혹은 낙원에 대한 향수를 불러일으키거나, 아니면 자연에 대한 막연한 예찬과 동경을 일깨워 주는 것 이상을 넘어가지 못한다. 중요한 것은 이러한 내용 구성이 반복되고 있다는 것이며, 이는 곧 환경시나 생태시가 도식화되고 있음을 말해주는 것이다. 이 같은 현상은 리얼리즘적 상상력이 서정적 정서와 결합하고 있는 최근의 경향과 무관하지 않다. 리얼리즘적 상상력이 서정화될 때 비판 의식을 토대로 한 새로운 세계로의 전환은 약화될 가능성을 갖는다.

이 글의 서두에서 말했듯이 우리의 환경 파괴가 근본적으로 자본주의의 권력과 그 권력이 유포시킨 실용주의라는 막강한 가치관에서 기인한 것이라면 환경시와 생태시 또한 막연한 향수와 감상이 아니라 보다 날카로운 비판 의식으로써 이에 맞서야 한다고 생각한다. 그렇다고 생경한 사회 비판의 구호를 외치는 어색하고도 경직된 시가 되어도 좋다는 것은 아니다. 우리가 직시할 것은 파괴된 자연 자체의 현상이 아니라 그것을 파괴한 힘의 실체이며, 그 힘을 만들어내는 모순된 구조이다. 그리고 그 힘의 지배하에서 들끓고 있는 과도한 욕망일 것이다. 이를 보다 치열하게 파고들 때 생태시가 지닌 저항의 의미와 부정의 정신이 비로소 진정한 가치를 가지게 되리라 여겨진다. 이와 더불어 새로운 생태사회에 대한 성찰을 제공할 수 있는 시가 필요하리라 생각한다. 장석주는 "생태학적 상상력이란 인간의 생존의 근거를 위협하는 환경의 파괴, 환경의 훼손에 대한 주체의 대응으로서의 생태 지향주의적 상상력이어야 한다. 그 상상력은 강력하게 문제제기적이어야 하고, 생태계의 기본 질서를 파괴하는 모든 형태의 문명과 생활 양식에 대해 단호하게 항의적이어야 한다"[74]고 말한 바 있다. 이와 같은 견해에 하나 더 보태어 말한다면 생태학적 상상력은 자연으로서의 인간 존재에 대한 성찰을 무엇보다 앞서

---

74) 장석주, 「환경과 시─환경 / 생태계의 죽음, 그 이후의 상상력」, 『현대시세계』, 1991년 가을, 37면.

감행해야 할 것이다. 생태학적 상상력은 궁극적으로 인간을 배제한 상상력이 아니라 인간과 자연 모두에 대한 사유며 인식이다. 그런 의미에서 이 글은 자연으로서 인간 존재를 문제삼고 있는 '생태학적 존재론'과 여성과 자연의 관계를 문제삼고 있는 '에코페미니즘'에 주목하고자 한다.

2) 생태학적 존재론

(1) 관계 중심의 인간관

인간을 둘러싸고 있는 환경과 자연을 문제삼는 모든 발상은 근본적으로 인간이란 무엇인가라는 물음으로 회귀할 수밖에 없다. 환경과 자연 생태에 대한 물음의 발생학적 토대가 곧 인간의 생명적 기반이 동요하고 있다는 인식이기 때문이다. 환경시와 생태시 또한 마찬가지이다. 환경시는 인간이 거주하는 삶의 조건, 다시 말해 비생명적 조건들에 대한 비판적 인식으로부터 출발한다는 점에서 생명의 활동 기반에 초점을 맞추고 있는 생태시와 큰 차이를 갖지 않는다. 이 모두는 인간을 포함한 자연 일반의 온전한 생명 보존 조건을 되찾고자 하는 예술적 노력이라 할 수 있다.

생태시는 내용 면에서 크게 세 가지 범주로 나눌 수 있다. 가장 큰 비중을 차지하는 것은 황폐하게 파괴된 자연 현상을 고발하고 있는 경우이며, 그 다음 환경과 생태 파괴의 원인을 비판적으로 드러내고 있는 시, 그리고 마지막으로 인간과 자연의 공생, 혹은 친화를 지향하는 시 등이 그것이다. 이때 가장 근본적 전제가 되어야 할 것은 자연이기 이전에 인간에 대한 성찰적 규명이라 할 수 있다. 왜냐하면 자연의 자생력을 인공적으로 변화시킴으로써 자연 생태를 파괴한 장본인이 인간이기 때문이다. 그러나 생태학적 인식하에서 이루어지는 인간에 대한 존재론적 규명은 인간 자체의 내재성만을 문제삼는 태도를 지양한다. 즉 생태학적 존재론을 밝히는 데 근본 열쇠가 되는 것은 '관계'이다. 자연 자체나 인간 자체에 대한 정의는 생태학적 인식에서는 무의미하다. 중요한 것은 자연의 의미와 인간의 의미 양자가 모두 '관계성'을 통해서 형성될 때 온당한 가치를 담보해낼 수 있는 것이다. 그런 의미에서 일방적인 자연 보호의 관점이나 무조건적인 인간 혐오감은 둘 다 지양해야 할 태도라 할 수 있다.

(2) 신성한 몸의 징표로서 '낳다'

정진규는 시집 『몸시(詩)』(세계사, 1994)를 기점으로 인간의 신체에 대한 새로운 자각을 보여주고 있다. 이는 『몸시(詩)』만이 아니라 그 이후의 시집 『알시(詩)』(세계사, 1997), 『도둑이 다녀가셨다』(세계사, 2000)에서도 계속 이어지고 있는 특징 가운데 하나이다. 이 세 시집에 등장하는 시적 화자는 공통적으로 시인의 물리적 나이와 궤를 같이하는 노년의 인물이라 할 수 있다. 여기서 시적 화자의 성격에 대해 언급하는 이유는 그의 생태적 사유와 나이 듦이 긴밀한 관계 속에 놓여 있기 때문이다. 정진규의 생태적 사유는 외적 환경에 대한 비판적 성찰로부터 생성된 것이라기보다는 자기 자신에 대한 실존적 사유로부터 형성된 것이라 할 수 있다.

이 세 시집을 통해서 그는 죽음과 병과 소멸의 의미를 드러낸다. "찰칵찰칵 지워지는 게 분명한 / 그런 시계를 / 누구나 하나씩 차고 있다 / 가고 있다 지워지고 있다"(「몸시(詩)·16-시간」), "나는 지금 병이 깊지만 나의 몽매를 몸으로 깨우치는 이 전폭의 매질이 오히려 안락하다 비로소 나는 감추었던 것들 다 몸으로 불고 있다"(「몸시(詩)·78-병에 대하여」), "목이 마르다 열이 식는다는 건 나로서는 불안한 일이다 나는 내 몸만으로는 뜨거워지지 못한다"(「제것-알 42」) 등의 시구절이 그러한 예이다. 이러한 존재론적 어둠이 역으로 인간에 대한, 혹은 생물(生物)에 대한 새로운 성찰을 가능케 한 토대이다. 한편 생태적 사유를 드러내고 있는 그의 자연시는 나이든 자의 여백과 느긋함이 내재해 있음과 동시에 그 여백은 따분하지 않은 상상력의 긴장성으로 견인되고 있다는 특징을 지닌다. 그런 점에서 그의 자연시는 느슨하거나 뻔한 자연 상찬과는 변별된다. 정진규의 생태적 상상력은 자연을 관찰하거나 관조하는 데서 출발하는 것이 아니라 자신의 몸을 사유의 대상으로 삼음으로써 진행된다.

> 어디가 아픈 게 분명하다
> 아니, 나는 알고 있다
> 마음이 몸을 파 먹어 그렇다
> 따지면 마음도 야위어 그렇다
> 마음이 배고파 그렇다
> 몸은 내 마음의 밥
>
> ―정진규, 「몸시(詩)·63―맨몸」 부분[75]

정진규에게 몸은 마음을 담아내는 껍질이나 그릇이 아니라 마음을 키우는 '밥'이다. 몸이 곧 마음의 자양인 것이다. 따라서 마음의 논리와 몸의 논리는 상응 관계에 있다. 이는 안과 밖이 하나라는 일원론적 존재관을 드러낸다. 정신을 우위에 놓고 육체를 부수적인 것으로 타자화해 왔던 일반적 경향을 뒤집음으로써 시인은 억압되어 왔던 인간의 자연성을 부각시키고 있는 것이다. 자연성, 혹은 육체성은 인간의 한계를 말해주는 근원적 조건이라는 점에서 극복되어야 할 것으로 인식되어 온 것이 사실이다. 그러나 자연성은 극복해야 할 부정적 요소만으로 이루어진 것은 아니다. 그것은 다른 것으로 대체 불가능한 생명적 진리를 직접적으로 드러내주는 유일한 증거이다. 자연성은 생명의 본질에 이를 수 있는 통로인 것이다. 따라서 시인은 "옹이는 날것들의 싱싱한 거부, 아직도 그것들과 싸우고 싶지만 그래서, 그걸 조지려고 내 연장 그릇엔 끌과 망치가 들어 있기도 하지만 도구는 도구일 뿐 몸이 아니다 이젠 그걸 사용하

지 않기로 한다"(「결1」)고 고백함으로써 자연성에 순응하는 것이야말로
가장 생명적인 것임을 강조한다. 그렇다면 자연성이 함의하고 있는 생명
적 진리는 구체적으로 무엇인가?

> 뜨락의 작은 나무 하나도 나뭇가지도
> 한 마리 새를
> 평안히 앉힐 수 있는
> 몸으로,
> 열심히 몸으로!
> 움직이고 있다
>
> ─정진규, 「몸시(詩)·52─새가 되는 길」 부분[76]

> 아이가 배가 고플 때쯤이면 젖이 찌르르 신호를 보낸다고 했다 이건 분명 먹
> 이다가 아니라 먹히다이다 먹히다는 고함치도록 행복하다이다 그러니 모유가
> 제일이다! 그대 오늘 사랑이 고픈가 이 몸이 지금 찌르르르 신호를 보낸다
>
> ─정진규, 「교감(交感)」 부분[77]

시인은 이 두 편의 시를 통해서 마음이나 정신만으로 할 수 없는 것이
무엇인지를 제시한다. 나무든 인간이든 그것의 몸은 나의 소유물이 아니
라 나 밖의 것에게 에너지를 공급하는 신성한 모체임을 보여준다. '한 마
리 새를/평안히 앉힐 수' 있는 몸, 그리고 아낌없이 '먹히'는 몸이야말
로 존재의 가장 지극한 형상이라 할 수 있다. 몸이 이기적 욕망의 분출
구이며 동시에 욕망을 실현하는 본체라는 통념을 이들 시는 벗어난다.
나의 것으로 나 아닌 것들을 기른다는 사실은 생명의 유기적 관계를 성
립시키는 기본 구도이다. 여기에는 나의 희생이 있는 것이 아니라 나와
너를 관계 맺게 하는 상생(相生)의 질서가 내포되어 있다. 나는 먹힘으로
써, 그리고 너로부터 자양을 받아옴으로써 생명 번성의 오묘한 프로그램

---

76) 정진규,『몸시(詩)』, 세계사, 1994.
77) 정진규,『도둑이 다녀가셨다』, 세계사, 2000.

에 참가하는 것이다. 이것을 시인은 '사랑'이라 말한다.

서로의 생명을 보육해주는 상생의 정점은 정진규의 시에서 '낳다'라는 행위로 드러난다. '낳다'는 상생의 질서가 만들어내는 가장 고귀한 결과이다. '낳다'는 응축된 생명의 에너지가 한꺼번에 존재의 밖을 향해 쏟아져 나옴으로써 또 하나의 생명을 창조해내는 순간적 사건이다. 시인은 '낳다'의 신성함을 다만 인간 주체의 것으로 소유하려 하지 않는다. 그의 시 「우리나라엔 풀밭이 많다」에서 "오늘 아침 산책길에서 풀밭에서 그 초록힘들의 무리를, 낳는 힘들을 보았다 뾰족뾰족 땅을 들추구 있었다 나도 이 봄에 손자 하나를 더 보았다 손자가 둘이다. 그렇다면 나도 이제 십만 톤은 넘는다 할 수 있다"고 그는 말한다. 여기에는 창조의 주체가 인간이라는 오만한 관념을 벗어난 평등의식이 내재해 있다. 땅을 밀고 나오는 풀의 힘을 '낳다'라는 말로 복귀시키는 자연에 대한 이러한 대접은 인간과 자연의 동일성을 상정하고 있는 생태적 사유를 나타낸다. 이로써 시인은 자신 또한 자연의 일부임을 암시하고 있는 것이다. 이는 「물 속엔 꽃의 두근거림이 있다」·「따뜻한 한몸―알 20」·「감나무 새순들―알 33」·「아, 둥글구나―알 34」 등에서 반복적으로 나타나기도 한다.

한편 손자를 둘이나 본 「우리나라엔 풀밭이 많다」의 시적 화자는 인간과 자연의 동일성의 세계에서 '늙음'이 아니라 자신이 '십만 톤'의 힘을 저장하고 있는 한 생명적 존재임을 아울러 유추하고 있다. 그의 또 다른 시 「아내의 방―알 31」에서 보여지는 "임신중절을 하고 돌아와 이 봄날 백주 대낮에 혼자 모로 누워 있는 이제는 늙었달 수밖에 없는 아내의 방, 그런데도 아내는 왜 저리 평안한 것일까 아내의 방이 왜 저리 넉넉해졌을까"라는 반문에서도 '낳다'의 가능성을 아직도 간직하고 있는 '아내'에게서 '늙음'이 아니라 '생명'을 확인하고 있는 그의 자연 인식을 느낄 수 있다. 이와 같은 자연 인식을 토대로 정진규는 늙음, 더 나아가서는 죽음이나 허무 등의 인간 존재의 실존적 사태를 영원한 생성으로 바꾸어 놓는다. 그의 시가 지속적인 긴장을 유지하는 것도 이러한 생명적 인식과 무관하지 않으리라 여겨진다. 상생에 의해 이루어지는 생명 보육과 영원한 생성 앞에서 정진규는 찬탄만이 아니라 때로 경건하고도 겸허한 태도를 취하기도 한다. 그것을 그는 '미안하다'라는 말로 표현하고 있다.

> 내 어렸을 적 우리집 암탉은 하루에 한 알씩 어김없이 알을 낳았다 저녁 무렵 둥지에 손을 넣으면 언제나 따뜻한 것이 만져지었다 곧 밤이 왔지만 우리 식구들은 둥글고 따뜻한 잠을 잘 수가 있었다 따뜻한 알들이 우리 식구들의 잠 속을 굴러다녔다 아침이면 노오란 병아리들로 삐약거렸다 하지만 너무 너무 자주 낳으니까 미주알이 빠져 있었다 늘 미안했다 지금도 가끔 시골엘 가보면 미주알이 빠진 암탉들을 볼 수가 있다 지금도 나는 늘 미안하다 미주알이 빠지도록 낳고 또 낳을 수밖에 없는 것이 알이다 알이어야 한다 우리들의 둥글고 따뜻한 잠을 위한 암탉들을 우리들의 뜨락에 놓아 먹일 수밖에 없다 지금도 나는 늘 미안하다
>
> —정진규, 「암탉—알 24」 전문[78]

'따뜻함'과 '둥근 것'은 정진규의 생명 인식을 나타내는 대표적 상징어이다. '따뜻함'은 생명의 기운이며, 그 기운을 응축하고 있는 '둥근' 형상이 '자궁'이다. 즉 생명의 '집'인 것이다. 그 집은 '우리 식구들'의 '둥글고 따뜻한 잠'을 제공해주는 근원처이다. 거기에서 '따뜻한 알들'이 굴러다니며 새로운 생명이 되는 것이다. 그런데 이러한 생명의 근원지는 그냥 만들어지는 것이 아니다. '미주알이 빠지'는 고통과 수고가 거기에 내포되어 있다. 이 눈물겨운 생명 번성의 안간힘을 지나치지 않는다는 것이 정진규 시의 깊이라 할 수 있다. 그것에 대한 감회를 '미안하다'고 시인은 말하고 있는 것이다. 그의 '미안함'은 곧 생명 일반이 지니고 있는 '모성성'에 대한 경건함이며 고마움이라 할 수 있다. 그런 면에서 그의 생태적 사유는 에코페미니즘적이라 할 수 있다.

---

78) 정진규, 『알시(詩)』, 세계사, 1997.

(3) 인체의 근원적 성분으로서 자연

정현종은 초기시에서부터 인간적 고뇌만이 아니라 물·불·공기 등의 근원적 원소에 대한 몽상을 기저로 생명성의 에로틱한 황홀과 도취, 약동을 노래해 왔다. 이와 같은 그의 시적 지향은 특히 1980년대 말에 출간한 시집 『사랑할 시간이 많지 않다』(세계사, 1989)에 이르면 자연물과의 친화적 상상력으로 보다 구체화된다. 『사랑할 시간이 많지 않다』이후에 출간한 『한 꽃송이』(문학과지성사, 1992), 『세상의 나무들』(문학과지성사, 1995), 『갈증이며 샘물인』(문학과지성사, 1999) 등의 시집에서 이러한 그의 성향은 지속적으로 그리고 전폭적으로 드러난다. 그의 수많은 시편들은 자연을 기리는 노래로 가득 채워져 있으며, 생명적 실재를 발견하는 기쁨으로 넘쳐난다. 거기에는 찬탄과 고마움, 그리고 문명적 삶의 방식에 대한 비난이 함께 포함되어 있다.

> 까치야 고맙다.
> 누가 너를 두고 한식구가 아니라고 한다면
> 그 사람이야말로 우리의 종족이 아니다.
> 고맙다 까치야.
> 우리네 집 근처에서 한결같이
> 오 한결같이 살아주어서
> 정말 고맙다.
>
> 무엇보다도 말이다
> 창밖으로 네가
> 이 나무에서 저 나무로 날아다니는 걸
> 보지 못한다면 우리가 어떻게
> 가벼워지겠느냐.
> 집 근처에서 네가 날아다니지 않으면
> 우리 동네들은 또 언제 꽃피어나겠느냐
> 나의 안복(眼福)이여.

네가 먹이를 물고 날아가
나무 위에서 먹을 때
우리는 또 찬탄한다
아주 조금 먹고도 살 수 있음을.
나의 眼福이여.

까치야 고맙다.

— 정현종, 「까치야 고맙다」 전문79)

시인은 '까치'를 '우리의 종족'이라 말하고 그것이 인간에게 되돌려 주는 기쁨을 노래한다. '안복(眼福)'이라고 표현하고 있는 '기쁨'은 말 그대로 눈의 복락이 아니라 일종의 정신적 복락이라 할 수 있다. 즉 시인은 까치를 통해 생의 가벼움을, 인간이 살만한 터전을 감지한다. 더욱 중요한 것은 '아주 조금 먹고도 살 수 있음'을 깨닫고 있는 부분이다. '아주 조금 먹고도 살 수 있음'에 대한 찬탄 속에는 이 세계에 대한 부정 의식이 내포되어 있다. 욕망의 과잉 분비, 과다하게 먹고도 채워지지 않는 허기증, 끊임없이 돌아가는 소비시스템, 이것이 현대인들의 삶이라면 시인의 '아주 조금 먹고도 살 수 있음'이라는 발언은 곧 현대인들을 비난하는 간접적 발언으로 읽힐 수 있다. 정현종은 자연의 생태를 통해 욕망의 절제를 강조하고 있는 것이다.

정진규의 생태적 사유가 개인의 실존적 사태와 맞물려 생성된 것이라면 정현종의 생태적 인식은 「까치야 고맙다」에서 짐작할 수 있듯이 문명에 대한 반작용과 깊이 연관되어 있다. 그는 문명을 "죽음을 향한 발전"(「문명의 사신(死神)」)이라 말하고 "죽은 소리 죽이는 소리 저 자동차들의 / 굉음과 소음으로 밀봉된 도시"(「날개 소리」)에서 허덕이는 우리를 "문명의 난민(難民)"(「가짜 아니면 죽음을」)이라고 규정한다. 이러한 세계가 인간을 향해 쏘아 올리는 폭탄과 미사일의 폭력에 맞서 두루미와 기러기와 뻐

---

79) 정현종, 『세상의 나무들』, 문학과지성사, 1995.

꾸기로 요격할 것(「요격시」)을 그는 권유한다. "짐승스런 편리"(「깊은 흙」)로 생명을 고갈시키고 있는 문명에 대한 비판과 자연에 대한 찬사로 이루어진 정현종의 생태시는 그런 의미에서 새로운 삶의 지평을 열기 위한 대항적 산물이라 할 수 있다. 그는 이 삶의 '헤게모니'를 자연에게 되돌려 주어야 한다고 거듭 촉구한다.

> 헤게모니는 꽃이
> 잡아야 하는 거 아니에요?
> 헤게모니는 저 바람과 햇빛이
> 흐르는 물이
> 잡아야 하는 거 아니에요?
> (…중략…)
> 헤게모니는 무엇보다도
> 우리들의 편한 숨결이 잡아야 하는 거 아니에요?
> 무엇보다도 숨을 좀 편히 쉬어야 하는 거 아니에요?
> 검은 피, 초라한 영혼들이여
> 무엇보다도 헤게모니는
> 저 덧없음이 잡아야 되는 거 아니에요?
>
> —정현종, 「헤게모니」 부분[80]

고도의 기술 문명을 구축하고 있는 자본주의 사회에서 헤게모니를 장악하고 있는 것은 '자본'이라 할 수 있다. 현대의 문명은 자본을 토대로 오로지 생산과 소비로 이루어진 도시의 생활시스템을 건설하고 그 안에 현대인의 삶의 방식을 묶어놓는다. 인공으로 만들어진 상품의 소용돌이 속에서 원본(자연)은 잊혀지고 사람들은 욕망의 노예로 전락한다. 그것이 엔트로피의 증가를 가속화하고 있는 근본 원인이라 할 수 있다. 현대의 문명 속에서 인간을 노예화하는 권력 자본과 그것이 자행하고 있는 폭력으로부터 헤게모니를 탈환하는 방법은 자연성을 되살리는 것이라고

---

80) 정현종, 위의 책.

이 시는 말한다.

이 시에서 꽃, 바람, 햇빛은 '우리들의 편한 숨결'과 '덧없음'이라는 이중의 메타포에 의해 그 의미가 만들어지고 있다. '자연물'을 '숨결'로 치환하고 있는 발상은 자연의 작용력이 곧 인간의 생명을 좌우한다는 인식을 말해준다. 시인은 이를 또한 '덧없음'이라고 표현하고 있는데, 이는 '허무'가 아니라, 문명적 사회의 헤게모니를 쥐고 있는 인위의 완강함에 대응되는 말로 해석하는 것이 온당하다. 즉 이 시에서의 '덧없음'은 목적과 실용적 이해 관계를 벗어난 자연의 '무위(無爲)'를 이르는 것이라 할 수 있다. 이러한 자연성에 삶의 주도권을 맡길 때 인간의 삶은 '편한 숨결'의 생명성을 얻게 되는 것이다. 왜냐하면 인간은 본질적으로 그 무엇이기 이전에 자연이기 때문이다. 정진규가 '낳다'의 창조적 행위를 통해 인간과 자연이 하나임을 발견했다면, 정현종은 인체의 성분과 자연의 성분이 동일하다는 과학적 신비를 통해 인간과 자연의 동일성을 발견한다.

> 은하수 너머 머나멀리, 여기서 천이백만 광년 떨어진 데서 초신성(超新星)이 지금 폭발중인데, 폭발하면서 모든 별들과 은하군(銀河群)의 에너지 방출량의 반에 해당하는 에너지를 방출하고 있다.
> 지구 은하계 너머, 나선형 M-81 은하계에서 발견된 특히 빛나는 이 초신성 1993J의 크기는 지구가 속해 있는 태양계만한데, 폭발하는 별은 죽어가면서도 삶을 계속하고 있다. 그건 다른 별들을 만드는 물질을 분출할 뿐만 아니라 생명 바로 그것의 구성 요소들을 방출하기 때문이다.
> 우리 뼛속의 칼슘과 핏속의 철분은, 태양이 생겨나기 전에, 우리 은하계에서 폭발한 이 별들 속에 들어 있었던 것이다.
> ─ 로스앤젤레스 타임스, 1993년 7월 18일자 기사

너 반짝이냐
나도 반짝인다, 우리
칼슘과 철분의 형제여.

멀다는 건 착각

떨어져 있다는 건 착각
이 한 몸이 三世며 우주
죽어도 죽지 않는 통일 영물(靈物) ——

일찍이 별 하나 나 하나
별 둘 나 둘 아니냐
그렇다면!
그 전설이 사실 아니냐
우리가 전설 아니냐
칼슘의 전설
철분의 전설 ——

밤하늘에 반짝이는 내 뼈여
밤하늘에 반짝이는 내 피여.

—정현종, 「밤하늘에 반짝이는 내 피여」 전문[81]

　　로스앤젤레스 타임스에 실린 객관적 기사를 바탕으로 씌어진 이 시는 과학적 근거를 시적 상상력과 결합시키고 있는 특이한 경우라 할 수 있다. 과학적 근거를 시적 상상력과 결합시키고 있는 경우는 이 시 외에 「하늘의 화륜(火輪)」·「구름의 씨앗」 등에서도 발견된다. 과학적 사유는 언제나 객관의 논리를 지향한다는 점에서 주관적 몽상의 세계인 시적 상상력과는 상반된다. 그럼에도 불구하고 과학적 지식을 바탕으로 자연의 신비에 접근하고 있는 시인의 태도는 자신의 생태적 인식이 결코 몽상의 산물만이 아님을 말해 준다. 이때 시적 문맥은 논리화된다고 할 수 있는데, 시적 차원에서 낯선 이러한 구성 방식 또한 생태적 삶의 복원을 위한 시적 전략의 일환으로 평가할 수 있다.

　　그런데 이러한 내용 구성 방식에는 과학적 지식을 뛰어넘는 또 다른

---

81) 정현종, 『세상의 나무들』, 문학과지성사, 1995.

사유가 개입되어 있음을 보게 된다. '별'을 먼 것으로, 우리와는 다른 신비하고도 성스러운 것으로 꿈꾸는 우리의 일반적 몽상을 이 시는 과학적 지식을 제시함으로써 무산시키는 것이 아니라, 역으로 우리 자신이 곧 우주에 빛나는 '별'임을 일깨운다. 문명 사회에서 비천해진 인간 존재의 가치를 자연성으로 복귀시킴으로써 시인은 인간의 존엄함을 되찾아 주고 있는 것이다. 이것이 객관적 지식을 뛰어넘는 그의 인문적 지향이라 할 수 있다. 즉 그에게 자연과 인간의 동일화는 인간을 야만의 상태로 강등시키는 것이 아니라 오히려 가장 신성한 존재로서 인간의 지위를 상승시키는 것이다. 별의 성분으로 이루어진 우리의 '몸'은 저속과 비루함을 벗어난 신성한 자연의 실재라 할 수 있다. 따라서 시인은 "강물을 보세요 우리들의 피를 / 바람을 보세요 우리의 숨결을 / 흙을 보세요 우리의 살을"(「이슬」)이라고 거듭 노래한다.

정현종은 자연과의 동일성으로서의 인간 신체를 "눈부신 아홉 구멍 / 만물이 드나드는 길목이 많아서 / 만물교통의 중심이며 / 천지를 꿰고 있다"(「몸뚱아리 하나」)라고 말한다. 그리고 몸의 신비한 작용력을 "어떤 몸이든지간에 / 하여간 다른 몸에 가서 / 붙어제끼니까 / 바람벽을 치듯이 붙어제끼니까!"(「몸이라는 건」)라고 말한다. 이들 시에서 알 수 있듯이 정현종이 강조하고 있는 것은 생명체의 '움직임'이다. 그에게 몸은 만물의 소통에 의해 유지되는 유기체인 것이다. 몸은 다른 생명에게로 건너가 '붙어제낌'으로써 화육한다. "기지개를 켤 때 너는 / 듣지 않느냐 / 공기가 욱신거리는 소리를 / 흙길을 걸으면서 나는 / 내 발바닥에 기막히게 오는 / 흙의 탄력에 취해 걸어"(「몸놀림」)간다고 시인은 고백한다. 내 몸놀림이, 생명성의 방출이 곧 자연과의 교감이며, 그 교감이 또한 '나'의 생명적 양태인 것이다.

생태학적 물음은 개체들 간의 '관계' 양상에 대한 사유이다. 생명체들 간의 생존이 상호 병립하는 공존의 장을 유지하기 위해서 관계에 대한 사유는 필수적이다. 인공적 기획으로 가득한 세계에서 생태적 사유는 곧 자연성 회복의 문제로 귀결한다. 지금까지 실행되었던 인공적 기획은 대부분 관계에 대한 배려가 아니라, 인간이라는 단일 종을 위한 미시적 안목에서 작동된 것들이라 할 수 있다. 따라서 인간은 생태적 관계망으로부터 벗어난 예외적 자연으로 군림함으로써 자연을 지배하고 소비하는 폭력적 존재가 되었다. 이는 역설적이게도 인간의 생존이 자연과 분리될 수 없음을 말해준다. 즉 인간의 인공적 기획을 실현 가능케 하는 근본 에너지는 자연인 것이다. 문제는 이러한 근원적 에너지가 생성되는 조건과 시간을 무시하면서 인간의 역사가 진행되었다는 점이다. 인간의 생명적 기반을 갉아먹으면서 인간은 현대에 이른 것이다. 생태적 사유는 인간이 다른 생명체와 공동의 영역 속에 있음을 자각하고 그것을 되돌리고자 하는 노력이라 할 수 있다. 정진규와 정현종의 자연시에 나타난 생태학적 존재론 또한 이러한 성찰 가운데 하나이다.

정진규와 정현종의 자연시는 자연의 생명적 가치를 시로써 형상화하고 있음과 동시에 자연의 궤도 밖으로 떨어져나간 인간을 그 안으로 다시 복귀시키는 시적 상상력을 보여준다. 이는 '인간이란 무엇인가'라는 본질적 물음의 제기라 할 수 있다. 정진규는 '몸'에 주목함으로써 인간이 여타의 자연물과 동일하게 생명을 창조하고 보육하는 존재임을 일깨운다. 그것은 '낳다'라는 창조적 사건을 통해서 우리 앞에 반복적으로 게시된다. 자연물들이 '낳다'를 통해서 생명의 조건을 연속성으로 이끌 듯이 인간 또한 그러함을 정진규는 강조한다. 이와 같은 동일성의 사유는 자연과 인간이 평등한 가치를 지닌 존재임을 말해준다. 정현종 또한 인간의 생태학적 존재론을 제기하는 데 있어 '몸'의 의미를 부각시킨다. 그는 인체가 자연의 성분으로 구성되어 있음을 과학과 우주론적 상상력의 접목을 통해 입증하고 있다. 중요한 것은 이와 같은 시적 상상력이 비천해진 인간의 가치를 신성한 것으로 끌어올리고 있다는 점이다. 이는 자연을 인간의 지배 아래 놓았던 기존의 시각을 와해시키는 발상이라 할 수 있다. 이들에게 자연성이야말로 가장 신비하고 신성한 가치인 것이다. 자연성은 인간과 분리된 것이 아니라 인간이 망각했던 소중한 가치임을, 그리고 그것을 되찾는 것이 인간의 종을 유지하는 길임을 이들 시는 드러낸다. 인간의 존재 근거를 자연에 포함시키고, 자연과의 관계 속에서 규정하는 동일성의 사유는 그런 의미에서 생존과 직결되는 원초적 존재론이라 할 수 있다.

3) 상처받은 '가이아'의 복귀―여성시에 나타난 에코페미니즘

(1) 생태학과 페미니즘의 동질적 기반

인간의 생존 조건으로서의 자연 생태가 위기에 처해 있다는 인식에서 비롯한 생태학과 가부장적 남성 중심의 사회 체제가 여성을 착취하고 억압하고 있다는 인식에서 비롯한 페미니즘은 그 출발에서부터 함께 결합되었던 것은 아니다. 그러나 자연과 여성은 남성 중심의 문명 속에서 타자화되어 왔다는 동일한 존재 기반을 가짐으로써 하나의 담론으로 결합되기에 이른다.[82] 자연은 문명적 세계를 만들어내는 물적 토대로서 끊임없이 그 생산성을 고갈시키는 방향으로 지배되어 왔으며, 여성은 출산과 보육의 임무를 떠맡음으로써 문명의 중심에서 소외된 채 착취되어 왔다. 즉 자연과 여성은 인류 문명사에서 생산의 근본적 토대를 제공하는 수단적 존재로 위계화되었던 것이다.[83] 에코페미니즘은 자연 생태와 여성성

---

82) 로즈마리 통, 이소영 외 편역, 「에코페미니즘」, 『자연, 여성, 환경』, 한신문화사, 2000, 9~10면.
　　에코페미니즘은 프랑스의 프랑수아 도본느의 저서 『페미니즘 또는 파멸』(1974)에 처음 등장한 용어이다. 그녀는 이 책에서 여성 억압과 자연 억압 사이에 직접적인 연관성이 있다는 견해를 표방함으로써 이후 에코페미니즘의 가설을 성립시키는 단초를 제공하고 있다.
83) 카렌 J. 워렌, 이소영 외 편역, 「에코페미니스트 평화정치학」, 『자연, 여성, 환경』, 한

의 훼손을 극복하는 것이 새로운 세계 건설을 위한 대안과 깊이 연관되어 있다고 판단한다. 그런 점에서 이 둘을 하나로 맥락화하고자 하는 에코페미니즘의 입장은 일반적 생태학이나 페미니즘과 차이를 갖는다.

자연 / 문명, 여성 / 남성, 육체 / 정신, 감성 / 이성으로 이원화되어 있는 부조리한 세계에서 자연과 여성에게 부여된 타자성과 피지배성을 어떻게 해결할 것인가, 그리고 인간의 이상적 삶의 조건으로서 평등과 평화의 문제를 어떻게 실천할 것인가 하는 과제를 심각하게 제기하고 있는 것이 에코페미니즘의 근본 성격이라 할 수 있다. 김욱동은 그의 저서 『문학 생태학을 위하여』에서 에코페미니즘이 추구하는 궁극적 목표를 "인간과 인간, 인간과 자연 사이의 조화요 균형이다. 인간도 자연의 일부이고 보면 결국은 동료 인간과 조화와 균형을 꾀하는 것이 곧 자연과 서로 친화를 맺는 첫걸음이다. 그런데 그것은 바로 페미니즘이 생태학과 서로 손을 잡을 때 비로소 가능하다"[84]고 밝히고 있다. 남성 지배적 문명 세계가 만들어낸 위계질서와 지배 의식으로부터 자연과 여성을 해방시키기 위해 에코페미니즘은 반위계질서를 바탕으로 한 상호관련성, 상호의존성, 나눔의 힘 등을 강조한다.[85] 이는 지배적 중심을 해체하고 서로가 공생하는 사회 체제를 건설함으로써 차등에 의한 억압의 논리로부터 생명의 근원적 모체를 구원하고자 하는 노력이라 할 수 있다. 에코페미니즘이 주장하고 있는 이러한 새로운 삶의 논리는 여성시의 한 흐름

신문화사, 2000, 215~216면 참조.

카렌 J. 워렌(karen J. Warren)은 가부장제의 억압적인 개념의 틀을 다음 다섯 가지 특징으로 설명한다. ① 가치 위계질서적 사고는 여성, 유색 미국인, 동성애자보다 남성, 백인, 이성애자에 더 높은 가치, 권위, 지위를 부여한다. ② 가치 이원론은 그 둘을 대립, 혹은 배타적 짝으로 구성하고 어느 한쪽을 '상'의 위치에 놓는다. ③ 힘의 지배 개념들은 지배와 종속의 관계들을 유지시키는 기능을 수행한다. ④ '상(上)'의 위치에 있는 것들에게 체계적으로 이점을 부여한다. ⑤ 그리고 지배 논리는 우월성(상)이 종속(하)을 정당화한다는 근거에서 지배와 종속의 관계들을 합법화하는 변론 구조이다.

84) 김욱동, 『문학 생태학을 위하여』, 민음사, 1998, 410면.

85) 고갑희, 「에코페미니즘(ecofeminism) : 페미니즘의 생태학과 생태학의 페미니즘」, 『외국문학』, 1995년 여름, 101~106면 참조.

을 형성하고 있는 것으로 보인다.

(2) 모체의 수난

여성과 자연을 동질적인 것으로 인식할 수 있는 가장 기초적 근거는
여성과 자연이 모두 생명을 낳고 번성시키는 원초적 활동성을 가졌다는
점에 있다.[86] 자연의 오묘한 운행 원리가 새로운 생명을 끊임없이 생산
함으로써 종의 번식을 가능하게 하는 것처럼 여성의 신체적 조건 또한
인간이라는 종을 불멸로 이끄는 생산성의 기반이라 할 수 있다. 따라서
여성의 자궁과 유방이 자연과 동일하다는 인식은 매우 온당한 논리일
수 있다. 자연과 여성의 이와 같은 생물학적 친연성이 하나의 테제로 인
식될 수밖에 없었던 것은 이 둘이 지닌 고유성이 신비한 생명의 원천으
로 숭배되기보다는 정복되고 지배되어야 할 것으로 대상화되었다는 데
있다. 대상으로서의 존재는 그것을 대상화하고 있는 주체의 지배 원리에
따라 그 존재성이 의미 부여됨으로써 도구적 성격을 지니게 된다. 에코
페미니즘적 성향을 드러내고 있는 여성시의 발생 또한 이와 같은 폭력
적 세계 인식을 토대로 이루어진다.

　　겨울에 바다에 갔었다.

---

86) 자연과 여성의 동질성을 생물학적 층위에서 거론하는 '생물학적 본질주의' 혹은 '생
　　물학적 결정론(biological determinism)의 관점은 자칫하면 여성성에 대한 남성주의의 편
　　견을 합리화하는 논리로 이용될 수도 있다. 예를 들면 출산·수유·양육·보호 등과
　　결부된 모성 이데올로기를 여성에게 강요는 것이 정당화 될 수도 있는 것이다. 그러나
　　여성의 생물학적 토대가 남성과의 차등을 말해주는 낙인이 아니라 여성의 정체성을
　　말해주는 차이라는 점을 인정해야 한다고 생각한다. 차등을 극복하기 위해 차이를 말
　　살하는 것이야말로 정체성을 혼란시키는 일이 되기 때문이며, 진정한 평등은 차이를
　　긍정하는 데서 이루어질 수 있기 때문이다. 여성의 입장에서 차등을 극복하는 방법은
　　자신의 가치와 정체성을 타자화되었던 자리로부터 복귀시키는 일일 것이다. 물론 강
　　요된 이데올로기가 무엇이었나를 정확히 하는 것 또한 함께 이루어져야 할 과제라 할
　　수 있다.

갈매기들이 끼룩거리며 흰 똥을 갈기고
죽어 삼일간을 떠돌던 한 여자의 시체가
해양 경비대 경비정에 걸렸다.
여자의 자궁은 바다를 향해 열려 있었다.
(오염된 바다)
열려진 자궁으로부터 병약하고 창백한 아이들이
바다의 햇빛이 눈이 부셔 비틀거리며 쏟아져 나왔다.
그들은 파도의 포말을 타고
오대주 육대양으로 흩어져 갔다.
죽은 여자는 흐물흐물 빈 껍데기로 남아
비닐처럼 떠돌고 있었다.
세계 각처로 뿔뿔이 흩어져 간 아이들은
남아연방의 피터마릿츠버그나 오덴달루스트에서
질긴 거미집을 치고, 비율빈의 정글에서
땅 속에다 알을 까놓고 독일의 베를린이나
파리의 오르샹가나 오스망가에서
야밤을 틈타 매독을 퍼뜨리고 사생아를 낳으면서,
간혹 너무도 길고 지루한 밤에는 혁명을 일으킬 것이다.
언제나 불발의 혁명을.
겨울에 바다에 갔었다.
(오염된 바다)

— 최승자, 「겨울에 바다에 갔었다」 전문[87]

  인용한 최승자의 시는 여성의 자궁과 양수를 '오염된 바다'와 유비 관
계로 놓음으로써 암울하고도 그로테스크한 시적 분위기를 연출하고 있
다. 죽은 여자의 자궁, 비닐처럼 빈 껍데기로 남은 여자의 시체를 시인은
'오염된 바다'라고 말한다. 그의 다른 시 「여성에 관하여」에서도 "모래바
람 부는 여자들의 내부엔 / 새들이 최초의 알을 까고 나온 탄생의 껍질과

---

87) 최승자, 『즐거운 日記』, 문학과지성사, 1984.

/ 죽음의 잔해가 탄피처럼 가득 쌓여 있다. / 모든 것들이 태어나고 또 죽기 위해선 / 그 폐허의 사원과 굳어진 죽은 바다를 거쳐야만 한다"와 같은 구절을 발견할 수 있다. 이들 시에서 보여지는 여성의 신체와 바다의 유비적 관계는 양수와 바닷물이 내포하고 있는 물질적 형태의 유사성을 함의하는 것 이상이다. 양수가 태아의 생명을 잉태하고 기르는 집의 성격을 지니고 있는 것처럼 바다 또한 생명체를 다산하는 원형적 자연 공간이라 할 수 있다. 이 둘은 '물'이라는 생명의 근원적 성분을 내포하고 있다는 점에서 공통적이다.

이러한 유비 관계는 수사적 기능을 넘어서 세계에 대한 시인의 부정성[88]을 내포한다. '오염'이 암시하고 있는 병적 상태는 '겨울 바다'와 죽은 여자의 '자궁' 모두를 포괄함으로써 생명의 모태로서 자연과 여성이 황폐화되어 있음을 나타낸다. 황폐한 자연과 여성의 이미지는 폭력적이고 가해적인 힘이 그들의 병적 생존에 억압으로 작용하고 있음을 암시한다. 한편 이 시에서 불모지로부터 출생한 병약한 아이들은 '매독'과 '사생아'를 낳거나 '불발의 혁명'을 일으키는 또 다른 불모지가 된다. 이것은 부조리가 부조리를 불러오고, 비생명적인 것이 비생명적인 것을 낳는 악순환의 세계를 보여준다. 그리고 이 악순환은 국지적인 것이 아니라 범지구적인 것임을 시인은 시사한다. 이는 모태로서의 자연, 혹은 여성이 생명적 유기체임을 말해주는 것이며 동시에 각각의 유기체는 개별자로서 분리되어 있는 것이 아니라 긴밀하게 서로 연결되어 있음을 의미하는 것이다. 생명을 낳고 보육하는 근원이 '오염'되어 있다는 이와 같은 에코페미니즘적 사유가 김혜순의 시에서는 '고갈'로 나타난다.

---

88) 최승자가 그의 시에서 보여주고 있는 부정의 정신은 좁은 의미에서의 남성 중심주의에 대한 것이라기보다는 억압적이고 폭력적인 권력을 합법화하고 영구화하려하는 모든 형태의 부조리한 힘에 대한 것으로 보는 것이 마땅하다. 이에 대한 논의는 엄경희, 「매저키스트의 치욕과 환상」, 『빙벽의 언어』(새움, 2002), 141~169면에 이미 밝힌 바 있다.

혈관이 말라 붙는다
흐르던 피가 사라지고
산천초목이 쓰러지고
낙동강 물이 마르고 강바닥이
외마디 비명을 지르며 터진다
전신이 흠뻑 빨려 나간다
먹은 것을 토하면서도
열려진 너희들의 입술은
젖꼭지를 물고야 만다
마침내 온몸이 텅 비어
마른 뼈와 가죽이 남을 때까지
천궁이 갈라지고
은하수 길이 부숴져 내릴 때까지

— 김혜순, 「껍질의 노래」 부분[89]

천연자원의 고갈과 이에 따른 엔트로피의 증가는 문명적 세계가 안고 있는 가장 심각한 문제 가운데 하나이다. 그런 의미에서 문명은 인간의 과도한 욕망의 산물이라 할 수 있다. 김혜순의 「껍질의 노래」는 이러한 인간의 내부에 숨겨져 있는 무서운 욕망을 폭로하고 있는 작품이다. 모체의 젖을 빨아먹는 '아이'의 모습은 이 시에서 야만적으로 느껴질 정도로 묘사되어 있다. 모체의 혈관과 피를 말라버리게 하고 먹을 것을 토하면서도 젖꼭지를 찾는 아이의 모습은 극단적으로 이기적인 인간의 모습을 대변한다. 이와 같은 모성의 수탈은 여성에게 부여된 모성적 이데올로기의 억압을 내포한다. 즉 이때의 모성은 지극한 사랑이 아니라 일방적 희생으로 의미화된다.

한편 시인은 고갈되어 가는 모체와 무참하게 파괴되는 자연의 이미지를 뒤섞어놓고 있다. 쓰러지는 산천초목, 말라 가는 낙동강, 갈라지는 천

---

89) 김혜순, 『아버지가 세운 허수아비』 문학과지성사, 1985.

궁, 부서져 내릴 은하수 등은 남획되고 훼손된 자연의 모습을 나타낸다. 아이에 의해 신체가 고갈되어 가는 어머니의 모습과 황폐하게 파괴되어 가는 자연의 모습을 겹쳐놓고 있는 이면에는 이 둘을 동일한 존재로 파악하고 있는 시인의 의식이 담겨 있다. 자연과 모성은 '마른 뼈와 가죽이 남을 때까지' 수탈 당해야 하는 존재라는 점에서 그러하다. 여기에는 수탈하는 자의 광포한 욕망이 이 세계를 파괴하고 있다는 시인의 의도가 내재해 있다. 이와 같은 폭력과 수탈의 의미를 허수경은 '전쟁'으로 구체화한다.

> 피로 이어지는 천역의 삶
> 더 이상은
> 남기지 말자
>
> 두 번째 유산을 하고 쓰러질 듯 돌아오는
> 최여인은 원폭캘로이더로
> 사지무기력증에 빠진 조국의 개망초 둑길을 걸어오는
> 최여인은 다짐하고
> 또 다짐합니다
> 남기지 말자
>
> 설핏 노을이 지고
> 어느새 만월
>
> 한번도 온전하게 채워보지 못한
> 거덜난 원폭의 자궁
> 태어나면 천역을 온몸에 이고
> 서럽게 살아야 할 아기는
> 에미 칼에 찔려 피투성이로 뒹굽니다
> 남기지 말자

용서해라
나의 자궁은 저 만월만큼 꽉 차보지 못할지니
조국이여
빼앗기기만 했던 원통한 에미의 삶과
에미한테 죽은 아기의 태어나지 않은 꿈과
—허수경, 「원폭수첩 4」 전문[90]

이 시는 원폭의 참상을 직접 경험한 '최여인'의 비극을 통해서 전쟁의 폭력성을 드러낸다. '최여인'은 오염된 몸을 대물림하지 않기 위해 자신의 아기를 칼로 찔러 죽이는 비운의 주인공이다. 시인은 이와 더불어 '원폭캘로이더로 / 사지무력증에 빠진 조국의 개망초'에 시선을 맞춘다. 전쟁으로 만신창이가 된 조국의 산하와 최여인의 몸은 동일한 폭력의 희생자인 것이다. 이 둘은 생명을 사산할 수밖에 없는 파괴된 모체의 형상을 나타낸다. 한편 지구 저편으로 떠오르고 있는 '만월'은 '거덜난 원폭의 자궁'과 대조를 이루면서 무참하게 파괴된 여성성을 더욱 강조해주는 역할을 하고 있다. '거덜난 자궁'은 '빼앗기기만 했던 원통한 에미의 삶'을 상징하는 기표인 것이다. 이는 수탈로 일관해온 우리의 현대사를 암시함과 동시에 제국주의 야만적 폭력성이 무구한 생명을 짓밟았음을 함의한다. 주목해야 할 것은 시인이 제국주의의 폭력성을 드러내면서 자연과 여성의 희생을 강조하고 있다는 점이다. 허수경의 첫 시집 『슬픔만한 거름이 어디 있으랴』는 비극적 민족사를 배면에 깔면서 동시에 그 속에서 희생당한 여성의 삶을 예사롭지 않게 직시한다. 시 「그믐밤」·「원폭수첩 6」·「남강시편 3」 등이 그 예이다. 제국주의를 문제삼고 있는 허수경의 시적 상상력은 좁은 의미에서의 여성 / 남성의 이원성을 문제삼았던 1980~90년대의 여성시와 차이를 갖는다.

최승자·김혜순·허수경이 보여주고 있는 자연과 여성에 대한 동일성

---

90) 허수경, 『슬픔만한 거름이 어디 있으랴』 실천문학사, 1988.

으로서의 상상력은 그들의 시에 전면화되어 있는 특징으로 보기는 어렵다. 이는 부조리한 세계에 대한 부정의식, 혹은 저항 의식의 일면으로 파악하는 것이 온당할 것이다. 그럼에도 불구하고 이들 시가 보여주고 있는 에코페미니즘적 사유는 여성의 몸과 자연 생태가 별개의 것이 아니라는 단초를 제공하고 있다는 점에서 그 의의를 갖는다. 이러한 실마리가 페미니즘적 담론을 더욱 풍부한 인식의 장으로 이끌고 갈 가능성이 있다는 점에서, 그리고 부정과 비판을 넘어서 상호관련성을 토대로 하는 생명적 삶을 만드는 근본적 전제가 된다는 점에서 간과할 수 없는 부분이라 할 수 있다.

(3) 치유 · 보살핌 · 조화의 윤리

최승자 · 김혜순 · 허수경이 보여주었던 에코페미니즘적 흔적이 김선우 시에서는 보다 전폭적인 양상으로 나타난다. 김선우는 생리나 자궁과 같은 여성적 이미지와 자연 이미지를 자주 혼합하여 여성과 자연의 관계를 하나로 접목시키는 상상력을 드러내고 있는데, 주목되는 것은 여성성을 드러내기 위해 자연성을 수사적 차원에서 끌어들이고 있는 것이 아니라는 점이다. 그는 자연의 본성을 여성성으로, 역으로 여성의 본성을 자연성으로 환치시킴으로써 이 둘에 아무런 차등이 없음을 보여준다. 이처럼 여성과 자연을 완벽하게 하나로 일치시키는 시적 상상력은 우리 여성시에서 매우 보기 드문 경우라 할 수 있다. 예를 들어 그의 시 「숭고한 밥상」의 초반부를 보면 "밥 잡채 닭도리탕 고등어자반 미역국 / 이토록 많은 종족이 모여 이룬 / 생일상을 들다가 문득, 28년 전부터 / 어머니를 먹고 있다는 생각이 // 시금치 닭 고등어처럼 이 별에 씨뿌려져 / 물과 공기와 흙으로 길러졌으니 / 배냇동기 아닌가"라고 고백하고 있는 것을 볼 수 있다. 김선우는 자신과 다른 자연물이 그리고 어머니가 동일한 원소로 이루어져 있음을 말하고 있는 것이다. 이와 같은 인식 이면에는 자연이 단순한 물질이 아니라 신비한 생명이라는 시각이 담겨 있다.

그녀를 지날 때 할머니는 합장을 하곤 했다. 어린 내가 천식을 앓을 때에도 그녀에게 데리고 가곤 했다. 정한 물과 숨결로 우리 손주 낫게 해줍소 그러면 나무는 쏴아, 쏴아아 소금내 나는 바람을 일으키며 내 목덜미를 만져주곤 하였다.

오래된 은행나무. 노란 은행잎이 꽃비 내리는 나무 아래 할머니가 오줌을 누고 계셨다. 반가워 달려가니 머리가 하얀 할머니는 엄마로 변해 있었다. 참 이상한 꿈길이지. 오줌 방울에 젖은, 반짝거리는 은행잎이 대관령 고갯마루로 날아오르고 있었다.

죽었다고, 시름시름 앓더니 어느날 벼락을 맞았다고 했다. 그 땅에 새 길이 포장될 거라고, 길이 나면 땅값이 오를 거라고 은근히 힘주어 한 사내가 말하였다.

이상도 하지, 자살이란 말이 떠오른 건. 꿈 없는 길, 인간에 절망한 그녀의 자살의지가 낙뢰를 불러들였는지도 몰라. 부러진 가지, 그녀가 매달았던 열매 속에서 피흘리는 엄마들이 걸어나왔다.

대관령을 넘으며 내가 꾼 낮꿈은 엄마가 나를 가질 때 꾸었다는 태몽과 닮아 있었지만, 오래된 은행나무, 그녀를 몸삼아 산보하던 따뜻한 허공의 틈새로 절룩거리며 걸어오는 늙은 오후가 보였다. 순식간에 늙어버린 대기의 주름살 속으로 반짝거리며 사라져가는 태앗적 내가 보였다.

— 김선우, 「어미목(木)의 자살 1」 전문[91]

자연과 여성의 본성에 담겨 있는 신성한 기운은 이 시의 3연에서 보여지듯이 상업주의와 실용주의에 밀려 소멸해간다. 그 죽음을 목격하면서 시인은 '그녀가 매달았던 열매 속에서 피흘리는 엄마들이 걸어나왔다'고 진술한다. 이는 자연성과 여성성의 파괴가 곧 대지의 생명력을 말

---

91) 김선우, 『내 혀가 입 속에 갇혀 있길 거부한다면』, 창작과비평사, 2000.

살하는 것임을 뜻하는 것이다. "절룩거리며 걸어오는 늙은 오후" "순식간에 늙어버린 대기의 주름살" 등은 생명력이 소진되어 가는 이 세계에 대한 또 다른 표현이다.

그런데 이 시에 등장하는 오래된 은행나무는 영험한 힘으로 병을 치유하는 능력을 지녔다는 점에서 '신목(神木)'의 일종으로 볼 수 있다. 시인은 이 나무를 '그녀'로 명명함으로써 거기에 여성적 자질을 부여한다. 이는 '소금내 나는 바람'을 일으켜 병을 치유한다는 소금에 대한 속신(俗信)을 자녀들을 보살피는 어머니의 보편적 자질과 겹쳐놓음으로 해서 '대지의 어머니'가 지닌 신비함을 강조하는 것이라 할 수 있다. 즉 여기에 등장하는 소금내는 썩는 것을 방지하고 사악한 기운을 물리친다는 액막이에 대한 믿음을 내포하고 있다는 점에서 어머니의 강력한 보호력과 동일한 의미를 갖는다. 한편 이 시의 2연에서 '소금내'는 '오줌'으로 변용되어 나타난다. 그것은 떨어진 은행잎을 반짝거리며 '날아오르게 한다'는 점에서 '소금내 나는 바람'의 동력과 일치하며, 마지막 연에 보면 '나'의 탄생을 예고하고 있는 '태몽'과 연결된다. 즉 소금내가 천식을 낫게 한다면 오줌은 나에게 생명을 불어넣는 자양으로 의미화된다. 이처럼 속신에 기초하고 있는 김선우의 생태여성주의는 신비주의적 에코페미니즘[92]과 연결될 가능성을 갖는다.

그랬지 저 눈동자, 허공을 발라내어 아직 따뜻한 살점 당신 숟가락에 얹어주고 싶었지만 바리, 내 어머니, 죽음은 한 쌍으로 날아들더라 저승을 헤매어 구해온 영약은 기진한 그네의 희보얀 젖줄기가 아니었을까 바리, 피곤에 지쳐, 불

---

92) 로즈마리 통, 이소영 외 편역, 「에코페미니즘」, 『자연, 여성, 환경』, 한신문화사, 2000, 26~31면 참조.
  신비주의적 에코페미니즘, 혹은 영적 에코페미니즘은 고대의 여신 숭배나 토착적 제식에 끌리는 경향을 보이는 것이 그 특징이다. 영적 에코페미니즘은 생물학적 생산에서의 여성의 역할과 원형적인 '어머니 대지'의 역할 사이에서 유사성을 끌어냄으로써 자연과 여성의 관계가 밀착되어 있음을 강조한다. 한편 영적 에코페미니즘이 지닌 신비주의적 성향이 에코페미니즘의 정치화를 약화시킨다는 비판을 받기도 한다.

어터진 젖을 아비에게 물리고 한잠 곤히 든 저 겨울나무의 쐐기풀 같은 육신이
아니었을까 생이라는 이름의 죽음이 더 지독하더라. 거듭거듭 제 죄로 죽을병
에 걸려 앓아눕는 아버지, 이제 그만 죽어주세요. 달같이 벗은 자작나무 온몸에
열꽃이 돋아 꽃잎을, 하혈을, 마지막 꽃잎을, 강물처럼 쏟아내는 밤이 오고 있
었는데

— 김선우, 「어미목(木)의 자살 2」 부분93)

고난을 이겨내고 자신을 버린 아비에게 영약을 가져다준 바리데기를
어머니와 동일시하고 있는 시인의 상상력은 어머니를 신비한 힘의 소유
자인 무격(巫覡)으로 인식하고 있음을 나타낸다. 이 시에서 어머니의 젖
은 '거듭거듭 제 죄로 죽을병에 걸려 앓아 눕는 아버지'를 소생시키는
'영약'으로 의미화된다. 영약을 아비에게 물려주고 어머니는 '겨울나무의
쐐기풀'처럼 여위어 간다. 어머니는 보살핌과 헌신으로 자기를 죽음으로
몰고 가는 이타적 존재이다. 이러한 시적 맥락은 '아버지'는 죄인이며 어
머니를 착취하는 존재임을 말해 준다. '이제 그만 죽어주세요'라는 발언
은 이 시의 화자가 어머니에 대해서는 연민을, 아버지에 대해서는 증오
의 감정을 가지고 있음을 알려준다. 이와 같은 화자의 태도는 어머니의
희생과 아버지의 이기성을 독자가 간파하도록 유도한다. 한편 바리데기
인 어머니를 낙화(하혈)하는 '자작나무'의 이미지와 다시 결합시킴으로써
훼손된 모성과 자연이 하나임을 환기하고 있다. 즉 이 시에서 자연과 여
성은 '아버지'로 상징되는 가부장적 세계를 치유하기 위해 자기 희생을
치르고 있는 신비한 존재들인 것이다. 김선우는 자연의 신비성이 비극적
인 운명 속에 있음을 이들 시를 통해 드러내고 있다. 자연으로서의 훼손
된 모체가 김선우의 시에서는 상처나 오염이 아니라 '자살'이라는 보다
극단적인 형태로 나타난다는 사실은 현실이 그만큼 비관적임을 말해주
는 것이라 할 수 있다.

---

93) 김선우, 『내 혀가 입 속에 갇혀 있길 거부한다면』, 창작과비평사, 2000.

　　김선우처럼 여성과 자연이 지니고 있는 잠재적 에너지를 신비한 것으로 인식하는 사유는 정끝별의 시에서도 발견된다. 정끝별의 「속 좋은 떡갈나무」는 김선우의 '어미목(木)'이 드러내고 있는 비극성보다는 건강성에 더 초점이 놓여 있다는 점에서 김선우의 시각과는 차이를 갖는다.

　　　　속 빈 떡갈나무에는 벌레들이 산다
　　　　그 속에 벗은 몸을 숨기고 깃들인다.
　　　　속 빈 떡갈나무에는 버섯과 이끼들이 산다
　　　　그 속에 뿌리를 내리고 꽃을 피운다
　　　　속 빈 떡갈나무에는 딱따구리들이 산다
　　　　그 속에 부리를 갈고 곤충을 쪼아먹는다
　　　　속 빈 떡갈나무에는 박쥐들이 산다
　　　　그 속에 거꾸로 매달려 잠을 잔다
　　　　속 빈 떡갈나무에는 올빼미들이 산다
　　　　그 속에 둥지를 틀고 새끼를 깐다
　　　　속 빈 떡갈나무에는 오소리와 여우가 산다
　　　　그 속에 굴을 파고 집을 짓는다

　　　　속 빈 떡갈나무 한 그루의
　　　　속 빈 밥을 먹고
　　　　속 빈 노래를 듣고
　　　　속 빈 집에 들어 사는 모두 때문에
　　　　속 빈 채 큰 바람에도 떡 버티고
　　　　속 빈 채 큰 가뭄에도 썩 견디고
　　　　조금 처진 가지로 큰 눈들도 싹 털어내며
　　　　한세월 잘 썩어내는
　　　　세상 모든 어미들 속

　　　　　　　　　　　　—정끝별, 「속 좋은 떡갈나무」 전문94)

---

94) 정끝별, 『흰책』, 민음사, 2000.

‘세상 모든 어미들 속’으로 의미화되고 있는 ‘속 빈 떡갈나무’는 모든 생명을 그 안에서 품어내는 일종의 ‘우주목’이다. ‘산다’라는 동사의 반복에서 알 수 있듯이 떡갈나무의 빈 속은 벌레와 식물과 동물이 생존할 수 있는 생태적 터전이다. 생명체들은 거기서 먹고 자며 집을 짓는다. 그것이 가능한 것은 ‘비어 있음’ 때문이다. 생명을 보육하는 이타적 힘은 채우는 것이 아니라 자기를 헐어내는 것임을 ‘속 빈’이라는 말을 통해서 시인은 강조하고 있는 것이다. 그것을 ‘썩다’로 구체화하고 있는데, 여기서의 ‘썩다’는 이중의 의미를 갖는다. 즉 걱정으로 속이 썩다라는 의미와 썩어 거름이 되다라는 의미가 그것이다. ‘어미들 속’은 이 이중의 의미를 지닌 썩음의 존재이며, 그것으로 만물을 생성·화육시키는 존재인 것이다. 자기 아닌 것을 위해서 자기를 썩어내는 모성은 희생적이라고 할 수 있다. 그러나 시인은 모성의 고통을 이야기하면서 동시에 그것이 지닌 강인한 힘을 ‘떡 버티고’ ‘썩 견디고’ ‘싹 털어내며’ 등의 부사와 동사로 부각시킴으로써 모성성이 지닌 희생보다는 굳건함에 더 초점을 맞추고 있다. 정끝별이 보여주고 있는 모성성 안에서 화육하는 자연의 모습은 아직까지 그의 시세계에서 큰 비중을 차지하는 것은 아니지만 에코페미니즘이 지향하는 목표와 연결된다는 점에서 시사하는 바가 적지 않다. 에코페미니즘의 궁극적인 목표는 투쟁이나 저항이 아니라 평화와 조화이다. 이것과 저것의 상하 위계질서를 벗어나 공동의 삶의 기반을 마련함으로써 유기체적 조화의 세계를 이룩하는 것이 에코페미니즘의 목적인 것이다.

이와 같은 에코페미니즘의 지향을 가장 잘 드러내고 있는 여성 시인은 문정희라 할 수 있다. 그는 에코페미니즘이 지향하는 화해와 조화의 패러다임을 두 가지 방향에서 실현하고 있다. 하나는 여성과 자연을 동질적인 것으로 사유하고 그들이 지닌 생물학적 본성을 신성한 것으로 인식한다는 점이며, 다른 하나는 남성과 적대적 관계를 드러내는 페미니즘 시의 일반적 경향과는 달리 여성과 남성의 상호의존성이나 나눔의 의식을 상상력의 기저에 내포하고 있다는 점이다. 그리고 그는 남성 또

한 자연의 일부일 가능성을 배제하지 않는다. 이러한 문정희의 태도는
인간과 자연만이 아니라, 인간과 인간 사이의 친화 모두를 이룩하고자
하는 의도로 판단된다. 자연과 여성이 근원적으로 신성한 존재임을 인정
하는 태도는 여성적인 힘에 대한 자기 긍정이라 할 수 있는데, 문정희는
진정한 여성의 힘을 원시적 자연성에서 찾고 있다.

풍성한 다산의 여자들이
초록의 밀림 속에서 죄 없이 천년의 대지가 되는
뽀뽈라로 가서
야자잎에 돌을 얹어 둥지 하나 틀고
나도 밤마다 쑥쑥 아이를 배고
해마다 쑥쑥 아이를 낳아야지

검은 하수구를 타고
콘돔과 감별당한 태아들과
들어내 버린 자궁들이 떼지어 떠내려 가는
뒤숭숭한 도시
저마다 불길한 무기를 숨기고 흔들리는
이 거대한 노예선을 떠나
가을이 오기 전
뽀뽈라로 갈까
맨 먼저 말구유에 빗물을 받아
오래오래 머리를 감고
젖은 머리 그대로
천년 푸르른 자연이 될까

—문정희, 「머리 감는 여자」 전문[95]

몸은 원래 그 자체의 음악을 가지고 있지

---

95) 문정희, 『오라, 거짓 사랑아』, 민음사, 2001.

식사 때마다 밥알을 세고 양상추의 무게를 달고
그리고 규격 줄자 앞에 한 줄로 줄을 서는
도시 여자들의 몸에는 없는
비옥한 밭이랑의
왕성한 산욕(産慾)과 사랑의 노래가

몸을 자신을 태우고 다니는 말로 전락시킨
상인의 술책 속에
짧은 수명의 유행 상품이 된 시대의 미인들이
둔부의 규격과 매끄러운 다리를 채찍질하며
뜻없이 시들어가는 이 거리에
나는 한 마리 산돼지를 방목하고 싶다
몸이 큰 천연 밀림이 되고 싶다

— 문정희, 「몸이 큰 여자」 전문96)

이 두 편의 시가 제시하고 있는 원시적 이미지는 피상적인 원시동경과는 달리 산업화된 자본주의 사회와 대척점을 이룬다는 점에서 그 긴장성을 갖는다. 「머리 감는 여자」에서 시인은 우리가 몸담고 있는 세계를 '거대한 노예선'으로 비유한다. 콘돔과 감별당한 태아들, 들어내버린 자궁은 인공성, 남아선호 의식, 생식기의 수난 등을 의미한다. 즉 자연성이 거세된 병적 세계를 나타내고 있는 것이다. 그런데 자연성이 거세된 불길한 이 세계가 결국 인간을 노예화하고 있다고 시인은 말한다. 여성의 자연성을 억압하는 성적 시스템이 이 도시를 지배하고 있음을 함축하고 있는 것이다. 성에 대한 통제와 억압은 「몸이 큰 여자」에서 더욱 구체적으로 드러난다. 그것은 한마디로 말해 '규격화'이다. 규격화는 인위적으로 만들어낸 수의 법칙에 인간의 삶을 종속시킨다. 여기에는 자본주의의 상업 전략이라는 기만적 술책이 숨겨져 있다. 규격화는 대량생산과 자본의 증

---

96) 문정희, 위의 책.

식을 위한 방법이면서 동시에 자본주가 만들어내는 삶의 강령이라 할 수
있다. 그것에 맞추지 못하는 사람은 시대의 감각에 부응하지 못하는, 나
아가서는 주어진 법칙을 위반하는 자가 된다. '무게를 달고' '채찍질을 하
며' 여성들은 자본의 상품으로 길들여진다. 이와 같은 사회 체제 속에서
문정희는 멕시코 밀림 '뽀뿔라'로 가서 '천년 푸르른 자연'이 되는 꿈을
꾼다. 아울러 '비옥한 밭이랑의 / 왕성한 산욕(産慾)'을 몸 속에 품고 있는
산돼지 같은 여자가 되고 싶다고 상상한다. 여성의 몸에 내재해 있는 자
연성을 훼손시키고 그것을 비생명적인 사물로 전락시키는 자본주의 체제
에서 그가 지향하는 것은 자연성으로서의 여성 고유의 섹슈얼리티를 회
복하는 것이다. 그것이 건강한 생명을 낳는 일, 그리고 건강한 생명이 살
아갈 수 있는 생태적 삶의 조건을 만드는 일임을 이들 시는 시사한다. 이
러한 생태적 여성성에 대한 직시는 여성 혹은 자연이 신성한 대지의 신
모(神母)라는 사실을 그가 잊지 않고 있음을 말해준다.

> 도리깨질을 맞는다.
> 도리깨도 그냥은 때릴 수 없어
> 허공 한번 돌다 와 후려 때린다.
> 마당에는 야무진 가을 아이들이 뒹군다.
> 흙을 다스리는 여자가 뒹군다.
>
> — 문정희, 「콩」 부분97)

도리깨질을 맞는 '콩'은 이 시대에 매맞는 여성과 자연 모두에 대한 환
유이다. 그러나 매맞음 속에서도 '흙을 다스리는' 신성이 결코 죽지 않았
음을 강조한다. 생명을 낳는 위대한 자연과 여성의 자산을, 그 자산에 대
한 긍지를 이 시가 말해주고 있는 것이다. 문정희는 그의 또 다른 시에서
여성의 유방을 "세상의 아이들을 키운 비옥한 대자연의 구릉"(「유방」)이라
고 말한다.

---

97) 문정희, 『어린 사랑에게』, 미래사, 1991.

이와 같은 대지 신모의 복귀와 더불어 그는 대지 신모와 어울릴 수 있는 건강한 남성적 세계를 희구한다. 단적인 예로 시 「오빠」에서 "오빠! / 이 자지러질 듯 상큼하고 든든한 이름을 / 이제 모든 남자를 향해 / 다정히 불러주기로 했다. // 오빠라는 말로 한방 먹이면 / 어느 남자인들 가벼이 무너지지 않으리 / 꽃이 되지 않으리"라고 시인은 말한다. 그리고 「남자를 위하여」에서는 "남자들은 / 딸을 낳은 아버지가 될 때 / 비로소 자신 속에서 으르렁거리던 짐승과 / 결별한다. / 딸의 아랫도리를 바라보며 / 신이 나오는 길을 알게 된다"고 말한다. 이들 시는 문정희가 남성을 가해자나 폭군이 인식하고 있지 않음을 보여준다. 남성은 여성적 세계의 비밀을 잘 모르는 존재, 혹은 여성적인 것을 앎으로 해서 보다 인간적이 될 가능성을 지닌 존재라고 그는 생각한다. 한편 그가 지향하는 남성성은 여성성과 마찬가지로 원시적 자연성을 간직한 세계이다.

　　　요새는 왜 사나이를 만나기가 힘들지.
　　　싱싱하게 몸부림치는
　　　가물치처럼 온몸을 던져 오는
　　　거대한 파도를……

　　　몰래 숨어 해치우는
　　　누우렇고 나약한 잡것들뿐
　　　눈에 띌까, 어슬렁거리는 초라한 잡종들뿐
　　　눈부신 야생마는 만나기가 어렵지.

　　　여권 운동가들이 저지른 일 중에
　　　가장 큰 실수는
　　　바로 세상에서
　　　멋진 잡놈들을 추방해 버린 것은 아닐까.
　　　핑계 대기 쉬운 말로 산업사회 탓인가.
　　　　　　　　　　　　　　　─문정희, 「다시 남자를 위하여」 부분[98]

하나의 섹슈얼리티로 독립된 세계는 온전한 세계일 수 없다. 생명적 고리를 지속시키기 위해 필요한 것은 남성과 여성이 하나의 공동체를 이루는 조화의 세계일 것이다. 문정희는 남성 또한 이데올로기의 희생자일 가능성을 배제하지 않는다. 획일적 여권 운동과 산업주의가 '멋진 잡놈들'을 이 세계로부터 추방시켰을지도 모른다고 그는 말한다. 그에게 '멋진 잡놈'은 눈부신 야생성을 간직하고 있는 존재라는 점에서 원시성을 간직한 여성과 상통한다. 문정희의 시에서 보여지는 원시성의 회복이 시적 상상력에 의해 생성된 관념의 지평을 넘어갈 수 없을지라도 자연성을 바탕으로 한 양성성의 조화에 대한 갈망은 에코페미니즘의 비전을 내포하고 있는 것이 분명하다. 그런 의미에서 문정희의 시에서 자주 발견되는 '사랑'은 자연 / 문명, 여성 / 남성, 육체 / 정신, 감성 / 이성의 이원성을 상호관련성의 세계로 변화시키기 위한 인식의 시발점일 수 있다.

생태학과 여성학의 결합에 의해 탄생한 에코페미니즘은 남성 중심주의에 의해 그간 은폐되어 왔던 자연과 여성의 가치를 복귀시킴으로써 인간 역사의 새로운 패러다임을 만들어가고자 하는 전복적 세계관을 표방한다. 에코페미니즘은 착취와 억압이 없는 생명적 공간을 실현하기 위해 배타와 지배에 의해 위계화되어 왔던 개체간의 서열을 평등한 상호의존성의 세계로 재조정할 것을 강조한다. 최승자의 「겨울에 바다에 갔었다」, 김혜순의 「껍질의 노래」, 허수경의 「원폭수첩 4」 등은 여성과 자연을 동일성으로 인식함과 동시에 여성과 자연이 폭력적 세계에서 억압되어 왔음을 보여주고 있다는 점에서 전폭적인 것은 아니더라도 에코페미니즘적 사유의 일면을 내포하고 있는 것으로 볼 수 있다. 이들의 시는 황폐화된 자연성으로서의 모체에 주목함으로써 이 세계의 부조리함을 폭로한다.

김선우의 시는 사라져 가는 생명 창조의 근원적 힘에 주목하고 있다

---

98) 문정희, 『남자를 위하여』, 민음사, 1996.

는 점에서는 최승자·김혜순·허수경과 동일한 인식성을 보이지만, 자연과 여성을 동일성으로 인식하는 태도가 이들에 비해 훨씬 전폭적이라는 점에서, 그리고 자연과 여성에 대해 신비주의적 시각을 드러내고 있다는 점에서 차이를 지닌다. 정끝별의 「속 좋은 떡갈나무」는 대지적 모성이 지닌 잠재력을 통해 이것과 저것의 상하 위계질서를 벗어나 유기체적 조화의 세계를 이룩하고자 하는 에코페미니즘의 지향을 잘 표현하고 있는 좋은 예라 할 수 있다. 문정희는 에코페미니즘의 목표를 시적 상상력으로 형상화하고 있는 대표적 여성 시인이라 할 수 있다. 그는 여성과 자연을 동질적인 것으로 사유하고 이들이 지닌 생물학적 본성을 신성한 것으로 인식함과 동시에 남성과 적대적 관계를 드러내는 페미니즘 시의 일반적 경향과는 달리 여성과 남성의 상호의존성이나 나눔의 의식을 강조하는 독특함을 보이고 있다. 김선우·정끝별·문정희 등은 여성 혹은 자연이 지닌 치유력, 보살핌, 조화력을 강조함으로써 남성 중심주의적 세계에 내재해 있는 결핍을 넘어서고자 하는 에코페미니즘적 비전을 드러내고 있는 경우라 할 수 있다.

　지금까지 살펴본 것을 바탕으로 유추해본다면 우리 여성시가 이루어 낸 페미니즘적 성과에 비한다면 에코페미니즘적 성향의 작품들은 양적인 측면에서 매우 빈약한 편이라 할 수 있다. 우리 여성시의 경우 특히 자연에 대한 탐구가 빈약한 편인데, 이는 여성적 삶의 영역을 말해주는 하나의 단서로 읽힌다. 기존의 여성시가 주로 내면 탐구에 몰입했다는 사실은 남성성과 다른 여성성의 사유 구조를 나타내기도 하지만 한편으로는 자연과 우주에 대한 사유로 상상력을 확장할 수 없었음을 말해주는 것이기도 하다. 가족적 자아 속에 억압되었던 여성은 그 자신 자연과 동질적인 존재임에도 불구하고 스스로를 자연과 우주의 범주 속에서 사유할 수 없었던 것이다. 이 논의에서 언급하고 있는 몇몇 시인들의 작품은 그런 의미에서 에코페미니즘적 지향을 선취하고 있다는 의의를 지닌다 하겠다.

제 4 장

고전시와 현대시의 세계관적 연계성과 차이성

엄경희 · 유정선

1. 연속적 실재로서의 고전적 자연관

전통적으로 자연에 대한 인식은 세계 이해의 기본적인 틀이 되고 있다. 농경을 생업으로 한 농경사회에서 자연은 원천적으로 인간의 생명을 영위하게 하는 삶의 터전이면서 사시 경관의 아름다움을 제공하는 미적인 원천이기도 하였다. 자연에 대한 인식은 현대에 이르기까지 시대적 변천에 따라 당대의 사유구조를 직접적으로 반영하면서 함께 변화하여 왔다. 그리고 자연을 노래한 문학적 형상도 다양하게 드러난다.

특히 조선시대에 이르러서는 자연에 귀의하는 귀거래가 이상적 삶으로 자리잡게 되면서 자연을 노래하는 자연시가 집중적으로 창작된다. 이러한 다수 작품의 존재와 함께 자연시의 전통으로서 조선조 시가가 중심적 위치를 차지하는 이유는 바로 자연과의 동일성을 추구하면서 삶에 대한 근원적 이해로 나아가고 있기 때문이다. 자연이 세계를 구성하는 인간, 사회와 어떠한 관계 속에 놓여 있는가 하는 관계성에 대한 물음은 세계 이해에 잇닿아 있다. 따라서 고전시에서 자연시는 자연에 대한 친화와 동경에서 나아가 세계를 어떻게 구성해 나갈 것인지에 대한 욕구와 이상을 담고 있다. 조선시가의 자연시는 크게 두 가지 흐름으로 대별해 볼 수 있다. ① 주류적 흐름으로서 유가적 자연인식을 전형적으로 보여주는 시들과, ② 지류적 흐름으로서 자연과의 서정적 교감을 추구하고 있는 시들이 있다. 자연시의 전통이라는 측면에서 두 가지 흐름이 보여주는 양상과 그 의미를 요약해 보면 다음과 같다.

① 유가적 사유체계에서 인식되는 자연은 물리적인 자연이 아닌 도를 내재한 이법으로서의 천이나 천명으로 확산되어 이해된다. 따라서 조화로움을 구유한 자연은 합일의 대상으로 나타나면서 자연과 일치하고자 하는 꿈을 노래한다. 강호에서 경관을 바라보며 느끼는 정취는 정서적 감동에 그치지 않고 도덕적 의념과 일치하는 물아일체의 경험이다. 강호에서 유유자적하는 어부의 형상이 그려내는 것은 물외한인으로서, '무심'이나 '망아(忘我)'를 지향함으로써 '나'를 비우고 자연과 합일하는 경험이다. 또한 '강호'에서 만물의 조화로움의 일부가 되어 정신적 충일함을 느끼고, 사시의 순환이 지닌 소장성쇠를 바라보며 우주적 이법과 교감하는 것은 모두 물아가 일체되는 천인합일의 체험이다. 이와 같이 자연의 경관 속으로 미끄러져 들어가는 물아일체의 경험은 그 배후에 놓여 있는 도와의 합일로서 궁극적으로 천인합일로 나아가는 것이다.

천지만물이 하나인 중세적 보편주의 세계관으로 특징되는 성리학에서 자연은 인간, 사회와 연속된 실재로 놓여 있다는 점에서 우주적 자연이라고 할 수 있다. 자연이 그 자체로 자족적인 의미를 지니기보다는 외부 세계인 사회와 마찰하고 있는 것은 바로 우주적 자연을 향한 이상에서 비롯된다. 자연에의 귀의는 유가적 출처관에 따라 물러나서 심성을 기름으로써 천인 합일을 이룰 수 있다는 믿음에 근거한다. 자연에 귀의하는 자연 동경의 의미는 현실로부터의 고립이나 도피가 아니라 궁극적으로 이상적 사회라는 이상에 기여하고자 하는 것이다.

이와 같이 자연이 현실세계와 연속되어 있으면서 궁극적으로 이상적 현실 사회로 귀결된다는 점이 성리학적 세계인식을 특징짓는 점이다. 표면적으로 부정적인 현실세계와 대조적인 자연의 조화로움에 안식하면서도, 유자로서의 자기정의 안에서 그러한 조화를 사회로 확산시키고자 하는 책무감에서 자유롭지 못하다. 그 결과 속세와 격절되어 화평한 자연 속에 동화되어 있는 자족적인 모습이 실은 사회에 대한 반동적 표현이 된다. 또 담박하고 평명한 정취에 젖어 있는 모습이 실제로는 현실세계에 긴박된 채 이루어지는 절실한 자기 화해의 노력이기도 하다.

② 강호와 함께 '전원'의 문학적 표상은 자연에 합일하고자 하는 또다른 욕망을 반영한다. 농촌에서 이루어지는 궁경체험을 그려낸 전원적 삶 역시 강호와 마찬가지로 사회와 대응하면서 우주적 자연에 대한 꿈을 담고 있다. 전원은 유가의 출처관에 따라 은거하는 공간으로서의 의미와, 치세의 근간으로서 실생활적 노동의 형상으로 나타난다. 이 중에서 은거하는 전원으로서의 공간은 궁경하는 자족적 삶이 현실과 대응되면서 ㉠ 환로(宦路)에서 벗어난 곳임을 뜻하는 '재야(在野)'라는 의미와, ㉡ 태평성대를 전제로 하는 무욕과 한정의 공간으로 나타난다.

㉠의 경우 '전원'에서 궁경하며 누리는 질박한 생활을 담담하게 그려내는 것이 곧잘 세상에 대응하는 방식의 비유이거나 현실에 대한 비판의 표현이 되고 있다. 전원은 현실의 호화로움과 대비되는 곳으로, 스스로 논밭을 일구며 정신적인 자유로움인 심원한 세계를 즐기는 은자상을 담고 있다. '자신의 능력으로 노력하여 생활하는 자족적 모습'을 그려내고 있지만, 그 궁경하는 형상 속에는 사회와 길항하는 의식이 담겨 있다. 소박하나마 자기 힘으로 일구고 누리는 곳으로서의 전원의 공간은 사대부가 귀의한 정신적 공간으로서의 '전원'의 성격을 잘 보여준다. ㉡의 경

우 무욕의 삶 속에서 정신적 요족함을 누리는 공간으로서 전원이 등장한다. 현실적으로 가난한 현실이 삶을 압박하고 생활 속으로 틈입해 들어가는 상황에서 전원은 안빈낙도의 이념을 실천하는 무욕의 공간이 된다. 이는 가난한 현실에 대해 원망을 품지 않고 천명으로 순응하는 태도가 반영된 것이다. 또한 치사 후에 농가를 배경으로 자연의 흐름과 하나되어 지내는 전원적 삶은 목가적이고 한가로운 자연 합일의 경지를 보여준다.

한편 전원이 실생활적 공간으로 나타날 때, 그것은 치세의 근간이 되는 농사가 신고한 노동을 통해서 이루어지는 현장이다. 경세적 관점에서 농촌이 생생한 일터로서 생활의 현장으로 나타난다. 이것은 구체적으로 자연과 인간이 어떻게 조화를 이루며 살아갈 것인지에 대한 실천적 입장이 반영된 것이다. 농사가 실질적으로 이루어지고 그 수확을 거두어 생명을 영위해 나가는 자연은 사시의 순환에 따른 절서, 계절의 소장성쇠라는 질서를 지니고 있다. 이러한 자연의 질서는 남녀노소라는 인륜적 질서 그리고 절도와 분의라는 사회적 질서와 연속된 것으로 나타난다. 여기에는 자연과 인간이 서로 하나의 이치로 통해 있는 천인감응(天人感應)의 의식이 깔려 있다. 곧 자연과 사회의 질서가 합치되어 만물이 화육하고 밝은 이치가 실현되는 천인 합일의 세계로 나아가고자 하는 지향을 담는다.

③ 이런 점에서 자연과의 합일을 추구하면서 자연과 사회가 불연속적으로 놓여 있을 때, 유가적 세계관에서 벗어나게 된다. 자아가 현재적 삶을 살아가며 느끼는 존재론적인 물음들은 천인합일이라는 틀을 넘어서게 하기도 한다. 세계에 대한 좌절감과 유한적 존재감이 두드러질 때, 자아는 강호에서 누리는 우주적 조화로움의 일부로 놓여 있던 데에서 튕겨져 나오게 된다. 당위적 세계로 놓인 자연과의 합일을 노래하던 데에서 자연과 자아가 조화를 이루지 못하고 균열을 일으키고 있다. 이때 자연은 당위적 가치인 도덕과 일치하고 있던 데에서 벗어나 더 이상 당위

적 세계로 이해되지 않는다.

이로 인해 자연의 탈속적인 형상이 때로는 부정적 현실과 대응하면서 사회 자체에 대한 부정으로 나아간다. 이때 자연은 자족적 이상향으로서 현실도피적 성격을 띤다. 미래에의 전망을 상실한 좌절감 속에서 현실과의 긴장을 훌쩍 뛰어넘는 초월적 형상은 바로 사회와의 긴장의 끈을 놓아버리는 것으로, 유자로서의 정체성의 동요를 반영한다. 부정적인 세계 인식을 바탕으로 이 쪽의 세계인 자연에 침잠하여 자족적 즐거움에 도취될 때, 자연과 사회가 조화를 이루는 우주적 자연을 지향하는 유가적 세계관에서 비껴나게 된다.

④ 유가적 자연 인식이 자연과의 합일을 추구한다면, 이러한 중심적 흐름과 달리 자연으로부터 자아를 분리하여 보고자 하는 것은 자연관의 변화를 내포한다. 자연을 인간 주체로부터 독립된 객체로 이해하는 것으로, 자연물이 객체로서 타재(他在)하는 것이다. 여기에는 '물아일체'보다는 '물아 분별'의 의식이 개재한다. 즉 자연과 합일하고자 하던 것에서 주관과 객체를 분리하여 바라보는 것이다. 자연을 바라보며 순수한 정서적 즐거움을 느끼는 것은 자연과의 합일에서 빠져 나와 자연을 하나의 객체로 바라보는 데에서 비롯된다. 이때 처사로서의 윤리적 의식이 옅어지고 서정을 이념이나 가치와 결합시키면서 규범화하던 데에서 벗어나 주관적인 감흥을 노래한다.

보편적 이치가 아닌 개인의 주관적인 정서가 투사되면서 자연물은 규범을 머금고 있는 존재가 아니라, 정감을 불러일으키는 대상이 된다. 즉 처사의 덕목들인 사대부적 이념과 결합되어 있던 강호의 심상들이 변하여 자족적인 흥취를 환기하고 주관적 감흥을 노래한다. 또한 경물이 뿜어내는 미적인 정취와 시인의 의념이 일치되는 체험에서 의념보다는 즉물적인 미감을 집중적으로 읊는 쪽으로 변하게 된다. 이는 경물의 외관에서 감지되는 즉물적 아름다움을 추구하는 것으로, 합일의 대상에서 미적인 객체로서 향유되는 것이다. 즉 자연을 합일의 대상에서 미적인 객체로 바라보며 그 아름다움을 누린다는 의미가 강하다. 18세기에 이르러 새롭게 출현한 기행시조는 이러한 경향을 직접적으로 보여주는 것으로 보편적인 산수로 존재하던 것에서 이동하여 경치의 개별성에 관심을 갖는 상황을 말해준다. 이는 또한 명분과 이념에 종속되던 미가 독립적인 의의를 획득하고, 자연을 미의 구현물로서 바라보기 시작한 것을 의미한다.

⑤ 자연을 대상화하고 시인이 주체로서 대상화된 자연을 누리고자 하는 의식은 자연의 세속화가 진행되면서 심화된다. 자연이 세속적 친화의 과정을 거치면서 점차 세속적 욕구의 대상화하는 것이다. 자연을 접하며 외경의 감정을 갖거나 진지한 대면을 통해 내면적 동일성을 추구하기보다는 일시적 향유의 대상이 되고 있는 것이다. 자연을 대하는 태도도 절제와 관조의 태도에서 친숙한 감정을 그대로 드러내는 감정의 외향화가 두드러진다. 산수유람도 종래의 산수미의 완상이라는 탐승의 성격에서 변화하여 세속적 욕구에 가까운 구경의 성격을 띤다. 경치의 구경은 일시적인 기분이나 흥미 등의 세속적 욕구로 이루어지는 경우가 많아, 즉흥적, 일시적인 성격을 띤다. 또한 구경의 대상이 된 경관은 구체적인 '장소'로 나타나면서 세속적 공간 속으로 하강한다.

나아가 일상적인 유흥을 즐기는 도시적 문화를 체질화하면서 향락적 삶의 일부로 놓여 있는 자연은 세속적 대상이 된다. 자연은 아름다운 여인들과 풍류를 즐기는 곳으로서 유흥적 성격을 띤다. 유흥적 풍류의 배경이 되면서 사대부적 규범의식은 풀어지고, 그 배후에 놓인 도의 존재는 퇴색한다. 자연은 세속적 친화의 과정을 통과하며 일상적 삶의 일부가 된다.

세속으로 하강한 자연은 때때로 뒷배경으로 물러나면서 전면에서 움직이는 사람들을 주목하게 한다. 실제적인 삶을 영위하는 일상적 공간이 되면서 자연은 인간의 다양한 체험과 교직하는 공간이 된다. 일상적 휴식의 장소가 되기도 하고, 기분전환의 계기가 되기도 하고, 사랑하는 여인과 노니는 유흥의 장소가 되기도 한다. 이런 점에서 자연의 세속화는 자연 속에 내장된 이념적 긴장성을 풀어버리고 규범화된 서정에서 벗어나 정서의 자유로운 발산을 보여준다는 점에서 탈규범적 의미를 지닌다. 그러면서도 서정적 밀도 없이 자연을 향락적 배경에 머물게 하고 있다.

고전 자연시에서는 자연을 바라보며 의념과 정취가 합일되는 데에서 오는 천인합일의 감흥이 주요한 시적 주제이다. 보편적 질서를 구현하는 자연은 시인이 주체가 되어 향수하는 것이 아니라 '나'를 비워 합일의 대상으로 놓는다. 인간이 선험적으로 주어진 본연의 성을 다하여 이상적 질서를 이루고 있는 자연과 합일함으로써 천지만물의 화육에 참여하는 것으로 천인합일로 나아가는 것이다.

반면에 자연을 다른 가치로 환원할 수 없는 하나의 객체로서 떼어놓고 볼 때 그것은 보다 적극적으로 향수할 수 있는 대상이 된다. 자연이 전범으로서보다 세속적인 친화의 대상으로 놓이고 유흥적 풍류의 배경이 되면서, 시인이 주체가 되어 누리는 향수의 대상이 된다. 이와 같이 시인이 서정적 주체로서 경물과의 정서적 동일성을 추구할 때, 자연 세계와의 합일로부터 빠져 나와 인간사와 교감한다. 자연이 유학적 규범의 근거로서 존재하고 있던 데에서 개인적 삶과 접점을 이루며 주관적 시선으로 재구성된다. 자연물을 통해 느끼는 정취는 바로 이치와 닿아 있던 것에서 변화하여 자신의 정서에 따라 자연을 자유로이 정의 내리고 다양한 정서적 동일성을 이루는 것이다.

이에 자연이 보편성의 세계로서 절대성, 불변성의 가치와 결합되어 있던 데에서 떨어져 나와 하나의 객체로 놓여 있는 자연은 가변적이고 한계적인 인간사를 환기한다. 그리고 일체되어 있던 인생사와 자연의 법칙이 어긋나는 데에서 오는 존재론적인 물음들에 마주하는 결과를 가져온다. 자연의 불변함과 인간사의 어긋남에 대한 의식은 천인합일의 이상에서 멀어져 있다. 이는 성리학적 사유 속에서 천인 합일의 대상으로 인식되던 자연이 세속으로 하강하면서 탈이념화하는 의미를 지닌다. 자연이 규범에서 벗어나 욕구하고 지향하는 서정적 주체의 대상이 되면서 이념의 통제에서 벗어나 정감의 자유로운 발산이 이루어진다. 이것은 또한 세속적 친화 과정을 거치면서 자연의 후광을 이루고 있던 도덕은 점차로 탈락하는 것을 의미한다.

이와 같이 주관과 객체가 분리되는 것은 자연 속에서 도와 도덕을 유추하면서 도덕의 선험성을 담보해 왔던 것과는 달리, 자연과 도덕이 분리되는 과정이다. 자연에 도덕적 의미를 부가하면서 도덕의 근거를 자연에서 마련하고 있는 것은 자연과 인간을 연속적 실재로 본 연속적 세계관의 특성이다. 반면에 자연에서 도의 후광을 제거함으로써 이제 도덕과 함께 자연을 새롭게 정의하고 구성해 가는 주체로서의 영역은 넓어지게 된다. 근대의 요건이 집단적 가치보다는 개인적 가치를 중시하고, 역사를 스스로 구성해 나가는 주체로서의 자각이라면, 합일의 대상에서 주객의 분리는 인간 존재의 삶을 스스로 구성해 나가는 주체로서의 자각을 향한 행보이다.

그렇지만 일방적으로 근대적 요소에만 비추어서 '진보와 퇴행'을 재단하는 것은 단선적인 시각일 수 있다. 천인합일의 사상은 생명을 매개로 인간과 자연이 온전한 조화를 이루어 내고자 하는 정신이다. 자연과 합일하고자 하는 지향이 하나의 동등한 가치로 통합된 보편적 세계를 이루고자 하는 꿈이라면, 이것은 파편화 되고 있는 현대의 삶에서 절실히 요구되는 것이다. 그리고 자연과 인간이 생명으로 연결되어 궁극적으로 천지만물이 동등하게 공존을 모색하는 생태론적 사고는 근대의 극복이 화두가 된 오늘날에 있어서 요긴한 정신적 자산일 수 있다.

2. 동일성 회복으로서의 근대적 자연관

향가와 고려가요, 조선조 시가를 거쳐 현대시에 이르기까지 자연만큼 지속적으로 생명력을 유지해온 시적 대상도 드물다. 그것은 자연의 자족적이며, 편재적이고 영속적인 특성 때문이다. 인간의 생명을 보육하는 궁극의 자양은 바로 자연으로부터 얻어진다. 따라서 자연은 인간에게 경이와 신비의 대상이며, 모든 생명 현상의 섭리를 말해주는 경전인 것이다. 시가 인간의 감정과 사상, 이념 등을 언어로 형상화하는 예술 행위라면, 시인이 인간 삶의 탯줄이라 할 수 있는 자연을 노래하고 자연을 매개로 자신의 내면을 표상하는 것은 당연한 일이다. 그리고 자연시의 전통이 유구한 것은 자연이 삶의 근원적 자양이 듯이 시적 상상력에 있어서도 자연이 가장 풍요로운 자양임을 증명해주는 것이다.

자연의 이 같은 가치는 현대 사회에서도 변함 없이 중요시된다. 따라서 자연시의 창작 또한 지속됨을 쉽게 발견할 수 있다. 그런데 근대적 세계가 무수한 변화 속에서 전통의 연계와 차이를 지니고 있는 것처럼 자연시의 흐름 또한 전통의 연계와 차이라는 두 가지 국면으로 파악할 수 있다. 고전적 자연시가 궁극적으로 자연합일, 우주적 조화를 통해 보다 바람직한 세계 구현을 표출하고자 한 것과 마찬가지로, 근대적 자연시 또한 자연과의 합일을 통해 비인간화되어 있는 세계를 넘어서서 보다 화해로운 세계를 제시하고자 한다. 그리고 고전과 근대라는 이질적 시간 속에서 자연시가 발생하게 되는 까닭 또한 현실과의 마찰과 깊은 연관이 있다는 점에서 동일하다. 고전이든 근대든 자연시는 부조리한 현실을 인식하고 이에 대응할 수 있는 이상적 모델을 찾고자 하는 의식의 지향에 의해 발생한다. 따라서 진정한 의미에서의 자연시는 막연하고도 피상적인 자연 상찬이 아니라, 현실에 결핍되어 있는 이상 실현을 그 목적으로 한다. 지금까지 생성된 자연시는 이와 같은 공통의 연계성을 가짐과 동시에 당대의 독특한 패러다임에 의해 다양한 차이를 갖게 된다. 근대의 측면에서 본다면 그 차이성은 ① 자연시가 발생하게 되는 역사적 토대, ② 그와 맞물려 있는 운둔 욕망의 의미, ③ 개체성에 대한 자각과 실존 의식, ④ 자연으로부터 소외된 인간의 몸에 대한 자각으로서 에로스적 욕구, ⑤ 근대적 합리성에 대한 안티테제로서의 자연의 주술성, ⑥ 규범미보다는 개성미의 강조, ⑦ 인간과 자연의 공생 자체를 문제삼는 생태시의 발생 등과 같은 세목들에 의해 설명될 수 있을 것이다. 그 세목들을 좀더 자세히 보면 다음과 같다.

① 근대의 자연시가 발생하게 되는 역사적 토대는 '고향 상실'이라는 문제를 중심으로 설명해볼 수 있다. 우리 민족이 가족이나 향토 단위의 소규모 농경 문화를 기반으로 생활의 구체적 경험을 축적해왔다는 사실을 생각해 볼 때 '고향'이라는 말이 환기시키는 이미지에 '자연'의 영상이 겹쳐짐은 당연한 것이라 할 수 있다. 그러나 우리의 고향에 대한 원형성은 근대 이후 온전하게 보전되지 못한다. 농경 문화를 잠식시켰던 도시화의 기류, 민족과 국토 전체가 착취의 대상이 되었던 식민 지배 체제, 서구 열강의 이해 관계에 따른 국토 분단, 그리고 급속도로 진행되었던 산업화와 도시화는 이향과 유랑, 이산과 실향, 이농과 전통적 가족의 해체로 민족 전체의 삶을 몰아갔다.

근대 이후 이 같은 고향 상실의 문제는 전통적 자연시와 커다란 차이성을 만드는 계기로 작용한다. 전통적 자연시에는 '귀거래'의 노래가 있긴 하지만 그것은 근본적으로 고향상실을 함의하지 않는다. 전통적 자연시에서 고향 상실을 노래한 시편들은 지극히 적을 뿐만 아니라, 고향과 자연은 당위로서 '거기에 있는', 혹은 언제나 인간이 돌아가 쉴 수 있는 안식처나 은둔처의 기능을 가지고 있었다. 즉 그 자체 붕괴 위기를 가지고 있었던 것은 아니다. 격화된 당쟁을 피해 세대부들은 자신들이 소유하고 있는 토지를 생활 공간으로 삼아 은거할 수 있었다. 더불어 귀거래의 전통은 청풍고취라는 관념적 풍조로 사대부들에게 인식되어 자신을 고결하게 지켜낼 수 있는 근거가 되었다. 훼손되지 않은 자연(고향)으로의 귀거래가 친자연(親自然)에서 비롯된 것이든, 아니면 현실로부터 몸을 숨기는 피세(避世) 의식에서 비롯되었든, 그것은 심신수양으로서의 기능을 했으며, 나아가서는 치국과 평천하라는 관념적 이상을 실현하고자 하는 유가적 의식을 담고 있었다. 조선조의 자연시는 수많은 내부의 당쟁에도 불구하고 아직 완강한 농경 문화의 테두리 안에서, 그리고 그 농경문화를 지탱케 하는 유교적 이데올로기가 붕괴되기 이전에 발생했다는 점에서 그 당시 시적 대상으로서의 자연은 근대 이후의 자연과는 달리 전혀 훼손을 입지 않은 자연으로 보아야 할 것이다. 조선조 강호가도가 당쟁하의 명철보신(明哲保身)과 치사객(致仕客)의 한적(閑適)에 의해 형성된 것이라면 근대의 고향 상실과 관련된 자연시는 근대성의 폭력하에서 성립된 것이라 할 수 있다. 강호가도가 온전한 은둔처로서 자연을 터전으로 하고 있다면, 근대의 자연시는 고향과 자연의 파괴를 기초로 하고 있다는 점에서는 그 차이를 갖는다. 따라서 근대의 고향 상실의 시는 폭력적 세계와 아우라의 상실이라는 이중의 고통으로부터 생겨난 것으로 볼 수 있다.

　② 우리의 전통 시가에 나타난 은둔, 혹은 은일의 욕망은 막연한 친자연(親自然)의 욕망에서 비롯된 것이 아니다. 당쟁의 거센 바람을 피해 사대부들은 자연의 공간에서 심신을 수양하면서 자신의 이상에 맞는 현실이 도래하기를 기다리거나, 아니면 세속적 명리를 완전히 끊고 초극적 자세로 은일 생활을 하였다. 근대시에서 보여지는 자연으로의 은둔 욕망 또한 부조리한 현실과 마찰하면서 생겨난 의식의 소산으로 볼 수 있다. 그러나 전통시에 나타난 은둔 지향적 관념이 때를 기다려 새로운 정치 구도를 만들어 보고자 하는 야심을 그 안에 가지고 있다는 점은 근대시와 다른 면모라 할 수 있다. 전통시가에서 은둔이 이상적 현실의 실현과 깊이 연관되어 있는 반면 근대시에서 보여지는 은둔의식은 세계에 대한

환멸의식이나 관념적으로 형상화되어 있는 미적 세계에 대한 갈망과 더욱 밀착되어 있는 것으로 판단된다. 그런 의미에서 근대시에서의 은둔은 강호가도처럼 끝끝내 현실의식이나 정치의식과 연결시키기에는 무리가 따른다.

③ 근대성의 가장 큰 특징 가운데 하나는 개체성에 대한 자각이다. 보편성을 기조로 하는 근대 이전의 세계에서도 인간 존재가 안고 있는 허무나 죽음에 대한 인식이 없었다고 할 수 없으나 '나'의 개체성을 심각하게 물음하지 않은 것은 사실이다. '나'라는 존재성보다는 언제나 가족과 마을 공동체, 그리고 개체가 소속하고 있는 집단의 이데올로기가 우선되었으며 무엇보다 중요한 것은 그 속에서의 조화와 질서를 유지하는 것이었다. 특히 유교에서 강조하는 가(家) 개념은 가족이라는 좁은 범주만이 아니라 부자와 군신, 개인과 사회, 친인척 집단 모두를 통합하는 기초적 사회관계를 뜻하는 것으로, '나'의 개체성보다는 공동의 관계를 중시했던 고전적 세계의 이념을 가장 잘 드러내주는 말이라 할 수 있다. 이처럼 가(家) 개념에 묶여 있던 보편의 질서가 지배적이었던 사회 구조 속에서 '나'에 대한 사유는 언제나 전체성과의 연관성에 의해 이루어지게 마련이다. 그러나 근대로 접어들게 되면서 완강했던 집단적 의식은 급격히 무너지게 되며, 개인은 전체를 구성하는 한 부분이라는 관념을 벗어나게 된다. 근대에 발생한 일군의 자연시는 이와 같은 패러다임 속에서 자연의 유구함 혹은 무상함을 바탕으로 개인의 실존의식을 문제삼는다. 이때 중요한 것은 이들에게 자연과 우주가 인간 존재의 본질을 비춰보는 거울이라는 점이다. 존재의 유한성과 생명성에 대한 사유와 자연에 대한 인식을 동시에 진행시키고 있는 이들의 존재 탐구의 상상력은 인간이 자연의 일부임을 인정하는 태도를 그 기저에 깔고 있는 것이기도 하다.

④ 에로스적 욕구가 생명의 온전한 질서와 조화를 추구하여 자기 보존을 꾀하고자 하는 생명의 본질적 존재 방식이라면, 이는 곧 이것과 저것

이 서로 연쇄적 계기로 맞물리면서 조화의 상태를 이루는 자연의 원리에 따르고자 하는 것을 의미한다. 따라서 에로스적 정감의 발현은 그 자체로 인간의 내부에 억압되어 있는 자연성을 끄집어내는 일이라 할 수 있다. 그러나 근대 세계는 자연으로부터 소외된 인간의 몸을 다양한 삶의 구조로부터 확인해야 했던 시대이다. 에로스적 자연시는 이와 같은 결핍의 산물이라 할 수 있다. 한편 에로스적 상상력에 의해 추동되고 있는 근대의 자연시가 역사 변동에 의해 촉발된 무의식적 결핍들과 맞물려 있다면, 전통적 자연시에서의 에로스적 상상력은 유락적(遊樂的) 성격이 강한 것으로 드러난다. 유락적 성향은 전통시가에 나타난 에로티즘의 전반적 성격을 대변해주는 요소라 할 수 있다. 예를 들어 스스로를 풍류광사로 자처한 김수장의 작품이나 사설시조에 담겨있는 도색적 음담, 육담, 외설 등이 드러내고 있는 사회적 의미는 "기존 도덕률과 가치관에 대한 부정과 거부"로 읽을 수 있다. 예에 대한 엄격한 규정과 그에 따른 억압을 '놀이'로 풀어내고자 하는 작자층의 욕망이 이들 전통시가에 담겨있는 것이다. 근대의 에로티시즘이 잃어버린 자연성을 인간과 자연의 합일적 욕망으로 해소하고자 한다면, 전통 시가의 에로티시즘은 기존 체제의 근엄한 도덕률을 가로지르는 반도덕적 놀이에 초점이 맞추어져 있다.

⑤ 한국의 자연시에서 자연의 주술성이나 신비성의 연원은 신라 향가로까지 거슬러 올라갈 수 있다. 그러나 향가 이후 방대한 양의 자연시가 창작되었음에도 불구하고 자연의 주술적 속성에 대한 비중은 매우 약해지고 말았다. 여기에는 신비주의적 사유를 제어하는 합리주의적 사고 체계가 깊이 관여되어 있다. 특히 유교의 윤리적, 도덕적 논리 체계를 단적으로 드러내는 예사상(禮思想)은 근대의 과학적 합리주의와는 다른 측면에서의 전통적 합리론을 증거해 주는 대표적 예이다. 이조의 성리학자들은 예학자로 불릴 만큼 예를 철저하게 세목화하고 실천·적용하는 데 고심하였다. 당시 예는 인간을 평가하는 잣대였을 뿐 아니라 당쟁의 명분을 제공하는 중요한 요인이었다. 조선조는 예사상을 통해 전체 사회 구

조를 질서화하고 규범화하였던 것이다. 그런데 이와 같은 예사상의 체계를 가능케 하는 윤리와 도덕의 준거는 자연과 우주의 근원인 리(理)의 체계로부터 비롯된 것이다. 유교의 합례적 가치관은 자연과 우주를 인간의 행위 규범, 혹은 도(道)를 위한 수양 원리로 질서화함으로써 자연의 비의적 측면을 약화시키는 결과를 낳았다. 자연에 대한 인식론을 보여주고 있는 '격물치지론(格物致知論)'은 사물의 본성에 내재해 있는 법칙과 질서를 인간의 삶에 적용하여 도덕의 정당성을 확보하고자 했던 유교적 이념의 산물이라 할 수 있다. 따라서 유교 이데올로기의 지배하에 있었던 시대에 자연은 이념에 종속된 당위 규칙으로서의 기능을 주로 담당하기에 이른 것이다.

한편 유교적 이데올로기가 붕괴하기 시작한 근대적 세계는 과학적, 이성적 사고를 토대로 전개된다. 따라서 비합리성, 종교적 신비주의, 혹은 미신 등은 근거가 허황한 허구적 담론으로 받아들여졌으며 때로 공격의 대상이 되기도 하였다. 즉 근대의 삶을 추동시키는 가장 중요한 동력은 합리적 근거에 의해 정립된 법칙과 규칙이며 기계주의적 작동원리인 것이다. 이와 같은 근대적 세계에서 신화적 상상력이나 주술적 상상력이 더 이상 리얼리티를 획득할 수 없는 것은 당연한 일이다. 자연에 대한 동경이나 예찬을 보여주고 있는 시들이 많이 있음에도 불구하고 자연의 주술적 속성을 주제로 삼고 있는 시가 희박한 것은 이 때문이다.

⑥ 자연은 '사악한 힘'의 논리가 배제된 생명의 장이라는 점에서 인간 세계와는 다른 순수한 미감을 그 안에 간직하고 있다. 수많은 시인들이 자신의 이상을 실현할 수 없을 때 자연으로 귀의해서 강호가도를 형성한 것도 이와 관련된다. 현실과의 투쟁적 관계를 벗어나 지속적으로 자연을 심미적 대상으로 삼고자 하는 근대의 몇몇 시인들의 의식 또한 이와 무관하지 않다. 고전시나 현대시 모두에게 자연은 현실 사회와 대립되는 가치와 미감을 지닌 대상이라는 점에서는 공통적이다. 특히 현대시에서 자연의 미감은 문명적 메커니즘이나 기계적 사물이 지닌 비인간

적·비생명적 측면과의 마찰에 의해 부각된다. 비인간적·비생명적 세계가 잠식하고 있는 무구하고도 정감 있는 세계를 시인들은 자연의 미감을 통해서 발견하고자 하는 것이다. 그러나 이와 같은 자연적 미에 대한 탐구는 고전시와 현대시간에 그 태도 면에서 차이가 있음을 주목할 필요가 있다. 고전시의 미학은 한 마디로 말하면 '규범의 미학'이라 할 수 있다. 고전시의 시 형상화 원리는 독창성과 특이성에 있는 것이 아니라 이미 만들어져 있는 규범적 가치를 발견하고 거기에 도달하는 데 있다. 관용어구나 전고(典故), 용사(用事)의 빈번한 차용이 고전시의 미학을 밝히는 데 중요한 관건이 되는 까닭이 여기에 있다. 신의(新義)나 청신(淸新)이 강조되지 않은 바는 아니지만 고전시에서 보여지는 자연의 미는 개성보다는 시를 향유하는 사람과 그것을 창작한 사람이 동일하게 이해할 수 있는 보편성에 근거해 있는 것이다. 반면 현대시의 미학은 '개성의 미학'이라 할 수 있다. 근대적 세계가 개인의 발견, 개체성의 존중을 강조하고 있는 것만큼 예술가의 미적 지향이 보편성보다는 개인의 독창성에 기울어져 있음은 당연한 현상일 것이다. 이와 같은 미적 패러다임의 차이는 신기하고 도발적인 도시적 감성의 시인들에게만이 아니라 김춘수나 박용래와 같이 자연시를 창작하는 시인들에게도 중요하게 작용한다.

⑦ 환경시 혹은 생태시는 고도 성장을 추구해왔던 산업화의 부산물로서 환경 문제가 두드러지면서 발생한 일군의 자연시이다. 생태시는 문명적 인간 삶의 양태를 전면 반성한다는 점에서 문명비판적 시들과 연계되면서 동시에 그 이전의 자연시와는 차이를 갖는다. 이전의 자연시들이 현실의 부조리를 자연과의 합일로 대체함으로써 보다 나은 인간 삶의 이상을 실현하고자 했다면, 생태시가 추구하고 있는 자연 지향은 대체가 아니라 자연과 인간의 공생 자체를 문제삼는다는 특징을 지닌다. 근대 이후 발생한 생태시의 기저는 우리 전통 시가의 자연인식의 틀, 즉 우주관과 근본적으로 동일하다. 산업화에 따른 자연의 황폐화가 생명체의 공동 기반을 와해시키고 있다는 비판적 인식은 인간 삶의 조건으로서 새

로운 환경을 건설하고자 하는 생태적 사유의 근간이 된다. 따라서 생태적 사유는 삶의 조건에 대한 비판적 인식을 바탕으로 자연과 인간의 공생의 토대를 만들고자 한다. 즉 생태적 사유가 지향하는 친자연적 세계는 오로지 자연만을 위한 것도, 반대로 인간만을 위한 것도 아니다. 여기에는 천인합일(天人合一)의 연속적 세계관이 작용하고 있는 것이다. 이와 같은 우주론적 전제는 자연과 이상적 사회를 연속적 관계로 파악하는 '강호가도'의 지향과 맞닿아 있다. 유가의 우주론이 강조하고 있는 인간과 자연의 연속적 세계관은 인간과 분리된 절대 자연의 세계로의 귀의를 뜻하는 것이 아니다. 이때의 우주론은 인간 사회와 자연 모두를 포괄한다. 따라서 강호가도는 자연으로의 도피가 아니라, 자연의 순리와 합일하는 이상적 사회 건설이라는 과제를 그 안에 내포하고 있다. 생태시의 발생론 또한 세계에 대한 부정적 인식을 기저로 새로운 세계 건설, 즉 인간 사회와 자연이 연속적으로 상생하는 세계를 만들어야 한다는 의식에서 비롯되었다는 점에서 우리의 전통적 우주론과 상통한다. 유가에서 강조하고 있는 당위와 실천으로서의 천인합일의 정신 또한 생태시의 근본적 성향이라 할 수 있다. 그러나 생태시는 전통적 자연시와 달리 자연 자체의 위기 상황을 문제삼고, 인간의 생존마저 위협하는 황폐한 생명적 토대를 극복할 방법을 모색한다. 즉 전통적 자연시에 나타난 자연과 우주에 대한 인식은 그것이 생태적 지향을 드러낼지라도 자연 자체에 대한 위기감을 내포하고 있는 것은 아니라 할 수 있다.

참고문헌

1부 한국시의 미학적 패러다임과 시학적 전통

〈전통〉

구중서, 「韓國傳統藝術에의 自覺」, 『한국문학대전집 부록 I』, 태극출판사, 1975.
권영민 편, 『韓國現代文學批評史資料 I』, 단국대 출판부, 1981.
_______ 편, 『韓國現代文學批評史資料 II』 단국대 출판부, 1981.
김대행, 『한국시가구조연구』, 삼영사, 1976.
_______, 『시가시학연구』, 이대출판부, 1991.
김윤식, 『韓國近代文藝批評史研究』, 일지사, 1976.
김은전, 「韓國詩에 있어서의 傳統性 問題」, 『心象』 8권 9호, 1980.
김재홍, 「국문학의 전통」, 『한국문학사의 쟁점』(성산장덕순선생 정년퇴임기념논총),
       집문당, 1986.
김현·김윤식, 『한국문학사』, 민음사, 1973.
박철희, 『한국시사연구』, 일조각, 1980.
_______, 「사설시조의 구조와 그 배경」, 『한국시사연구』, 일조각, 1980.
백승철, 「創造의 普遍性과 特殊性」, 『韓國文學大典集 附錄I』, 태극출판사, 1975.
백 철, 『韓國文學의 理論』, 정음사, 1964.12.
성기조, 「韓國近代文學의 傳統論議에 관한 연구」, 단국대 박사논문; 1989; 『韓國
       文學과 傳統論議』, 신원문화사, 1989.8 재수록.
성기옥, 『한국시가 율격의 이론』, 새문사, 1986.
_______, 「송순의 시조 한수가 들려주는 시의 꿈 하나」, 『詩眼』 2호, 1998.
송재소, 『茶山詩研究』, 창작과비평사, 1986.
신두원, 「전후 비평에서의 전통논의에 대한 시론」, 『민족문학사연구』 9집, 민족문
       학사연구회, 1996.
오세영, 「자유시 형성에 있어서 사설시조와 잡가」, 『한국문화』 14집, 1993.
유종호, 「우리 文學傳統의 確立」, 『世界』, 1960.3.
_______, 「現代詩의 五十年」, 『思想界』 1962.5.

윤병로, 「傳統問題의 現代化試論」, 『人文科學』, 성균관대학교, 1973.

이어령, 『抵抗의 文學』, 예문관, 1965(증보신판).

이태극, 「고전문학에 있어서의 전통계승 문제」, 『국어국문학』 34·35합집, 1957.

임형택, 「18세기 藝術史의 視覺」, 『雨田辛鎬烈先生古稀紀念論叢』, 창작과비평사, 1983.

______, 『韓國文學史의 視覺』, 창작과비평사, 1983.

정병욱, 『國文學散藁』, 신구문화사, 1953.

______, 『한국고전의 재인식』 홍성사, 1974.

정한모, 『韓國現代詩史』, 일지사, 1974.

조동일, 「傳統의 退化와 繼承의 方向」, 『창작과비평』 3호, 1966년 여름.

______, 『한국시의 전통과 율격』, 한길사, 1976.

______, 『한국문학통사』 1, 지식산업사, 1982.

______, 「한국문학의 특질」, 『한국문학 이해의 길잡이』, 집문당, 1996.

조연현, 民族的 特性과 人類的 普遍性, 『文學藝術』, 1957년 7월.

조윤제, 「은근과 끈기」, 『現代文鑑』, 동국대학교, 1948.

______, 「國文學의 特質」, 『國文學槪說』, 동국문화사, 1955.

조지훈, 「'멋'의 研究－韓國的 美意識의 構造를 위하여」, 『韓國人과 文學思想』, 일조각, 1964.

조지훈·유종호 등 토론, 「接合이냐 接合이냐」, 『사상계』, 1962년 5월.

조창환, 「繼承과 發展으로서의 傳統」, 『心象』 8권 9호, 1980.

______, 『현대시운율연구』, 일지사, 1986.

천이두, 『恨의 硏究』, 문학과지성사, 1980.

Barthes, Roland, *From Work to Text*, ed. & trans. by Stephan Heath, Image-Music-Text, Hill and Wang, 1977.

Beasdley and Wimsatt, W. K., *The Intentional Fallacy, The Verbal Icon : Studies on the Meaning of Poetry*, University of Kentucky Press, 1954.

Brooks, Cleanth, *The Well Wrought Urns : Studies in the Structure of Poetry*, Harcourt, Brace & World, Inc., 1975.

Croce, Benedetto, *Aesthetic*, trans. by Douglas Ainslie, Farra, Straus and Giroux, 1972(16판).

Eliot, T. S., *Tradition and the Individual Talent*, Sellected Prose, Peguin Book, 1956.

Empson, William, *Seven Types of Ambiguity*(1930), Penguin Books(2판), 1961.

Fish, Stanley, *There are a Text in This Class?*, Havard University Press, 1980.

Gadamer, Hans-Georg, *Thuth and Method*, The Crossroad Publishing Co, 1982.

Holub, Robert E., *Reception Theory : A critical introduction*, Methuen, 1984.

Iser, Volfgang, *The reading process : a phenomenological approach*, ed. by David Lodge, Modern Criticism and Theory : A Reader, Longman, 1988.

Iser, Wolfgang, *The Implied Reader*, The Johns Hopkins University Press, 1972.

Jauss, Hans Gadamer, *Liferafufgeschichfe us Provokation der Literaturwissenschaft*, 『문예학도전으로서의 문학사』, 문학과지성사, 1975.

Lauwell, Shara N., *Critics of Consciousness : the existential structures of literature*, Havard University Press, 1968.

Richards, I. A., *The Two Uses of Language, Principles of Literary Criticism*, Routledge & Kegan Paul Ltd, 1967.

Tate, Allen, *Miss Emily and the Historigraphy, Reson In Madness*, 1941.

Wellek, Rene, *The Fall of Literary History, The Attack on Literature and Other Essays*, The University of North Carolina Press, 1982.

〈패러다임〉

성기옥, 「申欽 時調의 해석 기반－放翁詩餘의 연작 가능성」, 『震檀學報』 81호, 진단학회, 1996.

_____, 「도산십이곡의 재해석」, 『진단학보』 91호, 진단학회, 2001.

_____, 「도산십이곡의 구조와 의미」, 『한국시가연구』 11집, 한국시가학회, 2002.

신경숙, 「가곡원류의 소위 '관습구'들, 어떻게 볼 것인가?」, 『한민족어문학』 41집, 한민족어문학회, 2002.

신연우, 「시조에 있어서 문화동질감의 표현」, 『조선조 사대부 시조문학 연구』, 박이정, 1997.

최재남, 「구비적 측면에서 본 시조의 시적 구성방식」, 서울대 석사논문, 1983.

Groden, Michael, and Kreiswirth, Martin eds., *British Theory and Criticism*, The Johns Hopkins Guide to Literary Theory & Criticism, The Johns Hopkins University

Press, 1994

Ong, Walter J., *Orality and Literacy* : The Technologizing of the Word, Methuen, 1982; 이기우·임명진 역, 『구술문화와 문자문화』, 문예출판사, 1995.

Shklovsky, Victor, *Art as Thechnique*, trans. by Lee T. Lemon and Marion J. Reis, Russian Formalist Criticism : Four Essays, University of Nebraka Press, 1965.

Wellek, Rene, *A History of Modern Criticism(I) : The Later Eiteenth Century*, Yale University Press, 1955.

2부 수사적 전통과 패러다임의 변모

〈패러디〉

고석봉, 「패러디 시가 나아갈 방향」, 『오늘의 문예비평』, 1994년 봄.

고현철, 「한국현대시의 장르 패로디 연구—담론 양상을 중심으로」, 부산대 박사논문, 1995.

______, 『현대시의 패러디와 장르 이론』, 태학사, 1997.

권택영, 「패러디, 패스티쉬 그리고 독창성」, 『현대시사상』, 1992년 겨울.

김경복, 「자기반영성, 혹은 새로운 문학 형식의 예고—90년대 시의 패로디 / 패스티쉬를 중심으로」, 『오늘의 문예비평』, 1993년 여름.

김성룡, 「용사의 이해」, 『호서어문연구』 4집, 호서대 국문학과, 1996.

______, 「용사 이론의 시학적 의의」, 『국어국문학』 120호, 국어국문학회, 1997.

김수정, 「'해가(海歌)'의 패러디적 성격 연구」, 성균관대 석사논문, 1993.

김영미, 「고려 한시에 나타난 수사의식에 대하여—동문선 소재 한시 작품을 중심으로」, 이화여대 석사논문, 1991.

김영숙, 「「산유화가」의 양상과 변모」, 『민족문화논총』 2·3집, 영남대 민족문화연구소, 1982.

김우창, 「인용에 대하여—문화전통의 이어짐에 대한 명상」, 『김우창 전집 3—시인의 보석』, 민음사, 1993.

김욱동, 「포스트모더니즘과 상호텍스트성」, 『서강영문학』 2집, 서강영문학회, 1990.

김원중, 「용사고—『문심조룡』을 중심으로」, 『중국어문학』 23집, 영남중국어문학회, 1994.

김준오, 『도시시와 해체시』, 문학과비평사, 1992.

______ 편, 『한국 현대시와 패러디』, 현대미학사, 1996.

김진석, 「패러디냐 자살이냐」, 『문학과 사회』 1993년 가을.

김학성, 「조선후기 시가에 나타난 서민적 미의식」, 『국문학의 탐구』, 성균관대 출판부, 1987.

______, 「시조의 텍스트 파생 양상과 그 의미」, 『고전문학연구』 23집, 2003.

김　현, 「방법적 인용의 시적 성과」, 『현대시세계』 1990년 가을.

김현실 외, 『한국 패러디소설 연구』, 국학자료원, 1997.

박을수, 「개화기시조서설」, 『신문학과 시대의식』, 새문사, 1981.

방민호, 「거리를 통한 의미의 재창조, 패로디」, 『심상』 1994년 5월.

서명희, 「용사의 언어문화론적 연구」, 서울대 석사논문, 1999.

성기옥, 「「구지가」의 작품적 성격과 그 해석(1)」, 『울산어문논집』 3집, 울산대 국어국문학과, 1987.

______, 「「구지가」의 작품적 성격과 그 해석(2)」, 『배달말』 12호, 배달말학회, 1987.

______, 「도산십이곡의 재해석」, 『진단학보』 91호, 진단학회, 2001.

송재소, 「한시 용사의 견유적 기능」, 『한국한문학연구』 8집, 한국한문학회, 1985.

신은경, 「사설시조의 시학 연구」, 서강대 박사논문, 1988.

______, 「평시조를 패로디화한 사설시조 연구」, 『국어국문학』 104호, 1990.

장동범, 「한국 현대시에 나타난 패러디 연구-80~90년대 시를 중심으로」, 부산외국어대 석사논문, 1993.

장성남, 「대한매일신보 소재 패러디 시조 연구」, 『한국언어문학』 42집, 1999.

정끝별, 『패러디 시학』, 문학세계사, 1997.

최미정, 「한시의 전거수사(典據修辭)에 대한 고찰-려말·선초의 시화를 중심으로」, 『국어국문학 연구』 제47집, 국어국문학회, 1979.

______, 「전거 수사학 연구」, 서울대 석사논문, 1979.

최신호, 「초기시화에 나타난 용사이론의 양상」, 『고전문학연구』 1집, 한국고전문학연구회, 1971.

하강진, 「용사론과 신의론의 실체」, 『어문교육논집』 13·14합집, 부산대 국어교육학과, 1994.

홍윤희, 「한국 현대시에 나타난 패러디 양상 연구」, 부산대 석사논문, 1993.

Hutcheon, Linda, *A theory of parody : the teachings of twentieth-century art forms,* New York : Methuen, 1985.

Hutcheon, Linda, *Theory of Parody,* London : Methuen, 1985; 김상구・윤여복 역, 『패로디 이론』, 문예출판사.

Hannoosh, Michele, *Parody and Decadence : Laforgue's Moralites Legendaires,* Columbus : Ohio State University Press, 1989.

Rose, Marget A., *Parody : ancient, modern, and post-modern,* Cambridge : Cambridge University Press, 1993.

Rose, Marget A.(1979), *Parody / Metafiction : an Analysis of Parody as a Critical Mirror to the Writing and Reception of Fiction,* London : Croom Helm, 1993; 문홍술 역, 「패로디 / 메타 픽션」, 『심상』, 1991년 11월~1993년 3월.

Waugh, Patricia, *Metafiction : The Theory and Practice of Self-Conscious Fiction,* London & New York : Methuen, 1984; 김상구 역, 『메타픽션』, 열음사, 1989.

〈알레고리〉

고미숙, 「조선후기 평민가객의 문학적 지향과 작품 세계의 변모 양상」, 고려대 석사논문, 1986.

김길웅, 「미적 현상과 시대의 매개체로서의 알레고리―벤야민의 알레고리 개념을 중심으로」, 『현대비평과이론』 14, 1997.

김용찬, 「사설시조에 나타난 애정형상과 세계관 연구」, 고려대 석사논문, 1990.

김재기, 「한국 현대시에 나타난 알레고리 연구」, 연세대 석사논문, 1985.

김학성, 「시조의 존재 양태와 표현 특징」, 『정형시가』 창간호, 1994.

김현강, 「파괴와 구성으로서의 알레고리―발터 벤야민의 (반)해석학 연구」, 연세대 석사논문, 1996.

김혜영, 「문학적 체험 형성의 수사적 조건 연구―알레고리를 중심으로」, 『국어교육연구』 7, 2000.

김흥규, 「고전문학 교육과 역사적 이해의 원근법」, 『현대비평과 이론』, 1992년 봄, 1992.

남정희, 「18세기 사대부 시조 연구」, 이화여대 석사논문, 1994.

도정일, 「우화론」, 『문예중앙』, 1997년 여름.

성기옥, 「고산 시가에 나타난 자연인식의 기본틀」, 『고산연구』창간호, 고산연구
　　　회, 1987.

______, 「한국 고전시 해석의 과제와 전망」, 『진단학보』 85호, 진단학회, 1987.

신광현, 「알레고리」, 『현대비평과 이론』, 1994년 봄 · 여름.

신덕룡, 「사회적 신화와 알레고리―80년대 알레고리의 의미와 한계」, 『현대문학』
　　　1991년 4월.

신연우, 「경세시조에 보이는 세상살이의 표정」, 『조선조 사대부 시조문학 연구』
　　　박이정, 1977.

윤승준, 『우언의 재미와 교훈』, 월인, 2000.

윤호병, 「시와 우화적 상상력」, 『현대시』, 1998년 2월.

이상섭, 『문학비평용어사전』, 민음사, 1976.

이강옥, 「사설시조 ‘일신이 사자하니’에 대한 고찰」, 『한국고전시가작품론』 2, 집
　　　문당, 1992.

이승하, 「우린 현대시에 나타난 우화적 상상력」, 『현대시』, 1998년 2월.

이윤성, 「폴 드만의 알레고리론 연구」, 경희대 박사논문, 1998.

이창민, 「역사와 우화」, 『현대시학』, 1996년 12월.

이한수, 『비유와 해석학』, 한국로고스연구원, 1989.

이형대, 「사설시조와 여성주의적 독법」, 『시조학논총』 16집, 시조학회, 2000.

임주탁, 「송강 시조의 우의적 관습」, 『인문학지』 9집, 충북대 인문과학연구소,
　　　1993.

장영우, 「현대시와 우화적 상상력」, 『현대시』, 1998년 2월.

정정호, 「상징」, 『현대비평과 이론』 7호, 1994년 봄 · 여름.

조동일, 『한국문학통사』 2, 지식산업사, 1983.

한국시조학회 편, 『고시조작가론』, 백산출판사, 1986.

Black, Joel D., "Allegory Unveiled", *Poetics Today*, vol.4, No.1., 1983.

De Man, Paul, *Allegories of reading : figural language in Rousseau, Nietzsche, Rilke, and Proust*.
　　　New Haven : Yale University Press, 1979.

MacQueen, John, *Allegory*, London : Methuen, 1970; 송낙헌 역, 『알레고리』, 서울대 출
　　　판부, 1987.

Owens, Craig, "The Allegorical Impulse"; 이삼출 역, 「알레고리적 충동」, 『포스트모더
　　니즘과 문화』(권택영 편), 문예출판사, 1991.

〈병렬법〉

강등학, 『정선아라리 연구』, 집문당, 1988.
고현철, 「1920년대 민요시 연구―병치구조를 중심으로」, 부산대 박사논문, 1986.
김대행, 『한국시가구조연구』, 삼영사, 1976.
______, 『한국시의 전통연구』, 개문사, 1980.
______, 「고전시가의 문체」, 『국어문체론』(박갑수 편), 대한교과서주식회사, 1994.
______, 「고산작품론―반복법과 그 연장관계를 중심으로」, 『한국문학과 기호학』
　　(최현무 편), 문학과비평사, 1988.
김열규, 『아리랑, 역사여 겨레의 소리여』, 조선일보사, 1987.
김우창, 「시의 리듬에 관하여」, 『세계의문학』, 1999년 봄.
김준오 외, 『동서시학의 만남과 고전시론의 현대적 이해』, 새미, 2001.
김흥규, 「평시조 종장의 율격 통사적 정형과 그 기능」, 『어문논집』, 19·20합집,
　　고려대학교, 1977.
박경수, 「한국 근대 민요시 연구」, 부산대 박사논문, 1989.
박경신, 「무가의 작시원리에 대한 현장론적 연구」, 서울대 박사논문, 1991.
박철희, 『한국시사연구―한국시의 구조와 배경』, 일조각, 1980.
서우석, 「시와 리듬」, 문학과지성사, 1981.
성기옥, 『한국시가율격의 이론』, 새문사, 1986.
오세영, 『한국낭만주의시 연구』, 일지사, 1980.
유약우, 이장우 역, 『중국시학』, 범학도서, 1976.
이경수, 「한국 현대시의 반복 기법과 언술 구조―1930년대 후반기의 백석, 이용
　　악, 서정주 시를 중심으로」, 고려대 박사논문, 2002.
이경희, 「시적 언술에 나타난 한국 현대시의 병렬법 연구」, 이화여대 박사논문,
　　1989.
이어령, 「병렬법의 시학―「용비어천가」와 「봄은 고양이로다」」, 『문학사상』 1988
　　년 8월.

이헌홍, 「판소리의 전승구조 연구」, 부산대 석사논문, 1981.

정동화, 「한국민요시의 연구―특질과 발달을 중심으로」, 명지대 석사논문, 1989.

정병욱, 「용비어천가의 문학적 가치평가」, 『동아문화』 2집, 서울대 동아문화연구
　　　소, 1964.

정혜원, 「시조 의미구조에 관한 분석」, 서울대 석사논문, 1970.

조규미, 「서정주 시의 병렬법 연구」, 이화여대 석사논문, 1994.

조동일, 『서사민요연구』, 계명대 출판부, 1972.

조성일, 『민요연구』, 인민출판사, 1983.

좌혜경, 『민요시학연구』, 국학자료원, 1996.

최미정, 「별곡에 나타난 병행체에 대하여」, 『백영정병욱선생환갑기념 한국시가문
　　　학연구』, 신구문화사, 1982.

최재남, 「구비적 측면에서 본 시조의 시적 구성방식」, 서울대 석사논문, 1983.

한상연, 「시조의 논리적 연구」, 『동국대 논문집』 3·4합집, 1968.

Pleminger, Alex, *Princeton Encyclopedia of Poetry and Poetics*, Princeton University Press, 1965.

Finnegan, Ruth, *Oral poetry : It's nature, significance and social context*, Cambridge University
　　　Press, 1977.

Ong, Walter J., *Orality and Literacy : The Technology of the Word*, Methuen, 1982; 이기우·
　　　임명진 역, 『구술문화와 문자문화』, 문예출판사, 1995.

Jacobson, Roman, 이정문·이병근·이명현 편, 「언어학과 시학」, 『언어과학이란 무
　　　엇인가』, 문학과지성사, 1977.

Jacobson, Roman, *Grmmatical parallelism and its Russian facet, Sellected Writings Ⅲ*, Mouton
　　　& Co., 1981.

Lotman, Yury, *Analysis of the Poetic text*. Trans : Barton Johnson, Mich : Ann Arbor, 1976.

3부 자연시의 전통과 세계관의 변모

1. 고전시

〈자료〉

강　익, 『개암집(介庵集)』(『한국문집총간』 38), 민족무화추진회, 1989.

권 섭, 『옥소고(玉所稿)』.

권호문, 『송암집(松巖集)』(『한국문집총간』 41), 민족문화추진회, 1989.

김득연, 『갈봉선생문집(葛峯先生文集)』.

김정국, 『사재집(思齋集)』 권1(『한국문집총간』 23), 민족문화추진회, 1988.

신계영, 『선석유고(仙石遺稿)』.

신정하, 『서암집(恕菴集)』(『한국문집총간』 197), 민족문화추진회, 1997.

심재완, 『역대시조전서』, 세종문화사, 1972.

신 흠, 국역 『상촌집(象村集)』, 민족문화추진회, 1997.

위백규, 『존재가첩』(『존재전서』), 경인문화사 영인본, 1974.

이상보 편, 『17세기 가사전집』, 교학연구사, 1987.

이 이, 『율곡전서』, 성균관대 대동문화연구원, 1971.

이 황, 『퇴계전서』, 성균관대 대동문화연구원, 1971.

이휘일, 『존재집(存齋集)』(『한국문집총간』 124), 민족문화추진회, 1993.

조존성, 『용호유집(龍湖遺集)』.

조 황, 『삼죽사류』.

지덕붕, 『상산선생문집(商山先生文集)』(『한국역대문학총서』 1577), 경인문화사, 1995.

〈논문〉

강명관, 『조선후기 여항문학 연구』, 창작과비평사, 1997.

______, 『조선시대 문학예술의 생성공간』, 소명출판, 1999.

고미숙, 「조선 후기 평민가객의 문학적 지향과 작품세계의 변모양상」, 고려대 석
　　　사논문, 1986.

______, 「19세기 시조의 전개 양상과 그 작품세계 연구」, 고려대 박사논문, 1998.

고연희, 『조선후기 산수기행예술연구』, 일지사, 2001.

고정희, 「윤선도와 정철 시가의 문체시학적 연구」, 서울대 박사논문, 2001.

______, 「알레고리 시학으로 본 「어부사시사」」, 『고전문학연구』 22집, 한국고전문
　　　학연구회, 2003.

권두환, 「김성기론」, 『한국시가문학연구』, 신구문화사, 1983.

권순회, 「전가시조의 미적 특질과 사적 전개 양상」, 고려대 박사논문, 2000.

권영철, 「반구옹 시조와 도산십이곡의 계보」, 『효대논문집』, 1966.

______, 「商山時調 研究」, 『국문학연구 3집』, 효성여대, 1970.

길진숙, 「조선후기 농부가류 가사 연구」, 이화여대 석사논문, 1989.

김낙진, 「조선 유학자들의 격물치지론」, 『조선 유학의 자연철학』(한국사상연구회 편), 예문서원, 1998.

김대행, 『시조유형론』, 이화여대 출판부, 1986.

김문용, 「조선시대 유학자들의 음양오행론」, 『조선 유학의 자연철학』(한국사상연구회 편), 예문서원, 1998.

김병국, 「한국 전원문학의 전통과 그 현대적 변이양상」, 『한국문화』 7, 서울대 한국문화연구소, 1986.

______, 『고전시가의 미학탐구』, 월인, 2000.

김석회, 『존재 위백규 문학 연구』, 이회문화사, 1995.

______, 「상촌 시조 30수의 짜임에 관한 고찰」, 『고전문학연구』 19집, 고전문학회, 2001.

______, 「17세기 자연시가의 양상과 그 역사적 성격」, 『고전문학과 교육』 3집, 서울대 국어국문학회, 2002.

김용찬, 『18세기 시조문학과 예술사적 위상』, 월인, 1999.

김용철, 「「누항사」의 자영농 형상과 17세기 자영농시가의 성립」, 『한국가사문학연구』(정재호 편), 태학사, 1996.

김일렬, 「문학에 나타난 신라인의 자연관」, 『어문학』 31집, 1974.

김창원, 「조선후기 사족 창작 농부가류 가사의 작가의식 연구」, 고려대 석사논문, 1993.

______, 「신흠 시조의 특질과 그 의미」, 『고전문학연구』 16집, 고전문학회, 1999.

김흥규, 「강호자연과 정치현실」, 『세계의문학』, 민음사, 1981년 봄.

______, 「16·17세기 강호시조의 변모와 전가시조의 형성」, 『어문논집』 35집, 1996.

______, 『욕망과 형식의 시학』, 태학사, 1999.

남정희, 「18세기 경화사족의 시조 향유와 창작 양상에 관한 연구」, 이화여대 박사논문, 2001.

박노준, 『조선 후기 시가의 현실인식』, 고려대 민족문화연구원, 1998.

박성의 교주, 『농가월령가 한양가』, 예그린출판사, 1978.

박연호, 「17세기 강호시조의 한 양상」, 『한국어문교육』 7집, 고려대 국어교육학회,
        1994.

______, 「19세기 오륜가사 연구」, 『19세기 시가문학의 탐구』(고려대 고전문학·한
        문학연구회 편), 집문당, 1996.

박요순, 「정훈과 그의 시가고」, 『숭전어문학』 2집, 숭전대 국어국문학회, 1973.

박학래, 「천인지제―인간 삶의 지표와 이상」, 『조선 유학의 개념들』, 예문서원,
        2002.

성기옥, 「고산시가에 나타난 자연인식의 기본틀」, 『고산연구』 창간호(고산연구회
        편), 1987.

______, 「'感動天地鬼神'의 논리와 주술성 문제」, 『고전시가의 이념과 표상』(임
        하 최진원박사 정년기념논총 간행위원회), 1991.

______, 「신흠 시조의 해석 기반―「방옹시여」의 연작 가능성」, 『진단학보』 81호,
        진단학회, 1996).

______, 「송순의 시조 한 수가 들려주는 시의 꿈 하나」, 『시안』 2호, 1998년 겨울.

______, 「한국 고전시 해석의 과제와 전망―安玟英의 「梅花詞」 경우」, 『진단학
        보』 85호, 진단학회, 1998.

______, 「사대부 시가에 수용된 神仙모티프의 시적 기능」, 『국문학과 도교』, 국어
        국문학회, 1998.

______, 「도산십이곡의 재해석」, 『진단학보』 91호, 진단학회, 2001.

______, 「〈도산십이곡〉의 구조와 의미」, 『한국시가연구』 11집, 한국시가학회, 2002.

신연우, 『사대부 시조와 유학적 일상성』, 이회문화사, 2000.

신영명, 「16세기 강호시조의 연구―정치적, 철학적 성격을 중심으로」, 고려대 박
        사논문, 1991.

______, 「17세기 강호시조에 나타난 '전원'과 '전가'의 형상」, 『한국시가연구』 6집,
        한국시가학회, 2000.

심재완, 『시조의 문헌적 연구』, 세종문화사, 1972.

안혜진, 「강호가사의 변모 과정 연구―누정계와 초당계를 중심으로」, 이화여대
        석사논문, 1997.

여기현, 「강호인식의 한 양상」, 『반교어문연구』 1집, 반교어문연구회, 1988.

우응순, 「권호문의 시세계」, 고려대 석사논문, 1982.

_____, 「박인로의 안빈낙도 의식과 자연」, 『한국학보』 41집, 일지사, 1985.

유봉학, 「18세기 남인 분열과 기호남인 학통의 성립」, 『한신대학 논문집』 1집, 1983.

_____, 「조선후기 풍속화 변천의 사회·사상적 배경」, 『진경시대』 2, 돌베개, 1998.

_____, 「진경시대 경화사족의 사상과 문화」, 『간송문화』 50, 한국민족미술연구소, 1996.

유정선, 「천풍가 연구」, 『이화어문논집』 15집, 1997.

_____, 「18·19세기 기행가사의 작품세계와 시대적 변모양상」, 이화여대 박사논문, 1999.

윤덕진, 『선석 신계영 연구』, 국학자료원, 2002.

윤사순, 「유학의 자연철학」, 『조선 유학의 자연철학』, 예문서원, 1998.

이동연, 『19세기 시조예술론』, 월인, 2000.

이민홍, 『사림파 문학의 연구』, 형설출판사, 1987.

_____, 『조선중기 시가의 이념과 미의식』, 성균관대 출판부, 1993.

이상보, 『노계시가연구』, 이우출판사, 1978.

_____, 『한국고전시가연구·속』, 태학사, 1980.

_____, 『조선시대 시가의 연구』, 이회문화사, 1997.

이상원, 「16세기 말~17세기 초 사회동향과 김득연의 시조」, 『어문논집』 31집, 고려대 국어국문학 연구회, 1992.

_____, 『17세기 시조사의 구도』, 월인, 2000.

이태호, 「19세기 풍속화의 퇴조」, 『풍속화 둘』, 대원사, 1998.

이형대, 「조선조 국문시가의 도연명 수용양상과 그 역사적 성격」, 고려대 석사논문, 1991.

_____, 『어부형상의 시가사적 전개와 세계인식』, 고려대 박사논문, 1997.

_____, 「「오대어부가」와 처사적 삶의 내면 풍경」, 『조선 중기 시가와 자연』(신영명·우응순 외), 태학사, 2002.

임영정, 「관곡선생문집과 언문가사·시조」, 『도서관』 29권 3호, 1974.

임주탁, 「연시조의 발생과 특성에 관한 연구」, 서울대 석사논문, 1990.

장인진, 「새로 발굴된 이중경의 오대어부가」, 『도서관학』 10집, 한국도서관학회,

1983.

전일환, 「옥경헌 고산별곡 연구」, 『국어국문학』 102, 국어국문학회, 1989.

정우봉, 「19세기 시론 연구」, 고려대 박사논문, 1992.

정호훈, 「17세기 후반 영남남인학자의 사상」, 『역사와 현실』 13, 역사비평사, 1994.

정흥모, 「19세기 사대부 시조 연구」, 고려대 박사논문, 1994.

______, 「삼죽 조황의 시조 연구」, 『19세기 시가문학의 탐구』(고려대 고전문학 한문학연구회 편), 집문당, 1995.

조동일, 『문학사와 철학사의 관련양상』, 한샘, 1992.

______, 「중세 후기 철학에 대한 시인의 대응」, 『철학사와 문학사, 둘인가 하나인가』, 지식산업사, 2000.

조윤제, 『조선시가 사강』, 동광당서점, 1939.

______, 『국문학개론』, 동서문화사, 1955.

______, 『한국문학사』, 탐구당, 1960.

진동혁, 『주석 이세보시조집』, 정음사, 1985.

______, 「이세보 시조연구」, 『진동혁전집』, 夏雨, 2000.

최상은, 「조선전기 사대부 가사의 미의식」, 성균관대 박사논문, 1991.

최재남, 『사림의 향촌생활과 시가문학』, 국학자료원, 1997.

최진원, 『국문학과 자연』, 성균관대 출판부, 1977.

홍재휴, 「석문정제영시가고」, 『효대논문집』 1집, 1981.

2. 현대시

고갑희, 「에코 페미니즘(ecofeminism)－페미니즘의 생태학과 생태학의 페미니즘」, 『외국문학』, 1995년 여름.

곽신환, 『주역의 이해』, 서광사, 1990.

구승회, 「자연이란 무엇인가－자연에 대한 철학적 이해와 그 역사」, 『동국대 대학원 연구논집』 27집, 1997.

권영민, 『한국 현대문학사』 1, 민음사, 2002.

김낙진, 「조선 유학자들의 격물치지론」, 『조선 유학의 자연철학』(한국사상사연구회 편), 예문서원, 1998.

김남석, 「시적 변용에서의 자연의 인격화과정」, 『비평문학』 10, 1996.

김병국, 「한국 전원문학의 전통과 그 현대적 변이양상」, 『한국문화』 7, 서울대 한국문화연구소, 1986.

김성기 편, 『모더니티란 무엇인가』, 민음사, 1994.

김성곤, 「자기중심 의식에서 생태의식으로―환경을 넘어서는 예술」, 『문화예술』, 한국문화예술진흥원, 2000년 4월.

김용민, 「생태사회를 위한 문학」, 『현대문학』, 2000년 7월.

_____, 『생태문학』, 책세상, 2003.

김욱동, 『문학 생태학을 위하여』, 민음사, 1998.

김재홍, 「20세기 한국시의 근대 의식 형성과 전개」, 『현대 한국문학 100년』, 민음사, 1999.

김준오, 「현대시의 자연고」, 『백영 정병욱 선생 환갑 기념논총』, 신구문화사, 1982.

_____, 『詩論』, 삼지원, 1995.

김호기, 「환경사상과 환경운동의 흐름 및 쟁점」, 『창작과비평』, 1995년 겨울.

김흥규, 「강호자연과 정치현실」, 『세계의문학』, 1981년 봄.

_____, 「16·17세기 강호시조의 변모와 전가시조의 형성」, 『고대어문논집』 35집, 1996.

김희철, 「한국현대시에 나타난 향토사상연구―(1993)정으로서의 인간과 자연의 관계를 중심으로」, 『서울여대 대학원 논문집』 1, 1993.

로즈마리 통 외, 이소영 외 편역, 『자연, 여성, 환경』, 한신문화사, 2000.

마리아 미스·반다나 시바, 손덕수·이난아 역, 『에코페미니즘』, 창작과비평사, 2000.

마샬 버만(Marshall Berman), 윤호병·이만식 역, 『현대성의 경험』, 현대미학사, 1998.

문순홍, 「에코페미니즘이란 무엇인가」, 『여성과사회』 6호, 1995.

_____, 『생태학의 담론』, 솔, 1999.

박노준, 『조선후기 시가의 현실인식』, 고려대 민족문화연구원, 1998.

박영호, 「귀거래 의식의 생성동기와 유형에 관한 연구」, 『도교와 자연』(『도교문화연구』 13집, 한국도교문학회 편), 동과서, 1999.

박이문, 「환경·생태계·자연의 올바른 개념과 세계관의 전환」, 『환경과 생명』, 1996년 10월.

박인성, 「생명의 세계관-김지하 사상의 문제점과 과제에 대해」, 『김지하-그의 문학과 사상』, 세계사, 1984.

백락청 외, 「한국근대사회의 형성과 근대성 문제」, 『창작과비평』, 1993년 겨울.

백명수, 「한국환경운동의 자취와 흐름」, 『리토피아』, 2002년 봄.

성기옥, 「고산시가에 나타난 자연인식의 기본틀」, 고산연구회 편, 『고산연구』 창간호, 1987.

______, 「신흠 시조의 해석 기반-「방옹시여」의 연작 가능성」, 『진단학보』 81호, 진단학회, 1996.

______, 「한국 고전시 해석의 과제와 전망-安玫英의 梅花詞 경우, 『진단학보』 85호, 진단학회, 1998.

______, 「송순의 시조 한 수가 들려주는 시의 꿈 하나」, 『시안』, 1998년 가을.

송상용 외, 『생태문제와 인문학적 상상력』, 나남출판사, 1999.

신덕룡, 「생명시 논의의 흐름과 갈래」, 『시와 사람』, 1997년 봄.

______, 「생명시에 나타난 생명의식과 과제」, 『동강문학』, 2002년 통권 3호.

신범순, 「서정주 시에서 풍류의 의미」, 『愛知』, 2001년 봄.

신현락, 『韓國 現代詩와 東洋의 自然觀』, 한국문화사, 1998.

양왕용, 「자연을 통한 민족의식의 형상화-육당의 시 연구」, 『한국근대시연구』, 삼영사, 1982.

양혜경, 「자연회귀와 향토의식-정지용과 조지훈을 중심으로」, 『동아대 국어국문학』 16, 1997.

______, 「자연회귀와 향토의식」, 『동아대 국어국문학』제16집, 1997.

유종호, 「시원 회귀와 회상의 시학-백석의 시세계(상)」, 『문학동네』, 2001년 겨울.

윤사순, 「조선조 예사상 연구」, 『한국유학사상론』, 열음사, 1986.

이건청, 『한국 전원시 연구』, 문학세계사, 1986.

______, 「시적 현실로서의 환경 오염과 생태 파괴」, 『현대시학』, 1992년 8월.

______, 「한국시와 생태환경의 문제」, 『현대시』, 1996년 5월.

이미순, 「1920년대 한국 낭만적 자연시 연구」, 서울대 박사논문, 1995.

이숭원, 「韓國近代詩의 自然表象 硏究」, 서울대 박사논문, 1987.

______, 「생태학적 상상력과 우리 시의 방향」, 『실천문학』, 1996년 가을.

이승하, 「한국 현대시에 나타난 바다 그 연대기」, 『한국문학평론』, 2000년 겨울.

이은봉, 「한국 현대시와 생태학적 상상력」, 『광주대 민족문화예술연구소 논문집』 8, 1999.

_____, 『한국현대시의 현실인식』, 국학자료원, 1993.

이종은, 『한국시가상의 도교사상 연구』, 보성문화사, 1981.

이진우, 「문화로서의 자연－생태문학의 철학적 의미」, 『현대문학』, 2000년 7월.

이태동, 「문학예술에 나타난 자연과의 친화－이데올로기로서의 환경」, 『문화예술』, 2000년 4월.

임도한, 「생태문학론의 현황과 과제」, 『동강문학』, 2002년 통권 3호.

장(윤)필화, 『여성 몸 성』, 또하나의문화, 1999.

장석주, 「환경과 시－환경 / 생태계의 죽음, 그 이후의 사상력」, 『현대시세계』, 1991년 9월.

장 파, 유중하 외역, 『동양과 서양, 그리고 미학』, 푸른숲, 1999.

정끝별, 「山, 풍경 처음이자 끝」, 『한국문학평론』, 2000년 겨울.

정화열, 「생태학과 보살핌의 윤리」, 『현대시학』, 2001년 7월.

정효구, 『한국현대시와 자연탐구』, 새미, 1998.

_____, 「우주공동체와 문학 3 : '0'의 사상과 인공자연으로서의 시－정현종」, 『현대시학』, 1993년, 12월.

_____, 「우주공동체와 문학－자연이 된 인간」, 이성선, 이준관, 『현대시학』, 1994년 8월.

조(한)혜정, 『성찰적 근대성과 페미니즘』, 또하나의문화, 1998.

조기영, 「전통적 자연관의 유형과 현대적 수용성－자연에 대한 기본적 태도에 따른 유형」, 『동양고전연구』 12, 1999.

조주현, 『여성 정체성의 정치학』, 또하나의문화, 2000.

조창환, 「생태환경과 오늘의 시」, 『현대시학』, 1997년 12월.

최동호, 「정지용의 산수시와 은일의 정신」, 『민족문화연구』, 고려대 민족문화연구소, 1986.

_____, 「산수시의 세계와 은일의 정신」, 『1930년대 민족 문학의 인식』(회강 이선영교수회갑기념논총), 한길사, 1990.

_____, 『디지털 문화와 생태시학』, 문학동네, 2000.

최병규, 「문학과 자연」, 『안동대 솔뫼어문논총』 11, 1999.

최병두, 「자본주의 사회와 환경문제」, 『한국 공간환경의 재인식』, 한울, 1992.

______, 「자본주의의 위기이면서 동시에 포드주의의 위기인 환경위기」, 『경제와 사회』, 1992년 겨울.

최승호, 「1930년대 후반기 시의 전통지향적 미의식 연구-문장파 자연시를 중심으로」, 서울대 박사논문, 1994.

______, 『한국 현대시와 동양적 생명사상』, 다운샘, 1995.

최원식, 「한국문학의 근대성을 다시 생각한다」, 『창작과비평』, 1994년 겨울.

최진원, 「강호가도와 풍류」, 『논문집』 11, 성균관대학교, 1965.

______, 「강호가도 연구」, 성균관대 박사논문, 1975.

______, 「강호가도의 서정성-문인화 양식에서 본 자연서정성」, 『동양학』 5, 단국대, 1975.

______, 『국문학과 자연』, 성균관대 출판부, 1977.

______, 『한국고전시가의 형상성』, 성균관대 출판부, 1988.

페리 앤더슨, 「근대성과 혁명」, 『창작과비평』, 1993년 여름.

황종연, 「한국문학의 근대와 반근대」, 동국대 박사논문, 1991.